Pôle fiction

Du même auteur
chez Gallimard Jeunesse :

Eon et le douzième dragon

Alison Goodman

Eona et le Collier des Dieux

Traduit de l'anglais par Philippe Giraudon

GALLIMARD JEUNESSE

Pour Ron

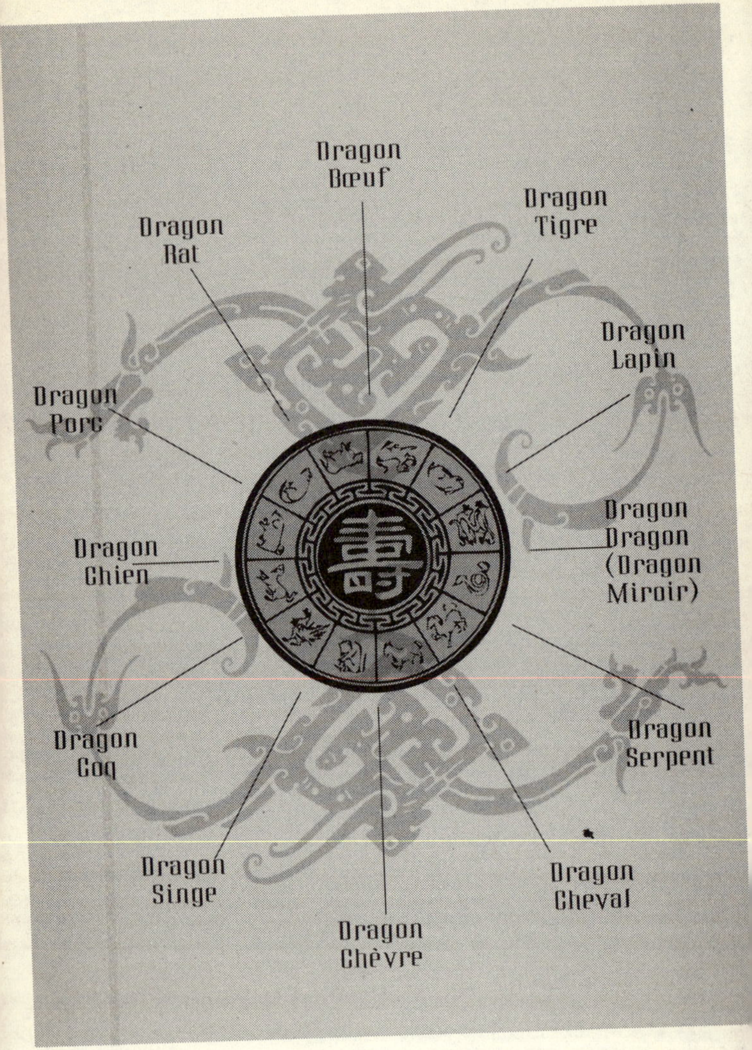

Dragon
Bœuf
Dragon
Tigre
Dragon
Rat
Dragon
Lapin
Dragon
Porc
Dragon
Dragon
(Dragon
Miroir)
Dragon
Chien
Dragon
Serpent
Dragon
Coq
Dragon
Singe
Dragon
Cheval
Dragon
Chèvre

Dragon Bœuf
Gardien de la Décision
Violet
Œil du dragon : Sire Tyron (†)

Dragon Tigre
Gardien du Courage
Vert
Œil du dragon : Sire Elgon (†)

Dragon Lapin
Gardien du Calme
Rose
Œil du dragon : Sire Silvo (†)

Dragon Dragon (Dragon Miroir)
Gardien de la Vérité
Rouge
Œil du dragon : Eona.
Avant la venue d'Eona, le dragon Miroir avait disparu depuis plus de 500 ans.

Dragon Serpent
Gardien de l'Intelligence
Cuivre
Œil du dragon : Sire Chion (†)

Dragon Cheval
Gardien de la Passion
Orange
Œil du dragon : Sire Dram (†)

Dragon Chèvre
Gardien de la Bienveillance
Argent
Œil du dragon : Sire Tiro (†)

Dragon Singe
Gardien de l'Ingéniosité
Ébène
Œil du dragon : Sire Jessam (†)

Dragon Coq
Gardien de la Fermeté
Marron
Œil du dragon : Sire Bano (†)

Dragon Chien
Gardien de l'Honnêteté
Ivoire
Œil du dragon : Sire Garon (†)

Dragon Porc
Gardien de la Générosité
Gris colombe
Œil du dragon : Sire Meram (†)

Dragon Rat
Gardien de l'Ambition
Bleu
Œil du dragon : Sire Ido

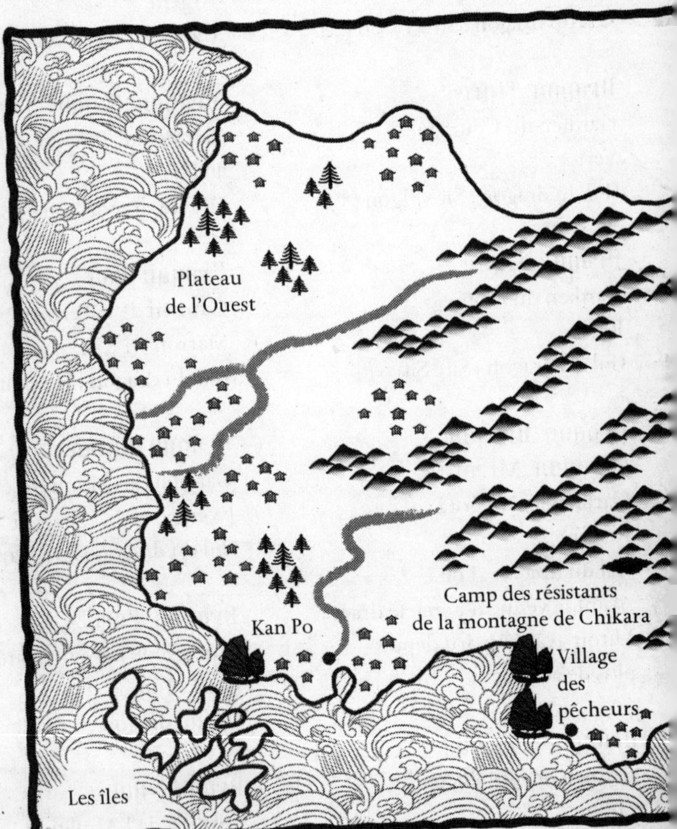
Plateau
de l'Ouest
Camp des résistants
de la montagne de Chikara
Kan Po
Village
des
pêcheurs
Les îles

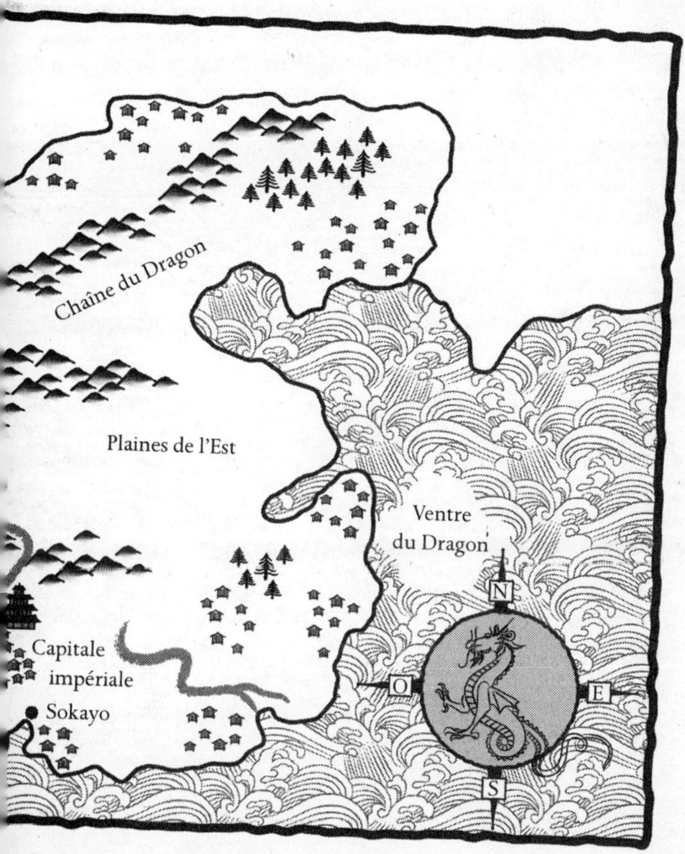

L'Empire du Dragon Céleste

Préface

De la main du professeur Prahn, bibliothécaire impérial et précepteur de Sa Majesté Kygo, héritier légitime du trône impérial.

Un sage écrivit un jour : « La vérité est la première victime d'une guerre. » C'est pour cette raison que je veux donner ici un récit véridique de la façon dont le Grand Seigneur Sethon s'est emparé du palais et du trône impérial, le lendemain de la mort de son frère, notre vénéré empereur de la Paix et de l'Harmonie.

J'étais présent lorsque le palais fut brutalement pris d'assaut. J'ai vu un grand nombre de mes frères eunuques se faire massacrer bien qu'ils fussent armés. J'ai assisté à l'invasion du harem, à la destruction de la garde impériale, à l'attaque des appartements du souverain. Mon chagrin ne s'apaisera jamais à la pensée que j'ai vu aussi le second héritier du trône, encore nourrisson, être assassiné avec sa mère par le Grand Seigneur Sethon en personne. On a proclamé officiellement que le prince Kygo, le premier héritier, qui avait été sacré Empereur Perle avant le coup de force de son oncle, avait péri dans la bataille. Cependant son corps n'a pas été retrouvé et j'ai entendu dire qu'il s'était échappé avec ce qui restait de sa garde – puissent les dieux être garants de cette vérité.

Je puis confirmer que sire Ido, l'Œil du dragon Rat, a joué un rôle déterminant dans le massacre de presque tous les autres Yeux du dragon et de leurs apprentis, dans son désir d'acquérir leur puissance. J'ai vu leurs cadavres et nous avons tous senti la terre trembler et le tonnerre ébranler le ciel, signes indubitables de l'affliction de leurs dix dragons. À présent, les seuls seigneurs Yeux du dragon encore en vie sont le perfide sire Ido et le nouvel Œil du dragon Miroir, sire Eon, qu'on a aperçu en train de fuir le palais. Il semble que Dillon, l'apprenti de sire Ido, soit également parvenu à s'échapper. On ignore si Dillon est aussi avide de pouvoir que son maître mais, si vraiment il a survécu, il se pourrait qu'il devienne très bientôt l'Œil du dragon Rat. Sire Ido a tenté de trahir sire Sethon et croupit maintenant dans la prison impériale. On raconte qu'il ne peut recourir à son pouvoir et se trouve à la merci de la fureur du Grand Seigneur.

Personne ne sait ce qu'est devenu sire Eon. Je prie les dieux qu'il soit caché loin de la capitale. Je sais qu'il était protégé par Ryko, un membre de la garde d'élite des Hommes d'Ombre, et par dame Dela, une de ces âmes doubles ayant le corps d'un homme et l'esprit d'une femme, dont l'ingéniosité est célèbre chez les courtisans. Je ne puis qu'espérer qu'en unissant leurs talents ils assureront la sécurité du jeune Œil du dragon. Dans ce palais en proie à la peur et au mensonge, un bruit immonde s'est répandu, d'après lequel sire Eon, un de mes frères eunuques, serait en fait une femme. J'ai moi-même eu l'honneur de voir le nouveau seigneur. Ses traits délicats et sa frêle stature sont monnaie courante chez ceux d'entre nous qui ont fait le sacrifice si jeunes. Je n'évoque cette rumeur que pour empêcher la vision sacrilège d'une femme Œil du dragon de se répandre dans notre pays déjà éprouvé, en ajoutant encore à la panique.

Je ne sais comment notre empire pourra survivre avec seulement deux Yeux du dragon pour maîtriser les éléments avec leur animal céleste. D'autant que le premier de ces Yeux du dragon est un traître enfermé dans un cachot, et le second un jeune homme insuffisamment entraîné. Bien que sire Eon soit aussi vif qu'intelligent, il ne peut contrôler seul les énergies de la terre. Aussi loin que remonte la mémoire des hommes, il a fallu les pouvoirs combinés de onze Yeux du dragon et de leurs animaux pour assurer la subsistance du pays. Quand le douzième dragon, le dragon Miroir, est revenu de son exil en faisant de sire Eon le premier Œil du dragon Miroir depuis cinq siècles, on a vu dans cet événement le présage d'une force renouvelée et d'un sort favorable. Je prie pour que ce soit vrai et que le retour du dragon Miroir dans le cercle des douze créatures célestes n'annonce pas plutôt notre anéantissement. Voilà longtemps qu'un mouvement de résistance s'est formé pour combattre les entreprises guerrières de sire Sethon, mais ses membres devront désormais affronter l'armée entière et cette lutte déchirera notre pays.

Je vais m'efforcer de faire sortir du palais ce

compte rendu. Si vous le lisez, je vous supplie d'en répandre la vérité aussi loin que vous pourrez. Je vous demande également de faire une prière à la déesse de la Mort pour mon esprit. L'un de mes frères eunuques m'a dénoncé au Grand Seigneur Sethon, en révélant à l'usurpateur mes liens avec son neveu. Je suis coincé dans ma bibliothèque. D'ici peu, je ne serai plus qu'un nouveau cadavre supplicié parmi tous ceux que le Grand Seigneur a sacrifiés dans l'espoir de retrouver l'Empereur Perle et sire Eon.

Écrit par Prahn, fils de Mikor,
le vingtième jour de la nouvelle année
du dragon Rat.

Chapitre 1

Les dragons se lamentaient.

Les yeux fixés sur la surface grise et agitée de la mer, je me concentrai sur la rumeur assourdie en moi. Depuis trois jours que nous avions fui le palais envahi, je me tenais dès l'aube sur ce même rocher, à l'écoute de la mélopée funèbre des dix dragons endeuillés. D'ordinaire, le chant doré de mon propre dragon Miroir couvrait ces faibles gémissements. Ce matin, ils étaient plus forts. Plus violents.

Peut-être les dix animaux-esprits avaient-ils surmonté leur affliction et repris leur place dans le cercle des Douze. Prenant une profonde inspiration, je m'abandonnai à la sensation troublante de la vision intérieure. La mer devant moi se fondit en un flot argenté tandis que mon attention se détachait du domaine terrestre pour entrer dans la dimension parallèle, vibrante de couleurs, du monde énergétique. Au-dessus de moi, seuls deux des douze dragons occupaient leur position dans le ciel. L'énorme masse bleue du dragon Rat de sire Ido se tenait au nord-nord-ouest, le corps tordu par la souffrance, et mon propre dragon rouge se dressait à l'est. Le dragon Miroir. La reine. Les dix autres dragons n'étaient pas encore revenus du lieu inconnu où les créatures célestes se réfugiaient pour pleurer.

Le dragon Miroir tourna vers moi sa tête gigantesque. Sous son menton, la perle d'or brillait au milieu des écailles rouge vif. Prononçant mentalement notre nom à toutes deux, *Eona*, j'appelai son pouvoir. Sa réponse fut immédiate et une vague d'énergie dorée déferla dans mon corps. Enivrée par notre union, je me laissai porter par le flot montant de la joie. Ma vision se divisa entre la terre et le ciel. Les rochers, la mer et l'horizon se déployaient autour de moi et, en même temps, à travers ses énormes yeux de dragon, je voyais à mes pieds la plage se soulever au rythme intemporel de la croissance et du déclin. Des points argentés de *hua*, l'énergie vitale, se précipitaient en flottant ou en s'enfonçant dans un paysage tourbillonnant aux couleurs de l'arc-en-ciel. Tout au fond de moi, je sentis comme un salut plein de douceur – le contact muet de l'esprit de mon dragon rencontrant le mien et me laissant sur la langue un goût de cannelle, chaud et épicé.

Soudain, la saveur délicieuse s'aigrit. Nous perçûmes toutes deux au même instant comme une muraille d'énergie féroce, l'approche hurlante d'une force se ruant sur nous. Jamais nous n'avions éprouvé une souffrance aussi violente. Une pression écrasante pesa soudain sur notre lien doré et mon emprise terrestre se distendit. Je chancelai au milieu de rochers déchiquetés semblant s'abattre autour de moi. Poussant un cri, le dragon Miroir se cabra pour affronter la vague brûlante de détresse avide. Je ne sentis plus le sol, le vent, la présence de la terre. Le monde n'était plus que le heurt sauvage d'énergies tournoyantes.

– Eona !

Une voix alarmée, semblant venue de très loin. Le déchaînement de chagrin m'enlevait toute prise sur la terre et sur le ciel. J'étais emportée dans le tourbillon, où les liens du corps et de l'esprit se tendaient à se rompre. Il fallait que j'en sorte, sans quoi je serais anéantie.

– Eona ! Tout va bien ?

C'était la voix de dame Dela – un ancrage dans le monde matériel. Je m'y raccrochai pour me libérer du pouvoir rugissant, et d'un seul coup le monde redevint sable, mer et soleil. Je me pliai en deux, suffoquée par une amertume imprégnée de chagrin – la saveur des dix dragons affligés.

Ils étaient de retour. Ils nous attaquaient. J'écartai aussitôt cette pensée. Je savais au fond de moi que je me trompais, qu'ils ne pouvaient s'en prendre à leur reine. Pourtant, j'avais senti la pression de leur *hua* sur nous. Une terreur nouvelle s'empara de moi. Et s'il s'agissait des prémices du Rang de Perles, cette arme concentrant la puissance des douze dragons réunis ? Une arme rendue possible par la mort de tous les Yeux du dragon, sauf un.

Mais ce n'était qu'une légende, et je n'étais pas le dernier Œil du dragon en exercice. Le dragon Rat se trouvait toujours dans le cercle céleste, ce qui signifiait qu'un Œil du dragon Rat au moins vivait encore, que ce fût sire Ido ou Dillon, son apprenti. Je frissonnai. Je savais que sire Ido était vivant, même si je n'aurais pu expliquer d'où me venait cette certitude. On aurait cru que cet homme me surveillait, en guettant la première occasion pour s'emparer de nouveau de mon pouvoir. Il croyait en un autre récit légendaire, d'après lequel l'union de son pouvoir et de mon corps donnerait naissance au Rang de Perles. Du reste, il était presque parvenu à m'imposer cette union. Par moments, je sentais encore la pression impitoyable de ses mains enserrant mes poignets.

– Tout va bien ? s'inquiéta de nouveau dame Dela.

Elle se trouvait en haut du chemin escarpé. Bien qu'elle ne pût voir ni sentir les dragons, elle avait compris que quelque chose n'allait pas. Je levai mes mains tremblantes, en espérant qu'elle ne devinerait pas ma peur.

– Je suis en pleine forme, assurai-je.

Toutefois j'avais laissé mon dragon face à ce flot de détresse amère. Même si je n'étais guère en mesure de l'aider, je ne pouvais l'abandonner ainsi. Inspirant un grand coup pour me donner du courage, je concentrai mon regard intérieur et me replongeai dans le monde énergétique.

Le tourbillon violent et chaotique avait cessé, rendant le domaine céleste à son flux et reflux paisible de couleurs chatoyantes. Le dragon Miroir me regarda avec calme. En sentant son attention effleurer mon esprit, j'eus la nostalgie de sa présence chaleureuse, mais je la laissai se dissiper. Si jamais notre communion avait rappelé de leur exil les dragons endeuillés, je ne pouvais risquer de les faire revenir. Moi qui peinais déjà à maîtriser le pouvoir de mon propre dragon, je serais bien incapable de contenir la force de dix animaux-esprits désemparés par le massacre brutal de leurs Yeux du dragon. Et si ces créatures affligées étaient maintenant à l'affût de nos unions, je devrais trouver un moyen de détourner leur désespoir, sans quoi je n'apprendrais jamais les arts du dragon permettant de contrôler les éléments et d'assurer la subsistance du pays.

Au nord-nord-ouest, le dragon bleu se tordait toujours de douleur. La veille, j'avais essayé d'appeler son pouvoir, comme je l'avais fait dans le palais, mais cette fois il n'avait pas répondu. Sire Ido était sans aucun doute responsable de sa souffrance – comme de celle de nous tous.

Avec un soupir, je me détachai de nouveau du domaine énergétique. Les couleurs vibrantes reprirent l'aspect des formes solides et de la lumière immuable de la plage. Je vis alors s'approcher la silhouette de dame Dela. Malgré sa tenue de pêcheur et son bras en écharpe, elle marchait comme une dame de la cour. Le balancement gracieux de sa démarche contrastait avec sa tunique et son pantalon de toile rude. Étant un Contraire, c'est-à-dire un homme ayant choisi de vivre en femme, il avait semblé naturel qu'elle reprît des vêtements masculins pour se déguiser. Manifestement, ce n'était pas si facile. Mais je n'avais certes rien à dire. Après avoir feint quatre années durant d'être un garçon, j'étais moi-même bien embarrassée de retourner à ma condition féminine. J'observai Dela tandis qu'elle se hâtait à petits pas sur la plage, sans rien abdiquer de son élégance. Elle était plus femme que je ne le serais jamais.

Comme je m'avançais vers elle parmi les rochers, mon propre pas léger m'emplit d'allégresse. Ma hanche infirme avait guéri lors de mon union avec le dragon Miroir. Je pouvais marcher et courir, c'en était fait de mes souffrances de créature boiteuse. Je n'avais guère eu le temps ni l'occasion de me réjouir de ce don merveilleux. Un matin, j'avais couru le long de la plage, en exultant à chaque enjambée. Et il y avait de brefs instants comme celui-ci, plaisirs furtifs que je goûtais non sans honte au milieu de tant de peurs et de chagrins.

Dela hâta le pas en trébuchant et j'attrapai sa main tendue quand elle me rejoignit.

– Son état a-t-il empiré ? demandai-je.

Les yeux rougis de Dela étaient une réponse suffisante. Notre ami Ryko se mourait.

– Maître Tozay dit que ses entrailles se sont répandues dans son corps et l'empoisonnent.

Même si je savais que les blessures de Ryko étaient terribles, je n'avais jamais cru qu'il y succomberait. Il était tellement fort. En tant qu'Homme d'Ombre, membre de la garde d'eunuques protégeant la famille impériale, il avait coutume de renforcer sa vigueur et son énergie masculine en prenant chaque jour une dose de drogue solaire. Étant privé de cet adjuvant depuis trois jours, son corps s'était peut-être affaibli au point de ne plus pouvoir guérir. Moi-même, j'en avais pris quelques doses avant le coup de force de Sethon. Je croyais que la drogue m'aiderait à m'unir à mon dragon, alors qu'en tarissant mon énergie féminine elle avait provoqué exactement le contraire. Elle avait également supprimé mes cycles lunaires. Depuis que j'avais cessé d'en prendre, mes saignements avaient repris. La privation d'une substance aussi puissante mettait certainement à rude épreuve le corps blessé de Ryko. Je regardai les nuages s'amoncelant à l'horizon. C'était à coup sûr la conséquence de l'agitation des dragons. Le vent froid succédant à la brise tiède de l'aube me fit frissonner. On verrait bientôt encore des pluies, des inondations, des séismes dévastateurs. Maintenant que sire Ido avait tué les autres Yeux du dragon, aucun pouvoir ne tiendrait en échec les catastrophes naturelles.

– Tozay insiste pour que nous reprenions notre chemin en abandonnant Ryko, reprit Dela à voix basse. Avant que les hommes de Sethon n'arrivent.

Un sanglot fit tressaillir sa gorge. Elle avait retiré la grosse perle noire suspendue à une épingle d'or perçant la peau au-dessus de sa trachée-artère – l'emblème de son statut de Contraire. Cet ornement était trop voyant pour pouvoir le conserver, mais je savais que Dela avait dû souffrir de perdre ce symbole de sa véritable identité d'être doté de deux âmes. Encore que cette souffrance ne serait rien auprès de son tourment si jamais nous étions contraints de laisser Ryko derrière nous.

– Nous ne pouvons pas l'abandonner ! lançai-je.

Le géant des îles avait combattu avec tant de courage pour empêcher sire Ido de s'emparer de mon pouvoir du dragon. Même après avoir été blessé si affreusement, il avait fait en sorte que nous sortions du palais envahi afin de rejoindre les membres de la Résistance avec qui nous serions en sûreté. Non, nous ne pouvions abandonner Ryko. Mais nous ne pouvions pas non plus le déplacer.

Dans son désespoir, dame Dela serra convulsivement ses bras autour de son corps mince. Sans son maquillage de dame de la cour, ses traits anguleux paraissaient plus masculins. Cependant je lisais dans ses yeux sombres un chagrin de femme – celui d'une malheureuse forcée de choisir entre l'amour et le devoir. Je n'avais jamais aimé avec une telle abnégation. D'après ce que j'avais vu, ce n'était qu'une source de souffrances sans fin.

– Il faut que nous partions, dit-elle enfin. Vous ne pouvez rester ici, c'est trop dangereux. Et nous devons trouver l'Empereur Perle. Sans votre pouvoir, il sera incapable de vaincre Sethon.

Mon pouvoir… Cas unique dans le cercle des Douze Dragons, il se transmettait par héritage de la lignée féminine. Tant d'espoir reposait sur lui, et pourtant je n'avais toujours pas suivi l'entraînement nécessaire pour le maîtriser. J'effleurai le petit livre rouge attaché à mon bras par son lien de perles noires semblant animées d'une vie propre. Sous ma caresse, les perles s'agitèrent doucement et resserrèrent leur étreinte. Au moins, j'avais le journal de Kinra, mon ancêtre Œil du dragon. Chaque nuit, Dela tentait de déchiffrer ce texte rédigé dans l'écriture secrète réservée aux femmes. Elle n'avançait que lentement dans sa lecture, car non seulement les caractères étaient archaïques mais la plupart des passages étaient codés. J'espérais qu'elle trouverait bientôt la clé de ce code afin de lire les détails de l'union de Kinra avec le dragon Miroir. J'avais besoin des conseils et de l'expérience d'un Œil du dragon, même transmis à travers un journal antique. J'avais aussi besoin d'un avis éclairé sur un grave problème. Si je mettais mon pouvoir à la disposition de Kygo pour l'aider à remonter sur le trône dont il était l'héritier légitime, n'enfreindrais-je pas l'Engagement de Service ? Ce pacte immémorial interdisait d'utiliser le pouvoir du dragon pour faire la guerre.

Mettant mes inquiétudes de côté, je demandai à Dela :

– Avez-vous vu l'édit impérial ? Sethon s'attribue déjà le titre d'Empereur Dragon, alors qu'il reste encore neuf jours de Revendication Légitime.

– Il a déclaré que les deux fils de l'ancien empereur étaient morts, répondit-elle en hochant la tête.

Sa voix trahissait un doute grandissant.

– Et si c'était vrai ?

– C'est impossible ! affirmai-je en hâte.

Nous avions vu toutes deux le Grand Seigneur Sethon assassiner son neveu ainsi que la mère du nourrisson. Toutefois son autre neveu, qui avait dix-huit ans et était le véritable héritier du trône, avait réussi à s'enfuir. Je l'avais vu partir se mettre en sûreté avec sa garde impériale.

Dela se mordit la langue.

– Comment pouvez-vous être si certaine que l'Empereur Perle est vivant ?

Je n'en étais pas certaine du tout, mais l'idée que Sethon ait retrouvé et tué Kygo était trop affreuse pour que je puisse l'envisager.

– S'il était mort, nous le saurions. Le réseau d'espions de Tozay est immense.

– Malgré tout, ils n'ont pas découvert où il se cachait. Et Ryko…

Elle détourna la tête, comme si c'était le vent qui lui mettait les larmes aux yeux.

Seul Ryko savait où les gardes impériaux, ses compagnons, avaient emmené l'Empereur Perle. Toujours prudent, il avait gardé pour lui cette information. Et maintenant la fièvre le plongeait dans le délire.

– Nous pourrions l'interroger encore, suggérai-je. J'ai entendu dire qu'on a souvent un bref instant de lucidité avant…

– Avant de mourir ? souffla-t-elle.

– Oui.

Elle me lança un regard féroce, éperdue de me voir renoncer à tout espoir, puis elle baissa la tête.

– Nous devrions aller à son chevet, dit-elle. D'après Tozay, il n'en a plus pour longtemps.

Après un dernier coup d'œil sur les nuages menaçants, je relevai ma robe encombrante et remontai le chemin derrière Dela, non sans dérober quelques instants de muette allégresse en avançant d'un pas aussi sûr que vigoureux.

La solide maison de pêcheur, délavée par les intempéries, était depuis plusieurs jours notre refuge. Isolée et située en hauteur, elle permettait de voir tout ce qui arrivait de la mer ou par voie de terre. M'immobilisant en haut du chemin pour reprendre mon souffle, j'observai le village au loin. De petits bateaux de pêche cinglaient déjà vers le large. Tous leurs équipages appartenaient à la Résistance et guetteraient sans relâche les navires de guerre de Sethon.

– Préparez-vous, m'avertit Dela en approchant

de la maison. Son état s'est beaucoup dégradé en peu de temps.

J'étais restée la veille au chevet de Ryko jusqu'à minuit, et il m'avait semblé qu'il tenait bon. Néanmoins chacun savait que les heures précédant l'aube étaient plus que toute autre hantées de fantômes dangereux pour les malades. La solitude grise et froide régnant alors favorisait la venue de démons avides de se nourrir d'une force vitale sans défense. Dela avait assuré la veillée matinale, mais apparemment même son amoureuse vigilance n'avait pu repousser les visiteurs des ténèbres.

Elle resta en arrière tandis que j'entrais en écartant les drapeaux porte-bonheur rouges protégeant le seuil de la pièce. Le Suppliant du village était encore agenouillé dans un coin, mais il avait cessé de psalmodier des prières contre le mal. Il invoquait maintenant Shola, la déesse de la Mort, et avait passé sur sa robe une cape blanche en l'honneur de la souveraine de l'au-delà. Le lampion à prières qu'il tenait suspendu à un fil rouge projetait une lueur vacillante sur les visages tirés des trois silhouettes entourant le grabat de Ryko : maître Tozay, sa fille aînée, Vida, et Solly, leur compagnon d'armes aussi laid que fidèle. Je me mis à tousser, la gorge irritée par l'épais nuage d'encens dont le parfum couvrait la puanteur du malade.

À la lueur fantomatique du lampion, je m'efforçai de distinguer la forme gisant sur le matelas de paille. « Pas encore, implorai-je en silence. Pas encore… » Il fallait que je lui dise adieu.

J'entendis le halètement du géant avant même de voir sa poitrine se soulever et s'abaisser convulsivement. Il ne portait qu'un pagne, et sa peau sombre apparaissait d'une pâleur cireuse. Son corps autrefois musclé n'était plus qu'une carcasse fragile et décharnée.

On avait retiré ses pansements de toile, exposant ainsi ses plaies suppurantes. Sa main posée sur sa poitrine était noire et gonflée – c'était le fruit des tortures de sire Ido. La longue entaille courant de l'aisselle à la taille était encore plus effroyable. Des morceaux de chair boursouflée s'étaient détachés des points de suture faits à la hâte, de sorte qu'on apercevait les os blanchâtres et la chair rouge vif.

L'herboriste entra d'un pas traînant, chargé d'un gros bol d'où s'échappait une vapeur astringente. De sa voix grave, il murmurait des prières au-dessus du liquide débordant du bol. La nuit précédente, il était resté assis avec moi durant une partie de ma veillée. Gentil, perpétuellement épuisé, il savait que sa science était impuissante face aux blessures de son patient. Il avait essayé, cependant. Et il essayait encore, bien que Ryko fût manifestement en route sur le chemin doré menant à ses ancêtres.

Derrière moi, j'entendis Dela étouffer un sanglot. Le bruit fit lever la tête à maître Tozay, qui nous fit signe d'approcher.

– Noble dame Œil du dragon, dit-il à voix basse en me cédant sa place près du grabat.

Pour des raisons de sécurité, nous étions convenus de ne pas employer mon titre, mais je ne fis aucun commentaire. En enfreignant la règle, Tozay désirait simplement honorer la vie de devoir qu'avait menée Ryko.

Vida invita à son tour Dela à prendre sa place. Bien qu'elle ne fût guère plus âgée que moi, qui avais seize ans, elle faisait preuve d'une dignité tranquille, héritage de son père. Quant à sa mère, elle lui avait légué sa facilité à sourire et son pragmatisme de femme ne reculant pas devant des plaies suintantes ou des draps souillés.

Dela s'agenouilla et posa sa main sur la main indemne de Ryko. Le géant ne bougea pas. Il ne réagit pas davantage quand l'herboriste souleva doucement sa main mutilée pour la plonger dans le bol d'eau chaude. La vapeur sentait l'ail et le romarin, deux plantes idéales pour purifier le sang. Toutefois le bras tout entier semblait impossible à guérir.

Je fis signe au Suppliant d'arrêter ses invocations à Shola. Il était inutile d'attirer l'attention de la déesse de la Mort sur Ryko. Elle viendrait bien assez tôt.

– A-t-il repris conscience ? demandai-je. A-t-il parlé ?

– Il n'a rien dit de compréhensible, répondit Tozay.

Il jeta un coup d'œil à Dela.

– Je suis désolé, mais il est temps que vous partiez toutes deux. Mes espions affirment que Sethon se dirige vers cette région. Nous continuerons de soigner Ryko et de chercher l'Empereur Perle, mais il faut que vous alliez dans l'Est pour vous mettre en sûreté dans la tribu de dame Dela. Nous vous rejoindrons dès que nous aurons retrouvé Son Altesse.

Tozay avait raison. Même si je me sentais accablée à l'idée d'abandonner Ryko, nous ne pouvions nous attarder davantage. L'Est était notre meilleure chance. C'était aussi le domaine de mon dragon, le bastion de sa puissance. Ma présence au cœur de son pouvoir énergétique renforcerait peut-être notre lien et m'aiderait à maîtriser cette magie déchaînée. Il était également possible que le dragon Miroir soit ainsi davantage en mesure de repousser les dix dragons endeuillés, s'ils revenaient à la charge.

Dela lança un regard dur au chef de la Résistance.

– Cette discussion peut certainement attendre…

– Je crains que non, noble dame, répliqua-t-il d'une voix douce mais inflexible. Voici venu l'instant des adieux, et ils devront être rapides.

Elle baissa la tête, révoltée par son pragmatisme brutal.

– Mon peuple nous protégera de Sethon, dit-elle enfin, mais encore faut-il que nous rejoignions son territoire.

Tozay hocha la tête.

– Solly et Vida voyageront avec vous.

Derrière Dela, je vis Vida redresser les épaules. Au moins, l'une de nous était prête à relever le défi.

– Ils savent comment entrer en contact avec les autres groupes de résistants, reprit Tozay. Et ils pourront se faire passer pour vos domestiques. Vous serez un banal marchand et son épouse se rendant en pèlerinage dans les montagnes.

Dela s'était de nouveau tournée vers Ryko. Elle appuya contre sa joue les doigts inertes du géant. La clarté tremblante du lampion éclaira ses yeux brillants de chagrin.

– C'est possible, observai-je en détournant les yeux de cette scène de tendresse. Mais le moindre messager répand partout notre signalement. Des avis de recherche sont placardés sur tous les arbres du pays.

– Pour l'instant, on recherche *sire* Eon, rétorqua Tozay.

Il effleura des yeux mon corps droit et robuste.

– Et il est décrit comme un infirme. Quant à dame Dela, on est invité à repérer un homme ou une femme, ce qui rend son identification tout aussi difficile.

J'étais donc encore officiellement sire Eon ? Il me semblait évident qu'Ido révélerait à Sethon que j'étais une fille, sous la torture ou dans une tentative pour négocier. Quel intérêt avait-il à me protéger ? Peut-être le dragon Miroir et moi l'avions vraiment métamorphosé en guérissant son point cœur atrophié, ouvrant ainsi de force dans son esprit un chemin à la compassion. Après tout, cette première union avec mon dragon avait aussi réparé ma hanche, et j'étais toujours guérie. Pressant ma main sur la sacoche accrochée à ma taille, où je gardais les tablettes mortuaires de mes ancêtres Kinra et Charra, je fis une prière silencieuse pour que ces changements durent à jamais. Non seulement la métamorphose de sire Ido, mais ma propre guérison merveilleuse. L'idée de perdre de nouveau ma liberté m'était insupportable.

– Sethon ne se contentera pas de vous chercher, noble dame Œil du dragon, murmura Tozay en effleurant ma manche pour attirer mon attention. Il s'intéressera à toute personne assez proche de vous pour pouvoir servir d'otage. Donnez-moi les noms de ceux que vous croyez en danger. Nous ferons de notre mieux pour les retrouver.

– Rilla, ma servante, et Chart, son fils, répondis-je aussitôt. Ils se sont échappés avant la prise du palais.

Je songeai à Chart. Son corps difforme serait toujours remarqué, ne serait-ce que par les gens s'en écartant pour ne pas être contaminés par son malheur. Une joie fugitive m'envahit à la pensée que je ne serais plus jamais un infirme rejeté par les autres et essuyant leurs crachats.

– Rilla a dû chercher un endroit isolé.

– Nous commencerons nos recherches dans les provinces centrales, dit Tozay en hochant la tête.

– Il y a aussi Dillon, l'apprenti de sire Ido. Mais vous le cherchez déjà. Soyez prudents avec lui, car il n'a plus toute sa tête. Et Sethon doit aussi être à ses trousses, à cause du livre noir.

Je me rappelai le regard fou qu'avait Dillon en m'arrachant le volume noir. Il savait que ce livre était indispensable aux plans de sire Ido et comptait s'en servir comme monnaie d'échange pour sauver sa vie. En fait, il n'avait réussi qu'à se faire traquer par Sethon et toute son armée. Pauvre Dillon. Il n'avait pas vraiment conscience de ce que contenait le petit volume qu'il transportait. Il savait que ses pages donnaient la clé du Rang de Perles, mais elles recelaient aussi un autre secret, qui terrifiait même sire Ido. Le sang des membres de la lignée impériale pouvait leur permettre d'asservir la volonté et le pouvoir de n'importe quel Œil du dragon.

– Personne d'autre n'est en danger dans votre entourage ? demanda Tozay.

– Peut-être…

J'hésitais à donner ces autres noms.

– J'ai quitté très jeune ma famille et ne m'en souviens qu'à peine. Sethon ne voudra sans doute pas…

Il secoua la tête.

– Sethon ne négligera aucune possibilité. Si jamais il capturait un de vos parents, ne pourrait-il pas s'en servir pour vous forcer la main ?

Mon sang se figea. J'acquiesçai en silence et cherchai dans ma mémoire des détails plus précis que les vagues images que je conservais de ma famille.

– Je me souviens que ma mère s'appelait Lillia. Et mon frère Peri, mais il s'agissait sans doute d'un surnom affectueux. Quant à mon père, j'ignore son nom.

Je levai les yeux vers Tozay.

– Je sais que ce n'est pas grand-chose. Mais nous vivions sur la côte. Je me rappelle le matériel de pêche et une plage. Et quand mon maître m'a découverte, je travaillais comme esclave dans la saline d'Enalo.

Tozay poussa un grognement.

– Cela nous amène dans l'Ouest. Je vais donner des instructions.

À côté de nous, l'herboriste sortit du bol la main trempée de Ryko et la reposa sur le grabat. Se penchant sur le géant, il caressa sa joue puis pressa les doigts sous sa mâchoire.

– La température a augmenté brutalement, lança-t-il dans le silence. C'est la fièvre de la mort. Ryko va rejoindre très bientôt ses ancêtres. Il est temps de lui souhaiter bon voyage.

Il s'inclina puis recula.

J'avais la gorge serrée par le chagrin. De l'autre côté du grabat, le visage de Solly était crispé. Il porta le poing à sa poitrine, en un salut de soldat. Tozay soupira et commença à chuchoter une prière pour les mourants.

– Faites quelque chose ! s'écria Dela.

Son ton était à la fois implorant et accusateur. Je crus qu'elle parlait à l'herboriste, mais en levant les yeux je vis son regard rivé sur moi.

– Faites quelque chose, répéta-t-elle.

– Quoi donc ? Je ne peux rien faire.

– Vous avez guéri votre hanche. Et Ido. Maintenant, guérissez Ryko.

Regardant les visages tendus de mes compagnons, je sentis la pression de leur espoir.

– Mais c'est arrivé à l'instant de l'union avec mon dragon. Je ne sais pas si je peux recommencer.

– Essayez, insista Dela en serrant les poings. Rien qu'une fois. Je vous en prie. Il va mourir !

Elle ne me quittait pas des yeux, comme si elle risquait de m'affranchir de son désespoir en détournant son regard.

Pouvais-je sauver Ryko ? J'avais supposé qu'Ido et moi avions été guéris par le surcroît de puissance provoqué par la première union entre un Œil du dragon et son animal. Peut-être m'étais-je trompée, et le dragon Miroir et moi avions en permanence le pouvoir de guérir. Toutefois je ne savais toujours pas maîtriser mon pouvoir du dragon. En nous unissant pour tenter de guérir Ryko, nous échouerions peut-être. À moins que nous ne soyons mises en pièces par le chagrin des dix dragons endeuillés.

– Eona !

L'angoisse de Dela m'arracha à la tourmente de mes pensées.

– Faites quelque chose ! Je vous en supplie !

La respiration du géant n'était plus qu'une succession de râles sifflants.

– Je ne peux pas, chuchotai-je.

Qui étais-je pour jouer avec la vie et la mort comme un dieu ? Je n'avais aucune connaissance, aucun entraînement. J'étais à peine un Œil du dragon.

Cependant j'étais la seule chance de Ryko.

– C'est à cause de vous qu'il se meurt, lança Dela. Vous lui devez votre vie et votre pouvoir. Ne le trahissez pas une nouvelle fois !

Ces mots étaient durs, mais c'était la vérité. Bien que j'eusse menti à Ryko et trahi sa confiance, il avait continué de me protéger. Il avait combattu et souffert pour l'espoir placé en mon pouvoir. À quoi bon défendre ce pouvoir, toutefois, si je n'avais pas le courage de m'en servir ?

Je ramenai ma jupe vers moi en m'agenouillant près du grabat. D'instinct, je cherchais à accroître mon contact avec la terre et l'énergie qu'elle recelait.

– J'ignore ce qui va se passer, déclarai-je. Vous devez tous vous écarter.

L'herboriste rejoignit en hâte le Suppliant à l'autre bout de la pièce. Après avoir éloigné du lit sa fille et Solly, Tozay se tourna vers Dela mais elle ignora sa main tendue.

– Je reste, proclama-t-elle.

Devant mon regard réprobateur, elle secoua la tête.

– Je ne le quitterai pas.

– Dans ce cas, ne le touchez pas pendant que j'appelle mon dragon.

La première fois que j'avais appelé le dragon Miroir, la vague de puissance déchaînée avait déferlé à travers sire Ido tandis que son corps écrasait le mien contre le mur du harem.

Dela lâcha la main de Ryko et resta assise près du grabat.

Le secret de cette magie de guérison consistait peut-être à toucher Ryko, de même qu'Ido me touchait quand le dragon et moi avions ouvert de force à la compassion son esprit atrophié. Avec précaution, je posai ma main sur la poitrine amaigrie de Ryko, au-dessus du cœur. Sa peau était brûlante, les battements de son cœur semblaient aussi rapides et légers qu'un oiseau prisonnier.

Respirant profondément, je puisai dans mon *hua* en me servant de la force de vie frémissante pour concentrer ma vision intérieure sur le monde énergétique. Mon regard changea soudain, comme si j'avais basculé en avant, et la pièce fut plongée dans la clarté chatoyante du paysage d'énergie que seuls les Yeux du dragon pouvaient voir. Les couleurs de l'arc-en-ciel tournoyaient en des motifs compliqués. Des flots argentés de *hua* coulaient à travers les corps énergétiques transparents de mes amis et tout autour de la pièce, irrésistiblement attirés vers l'est par l'énorme masse de puissance rougeoyante du dragon Miroir, où ils se déversaient pour en ressortir plus abondants encore. Au-dessus de mon épaule gauche, j'aperçus la silhouette prostrée du dragon Rat au nord-nord-ouest. Son énergie était faible, stagnante.

Aucun autre dragon ne se trouvait dans le cercle céleste. Attendaient-ils une nouvelle occasion pour se ruer sur leur souveraine ?

Repoussant résolument cette peur, j'ouvris mes chemins intérieurs au dragon Miroir, en l'appelant par son nom qui était aussi le mien. Elle répondit par un déferlement d'énergie et me salua en enivrant mes sens de sa douce saveur épicée, si délicieuse que je ne pus contenir ma joie et éclatai d'un rire extasié.

De l'autre côté du grabat, la silhouette transparente de Dela se raidit. Le centre de puissance à la base de sa colonne vertébrale devint rouge de colère, et sa fureur enflamma tour à tour les six autres centres s'alignant du sacrum au sommet de la tête. Je voyais en elle comme si elle avait été en verre. Chaque boule tournoyante d'énergie colorée communiquait à la suivante l'éclat furieux de son incompréhension.

Je réprimai mon allégresse mais ne m'interrompis pas pour rassurer Dela, car les dix dragons endeuillés pouvaient revenir d'un moment à l'autre. M'abandonnant au pouvoir du dragon Miroir, je fus entraînée dans une spirale dorée vertigineuse. L'espace d'un instant, le monde ne fut plus que la pulsation rythmique d'une couleur étincelante, la pureté d'une note unique – le chant de mon dragon. Puis ma vision se divisa entre la terre et le ciel.

Dominant la scène du haut de mon regard de dragon, je vis la force vitale pâlissante de Ryko, dont les centres de puissance perdaient leur clarté comme des bougies éteintes. À travers mon corps terrestre, j'aperçus ma propre main transparente, ruisselante de *hua* doré, qui touchait la poitrine de Ryko au-dessus de son point cœur d'un vert pâle. Exactement comme j'avais touché Ido. Je concentrai tout mon être sur une unique pensée : « Guéris ! »

D'un coup, je fus davantage que le vecteur d'un dragon.

Nous étions *hua*.

En notre union, nous comprenions la nature des blessures trop importantes pour la force vitale affaiblie. Il ne restait pas beaucoup de temps. Ryko était proche du monde des esprits. Notre pouvoir chercha le motif délicat de la vie se répétant en une série d'enchaînements aussi complexes que minuscules. Notre chant silencieux s'adressa à eux en une harmonie de guérison, entre-tissant de fils dorés d'énergie chaque nœud compliqué et accélérant ainsi le cycle de la régénération. Puisant du pouvoir dans la terre et dans l'air, nous le canalisions dans son corps pour ressouder la chair meurtrie et les muscles, les os brisés et l'esprit.

– Par tous les dieux ! s'écria l'herboriste dans un coin de la pièce. Regardez, les plaies se referment !

Ses paroles s'immiscèrent dans le chant et détruisirent ma concentration. Cet instant d'inattention suffit pour distendre mon union avec le dragon Miroir. Je sentis mon regard intérieur se troubler, ma vision se restreindre de nouveau aux limites de mon corps terrestre. Le flot de *hua* se tarit.

Ryko n'était pas encore guéri, il restait encore tant à faire.

Je cherchai désespérément à me raccrocher au monde énergétique alors que le fil du chant échappait à mon emprise maladroite. Je ne connaissais qu'un moyen de commander mon dragon : l'appel d'union. Je le hurlai de toutes mes forces : *Eona*. À travers mon cri de désespoir, j'entendis son chant devenir plus fort et retenir mon attention vacillante, me replongeant dans la fusion dorée de notre *hua*.

Alors que notre joie retentissait de nouveau, notre union fut ébranlée par un afflux d'énergie amère. Les dix dragons. Prises entre l'urgence de l'état de Ryko et l'énorme puissance des bêtes éperdues, nous tentâmes de résister à leur pression accablante.

Si le chant s'interrompait encore, Ryko mourrait.

Nous continuâmes de chanter sa guérison, en repoussant avec peine l'énergie brutale déchirant notre union. Autour de nous, les dix dragons endeuillés apparurent en miroitant, silhouettes pâles et hurlantes.

Soudain, le dragon Rat se cabra. Passant d'une prostration douloureuse à une rapidité ondulante, il heurta violemment la masse opaque du dragon Bœuf, son voisin, avant de s'élancer au-dessus de nous en décrivant un cercle de façon à repousser les autres dragons s'avançant vers nous. Tout au fond de nous, nous entendîmes une autre voix qui criait dans son effort.

Sire Ido.

Sentant l'âcre saveur orangée de son pouvoir, nous eûmes un mouvement de recul. Mais cette fois, il n'essayait pas de nous dominer. Il prenait notre défense.

Se cabrant de nouveau, le dragon Rat affronta l'énergie sauvage des dix dragons endeuillés. Le toit de la maison de pêcheur se fracassa, faisant pleuvoir dans la pièce une nuée de bardeaux et de poussière. Une poutre s'effondra et écrasa le Suppliant. Le flot argenté de son *hua* vacilla puis disparut.

– Sortez ! hurla Tozay en entraînant Vida vers la porte.

Se relevant à côté du cadavre du saint homme, l'herboriste courut à leur suite.

Dela se précipita vers Ryko pour le protéger de la pluie de débris. Des morceaux de bois tombaient sans relâche sur mon corps terrestre, mais je ne ressentais aucune douleur. Tozay poussa Vida dans les bras de Solly.

– Ne restez pas dans cette maison ! cria-t-il avant de se tourner vers Dela.

Le toit s'étant disloqué, la pièce avait soudain laissé place à une étendue vertigineuse de ciel nocturne. À travers nos yeux de dragon, nous vîmes les silhouettes brillantes de Vida, de Solly et de l'herboriste s'échapper de la maison et courir vers la route du village. Nous nous balançâmes au milieu des nuages noirs ébranlés de tonnerre, tandis qu'un pouvoir brutal nous percutait. Nos griffes s'enfoncèrent dans les corps des autres dragons, les rejetèrent au loin. À côté de nous, le dragon Rat para l'attaque du dragon Serpent, en un choc de *hua* d'une telle violence que le bord d'une falaise à nos pieds se détacha.

À travers la mêlée, la voix intérieure de sire Ido retentit : « Concentrez-vous ! Parez ! »

Comment ? Je ne savais pas comment !

Mon regard intérieur se pencha sur la pièce terrestre où Tozay soulevait Ryko, puis la vision du dragon reprit le dessus et me présenta la bataille se déchaînant dans le ciel. Plus bas, la mer était une masse d'énergie bouillonnante, qui précipita des bateaux minuscules contre les rochers avant de balayer toute une rangée de maisons sur le rivage. Une douzaine de traînées brillantes de *hua* s'éloignèrent à toute allure des habitations du village. Quand la muraille d'eau s'abattit sur elles, leurs lumières s'éteignirent d'un coup.

– Eona !

C'était la voix de Dela, qui tirait sur mon corps terrestre. L'espace d'un instant, je revins à moi et croisai son regard affolé. Les murs s'effondraient en craquant sous le choc d'un vent à la force inouïe.

– Venez ! hurla-t-elle en m'entraînant vers le seuil tandis que Tozay portait Ryko dans la cour.

« Eona ! » Le cri intérieur d'Ido me ramena brutalement dans le corps du dragon Miroir. Nous nous mîmes à tournoyer en attaquant à coups de griffes les écailles rosées de l'agile dragon Lapin. Au-dessus de nous, le dragon Rat affronta le dragon Tigre, en un corps à corps si brutal que nous en ressentîmes la violence à travers l'esprit d'Ido.

Pendant un instant déconcertant, nous nous retrouvâmes dans une autre pièce, aux murs de pierre, les mains et les pieds enchaînés, le corps brisé, roué de coups, terrassé par la douleur. C'était le corps d'Ido. Une nouvelle onde de choc, lorsque son dragon heurta derechef l'autre bête céleste, nous transporta soudain à l'abri d'un buisson – nous étions une petite silhouette accroupie devant le livre noir ouvert, des formules maléfiques brûlaient notre esprit. Nous étions Dillon en train de hurler : « Trouve Eona ! Trouve Eona ! » Puis la vision se dissipa, nous étions de retour dans le ciel au-dessus de la maison de pêcheur en ruine, nos griffes entaillaient les corps de nos adversaires tandis que nous poussions des cris de défi. Autour de nous, le cercle des dragons endeuillés se resserrait.

« Il ne faut pas qu'ils referment le cercle ! »

La voix intérieure d'Ido était rauque à force de souffrance et de peur.

« Donnez-moi votre pouvoir !

– Non ! »

À nos pieds, Dela émergea dans la cour d'un pas chancelant, en portant à moitié mon corps terrestre.

« Ils vont vous mettre en pièces. Vous allez mourir. Donnez-moi votre pouvoir !

– Non ! »

La puissance combinée des dix dragons nous écrasait. Nous ne tiendrions plus très longtemps, mais nous ne pouvions donner notre pouvoir à Ido. Pas après la façon dont il avait voulu s'en emparer au palais.

« Aidez-moi à les arrêter ! »

La terreur rendait sa voix plus aiguë. Dix chants de deuil se pressaient contre nous, aspirant au réconfort de l'union.

Il n'y avait pas d'échappatoire. Nous n'avions pas assez de pouvoir ni de savoir. Avec un cri de désespoir, nous ouvrîmes nos chemins à Ido.

Son pouvoir éperdu fit irruption en nous, nous

arrachant toute notre énergie dorée. Nous étions vidées, sans défense. Les dix dragons se ruèrent vers nous à l'unisson, leur détresse se referma sur nous comme un étau. Avec une maîtrise impitoyable, Ido et le dragon Rat rassemblèrent nos énergies en les reliant au vent mugissant et à l'eau déchaînée.

« Préparez-vous ! » hurla Ido.

Il projeta l'énorme masse de pouvoir, avec un effort dont la violence irradia notre propre esprit. Une explosion gigantesque dispersa le cercle des dragons et les renversa en arrière. À nos pieds, les vestiges de la maison de pêcheur tournoyèrent dans le ciel nocturne tandis que la falaise s'écroulait tout entière dans la mer.

« Parez, maintenant ! » rugit Ido.

Mais nous ne savions pas comment faire. L'onde de choc nous frappa de plein fouet, me renvoyant d'un coup dans mon propre corps. L'espace d'un instant, je vis le visage de Dela au-dessus de moi. Elle tenait ma tête dans ses bras robustes. Une douleur lancinante emplissait tout mon être. Je me mis à crier – mais je n'étais pas seule à endurer ce supplice.

« Aidez-moi, gémit la voix intérieure d'Ido. Je ne peux pas… »

Puis une obscurité tourbillonnante m'emporta loin de son appel angoissé.

Chapitre 2

Mon corps entier tressaillit, me forçant à ouvrir les yeux. Une masse blanche indistincte se révéla être un toit de toile. Les pans d'étoffe sur le côté laissaient filtrer un soleil flamboyant. Je plissai les yeux sous l'effet conjugué de la lumière et de la souffrance lancinant ma tempe. Un nouveau cahot me fit tressauter et rendit plus intense l'odeur estivale de paille autour de moi. Levant la tête, je regardai par une fente le paysage mouvant. Des rizières en terrasses, dont les épis jaunissants s'inclinaient sous l'inondation.

– Noble dame !

Ryko se dressa quelque part devant moi. Il chancela quand le chariot rencontra une ornière. L'espace d'un instant, je me revis dans la maison de pêcheur, la main sur son cœur épuisé, puis le souvenir se dissipa et je fus de retour dans le chariot avec Ryko. Il était vivant et souriait. Une terreur sacrée me coupa le souffle : nous l'avions sauvé, le dragon Miroir et moi. Mais était-il complètement guéri ? J'allais le lui demander quand un flot vertigineux d'images me submergea : le chant doré, les dix dragons endeuillés, le combat.

Sire Ido.

– Il a de nouveau pénétré dans mon esprit ! m'écriai-je d'une voix rendue rauque par la soif.

Je me redressai péniblement sur mes coudes.

– Ido s'est trouvé dans mon esprit !

Et Dillon aussi, fugitivement. J'en étais certaine, même si je ne le revoyais pas nettement. Je sentais encore sa terreur.

Ryko s'avança vers moi. Il semblait préférer s'appuyer sur le côté droit.

– Que voulez-vous dire, noble dame ?

– Ido a repoussé les autres dragons.

Un écho de l'union de nos esprits retentit en moi, redoublant mon mal de tête. Quel pouvoir immense !

– Sire Ido n'était pas au village, noble dame.

– Non, il se trouvait de nouveau dans mon esprit.

Ryko tressaillit quand j'agrippai son bras.

– Il était dans mon esprit ! Il a fallu que je le laisse entrer. Vous comprenez ? Autrement, nous aurions péri ou…

– Qu'entendez-vous par « se trouver dans votre esprit » ? demanda Ryko en se dégageant.

Son ton soudain méfiant me réduisit au silence.

– Ido doit être mort.

– Non.

Je fermai les yeux en sentant une nouvelle fois le poids de chaînes de fer et la douleur cuisante d'une peau flagellée.

– Sethon le retient prisonnier. J'ai vu à travers ses yeux. Je pense qu'il est mourant.

Je ressentis brusquement un élan de pitié.

– Il n'a que ce qu'il mérite, grogna Ryko.

– Si seulement il pouvait mourir vingt fois, approuvai-je en hâte.

Ido n'était pas digne de ma pitié.

Je voulus m'asseoir, mais un violent vertige m'obligea à chercher un appui sur la paroi de bois.

– Elle s'est réveillée, Ryko ? s'écria Dela à l'extérieur du chariot. Elle va bien ?

Un large hayon s'ouvrit à l'avant du chariot, révélant les croupes de deux bœufs peinant sous leur harnachement. Ils étaient guidés par une silhouette familière – Solly, dont les traits épais étaient rendus encore plus grotesques par diverses écorchures et entailles couvertes de croûtes. Il s'inclina en souriant. Puis il disparut à ma vue, car Dela se glissa à l'intérieur. Au lieu de son déguisement de pêcheur, elle portait le bonnet noir et la robe montante bleue d'un riche marchand.

– Vous allez bien, Eona ? me demanda-t-elle en observant mon visage. Nous avons cru que vous ne reviendriez jamais à vous. Comment vous sentez-vous ?

Je me léchai les lèvres, soudain consciente de la détresse de mon corps desséché.

– J'ai soif, déclarai-je. Et je me sens mal. Ma tête me fait souffrir. Combien de temps suis-je restée ainsi ?

Elle lança à Ryko un regard lourd d'avertissement.

– Deux jours, répondit-elle.

– Deux jours ? m'exclamai-je en les observant avec incrédulité. C'est vrai ?

Ils hochèrent tous deux la tête mais ne firent

pas mine d'ajouter un mot. Leur silence embarrassé n'était troublé que par les craquements du chariot et la voix de Solly exhortant les bœufs à avancer. D'un air soucieux, Ryko me tendit une cruche d'eau.

J'en bus quelques gorgées et l'eau fraîche fit du bien à ma gorge, mais mon estomac se révolta aussitôt. Je ne m'étais pas sentie aussi mal depuis le banquet au palais impérial, il y avait une éternité.

Réprimant mon envie de vomir, je rendis la cruche à Ryko.

– Il va falloir que quelqu'un me dise ce qui s'est passé.

– Vous ne vous en souvenez pas ? lança Dela en me regardant avec inquiétude. Vous étiez en train de guérir Ryko, quand tout a explosé. La maison a été démolie par des pluies et des vents d'une violence incroyable. Même la falaise n'a pas résisté.

– Le village non plus, observa Ryko.

Dela lui lança un regard furieux.

– Il faut qu'elle sache la vérité, déclara-t-il.

Un pressentiment me serra le cœur.

– Quelle vérité ? Dites-moi tout !

Ryko se raidit puis s'exécuta :

– Trente-six villageois ont péri. Près de quatre-vingts ont été blessés.

Il baissa la tête.

– Tout cela pour me sauver.

Ma gorge était de nouveau sèche.

– Trente-six ?

Tant de morts, simplement parce que j'étais incapable de maîtriser mon pouvoir. Ils avaient payé pour mon imprudence à appeler mon dragon alors que je savais que je n'avais pas la formation nécessaire.

– Que les dieux me pardonnent, chuchotai-je. Mais même s'ils pouvaient me pardonner, comment le pourrais-je, moi ?

Ryko s'inclina gauchement, en tressautant sous l'effet des cahots.

– Ne vous tourmentez pas, noble dame. Il est vrai que ma guérison a coûté cher, mais ce n'est pas votre faute. Les dieux sauront qu'un autre est responsable de ces morts.

Il se tourna vers Dela.

– C'est Ido qui a tout fait. Il a envahi l'esprit de la noble dame pendant qu'elle me guérissait.

Dela en eut le souffle coupé.

– Ido est cause de toute cette destruction ? Essayait-il de nouveau de s'emparer de votre pouvoir ?

J'hésitai. Il serait si facile de rejeter toute la faute sur Ido et de me débarrasser ainsi du fardeau de ma propre culpabilité. Mais je ne pouvais plus mentir encore à mes amis – ni à moi-même. Si jamais j'avais appris quelque chose au cours des dernières semaines, c'était que de tels mensonges pouvaient être mortels.

– Non, déclarai-je. Ido nous a tous sauvés. En tentant de guérir Ryko, j'avais failli être mise en pièces par les dix dragons endeuillés.

Ils me regardèrent tous deux d'un air ébahi.

– C'est ainsi que j'appelle les animaux des Yeux du dragon massacrés. Je crois qu'ils essaient de s'unir à leur reine, même si j'ignore pourquoi. Sire Ido et son dragon ont repoussé leur assaut.

Ryko plissa les yeux.

– Voilà qui ne ressemble pas à Ido. Il ne pense qu'à son propre intérêt. Si ce que vous dites est vrai, il doit avoir une raison cachée pour vous aider.

Je le laissai ironiser sur ma véracité, car il était certes en droit de se méfier de moi. Il avait souffert plus que personne de mes mensonges. Pour ma défense, il fallait reconnaître que le plus énorme de ces mensonges – mon déguisement masculin – m'avait été imposé par mon maître. Peut-être Ryko me pardonnerait-il un jour. En attendant, je n'avais qu'à accepter sa désillusion.

– Tout ce que je sais, c'est qu'il a chassé les dix dragons et que sans lui nous n'aurions pas survécu.

– Où se trouve Ido ? demanda Dela. Je ne comprends pas. Comment a-t-il pu chasser… ?

– Faites excuse…

C'était la voix bourrue de Solly. Le chariot tressauta de nouveau sous le poids du nouvel arrivant. J'aperçus le combattant de la Résistance à côté de dame Dela.

– Ryko, une troupe de soldats approche derrière nous, lança-t-il d'un ton pressant. Ils m'ont tout l'air de surveiller la montagne. Et ils nous ont vus. Vous n'avez pas le temps de sortir.

Après s'être incliné brièvement, il disparut de ma vue.

Ryko fronça les sourcils.

– Une patrouille si haut dans la montagne ? J'espère que Sa Majesté est en sûreté.

Il me jeta un coup d'œil.

– Nous sommes en route pour le refuge de l'Empereur Perle, expliqua-t-il.

L'espace d'un instant, j'eus le souffle coupé tant j'étais soulagée.

– Il est donc vivant ?

– Pour autant que nous le sachions, intervint Dela. Ryko dit qu'il existe un abri sûr juste après le prochain village. Si tout s'est bien passé, il devrait s'y trouver.

Elle ressortit par le hayon, puis revint d'un air soucieux confirmer les dires de Solly.

– Ils seront bientôt là, Ryko, ajouta-t-elle. Il faut vous cacher dans le caisson.

Elle agrippa mon épaule.

– Vous et moi sommes mari et femme. Je vous emmène aux eaux de la Noble Lune pour que vous guérissiez. Vous avez compris ?

– Les soldats de Sethon savent-ils que nous nous trouvons dans la région ?

– Non, il s'agit probablement d'une patrouille ordinaire. Jusqu'à présent, nous avons passé sans problème tous les contrôles. Souvenez-vous simplement que vous êtes mon épouse malade.

Elle referma le hayon.

Ryko avait déjà soulevé le bord de mon grabat de paille et commençait à enlever les planches du sol.

– Qu'est-ce que vous faites ?

– Je me cache.

Un compartiment secret apparut sous les planches.

– Sethon cherche un jeune garçon, un Contraire et un insulaire. Vous deux, vous pouvez changer d'identité, mais moi je ne peux rien faire à ma taille et à ma couleur de peau.

– Vous êtes sûr que vous tiendrez là-dedans ?

C'était un espace exigu, tapissé d'un peu de paille. Un paquet allongé était calé d'un côté.

– Prenez ça, dit Ryko en me le tendant.

Dès que je touchai le coton grossier enveloppant le paquet, je sus qu'il contenait les sabres de Kinra. Je fus envahie par la colère familière qui les habitait et mon mal de tête s'intensifia encore. Autour de mon bras, les perles noires cliquetèrent comme pour saluer ces armes ayant appartenu jadis à mon aïeule Œil du dragon. Plongeant mes mains dans les replis du paquet, je dégageai les gardes incrustées de jade et de pierres de lune ainsi que le haut de la bourse de cuir abritant mon compas d'Œil du dragon. À côté de moi, Ryko se glissa dans la cachette en se contorsionnant pour faire entrer son corps immense dans cet espace étroit. Il tendit les mains vers les sabres. Je les enveloppai de nouveau et les lui donnai. Au moins, certains des trésors du dragon Miroir étaient à l'abri. Effleurant du doigt la bourse fixée à ma taille, je m'assurai que les tablettes mortuaires de mes ancêtres étaient elles aussi en sûreté.

– Aidez-moi à remettre en place ces planches, dit Ryko. Et poussez le grabat dessus.

– Vous pourrez respirer ?

– J'ai plus d'air qu'il n'en faut.

Il esquissa un sourire et tapota mon bras.

– Tout va bien se passer.

Je replaçai les planches au-dessus de son visage sévère. En proie à une peur soudaine, j'avais les doigts tremblants. Je poussai le grabat d'un coup sec par-dessus la cachette. Tandis que je me recouchais en tirant pudiquement sur ma longue tunique, je me rendis enfin compte que j'étais vêtue de la robe de deuil d'une femme ayant failli être mère. La tragédie était complète grâce à la ceinture orange, indiquant que l'enfant aurait été un fils. Portant la main à mes tempes, je sentis l'étoffe de la coiffe dissimulant ma chevelure et attestant que mon deuil était récent. Rares étaient les hommes qui se hasarderaient à approcher une telle infortunée, et encore moins à fouiller son lit de malade. Le stratagème était astucieux. Il permettait aussi de justifier notre voyage dans une période aussi périlleuse, car on disait qu'une femme pouvait se purifier de son malheur en se baignant avant son prochain cycle dans les eaux de la Noble Lune, un lac de montagne jouissant de la faveur des dieux. Malgré tout, j'étais ennuyée d'arborer des vêtements aussi funestes. Pour me porter bonheur, je touchai le livre rouge dans ma manche. La caresse légère des perles me réconforta.

Le panneau de toile à l'arrière du chariot se souleva. Je fermai les yeux en m'efforçant de calmer mes battements de cœur afin de sembler dormir paisiblement.

– C'est moi, dit une voix familière.

Levant la tête, je vis Vida se hisser à l'intérieur du véhicule avançant avec lenteur. La tunique et le pantalon large qu'elle portait habituellement avaient cédé la place à une robe de servante. Si pudique que fût cette tenue, les plis du tissu marron et la ceinture artistement nouée ne faisaient que mettre en valeur ses formes généreuses. Elle rabattit le panneau et rampa vers moi, non sans accrocher sa jupe à l'un des trois énormes paniers de voyage attachés à la paroi du chariot. Elle tira sur le vêtement en poussant un juron étouffé.

– Je vais vous aider, lançai-je en me hissant péniblement sur mes coudes.

Ma vision se troubla et le chariot se mit à tournoyer autour de moi. Je retombai sur le grabat.

– Laissez-moi faire, dit-elle d'un ton brusque.

Après s'être enfin dégagée, elle me rejoignit.

– Vous avez une mine épouvantable, mais après tout c'est dans la note de votre personnage.

Elle prit ma main, cependant son geste n'avait rien de consolateur.

– Ce n'est pas la première fois qu'on nous contrôle. Tout ce que vous avez à faire, c'est de garder votre sang-froid. Si vous n'en êtes pas capable, contentez-vous de vous taire et de jouer les innocentes.

Elle avait beau parler avec intrépidité, sa main était moite et elle me serrait trop fort.

Je regardai cette fille si proche des villageois qui avaient péri et je me forçai à demander :

– Votre père va bien ?

Elle hocha la tête, mais son regard était froid.

– Il n'a pas été blessé.

Dans mon soulagement, je souris. Maître Tozay était vivant. Au moins, je n'avais pas tué ou blessé le chef de la Résistance.

– J'en suis si heureuse, déclarai-je.

Vida ne me rendit pas mon sourire.

– Mon père s'en est tiré, reprit-elle à voix basse, mais j'ai perdu mon… j'avais des amis parmi les victimes.

Elle resserra encore l'étreinte de sa main, au point que je poussai un cri étouffé.

– J'ai vu votre pouvoir, noble dame, et mon père affirme que vous êtes la clé de notre succès. Malgré tout, je ne souhaitais pas vraiment que vous reveniez à la vie.

Je tentai de dégager ma main, mais elle ne la lâcha pas. Le bruit du chariot fut soudain couvert par un cliquetis d'armures et une voix brève nous ordonnant de faire halte.

Vida se rapprocha de moi.

– Jusqu'à présent, vous avez fait plus de mal que de bien, noble dame. J'espère que vous valez la peine que tant de gens souffrent pour vous.

Le chariot s'arrêta brutalement et elle lâcha ma main.

– Au nom de l'empereur Sethon, montrez-nous votre laissez-passer, commanda un soldat avec brusquerie.

– Le voici, répondit Dela.

Renonçant à ses inflexions habituelles, elle avait pris la voix grave d'un homme.

Près de moi, la silhouette d'un soldat se détacha sur le toit de toile, comme une marionnette d'un théâtre d'ombres. Le profil anguleux de Dela apparut puis disparut tandis qu'elle lui tendait une plaque octogonale – un laissez-passer de Bienheureux Pèlerin, difficile à obtenir et presque impossible à imiter. Pendant un instant interminable, l'homme l'examina. Relevant enfin les yeux, il demanda :

– Où vous rendez-vous, marchand ?

– Aux eaux de la Noble Lune. Pour ma...

– Cette période ne se prête guère aux voyages.

Les routes sont inondées et un tremblement de terre a anéanti un col de l'autre côté de la montagne.

– Nous avons confiance dans les dieux…

– Combien êtes-vous ?

– Je suis avec mon épouse et nos deux domestiques.

– Vous n'avez pas de gardes ?

– Non, messire soldat. Nous avons un laissez-passer de Bienheureux Pèlerin et notre bannière annonce officiellement notre condition. Cela devrait assurer notre sécurité.

– On a rapporté que des bandits avaient attaqué des pèlerins sur cette route.

Le soldat rendit la plaque à Dela.

– Avez-vous vu d'autres voyageurs ? Un géant insulaire, un jeune garçon et une femme, par exemple ? Ou deux hommes et un garçon ?

D'un coup, il me sembla qu'il n'y avait plus d'air pour respirer dans le chariot. Ils nous cherchaient. Nous en avions été avertis au village des pêcheurs, mais cette fois c'était bien réel. Nous étions entourés de soldats ayant reçu l'ordre de nous capturer ou de nous tuer. Je serrai mes mains tremblantes.

– Non, messire soldat, répondit Dela.

– Inspectez le chariot, ordonna-t-il à ses hommes.

M'enfonçant dans la paille, je m'efforçai de m'allonger en une pose languissante. À côté de moi, Vida abandonna son énergie féroce pour adopter une douceur servile. Nous échangeâmes un regard furtif, provisoirement réunies par une menace commune.

Le panneau de toile à l'arrière du chariot se souleva et deux hommes scrutèrent l'intérieur, le sabre à la main. Leurs regards effleurèrent ma silhouette blanche avant de s'attarder un instant sur le corps de Vida.

– Une femme et sa servante, lieutenant, annonça le plus âgé des deux.

Ils s'écartèrent devant leur supérieur. Ce dernier était plus jeune que je ne m'y attendais. Son visage jovial était assombri par la fatigue de ses responsabilités. Autour de son cou, une amulette de sang en jade rouge était suspendue à une lanière de cuir. J'en avais déjà vu chez des officiers. Ces amulettes étaient une prière sculptée à l'adresse de Bross, le dieu de la Guerre, pour qu'il les protège dans les combats. Pour être efficaces, elles devaient avoir été offertes. Le jade rouge coûtait nettement plus cher que la pierre qu'on utilisait d'ordinaire. Quelqu'un devait tenir à la vie de ce soldat.

Il fixait ma robe blanche d'un air bouleversé.

– Lieutenant ? s'inquiéta l'un de ses hommes.

Les yeux de l'officier se troublèrent puis il me regarda en face.

– Veuillez m'excuser pour cette intrusion, madame, dit-il avec douceur. Je vois maintenant pourquoi vous voyagez en cette période. Je m'appelle Haddo, lieutenant de la patrouille de la Montagne orientale.

Il s'inclina.

– Vous comprendrez que je doive vous demander de descendre avec votre servante pendant que nous fouillons votre chariot.

Vida se raidit.

– Je vous en prie, messire. Ma maîtresse est souffrante.

Sa voix avait pris les inflexions suaves d'une servante.

Haddo ignora sa protestation.

– Veuillez descendre, madame.

– Bien sûr, déclarai-je.

Je m'appliquai à ajuster ma robe en tâchant de dissimuler mes mains tremblantes. Je sentais sous moi la présence éperdue de Ryko, comme si elle redoublait les battements affolés de mon cœur.

Vida saisit mon bras en hâte et m'aida à me redresser.

– Appuyez-vous sur moi, maîtresse.

Son corps contre le mien était crispé.

Courbées sous le toit bas, nous nous avançâmes tant bien que mal vers le lieutenant. Ma lenteur n'était pas entièrement jouée, car après deux jours dans ce chariot j'étais à peine capable de remuer. Ma nausée s'aggravait à chacun de mes pas vacillants.

Vida me soutint tandis que je descendais et prit soin d'écarter le bas de ma robe d'une flaque boueuse. Quand je me tournai vers le lieutenant, je vis enfin l'ampleur de la menace. Nous étions entourés de vingt soldats, pour la plupart des fantassins armés de sabres, mais il y avait aussi quelques archers tenant leurs engins meurtriers. Il nous serait impossible de leur échapper en combattant. Vida me serra plus fort.

– Mon épouse va bien ? s'écria Dela.

– Restez où vous êtes ! commanda Haddo.

Il fit signe aux deux soldats attendant ses ordres.

– Fouillez le chariot.

Ils montèrent dans le véhicule. Je ne voulais pas les regarder – il me semblait qu'ils liraient sur mon visage l'emplacement de la cachette de Ryko, mais je ne pus détourner les yeux. Le soldat plus âgé ouvrit l'un après l'autre les paniers de voyage en répandant leur contenu – nourriture, vêtements et literie. L'autre soldat souleva l'épais matelas de paille au milieu d'un tourbillon de poussière. Puis il y plongea son sabre à trois reprises. Son attention se tourna alors vers le sol. Vida retint son souffle et je me sentis au bord de la nausée.

– Je vais me sentir mal, soufflai-je.

Alors que je me tournais vers le fossé inondé, Vida me força à faire face au lieutenant. Je n'eus pas le temps de protester. Me pliant en deux, je vomis aux pieds de l'officier un mince filet de bile.

Avec dégoût, Haddo recula d'un bond. Je vomis de nouveau le liquide amer.

– Je vous en prie, messire, ma maîtresse a besoin de s'allonger, implora Vida tout en me poussant vers lui.

Je tentai instinctivement de m'écarter, mais elle enfonça ses ongles dans mon bras avec tant de violence que la douleur me plia de nouveau en deux.

Le lieutenant fit un autre pas en arrière et regarda les deux hommes dans le chariot, qui observaient son embarras d'un air narquois.

– Eh bien, vous avez terminé ?

Le soldat tenant le matelas le laissa retomber.

– Oui, lieutenant.

– Dans ce cas, sortez de là, que cette pauvre dame puisse se reposer.

Les hommes descendirent, le saluèrent puis rejoignirent leurs camarades.

Quand ils furent trop loin pour entendre, Haddo murmura :

– Ne vous inquiétez pas, madame. Ma propre épouse a eu le même genre de maladie… après.

Il désigna d'un geste ma robe blanche.

– Les eaux de la Noble Lune nous ont porté chance. Je suis certain que les dieux vous rendront également la santé et vous accorderont bientôt d'avoir un autre fils.

J'esquissai un faible sourire.

– Puisque nous partons dans la même direction, reprit-il, vous et votre mari pouvez voyager avec nous jusqu'au prochain village. Ce sera plus sûr et plus rapide.

– Vous êtes très obligeant, lieutenant Haddo, répliquai-je en me forçant à prendre un ton plein de gratitude. Nous ne voudrions pourtant pas vous détourner de vos devoirs.

– De toute façon, ma troupe doit franchir la montagne, assura-t-il. Et je suis certain que les dieux voudraient que je vous prête assistance lors de votre pèlerinage. Nous devrions arriver au village de Laosang avant la nuit.

Il s'inclina et s'éloigna, sans doute pour apprendre la bonne nouvelle à mon époux.

Vida me regarda recracher un dernier filet de bile.

– La prochaine fois, ne vous débattez pas, chuchota-t-elle en me menant au chariot.

J'avais grande envie de me dégager, mais j'étais trop faible pour monter seule dans le véhicule. D'ailleurs, je devais admettre que sa rapidité d'esprit avait sauvé la situation, à défaut de préserver ma dignité. Elle s'agenouilla à l'arrière du chariot en gardant un genou dressé, comme une bonne servante offrant un marchepied à sa maîtresse malade. Bien que ce fût tentant, je n'en profitai pas pour la piétiner. Tandis que je rampais sur le grabat, j'entendis Dela tenter de rejeter la proposition de Haddo. Toutes ses objections se heurtèrent à un refus courtois – manifestement cet homme tenait à nous aider. Nous étions pris au piège par notre propre stratagème.

– Eh bien, vous avez toute ma reconnaissance, messire, dit enfin Dela pour ne pas éveiller ses soupçons par un refus brutal. Votre protection sera un soulagement pour nous.

Vida rabattit le panneau de toile. Son visage tendu était comme le reflet de ma propre inquiétude. Chaque instant passé en compagnie de ces hommes pourrait nous trahir, et voilà que nous allions voyager avec eux.

– En route ! lança le lieutenant.

Des silhouettes avancèrent le long du chariot qui s'ébranlait en cahotant. Dela ouvrit le hayon et se glissa à l'intérieur.

– Vous allez bien, chère épouse ?

Sa voix était pleine de sollicitude, mais ses yeux étaient rivés sur la cachette de Ryko.

– Je serai heureuse de faire halte pour la nuit, cher époux, répondis-je.

Dela hocha la tête. Nous savions que nous ne pourrions rien faire tant que nous serions entourés des hommes de Sethon. Ryko devrait rester où il était jusqu'à ce que nous trouvions un moyen pour le libérer à la faveur de la nuit.

Après un dernier regard anxieux sur le sol, Dela se retira.

Me penchant sur le côté, je soulevai le bord du grabat malgré la protestation étouffée de Vida. La joue pressée contre le plancher, je chuchotai : « Cette nuit », au cas où Ryko pourrait m'entendre malgré le roulement du chariot. C'était peu probable, mais je trouvais insupportable l'idée qu'il fût coincé dans cet espace minuscule sans savoir ce qui se passait ni quand il pourrait s'échapper.

En proie à un nouveau haut-le-cœur, je me laissai retomber sur le dos. Accroupie près de mes pieds, Vida replaçait en hâte les boîtes de nourriture et la literie dans les paniers de voyage.

– Tenez, chuchota-t-elle en me tendant un flacon d'eau fraîche. Vous avez besoin de vous reposer. Buvez un peu, mais lentement, sans quoi vous vomirez de nouveau. C'est comme si vous aviez reçu un coup violent à la tête. Il n'y a pas de remède, en dehors du repos.

– Vous saviez que je serais malade dehors ?

Elle haussa les épaules.

Comment aurais-je pu m'attendre à des marques de sympathie de sa part ? Je bus une gorgée, qui me donna aussitôt la nausée. Rebouchant le flacon, je fis un signe de tête pour remercier Vida, mais elle s'était déjà détournée. J'étais toujours l'assassin de ses amis. Les yeux fixés sur le toit de toile, je cherchai des pensées qui ne seraient pas chargées de culpabilité ou de terreur – en vain.

Au début, je ne pus penser qu'aux soldats autour de nous et à Ryko coincé sous moi. Puis je fus rejointe par les fantômes de ceux que j'avais tués. Je tentai de chasser l'image lugubre du Suppliant écrasé sous le toit de la maison de pêcheur, mais son visage sans vie se confondit en moi avec une foule de visages : hommes emportés par une mer déchaînée, femmes brûlées dans leur demeure, enfants couverts de sang.

J'essayai de calmer ma respiration tremblante, dans l'espoir de purger mon esprit de ces visions affreuses, mais je n'aboutis qu'à revoir mon maître se tordant de douleur dans mes bras, sire Tyron décapité sur la route comme un traître, et l'instant terrifiant où j'avais compris que sire Ido avait massacré les dix autres Yeux du dragon et leurs apprentis. Tant de morts, dues pour la plupart à l'ambition de sire Ido. Même les villageois avaient été victimes de son pouvoir autant que du mien.

Pourquoi Ido m'avait-il sauvée ? Ryko avait raison, toutes les actions de cet homme visaient à son propre profit. S'il en voulait toujours à mon pouvoir, il aurait pu le prendre dans la maison de pêcheur, car j'y étais sans défense. En frissonnant, je me rappelai la première fois qu'il était entré de force dans mon esprit, lors de l'épreuve du Roi Mousson. Il s'était emparé non seulement de mon pouvoir, mais de mon corps. La dernière fois, pourtant, il n'avait rien tenté en ce sens. Aurait-il vraiment changé ? Je préférais ne pas miser sur cette transformation. La part d'ombre était trop grande en lui. Il était plus vraisemblable de penser qu'il voulait faire de moi sa débitrice, afin de m'amener à l'arracher aux griffes de Sethon. Croyait-il vraiment que je risquerais ma vie pour sauver l'assassin de mon maître et des autres Yeux du dragon ?

– Laon, emmenez vos hommes et déployez-vous du côté sud !

C'était la voix de Haddo à l'avant du chariot.

– Sen, votre détachement se chargera du nord. Souvenez-vous qu'il n'y aura pas de prime si le jeune seigneur Œil du dragon reçoit la moindre blessure. L'empereur ne se soucie pas des autres. Leurs cadavres feront l'affaire.

J'entendis Vida pousser un cri étouffé. Me tournant vers elle, je vis qu'elle fixait le toit de toile, le visage affreusement pâle. Son regard croisa le mien, en un aveu fugitif de sa peur, puis elle se raidit et se remit à ranger nos affaires dans les paniers de voyage.

Effleurant sous ma manche le livre aux perles protectrices, j'implorai Kinra en silence : « Veillez sur nous. » Les perles frissonnèrent et cliquetèrent, mais cette fois leur étreinte ne me réconforta pas.

Chapitre 3

Il faisait nuit quand notre chariot s'immobilisa avec un dernier cahot dans la cour de l'auberge du village de Laosang. Le silence de notre véhicule rendit soudain plus sensibles les autres bruits : la voix de Haddo donnant des ordres à ses hommes pour leur cantonnement, les mugissements de nos bœufs affamés, le fracas de marmites dans les cuisines. Une douce lumière dorée filtrant à travers la toile éclairait l'intérieur du chariot. Vida s'était calée entre deux gros paniers. Son visage était épuisé. J'avais passé cette longue journée à sommeiller tant bien que mal, bercée par le balancement lent du véhicule et le crépitement intermittent de la pluie sur le toit de toile. Cependant Vida avait tenu à rester éveillée. Je me frottai les yeux, étrangement irritée par son endurance.

Le hayon s'ouvrit à l'avant et Dela apparut.

– Je vais prendre une chambre, chère épouse.

Chaque ride profonde de son visage était incrustée de crasse, lui donnant l'aspect d'un masque d'opéra aux traits peints en noir.

– Vida, occupez-vous de votre maîtresse. Ensuite, vous irez aider Solly à nettoyer le chariot et à le préparer pour demain.

C'était bien imaginé, d'autant que les hommes

de Haddo allaient être absorbés par leurs propres affaires pendant une heure ou deux. Nous nous regardâmes en silence, prête chacune à assumer le risque.

– Voici votre cape, maîtresse, lança Vida avec une allégresse forcée. Il faut vous couvrir, la nuit est froide.

Dela attendit que je sois descendue non sans peine du chariot. Jouant son rôle de mari attentionné, elle m'offrit sa main. Elle prit un air soucieux en voyant que je m'affaissais contre son corps.

– Vous allez bien ? me demanda-t-elle à l'oreille en me soutenant.

– Je suis juste ankylosée par le voyage, assurai-je.

Puis je sentis l'odeur d'un repas généreusement agrémenté de jus de viande. Mon estomac vide se contracta. D'un coup, ma nausée avait disparu.

– Par tous les dieux, je meurs de faim !

Cette odeur succulente provenait de la taverne de l'auberge, de l'autre côté de la cour. Le bâtiment à deux étages formait l'un des côtés d'un vaste enclos pavé, où huit chariots comme le nôtre auraient pu aisément tenir en longueur comme en largeur. Devant la taverne, trois rangées de bancs humides étaient vides de tout client. Des lampions rouges se balançaient sous les avant-toits. Les fenêtres du rez-de-chaussée étaient ouvertes pour laisser entrer l'air plus frais de la nuit et l'on apercevait à l'intérieur quelques dîneurs devant de longues tables.

Je voulais entraîner Dela dans cette direction, mais elle me retint avec fermeté.

– Nous ne pouvons manger là-bas, observa-t-elle.

Évidemment : un couple de riches marchands prendrait une chambre à part, surtout s'ils faisaient un pèlerinage. Je m'effondrai contre Dela.

Un homme trapu sortit de la taverne. Sans doute l'aubergiste, à en juger par sa robe à rayures. Il se dirigea vers nous en s'arrêtant de temps en temps pour indiquer d'un ton brusque à des soldats les deux bâtiments bas s'étendant des deux côtés du portail d'entrée. D'après les drapeaux de bénédiction flottant aux fenêtres, il s'agissait de dortoirs pour pèlerins. À présent, ils servaient de casernes.

– Il faut mettre notre chariot ailleurs, murmurai-je à Dela.

Elle émit un grognement approbateur puis me poussa discrètement derrière elle. Je tressaillis en comprenant quelle faute élémentaire j'avais commise – une bonne épouse marchait toujours derrière son mari. L'aubergiste s'inclina devant nous, en jetant un regard appréciateur sur la bourse rebondie fixée à la taille de Dela et sur ma robe de toile fine.

– Je vous salue, messire, lança-t-il. Bienvenue à vous. Je suis heureux d'avoir au moins un client qui paie.

Un sourire narquois adoucit ce propos.

– Désirez-vous des chambres ? J'en ai autant que vous le voudrez, pour un prix très avantageux.

Il baissa la voix.

– Les troubles de la capitale sont catastrophiques pour les affaires. Avec en plus toutes ces inondations et ces tremblements de terre, personne ne voyage s'il peut l'éviter.

Ses yeux se posèrent de nouveau sur ma robe blanche. Se rendant compte de sa bévue, il ajouta en hâte :

– Le sens du devoir de votre épouse, même en cette période dangereuse, vous honore grandement.

Dela accepta d'un signe de tête cette excuse tacite.

– Une seule chambre suffira, merci.

L'aubergiste s'inclina de nouveau.

– Souhaiterez-vous dîner ? Ma propre épouse excelle à préparer les plats réservés aux pèlerins. Nous pouvons vous servir dans votre chambre.

Il désigna du menton les soldats passant dans la cour.

– Quand ils en seront au vin de riz, mieux vaudra ne pas s'aventurer en bas.

– Nous dînerons volontiers, dit Dela. Mes domestiques prendront leur repas dans votre taverne.

Après avoir jeté un coup d'œil sur la cour, elle fit signe à l'aubergiste de venir plus près.

– Je ne voudrais pas vous offenser, mon brave, mais n'y aurait-il pas un endroit plus sûr pour mon chariot ? Mes domestiques le garderont, évidemment, mais je préférerais le garer dans un lieu moins passant.

– Sage précaution, approuva l'aubergiste. J'ai une écurie à l'arrière. Il y aura assez de place pour vos bœufs et votre chariot. Pour un prix modique, je peux également nourrir les bœufs.

– Marché conclu, déclara Dela en portant sa main au front puis au cœur pour sceller l'accord.

L'aubergiste l'imita, après quoi il désigna Vida qui attendait en silence derrière nous, un panier de voyage dans les bras.

– Permettez-moi de vous mettre en garde. Mieux vaut que votre servante ne dorme pas dans le chariot, même si votre serviteur reste avec elle.

Il se frotta le front.

– Je peux installer un grabat pour elle dans votre chambre.

– Pour un supplément modique ? demanda Dela d'un ton innocent.

Il éclata de rire.

– Non, messire, sans supplément. Je ne voudrais pas qu'une femme coure un risque quelconque dans mon établissement. Elle pourra aussi manger dans la cuisine.

– C'est très aimable à vous, déclara Dela en s'inclinant.

L'aubergiste se tourna vers Solly.

– Menez le chariot à l'arrière de la maison, dans la première écurie.

Puis il nous invita d'un geste à le suivre dans l'hôtellerie.

Je m'avançai derrière Dela, la tête baissée, mais je réussis à voir Solly conduire notre équipage dans un passage étroit entre le bâtiment principal et le mur de l'enclos. Apparemment, la chance tournait enfin. Une fois le chariot caché dans l'écurie, Solly aurait tout le temps d'aider Ryko à s'éclipser pour aller retrouver l'Empereur Perle.

Néanmoins une petite voix en moi murmurait que c'était trop aisé. Mon inquiétude redoubla à la vue du lieutenant Haddo, qui nous observait de l'autre côté de la cour, immobile au milieu de ses hommes s'agitant en tous sens. S'il découvrait Ryko, j'étais certaine qu'il ferait des déductions et comprendrait que nous étions son gibier. Derrière son aspect juvénile, je devinais une vive intelligence. Et si vraiment il nous démasquait, nous devrions nous battre. À cinq contre vingt. Je croisai son regard, où je lus une sollicitude attendrie. En épouse pudique, je détournai les yeux. Mon cœur battait la chamade.

L'aubergiste écarta la portière rouge de l'hôtellerie et nous pria d'entrer. Je me hâtai de franchir à la suite de Dela le seuil surélevé conduisant à un vestibule qui n'était guère qu'un couloir et une cage d'escalier. Les délicieuses odeurs de cuisine avaient cédé la place à des relents de nattes moisissantes. L'huile de poisson brûlant dans deux lampes crasseuses ajoutait encore à la puanteur. Au bout du couloir, une porte donnait sur une cour – à en juger par les effluves de fumier portés par la brise nocturne, elle devait mener aux écuries. Solly devait être là-bas, en train de s'occuper des bœufs en guettant un moment favorable pour délivrer Ryko.

Quand Vida et l'aubergiste entrèrent, je fus contrainte de me pousser contre l'escalier étroit, dont la rampe était faite de divers bois mal assortis. Mon regard croisa celui de Dela. Elle avait mis sa main devant son nez et sa bouche, en s'efforçant de cacher son dégoût. Comparé au palais luxueux où elle vivait naguère, cet endroit était un taudis. Mon maître et moi avions pourtant supporté des auberges encore bien plus sordides, cinq ans plus tôt.

Ce souvenir importun me brûla comme un acide. Bien que mon maître fût mort, je n'avais pas oublié sa trahison. Lorsque nous avions entrepris ce voyage, voilà si longtemps, il n'avait pas encore fait délibérément de moi une infirme. Je venais d'être délivrée de l'esclavage de la saline. J'apprenais à jouer le rôle d'un garçon, heureuse d'être libre de me déplacer sans sentir la morsure d'un fouet ou le fardeau d'un sac de sel. Puis mon maître s'était arrangé en secret pour que j'aie la hanche brisée, afin de dissimuler mon sexe et de me rendre intouchable. Tout cela pour assouvir sa soif de pouvoir et d'argent. À la fin, il regretta de m'avoir fait ainsi souffrir, comme il le dit lui-même à Chart. Il en vint même à m'aimer, à sa manière. Maintenant que j'étais guérie et que je possédais le pouvoir d'un dragon, peut-être pourrais-je lui pardonner. Toutefois ma rage était plus violente et dévorante que jamais.

L'aubergiste prit l'une des lampes à huile et s'engagea dans l'escalier. Nous montâmes en procession derrière lui. Je me battais avec ma longue robe tandis que Vida peinait sous le poids du lourd panier de voyage.

À l'étage, l'air n'était pas plus respirable. La chaleur moite de la journée avait répandu l'odeur de poisson dans toute la maison. L'aubergiste nous précéda le long d'un étroit corridor bordé de chambres séparées par des cloisons de papier – il ne serait pas question de converser librement cette nuit.

– Voici ma meilleure chambre, proclama-t-il en faisant coulisser un mince écran. Comme je n'ai pas d'autres clients, je vous ai installés à l'arrière de la maison, de façon que vous ne soyez pas dérangés par les bruits de la taverne.

La pièce était étonnamment vaste. Deux matelas étaient roulés contre le mur du fond, prêts à être déployés. Au centre, une table basse permettait de prendre des repas. Il n'y avait pas de nattes en train de moisir – le ciel soit loué ! Cependant le plancher nu laissait filtrer par de larges fentes la faible lumière du vestibule. Dans un coin, un écran taché séparait un vase de nuit du coin à dormir. La fenêtre à volets promettait un peu d'air frais.

Après avoir suspendu la lampe à un crochet à côté de la porte, l'aubergiste s'inclina en nous priant d'entrer.

– Je vais vous faire porter votre dîner et le lit supplémentaire dans moins d'une heure, déclara-t-il.

S'inclinant de nouveau d'un air satisfait, il sortit de la chambre. Nous attendîmes en silence que le bruit de ses pas s'éloigne dans les profondeurs du rez-de-chaussée de la maison.

Quand elle estima enfin que nous étions en sûreté, Dela murmura :

– Vida et moi allons aider Solly.

– Et moi ? Que puis-je faire ?

– Vous devez rester ici. Une épouse de marchand ne saurait entrer dans une écurie, et encore moins se promener seule dans une auberge.

Devant mon regard révolté, elle ajouta :

– Je sais que c'est frustrant, mais seule une prostituée ou une servante s'aventurerait en bas, surtout avec ces soldats dans les parages. Il faut que vous soyez conforme à votre personnage.

– Bien sûr, je suis une femme respectable accablée de chagrin, répliquai-je avec aigreur. Peut-être pourrais-je au moins monter la garde pour vous.

Je m'avançai vers la fenêtre et ouvris les volets. Malheureusement, la chambre ne donnait pas sur la cour des écuries mais sur un bâtiment délabré au-delà du mur de l'enclos, que la lune aux trois quarts pleine baignait d'une clarté fantomatique.

Dela tapota mon épaule.

– Ne vous inquiétez pas. Nous serons bientôt de retour.

Je hochai la tête à contrecœur.

– Souhaitez-lui bonne chance de ma part.

Après avoir serré une dernière fois mon épaule, Dela sortit dans le couloir. Vida posa son panier par terre et la suivit sans regarder en arrière. Je vis leurs deux ombres longer la cloison de papier puis disparaître.

L'espace d'un instant, je fus tentée follement de courir après Dela pour lui dire d'attendre que tout dorme dans l'auberge avant de délivrer Ryko. Mais peut-être avait-elle choisi le meilleur moment. Pendant que Haddo et ses hommes installaient leur campement, personne ne ferait attention à un domestique nettoyant un chariot.

Après avoir fait coulisser l'écran fermant la chambre, j'inspectai de nouveau les lieux. D'un coup, j'eus l'impression d'être en prison. J'arpentai la pièce : dix-huit pas pour la longueur, douze pour la largeur. Pendant les presque cinq années que j'avais vécues comme garçon et même comme modeste candidat, j'avais joui de davantage de liberté que dans mon actuel rôle de femme.

J'aurais dû être en bas à aider Ryko, au lieu de mesurer cette chambre avec mes pas. J'attrapai un pan de ma longue robe. Même les vêtements semblaient faits pour gêner les mouvements. En glissant le bas de la robe dans la ceinture, je réussis à marcher plus aisément. Cependant je n'avais toujours pas d'endroit où aller.

Retirant ma coiffe de deuil, j'enfonçai mes doigts dans l'édifice compliqué de mon chignon. Dela ou Vida avait pris soin de me coiffer dans le style propre aux mères en deuil. À la saline, j'avais vu Dolana rendre le même service à une femme dont le fils avait succombé au Mal des Larmes. Bien que nous ayons tenté de réconforter la malheureuse et d'accomplir les rites funèbres, le chagrin lui avait fait perdre la tête et elle avait fini par arracher ses propres cheveux avant de se rendre aveugle avec du sel.

Je me mis à penser de nouveau au lieutenant Haddo. Même si c'était un homme bon, manifestement bouleversé par la mort de son fils, il restait un soldat qui avait reçu l'ordre de me capturer et de tuer mes amis. Je jetai ma coiffe sur un matelas et recommençai à arpenter la chambre. Devant des ennemis aussi impitoyables, notre déguisement de pèlerins semblait une protection bien fragile. Une simple erreur, un seul instant d'inattention, et nous serions perdus. Cela dit, j'étais habituée à feindre. Mentir pour survivre était devenu pour moi comme une seconde nature.

Mon agitation inquiète fut interrompue par l'arrivée d'une jeune servante. Elle traîna dans la pièce le grabat promis et m'assura timidement que notre dîner était en route.

Quand elle fut partie, je m'accroupis sous la lampe et détachai de mon bras les dociles perles noires pour libérer le journal de Kinra. M'appesantir sur la menace représentée par Haddo et ses hommes était vain, je ne ferais ainsi que nourrir ma peur. Je m'obligeai à étudier une page du précieux volume, mais je ne reconnus qu'un seul des caractères pâlis : celui du mot « devoir ».

Durant les quelques jours où nous avions repris des forces dans la maison de pêcheur, Dela avait entrepris de m'apprendre l'écriture des femmes. Elle se transmettait habituellement de mère en fille, mais j'avais été vendue comme esclave avant d'être initiée à ses secrets. Mes progrès étaient terriblement lents. La lecture des passages non codés du journal était compliquée par l'archaïsme de l'écriture employée. Même Dela peinait à la transcrire. Quant à moi, je n'en connaissais toujours qu'une dizaine de caractères, pas assez pour découvrir ce que j'avais si désespérément besoin de savoir : comment maîtriser mon pouvoir et repousser les dix dragons endeuillés.

Ma concentration fut troublée par un murmure de voix. Dela et Vida étaient-elles déjà de retour ? Je prêtai l'oreille – deux hommes parlaient dans le vestibule du rez-de-chaussée. Il ne s'agissait donc pas de mes amies. Je glissai le livre dans ma manche. Les perles se redressèrent derrière lui et se refermèrent sur mon avant-bras, en attachant solidement le petit volume.

Me mettant à quatre pattes, je pressai un œil sur une large fente dans le plancher. Je ne distinguai que le mur et le sol chichement éclairés du vestibule. Les deux hommes étaient hors de ma vue, et trop loin pour que je comprenne ce qu'ils disaient. Oserais-je me faufiler dans la cage d'escalier pour écouter ? Dela serait furieuse si elle découvrait que j'avais quitté la chambre. Toutefois ce n'était pas vraiment périlleux. Si quelqu'un montait l'escalier, je courrais me mettre à l'abri. Et peut-être apprendrais-je quelque chose d'utile, au lieu de me contenter d'attendre le retour des autres.

Je me levai en tenant ma jupe, fis coulisser avec précaution l'écran servant de porte. Le corridor était désert. Tandis que j'approchais à pas de loup du haut de l'escalier, l'une des voix assourdies prit un ton autoritaire – Haddo donnait ses ordres.

– … et j'aurai besoin de nouvelles provisions de riz et de poisson salé. La même chose que la dernière fois.

– Je n'ai pas été payé pour la dernière livraison…

La voix de l'aubergiste s'éleva en une plainte maussade.

– Vous le serez lors de notre prochain passage dans la montagne, assura Haddo. Pour l'instant, mon problème est que mes hommes ont faim. Veillez donc à tout préparer. Nous partirons demain à l'aube.

Après un silence, Haddo demanda :

– Dites-moi, savez-vous où se trouve le marchand qui est arrivé avec nous ?

– Je crois qu'il est allé dans l'écurie derrière la maison, pour surveiller l'installation de ses bœufs. Pourquoi, quelque chose ne va pas ? Ils ne vont pas nous porter malheur, n'est-ce pas ? En plus, je leur ai donné ma meilleure chambre.

– Ne vous inquiétez pas, répliqua le lieutenant d'un ton sarcastique. Je suis sûr que le malheur de la dame ne vous contaminera pas, vous et votre auberge. Je veux simplement leur proposer d'avoir une escorte demain. Cette porte mène à la cour des écuries, non ? Ou faut-il que je fasse le tour ?

Mon cœur s'emballa. S'il se rendait là-bas, Haddo verrait peut-être Ryko. Il me semblait qu'il ne s'était même pas écoulé un quart d'heure depuis que Dela et Vida avaient quitté la chambre. Il se pouvait qu'elles fussent encore occupées à faire échapper notre ami. Nous ne pouvions courir ce risque. Un simple coup d'œil sur l'insulaire nous trahirait tous. Il fallait que j'empêche Haddo d'y aller. Cependant je me rappelai l'avertissement de Dela et remontai en haut de l'escalier. Elle avait raison. Je ne pouvais me rendre au rez-de-chaussée. Une femme respectable n'aborderait jamais d'elle-même les deux hommes. Je devais rester fidèle à mon personnage.

– Tout ce que je dis, c'est qu'elle a manifestement perdu un fils, reprit l'aubergiste. J'ai vu tant de ses pareilles se rendre aux eaux de la Noble Lune. Plus d'une ne s'en remet jamais. Son mari aurait mieux fait de la rendre à ses parents et de prendre une épouse qui soit capable de lui donner un fils.

Mes mains se crispèrent sur la rampe. Ces paroles brutales m'avaient donné une idée, aussi soudaine que désespérée.

– Ne parlez pas si fort, mon vieux, lança Haddo en baissant lui-même la voix.

J'eus du mal à saisir la suite de ses paroles.

– … aux eaux de la Noble Lune aussi vite que possible. Ce voyage a porté ses fruits pour ma femme.

– Je ne voulais pas me montrer irrespectueux, s'empressa de dire l'aubergiste. Votre épouse faisait partie de celles que les dieux favorisent. Peut-être en ira-t-il de même pour cette femme. Prenez cette porte, elle donne sur la cour. Le marchand se trouve dans l'écurie du fond.

C'était le moment ou jamais de faire la preuve de mes dons d'actrice. Je dénouai vivement plusieurs tresses de mon chignon, adressai une prière silencieuse aux dieux et m'avançai en soulevant ma robe encore plus haut au-dessus de mes chevilles.

– C'est vous, cher époux ? criai-je en dévalant l'escalier. Je l'ai vu ! J'ai vu notre fils !

En arrivant en bas des marches, je vis les visages stupéfaits de Haddo et de l'aubergiste tournés vers moi. Je souris et lançai d'une voix tremblante au lieutenant :

– Il est dans notre chambre, cher époux. Il faut que vous veniez tout de suite.

Descendant les dernières marches, je saisis Haddo par le bras et tentai de l'entraîner dans l'escalier. Il resta figé sur place.

– Il pleure, le pauvre petit ! Il demande son père.

L'aubergiste et Haddo échangèrent un regard horrifié, qui signifiait : « Elle est folle. Que devons-nous faire ? » Je tirai de plus belle sur son bras. Les hommes sont toujours prêts à croire en la folie des femmes.

– Je ne suis pas votre époux, madame, dit

l'officier en se dégageant. Je suis le lieutenant Haddo. Vous vous souvenez de moi ?

– Bien sûr que je me souviens de vous, cher époux.

Devant mon sourire, il me regarda avec pitié.

– Quelle étrange question, continuai-je. Venez tout de suite, avant que notre fils ne se rendorme.

– Je vais la ramener dans sa chambre, messire, intervint l'aubergiste. Allez chercher son mari.

Il fallait à tout prix les éloigner des écuries. Je me remémorai le délire désespéré de la mère en deuil dans la saline.

– Regardez, le voilà qui va jouer dehors ! m'exclamai-je en espérant qu'ils ne remarqueraient pas mon ton angoissé. Reviens ici, mon petit !

Je me ruai dans la cour de l'auberge, en priant le ciel que les deux hommes me suivent.

– Attends, mon petit ! Attends ta mère !

J'adressai ces mots à trois soldats s'avançant non loin de là. Ils se retournèrent et me regardèrent avec étonnement.

– Il est trop tard pour jouer dehors, ajoutai-je en regardant fixement le plus jeune. Rentre avec moi.

Je sentis son intérêt grandir.

– C'est ça, rentrons donc jouer à l'intérieur !

Ses deux compagnons se mirent à ricaner d'un air approbateur. Encouragé, il s'approcha de moi.

– Quel est ton prix, ma petite ? demanda-t-il en m'attrapant par le poignet et en m'attirant contre lui.

Une de ses mains serra ma taille tandis que l'autre caressait ma poitrine. Je me figeai. Ce contact venait de ranimer un autre souvenir abominable de la saline : les mains avides du gardien, que Dolana repoussait à coups de pied.

– Lâchez-la !

C'était la voix sévère de Haddo. Le soldat le salua aussitôt d'un air tendu en me lâchant brusquement. Je chancelai. Haddo me rattrapa d'une main ferme alors que j'allais tomber sur les pavés.

– Je suis désolé, lieutenant, dit le soldat.

Ses compagnons s'éclipsèrent dans l'obscurité.

– J'ai cru que c'était une…

– Vous prenez vos désirs pour des réalités, Laon. Vous voyez bien que cette dame porte une robe de deuil.

– Oui, lieutenant.

– Allez donc monter la garde, histoire d'aiguiser votre sens de l'observation. Tout de suite !

Le soldat salua de nouveau et décampa. Tout en tenant fermement mon bras, Haddo scruta mon visage.

– Madame ? Vous sentez-vous bien ?

Il allait s'apercevoir à coup sûr que j'étais saine d'esprit. Il m'était impossible de feindre la folie alors qu'il m'observait de si près.

– Lieutenant Haddo, dis-je en fronçant les sourcils. Qu'est-ce que je fais dehors ? Pourquoi me tenez-vous ainsi ?

Il lâcha mon bras.

– Vous avez eu…

Il hésita un instant.

– … un malaise. Mais je vois que vous êtes revenue à vous.

Évitant son regard perspicace, je fixai le sol.

– Je ne me souviens de rien, murmurai-je.

– Ce sont des choses qui arrivent, assura-t-il en

tapotant mon épaule d'un air gêné. Mon épouse croyait sentir le souffle de notre fils sur sa joue. Cela s'arrangera avec le temps.

La voix de Dela retentit dans l'hôtellerie.

– Où est-elle ? cria-t-elle.

Le gros aubergiste ouvrit la porte.

– Par ici, dans la cour, dit-il à Dela. Vous n'auriez pas dû la laisser sans votre servante. Je ne puis me permettre d'avoir des folles rôdant dans mon auberge.

– Elle n'est pas folle, rétorqua Dela en plongeant la main dans la bourse attachée à sa taille. C'est simplement l'effet du chagrin et des fatigues du voyage. Voici un petit dédommagement pour votre peine.

Elle tendit une pièce à l'aubergiste puis m'aperçut à côté de Haddo.

– Lieutenant, je crois que vous avez vous aussi porté assistance à mon épouse. Soyez-en remercié. Veuillez accepter mes excuses pour cet embarras.

Elle s'inclina, le dos raidi par la colère. Il me sembla que sa fureur n'était pas jouée.

– Ce n'est rien, messire, déclara Haddo en s'inclinant à son tour. Votre épouse est indemne. Je vous conseille néanmoins de ne pas la laisser seule en ce moment.

Dela serra mon bras avec force.

– Venez, chère épouse. Vous serez mieux dans notre chambre.

Elle m'entraîna vers la porte en saluant une dernière fois de la tête l'officier.

– Je vous remercie encore, lieutenant.

Vida attendait dans le vestibule de l'hôtellerie.

Elle portait le paquet contenant mes sabres et mon compas.

– Ne pensez-vous qu'à vous-même ? gronda-t-elle en jetant le paquet dans mes mains. Vous nous avez tous mis en danger.

Je fermai un instant les yeux, en recevant à travers l'étoffe le choc familier de l'énergie pleine de colère de Kinra. Même si je savais que Vida parlait sous l'emprise du chagrin et de la peur, j'étais blessée par ses reproches injustes. Elle n'avait pas entendu les intentions de Haddo. Qui était-elle pour juger la moindre de mes actions ? Je serrai le poing, tentée de la frapper en plein visage. Me détournant abruptement, j'emboîtai le pas à Dela dans l'escalier. La violence de mon ressentiment me stupéfiait moi-même.

Sur le palier, Dela se tourna vers Vida.

– Restez ici, chuchota-t-elle. Prévenez-moi si quelqu'un entre dans la maison par l'avant ou par l'arrière.

Vida hocha brièvement la tête et s'adossa au mur.

– Je sais obéir, moi.

En traînant les pieds, je suivis Dela dans la chambre. Je rassemblai mes forces tandis qu'elle fermait la porte. Habillée en homme, ses traits accusés et son corps noueux lui donnaient une beauté sévère. À présent, la fureur durcissait son visage. En deux pas, elle fut sur moi.

– Vous avez été plus qu'imprudente, me dit-elle à l'oreille avec une violence rentrée. Je vous croyais intelligente. Vous n'avez pourtant pas hésité à exposer votre personne, et nous tous du même coup !

Mes mains se serrèrent sur les sabres de Kinra, tandis que je sentais monter ma propre fureur.

– Haddo voulait se rendre aux écuries pour vous chercher. Il fallait que je fasse quelque chose. Auriez-vous préféré que je le laisse découvrir…

Je me tus abruptement, avec une prudence qui était également un avertissement pour Dela – nos voix devenaient trop animées.

Elle inspira profondément puis chuchota :

– Il me cherchait ? Pourquoi ?

– Il veut nous donner une escorte jusqu'au prochain village.

– Voilà une mauvaise nouvelle, admit-elle en secouant la tête.

– Mais notre ami est parti, n'est-ce pas ?

– Oui.

– Et il va bien ?

– Depuis l'épisode du village, il n'a pas été question pour lui d'« aller bien ».

Sa voix était basse mais agressive. Elle porta les mains à ses yeux.

– Pardonnez-moi, je suis fatiguée. Il ne va pas mal. Et il est en chemin.

Non sans effort, elle reprit son ton autoritaire.

– Vous devez me promettre de ne plus vous mettre en danger. Nous ne pouvons nous permettre de vous perdre.

– Il fallait que je fasse quelque chose.

– Non, Eona. Nous avions la situation en main.

Elle soutint mon regard jusqu'à ce que je détourne les yeux.

– Au moins, votre prétendue folie sera un bon prétexte pour rester ici lorsque Haddo et ses hommes s'en iront. Si tout va bien, nous saurons d'ici demain après-midi si notre voyage en valait la peine.

La voix de Vida s'éleva dans le couloir :

– Maître, la servante est là avec votre dîner. Peut-elle entrer ?

La jeune fille posa le plateau sur la table basse et repartit prestement avec Vida, afin de la conduire aux cuisines où elle prendrait elle-même son repas. M'asseyant sur le coussin poussiéreux en face de Dela, je regardai le choix de légumes variés, de riz et de marinades accompagnés d'un bol de thé. Une bonne collation de pèlerinage. Nous mangeâmes en silence. Vida étant aux cuisines et Solly gardant l'écurie, nous n'avions pas de guetteur et ne pouvions nous permettre une vraie conversation. De toute façon, je sentais que Dela n'avait pas envie de parler. Son inquiétude pour Ryko s'interposait entre nous.

Après que la servante eut remporté les restes du dîner, Vida rentra dans la chambre en bâillant. Sa lassitude était si grande que son hostilité se borna à des phrases brèves et des regards obliques. Nous étions toutes épuisées et rendues irritables par la peur. Étant la seule à ne pas succomber complètement à la fatigue, je pris le premier tour de garde.

Dela et Vida s'allongèrent tout habillées sur leurs matelas et s'endormirent instantanément. Sortant les sabres de Kinra du paquet, je les posai avec précaution sur le sol, sans prêter attention à la colère dont ils étaient chargés. Le compas était enveloppé avec eux. Je saisis la bourse de cuir et fis glisser le lourd disque d'or sur ma paume. Il était divisé en vingt-quatre cercles concentriques. Le centre était occupé par un énorme rubis rond, tandis que le cercle du bord extérieur s'ornait de joyaux rouges plus petits à l'emplacement des points cardinaux. Des images des animaux célestes et d'élégants caractères en écriture des femmes étaient gravés sur les autres cercles. Le compas était censé concentrer l'énergie du dragon Miroir et puiser dans les flux sacrés de la terre, mais tant que je serais incapable de me servir de mon pouvoir et de lire les caractères antiques, il ne serait guère qu'un bel objet. Je le rentrai dans la bourse et le plaçai à côté des sabres.

Ensuite je détachai rapidement la bourse attachée à ma taille, que je posai près du compas. Non sans peine, j'enlevai ma robe, heureuse d'en être délivrée. Assise dans ma chemise légère, j'écoutai le faible écho des rires et des chansons des soldats de l'autre côté de la cour.

Au long de ces heures de garde, je réfléchis à ma décision d'empêcher Haddo de s'approcher des écuries. Dela m'avait trouvée imprudente. J'avais certes couru un danger, mais nous risquions bel et bien d'être découverts. Je ne pouvais rester inactive alors qu'une telle menace pesait sur Ryko – ce n'était pas dans ma nature. On disait que seule l'épreuve du feu renseignait sur le courage d'un homme. Si quelqu'un m'avait interrogée quelques heures plus tôt, j'aurais affirmé qu'avoir vécu presque cinq ans en feignant d'être un garçon m'avait inculqué une constante frayeur et une prudence excessive. À présent, je me rendais compte que c'était exactement l'inverse. Cette épreuve avait fait de moi quelqu'un qui n'hésitait pas à agir pour obtenir ce qu'il voulait. Il était trop tard pour que j'apprenne à attendre les mains dans le dos, comme une femme exemplaire.

Quand une cloche lointaine sonna enfin minuit, je secouai Dela pour la réveiller. Elle se redressa aussitôt, la main sur son poignard.

– À vous de monter la garde, chuchotai-je. Rien à signaler.

Elle esquissa un sourire épuisé.

– Je me suis couchée il y a deux minutes, n'est-ce pas ?

– Disons quatre, répliquai-je en lui rendant son sourire.

J'étais heureuse que le sommeil ait apaisé sa colère et son inquiétude.

Je m'allongeai sur ma couche tandis que Dela se dirigeait vers le vase de nuit. Peu à peu, je me détendis et sombrai dans un sommeil intermittent. Autour de nous, les rumeurs de l'auberge s'étaient tues.

Le bruit reconnaissable entre tous d'armes s'entrechoquant me fit sursauter. Je me retrouvai à genoux, encore à moitié endormie. La chambre baignait dans la clarté blafarde d'avant l'aube. Tendant l'oreille pour identifier la menace, je me levai péniblement.

Le fracas venait d'en bas, dans la cour.

Des pas rapides dans le couloir me tirèrent définitivement de ma somnolence. Vida était déjà accroupie, un poignard à la main. Dela se leva d'un bond, prête à l'action. Je cherchai à tâtons mes sabres, dont l'énergie immémoriale m'embrasa d'un coup.

La porte s'ouvrit brutalement.

Nous nous figeâmes, les yeux fixés avec stupeur sur la silhouette encadrée par les montants.

Ryko.

La faible lueur filtrant de la fenêtre fit luire un liquide épais sur son visage et sa poitrine. Du sang. En quantité.

Chapitre 4

Le géant entra dans la chambre en titubant, hors d'haleine. Il laissa tomber son sabre et se plia en deux.

Dela courut vers lui en tendant la main.

– Vous êtes blessé !

– Non, lança Ryko en saisissant sa main et en la tenant à distance. Ce n'est pas grave.

Il poussa un soupir tremblant.

– L'Empereur Perle est en bas.

– Ici ? s'écria Vida horrifiée. Mais pourquoi ?

La lune éclairait sinistrement le visage de Ryko.

– Quand j'ai retrouvé Sa Majesté, je lui ai appris que Sethon avait assassiné sa mère et son frère. Ce récit l'a rendu fou furieux. Il semble en proie à un délire sanguinaire. Il a tué deux de ses propres gardes et s'est précipité ici, à la recherche des hommes de Sethon. Il massacre sans distinction tous ceux qui l'approchent.

– S'il se fait tuer, tout est perdu, dit Vida.

Je regardai les gardes incrustées de jade et de pierres de lune dans mes mains. Leur éclat pâle se brouilla en une vision de la Perle impériale cousue à la base du cou de Kygo. Je secouai la tête pour chasser cette image. Elle se dissipa, mais un bourdonnement commença à lanciner mon crâne.

– Nous devons l'arrêter, lança Vida. Le désarmer. Le faire sortir d'ici.

– Le désarmer ? s'exclama Ryko. Nous ne pouvons lever une arme contre l'empereur.

Il essuya le sang voilant ses yeux.

– Dela, il faut que vous mettiez dame Eona à l'abri. Allez-y, pendant que les combats se limitent à la cour.

– Je n'irai nulle part, déclarai-je. Il faut que nous fassions cesser l'empereur.

Le bourdonnement devenait plus fort.

– Il nous est impossible d'intervenir, dit Ryko. Nous ne pouvons pas le toucher.

Mes mains se crispèrent sur les poignées des sabres de Kinra.

– Moi, je le peux.

J'avais déjà frappé une fois l'Empereur Perle. Moins d'une semaine avait passé depuis que j'avais projeté violemment ma main contre sa gorge afin de l'empêcher de m'étrangler. Il avait cru que j'étais sire Eon, un allié puissant. Quand je lui avais avoué que je n'étais qu'une femme, sa fureur avait été terrifiante.

Je me tournai vers Vida.

– Trouvez Solly et procurez-nous des chevaux.

– Comment ? protesta-t-elle.

– Je ne sais pas. Débrouillez-vous !

Comme je me dirigeais vers la porte, Dela me barra le passage.

– Laissez-moi passer, lançai-je.

– Non. Ne recommencez pas à vous mettre en danger.

– Écartez-vous, Dela !

J'essayai de la contourner, mais elle suivit mon mouvement.

– Si vous mourez, noble dame Œil du dragon, l'empereur n'aura aucune chance de récupérer son trône.

Une énergie soudaine, qui ne m'appartenait pas, explosa en moi. Je frappai du coude Dela en pleine poitrine, avec une violence qui lui coupa le souffle. Elle s'effondra.

Pendant un instant interminable, personne ne bougea. Puis Dela se mit à haleter, les yeux agrandis par la surprise. Moi-même, je fis un pas en arrière tant j'étais stupéfaite. Cette énergie brutale était venue des sabres. De Kinra.

– Arrêtez-la, Ryko ! finit par souffler Dela.

Il recula.

– Je ne peux pas.

Il me lança un regard féroce, comme si c'était moi qui le retenais. Son visage était blême de peur.

– Je ne peux pas.

– Comment ça ? cria Dela d'un ton incrédule.

Elle tenta de m'attraper au passage tandis que je dépassais Ryko pour m'élancer dans le corridor obscur. Je descendis l'escalier quatre à quatre. Quand j'arrivai en bas des marches, la rumeur du combat se précisa et je distinguai des cris et des plaintes se détachant sur le fracas des armes.

– Qu'est-ce qui vous prend, Ryko ?

C'était la voix de Dela. Ils me suivaient.

– Pourquoi ne l'avez-vous pas arrêtée ?

– Je l'ignore ! Je ne pouvais plus bouger !

J'atterris d'un bond dans le vestibule, encore

peu habituée à la souplesse de mon corps guéri. La volonté résolue de Kinra lancinait ma tête et me poussait en direction de la bataille. Ryko et Dela dévalaient l'escalier derrière moi.

– Eona, attendez ! implora Dela.

Je m'esquivai, non sans combattre une impulsion brutale m'incitant à les attaquer avec mes sabres.

– Ne sortez pas ! s'exclama l'aubergiste à côté de la porte de derrière.

Son visage était pâli par la terreur.

– Venez par ici, messire. Vite, j'ai une cachette !

Attrapant Dela par le bras, il l'entraîna vers les écuries.

Les drapeaux rouges suspendus devant la porte de l'hôtellerie pendaient lourdement dans l'air moite d'avant le lever du jour, me dissimulant la bataille. Bien que la rumeur des combats fût toute proche, l'expérience de Kinra me disait que le cœur de l'action était plus loin dans la cour. Je pris une profonde inspiration et tailladai les drapeaux pour laisser le champ libre aux premières lueurs de l'aube.

L'espace d'un instant, je ne vis qu'une confusion déchaînée de corps indistincts disséminés sur les pavés, de chevaux cabrés, d'hommes se battant. Autour de moi, le fracas des armes et les halètements d'effort se mêlaient aux cris des chevaux terrifiés et des soldats blessés. L'odeur affreuse de sang et d'urine me fit reculer. Puis le savoir de Kinra déferla en moi à travers les sabres et donna un sens à ce spectacle. Kygo était au centre, à cheval. Il ne portait pas d'armure mais la même robe blanche de deuil que la dernière fois que je l'avais vu, au palais impérial. La soie pesante était maculée de crasse et aussi d'inquiétantes traînées de sang rouge foncé. Il n'avait même pas de casque. Sa longue tresse étincelante de joyaux virevoltait derrière sa tête rasée tandis qu'il frappait tout ce qui bougeait. Quatre gardes impériaux l'entouraient à bonne distance et repoussaient les soldats loin de leur souverain. Malgré leur petit nombre, les gardes tenaient bon.

Mes yeux furent attirés par une pâle clarté à la base du cou de Kygo – la Perle impériale, aussi grosse qu'un œuf de canard. Le bourdonnement dans ma tête se mêla soudain à un souvenir plein de sensualité : mes doigts effleuraient la gorge d'un homme, caressaient la perle lisse et brillante cousue dans sa chair. Je l'entendis gémir de plaisir. D'un instant à l'autre, j'allais pouvoir arracher la perle à son écrin vivant. Arracher son pouvoir à cet homme.

Mon cri étouffé rompit le charme. Ce n'était pas mes doigts qui caressaient la perle, et l'homme n'était pas mon empereur. À qui appartenait ce souvenir ? Qui était l'auteur de cette trahison ?

La réponse s'imposait : Kinra. Mon ancêtre.

Elle avait tenté de voler la Perle impériale ! Dans mon saisissement, je serrai moins fort les sabres. Je songeai même un instant à les lâcher. N'étaient-ils pas les armes d'une traîtresse ? Mais son pouvoir bourdonnant en moi m'en dissuada, ainsi que la conscience de ne pouvoir désarmer Kygo sans eux.

Derrière moi, Dela et Ryko sortirent en courant de l'hôtellerie. Leur arrivée attira l'attention du garde le plus proche, qui était occupé à repousser trois soldats. Je me rappelai avoir vu au palais ce visage maigre et ridé : c'était l'ami de Ryko, le capitaine de la garde impériale. Il para un coup violent avec son premier sabre tout en faisant tournoyer l'autre pour détourner une attaque sur sa droite. Il était plus fort que ses assaillants, mais il se fatiguait rapidement.

– Ryko ! hurla-t-il.

Un sabre heurta son plastron de fer et il chancela en arrière.

Se précipitant sur l'assaillant le plus proche, Ryko abattit comme une hache son sabre pesant sur son casque. L'homme s'écroula et son sabre rasa les pavés dans notre direction. Avec une rapidité terrifiante, Ryko sauta par-dessus le corps affaissé et frappa le soldat suivant avec la poignée de son arme.

Dela poussa un juron étouffé puis saisit le sabre du premier soldat.

– Eona, rentrez dans la maison ! ordonna-t-elle en se ruant à la suite de Ryko.

Mais je ne bougeai pas. L'antique énergie de Kinra vibrait en moi. J'aperçus de nouveau Kygo et mes yeux s'attachèrent au joyau luisant à son cou tandis qu'il se penchait pour frapper les hommes à terre. Kinra voulait la perle. C'était sa vocation. Sa destinée. Son droit.

Nous devions nous emparer de la perle.

Nous ? Je serrai les dents, luttai pour me maîtriser. J'étais ici pour désarmer Kygo et le sauver, non pour voler la Perle impériale ! Je n'étais pas une traîtresse, et je ne serais pas l'esclave d'une ancienne traîtresse. Ma volonté m'avait déjà été ravie une fois par Ido. Cela ne se reproduirait plus.

Je jetai les sabres sur les pavés. Le choc métallique interrompit le cri de guerre de Kinra dans ma tête. Cependant un soldat courant vers Dela l'entendit aussi. Se retournant, il vit une cible plus facile. Il leva son arme et se précipita vers moi.

Mieux valait avoir des pensées de traîtresse que de mourante. Je m'élançai vers mes sabres abandonnés et retombai lourdement à quatre pattes. Mes doigts se refermèrent sur une poignée – l'autre était trop loin. Toujours à genoux, je fis volte-face pour affronter mon adversaire. Encore trois pas, et il serait sur moi.

Un pas – il brandit son sabre.

Deux – la lame déchira l'air.

Trois – j'étais prête, l'arme levée et les cuisses raidies pour soutenir le choc. Quand les deux lames se rencontrèrent, le bourdonnement de mon sabre s'éleva en moi.

« Baisse l'épaule et roule sur toi-même. »

L'ordre était comme un chuchotement presque imperceptible, mais j'obéis. L'arme du soldat heurta brutalement les pavés à l'endroit où j'avais été à genoux un instant plus tôt. Dans sa surprise, il s'immobilisa au-dessus de son sabre. À travers les yeux de Kinra, je vis l'occasion favorable et assenai un coup à ses genoux, que la lame transforma en une bouillie d'os et de sang. Il s'effondra en hurlant.

Je me hâtai sur les pavés ensanglantés pour ramasser mon second sabre. Le bourdonnement s'amplifia de nouveau, gravant dans mon esprit la mission de Kinra. Même si je ne pourrais manifestement pas survivre sans son savoir, je devais trouver un moyen pour résister à son désir de s'emparer de la perle.

M'adossant au mur de l'hôtellerie, je regardai les combattants tourbillonner comme les interprètes d'une danse de cour scandée par les cris et les gémissements. Mes yeux repérèrent de nouveau l'empereur à la robe blanche, qui continuait de se démener sur son cheval. L'énergie de Kinra s'intensifia tandis que son savoir guerrier déchiffrait la structure du combat. Nous voulions toutes deux rejoindre Kygo, mais elle seule était capable de se frayer un chemin dans la mêlée. Il fallait que je la laisse me guider. C'était un pari dangereux. J'espérais simplement que lorsque nous aurions rejoint Kygo, il aurait en face de lui Eona, son alliée, et non une ancienne traîtresse décidée à arracher la perle de sa gorge.

Kinra trouva le point d'approche. Sur la droite du souverain, un jeune garde impérial avait abattu trois assaillants, de sorte que les autres laissaient prudemment un espace vide autour de lui. Toutefois il nous fallait quelqu'un pour protéger nos arrières. Je me repris intérieurement : il *me* fallait quelqu'un pour protéger *mes* arrières.

– Ryko ! hurlai-je. Suivez-moi !

En m'entendant, il cessa de contrer les coups maladroits d'un soldat.

– Allez-y, lui cria Dela. Je me charge de vous couvrir.

Elle feinta en direction du soldat, lequel se retourna contre elle. Non loin de là, le capitaine avait acculé un adversaire contre le mur de l'hôtellerie. Il lui ouvrit le ventre d'un coup de sabre. Je détournai les yeux des entrailles répandues.

– Rentrez à l'intérieur, noble dame, s'exclama Ryko en accourant vers moi. Je vais aider l'empereur.

– Non ! Désarmez-le !

Malgré moi, une autre image s'imposa à mon esprit : ma main se refermant sur la gorge d'un homme, autour de la perle… Je luttai pour me concentrer sur Ryko et résister au bourdonnement perfide des sabres.

– Noble dame, plaida-t-il. Je ne peux pas attaquer l'empereur.

– Dans ce cas, aidez-moi à l'arrêter.

Nos yeux se croisèrent. Je sentis l'énergie de Ryko vibrer soudain en moi puis se confondre avec les battements de mon propre cœur, comme si nous ne faisions qu'un.

– Que se passe-t-il ? s'écria-t-il. C'est vous qui faites ça ?

– Je ne sais pas.

Le hurlement d'un cheval perça le fracas des armes et les cris des combattants. La monture de l'empereur se cabra. Ses jambes antérieures effleurèrent à peine les pavés puis il fit une ruade chancelante. Le souverain sauta de son dos et atterrit tant bien que mal, pris dans les plis enchevêtrés de la soie blanche.

– Maintenant ! hurlai-je.

Poussée en avant par l'euphorie de Kinra, je m'élançai. Du coin de l'œil, je vis Ryko se baisser pour ramasser par terre un second sabre. L'empereur se remettait déjà debout. Son cheval terrifié décochait des ruades à des soldats apeurés et des ombres fugitives. Je sentis Kinra se concentrer sur la Perle impériale ornant la gorge du souverain.

Je percevais son obsession, son désir éperdu de posséder la perle.

Un soldat au plastron dénoué se retourna pour m'affronter, les sabres levés en une parade classique. Avant même de voir son visage, je sus que c'était le lieutenant Haddo. Son regard stupéfait se posa sur mon corps visible à travers ma robe légère. Puis il croisa mes yeux, et sa surprise céda la place à la colère. Il baissa ses armes.

– Posez ces sabres, malheureuse ! cria-t-il. Retournez à l'intérieur. Vous allez vous faire blesser.

J'hésitai un instant. Cet homme croyait encore que j'étais sans défense. Dans ma tête, j'entendis un ordre : « Frappe-le tout de suite. »

– Restez près de moi, reprit-il. Je vais vous ramener dans la maison.

Avant que je puisse me reprendre, Ryko me dépassa en courant et abattit ses sabres sur la tête de l'officier. Haddo contra en hâte, mais la violence de l'attaque le repoussa vers le cheval. Effrayé par ce mouvement soudain, l'animal se cabra et ses sabots effleurèrent l'épaule du lieutenant. Ryko recula d'un bond tandis que Haddo trébuchait, tombait puis roulait sur lui-même pour échapper aux sabots du destrier affolé. Son plastron mal attaché s'envola par-dessus les pavés. Voyant son lieutenant s'effondrer, un soldat attaqua Ryko. L'insulaire fit volte-face à toute allure et dévia le coup.

Je serrai plus fort les sabres de Kinra et sentis son expérience du combat déferler en moi. « Pas de quartier, chuchota sa voix. Tue Haddo tout de suite. » Je levai mes sabres. Mais cet homme était encore à quatre pattes…

– Haddo, criai-je. Levez-vous.

Mon cri lui fit dresser la tête. Ses yeux s'agrandirent soudain.

– Derrière vous ! Arrêtez ! Je vous ordonne d'arrêter !

Je me retournai. Un de ses hommes se ruait sur moi. Je tendis mes sabres en une parade désespérée. Son arme heurta les miennes avec une violence qui irradia de douleur mes bras. Il leva son sabre pour assener un nouveau coup.

– Arrêtez ! rugit Haddo.

L'homme recula, pris de court.

– L'insulaire ! Occupez-vous de l'insulaire ! ordonna Haddo.

L'homme courut vers Ryko.

De l'autre côté de la cour, je vis un soldat se diriger vers Vida. Elle avait attrapé le cheval de l'empereur et s'accrochait à sa bride avec ténacité, absorbée par l'effort de ne pas se faire piétiner. À l'instant où j'allais la mettre en garde, Solly surgit du chemin étroit et assomma l'agresseur avec un joug.

Haddo se tourna vers moi. Il commençait à comprendre.

– Qui êtes-vous ?

Je répondis en exécutant à toute allure une série de coups de griffe du Tigre en direction de sa poitrine. Il contra machinalement, le visage tendu en découvrant mes talents d'emprunt. Devant nous, l'empereur repoussait deux soldats avec une violence furieuse. Une nouvelle fois, je sentis mon regard attiré par la base de son cou.

La perle. Faisant appel à toute ma volonté, je me concentrai sur Haddo.

L'officier s'était déjà remis de sa surprise. Il contra avec efficacité ma nouvelle série de coups. Je changeai de tactique pour me lancer dans les attaques tournoyantes de la Chèvre vers le haut et le bas du corps. Nos sabres s'entrechoquèrent soudain et nos visages se retrouvèrent à un doigt l'un de l'autre.

– Faites-vous partie de la Résistance ? haleta-t-il.

Je ne pourrais soutenir son poids très longtemps sans perdre l'équilibre. Kinra chuchota : « La ruade du Lapin. » Rassemblant mon courage, je lâchai prise. Pris de court par ma dérobade, Haddo tituba en avant et j'en profitai pour me dégager d'un bond. Cependant je retombai violemment à terre – une fois encore, j'avais oublié la vigueur nouvelle de ma jambe guérie. Je me relevai péniblement.

Non loin de nous, Ryko et Dela tenaient à distance trois soldats tentant d'approcher du souverain désarçonné. Malgré mes sabres prêts à le frapper, Haddo sembla cloué sur place par la vision de l'insulaire et de l'homme plein de grâce combattant à son côté. La lumière se fit dans son esprit.

– Par tous les dieux, c'est *vous* !

Il m'attaqua avec fougue.

– Vous n'êtes pas une femme. Vous êtes l'Œil du dragon !

Voyant qu'il allait donner l'alarme, j'assenai un coup brutal. Cette attaque l'empêcha de crier, mais sa riposte fut aussi rapide que vigoureuse.

Une série de coups féroces me contraignit à reculer. Soudain, son sabre gauche s'abattit sournoisement et entailla ma main tout près du livre attaché au-dessus de mon poignet. Les perles se dressèrent aussitôt comme des serpents prêts à mordre. Je poussai un cri, mais ce fut la vue du sang qui modéra la rage de Haddo, car il était censé me prendre vivante, indemne de toute blessure. Il recula, nous permettant à tous deux de récupérer un instant. Les perles se resserrèrent autour de mon bras, ce qui eut pour effet de maintenir le livre et d'étancher le sang. Étaient-elles chargées également de voler la Perle impériale ? Je ne pouvais plus me fier à aucun des trésors de Kinra. J'inspirai profondément et me préparai à la prochaine attaque de l'officier.

Cette fois, il se montra plus prudent. Il s'efforçait simplement de me désarmer.

– Vous devez savoir que votre capture est inévitable, lança-t-il en contrant mon coup vers le bas. L'armée entière est à votre recherche.

– Vous servez un traître, ripostai-je.

– Il a pour lui le sang et le droit.

Il abattit son arme, mais je la repoussai avant de bloquer à la dernière minute son second sabre.

– Seul le prince Kygo est légitime, déclarai-je en reculant de quelques pas. Sethon prétend qu'il est mort, mais c'est faux. Il est ici même, droit devant vous.

Haddo jeta un coup d'œil en direction du jeune empereur, qui accablait un soldat de coups furieux. La Perle impériale brillait à sa gorge, marque irréfutable de la vérité. L'ambition de

Kinra se réveilla en moi. Je tâchai de me concentrer malgré le bourdonnement avide.

Haddo baissa ses sabres. Je l'imitai avec circonspection. Nous restâmes immobiles l'un en face de l'autre, aux aguets, prêts à reprendre le combat dès que cette trêve étrange prendrait fin.

– Pourquoi croyez-vous que Sethon veuille que je reste en vie ? demandai-je.

– Parce que vous êtes un seigneur.

– Non. Il veut se servir de mon pouvoir du dragon pour faire la guerre.

Haddo m'observa.

– C'est interdit. Vous mentez !

– C'est Sethon qui ment.

Haddo jeta de nouveau un coup d'œil à l'empereur, la preuve vivante des mensonges de Sethon. Puis je vis son attention se fixer sur un point derrière moi.

– Eona !

C'était la voix de Dela.

Je me risquai à regarder par-dessus mon épaule. Dela tournait autour de l'empereur et de Ryko.

– Eona, arrêtez-le ! Il va tuer Ryko.

La rage de Kygo était maintenant dirigée contre l'insulaire. Ce dernier se contentait de contrer vaillamment ses attaques, sans riposter. Ni Ryko ni Dela ne lèveraient leurs armes contre leur maître. Autour d'eux, le sol était jonché de morts et de mourants. Inspectant rapidement la cour, je constatai que seuls le capitaine et l'un de ses gardes combattaient encore une poignée de soldats. Presque tous les hommes de Haddo avaient succombé.

– Eona ? répéta le lieutenant. Vous êtes

vraiment une femme ? Une femme Œil du dragon ?

Son regard était stupéfait. Il effleura l'amulette pendant à son cou.

– Dela, venez prendre ma place, ordonnai-je en m'éloignant de l'officier.

Il me fixa d'un air ébahi jusqu'au moment où Dela se rua sur lui en poussant un cri de guerre.

Me retournant d'un bond, je sentis que Kinra évaluait la situation. Ryko reculait devant les coups de l'empereur. À chaque pas, il proclamait sa fidélité, mais Kygo continuait d'avancer. Le visage du jeune souverain était crispé par la fureur et l'effort, tout entier absorbé par ses sabres se déchaînant avec férocité après des années d'entraînement incessant. L'attention de Kinra se concentra sur la perle : « Il ne la mérite pas. » J'ignorai cette pensée perfide.

– Ryko, éloignez-vous ! hurlai-je.

Il se baissa pour éviter les armes meurtrières de l'empereur.

– Il ne sait pas qui nous sommes, souffla-t-il. Je ne parviens pas à le réveiller.

– Votre Majesté ! m'écriai-je. C'est Eona !

Le souverain m'observa sans me voir. La folie avait effacé toute lucidité dans son regard. Il leva ses sabres. J'étais stupide – il n'avait jamais connu mon nom véritable.

J'essayai de nouveau.

– Votre Majesté, je suis sire Eon. Votre allié.

Les réflexes de Kinra me sauvèrent d'une entaille en plein visage et d'un coup bas assené avec adresse. Reculant d'un bond, j'atterris sur la masse molle d'un corps effondré. Le corps tressaillit : l'homme n'était pas mort. Hurlant de douleur, il s'accrocha à mes jambes. Je m'élançai avec horreur loin de son buste ensanglanté. Dans mon trouble, je perdis mon emprise sur Kinra. Comme une vague furieuse détruisant une digue, son ambition déferla en moi. Ma terreur et ma pitié cédèrent la place à un désir plein de colère.

Elle brandit les sabres et je sentis qu'ils chantaient la mort de Kygo, non sa délivrance. Je luttai désespérément pour la maîtriser, mais elle parvint à abattre les armes en visant la poitrine de l'empereur. Il s'opposa à cette attaque féroce et les lames s'entrechoquèrent violemment. Serrant les dents, je dégageai les sabres en combattant l'envie qu'avait Kinra de les plonger dans le cœur du souverain.

Une lueur apparut dans les yeux vitreux de Kygo. Avait-il peur ? Ou me reconnaissait-il ?

– Votre Majesté ! criai-je en cherchant désespérément un moyen de le ramener parmi nous. Kygo ! Nous avons un pacte. Nous devons nous aider mutuellement à survivre.

Mais le bourdonnement dans ma tête appelait sa mort à grands cris.

Il fit tournoyer ses sabres en une attaque haute de la Chèvre. L'expérience de Kinra contra son offensive puis riposta si violemment qu'il perdit l'équilibre. Avant que j'aie pu réagir, elle saisit la poignée d'un sabre et frappa Kygo en plein front. Il chancela en arrière, trébucha sur les jambes d'un corps sans vie.

« Prends la perle ! »

L'ordre me poussa vers l'empereur par-dessus les cadavres. Je ne voyais plus que la perle cousue à sa gorge, qu'un coup de sabre suffirait à arracher. Kygo vacillait, hébété. Du sang s'échappait de la plaie au-dessus de son œil. Il ne me verrait pas venir. Rien qu'un coup. Je levai mes sabres.

– Noble dame, c'est le moment ou jamais. Désarmez-le !

La voix de Ryko interrompit le bourdonnement triomphal dans ma tête. Une force profonde en moi, née du pouvoir du dragon, se tendit vers l'énergie énorme du géant. Une nouvelle fois, sa puissance vibra en moi et les battements de son cœur se confondirent avec les miens. M'accrochant instinctivement à sa présence robuste, je psalmodiai en silence : « Désarme-le, désarme-le, désarme-le… », afin de couvrir le cri des sabres s'enflant en moi.

« Désarme-le ! » Ryko se mit à courir vers Kygo. L'horreur crispait son visage tandis qu'il s'approchait à toute allure de son souverain. Mon incantation gouvernait ses actions. Sans savoir comment, j'étais la maîtresse de sa volonté.

Je cessai ma mélopée, mais c'était trop tard. Ryko heurta de plein fouet le jeune homme plus frêle. Ils chancelèrent et tombèrent. Tandis que Ryko roulait sur lui-même, l'empereur atterrit à quatre pattes et ses deux sabres lui échappèrent. Kinra saisit l'occasion au vol. Je la vis en moi-même lever ses armes et les abattre pour trancher le cou, arracher la perle.

En hurlant, je levai les sabres de Kinra. Ils s'abattirent en ce qui me sembla mille années de terreur à bout de souffle. Et à chaque seconde de ces mille années, je luttai pour reprendre mon emprise sur Kinra. Je luttai pour lui soustraire mon esprit. Pour lui soustraire la vie de Kygo.

Les lames heurtèrent la pierre à un doigt du visage de l'empereur. La violence du choc irradia mes bras, comme si Kinra criait sa déception. L'empereur eut un mouvement de recul, et je vis la peur vaincre la folie dans ses yeux et le ramener d'un coup à la raison.

Le soulagement me coupa le souffle.

– Kygo !

Il s'affaissa tandis que sa rage aveugle se dissipait.

– Votre Majesté, vous allez bien ?

Avec lenteur, il leva la tête. Il respirait avec peine.

– Sire Eon ?

Je lâchai les sabres de Kinra. Privée soudain de sa fureur, j'eus l'impression qu'on avait tranché ma colonne vertébrale. Je m'effondrai à genoux.

– Je suis là, Votre Majesté.

Il tendit la main et effleura mon épaule pour s'assurer que j'étais vraiment en face de lui.

– Ils sont morts, sire Eon.

Sa voix se brisa tandis qu'il luttait contre son chagrin.

– Mon frère. Ma mère. Morts.

– Je sais.

Il regarda le carnage autour de nous.

– Que s'est-il passé ?

Il ferma les yeux.

– Je me rappelle que Ryko est arrivé au camp et m'a raconté le coup de force de mon oncle. Et les soldats…

Il pressa ses poings contre ses yeux.

– Par tous les dieux… C'est moi qui ai fait ça, n'est-ce pas ? J'ai tué mes propres hommes. Et ces gens, dans le village…

Saisi d'un haut-le-cœur, il se plia en deux. Son corps se détendit d'un coup et se mit à trembler. Il ne cherchait pas de réconfort. Il était à la fois homme et empereur. Néanmoins je sentais obscurément qu'il fallait que je tende la main pour le tirer de cette solitude désespérée. Ce n'était pas sans risque. Son corps impérial était sacré, inviolé. Et je venais de lutter de toutes mes forces pour empêcher Kinra de le tuer.

Ce furent le remords et la souffrance se peignant sur son visage ensanglanté qui me décidèrent. J'étais bien placée pour les comprendre. J'effleurai son épaule, dont le muscle dur tressaillit sous mes doigts. Il redressa soudain la tête. Une vie entière de distance étudiée était balayée par un besoin soudain – encore un sentiment qui nous était commun. D'un geste gauche, je l'attirai contre moi, autant pour échapper à l'horreur dans son regard que pour le réconforter. Je murmurai des mots consolants contre sa peau trempée de sueur. Ses fantômes reviendraient bientôt le hanter, comme l'avaient fait les miens. Le moins que je pouvais faire, c'était de les tenir un instant en respect par la caresse de mes mains et par une voix n'implorant pas la pitié.

À côté de nous, Ryko se hissa sur ses jambes en s'appuyant sur un sabre. Du coin de l'œil, j'aperçus Haddo qui continuait de se battre avec Dela. Il menaçait d'avoir rapidement le dessus. Elle ne le repoussait plus qu'avec peine et ses ripostes étaient sans énergie. Ryko s'en rendit compte comme moi. Rassemblant ses forces, il courut vers les deux combattants.

– Dela, reculez ! cria-t-il.

Elle réussit à se dégager en un effort ultime. Ryko assena un coup violent qui envoya voler en l'air un des sabres de Haddo. En s'écrasant sur les pavés, l'arme rompit le silence irréel qui s'était abattu sur la cour.

Je me rendis compte que le fracas de l'acier et les cris d'effort avaient cessé. La bataille était terminée. On n'entendait plus que des plaintes et des prières. Seuls deux hommes étaient encore debout : le capitaine et un autre garde. Voyant Ryko se battre, ils accoururent.

Haddo fit face à l'insulaire, mais son sabre tremblait dans sa main épuisée. Chacun de ses gestes était un rien trop lent. Il ne tiendrait pas longtemps, surtout maintenant que le capitaine et le garde arrivaient en renfort. Même si je savais que le lieutenant était un ennemi, je ne pouvais supporter de le voir massacré de cette manière. Il n'y avait déjà eu que trop de morts.

– Votre Majesté, lançai-je en secouant l'épaule de l'empereur.

Il leva la tête.

– Donnez l'ordre à Ryko d'arrêter ! Je vous en prie.

À l'instant même où je prononçais ces mots, Ryko abattit ses deux sabres. L'un envoya voler l'arme restant à Haddo, l'autre entailla profondément son épaule. L'officier chancela puis s'effondra sur le dos. Il fit une tentative désespérée pour rouler sur lui-même et se mettre à genoux, mais c'était trop tard. Ryko brandit son sabre pour le coup de grâce. Haddo serra les doigts autour de l'amulette de sang à son cou, en une ultime prière au dieu de la Guerre.

– Non ! hurlai-je en tendant la main vers l'insulaire.

Une vague d'énergie déferla entre nous. Les battements de nos cœurs convergèrent violemment au fond de moi, puis se confondirent en une pulsation unique.

Ryko se figea. Son sabre resta suspendu dans sa course meurtrière vers la tête de Haddo. Le géant banda ses muscles pour achever son mouvement, en grimaçant dans son effort infructueux. Il ne parvenait pas à abattre le sabre. À travers notre lien, je perçus la fureur déchaînée succédant en lui au désarroi.

– Qu'est-ce que vous fabriquez ? me cria-t-il.

Saisissant l'occasion, Haddo se jeta sur le côté pour échapper à l'arme suspendue au-dessus de lui. Cependant il se retrouva ainsi sur le chemin du capitaine.

L'empereur se dressa sur ses genoux.

– Prenez-le vivant !

Mais l'arme du capitaine plongeait déjà dans la poitrine de Haddo, séparant la chair de l'esprit en un brusque afflux des forces de mort.

Chapitre 5

Tandis que le *hua* de Haddo se tarissait, Ryko poussa un rugissement de délivrance et abattit enfin son sabre devenu inutile. Je savais que je devrais me tourner vers lui et lui jurer que je n'avais pas délibérément pris le contrôle de sa volonté, mais je ne pouvais détacher les yeux du lieutenant s'affaissant dans la mort, empalé sur l'arme du capitaine. Ce meurtre absurde me transperçait comme une flèche hérissée de pointes.

– Vous étiez censé le prendre vivant ! hurlai-je. Vous auriez dû le prendre vivant ! Vous avez failli à votre devoir envers votre empereur.

Je m'élançai vers lui, mais une main agrippant mon épaule me retint brutalement.

– Non ! C'est moi qui ai failli !

Le geste de l'empereur me pressa de nouveau contre son corps.

– J'ai été trop lent à donner mon ordre.

– Le capitaine aurait pu s'interrompre, ripostai-je. Il avait tout le temps pour cela.

L'empereur secoua la tête.

– C'était trop tard.

– La noble dame Œil du dragon a raison, intervint le capitaine d'un ton froid. Je n'ai pas exécuté votre ordre.

Le souverain se détacha brusquement de moi, laissant de nouveau un espace entre nos corps.

– Bien sûr, murmura-t-il en rougissant. Vous êtes une *noble dame*…

M'écartant de lui, je vis le capitaine arracher son sabre de la poitrine de Haddo. Le lieutenant s'effondra sur le sol comme une marionnette aux fils coupés. Cet homme avait été notre ennemi, mais il avait fait preuve de gentillesse. Son épouse avait perdu en lui un époux attentionné. Je fermai les yeux, mais ne trouvai aucun répit : au lieu de Haddo, je revis les yeux sans vie du soldat que j'avais tué dans le palais envahi. Mon premier meurtre, mais certainement pas le dernier. J'étais mal placée pour juger le capitaine.

– Votre Majesté, c'est moi le fautif, déclara le capitaine. Je vous offre mon sabre et ma mort immédiate.

Il s'agenouilla devant nous. Le front dans la poussière, il tendit son arme à son empereur. Bien qu'il eût essuyé la lame, elle était encore maculée du sang de Haddo. Je détournai les yeux.

L'empereur se redressa. Sa mâchoire serrée révélait sa lutte pour surmonter la fatigue et l'horreur.

– Capitaine Yuso, je décline votre offre. Votre mort me sera utile ailleurs.

En entendant ces formules rituelles, je compris que les deux hommes se réfugiaient dans le cérémonial de l'honneur.

Yuso s'inclina.

– Ma vie vous appartient, Maître Céleste.

Il s'assit sur les talons.

– Cela dit, rester ici plus longtemps serait un

suicide absurde, Votre Altesse, ajouta-t-il avec un sourire sans joie. Mes hommes ont tenté de contenir les ennemis, mais si certains ont pu s'échapper ils ne tarderont pas à amener des renforts. Je suggère que nous nous retirions après avoir nettoyé le terrain.

L'empereur observa la cour.

– Voilà un conseil judicieux.

Le visage de Yuso afficha une prudente neutralité.

– Votre Altesse, nous ne pouvons nous permettre de faire des prisonniers…

Il jeta un coup d'œil sur l'un de ses gardes gisant par terre.

– … ni de nous charger des blessés hors d'état de monter à cheval.

Je vis Ryko se raidir, comme pour protester. L'autre garde impérial ayant survécu au combat regarda d'un air interrogateur l'insulaire, puis le capitaine.

À côté de moi, l'empereur inspira profondément.

– Est-ce nécessaire, Yuso ?

Le capitaine hocha brièvement la tête.

– Je ne suis pas de cet avis, lança Ryko en tombant à genoux. Pardonnez ma franchise, Votre Majesté, mais…

L'empereur leva la main pour le faire taire. Le soleil fit briller l'or d'un anneau pesant sur son doigt tandis qu'il observait Yuso.

– Quelles sont vos raisons, capitaine ?

– Moins le Grand Seigneur Sethon aura d'informations, mieux cela vaudra, déclara Yuso. Nos avantages sont peu nombreux. Ils ignorent notre nombre et notre destination, et la noble dame

Œil du dragon est toujours considérée comme sire Eon. Si nous laissons derrière nous ne serait-ce qu'un survivant, il mettra le Grand Seigneur au courant, qu'il soit poussé par la loyauté ou par la torture.

Jusqu'à cet instant, je n'avais pas vraiment compris l'objet de leur discussion. À présent, tout était tristement clair. Yuso entendait tuer tous les survivants de la bataille, amis ou ennemis. Cette violence me laissait sans voix.

– Ryko ! lança l'empereur d'une voix légèrement implorante.

– Ce que dit le capitaine Yuso est vrai, admit Ryko à contrecœur. Mais ce n'est pas ce que votre… Une telle action ne paraît guère honorable, Majesté.

– Peut-être avez-vous séjourné trop longtemps au harem, Ryko, siffla le capitaine.

Le visage de l'empereur se figea. Kygo m'avait avoué un jour qu'il redoutait que son enfance passée au harem ne l'ait rendu trop tendre. Trop féminin. Si Yuso le savait, il était retors car son allusion à Ryko venait en fait d'atteindre sa vraie cible.

Comme si rien ne s'était passé, l'empereur fit signe à quelqu'un dans mon dos.

– Est-ce vous, dame Dela ?

Me retournant, je vis Dela s'incliner profondément.

– Faites sortir la noble dame Œil du dragon du champ de bataille et préparez-vous au départ.

Il leva les yeux vers le ciel déjà rosissant de l'aube.

– Nous partirons dans un quart d'heure.

– Non ! m'exclamai-je. Votre Majesté, vous ne pouvez songer à…

– Noble dame Œil du dragon ! lança-t-il d'une voix dure.

L'épuisement avait dépouillé ses traits des dernières rondeurs de la jeunesse. Son visage était maintenant celui d'un homme, accablé de fatigue et de chagrin.

– Allez-y.

Il indiqua d'un signe de tête à dame Dela qu'elle pouvait disposer.

Saisissant ma main, elle me força à me relever. Je cherchai son regard dans l'espoir de trouver un soutien, mais elle secoua imperceptiblement la tête.

– Où sont vos sabres ?

Mes sabres… L'espace d'un instant, je fus tentée follement de les ramasser pour sentir la force de Kinra se glisser sous ma peau et dans mon cœur. Elle empêcherait l'empereur de permettre ce crime. Je luttai contre mon impulsion – non, elle le tuerait.

– Je vais les prendre, dit Ryko d'un ton brusque.

Dela me serra plus fort et m'entraîna au fond de la cour. Devant nous, un corps gisant sur les pavés frissonna. J'entendis un gémissement affaibli.

– Vont-ils vraiment les… ?

Je ne parvins pas à terminer ma phrase.

Dela me contraignit à dépasser le soldat gémissant.

– Je ne sais pas. À présent, nous luttons pour survivre, Eona.

– Je pourrais essayer de les guérir.

– Avez-vous trouvé un moyen de maîtriser votre pouvoir ?

– Non.

– Dans ce cas, vous ne pouvez pas les aider.

– Mais ce n'est pas bien ! protestai-je en me débattant.

Elle me tira en me forçant à suivre son pas rapide.

– Ils n'ont pas besoin que des femmes leur rappellent ce qu'est la vie ou la pitié, alors qu'ils doivent se consacrer à la guerre et à la violence.

Je pensai à Kinra. La vie et la pitié n'étaient pas la vocation de toutes les femmes. Et que dire de moi ? Je ne savais guère comment me comporter en femme. Et après le carnage du village, je pouvais difficilement prétendre être un symbole de vie. Malgré tout, Yuso appelait au meurtre. Avec l'accord de l'empereur. Je serrai les poings.

Dela me poussa sans ménagement dans l'hôtellerie aux drapeaux rouges. L'unique lampe s'était éteinte, plongeant le vestibule dans une pénombre indistincte. Je m'efforçai d'entendre ce qui se passait dans la cour. Même si je redoutais les bruits qui pourraient traverser les murs de notre logis étouffant, je savais aussi qu'il fallait que j'écoute. Mais rien ne nous parvenait pour l'instant, en dehors du chant des oiseaux réveillés et des meuglements de nos bœufs.

– Êtes-vous blessée ?

Dela me poussa vers l'escalier.

– Seulement à la main, dis-je en la levant pour qu'elle l'examine.

Les perles autour de mon avant-bras remuèrent

en pressant fermement le livre contre ma peau. Pour la première fois, leur présence cliquetante me terrifia. Si les sabres de Kinra n'aspiraient qu'à la mort de l'empereur, quel était le but du journal ? Lui aussi, peut-être, était imprégné de *gan hua*, plein d'une énergie négative tirée du *hua* et dirigée contre l'empereur. Le *gan hua* pouvait constituer un pouvoir meurtrier, s'il n'était pas équilibré par l'énergie positive, le *lin hua*. Je luttai contre ma panique grandissante. J'avais placé tous mes espoirs dans le journal d'une traîtresse. Même s'il contenait les secrets de mon pouvoir du dragon, je ne pourrais m'en servir. Il était impossible de se fier aux paroles d'une femme qui avait tenté de tuer son empereur et réussi à transmettre sa haine par-delà cinq siècles.

Je ne pouvais courir le risque de porter sur moi un livre dont le pouvoir pourrait s'insinuer dans mon esprit et s'en emparer, comme celui des sabres.

– Noble dame ?

Nous nous retournâmes toutes deux. Vida était sur le seuil de la porte de derrière.

– Solly et moi avons pris quelques-uns des chevaux des gardes, dit-elle. J'ai fourré tout ce que j'ai pu dans leurs sacoches.

– Parfait, approuva Dela. Où sont nos vêtements ? Il faut que dame Eona s'habille. Et elle a besoin de soins pour sa blessure.

J'avais aussi besoin d'éloigner le livre rouge de mon bras – et de ma présence. Cette décision me remplissait de tristesse. Au cours des dernières semaines, ce livre avait été un compagnon de tous les instants, un symbole d'espoir et de pouvoir.

J'avais l'impression d'être soudain trahie par un ami fidèle.

Vida nous fit signe de la suivre dans la cour des écuries. Il y flottait une odeur d'animaux effrayés, d'avoine et de crottin. Après les relents de sang et d'entrailles répandues, c'était un soulagement. Je pris une inspiration tremblante, en essayant de surmonter le désespoir qui menaçait de me submerger. Si je ne pouvais me fier au journal, comment pourrais-je apprendre à maîtriser mon pouvoir ?

Quatre chevaux étaient attachés devant les écuries. Solly était occupé à les calmer par des caresses et des mots apaisants. En nous voyant, il nous fit signe de ne pas avancer davantage.

– Nobles dames, dit-il en s'inclinant brièvement.

Son habituel sourire édenté était crispé.

– N'approchez pas des chevaux. Ils sont entraînés à combattre et décocheront des ruades à tout ce qui passera près de leur arrière-train.

Dela me conduisit vers l'écurie.

– Allez avec Vida. Il faut panser votre bras et vous habiller. Mais ne prenez pas la robe de deuil. Choisissez quelque chose de plus discret.

En prenant soin d'éviter les chevaux, je suivis Vida dans l'étable. Les bœufs mugirent quand nous passâmes devant leurs stalles. Sans doute avaient-ils faim. Je me rendis compte que j'étais moi-même affamée. Je ne pus retenir un sourire ironique : la trahison ou le désespoir n'intéressaient pas mon corps, il ne se souciait que de manger et de se reposer.

Vida regarda par-dessus son épaule.

– Votre blessure est-elle sérieuse ?

L'étreinte des perles avait émoussé la souffrance. Maintenant que j'observais la plaie, toutefois, je sentais qu'elle irradiait mes doigts à chaque mouvement. Je montrai à Vida l'entaille balafrant le dos de ma main.

– Ce n'est pas trop grave, déclarai-je. Je ne saigne plus.

– J'ai vu ce que vous aviez fait pour Sa Majesté. Vous l'avez empêché de continuer. Votre intervention était courageuse.

Je la regardai avec méfiance, peu habituée à tant de cordialité de sa part.

Elle se dirigea en hâte vers l'arrière de notre chariot.

– Tous les bandages sont dans les sacoches. Je vous en chercherai un quand vous serez habillée.

Écartant le panneau de toile du véhicule, elle ouvrit le panier le plus proche et plongea ses mains dedans.

– Voilà, prenez ça.

Elle me tendit une paire de sandales tressées en jonc, dont les fines semelles étaient faites pour les rues pavées d'une ville. Se remettant à fouiller dans le panier, elle en tira enfin deux morceaux d'étoffe soigneusement pliés, l'un orange foncé, l'autre vert olive. D'une chiquenaude, elle déploya le tissu orange, qui se révéla être une jupe longue et ample. Le tissu vert était une tunique. Le tout constituait la toilette de jour d'une épouse de marchand. La Résistance nous avait bien pourvues.

Vida s'accroupit en tenant la jupe ouverte.

– Vite, noble dame.

Je me glissai au centre du cercle de toile. Vida

remonta la jupe par-dessus ma chemise maculée de sang et noua prestement les cordons l'attachant à ma taille. Bien que le soleil fût à peine levé, l'air était déjà lourd et chaud. Quand il serait midi, j'étoufferais sous cette masse de tissu.

– Les bras, je vous prie.

Je les levai docilement. Ce geste familier réveilla le souvenir doux-amer de Rilla m'habillant au palais. Elle et Chart étaient-ils en sûreté ? Lorsque j'étais entrée en possession des biens légués par mon maître, je les avais tous deux affranchis et j'avais fait de Chart l'héritier du domaine. Mais cela ne les mettait pas à l'abri, surtout si le Grand Seigneur Sethon voyait en eux une monnaie d'échange pour me forcer à me rendre.

Vida passa la tunique par-dessus ma tête et la rabattit sur ma poitrine et mes hanches. Après avoir exploré derechef le panier, elle brandit une ceinture rouge, sans doute en soie d'après son éclat lustré. Je me demandai soudain à qui avaient appartenu les vêtements que je portais. La jupe et la tunique n'étaient pas neuves, et aucune épouse de marchand ne renoncerait aisément à l'unique pièce de soie que la loi lui permettait. J'eus une pensée terrible : et si ces vêtements étaient ceux d'une femme que j'avais tuée ? Je chassai cette idée morbide. Non, cette étoffe était trop précieuse pour une villageoise.

Vida enroula la longue ceinture trois fois autour de ma taille puis la noua sur le devant. Elle recula pour m'examiner, arrangea le col montant de la tunique.

– Votre coiffure ne va pas, observa-t-elle.

J'imagine que ce n'est pas grave, puisque nous ne voyagerons pas sur des routes fréquentées.

Je glissai mon doigt sous la ceinture, qui était très serrée.

– J'ai trouvé ceci dans la chambre, reprit Vida en tirant de la poche de sa robe deux bourses de cuir usées. Ce sont des objets importants, n'est-ce pas ?

Mon compas d'Œil de dragon et mes tablettes mortuaires. Je tendis la main vers eux puis suspendis mon geste. Le compas avait lui aussi appartenu à Kinra. Il était sans doute relié étroitement à son pouvoir, plus même que son journal.

– Mettez-les dans les bagages, dis-je.

Vida fit mine de les ranger de nouveau dans sa poche, mais je me ravisai.

– Non, attendez.

Saisissant la bourse contenant les tablettes mortuaires, je la glissai entre les épaisseurs de ma ceinture. Quand j'aurais un moment de calme et de solitude, je prierais Kinra. Je la supplierais de me laisser en paix.

Pour masquer ma précipitation, je me baissai pour introduire mes pieds dans les sandales, mais l'ampleur de la jupe me gênait.

– Tout ce tissu, ce n'est pas pratique, lançai-je en relevant d'une main le bas de la jupe. J'aimerais mieux porter la tunique et le pantalon d'un homme.

– Nous en sommes toutes là, approuva Vida.

Je m'interrompis pour la regarder. Me deviendrait-elle moins hostile ?

– Pas toutes, dis-je en hasardant un bref sourire. Pas dame Dela.

Elle éclata de rire.

– C'est vrai !

– Qu'est-ce qui est vrai à propos de dame Dela ? demanda le Contraire en passant devant les bœufs qui reprirent leurs plaintes de plus belle à sa vue.

Vida recula en rougissant, mais je lançai :

– Nous regrettons nos pantalons, alors que vous regrettez vos jupes.

Dela eut un sourire lugubre.

– Oui, plus que tout.

Elle brandit une ficelle sur laquelle étaient enfilés des fruits secs – des rations de soldats en voyage, sans doute rescapées des provisions de Haddo.

– Mangez un peu avant notre départ. Et bandez-moi cette main.

– Dela, dis-je alors qu'elle allait se retirer. Voulez-vous faire quelque chose pour moi ?

Je dénouai les perles, sans faire attention à leur résistance ni à mon propre pincement de cœur.

– Si vous pouviez prendre soin du livre…

– Vous voulez que je l'emporte avec moi ?

Je lui tendis le volume autour duquel les perles se serraient de nouveau étroitement.

– Vous seule êtes capable de déchiffrer cette écriture, déclarai-je. De cette façon, vous pourrez y travailler à loisir.

Elle m'observa un instant, hésitante. Sentait-elle que je ne lui disais pas tout ? Cependant je ne pouvais lui avouer que mon aïeule, sur laquelle reposaient tous nos espoirs, s'était rendue coupable de trahison. Je ne pouvais en parler à personne. Pas étonnant que le nom de Kinra ait été effacé des chroniques et que son dragon ait fui le cercle pendant cinq siècles. Et c'était son sang souillé qui coulait dans mes veines. Tel était l'héritage impardonnable que je devais réparer avec l'aide des dieux.

Dela se décida enfin à prendre le livre.

– Je suis à votre service, dame Œil du dragon, dit-elle en glissant dans sa tunique le journal gardé par les perles.

Alors que Vida s'occupait de bander ma main, l'empereur apparut sur l'allée étroite. Il marchait d'un pas rapide, avec raideur. Ryko, Yuso et l'unique garde impérial indemne le suivaient à distance respectueuse. Même de notre place devant la porte de l'écurie, je sentais la tension régnant entre ces hommes.

– Les chevaux sont-ils prêts ? demanda-t-il sèchement à Solly. Ont-ils bu ?

Le soldat de la Résistance tomba à genoux, le front dans la poussière.

– Oui, Votre Majesté.

Vida imita Solly et se prosterna sur le sol boueux. Je m'agenouillai pour m'incliner à demi. Dame Dela poussa un sifflement étouffé en m'invitant d'un geste à me baisser encore. Ce fut seulement alors que je me rendis compte de mon erreur : je m'étais inclinée comme un seigneur, non comme une dame.

– Levez-vous, ordonna l'empereur d'un ton brusque.

Nous nous hissâmes sur nos jambes. Il regarda les chevaux.

– Seulement quatre ? s'exclama-t-il. Combien sommes-nous ?

– Huit, Votre Majesté, répondit Dela.

– Nous monterons donc à deux. Il faut que nous mettions le plus tôt possible autant de distance que nous le pourrons entre nous et cette malheureuse auberge.

Ryko s'avança. Comme promis, il portait les sabres de Kinra, dont les lames avaient été essuyées avec soin. Il s'en était fallu d'un rien que ces armes ne répandent le sang de l'empereur. Je ne pouvais courir le risque d'y toucher en sa présence.

– Votre Majesté, dit Ryko, puis-je vous suggérer d'autoriser dame Eona à monter avec vous ? Votre cheval n'est pas en état de porter deux hommes.

C'était une proposition raisonnable, mais je savais qu'il ne l'avait faite que pour rester aussi loin de moi que possible. Je n'avais pas eu l'occasion de lui parler de mon étrange mainmise sur sa volonté pendant la bataille. Je tentai de chasser mes mauvais pressentiments. Je n'avais aucune envie de contrôler la volonté d'autrui, et je ne voulais certes pas de cette nouvelle ombre entre nous. La confiance que m'accordait Ryko était déjà suffisamment troublée de soupçons.

– Non, Ryko, intervint Yuso en secouant la tête et en s'avançant à côté de lui pour marquer son opposition. Ce n'est pas une bonne tactique d'avoir sur le même cheval Son Altesse et la noble dame Œil du dragon.

L'insulaire prit un air buté.

– C'est une tactique adaptée à la situation,

capitaine. Nous pourrons les entourer et les protéger tous deux sans ralentir notre progression.

Yuso observa son subalterne.

– Et si nous sommes poursuivis et attaqués, nous risquons de les perdre l'un comme l'autre. Non, il vaut mieux séparer nos deux trésors plutôt que de les exposer ensemble.

– Assez ! lança l'empereur avec lassitude. Nous n'avons pas le temps de discuter. Dame Eona montera avec moi. Ju-Long a un cœur robuste, mais il est à bout de forces. Une charge plus légère lui permettra de tenir bon.

Les deux gardes s'inclinèrent.

L'empereur baissa les yeux sur sa robe de deuil maculée de sang.

– Dame Dela, trouvez-moi une autre tenue. Cette robe ne fait plus honneur à mon père. Vous autres, formez des paires de manière à ménager les chevaux.

– Par ici, Votre Majesté, murmura Dela en le précédant dans l'écurie.

Vida désigna d'un geste les rations de nourriture attachées à ma ceinture.

– Vous devriez manger davantage de ces fruits, observa-t-elle. La journée va être dure.

– Vida ! l'appela Solly. Apportez ici ces sacs de provisions.

Après un dernier signe de tête en direction de mes rations, elle hissa sur ses épaules les longs sacs pleins à craquer. Je regardai Ryko et le capitaine vérifier les selles et les étriers. Leur silence était pesant. Que s'était-il passé dans la cour pour provoquer une telle tension ? Je revis soudain Haddo, la poitrine transpercée par un sabre.

Pour échapper à cette image affreuse, je me concentrai sur ma ceinture afin d'en détacher les fruits enfilés. La ficelle se défit enfin et j'arrachai un gros morceau de prune séchée, que je fourrai tout entier dans ma bouche – une habitude de garçon, qu'il allait falloir changer. Pour l'heure, cependant, personne ne me regardait. Les yeux fermés, je mâchai la pâte poudreuse qui m'enivra de sa suavité soudaine. Comme si ce fruit sucré avait été un signal, une immense fatigue me submergea. Je n'aspirais plus qu'à dormir, à échapper pour un instant au sang et à l'horreur. Mais j'avais devant moi une dure journée de chevauchée. J'adressai une petite prière aux dieux : « Aidez-moi à ne pas tomber du cheval de l'empereur. Et aidez-moi à trouver le moyen de vivre avec ces fantômes qui me hantent. »

– Dame Eona !

Je rouvris les yeux. L'empereur était devant moi, vêtu d'une tunique et d'un pantalon marron. Un col montant dissimulait la Perle impériale, même si j'apercevais le haut des points cousant le joyau à sa peau. Je me hâtai d'avaler le reste de la prune.

– Votre Majesté, dis-je en m'inclinant en hâte.

Prenant mon bras pour me relever, il m'interrompit à mi-chemin.

– L'étiquette de la cour n'est pas de mise dans les circonstances présentes, déclara-t-il avant de me lâcher. Je vois que vous n'êtes plus infirme. C'est certainement une faveur des dieux pour récompenser votre courage.

J'ouvris la bouche pour répondre, mais il ne m'en laissa pas le temps.

– Je vous suis reconnaissant de m'avoir tiré de ma frénésie meurtrière, continua-t-il. Je sais…

Ses yeux sombres s'attristèrent soudain et il se tut un instant.

– Je sais tout ce qui s'est passé. Votre courage et votre loyauté…

– Vous savez tout ? répétai-je en écho.

Savait-il que les sabres de Kinra avaient tenté de le tuer ?

Il me regarda comme si j'étais transparente.

– Je revois chacun d'entre eux. Chaque visage.

Je n'étais donc pas seule à lutter contre des fantômes ! Je savais qu'il ne fallait pas l'interroger sur les soldats gisant dans la cour, mais l'horreur vécue ensemble ce matin-là et sa gratitude empreinte de tristesse m'enhardirent. J'effleurai son bras.

– Avez-vous tué également les blessés de la cour ?

Il se raidit et le gouffre immense entre nos rangs s'ouvrit de nouveau.

– C'était une question de stratégie militaire, dame Eona. Ne sortez pas de votre condition.

– Votre père n'aurait pas fait une chose pareille.

– Vous ne savez pas ce que mon père aurait ou n'aurait pas fait.

Du coin de l'œil, je vis Ryko et l'autre garde se détourner de leurs préparatifs. Mais je ne pouvais lâcher prise. Je voulais que Kygo soit digne de son père.

– Les avez-vous tués ? insistai-je. Dites-moi que non.

– Qui êtes-vous pour parler ainsi à votre

empereur ? lança-t-il d'un ton glacé. Vous n'êtes pas mon *naiso*. Je n'ai pas de conseil ni de critique à recevoir de vous. Vous n'êtes même pas un véritable seigneur. Restez à votre place, femme.

Cette rebuffade me laissa un instant sans voix. Puis je sentis une force brûler en moi les entraves du devoir et de la peur. Était-ce ma propre colère, ou les dernières braises de l'antique fureur de Kinra ? Je l'ignorais et soudain cela m'était égal. Tout ce que je savais, c'était que cette force était grande et qu'elle m'appartenait.

– Je suis l'Ascendant Œil du dragon, lançai-je. Que je sois un seigneur ou une dame, ou ni l'un ni l'autre, je suis votre unique lien avec les dragons. Ne l'oubliez pas.

Son regard furieux me prouva que la vérité de mes paroles avait fait mouche. Il s'approcha en me dominant de toute sa taille.

– J'espère que vous serez à la hauteur de votre rôle. Tant d'hommes et de femmes dépendent de votre pouvoir. Cependant Ryko m'a dit que vous étiez encore incapable de le maîtriser. Vous avez détruit un village et tué trente-six personnes. Des innocents qui ne pouvaient se défendre.

– Au moins, je ne l'ai pas fait délibérément, ripostai-je. Au moins, je savais que c'était mal.

– J'avais perdu le contrôle de moi-même ! Vous m'avez vu. Je ne savais pas ce que je faisais.

– Je ne parle pas de votre frénésie meurtrière, m'obstinai-je. Je parle de ces hommes encore vivants qui gisaient dans la cour.

Je crus qu'il allait me frapper. Il se contenta de reculer, les poings serrés.

– Je n'ai pas besoin d'une seconde conscience,

dame Eona. Veillez sur votre propre moralité et ne vous occupez pas de la mienne.

Il se dirigea à grands pas vers Ju-Long, l'énorme destrier gris pommelé encore attaché devant l'écurie. Je le vis caresser l'encolure mouillée de sueur de l'animal, en baissant la tête. Ma fureur n'était pas apaisée, mais elle se mêlait d'une sourde amertume – j'étais déçue.

– Dame Eona, s'exclama Ryko en s'approchant.

Je me tournai vers lui et il s'immobilisa. Je me sentais incapable d'affronter également sa colère.

Il me tendit les sabres de Kinra.

– Il n'y a pas de place pour une autre sacoche sur le cheval de Sa Majesté, dit-il d'un ton hostile. Souhaitez-vous porter vos sabres dans votre dos ?

– Non !

J'avais presque crié. Je respirai profondément pour me forcer à modérer ma voix.

– Portez-les pour moi. De grâce.

Il s'inclina brièvement. Son visage avait pris l'expression impassible des domestiques.

– Comme vous voulez.

L'empereur mena son cheval au centre de la cour des écuries et l'enfourcha avec aisance. Il fit signe à l'autre garde.

– Tiron, aidez dame Eona à monter sur Ju-Long. Elle n'a aucune notion d'équitation.

Mon visage était en feu. La dernière fois qu'il m'avait vue sur un cheval, c'était la nuit de l'invasion du palais. Cette même nuit où il avait découvert que je n'étais pas sire Eon mais une femme. L'espace d'un instant, je me remémorai avec honte son regard dédaigneux toisant mon corps, puis sa fureur déchaînée.

L'empereur me fit signe d'approcher.

– Vous chevaucherez derrière moi. Tenez-vous avec vos genoux, mais essayez de ne pas gêner les mouvements de Ju-Long.

D'un geste de la main, il invita Tiron à s'agenouiller à côté du cheval. Le jeune garde rougit quand je remontai ma jupe ample autour de mon corps. Tandis que je plaçais mon pied dans ses mains tendues, il détourna poliment les yeux.

– Prête ! lançai-je.

D'un coup, je m'élevai en l'air. Tant bien que mal, je passai ma jambe guérie par-dessus le dos de l'animal tout en agrippant l'arrière de la selle. Je me posai lourdement et enfonçai instinctivement mes genoux dans les flancs de Ju-Long, lequel fit aussitôt un écart sur les pavés. Tandis que l'empereur le ramenait dans le droit chemin, je m'efforçai désespérément de rester d'aplomb sur l'énorme dos dont les muscles puissants remuaient sous moi.

– Il vous est permis de me toucher, dame Eona, dit l'empereur d'un ton brusque en contraignant à l'immobilité le destrier impatient. Autrement, vous allez finir par tomber.

Lâchant la selle avec hésitation, je passai les bras autour de sa taille. À travers le tissu de sa tunique, je sentais la chaleur de son corps et la tension de ses muscles tandis qu'il maîtrisait le cheval.

– Je vous ai dit de me tenir ! lança-t-il.

Il resserra mes bras autour de sa taille et pressa mes mains contre son ventre.

Je me penchai en avant, non sans heurter douloureusement l'arrière de la selle.

– Vous pouvez monter, ordonna-t-il au reste de notre troupe.

Je n'osai regarder par-dessus mon épaule, de peur que ce mouvement me fasse glisser du cheval. J'entendis derrière nous un bruit de sabots et un juron de Dela qui venait de manquer sa première tentative pour se mettre en selle. Me concentrant sur les minuscules joyaux rouges ornant la longue tresse de l'empereur, je parvins peu à peu à ne pas trop presser mes genoux contre les flancs de ma monture. J'avais déjà les cuisses endolories par l'effort et mon cou me faisait mal. Le seul endroit logique pour ma tête aurait été le creux de l'épaule de l'empereur, mais cette position était trop intime pour que je prenne une telle liberté.

– Allons-y ! s'écria-t-il.

Nous nous éloignâmes au pas puis au trot. D'instinct, je serrai plus fort mes bras autour de sa taille, en tentant de trouver un rythme m'évitant à la fois de heurter violemment mon postérieur contre le cheval et de m'écraser contre l'arrière relevé de la selle.

– Ne vous démenez pas comme ça, dit l'empereur en se tournant vers moi d'un air mécontent. Détendez-vous et appuyez-vous contre moi, sans quoi vous allez nous faire tomber par terre tous les deux.

À cet instant, je me rendis compte de la direction que nous avions prise.

– Nous allons sortir par le portail principal ?

– Yuso veut que nous traversions le village avant de nous enfoncer dans la forêt.

Je le sentis serrer plus fort les rênes tandis que

nous débouchions dans la cour. La puanteur était telle que le cheval redressa la tête en hennissant pour montrer sa réprobation. Devant nous, des corps gisaient sur les pavés trempés de sang et d'excréments. Des vautours noirs picoraient et lacéraient déjà les cadavres. Ils s'envolèrent lourdement à notre arrivée. L'empereur mena sa monture au bord de l'enclos puis la força à longer les corps. Je voulais fermer les yeux et détourner la tête, mais quelque chose attira mon attention.

Les corps remuaient.

Un soldat se mit péniblement à genoux. Un autre se balançait en gémissant, adossé au mur de l'hôtellerie.

– Ils ne sont pas morts ! m'exclamai-je. Vous ne les avez pas tués !

– Mieux vaudrait pour eux que je l'aie fait, répliqua l'empereur d'une voix dure. La plupart d'entre eux vont mourir, même avec l'aide du médecin du village. Et ceux qui survivront vont nous trahir.

– Je me réjouis que vous ne l'ayez pas fait.

Il me regarda par-dessus son épaule.

– Vous réjouirez-vous quand mon oncle découvrira votre déguisement ? Quand il apprendra où nous nous trouvons ?

Il fit passer son cheval sous le portail de l'auberge.

– Il n'y a vraiment pas de quoi se réjouir.

Mais il se trompait. Tandis qu'il lançait Ju-Long dans un petit galop mettant mes os au supplice, je posai ma tête contre son épaule et cherchai enfin l'appui solide de son dos.

Chapitre 6

À la tombée de la nuit, Yuso ordonna une halte. Nous nous arrêtâmes dans une petite clairière au cœur de la forêt, où les chants d'oiseaux assourdissants annonçaient la fin de la journée. À travers les fougères et les broussailles, j'aperçus un ruisseau aux eaux grossies par les pluies récentes. N'étant plus contenu par les Yeux du dragon et leurs animaux, le déluge de la mousson avait été plus abondant que d'ordinaire. Maintenant que nous n'étions plus que deux dans le cercle, dont l'un mourant et l'autre incompétent, il était à prévoir qu'un désastre quelconque s'abattrait bientôt sur le pays et que les appels au secours resteraient sans réponse.

Me laissant glisser du dos en sueur de Ju-Long, je repris contact avec la terre mais non sans douleur pour ma jambe. Pendant plus de douze heures, nous avions alterné de brefs galops rapides sur nos chevaux et de longues marches accablées de chaleur où nous précédions nos montures fatiguées. Mes cuisses peu habituées aux rigueurs de la chevauchée n'étaient plus que muscles surmenés et peau meurtrie.

J'eus grand-peine à m'accroupir et à me renverser en arrière sur le sol humide de la forêt, au milieu des plis chauds et pesants de ma jupe. En poussant un juron, j'écartai une branche tombée coincée sous ma hanche. Le bandage autour de ma main était crasseux, mais la plaie ne me faisait plus mal, même quand je remuais les doigts. De l'autre côté de la clairière, Solly dessellait le cheval qu'il avait partagé avec Tiron, tandis que le jeune garde s'occupait de Ju-Long. Ryko tendit ses rênes à Vida et se dirigea vers moi, manifestement décidé à avoir enfin une discussion. Je me préparai à l'affrontement, mais il n'eut pas lieu car l'insulaire s'arrêta net en voyant l'empereur s'asseoir près de moi. Le soulagement m'envahit. Je n'avais pas de réponses pour Ryko.

– Buvez un peu d'eau, dit l'empereur en me tendant un flacon laqué. Encore quelques jours sur Ju-Long, et chevaucher sera une habitude pour vous.

– C'est surtout un supplice pour mon cul.

Je cachai ma bouche derrière ma main. Le gros mot m'avait échappé.

L'empereur se mit à rire tout bas.

Non sans hésitation, je lui rendis son sourire. Je ne l'avais vu rire qu'une seule fois, lorsque son père avait fait une plaisanterie. Évidemment, on n'avait guère l'occasion de rire à la cour impériale. Son sourire me rappelait celui de sa défunte mère. L'harmonie délicate des pommettes et du menton de dame Jila avait pris un aspect plus hardi et masculin chez son fils, mais je retrouvais la beauté sensuelle de la noble dame dans ses yeux sombres et ses lèvres charnues.

« Pauvre dame Jila, pensai-je. Puisse-t-elle trouver la paix au jardin des dieux. » Bien que la scène ne remontât qu'à quelques semaines, il me semblait que des années s'étaient écoulées depuis que je l'avais rencontrée dans le harem et lui avais promis de protéger et d'être l'amie de son fils. Pour l'instant, je n'avais guère tenu cette double promesse.

– Je n'avais jamais entendu une dame employer le mot « cul », observa l'empereur d'un ton bienveillant.

– Cela ne fait pas longtemps que je suis une dame, lui rappelai-je.

Un petit démon, né de mon épuisement et du sourire de l'empereur, me poussa à ajouter :

– Pendant cinq ans, j'ai dit « cul » tout à loisir. Il est difficile de perdre une habitude aussi ancienne. Je suppose que puisque les dames n'ont pas droit à ce mot, je devrais cesser de dire…

– « Cul », compléta-t-il pour moi.

Il me regarda avec un large sourire.

Yuso s'agenouilla devant nous.

– Votre Altesse…

Le souverain se raidit et son visage perdit son expression insouciante.

– Qu'y a-t-il ?

– À mon avis, nous avons au moins un jour d'avance sur d'éventuels poursuivants, même s'ils sont à cheval. Malgré tout, il me semble préférable de ne pas allumer de feu pour cuisiner. Mieux vaut nous contenter des rations des soldats. La servante va vous en apporter.

Il désigna Vida d'un signe de tête.

– Elle dit que nous sommes à moins d'une journée d'un groupe de résistants. Nous devrions les rejoindre. Ils pourront nous renseigner sur ce que fait Sethon.

L'empereur hocha la tête.

– Parfait. Je veux rassembler autant d'hommes que possible et marcher sur le palais.

L'espace d'un instant, Yuso sembla sur le point de perdre son calme, puis il reprit l'expression sévère qui lui était coutumière.

– Notre objectif n'est-il pas les tribus de l'Est, Votre Majesté ? demanda-t-il. Ryko dit que les forces de la Résistance se rassembleront là-bas.

– Non. Le temps d'aller dans l'Est et d'en revenir, les douze jours de Revendication Légitime seront écoulés depuis longtemps. Nous devons agir dès maintenant.

Je me mordis les lèvres. Marcher sur le palais sans une armée puissante serait un suicide.

– Comme vous voulez, Votre Majesté, dit Yuso.

Il savait lui aussi que c'était un suicide, je le lisais dans son regard. Pourquoi ne protestait-il pas ? Mais il se contenta de s'incliner, en bon soldat loyal et zélé.

– Votre Majesté, hasardai-je. Les membres de la Résistance s'attendent à faire la jonction avec nous dans l'Est. C'est là-bas que vous pourrez compter sur un soutien important.

Je jetai un coup d'œil à Yuso.

– N'est-il pas vrai, capitaine ?

Il détourna les yeux. Manifestement, il n'avait pas envie de se retrouver sur la trajectoire de la flèche.

– Sa Majesté souhaite marcher sur le palais, dit-il d'un ton neutre.

Je lui lançai un regard furieux. Il fallait que quelqu'un dise la vérité, mais je n'avais pas envie de tout prendre sur moi.

– Je suis certaine que vous m'accorderez, capitaine, qu'il n'est guère possible de constituer une véritable armée entre ici et le palais, dis-je avec circonspection. Pour l'instant, le Grand Seigneur Sethon a l'avantage du nombre.

L'empereur me regarda d'un air impassible. J'avais vu son vénérable père accueillir une nouvelle désagréable en arborant le même masque glacé. J'essayai de ne pas vaciller sous ce regard implacable. Le défunt empereur était un politicien avisé, prêt à écouter un point de vue opposé sans exercer de représailles. J'espérais que son fils avait la même modération.

– Vous pouvez disposer, capitaine, dit le souverain.

Yuso s'inclina et s'éloigna à reculons.

L'empereur attendit que le garde fût trop loin pour entendre, puis il lança :

– Mon oncle a peut-être l'armée la plus nombreuse, dame Eona, mais il n'a pas la Perle impériale ni le soutien de votre pouvoir.

– Mon pouvoir, Votre Majesté ?

J'enfonçai mon ongle dans la pivoine d'or gravée sur le flacon.

– Êtes-vous en train de me demander de mettre mon dragon au service de la guerre ?

Il secoua la tête.

– Il n'y aura pas de guerre. Les jours de Revendication Légitime ont précisément pour objet d'éviter un tel désastre. Je possède l'antique emblème de la souveraineté…

Il effleura la perle à la base de son cou.

– Et j'ai l'appui de l'Œil du dragon Miroir, symbole du pouvoir renouvelé. Mon oncle comprendra que sa revendication ne peut tenir face à la mienne.

J'avais conscience de mon ignorance en matière politique, mais j'étais sûre de ne pas m'être trompée quant à l'ambition de Sethon et à son caractère impitoyable.

– Votre oncle n'a que faire de symboles, Votre Majesté. Il s'appuie sur la force. Avec ou sans perle, il s'est déjà proclamé empereur.

De nouveau, sa main caressa le joyau.

– Vous ne comprenez pas. Sans cette perle, mon oncle ne peut tout simplement pas se maintenir au pouvoir. C'est elle qui nous assure l'aide des dragons. Elle est le sceau de notre alliance céleste.

– Alors il vous tuera pour s'en emparer.

Je sentis fugitivement la douce chaleur de la perle sous mes doigts, et la brûlure du désir de Kinra. En serrant les poings, je luttai pour chasser ce souvenir.

– S'il s'en empare, il n'aura pas à me tuer, dit l'empereur d'un ton froid. Elle fait maintenant partie de mon *hua*, étant liée à moi par le sang. Sans elle, je mourrai instantanément.

– Comment peut-elle être une part de votre être ? Je ne comprends pas.

– On dit que la perle est un lien vivant avec les dragons. Une fois qu'elle est cousue à la gorge de l'empereur, il est lié à elle à jamais par le sang. C'est pourquoi elle doit passer d'un empereur mort à son héritier vivant en moins de douze respirations. Autrement, la perle mourra et c'en sera fini du sceau de notre alliance.

J'examinai la monture d'or entourant la perle. Douze points en fil doré rayonnaient à partir du joyau. Les trois du haut étaient cousus avec soin, mais les autres avaient été bâclés et la chair autour d'eux était encore mal cicatrisée.

– Douze respirations, ce n'est pas bien long pour un travail aussi délicat, observai-je.

Il éclata d'un rire plein d'âpreté.

– Moins d'une minute et demie pour douze points dans la gorge. Comme vous voyez, mon médecin était à la fois nerveux et pressé par le temps.

– Vous avez dû avoir mal.

Il hésita un instant, comme absorbé par un débat intérieur. Puis il me regarda droit dans les yeux.

– Ce fut la pire douleur que j'aie jamais endurée, déclara-t-il.

Je savais que ce n'était pas peu de chose pour lui de faire un tel aveu – ni pour moi de l'entendre.

– La monture de la perle est garnie de douze pointes qui percent la peau et maintiennent le joyau contre la gorge, reprit-il. Chaque pointe est pourvue d'un œillet, de façon à pouvoir être également cousue dans la chair.

Il effleura du doigt la chair meurtrie.

– Et ce n'est pas tout. On sent une brûlure qui se propage dans le sang, comme si un acide coulait dans vos veines. Cela dure pendant plusieurs heures après l'opération.

Je ne pus m'empêcher de déglutir, remplie de compassion.

– Votre oncle sait-il que vous mourrez si on vous enlève la perle ?

– Bien sûr. Tous les héritiers présomptifs du trône impérial apprennent l'histoire des douze respirations.

– Il doit donc vous prendre vivant, afin de pouvoir coudre la perle à sa propre gorge.

Il secoua la tête.

– Vous semblez décidément certaine qu'il ne tiendra pas compte de la Revendication Légitime.

Je m'armai de courage pour lui parler avec sincérité.

– Votre oncle a massacré votre mère et votre frère. Il a empoisonné votre père. Pourquoi vous épargnerait-il ?

Peut-être étais-je allée trop loin… Je savais que mes paroles avaient fait mouche, ses yeux écarquillés le prouvaient. Mais je ne voulais pas me dérober. Même si l'empereur avait été pris d'une frénésie sanguinaire en apprenant la mort de ses proches, il n'avait pas vu le sabre de Sethon empaler son petit frère. Pas plus qu'il n'avait vu les cadavres ensanglantés des serviteurs du palais, ni son oncle excitant ses troupes au massacre. Il fallait que quelqu'un lui dise la vérité.

Malgré tout, je dus faire appel à toute ma volonté pour ne pas me prosterner précipitamment.

Non loin de nous, Vida explorait le contenu d'une sacoche. Tiron discutait avec Solly. Dela dénouait avec lassitude les bandeaux serrés de ses cheveux. Aucun d'eux n'avait conscience que leur empereur pensait qu'il n'aurait qu'à rentrer au palais pour récupérer son trône.

– Vous êtes très directe, dame Eona, dit-il enfin.

Il pressa ses mains contre ses yeux.

– Je suis stupide. Mon père s'est obstiné à faire confiance à son frère, et voilà que je commets exactement la même erreur.

Il poussa un long soupir, qui marquait la fin de son espoir d'une revendication pacifique.

– Vous avez raison, bien entendu. Il va tenter de s'emparer de la perle. Il ne sera certainement pas le premier à s'imaginer qu'il peut voler le pouvoir du joyau.

L'empereur connaissait l'histoire de la perle. Peut-être savait-il qui était Kinra. C'était une occasion unique de découvrir si les souvenirs liés à ses sabres étaient réels, si mon sang était vraiment souillé. En un éclair, je pesai le pour et le contre.

– Comme Kinra, lançai-je d'un seul souffle.

Il baissa les mains, stupéfait.

– Qui vous a parlé de Kinra ?

Je cherchai en hâte une explication plausible.

– Je... j'ai vu son nom dans une des chroniques de sire Brannon.

La surprise s'effaça de son visage.

– Le texte disait seulement qu'elle avait essayé de voler la perle, ajoutai-je. Était-ce une meurtrière, Votre Majesté ?

– Non, rien qu'une courtisane. Elle faillit ensorceler l'empereur Dao au point de lui ravir la perle. Il la fit exécuter pour trahison, en lui infligeant les Douze Jours de Torture.

Il se pencha vers moi.

– J'ai entendu dire que les bourreaux sont capables de maintenir quelqu'un vivant pendant des jours, même après avoir arraché ses principaux organes. Il faudra s'en souvenir à propos de mon oncle.

Je me détournai, en espérant que mon visage ne me trahissait pas. Les histoires différaient, puisque mon ancêtre était cette fois prostituée plutôt qu'Œil du dragon, mais dans ma vision j'avais vu Kin-ra caresser la gorge d'un empereur, effleurer la perle. Peut-être ces deux versions n'étaient-elles pas si éloignées, en fait. Était-ce ainsi qu'on l'avait effacée de l'histoire, en faisant de la reine Œil du dragon une simple prostituée perfide ?

L'empereur toucha mon bras.

– Veuillez accepter mes excuses, dame Eona. Je ne voulais pas vous effrayer.

Je parvins à esquisser un sourire.

– Je crois que je suis simplement fatiguée, Votre Majesté.

D'un geste, il fit venir Vida près de lui.

– Apportez à dame Eona de quoi se restaurer. Et une couverture.

Il se leva.

– Je vais vous laisser vous reposer.

S'éloignant à grands pas, il rejoignit Tiron et lui donna des instructions pour bouchonner Ju-Long. Je priai pour qu'il révise sa stratégie et prenne de nouveau l'Est pour objectif. Bien qu'il eût hérité de son père une tendance à se fourvoyer dans ses loyautés et dans son sens de la tradition, il semblait également posséder la vivacité et la souplesse d'esprit de sa mère.

– Je vais apporter ça à dame Eona.

C'était la voix de Ryko. Avant que j'aie pu me préparer, le géant insulaire se trouva devant moi. Il me tendit un morceau de pain dur et une tranche de viande séchée.

– Merci, dis-je en prenant le pain.

J'évitai son regard. Il serra le poing de sa main libre.

– Comment avez-vous fait pour me diriger de loin ?

– Je ne sais pas.

Je levai les yeux sur lui. Il pinçait les lèvres d'un air incrédule.

– Ryko, je ne le sais vraiment pas !

– Dans ce cas, pourquoi l'avez-vous fait ?

– Il y avait eu assez de morts.

– Pouvez-vous recommencer quand vous voulez ?

Son expression sévère ne pouvait dissimuler l'anxiété altérant sa voix.

Dela s'approcha de nous.

– Que se passe-t-il, Ryko ?

Elle posa une main sur son bras.

– Vous vous montrez bien menaçant envers *dame* Eona, dit-elle en insistant sur mon rang.

Il se dégagea avec brusquerie.

– *Dame* Eona possède une sorte de pouvoir sur ma volonté. Elle m'a empêché de combattre.

– Un pouvoir sur votre volonté ? répéta Dela en me jetant un regard interrogateur.

– C'est vrai, avouai-je.

Je baissai la voix.

– Mais je ne sais pas comment cela fonctionne. Il semble qu'un lien nous unisse soudain aux moments critiques.

– Cela n'arrive qu'avec Ryko ? demanda-t-elle. Vous n'avez de pouvoir sur personne d'autre ?

– Non, seulement sur Ryko…

Une réalité désagréable s'imposa à moi.

– En fait, cela marche aussi avec sire Ido. Ce n'est pas absolument la même chose, mais il existe également une sorte de lien entre nous.

– Ryko et sire Ido, murmura pensivement Dela. Quel est le rapport ?

– Je n'ai aucun rapport avec cette ordure, lança Ryko d'un ton glacé.

– Ce n'est pas tout à fait vrai, répliqua Dela.

Une intuition soudaine la fit pâlir. Elle me jeta un coup d'œil anxieux.

– Vous avez tous deux été guéris par dame Eona.

Nous nous regardâmes tous trois, frappés par cette logique irréfutable.

– Ce doit être l'échange de *hua* ! m'exclamai-je. Mon pouvoir a déferlé en vous, Ryko. Et en sire Ido, lors de l'invasion du palais.

Il en eut le souffle coupé.

– Tel est donc le prix à payer pour survivre ! Être dépouillé de ma propre volonté ? Être forcé de commettre des actes contraires à ma nature ?

– Je ne le savais pas !

Dela intervint :

– C'est moi qui ai supplié dame Eona de vous guérir.

– Dans ce cas, vous m'avez rendu un mauvais service, noble dame, lança Ryko d'une voix dure. N'ai-je pas déjà donné suffisamment pour cette cause ? À présent, je ne possède même plus ma propre volonté.

– Mais je ne pouvais pas vous laisser mourir ! gémit Dela.

De nouveau, elle tendit la main vers lui, mais il recula.

Je saisis la main de Dela. Il n'était pas temps pour elle de déclarer ses sentiments.

– Peut-être existe-t-il un moyen de rompre ce lien, déclarai-je. Dans le livre rouge.

– Je vais chercher, promit-elle.

Ryko me foudroya du regard.

– Et s'il n'existe aucun moyen, serai-je à jamais votre esclave ?

– Je ne me servirai plus de ce pouvoir. Je le jure.

– Voilà de belles paroles, mais vous êtes une menteuse patentée. Et je suis hors d'état de vous résister.

– Ryko ! protesta Dela.

Il lui lança un regard féroce avant de s'éloigner de l'autre côté de la clairière.

– Il ne pense pas ce qu'il dit, assura Dela en le suivant des yeux.

Elle pressa ma main puis la lâcha.

– Je vais commencer mes recherches dès maintenant.

Sortant le livre de sa tunique, elle se dirigea vers un endroit encore éclairé par le soleil déclinant.

J'ouvris lentement mon autre main et constatai que le pain dur avait laissé une marque profonde dans la paume. Je ne pouvais blâmer Ryko pour sa fureur. J'avais été aussi enragée que lui quand sire Ido m'avait arraché ma propre volonté. Si Dela ne se trompait pas, j'avais désormais un lien durable avec l'Œil du dragon, du simple fait d'avoir guéri son point cœur atrophié.

Je frissonnai. Je n'avais aucune envie d'avoir un pouvoir sur Ido. Je ne voulais rien avoir à faire avec lui. Cependant son cri ultime résonnait encore entre nous, nous reliant l'un à l'autre comme le fil solidement attaché d'une toile d'araignée.

– Noble dame, dit Vida en interrompant le cours de mes sombres pensées.

Elle portait une couverture élimée.

– Voici pour vous étendre cette nuit.

Je murmurai un remerciement et pris le rouleau de tissu fin, que je déployai dans mon dos. Chacun de mes mouvements faisait souffrir mes hanches. La fatigue ralentissait mes moindres gestes. Même mâcher le pain dur me parut exiger trop d'effort. Je me contentai d'avaler un autre fruit de la ration attachée à ma taille, puis je m'étendis sur la couverture. L'espace d'un instant, je perçus la dureté du sol, l'odeur des feuilles et de la terre, puis le sommeil s'empara de moi.

Je fus réveillée par un besoin urgent de me soulager. La demi-lune était haute dans le ciel et baignait d'argent les contours des arbres. Les appels des oiseaux se perchant pour la nuit avaient cédé la place aux cris des rapaces nocturnes et aux stridulations assourdissantes des insectes. À travers mes yeux mi-clos, j'aperçus les formes indistinctes de corps endormis et une silhouette vigilante montant la garde. Il devait être autour de minuit, ce qui signifiait que j'avais encore devant moi au moins quatre ou cinq heures de précieux sommeil. En restant complètement immobile, peut-être glisserais-je de nouveau dans l'oubli.

Non. Je m'agenouillai en tressaillant de douleur. Chacun de mes muscles raidis semblait protester. Je réussis à me hisser sur mes jambes, non sans pousser un grognement étouffé. Le garde me regarda boitiller vers les arbres. C'était Yuso. Les traits de son visage ressortaient vigoureusement, comme si le clair de lune les avait gravés dans du bois. Derrière lui, un autre homme assis contemplait le ciel nocturne. Je reconnus l'empereur à ses épaules droites et son crâne rasé. Peut-être ses fantômes étaient-ils revenus le hanter.

Il est peu commode de se soulager quand on a des muscles raidis et une lourde jupe. Je restai si longtemps derrière les arbres que j'étais certaine que Yuso allait venir me chercher. De fait, en émergeant dans la clairière, je le vis rôder dans les parages avec l'empereur.

– J'ai cru que vous vous étiez perdue, dame Eona, dit Yuso.

– Non, je ne m'étais éloignée que de quelques pas.

– Retournez à votre poste, capitaine, ordonna l'empereur à voix basse.

Yuso s'inclina et se dirigea à l'autre bout du campement. L'empereur attendit qu'il montât de nouveau la garde pour lancer :

– Venez vous asseoir avec moi.

Cet ordre soudain m'étonna. Son ton était pressant. Se pouvait-il qu'il m'en voulût, finalement ?

– Bien sûr, Votre Majesté.

Il me guida le long des arbres, à une bonne distance des silhouettes endormies de Vida et Solly.

– Cet endroit fera l'affaire.

Il s'assit par terre et je l'imitai non sans peine, en ramenant ma jupe et ma chemise autour de mes jambes. Le tissu sentait la sueur de cheval et le sang séché. J'aurais dû prendre le temps de me laver avant de me coucher.

– Savez-vous ce que mon père a dit de vous ? demanda-t-il en adoptant le chuchotement en usage à la cour pour les conversations privées.

Si je ne m'étais pas penchée vers lui, je ne l'aurais

pas entendu au milieu des appels incessants des insectes et de la rumeur des eaux courantes.

Je dissimulai ma surprise et imitai son ton confidentiel.

– Non, Votre Majesté.

– Vous l'avez beaucoup impressionné, lors de votre entrevue au pavillon des Lumières de la Science. Il a déclaré que vous aviez le don de voir les deux faces d'un argument et que malgré votre manque d'instruction vous étiez un stratège-né.

Je rougis. Un stratège-né ? Je retournai ce compliment dans mon esprit, en l'examinant comme une pierre précieuse. Si se préoccuper sans cesse des motivations d'autrui méritait d'être appelé stratégie, alors le Maître Céleste avait peut-être dit vrai.

– Et il ne savait pas tout, n'est-ce pas ? ajouta l'empereur d'un ton froid. Je me demande ce qu'il aurait pensé d'une femme Œil du dragon.

Je rougis de nouveau.

– Il a dit qu'une nature cachée n'était pas toujours mauvaise, lançai-je.

– Oui, je m'en souviens. C'est un des enseignements de Xsu-Ree, le maître de la guerre : « Tous les généraux ont une nature cachée. Que cette nature soit forte ou faible, bonne ou mauvaise, il convient de l'étudier si l'on veut vaincre. »

– « Connaissez votre ennemi », murmurai-je.

Il sursauta.

– Où avez-vous appris les enseignements de Xsu-Ree ? Seuls les empereurs et les généraux sont autorisés à étudier son traité.

– Même le dernier des domestiques connaît cette maxime. Sans quoi, comment pourrait-il prédire l'humeur de son maître ou déjouer les pièges de ses supérieurs ?

– Dans ce cas, renseignez-moi sur notre ennemi, dit l'empereur après un silence. Que savez-vous de mon oncle ?

Je n'avais vu de près le Grand Seigneur Sethon qu'une seule fois, lors de la procession en son honneur où mon pauvre maître avait trouvé la mort, empoisonné par sire Ido. Repoussant l'image affreuse du corps secoué de spasmes de mon maître, je me concentrai sur Sethon. Il ressemblait beaucoup à son demi-frère, le défunt empereur. Leur front large, leur menton et leur bouche avaient un évident air de famille. Toutefois Sethon était marqué par ses batailles, qui lui avaient valu un nez cassé, aplati, et une cicatrice en forme de croissant de lune sur la joue. Mais c'était surtout sa voix dont je me souvenais. Une voix froide, au débit monotone, qui ne trahissait aucune émotion.

– Je n'en sais pas grand-chose, répondis-je. C'est un grand seigneur et un général victorieux. Le chef des armées.

– Et le fils aîné d'une concubine, comme moi. Nous avons le même rang de naissance.

– Mais il n'a pas été adopté comme vous par l'impératrice, observai-je. Vous êtes un aîné reconnu, alors qu'il n'a jamais été qu'un enfant du harem.

– Mon père avait été mis au monde par une impératrice. Pas moi. Certaines personnes estiment que Sethon a autant le droit que moi de monter sur le trône.

– Certaines personnes, dont Sethon.

Je tentai d'imaginer ce qu'avait été sa vie. Après

avoir été toute sa vie un enfant du harem, il s'était vu supplanté par son neveu, qui était pourtant issu lui aussi du harem.

– Vous pensez que Sethon croit vraiment que ses droits valent les vôtres ? Sa détermination féroce ne serait pas uniquement le fruit de son ambition mais aussi de sa certitude d'être dans son droit ?

– Mon père avait raison, vous avez l'esprit vif. Xsu-Ree dit qu'il nous faut découvrir la clé de notre ennemi. Sa faiblesse. Je crois que c'est cette arrogance qui nous donne la clé de mon oncle. Qu'en pensez-vous ?

– « Quand un homme redresse fièrement la tête, il ne peut voir le gouffre s'ouvrant devant lui », dis-je en citant le grand poète Cho.

Les sourcils froncés, j'envisageai l'hypothèse d'un Sethon affaibli par son arrogance. Elle me parut peu vraisemblable.

– Le Grand Seigneur Sethon a livré de nombreuses batailles sans se laisser égarer par l'orgueil, déclarai-je. Il se pourrait même que ce soit là l'origine de sa réussite.

L'empereur sourit.

– Vous ne m'avez pas déçu, dame Eona.

Je m'écartai légèrement, ne sachant que penser de son ton amusé. Il saisit mon bras et m'attira de nouveau plus près de lui.

– Noble dame, vous m'avez frappé à main nue et combattu au sabre, vous avez contesté mes décisions et désapprouvé mes avis.

Son ton était si chaleureux que je gardai le silence.

– Il n'est pas fréquent qu'un empereur rencontre

une personne capable de faire tout cela au nom de l'amitié. J'ai besoin de quelqu'un qui n'ait pas peur de me tenir tête, qui me dise quand je me montre indigne de l'héritage de mon père ou me laisse égarer par mon inexpérience.

Il prit une profonde inspiration.

– Je vous demande d'être mon *naiso*, dame Eona.

Les bruits de la nuit semblèrent soudain couverts par celui des battements précipités de mon cœur. Le *naiso* était le plus important des conseillers de l'empereur. C'était la seule charge de la cour qu'on avait le droit de refuser impunément. Dans la langue ancienne, le mot désignait « celui qui apporte la vérité », mais il signifiait beaucoup plus que cela, il voulait dire l'ami, le protecteur et aussi, ce qui était peut-être le plus périlleux, la conscience de l'empereur. Le *naiso* avait le devoir de remettre en question les décisions du souverain, de critiquer sa logique et de lui dire la vérité, si dure et déplaisante fût-elle.

Il était rare qu'on occupât cet emploi très longtemps.

Les yeux perdus dans l'obscurité, je tentai de mettre de l'ordre dans le tumulte de mes pensées. Le *naiso* était toujours un homme âgé. Un sage. Jamais une femme. Une femme *naiso* était aussi inimaginable qu'une femme Œil du dragon. J'eus du mal à m'empêcher d'éclater de rire. J'étais déjà inimaginable – pourquoi ne pas l'être encore plus ? Néanmoins j'étais mal placée pour conseiller un souverain. Je n'avais aucune expérience de la politique implacable d'un empire. Je ne connaissais pas l'art de la guerre.

– Votre Majesté, je ne suis qu'une femme. Je ne suis rien. Il m'est impossible de vous conseiller.

– Comme vous me l'avez rappelé si justement, vous êtes l'Œil du dragon ascendant.

– Yuso serait un choix plus judicieux, déclarai-je en lançant un coup d'œil à la silhouette silencieuse faisant le tour de la clairière. C'est un soldat de métier. Ou Ryko.

– Non, ils m'ont tous deux entraîné. Ce sont des hommes de bien, mais un conseiller tenant tête à l'empereur ne doit pas voir en lui son ancien élève.

– Dame Dela ? hasardai-je.

– C'est une dame de la cour et un Contraire. Mais je ne m'adresse pas à vous parce que vous seriez la seule personne disponible dans notre petite troupe. Un empereur n'est nullement obligé de nommer un *naiso*. Si je m'adresse à vous, c'est que je crois que vous me direz la vérité quand d'autres seraient tentés de mentir, de flatter…

Sa voix se durcit.

– … et de trahir.

– Cependant je vous ai menti sur mon identité, objectai-je. J'ai menti à tout le monde.

– Vous êtes venue à la veillée du fantôme de mon père et vous m'avez dit la vérité alors que vous auriez pu être en route pour les îles. Même quand cela vous exposait à un danger mortel, vous n'avez jamais rien fait contre moi. Cela m'inspire confiance.

« Confiance » : le mot me transperça. Alors que j'avais renoncé au droit de prétendre à la confiance d'autrui, voilà que mon empereur se déclarait prêt à remettre sa vie entre mes mains.

Si j'acceptais, je risquerais de m'enliser dans un marécage d'influence et de responsabilité.

Si je refusais, je perdrais sa confiance et sa bonne opinion. Il ne se pencherait plus vers moi comme si mes paroles étaient dignes de l'attention d'un empereur.

Pourrais-je être ce qu'il désirait que je sois ? La conscience d'un souverain.

Je poussai un profond soupir, et ce soupir était comme une prière à n'importe quel dieu disposé à m'écouter : « Aidez-moi à être sa vérité. Et aidez-moi à connaître ma propre vérité. »

– Je suis très honorée d'être votre *naiso*, Votre Majesté, dis-je en m'inclinant.

– Et je suis honoré que vous acceptiez, répliqua-t-il avec un sourire démentant son ton cérémonieux. Vous pouvez m'appeler Kygo. L'empereur et le *naiso* sont sur un pied d'égalité lors de leurs rencontres.

Je me crispai. Il était manifestement sincère, mais quelques semaines plus tôt j'avais vu ce qu'était sa conception de l'égalité, au pavillon des Lumières de la Science. Ce pavillon était censé accueillir des joutes d'esprit entre personnages de tous rangs. Toutefois, lorsque son professeur s'était opposé à la volonté du prince, l'égalité avait cédé la place à une humilité prosternée. Apparemment, il existait plusieurs sortes d'égalité. J'allais devoir trouver celle qui me revenait.

– La vieille maxime du « Connaissez votre ennemi » comporte une autre facette, Kygo, dis-je en trébuchant sur son nom. « Connaissez-vous vous-même. » Quel est votre point faible ?

De quoi le Grand Seigneur Sethon se servira-t-il contre vous ?

– De mon inexpérience, répondit-il aussitôt.

– Peut-être.

Je plissai les yeux et tentai de voir ce jeune homme comme le verrait son oncle. Il manquait d'expérience, de son propre aveu. Il n'avait jamais fait la guerre, mais il était courageux et bien entraîné. Partisan comme son père du progrès et du pardon, il défendait les mêmes idéaux que lui – ceux-là mêmes que Sethon abhorrait.

– Je crois que votre point faible est votre volonté de suivre la voie de votre père.

Il eut un mouvement de recul.

– Je ne considère pas cela comme une faiblesse.

– Ni moi, assurai-je précipitamment. Mais il me semble que c'en est une aux yeux du Grand Seigneur Sethon. Il a déjà vaincu votre père une fois.

Ma remarque brutale le fit tressaillir. Je n'osai pas bouger ni respirer, au cas où sa conception de notre égalité ne serait pas la même que la mienne.

– Mon cœur n'a pas envie de vous croire, *naiso*, dit-il. Mais je sais au fond de moi que vous avez raison. Je vous remercie.

Il s'inclina.

Ce n'était guère qu'un léger mouvement de sa tête, mais je frissonnai.

C'était trop d'égalité. Trop de confiance. Je n'avais rien fait pour mériter qu'un empereur s'incline devant moi. Je n'avais pas même rempli mon premier devoir en tant que *naiso*, qui était de lui apporter la vérité, si difficile et dangereuse fût-elle. Et la vérité que je lui dissimulais encore était certes dangereuse…

Il m'avait offert sa confiance. Si je devais être son *naiso*, il fallait lui prouver qu'il pouvait se fier à moi.

– Je ne peux pas appeler mon dragon.

Je regrettai ces paroles à l'instant même où elles m'échappèrent.

Il releva brutalement la tête.

– Comment ?

– Je ne peux pas me servir de mon pouvoir.

Il me regarda avec incrédulité.

– Pas du tout ?

– Si j'essaie, les dix animaux ayant perdu leur Œil du dragon se ruent sur mon dragon et moi. Tout ce qui m'entoure est détruit.

– Par tous les dieux ! s'exclama-t-il en se frottant le front comme pour y faire entrer de force la mauvaise nouvelle. Quand vous en êtes-vous rendu compte ?

– Au village de pêcheurs. Lorsque j'ai guéri Ryko.

– Racontez-moi tout, lança-t-il d'un air sévère.

M'efforçant de contenir mon émotion, j'évoquai la façon dont j'avais appelé mon dragon pour guérir Ryko, ce qui avait provoqué l'afflux destructeur de la puissance des autres animaux tentant de s'unir à nous. Je lui parlai enfin de l'intervention de sire Ido.

– Voulez-vous dire que vous ne pouvez vous servir de votre pouvoir sans Ido ?

– Non ! Je dis simplement qu'il sait comment arrêter les autres dragons, alors que j'en suis incapable. Je n'ai pas reçu la formation nécessaire. Je commençais à apprendre, mais…

Je haussai les épaules. Il ne connaissait que trop bien les événements qui avaient mis fin à mon entraînement.

– Et le livre rouge ? Vous m'avez dit qu'il contenait les secrets de votre pouvoir.

– *J'espère* qu'il contient ces secrets, répliquai-je. Il est écrit dans une forme archaïque d'écriture des femmes et beaucoup de passages sont codés. Dela le déchiffre aussi vite qu'elle peut, mais même si elle pouvait me le lire dès maintenant d'un bout à l'autre, cela ne servirait à rien. En appelant mon dragon pour m'entraîner, je serais écrasée par les autres animaux avant même d'avoir le temps de commencer.

– Ido vous est donc indispensable, observa l'empereur d'un ton acide. Vous avez besoin de lui pour vous entraîner et tenir en respect les dragons.

Je passai mes bras autour de mes jambes et pressai mon menton contre mon genou. La voix de Kygo se fit autoritaire.

– Avez-vous oui ou non besoin de lui ?

– De toute façon, il est sans doute mort.

– Il faut que nous sachions ce qu'il en est. Vous avez vu une fois à travers ses yeux. Pourriez-vous le refaire ?

– Non !

Redoutant d'avoir réveillé les autres par ma véhémence, je regardai par-dessus mon épaule. Yuso avait tiré à moitié son sabre, mais personne d'autre ne bougea.

Kygo leva la main pour interdire au garde d'approcher.

– Eona, il faut que nous sachions s'il vit encore. Quel que soit mon mépris pour cet homme, Ido est le dernier Œil du dragon ayant été formé dans les règles.

Il m'avait appelée par mon prénom sans l'accompagner de mon titre. Ce petit honneur était délicieux, mais je ne pensais qu'au danger lié à sa demande.

– Je ne peux pas prendre le risque d'appeler mon dragon, chuchotai-je. Cela reviendrait à semer la mort.

Cette fois, je ne pus empêcher les souvenirs d'affluer : la maison de pêcheur s'écroulant autour de moi, la pression du pouvoir déchaîné au cœur de mon être, la détresse sauvage des animaux endeuillés, le dragon Rat s'élançant contre eux avec une rapidité fulgurante.

Le dragon Rat ! S'il se trouvait dans le cercle, cela signifierait qu'un Œil du dragon Rat était vivant. Et s'il s'agissait d'Ido, peut-être percevrais-je de nouveau sa présence à travers l'animal.

J'agrippai le bras de Kygo.

– Je pourrais me contenter de regarder dans le monde énergétique. Si Ido vit encore, je suis certaine que je sentirai son *hua* !

– Vous venez de dire que les dragons vous mettraient en pièces.

– Sauf si je n'invoque pas mon pouvoir. Je vais me rendre là-bas, jeter un coup d'œil et repartir aussi vite que possible.

– Ce ne sera pas dangereux ?

– Moins que d'appeler mon dragon.

– D'accord. Mais soyez prudente.

J'hésitai. Était-ce vraiment moins dangereux ?

– Si vous remarquez le moindre changement, dis-je en pointant le doigt vers le ciel nocturne, dans le vent ou les nuages, par exemple, ramenez-moi *immédiatement*.

– Comment ?

– Secouez-moi. Criez-moi à l'oreille. Au besoin, frappez-moi. Mais ne me laissez pas dans le monde énergétique.

Il hocha la tête, non sans regarder le ciel d'un air inquiet.

Indifférente à ma propre peur, je m'assis et me concentrai sur mon souffle, en approfondissant peu à peu chaque inspiration jusqu'au moment où ma vision intérieure s'éveilla. La forêt indistincte se dissipa en une cascade miroitante de couleurs et de flots de lumière. Lorsque je me fixai sur le mouvement du *hua*, le monde énergétique prit forme. Au-dessus de moi, la silhouette estompée du dragon Rat se trouvait encore au nord-nord-ouest. Et je percevais toujours la présence de sire Ido, comme s'il m'observait. Il était vivant, même si la pâleur et la langueur de son animal ne promettaient rien de bon. À l'est, mon beau dragon Miroir brillait d'un éclat rougeoyant. La bête merveilleuse s'agita et je sentis autour de moi sa présence chargée d'une interrogation. Elle ne s'était encore jamais comportée ainsi. Je brûlais de répondre à son appel et de sentir son pouvoir déferler en moi, mais je ne pouvais risquer de voir accourir les dix dragons endeuillés. Je me forçai à détourner les yeux de sa silhouette rouge. Cependant sa saveur enivrante de cannelle était encore sur ma langue.

À côté de moi, la forme de Kygo était devenue

transparente. Un flot argenté de *hua* coulait à travers les douze chemins de son corps. Ses sept points de puissance, se succédant à intervalles réguliers du sacrum au sommet de la tête, étaient animés d'une vitalité tourbillonnante.

Mon regard fut attiré par un éclat pâle sur la ligne des sphères brillantes et tournoyantes. À la différence des autres lumières, celle-ci ne bougeait pas mais vibrait d'énergie argentée à la base de son cou. La Perle impériale. Son pouvoir m'ensorcelait. Je tendis la main vers elle, en sentant sa douce chaleur caresser ma peau tandis que j'effleurais des doigts sa beauté lumineuse. Le goût tiède de la cannelle dans ma bouche semblait faire écho à la chaleur de la perle. Elle était si proche. Je pourrais l'arracher à son écrin de chair. Ma main épousa sa forme, le bout de mes doigts se pressa sur la gorge de Kygo, dont le pouls s'accéléra sous ma caresse.

– Qu'est-ce que vous faites ?

Sa main se referma sur mon poignet et un lourd anneau d'or s'enfonça dans ma chair.

La douleur me tira du monde énergétique en un chatoiement indistinct de couleurs. Je clignai des yeux. La forêt était tissée de nouveau d'ombre et de clair de lune. Kygo me fixait en écarquillant les yeux. Mes doigts se pressaient toujours sur son pouls affolé. J'enlevai ma main précipitamment.

– Je ne sais pas.

Ce fut le premier mensonge de ma carrière de *naiso*.

Chapitre 7

L'aube éclaira enfin le ciel. Avec lassitude, je m'accoudai sur la couverture dont le désordre témoignait d'une nuit agitée. La venue du jour allait certainement mettre un terme au malaise obscur qui m'avait tenue éveillée pendant des heures, à revivre la caresse de la perle. Me mettant péniblement à genoux, je m'efforçai de dissiper les sensations insistantes semblant murmurer encore dans mon sang.

Je savais que Kygo avait été lui aussi troublé par ce qui s'était passé entre nous. Après être revenue à moi, ce fut tout juste si je réussis à chuchoter : « Ido est vivant », avant qu'il m'ordonnât de me retirer. Sa voix était rauque, comme s'il était en colère. Peut-être avait-il senti comme moi la présence de Kinra.

Cette pensée éveilla en moi une terreur nouvelle. Je ne tenais pas les sabres de Kinra, lors de notre conversation nocturne, et pourtant j'avais eu l'impulsion de tendre la main vers la perle, exactement comme mon ancêtre plusieurs siècles auparavant. Cette fois, ma sensation avait été différente. Ce n'était plus de la colère, mais un désir obstiné. Peut-être sa volonté s'était-elle confondue avec la mienne, faisant de moi son esclave au point que je ne me rendais même plus compte de son intervention. Une telle éventualité me glaçait le sang.

Je remuai mes épaules pour détendre mes articulations ankylosées. Kygo était assis au même endroit où je l'avais laissé, voilà plusieurs heures, un peu plus loin que Vida et Solly. Bien qu'il n'ait rien dit, j'étais certaine qu'il projetait de porter secours à Ido. Ne voyait-il pas que cela reviendrait à attraper un serpent par la queue ? Je fis appel à toute ma volonté pour ne pas regarder son visage, mais je sentais obscurément qu'il épiait le moindre de mes mouvements. C'était comme si son *hua* se pressait contre le mien.

À quelques pas de là, Yuso s'occupait de réveiller Tiron en le poussant du bout de sa botte. Les deux hommes suivraient-ils leur empereur dans une entreprise aussi dangereuse et déplaisante ? Même s'ils étaient des gardes impériaux, je n'avais aucune idée de la profondeur de leur loyauté. En tout cas, Yuso n'était pas convaincu par les décisions de son jeune maître. Vida et Solly, eux, ne doutaient pas. Ils faisaient partie de la Résistance et avaient voué leur vie à placer Kygo sur le trône.

Dame Dela suivrait l'empereur, elle aussi, même si sa loyauté naissait d'une nécessité. Contrairement à son frère et à son neveu, Sethon n'admettait pas les différences, et surtout pas celle de Dela. Assise sur sa couverture, le livre rouge déjà ouvert sur ses genoux, elle lisait avec une concentration farouche. De temps à autre, elle jetait un coup d'œil sur Ryko, lequel faisait la ronde autour de la clairière. Cependant l'attention du géant était fixée sur la forêt environnante.

Lui aussi était loyal envers l'empereur, mais il renâclerait à faire quoi que ce soit pour Ido. À moins qu'il s'agisse de l'assassiner, peut-être.

– Dame Eona, lança Vida en s'inclinant devant moi. Sa Majesté m'a chargée de vous aider.

Kygo nous tournait le dos. Il parlait avec Yuso. M'étais-je imaginé à tort qu'il m'observait ? Cependant, il avait su à quel moment il convenait de m'envoyer Vida.

– Venez, dit-elle en m'offrant sa main.

Je réprimai un gémissement quand elle me hissa sur mes jambes. Je n'avais pas envie d'avoir l'air d'une vieille villageoise rhumatisante. Mon odeur rappelait déjà fâcheusement celle d'un valet d'écurie.

– Il faut absolument que je me lave.

– Vous devrez faire vite, noble dame. Sa Majesté veut que nous nous rassemblions.

Il me serait impossible de faire vite, mais j'acquiesçai de la tête et la suivis en boitillant dans le sous-bois. Nous nous frayâmes un chemin à travers le bosquet touffu de sorbiers, dont le soleil ne perçait qu'avec peine les frondaisons pour éclairer le sol couvert d'une épaisse couche de feuilles. Nous ne marchâmes pas longtemps, mais lorsque nous rejoignîmes la rivière, la brise de l'aube avait déjà cédé la place au vent plus fort qui apportait les pluies de la mousson.

– Faites attention, m'avertit Vida. La crue a amolli les berges.

L'herbe des deux rives était aplatie, signe indubitable que l'eau venait tout juste de se retirer. Un peu plus loin en aval, une étendue boueuse était parsemée d'empreintes de bottes et de sabots.

– Je ne suis pas pressée de passer encore une journée sur ce cheval, déclarai-je dans l'espoir de détendre l'atmosphère entre nous. J'ai l'impression que tous mes membres sont noués, comme si j'étais un nœud d'éternité.

Vida sourit.

– Cela ne durera pas.

– C'est ce qu'on m'a dit.

Touchant le sol d'un pied précautionneux, je trouvai un endroit mou mais solide. Je m'accroupis avec circonspection et plongeai ma main dans l'eau froide, en la laissant couler entre mes doigts.

– Vous semblez vous en tirer sans dommage, repris-je. Êtes-vous habituée à monter à cheval ?

Elle garda si longtemps le silence que je me retournai.

Vida ne bougeait pas, les bras serrés autour du corps, le visage gonflé de larmes refoulées.

– Mon fiancé m'a appris...

Pendant un long moment, nous fûmes prises dans la mêlée de nos chagrins. Elle était en deuil, et moi accablée de remords à l'idée que son fiancé faisait partie des victimes.

– Je ne savais pas, chuchotai-je. Je suis désolée.

Les mots semblaient tellement dérisoires.

– Dame Dela a dit que vous n'étiez pas maîtresse de votre pouvoir.

– Non.

Vida hocha la tête pour montrer qu'elle acceptait ma réponse.

– Il faut absolument que vous appreniez à le maîtriser.

Je me tournai vers l'eau rapide, loin de sa tristesse. Mes doigts étaient engourdis par le froid.

Je les frottai sur ma jupe pour les réchauffer. Je savais que j'aurais dû parler encore, essayer de la réconforter ou m'excuser de nouveau. Mais quand je regardai par-dessus mon épaule, elle se dirigeait déjà vers le sous-bois.

Elle reviendrait, car jamais elle ne désobéirait à un ordre de son empereur. Toutefois elle avait droit à quelques instants pour pleurer. Même si je n'avais aucune consolation valable à lui offrir, je pouvais du moins mettre à profit ce moment de solitude pour accéder à sa demande et tenter de maîtriser mon pouvoir, ne serait-ce qu'en implorant Kinra de renoncer à diriger sa fureur de fantôme contre Kygo et à insinuer dans mon cœur son antique désir de s'emparer de la perle. Avec un peu de chance, elle exaucerait ma prière.

La bourse contenant les tablettes mortuaires était solidement fixée sous ma ceinture. Je la détachai, dénouai son cordon et la renversai. Les deux petites plaques de bois laquées de noir glissèrent sur ma paume. Je pris la plus simple, dont la bordure s'ornait d'une ligne mince et de caractères gravés avec soin : Charra. Mon aïeule inconnue. Je replaçai la tablette dans la bourse, que je mis à l'abri sous ma ceinture. Je n'avais pas de désaccord avec Charra.

L'autre tablette était nettement plus usée, mais portait encore les traces d'une décoration complexe. J'effleurai du pouce les caractères élégamment gravés du nom Kinra, où luisaient des restes d'or, et suivis les contours du dragon minuscule qui se déployait dessous comme le paraphe ondulant d'une signature.

Je m'agenouillai sur la terre détrempée. De

l'eau froide s'insinua sous ma jupe et ma chemise. Je tendis la tablette devant moi et refermai ma main sur elle avec tant de force que je sentis l'arête de ses bordures à travers mon bandage.

« Kinra, Œil du dragon Miroir, priai-je en concentrant toute ma peur et ma frustration dans mes mains crispées sur la tablette. Laissez-moi en paix. De grâce, cessez de remplir mon cœur de votre colère et de votre désir. Je vous supplie de ne plus essayer d'attaquer Kygo pour prendre la perle. »

Cette prière n'était guère élaborée, mais je n'étais pas un Suppliant. Ouvrant la main, j'observai la relique. Un saint homme était venu prêcher à la saline, bien des années auparavant, et le souvenir de son sermon s'imposa soudain à moi. Non content de croire que nos ancêtres résidaient dans les sanctuaires, il avait affirmé que leurs esprits habitaient également leurs tablettes mortuaires. Mon amie Dolana avait récusé cet enseignement, où elle ne voyait que l'exaltation d'un fanatique. À présent, je me demandais si ce saint homme n'avait pas raison. Peut-être était-ce par ce moyen que Kinra était venue à moi la nuit dernière.

À cette pensée, je reculai brutalement ma main et lâchai la tablette. Mon réflexe pour la rattraper fut trop lent. Elle tomba dans la rivière et s'éloigna en tourbillonnant sur l'eau boueuse. Je m'élançai vers elle, mais les plis trempés de ma robe me gênaient. J'eus beau tendre le bras de nouveau, le courant rapide l'emporta hors de ma portée.

Je me levai péniblement, en glissant sur l'herbe gorgée d'eau de la berge. La tablette était bloquée par une digue miniature de brindilles et de boue, mais l'eau l'entraînait déjà à travers le monticule en passe de se désintégrer.

Je m'immobilisai.

Peut-être devrais-je la laisser partir. Laisser l'eau emporter loin de moi Kinra et sa perfidie. Il m'était possible de fermer ainsi à jamais l'un de ses accès au monde terrestre.

Cependant cette femme était mon histoire, mon héritage. Un lien avec ma famille.

La tablette se glissa dans une brèche s'élargissant à vue d'œil.

J'arrachai mes sandales, tirai violemment sur le cordon de ma jupe. Débarrassée de mon carcan d'étoffe, je plongeai dans l'eau. Le froid brutal contre mes jambes, mes genoux, mes cuisses me fit haleter. Ma chemise et ma tunique m'enveloppaient de leur fardeau humide et les extrémités de ma ceinture de soie se déployaient en ondulant comme une carpe rouge. La tablette se dégagea puis s'encastra de nouveau dans la digue à moitié effondrée. Je pataugeai vers elle, en luttant contre le courant. Des pierres se dérobaient sous moi, heurtaient mes chevilles et écorchaient ma peau.

Les restes du muret de vase et de brindilles se défirent en un tourbillon boueux. La tablette s'enfonça, puis revint à la surface. Je tentai de l'agripper mais n'attrapai que de l'eau, sous laquelle elle s'enfonça de nouveau. Était-elle perdue pour moi ? Les mains tendues, je scrutai avec fièvre la surface tournoyante. La tablette resurgit un peu plus loin. Je m'élançai. À l'instant où mes doigts se refermaient sur elle, mes pieds glissèrent et mes genoux heurtèrent une nouvelle fois avec violence le fond rocheux. Un autre remous me trempa jusqu'à la poitrine. Mais je tenais la tablette.

Je me remis péniblement debout. Dans ma poursuite, je m'étais avancée jusqu'à l'endroit où les chevaux s'étaient abreuvés. Je montai en chancelant sur la berge. L'eau imbibant ma chemise et ma tunique dégoulinait sur mes jambes meurtries. De la boue froide suintait entre mes orteils.

J'essuyai une tache de vase sur la tablette. Kinra faisait partie de moi. Me débarrasser de sa tablette mortuaire ne changerait rien à mon héritage – ni au fardeau de sa traîtrise. Je cherchai sous ma ceinture détrempée la bourse abritant la tablette de Charra. Elle était toujours là. Avec un soupir de soulagement, j'ouvris la bourse ruisselante, en fis sortir l'eau et remis en place la plaque commémorative de Kinra.

– Eona ?

Je me retournai d'un bond. Dela avait surgi devant les arbres.

– Tout va bien ? s'inquiéta-t-elle.

– Mais oui.

J'agitai vaguement la main pour compenser la sécheresse de ma réponse, puis je me dirigeai en boitillant vers ma jupe et mes sandales abandonnées.

– Sa Majesté veut que nous nous regroupions. Nous allons bientôt nous mettre en route.

Dela s'avança sur le sol bourbeux, en relevant ses pieds comme si elle portait des pantoufles en soie et non de solides sandales de marchand. Elle clappa de la langue.

– Vous êtes trempée.

Nous nous retournâmes toutes deux en entendant quelqu'un approcher. Vida émergea de la forêt non loin de nous et s'arrêta en voyant que nous l'observions. Ses yeux étaient rougis par les larmes.

– Vida, avons-nous des vêtements secs pour dame Eona ? demanda Dela.

– Nous n'avons que ce que nous portons.

– Dans ce cas, échangez vos tenues en attendant que la sienne ait séché.

Vida serra la mâchoire.

– C'est inutile, lançai-je en hâte. Mes vêtements seront secs bien assez tôt.

Ce n'était pas vrai – rien ne séchait rapidement, en ces journées humides de la mousson. Mais je ne voulais pas aggraver encore le ressentiment de Vida.

Dela écarta mon objection d'un geste.

– Vous ne pouvez chevaucher derrière l'empereur dans des vêtements humides. Il pourrait se mouiller.

C'était un argument sans réplique. Je fus bientôt vêtue de la robe de Vida, tandis qu'elle enfilait tant bien que mal ma jupe, ma chemise et ma tunique gorgées d'eau.

– Je suis désolée, marmonnai-je.

Elle me lança un regard noir.

Je m'efforçai de remonter l'encolure échancrée de sa robe de servante. Portée par Vida, elle restait pudiquement en place sur ses formes généreuses. Sur moi, elle s'affaissait si bas qu'elle faisait ressortir mes os saillants. Je la tirai de nouveau vers le haut, tout en retroussant avec mon autre main le tissu flottant autour de ma taille.

– Laissez-moi vous aider, intervint Dela en m'enveloppant dans la ceinture d'étoffe grossière. Ceci va maintenir l'ensemble.

À force de tirer et de nouer, elle réussit à tout couvrir, même si l'encolure était toujours trop basse. Je pressai mes mains sur la peau pâle de ma poitrine – ce n'étaient pas seulement mes os qui ressortaient.

Vida se pencha pour ramasser la bourse restée à terre.

– Noble dame, n'oubliez pas ceci, dit-elle en me la tendant.

Même si j'étais à peu près sûre que la tablette mortuaire de Kinra n'était pas aussi dangereuse que ses sabres, je n'avais pas envie de la porter sur moi.

– Dame Dela, pourriez-vous la garder pour moi, avec le journal ? demandai-je en brandissant la bourse.

Dela observa le petit sac.

– Vida, allez rejoindre les autres, lança-t-elle d'un ton sans réplique. Dites à Sa Majesté que nous vous suivons.

Vida lui jeta un coup d'œil intrigué mais repartit vers la forêt. Dès qu'elle fut hors de vue, Dela tendit la main. Cependant elle saisit non pas la bourse mais mon poignet.

– Que se passe-t-il, Eona ?

Je tentai de me dégager, mais elle ne me lâcha pas.

– Vous refusez de porter le journal, vos sabres et votre compas. À présent, vous voulez que je me charge des tablettes mortuaires de vos ancêtres. Quelque chose ne va pas.

Je me mordis les lèvres. J'aurais dû me souvenir que Dela n'avait pas les yeux dans sa poche. Après tout, c'était grâce à son intelligence et à sa perspicacité qu'elle avait survécu dans la cour impériale. Je savais qu'elle voulait m'aider, comme toujours. Toutefois lui révéler la vérité sur Kinra revenait à tout dire à Ryko, lequel informerait aussitôt l'empereur.

– J'ignore ce que vous voulez dire, assurai-je. Tout va bien.

Je réussis enfin à dégager mon poignet.

– Sa Majesté nous attend.

La bourse trouva refuge dans la poche profonde de la robe de Vida. Je ne porterais pas longtemps cette robe trop grande pour moi, et serais débarrassée du même coup de la tablette de Kinra.

J'arrivai dans la clairière avant Dela, qui s'était arrangée pour marcher quelques pas derrière moi. En restant ainsi à distance, elle m'adressait évidemment un reproche muet pour avoir refusé son aide. Pendant notre absence, les autres avaient rangé nos affaires et sellé les chevaux. Les seules traces de notre campement étaient l'herbe piétinée et un espace boueux autour des arbres auxquels les destriers étaient attachés.

L'empereur attendait debout, les bras croisés. Le reste de notre troupe était à genoux devant lui.

– Dame Eona.

Kygo me fit signe de le rejoindre.

Avait-il déjà dit aux autres que j'étais son *naiso* ? Ils me regardèrent tous tandis que je m'avançais vers lui dans l'herbe, mais je ne perçus ni surprise ni désapprobation.

Ils n'étaient pas encore au courant.

Les yeux de Kygo m'inspectèrent.

– Vous n'êtes pas blessée ?

– Non, répondis-je.

Sous son regard, je croisai mes bras sur ma poitrine.

– Je vous remercie, ajoutai-je avec embarras.

Son attention fut détournée de moi par l'arrivée de Dela. Celle-ci s'inclina très bas, selon l'étiquette de la cour, en murmurant des excuses. Puis elle se laissa tomber à genoux près de Ryko, tandis que je rejoignais l'empereur. Celui-ci m'invita de la tête à prendre place derrière lui, sur sa gauche.

– C'est la position traditionnelle, me dit-il à l'oreille. Vous gardez mon côté le plus faible.

La chaleur de son souffle me mit le feu aux joues.

Aucun des six visages fatigués devant moi ne semblait avoir remarqué la place symbolique que j'occupais. Comment l'auraient-ils pu, du reste ? Le défunt empereur n'avait jamais nommé de *naiso*, et prendre une femme comme conseiller était inimaginable.

La mâchoire serrée, Ryko ne me quittait pas du regard. Aucun pardon à attendre de ce côté. Solly semblait impatient. Son visage si laid était rouge et luisant au soleil. Vida lissait la tunique humide sur ses cuisses, les yeux fixés sur Kygo. Le capitaine Yuso était attentif, comme toujours. À côté de lui, Tiron était excité mais faisait de son mieux pour imiter l'assurance tranquille de son supérieur. Je surpris Dela en train de regarder subrepticement Ryko. Elle était inquiète pour lui – moi aussi.

– Depuis la prise du palais, déclara Kygo, nous n'avons fait que réagir aux décisions stratégiques de mon oncle. Il est temps que nous agissions.

Yuso hocha la tête d'un air approbateur.

– Vous avez noté la transformation des vents et des pluies, continua Kygo. Sans le cercle complet des dragons et de leurs Yeux du dragon, notre pays n'a aucune protection face aux caprices des démons de l'atmosphère et aux colères de la terre.

Il me regarda par-dessus son épaule.

– Dame Eona ne peut maîtriser seule les forces de la terre. N'ayant pas d'entraînement, elle est pour le moment hors d'état de se servir de son pouvoir.

Bien qu'il ait parlé d'un ton neutre, l'annonce sans fard de mon échec me remplit de honte. Je n'osai regarder autour de moi. Leur déception me mettait au supplice, comme si mille aiguilles piquaient ma peau.

– *Absolument* hors d'état, Votre Majesté ? demanda Yuso.

Le désarroi que trahissait sa voix me fit tressaillir.

– Dame Eona a besoin d'entraînement, dit Kygo d'un ton ferme. C'est pourquoi nous allons nous rendre au palais afin de libérer sire Ido.

Personne ne bougea. Je n'entendais que les battements affolés de mon cœur.

– Libérer Ido ? s'écria enfin Ryko. Vous voulez sauver cet immonde assassin ?

– Oui, nous devons libérer *sire* Ido, répliqua l'empereur.

La légère insistance sur le titre était un avertissement.

Ryko baissa la tête, mais il regarda à la ronde, comme pour quêter un soutien dans l'assistance. Il le trouva sans peine.

– Votre Majesté, dit Solly en s'inclinant. Pardonnez ma franchise, mais nous ne pouvons approcher du palais. C'est trop dangereux. Au lieu de perdre notre temps avec une entreprise inutile, nous ferions mieux de faire la jonction avec la Résistance dans l'Est.

– Ce n'est pas une entreprise inutile, déclara Kygo d'un ton froid. Le nombre des soldats n'assure pas à lui seul le succès d'une guerre. La réussite procède de cinq conditions fondamentales, dont la première et la plus importante est le *hua-do* du peuple. Si le souverain n'est pas en accord avec la volonté du peuple, il perdra la guerre.

– Votre Altesse, hasarda Solly. Je dois être vraiment stupide, car je ne vois pas comment la libération de sire Ido pourrait vous assurer le *hua-do* du peuple. Ido n'est pas aimé, il est craint.

Kygo fronça les sourcils.

– J'ai pris ma décision. Il n'est plus question de discuter.

– Votre Majesté, intervins-je. Pourrais-je vous dire un mot en particulier ?

Me détournant de mes compagnons stupéfaits, je m'éloignai de quelques pas avec l'empereur.

– Peut-être devriez-vous leur expliquer votre décision, dis-je à voix basse.

Il me lança un regard sévère.

– Expliquer ? Qu'ils se contentent d'exécuter mes ordres. La discipline est la seconde condition fondamentale.

– Ils vous obéiront toujours. Mais ce sera plus facile s'ils sont en accord avec vous, comme vous le dites vous-même. Mieux vaut qu'ils comprennent votre stratégie.

– Vous employez mes propres mots pour me conseiller, *naiso*, dit-il avec un sourire ironique. Mais c'est pour m'amener à plus de sagesse.

Il agrippa mon épaule.

– Celui qui obtient le *hua-do* obtiendra la victoire. Je vous remercie.

Nous regardâmes tous deux sa main posée sur ma peau nue. Une nouvelle fois, je sentis mon visage s'enflammer. Lui-même porta son autre main à la perle, autour de laquelle la peau de son cou rougissait également.

Se détournant abruptement, il rejoignit les autres. J'attendis d'avoir repris mon calme pour le suivre. Cette fois, ma position à son côté ne passa pas inaperçue. Dela poussa une exclamation étouffée et nos regards se croisèrent. Je ne savais comment interpréter exactement l'expression de son visage. J'y lisais de la surprise, bien sûr, mais il y avait autre chose. Une sorte d'émerveillement.

– Deux Yeux du dragon sont encore en vie, dit Kygo. L'un est ici…

Il me désigna d'un signe de tête.

– L'autre est aux mains de mon oncle. Autour de nous, notre pays est ébranlé par la perte de ses protecteurs Yeux du dragon. Nous voyons déjà les inondations provoquées par la mousson que plus rien ne refrène. Les récoltes sont ravagées, ce qui entraînera famine et maladie. Mais il n'est pas seulement question d'inondations et de récoltes. Nous aurons des coulées de boue, des raz de marée, des cyclones, des tremblements de terre. Nous entrerons dans un cycle de destruction, de désespoir et de mort.

Il leva les yeux vers le ciel. Chacun l'imita machinalement. Des nuages noirs s'amoncelaient du nord au sud et le vent chaud était chargé des relents douceâtres annonciateurs de la pluie.

– L'empereur qui assurera de nouveau la protection des dragons obtiendra le *hua-do* du peuple, poursuivit Kygo. Et le *hua-do* en fera le maître du pays.

Il fit une pause afin que cette logique implacable fasse son effet.

– C'est pourquoi nous devons sauver sire Ido. Nous ne pouvons tolérer que mon oncle ait à sa disposition un Œil du dragon, même si ce dernier n'obéit que par contrainte. Et nous avons besoin que les deux Yeux du dragon ascendants travaillent ensemble pour pacifier le pays et montrer au peuple que nous sommes en mesure de le protéger.

– Votre Majesté, intervint Ryko, rien ne garantit que sire Ido acceptera de nous aider, quand bien même nous réussirions à le faire sortir du palais.

– C'est vrai, nous n'avons aucune garantie. Cependant nous avons une certitude : sans sire Ido, dame Eona ne pourra pas se servir de son pouvoir. Elle a besoin d'être entraînée, et il est le seul Œil du dragon qui puisse le faire.

Il existait une autre certitude, que j'étais seule à connaître. Ido sauterait sur cette occasion de façonner mon pouvoir. Il me considérait comme la clé permettant d'obtenir le Rang de Perles et le trône. Je songeai un instant à en informer les autres, mais l'idée qu'Ido pourrait accéder à mon pouvoir ne rassurerait personne.

Et puis, il était toujours possible que j'en aie vraiment fait un autre homme.

Yuso s'inclina profondément, et les autres s'empressèrent de l'imiter.

– Votre sagesse est un don du ciel, Votre Majesté, déclara-t-il.

Un murmure approbateur s'éleva autour de nous.

– J'ai également un excellent conseiller, dit Kygo. Dame Eona a accepté d'être mon *naiso*.

– Comment ? s'exclama Ryko en se redressant brutalement.

Yuso passa lui aussi rapidement de l'étonnement à l'incrédulité. Quant aux autres, je ne les vis pas, car je baissai la tête en me raidissant contre leur réaction horrifiée.

– Non, Votre Majesté ! lança Ryko en s'avançant à genoux tant il était furieux. Vous ne la connaissez pas !

Son ton venimeux me stupéfia. Je serrai les poings.

– Une femme, Votre Majesté ? se récria Yuso. Comment une femme pourrait-elle vous conseiller ? C'est contre nature.

– Elle n'est pas seulement une femme, observa Dela. Elle est l'Œil du dragon ascendant.

– Elle n'est pas entraînée, rétorqua Yuso. Elle n'a aucune expérience militaire. Elle ne sait rien.

– Ce n'est pas la première fois qu'une femme a été *naiso*, dit Dela.

Je levai la tête. Avais-je bien entendu ? Il était question d'une autre femme ?

– Dame Eona a été choisie par l'empereur, proclama Vida d'une voix que l'audace rendait stridente.

– Vida, restez à votre place ! glapit Solly.

– Assez ! tonna l'empereur.

Tous s'inclinèrent aussitôt humblement.

– Dame Eona est mon *naiso*. C'est ainsi.

Ryko releva la tête avec lenteur.

– Votre Majesté, de grâce, permettez-moi de parler. En tant que fidèle sujet et membre de votre garde qui mérite votre confiance.

Kygo poussa un soupir.

– Vous abusez de ces mérites, Ryko.

– Je vous en prie, Votre Majesté. C'est pour votre propre sûreté.

Ryko me lança un regard dont l'hostilité me coupa le souffle.

L'empereur hocha la tête.

– De quoi s'agit-il ?

– Il est impossible d'avoir confiance en la parole de dame Eona.

– Ryko, chuchota Dela à côté de lui. Non !

Solly et Tiron levèrent la tête d'un air tendu, attentif. Vida avait toujours le front baissé avec humilité.

– Accuseriez-vous dame Eona d'être une menteuse ? demanda le souverain.

– Oui.

– Cette accusation n'est pas sans fondement, approuva Kygo.

Dans mon angoisse, je crispai douloureusement mes doigts. Kygo n'avait pas confiance en moi, finalement. Il devait avoir compris que je lui avais menti la nuit précédente.

– Dame Eona l'a reconnu elle-même, ajouta-t-il. Tout cela est du passé.

Ma tension se relâcha. Kygo me jeta un coup d'œil en souriant d'un air rassurant.

– Mais il ne s'agit pas uniquement de mensonges précis, Votre Majesté, dit Ryko en se redressant.

Je lui lançai un regard furieux. On venait de lui dire que c'était sans importance, mais il insistait.

– C'est plus insidieux que cela, ce sont des demi-vérités et des omissions…

Je fis un pas vers lui. Cette fois, il n'agissait plus par devoir mais par pure malveillance.

– Ryko, lançai-je. Arrêtez.

Il ne sembla même pas m'avoir entendue.

– … et même quand elle vous livre des fragments de vérité, vous ne pouvez pas…

Ma fureur se déchaîna comme une créature sauvage hurlant pour qu'on la libère. Elle s'élança sur Ryko et lacéra sa force vitale. Je sentis les battements de son cœur se confondre avec les miens, tandis que le rythme affolé de sa rancœur était emporté par la violence de ma rage. J'étais la maîtresse de son *hua*. Il était en mon pouvoir. L'afflux d'énergie me poussa en avant, devant l'empereur.

Ryko me regarda dans les yeux.

– Non ! Vous avez juré…

Cela recommençait. Exactement comme lors de la bataille. Ryko tenta de se lever, je sentis son énergie lutter désespérément, mais ses membres figés échappaient à son contrôle. Le visage ruisselant de sueur, il tenta de résister au poids du pouvoir. De me résister. À quoi bon ? Il était fait pour obéir. Par la seule force de ma pensée, je l'obligeai à se baisser encore et encore, à presser son visage contre le sol boueux.

Ses yeux étaient toujours fixés sur les miens. Leur expression était comme un cri muet. Je pouvais lui faire faire tout ce que je voulais.

Une pensée se fraya un chemin à travers le pouvoir qui m'aveuglait : j'étais en train de lui infliger le même traitement qu'Ido m'avait fait subir un jour. Une honte glacée étouffa ma colère. Avais-je perdu la tête ? Ryko était mon ami. Je respirai de toutes mes forces pour me concentrer en moi-même, en cherchant désespérément le lien. Je devais à tout prix le découvrir et le rompre. J'avais donné ma parole à Ryko.

Il se trouvait tout au fond de moi – un unique fil d'or du *hua* de Ryko entre-tissé à la trame complexe de mes propres motifs de vie. Une voie d'accès à sa force vitale, où je pouvais puiser à tout moment sous l'effet de ma colère ou de ma peur. Mais une fois que j'étais sur cette voie, comment étais-je censée en sortir ? L'énergie vibrante et brillante du géant déferlait en moi, se mêlant au flot déchaîné de mon propre *hua*. Autant essayer de contenir une trombe d'eau avec mes mains.

– Ryko, je n'arrive pas à arrêter !

Une silhouette se dressa soudain et courut vers moi. Je reçus un coup si violent que je chancelai avant de sentir la douleur exploser dans ma mâchoire. Je perdis l'équilibre et mes genoux meurtris heurtèrent le sol. Pliée en deux par la souffrance de mon visage et de mes jambes, je sentis le lien avec Ryko se rompre brutalement.

Cette brusque libération me coupa le souffle. À travers un voile de larmes, je vis Dela penchée sur moi, la main encore levée.

– Dela ! Non !

Yuso la tira en arrière. Effondré sur le sol, Ryko haletait.

Kygo s'assit sur les talons à côté de moi.

– Dame Eona, vous allez bien ?

Sa main se posa doucement sur mon dos, me remettant d'aplomb.

Je hochai la tête, non sans éprouver aussitôt une douleur lancinante. Avec précaution, je touchai ma mâchoire et tentai de la bouger. Dela m'avait frappée avec la force d'un homme.

– Dame Eona, pardonnez-moi, lança-t-elle en échappant à Yuso.

Elle s'accroupit devant moi.

Je crachai et sentis dans ma bouche la saveur tiède du sang. Du bout de la langue, je tâtai les morsures douloureuses entaillant ma joue.

– Aviez-vous vraiment besoin de me frapper si fort ?

– Je ne voyais rien d'autre à faire, dit Dela en baissant la tête.

J'acquiesçai de nouveau en tressaillant.

– Au moins, vous avez tout arrêté.

– S'agissait-il des autres dragons ? demanda Kygo. Sont-ils venus à la faveur du lien que vous avez avec Ryko ?

Il vit ma surprise.

– Je vous ai entendue en parler avec lui cette nuit. Ryko n'était pas particulièrement discret.

– J'ignore de quoi il s'agissait, Votre Majesté.

Dans l'espoir d'éviter d'autres questions, je fis

un signe à Ryko. Il était toujours recroquevillé, le souffle court.

– Ryko, je suis désolée. Je ne pouvais pas arrêter.

– Vous allez bien ? s'inquiéta Dela en se dirigeant vers lui à genoux.

– N'approchez pas.

Je n'aurais pu dire si ces mots brutaux s'adressaient à Dela ou à moi. Peut-être à nous deux. Dela s'immobilisa à deux pas de lui, prise entre sa propre détresse et la fureur hostile du géant. Ryko était orgueilleux, or il venait successivement d'être terrassé par une femme et sauvé par un Contraire. Il mettrait du temps à nous pardonner à l'une comme à l'autre.

Vida le rejoignit avec circonspection. Il la laissa l'aider à se redresser. En le voyant remercier la jeune fille avec un sourire pincé, Dela se leva et se dirigea à l'autre bout de la clairière, aussi loin d'eux que possible.

Kygo se leva à son tour et m'offrit sa main.

– Si vous vous en sentez capable, nous allons nous mettre en chemin. Plus vite nous aurons libéré sire Ido, plus vite vous apprendrez à maîtriser ces dragons.

J'acquiesçai de la tête en serrant sa main. Au fond de moi, cependant, je sentais avec horreur que ce n'étaient pas les dragons, ni même Kinra, qui avaient contraint Ryko à se prosterner dans la boue.

C'était moi.

Une nouvelle fois, nous alternâmes les brèves courses à cheval et les longues marches. À présent, toutefois, nous repartions vers le palais. Grâce à sa connaissance approfondie de la forêt, Solly nous permit de rester à distance respectueuse des routes ou des sentiers. Nous fûmes pourtant obligés d'emprunter un pont pour traverser un fleuve en crue. Ne pouvant passer à gué ses eaux impétueuses, nous nous hasardâmes sur une passerelle de paysans faite de planches glissantes et de cordes primitives. J'eus besoin de tout mon courage pour m'avancer sur ces planches moussues, juste au-dessus des flots mugissant sous mes pieds. Les chevaux n'étaient pas plus enthousiastes que moi. Il fallut les paroles enjôleuses de Solly et la poigne inflexible de Ryko pour les convaincre.

Tandis que nous progressions vers l'aval, nous étions suivis de lourds nuages chargés de pluie de mousson. Leur masse épaisse et grise s'étendait au-dessus de nos têtes comme une nappe étouffante de chaleur, mais par instants un air plus frais venait rafraîchir les corps en sueur et annoncer la pluie libératrice. L'imminence du déluge nous incitait à presser le pas pour retrouver le groupe de résistants qui, au dire de Vida, étaient retranchés dans la région. D'après elle, ils nous offriraient un refuge où attendre en sûreté la fin des pluies et des coulées de boue. Plus important encore, ils auraient des nouvelles de l'armée de Sethon.

Ryko proposa avec empressement de jouer les éclaireurs. Il nous précéda pendant la plus grande partie de la matinée, en revenant de temps à autre faire son rapport à Yuso. Dela fit une tentative pour lui parler, mais sa politesse glacée la plongea dans un silence lugubre.

Comme la veille, j'étais à cheval derrière Kygo. Durant les marches aussi pénibles qu'interminables, il m'enseigna la sagesse de Xsu-Ree. Son père avait insisté pour qu'il apprenne par cœur les Douze Chants de la Guerre. Tandis que nous nous frayions un chemin dans le sous-bois, il me les récita en les chuchotant comme des secrets, d'une voix qui n'était audible que si nous marchions tout près l'un de l'autre, tête contre tête. Chaque chant consistait en une série de maximes sur un élément de l'art de la guerre. Je n'en compris aucune complètement, mais certaines parties frappèrent mon imagination : le Chant de l'Espionnage, avec ses cinq types d'espion, et le Chant des Flammes, qui décrivait cinq façons d'attaquer en mettant le feu. À travers les cadences de la voix grave de Kygo, j'entendais les pas sournois des agents doubles ou les hurlements d'hommes brûlés vifs. Avec un tel talent, il aurait pu compter parmi les Illustres Poètes.

– Vous rappelez-vous les cinq conditions fondamentales énoncées dans le premier chant ? me demanda-t-il à la fin de la récitation.

Il était près de midi et nous longions le fleuve, dont les eaux étaient cachées par un épais bosquet de pins. Pour l'instant, le versant abrupt de la montagne avait cédé la place à une pente plus douce. Les bois broussailleux étaient peuplés en abondance de faisans à longue queue. Des grillons lançaient leurs appels monotones dans la chaleur et sautaient du fond de l'herbe mouillée à notre passage. Présage de chance, d'après certains. Kygo ouvrit le col de sa tunique – une concession à l'humidité étouffante. Je me surpris à contempler la colonne puissante de son cou, la peau lisse à la base de sa gorge abîmée par les points mal cicatrisés entourant la monture dorée de la perle. Je ne savais si c'était Kinra ou le souvenir de la caresse du joyau qui attirait mon regard. Ces distinctions étaient devenues floues.

À quelques pas devant nous, Tiron menait Ju-Long, le cheval formé au combat, que les oiseaux jaillissant du sous-bois laissaient impassible. À bonne distance derrière nous, Solly, Yuso et Vida se suivaient en menant les autres chevaux. Dela marchait seule, les yeux tournés tantôt vers le chemin que nous nous frayions au milieu de l'herbe et des buissons, tantôt vers le livre rouge ouvert dans ses mains.

Décidée à ne pas décevoir mon professeur, je cherchai dans ma mémoire les cinq conditions fondamentales.

– Ce sont le *hua-do*, l'union soleil-lune, la terre, le commandement et la discipline.

Ma mâchoire me faisait mal quand je parlais, mais il me semblait qu'elle était moins enflée.

– Vous apprenez plus vite que moi, dit-il en souriant.

– Mais vous, vous comprenez ce qu'elles signifient.

Je me secouai légèrement pour me détacher un peu de ma robe moite. De la sueur perlait au bord de l'encolure, mais je ne voulais pas l'essuyer alors qu'il me regardait.

– Vous comprendrez aussi.

Même si son ton convaincu m'encouragea, je n'étais pas certaine que quelques jours me suffiraient pour assimiler ne fût-ce que les rudiments de la sagesse de Xsu-Ree. J'ignorais tant de choses. Tout ce que j'avais, c'était l'astuce d'une esclave de saline et les réflexes d'une menteuse.

Comme nous traversions des buissons épineux, il écarta une branche.

– Qu'est-ce que l'art de la guerre ? demanda-t-il.

– L'art de la guerre est l'art de tromper.

Je lui jetai un regard oblique, reprise par le petit démon de la taquinerie.

– Je le sais par expérience.

Il s'arrêta en souriant de plus belle.

– Je n'en doute pas, *sire Eon*.

Nous nous regardâmes joyeusement, à l'abri du fourré vibrant de chaleur. Puis quelque chose changea, comme si l'atmosphère se tendait entre nous. Il s'approcha.

– Vous n'êtes plus un seigneur, maintenant.

Je dus renverser la tête en arrière pour voir ses yeux.

– Non, je suis…

Ma phrase resta en suspens sous son regard intense et la caresse de sa main effleurant ma joue.

L'espace d'un instant, je respirai l'odeur de résine sur ses doigts se mêlant à un faible relent de cuir et de cheval. Sa peau était humide de sueur. Les contours de son crâne rasé disparaissaient sous le sombre duvet poussé dans la journée. Je sentis monter du plus profond de moi un besoin urgent de lever la main pour la passer dans ces doux cheveux hérissés.

Mais j'avais vu le même regard dans les yeux

d'Ido. Dans ceux du gardien de la saline. Et même dans ceux de mon maître. Je reculai.

– Je suis votre *naiso*, murmurai-je.

C'était un fragile rempart. Étant mon empereur, il avait le droit d'agir à sa guise. Toutefois il laissa retomber sa main, en renonçant avec un soupir à l'intensité de cet instant.

– Et vous m'apportez la vérité, dit-il.

Je baissai la tête. Si nos yeux se croisaient de nouveau, il verrait le point faible dans mon armure. Et ma culpabilité.

– Vous avez raison, reprit-il. Il ne faut pas que je suive l'exemple de mon père.

En entendant ces mots, je relevai la tête, mais il s'était déjà détourné. Comme il passait devant le dernier des arbres au feuillage pendant, il arracha une branche et la jeta avec tant de force qu'un faisan effrayé s'envola bruyamment.

– Vous avez le don d'irriter Sa Majesté, observa Dela derrière moi.

– C'est mon devoir, n'est-ce pas ? répliquai-je, incertaine du sens de cette scène. Je suis son *naiso*.

– Ce genre d'irritation ne fait pas partie habituellement des devoirs du *naiso*, dit-elle non sans ironie.

Elle toucha mon bras pour m'inviter à marcher à côté d'elle.

– Peu de gens étaient au courant, mais l'ancien empereur avait lui aussi un *naiso*. C'était sa concubine, la mère de son fils aîné.

– Dame Jila était son *naiso* ?

Mon esprit avait du mal à associer cette beauté élégante à un rôle de conseiller politique.

Le sourire de Dela était triste.

– On peut même dire qu'elle excellait dans cette fonction, encore que le défunt empereur n'écoutât pas ses mises en garde à propos de son frère. C'était une femme remarquable. Il n'est pas étonnant qu'il l'ait préférée à toutes ses rivales.

Nous regardâmes toutes deux la haute silhouette de Kygo devant nous.

– Je ne serai pas sa concubine ! m'écriai-je.

– Vous n'y êtes pas, protesta Dela. Dame Jila n'était pas une simple concubine. Elle usait certes du pouvoir de son corps, mais elle avait bien d'autres atouts.

– Je ne comprends pas.

– Je sais. C'est quelque chose que vous devrez découvrir vous-même.

Elle brandit le livre rouge. Son visage était sombre.

– Votre aïeule aurait dû songer aux dangers d'un tel pouvoir.

– Vous avez appris du nouveau ?

Elle caressa la reliure de cuir rouge, et le lien de perles dans sa paume réagit en cliquetant.

– Ce livre n'est pas un journal où Kinra décrirait son union avec le dragon Miroir.

Je fermai les yeux. Ma déception était comme une douleur lancinant soudain ma tête.

Dela prit ma main et la serra avec douceur.

– Je suis désolée, dit-elle. Je sais que vous espériez y trouver des conseils. Je ne crois pas non plus que ce livre nous renseigne sur votre lien avec Ryko.

Je pressai à mon tour sa main. Cette nouvelle

rendrait Ryko encore plus malheureux, ce qui serait aussi une souffrance pour Dela.

– De quoi parle donc ce journal ?

Elle baissa la voix.

– Même si ce n'est pas encore clair, il me semble qu'il évoque une sorte de conspiration. Le sujet devait être brûlant, pour que Kinra juge nécessaire de se servir le plus souvent d'un code aussi difficile. J'ai également découvert un passage qui n'était pas de la main de Kinra.

– Qui en est l'auteur ?

– Je l'ignore. Il ne s'agit guère que de quelques lignes tout à la fin du volume, sans signature d'aucune sorte.

Elle s'interrompit un instant.

– Eona, ce passage rapporte que Kinra fut exécutée. Pour trahison. Je ne sais quel était son crime, mais l'empereur Dao lui donna la mort pour châtiment.

Nos regards se croisèrent. C'était comme une conversation muette, où je lui disais ma honte et ma peur que cette histoire soit révélée, et où elle me donnait gravement son assentiment et l'assurance que tout cela resterait entre nous.

– Est-ce pour cette raison que vous ne voulez pas toucher les objets lui ayant appartenu ? demanda-t-elle.

– C'était une traîtresse, chuchotai-je.

Je savais qu'un tel déshonneur serait une explication suffisante pour Dela. Il était inutile de lui parler de la Perle impériale et de l'emprise de l'énergie de Kinra.

– Je regrette que vous ayez à porter ce fardeau, dit Dela.

Elle toucha de nouveau le cuir rouge, en suivant du bout des doigts les trois longues entailles marquant la couverture.

– Kinra était la maîtresse de l'empereur Dao, reprit-elle.

Était-ce là ce que je sentais à travers les sabres de Kinra ? De l'amour ? Pourtant ce sentiment était chargé de violence, de colère et de mort.

– Et elle avait un autre amant. L'auteur du passage anonyme. Il semble qu'elle ait dû sa perte à cette relation triangulaire. Je vous dirai ce que j'apprendrai encore en déchiffrant le texte.

– Merci, murmurai-je.

Mais elle avait les yeux fixés sur les broussailles du bois devant nous. Kygo s'était immobilisé, la main sur la poignée de son sabre. Tiron tirait sur la bride de Ju-Long pour faire faire demi-tour à l'énorme destrier.

C'est alors que nous vîmes ce qu'ils avaient déjà vu. Ryko courait vers nous. Le géant portait sur l'épaule une petite créature.

Il brandit son poing.

Le signal pour l'armée de Sethon.

Chapitre 8

Le poing de Ryko donna successivement trois signaux : « Vingt-quatre », « À pied », « Vers le nord ».

Je m'accroupis dans l'herbe en tirant Dela pour qu'elle m'imite. Les yeux fixés sur les bois s'étendant derrière l'insulaire, je guettai le moindre mouvement. Je saisis au vol le passage rapide d'une queue de faisan, une branche se balançant dans le vent brûlant, la lumière jouant entre les feuilles.

– Je ne vois pas de soldats, chuchotai-je.

– Que porte Ryko ? s'étonna Dela. Serait-ce un enfant ?

– Dame Eona !

Nous nous retournâmes d'un bond en entendant l'appel étouffé de Yuso. Derrière lui, Vida et Solly s'efforçaient de faire faire demi-tour aux chevaux.

– Rejoignez les arbres, lança le capitaine en nous montrant un bosquet touffu du côté le plus escarpé du versant.

Je savais que j'aurais dû m'élancer, mais la petite silhouette sur l'épaule de Ryko retint mon attention. Il me semblait presque sentir dans ma bouche le goût de sa présence. Ryko avait rattrapé l'empereur et les deux hommes couraient côte à côte à travers l'herbe. Le géant haletait, embarrassé par son fardeau s'agitant en tous sens – manifestement, la créature qu'il emmenait n'était pas consentante. Plus loin, Tiron avait enfin réussi à faire tourner Ju-Long dans la bonne direction et le destrier le suivait au trot, de mauvaise grâce.

– Dame Eona, allez-y tout de suite ! ordonna Yuso.

La tête de Ryko fut déportée violemment sur le côté par un coup de poing en plein visage, assené par son passager – un enfant. Il trébucha et lâcha son fardeau. Ils s'effondrèrent tous deux et roulèrent dans l'herbe en se démenant. Kygo se dirigea vers eux. Il souleva l'enfant avec aisance pour le remettre d'aplomb, mais recula d'un bond devant une volée de coups de pied et de poing frénétiques. Ayant ainsi échappé à l'empereur, l'enfant se retourna brusquement dans notre direction. Sa natte nouée en chignon était à moitié défaite.

Un pressentiment soudain fit battre mon cœur. Je connaissais cette joue doucement arrondie et cette épaule frêle.

– C'est Dillon ! m'exclamai-je en me relevant pour mieux voir.

– L'apprenti de sire Ido ? s'étonna Dela en se levant à son tour pour l'examiner. Que fait-il ici ?

Mais une question plus urgente m'occupait.

– Voyez-vous le livre noir ? Dillon l'a-t-il encore ?

La dernière fois que je l'avais vu, il avait attaqué Ryko et moi pour nous arracher ce livre. Il croyait qu'il pourrait sauver sa vie en le donnant à Ido en échange. Le malheureux ne se rendait pas compte que ce texte ne contenait pas seulement le secret du Rang de Perles, mais aussi le moyen pour les membres de la lignée impériale de nous réduire en esclavage, nous et notre pouvoir du dragon.

Personne ne le savait, en dehors d'Ido et moi. J'entendais encore les derniers mots que l'Œil du dragon m'avait adressés dans le palais envahi : « Tout descendant des dragons peut nous asservir… Retrouvez le livre noir, avant que Sethon ne s'en empare ! »

« Dieux miséricordieux du ciel, priai-je en silence. Faites que Dillon ait encore le livre. »

– Je ne le vois pas, dit Dela qui comprenait toujours vite. Il ne l'a pas !

Soudain, j'aperçus un morceau de cuir noir. La tête me tourna tant j'étais soulagée.

– Si, il l'a. Sous sa manche. Regardez !

Mon exclamation triomphale attira l'attention de Dillon. Ses yeux se fixèrent sur moi et il poussa à son tour un cri de stupeur.

– Eona !

Il se mit à courir en gesticulant.

– Vous voyez, je l'ai trouvée !

Il se donna un coup violent à la tête.

– Vous voyez !

De nouveau, il frappa du poing son propre crâne.

– C'est Eona, vous voyez ! C'est Eona !

Il martela frénétiquement son front avec ses deux poings. Malgré la distance, nous entendions distinctement les coups.

À côté de moi, Yuso replia trois doigts en un signe conjuratoire.

– Est-il possédé ?

– Non, c'est l'effet de la drogue solaire, répondis-je en me rappelant la fureur qui s'était emparée de moi après seulement quelques doses. Ido a tenté de le tuer en lui en donnant.

Dela cacha sa bouche derrière sa main.

– Pauvre petit !

– S'il ne s'arrête pas de brailler, nous allons avoir toute l'armée sur le dos, observa Yuso.

À cet instant même, Kygo attrapa Dillon par l'épaule et plaqua une main sur sa bouche, étouffant ainsi ses hurlements. Yuso me poussa légèrement.

– Allez vous mettre à couvert, ordonna-t-il.

Puis il courut prêter assistance à son empereur.

Ryko avait déjà rampé vers les deux adversaires. Esquivant les coups de pied rageurs de Dillon, il agrippa ses jambes. Tiron attacha les rênes de Ju-Long à un arbre voisin, avec l'intention manifeste de se lancer dans la mêlée.

– Ils vont lui faire mal, dis-je.

Dela me tira par la manche.

– Venez, il faut nous mettre à l'abri.

– Non !

Je me dégageai et courus vers les trois hommes tentant de maîtriser Dillon. J'avais le souffle court, sous l'effet de l'angoisse plutôt que de ma course éperdue. L'esprit dévasté de Dillon le dissuaderait de se rendre. Il allait forcer ses adversaires à le malmener.

Je me baissai et essayai de me glisser parmi les combattants pour rejoindre Dillon. Ryko me regarda par-dessus le corps contorsionné de l'enfant. Son message était clair : « Il est toujours fou. » Cet instant de complicité fugitive me réconforta. Peut-être tout n'était-il pas perdu entre Ryko et moi. Et peut-être y avait-il encore un espoir pour Dillon. Je m'élançai dans une brèche entre Yuso et l'empereur.

– Dillon, c'est moi ! hurlai-je.

Ma main effleura son épaule.

– C'est moi, Eona. Arrête de te battre.

– Je vous avais dit de vous en aller ! gronda Yuso. Tiron, menez-la en lieu sûr.

Le garde courut vers moi. Je l'esquivai et cherchai une autre ouverture entre les corps en sueur.

Yuso avait coincé une jambe de Dillon contre sa poitrine et s'efforçait de l'autre main de contenir ses coups de poing déchaînés. Une lueur pâle brilla sur l'avant-bras du garçon et les perles gardant le livre noir se dressèrent comme un fouet. Elles s'élancèrent vers Kygo, mais Yuso les dévia avec son poing. En un éclair, elles lacérèrent la main du capitaine, mettant la chair à nu. Il recula en poussant un juron. Ryko immobilisa l'autre jambe et l'autre bras de Dillon, tandis que Kygo enserrait dans ses bras la poitrine du garçon, non sans écarter son visage pour éviter les perles et les coups de tête du jeune enragé. Avec une force sauvage, Dillon résista à ceux qui voulaient emprisonner son corps.

Apercevant enfin une brèche dans cette mêlée acharnée, je m'élançai et attrapai la natte hirsute du garçon.

– Dillon, arrête ! lui criai-je à l'oreille.

D'un coup, il s'apaisa. Avec un dernier cliquetis, les perles retombèrent sur le livre noir puis s'enroulèrent en ondulant autour de lui pour l'attacher de nouveau au bras gauche de Dillon. Celui-ci me fixait de ses yeux avides.

– Eona, Eona, Eona, psalmodia-t-il. Qu'est-il arrivé à Eon ?

Il éclata d'un rire strident.

– Au nom de Shola, faites-le taire, me lança Yuso. Ryko, qu'en est-il des ennemis ?

Je caressai la joue moite de Dillon, dans l'espoir de le calmer pendant que Ryko faisait son rapport.

– Vingt-quatre hommes déployés en éventail, avec un guide local. Ils sont aux trousses du garçon. Ils étaient au moins à deux lieues de distance quand je l'ai trouvé, mais ils avancent vite.

Yuso baissa les yeux sur Dillon.

– Pourquoi te recherchent-ils, mon garçon ?

– Pourquoi te recherchent-ils, mon garçon ? répéta Dillon en pouffant.

Le visage maigre de Yuso s'assombrit.

– Ils veulent le livre noir, annonçai-je en hâte. Sethon croit qu'il donne la clé d'une arme rassemblant tous les pouvoirs des dragons.

À travers les perles étroitement enroulées, je distinguais le cercle des douze sphères gravé sur le cuir noir : le symbole du Rang de Perles.

– Sire Ido en est persuadé, lui aussi.

– Les mots noirs, marmonna Dillon. Au fond de moi.

– Je le reconnais, maintenant, dit Kygo. C'est l'apprenti de sire Ido.

Nos regards se croisèrent, mais son expression était indéchiffrable.

– Un autre Œil du dragon. Que fait-il ici ?

Les yeux affolés de Dillon se tournèrent vers l'empereur.

– Mon maître m'a envoyé, déclara-t-il. Il est dans ma tête. « Trouve Eona, trouve Eona, trouve Eona. » Ça n'arrête jamais.

– Que veut-il dire ? me demanda Kygo.

Mais j'étais incapable de parler. Une évidence terrible me rendait muette. Si jamais Ido mourait, le seul obstacle entre les dragons endeuillés et moi serait Dillon, un apprenti à l'esprit dérangé, aussi peu entraîné que moi-même. Il lui serait impossible de repousser les animaux. Nous mourrions tous les deux, mis en pièces par leur chagrin. Je me mis à haleter, comme si je tentais d'émerger d'une nappe d'huile.

Il fallait absolument que nous sortions Ido vivant du palais.

Yuso se raidit soudain, en inspectant de ses yeux sombres les bois étrangement silencieux autour de nous.

– Votre Majesté, dit-il à voix basse. Nous n'avons pas le temps d'interroger ce garçon. Nous devons partir sans tarder.

– Pas avant de lui avoir pris le livre noir.

Le visage de Kygo était plein d'une détermination nouvelle. J'avais déjà vu cette expression chez Ido et mon maître : le feu dévorant de l'ambition.

Yuso serra la mâchoire, mais il acquiesça brièvement de la tête puis tendit la main vers le livre. Aussitôt, les deux dernières perles se dressèrent comme des serpents. Il recula en hâte.

– Ces perles sont-elles vivantes ?

– Elles sont imprégnées de *gan hua*, expliquai-je.

Elles frappent tout ce qui essaie de déplacer le livre.

Maintenant encore, l'énergie négative émanant d'elles me donnait la nausée. Il n'était pas étonnant que le corps et l'esprit de Dillon fussent malades. Entre le livre noir et les doses excessives de drogue solaire, il n'avait aucune chance. Tiron et Ryko s'écartèrent tous deux de ses bras.

– Votre Majesté, il faut partir, insista Yuso.

Kygo pinça les lèvres.

– Très bien. Laissez le livre à sa place. Le garçon va venir avec nous. Mais veillez sur lui et sur le livre.

– Oui, Votre Majesté.

Yuso me lança un regard dur.

– Il semble que vous soyez capable de le calmer, noble dame Œil du dragon. Faites en sorte qu'il se taise.

Il fit signe aux gardes de le lâcher. Dillon se releva en chancelant, non sans se débattre faiblement contre leurs mains tentant de le soutenir. Je le serrai dans mes bras. Il émanait de son corps frêle l'odeur âcre de nuits fiévreuses et de journées passées à fuir.

– Reste avec moi et tais-toi, lui dis-je en le maintenant debout. C'est compris ?

– Il est toujours dans mon esprit, chuchota-t-il.

J'attrapai au vol son poing qui allait frapper son front. Il ne serait pas évident de le garder silencieux – et en vie.

Après un dernier coup d'œil sur les arbres, Yuso nous poussa en avant.

– Allez-y !

J'entraînai Dillon dans une course trébuchante.

Un souffle froid venu du ciel s'insinua dans l'air brûlant, en glaçant la sueur aigre sur mon visage et mon cou. La mousson approchait. Yuso nous dépassa pour rejoindre Kygo à quelques pas devant nous.

– Votre Majesté, emmenez Ryko et les autres vers le sud-est, dit-il en restant à la hauteur du souverain.

Il leva les yeux vers la masse menaçante des nuages chargés de pluie.

– Chevauchez aussi longtemps que vous le pourrez, mais ne prenez pas de risques dans la boue. J'entraînerai les soldats vers le nord, avec Solly et Tiron.

– Entendu, approuva Kygo.

Il s'éloigna avec Yuso pour rassembler les autres. Je serrai la main décharnée de Dillon en le pressant d'accélérer. Dela était à quelques pas devant nous et nous invitait à grands gestes à la rejoindre. Solly et Vida attendaient plus loin avec les chevaux.

– N'est-ce pas dame Dela ? demanda Dillon d'une voix si normale que je ralentis pour le regarder avec stupeur. Pourquoi est-elle habillée en homme ?

L'espace d'un instant, je retrouvai le Dillon d'autrefois, plein de douceur, de perplexité et de désarroi. Puis la folie brilla de nouveau dans ses yeux.

– Mon maître disait qu'il sortirait de ma tête. Pourquoi est-il encore là ?

Il se remit à crier d'un ton plaintif :

– Trouve Eona, trouve Eona, trouve Eona…

Je l'avais déjà entendu une fois crier ainsi mon

nom. Mais quand ? Ce vague souvenir se précisa enfin en une image : la bataille des dragons au village de pêcheurs. Dillon m'avait appelée en hurlant à travers le pouvoir du dragon Rat. À travers Ido.

– Sire Ido t'a-t-il envoyé me chercher ?

– Il est dans ma tête.

Yuso et Kygo atteignirent le bosquet. J'entraînai Dillon en courant. Une nouvelle rafale de vent fut accompagnée d'une brusque clarté rayant les nuages noirs. Pendant un instant menaçant, le temps fut suspendu entre la terre brûlante et le ciel froid. Puis un rugissement du ciel fit frissonner la terre. Dillon tira sur ma main en hurlant. Je regardai par-dessus mon épaule. Il était plié en deux, comme si les dieux le pressaient contre le sol. Ryko et Tiron encadraient fermement Ju-Long, qui s'ébrouait avec terreur.

Rassemblant mes forces, je tirai sur Dillon pour qu'il coure à côté de moi.

– Sire Ido veut-il que tu me donnes le livre noir ? demandai-je en jetant un coup d'œil sur le volume attaché à son bras.

Le visage de Dillon se durcit.

– C'est mon livre, lança-t-il en pantelant. Il est à moi. Sire Ido ne peut pas recourir à son dragon. Ils lui font boire le philtre noir. Tout son pouvoir est en train de s'épuiser.

Il se mit à ricaner avec une intensité douloureuse.

– Bientôt, le pouvoir sera à moi. Je pourrai faire souffrir sire Ido. Exactement comme lui me fait souffrir.

J'espérais presque que ce n'était là que le délire

d'un esprit ravagé, mais j'avais bel et bien reconnu mon vieil ami, durant ce bref instant où sa raison était revenue. Même s'il parlait avec fièvre, il semblait dire la vérité. Dillon savait que sire Ido perdait son emprise sur le dragon Rat. Et il savait qu'il disposerait bientôt du pouvoir d'Ido. Je frissonnai. Pour oublier ma terreur, j'accélérai encore le pas. Nous étions presque arrivés.

– Dillon, en quel état se trouve sire Ido ? demandai-je en serrant plus fort sa main moite. Nous ne pouvons pas le laisser mourir. Tu comprends ? Nous devons le sauver.

– Le sauver ? s'exclama-t-il en plissant ses yeux vitreux. Non !

Cette fois, son poing fut trop rapide. Je tressaillis en entendant le choc brutal contre son crâne.

– Il me fait mal.

– Je sais, je sais, dis-je d'un ton apaisant. Mais nous allons le sauver pour qu'il puisse nous entraîner.

– Non ! hurla-t-il. Je veux qu'il meure.

Il se débattit comme un chien sauvage cherchant à échapper à une corde. Entraînée par son élan furieux, je trébuchai derrière lui. Une nouvelle rafale de vent froid nous gifla, en nous apportant une odeur douceâtre d'herbe humide. Les appels stridents des grillons se turent. Le silence soudain me fit battre le cœur. Le temps de lever les yeux, je vis un éclair griffer le ciel, puis un grondement énorme s'éleva au-dessus de nos têtes.

– Eona, derrière vous !

En entendant la voix affolée de Kygo, je me

retournai d'un bond face aux arbres se pressant au bout de la pente.

Des soldats disposés en un vaste demi-cercle émergeaient des bois. Ils étaient armés de *ji*, des piques de combat à la pointe recourbée. S'avançant avec une rapidité circonspecte, ils n'étaient guère qu'à cent pas de nous. Je tirai sur la main de Dillon, mais il était tombé à genoux en hurlant et m'empêchait d'avancer. Je sentis le souffle de la mousson se tendre comme un muscle puissant. Sa force brutale me poussa en arrière, hors d'haleine. Devant moi, l'herbe s'aplatit et les arbres s'inclinèrent humblement tandis que le vent projetait les premières gouttes crépitantes de la pluie. Des étourneaux s'envolèrent, pris de panique, et tournoyèrent dans le ciel avant de s'élancer comme une flèche précédant la tempête. Je haletai sous le choc soudain de l'eau fraîche qui ruisselait sur mes cheveux et mon visage, en un flot pesant douloureusement sur ma peau.

À quelques pas de nous, Ryko poussa en avant Ju-Long et Tiron puis se retourna en brandissant son sabre. Sa silhouette isolée fut voilée par la pluie torrentielle tandis que Tiron et le cheval gris nous dépassaient en courant. Je crus entendre le jeune garde m'appeler à travers le déluge, mais Dillon tira de nouveau sur ma main. Il s'était relevé. Mon soulagement fut de courte durée. Je me rendis compte que je ne tenais plus Dillon – c'était lui qui me tenait.

Alors que je me débattais pour me libérer, il attrapa mon autre main et m'entraîna brutalement dans une ronde frénétique au milieu des éclaboussures, comme si nous étions de nouveau des enfants en train de jouer à la Ronde des Dragons.

– Qu'est-ce que tu fabriques ? hurlai-je. Arrête !

– « Dragon du jour et de la nuit, dragon que l'esprit juste suit, chanta-t-il. Donne-nous ton nom lumineux, dis-nous qui verra les cieux ! »

Le bas de ma robe trempée s'enroula autour de mes jambes. Je trébuchai et tombai à genoux dans l'eau montante. Le vent s'était calmé et la pluie tombait maintenant en un lourd rideau gris, comme si les dieux renversaient une cruche sur nos têtes.

– Dillon, les soldats arrivent !

Je clignai des yeux pour essayer d'éclaircir ma vue troublée par l'eau ruisselant sur mon visage et sur le devant de ma robe, dont l'étoffe détrempée devenait un poids mort.

– Courons !

– Quel dragon ? Quel dragon ? Choisis ! chantonna-t-il. Choisis !

Il saisit mes mains, dont il broya les os fragiles tandis qu'il me hissait sur mes jambes. Une telle vigueur n'était pas naturelle. Je me rejetai en arrière pour tenter de lui échapper, mais il me garda prisonnière de son jeu.

Au-dessus de nos poignets, le lien de perles blanches desserra sa prise. Les deux derniers joyaux sans défaut se dressèrent de nouveau, évoquant cette fois un serpent jaugeant l'air humide. Avec une détermination cliquetante, les joyaux se déroulèrent en ne laissant qu'un rang attachant fermement le livre au bras de Dillon. Les autres perles se tendirent vers les bords du volume et recouvrirent chaque tranche de papier exposé pour le protéger. Cependant le premier rang, en une brusque détente, s'enroula à mon poignet droit et l'attacha à la main de Dillon aussi étroitement qu'un lien de mariage.

Je me débattis contre cette entrave. Une vague de chaleur submergea mon bras et déferla dans mon corps comme une nausée subite. Un pouvoir amer s'éleva derrière mes paupières et murmura des mots qui brûlèrent mon esprit comme un acide. Des mots très anciens. Le livre m'appelait, m'entraînait dans ses secrets. C'était un livre de sang, de mort et de chaos. C'était le livre du *gan hua*.

Si tel était le feu qui consumait Dillon, je ne m'étonnais plus de ses cris et de ses coups à la tête.

Avec une énergie désespérée, je tirai de nouveau sur les perles. Je ne voulais pas suivre Dillon dans la folie. Les mots commençaient déjà à se graver en moi. Certes j'avais déjà repoussé le *gan hua* imprégnant les sabres de Kinra, mais ce n'était qu'une faible étincelle comparé à cet incendie d'amertume. Si je ne l'arrêtais pas maintenant, il me consumerait.

Je rejetai le pouvoir brûlant comme j'avais rejeté les sabres de Kinra. Mon effort n'affecta en rien la force torride et implacable du livre.

Peut-être Kinra pourrait-elle maîtriser ce pouvoir antique. Je n'avais pas confiance en son influence et n'avais aucune envie d'entrer en contact avec sa perfidie. Malgré tout, elle avait eu la force et le savoir nécessaires pour façonner le *hua* en une puissance ténébreuse et la projeter à travers cinq siècles – les sabres en étaient la preuve.

J'avais encore sa tablette mortuaire dans ma poche, même s'il m'était impossible de la prendre. Sa présence suffirait-elle ? J'implorai en silence : « Kinra, de grâce, empêchez ce livre de graver en moi sa folie. » Puis j'adressai une prière à mes ancêtres qui m'avaient légué son pouvoir d'Œil du dragon : « Empêchez aussi la folie de Kinra de se graver en moi. »

Comme pour me répondre, une force s'éleva dans mon sang. Un froid douloureux se déposa comme une gelée sur les mots acides, en éteignant l'incendie du livre. Puis les mots et le froid disparurent d'un coup. Mais ni les perles ni Dillon ne desserrèrent leur prise brutale.

– Choisis ! cria de nouveau Dillon.

Je secouai la tête, en m'efforçant de surmonter le choc en retour des mots brûlants.

– Choisis !

Dans son impatience, il me broyait le bras.

– Choisis, je te dis !

– Je choisis le dragon Bœuf, soufflai-je.

Le deuxième dragon : deux tours dans le jeu. Si j'apercevais Kygo, peut-être pourrais-je entraîner Dillon vers lui.

– Je choisis le Coq, lança-t-il.

Dix tours.

Je serrai les dents et m'élançai avec lui dans douze tours vertigineux.

– Un ! hurla-t-il.

Le paysage était un tourbillon gris et vert, où le pâle visage souriant de Dillon était le seul point fixe.

– Deux !

Il pesait si fort sur mes mains que je titubais au milieu des éclaboussures.

– Trois !

Sa voix changea. Ce n'était plus une chanson allègre mais un ordre cassant. Je fermai les yeux pour échapper au déluge impitoyable et au vertige me donnant la nausée.

– Quatre !

Chaque tour nous enfonçait davantage dans la boue, nous rapprochant de la force brute de la terre. À travers mon vertige, je l'entendis murmurer d'autres mots. Bien qu'il fût impossible de les distinguer dans le crépitement assourdissant de la pluie, l'Œil du dragon en moi comprit que c'étaient les mêmes mots antiques qui avaient attaqué mon esprit.

Dillon invoquait l'énergie des ténèbres. Elle était gravée dans la résonance profonde des nombres et dans son chant fiévreux. Quatre était le chiffre de la mort, et je la sentais venir, aussi certaine que les battements affolés de mon cœur.

– Eona !

La voix de Kygo. J'ouvris les yeux et vis sa haute silhouette passer en un éclair.

Je tombai à genoux dans la boue détrempée, en tirant de toutes mes forces sur les mains de Dillon, mais sa violence déchaînée me contraignit à me relever, soumise et trébuchante. Nos mains liées étaient irradiées de pouvoir.

– Cinq ! hurla-t-il.

– Dillon, que fais-tu ? criai-je à mon tour.

– Avec toi, je suis assez fort !

Assez fort pour quoi ?

Autour de nous, la pluie était déviée par les rafales mugissantes d'un vent soudain venant du nord-ouest. Kygo m'apparut de nouveau en un éclair, les sabres à la main, courbé en deux pour résister à la bourrasque. J'essayai de crier son nom, mais l'eau remplit mes yeux et ma bouche.

– Six !

Je secouai la tête en m'efforçant de voir et de respirer. Une masse de silhouettes sombres se précisa en un groupe de soldats en train de courir. Leur cri de guerre n'était plus qu'une plainte saccadée se perdant dans le vent déchaîné et l'élan épuisant de notre ronde.

– Dillon, les soldats ! hurlai-je.

– Sept !

Ses yeux étaient fermés, sa tête renversée en arrière. Sa voix chantonnante s'amplifia en une mélopée stridente, aussi puissante que les hurlements du vent. Je sentais dans ce chant le goût de l'antique pouvoir, dont l'amertume desséchait ma bouche comme une prune aigre mais se mêlait à une autre saveur, familière celle-là – la douceur épicée de la cannelle accompagnant le pouvoir du dragon rouge. Dillon était-il en train d'appeler mon dragon ? C'était impossible. Pourtant je percevais aussi un faible arôme de vanille et d'orange – le dragon de sire Ido. À travers le délire de Dillon, je compris soudain ce qu'exprimait sa fureur : « Je veux qu'il meure ! »

Par les dieux miséricordieux ! Il se servait de moi pour tuer Ido.

– Dillon, non !

Je me rejetai violemment en arrière, mais il ne lâcha pas prise.

– Huit !

Un fracas d'acier retentit non loin de nous. Des sabres ! Mon cœur s'arrêta, puis s'affola soudain dans sa terreur. Les soldats avaient-ils attaqué Kygo ? J'aperçus fugitivement une mêlée confuse de combattants. C'était Ryko en train de repousser trois soldats.

– Neuf !

Je ne pouvais rien faire pour arrêter Dillon dans le monde terrestre : il était trop fort. Me concentrant sur son visage extatique, je tentai d'éveiller ma vision intérieure. J'avais l'impression de me frayer péniblement un chemin dans un chaos de pluie crépitante et de peur haletante. Tandis qu'il m'entraînait dans cette ronde effrénée, je réussis à prendre trois inspirations profondes. À la quatrième inspiration, l'horizon gris et vert de la terre céda la place au chatoiement du monde énergétique.

– Dix !

J'entamai le tour suivant en chancelant, désorientée par le brusque afflux de couleur éclatante. Devant moi, la chair et le sang de Dillon se dissipèrent pour révéler les chemins ruisselants de son corps énergétique. Je me sentis violemment repoussée par le réseau débordant de pouvoir noir coulant à travers lui en une masse épaisse et huileuse. Qu'était-il arrivé à son *hua* ? Même les sept points de puissance le long de son épine dorsale, qu'irriguaient normalement les flots argentés de la force vitale, étaient noirs et gonflés. Et une autre anomalie me sauta aux yeux. Je regardai avec stupeur le point cœur dans sa poitrine, dont seul un faible reflet de sa vigueur verdoyante subsistait dans les profondeurs obscures. Il tournait dans la mauvaise direction.

Dillon leva la tête. L'énergie des ténèbres brillait dans ses yeux sombres.

– Onze ! lança-t-il en souriant. Il se meurt.

Tandis qu'il m'entraînait dans l'avant-dernier tour, ma tête se renversa brutalement en arrière. Cherchant désespérément un point d'ancrage dans la raison, je fixai les yeux sur le dragon rouge au-dessus de moi. Son immense corps ondulant luttait contre un ennemi invisible. La reine du ciel déchirait vainement l'air de ses griffes à l'éclat de rubis. Un flot de *hua* doré coulait entre elle et Dillon. Il était en train d'aspirer son pouvoir, sans aucun retour d'énergie. Elle allait être sans défense contre les dix dragons endeuillés.

– Dillon, laisse-la. Avant que les autres n'arrivent. Tu ne peux pas maîtriser cette situation.

– Je peux tout faire ! hurla-t-il.

Une vague de fureur déferla en moi, ranimant ma force. Il était en train de blesser mon dragon. De se servir de mon pouvoir.

– Eona ! criai-je.

Cependant l'appel de notre nom commun ne provoqua pas en moi un déferlement d'énergie dorée. Elle s'écoulait tout entière en Dillon. D'une manière ou d'une autre, il empêchait notre union. Un autre flot, faible et irrégulier, s'échappait du dragon bleu. L'animal n'était plus qu'un vague contour. Son corps pâle et amoindri se tordait de douleur.

– Dillon, arrête ! Tu leur fais mal !

Une terrible pensée me saisit : serait-il capable de tuer les dragons ?

« Il ne le peut pas. » La voix d'Ido dans mon esprit. À peine un chuchotement, tremblant d'effort et de souffrance.

« Et les autres qui vont arriver. Pouvez-vous les contenir, Ido ?

– Ils n'approcheront pas du livre noir. Empêchez le garçon d'épuiser le pouvoir de mon dragon. Je vous en prie, avant que… »

Sa voix rauque se brisa en un hurlement qui me déchira.

– Comment ? criai-je. Comment puis-je l'en empêcher ?

« Prenez-lui le livre, souffla-t-il. Coupez-le de son pouvoir. »

Je ne voulais pas toucher ce livre.

– Douze ! hurla Dillon d'un ton triomphant.

Il me força à le suivre dans le dernier tour, avec une violence qui rompit mon lien avec le monde énergétique, dont les couleurs de joyaux s'éteignirent dans le paysage retrouvé de ce versant de montagne morne et détrempé. Soudain, la pluie et le vent disparurent en un tourbillon hurlant. Le sol inondé était sec et dur sous mes pieds trébuchants. Le déluge avait cessé. Mon visage, ma robe, mes cheveux : tout avait séché instantanément. Je vis de nouveau en un éclair Ryko et les trois soldats, mais ils ne se battaient plus. Les quatre hommes contemplaient le ciel avec stupeur.

– Regarde-moi ça ! cria Dillon tandis qu'un nouveau rugissement d'eau jaillissante s'élevait.

Il s'immobilisa abruptement et je l'imitai, hors d'haleine.

– Regarde ce que je suis capable de faire.

Renversant la tête en arrière, il éclata de rire.

Au-dessus de nous, les lourds nuages déversaient toujours de la pluie, mais elle ne tombait plus vers la terre. Elle s'élançait à l'horizontale, en un cercle qui entourait le versant entier comme un immense tourbillon suspendu dans l'air. L'eau tournoyait autour de nous, tel un torrent rugissant aussi haut que quatre maisons, arrachant sur son passage arbres et buissons entraînés dans sa ronde vertigineuse. Amis et ennemis, nous étions tous rassemblés au centre du cercle. Cependant notre refuge rétrécissait à mesure que le tourbillon engloutissait les pins dans l'abîme de ses flots ne cessant de s'enfler.

– Dillon, repousse l'eau ! hurlai-je. Repousse-la !

Un hennissement strident retentit à travers le fracas du torrent aérien. Un cheval surgit d'un bosquet proche de la muraille bouillonnante, entraînant derrière lui Solly accroché aux rênes.

– Solly, lâchez-le ! cria Vida.

Elle et Dela tirèrent les deux autres chevaux pour les mettre en sûreté.

– Lâchez-le !

Le guerrier trapu lâcha enfin prise et roula sur lui-même, échappant de justesse aux sabots de l'animal. Celui-ci passa au galop devant nous, les yeux exorbités, en direction de Ryko et des soldats. Les quatre hommes regardaient toujours bouche bée la coulée d'eau et de débris, dont le fracas les empêchait d'entendre le destrier fonçant droit sur eux.

– Ryko, écartez-vous ! hurla Kygo.

Mais il était trop loin.

Le cheval déboula au milieu du groupe en piétinant Ryko et un soldat hurlant. L'espace d'un instant, l'horreur me coupa le souffle. Puis je vis le géant rouler sur lui-même pour s'éloigner de l'animal affolé. À quelques pas de nous, l'eau emporta un morceau de montagne en une explosion de terre et de bois volant en éclats.

Dillon regarda son œuvre. Son extase céda soudain la place à une expression angoissée.

– C'est trop !

Une fine vapeur d'eau fraîche mouilla mon visage et les cheveux de Dillon. Lâchant ma main libre, il pressa les doigts contre son front.

– Cela me fait mal, gémit-il. Est-ce normal ?

– Donne-moi le livre, lançai-je en tirant sur nos entraves de perles. Laisse-moi t'aider.

– Non !

Il m'assena un coup à la poitrine pour me faire reculer.

– Tu veux mon pouvoir. Exactement comme mon maître.

Il grimaça un sourire méchant.

– Tu ne l'entends pas ? Il hurle.

Je l'attrapai par le devant de sa tunique.

– Dillon, tu ne peux pas tuer Ido. S'il meurt, nous mourrons.

Je le secouai.

– Tu comprends ? Il faut que nous le sauvions !

– Le sauver ? glapit-il. Je vais le tuer ! C'est lui ou moi.

Ses yeux jaunis luisaient de haine. Jamais il ne sauverait Ido. Jamais il ne m'aiderait. Je sentis faiblir l'eau rugissant autour de nous. La vapeur se condensa en gouttes qui cinglèrent mon visage de leur poids menaçant. La situation était en train d'échapper à Dillon.

J'avais une chance de m'emparer du livre avant que ce fou ne nous tue tous. Toutefois il était plus fort que moi à tous égards. Quelle solution me restait-il ?

En une impulsion désespérée, je le frappai du front en plein visage. Le choc fut tel que ma tête se renversa en arrière, emportée par une explosion de douleur et de lumière tournoyante. J'entendis Dillon hurler en m'entraînant dans sa chute. À travers mes larmes, j'agrippai le lien pâle attachant le livre à son avant-bras. Mes ongles éraflèrent la couverture gravée avant de toucher les perles. Glissant les doigts entre les joyaux et le cuir, je parvins à ouvrir un espace suffisant pour agripper le lien raidi. Une première secousse affaiblit sa résistance. À ma seconde tentative, la moitié des perles se soulevèrent. Encore un effort, et j'en viendrais à bout.

Je tirai, mais au lieu de céder les perles s'élancèrent et coincèrent ma main contre la reliure de cuir. Dillon se redressa. Du sang ruisselait d'une entaille au-dessus de son œil. J'essayai désespérément de libérer mes doigts, en vain. Mes deux mains étaient attachées au livre, et le livre était attaché à Dillon. Quand il leva le poing, il me fut impossible d'esquiver le coup qui atteignit mes côtes. Le souffle coupé, je me pliai en deux.

J'avais manqué ma chance de récupérer le livre.

Les perles resserrèrent leur pression brûlante sur mes doigts. La chaleur irradia mon bras et se répandit dans mon corps, libérant ma poitrine, qui se reprit à respirer avec soulagement. Un goût aigre d'acide remplit ma bouche tandis que des mots se gravaient avec douceur dans mon esprit.

Le livre noir m'appelait de nouveau, me chuchotait d'antiques promesses d'un pouvoir sans faille – et un moyen d'arrêter Dillon.

L'espace d'un instant, la perfidie du livre nous réduisit tous deux au silence. Nous étions chacun en proie à notre propre désespoir.

– Non ! hurla enfin Dillon. Il est à moi !

Il martela de coups de poing déchaînés mes bras et ma poitrine.

Je ne voyais devant moi que la folie gesticulante de Dillon et le souvenir écœurant de son *hua* noir et gonflé. Était-ce aussi ce que me promettait le livre – l'emprise ténébreuse du *gan hua* et la folie brûlante ? Je n'avais pas le choix. Je devais laisser les mots acides inscrire leur pouvoir dans mon esprit. Je devais prendre le risque de la folie. Tout le reste avait échoué.

Autour de nous, la muraille liquide déversait des vagues de pluie chargées de pierres coupantes et de boue. Des collisions d'eau ébranlaient l'atmosphère, comme si d'énormes seaux se vidaient dans toutes les directions. Un tronc déraciné se détacha du torrent en tournoyant et s'écrasa à côté de Solly, en creusant un cratère dans la boue. À quelques pas de là, Kygo se baissa pour éviter un buisson qui rebondit contre la pente ruisselante. Tout s'effondrait.

Refermant mes mains sur les perles, j'implorai de nouveau Kinra. Mais cette fois, je lui demandai d'appeler le livre noir et de le laisser graver dans mon esprit son *hua* ténébreux.

La chaleur déferla en moi, aussi violente qu'un coup de poing. Je chancelai et Dillon perdit l'équilibre. Les perles s'enroulèrent en réunissant nos deux mains avec la force d'un serpent étouffant sa proie, puis elles tirèrent le livre de l'autre côté du pont formé par nos poignets. Une bile amère brûla ma bouche et ma gorge, réduisant ma souffrance hurlante à un gémissement étouffé.

Le livre venait à moi, chargé de son pouvoir brûlant.

– Non ! cria Dillon en se jetant sur moi. Non !

Sous son poids, je tombai à genoux dans l'eau boueuse. Il s'affala à côté de moi, emporté par son élan. Appuyant son épaule contre la mienne, il tira sur les perles s'agitant en tous sens. Ses ongles s'enfoncèrent dans ma chair tandis que ses doigts se glissaient sous les perles baignées de mon sang. Je projetai mon corps contre lui, mais ne fis que l'aider ainsi à les soulever en renforçant son appui. Le livre bougea. Dillon tira de plus belle, en murmurant des mots qui chantaient le pouvoir des joyaux dans ma tête. En une explosion de perles dénouées et de *hua* hurlant, il détacha le livre.

L'espace d'un instant, j'aperçus son visage triomphant. Puis la muraille d'eau tourbillonnante s'effondra avec fracas, en envoyant dans l'air une série de jets de boue. D'énormes montagnes liquides se heurtèrent partout autour de nous et éclatèrent en formant des vagues impétueuses, noires de boue et de débris. Je vis Solly et Dela disparaître sous le torrent bouillonnant déferlant vers nous. Du côté des bois, une lame emporta un groupe de soldats en train de courir. Leur armure de cuir les entraîna vers le fond. Un cheval poussa un cri aigu, qui s'interrompit brutalement quand la pauvre bête fut submergée.

Je m'élançai vers Dillon dans l'espoir de l'attraper avant la venue de la vague dévastatrice, mais mes doigts ne firent qu'effleurer sa tunique. J'entendis Kygo crier mon nom. Il était à portée de mon bras, mais Dillon aussi. Lorsque je tentai de nouveau d'agripper l'apprenti, les perles s'enroulèrent autour de son avant-bras de façon à protéger les tranches du livre. Je sus que l'eau arrivait.

La vague me frappa comme un marteau glacé, me renversant en arrière puis m'entraînant sous sa surface obscure, emportée vers le fond malgré mes efforts désespérés. Je n'entendais que la ruée de l'eau et les battements de mon cœur soudain privé d'air. Mes jambes étaient emprisonnées dans le tissu pesant de ma robe, des pierres et des brindilles me heurtaient en tourbillonnant. Il n'y avait pas d'air ! Étais-je en haut ou en bas du gouffre ? Je me cognai à une branche et m'accrochai à elle. Elle devait flotter. « Fasse que je ne sois pas loin de la surface », priai-je en silence. Je donnai des coups de pied frénétiques malgré ma robe encombrante. Ma poitrine à bout de souffle était en feu. Il fallait monter, monter. Cramponnée à la branche, je crevai la surface, hors d'haleine, les oreilles bourdonnantes sous l'effet de l'air délicieux retrouvé et du fracas assourdissant de l'eau.

Quelque chose s'accrocha à ma manche.

– Attrapez le tronc.

Le visage indistinct de Yuso. Je tendis le bras. Il serra sa main froide autour de la mienne et me hissa sur l'abri solide d'un tronc.

– Tenez bon ! cria-t-il en serrant ses bras autour de mon corps.

Pris dans un remous violent, nous nous mîmes à tournoyer. Puis le courant impétueux nous emporta de nouveau vers le bas de la pente. Des silhouettes pâles se heurtaient dans l'eau bouillonnante puis sombraient. Je sentis des corps m'effleurer en se débattant. Pendant un instant, un cheval sanglotant nagea à côté de nous, en s'efforçant de maintenir sa tête au-dessus du torrent boueux. Notre tronc se cogna contre un autre et pivota sur lui-même. Le souffle coupé, j'aperçus Dillon qui s'agrippait à un arbre tandis que le livre noir remontait sur son corps comme un rat se mettant à l'abri. Les perles s'enroulèrent autour d'une branche et le hissèrent sur le tronc, sain et sauf.

Puis notre radeau improvisé se dégagea et nous entraîna de nouveau, Yuso et moi, vers le mortel abîme s'ouvrant au bout de la pente.

Chapitre 9

Yuso me serra plus fort, me plaquant contre le tronc tandis que nous progressions inexorablement vers le bord du versant. Le torrent avait tout recouvert et la terre n'était plus qu'une boue épaisse se déversant dans le ravin.

– Nous allons plonger ! cria Yuso. Ne lâchez pas prise !

Nous rasâmes les sommets de buissons rabougris et un amas de débris nauséabonds. L'espace d'un instant, nous aperçûmes le gouffre béant, dont le fond était caché par une cascade de boue, puis nous basculâmes dans le vide et glissâmes sur la terre s'éboulant vers l'abîme sous une pluie de lourds projectiles de vase.

Je hurlai en sentant mes doigts déraper sur l'écorce visqueuse. Tout était boue autour de moi. Le corps de Yuso se détacha du mien. Malgré mes efforts frénétiques pour trouver un appui, je glissai en avant. Puis ses bras vigoureux me tirèrent vers lui et nous tombâmes ensemble. J'entendis son hurlement tout contre mon oreille.

Quand nous atteignîmes le fond, le choc nous sépara brutalement. Je roulai sur moi-même sans rien voir, les jambes emprisonnées dans ma robe lourde et poisseuse. Un obstacle dur m'arrêta brutalement. Sous le choc, une douleur lancinante irradia mon dos. J'entendais une sorte de claquement régulier et la respiration haletante de mon propre cœur. Je recrachai de la vase, m'essuyai les yeux et tentai de distinguer de nouveau le monde environnant.

Un amoncellement de boue était en fait le cadavre d'un cheval. À côté, un soldat tenait encore le *ji* qu'il serrait dans son agonie. Je me redressai – trop vite, ma tête se mit à tourner – et reculai devant leur regard vitreux. De la boue froide suintait entre mes orteils. J'avais perdu mes deux sandales.

– Dame Eona ! Vous allez bien ?

La voix de Yuso. Je me retournai vivement et le découvris non loin de moi, enfoui jusqu'à la poitrine dans une poche de vase. Il n'avait qu'un bras libre, qu'il dressait gauchement au-dessus du trou profond. Derrière lui, de la boue pleuvait du haut du versant, provoquant le claquement régulier que j'avais entendu. L'averse de boue s'intensifiait d'instant en instant.

Je m'élançai vers lui.

– Êtes-vous blessé ?

– Arrêtez-vous ! Je ne connais pas les dimensions de ce trou.

– Êtes-vous blessé ? Pouvez-vous sortir ?

Il fallait absolument qu'il sorte. Je ne voulais pas me retrouver seule au milieu de toute cette destruction. En dehors de moi, Yuso semblait le seul survivant. Je regrettai fugitivement de ne pas avoir été sauvée plutôt par Ryko. Mais Kygo vivait-il encore ?

Je luttai contre la panique qui m'envahissait.

Kygo était-il vivant ? Et Dela ? Je ne savais même pas si Ido avait survécu à l'épuisement de son pouvoir par Dillon. Cela paraissait probable, du reste, sans quoi les dix dragons endeuillés m'auraient certainement mise en pièces.

– Je ne suis pas blessé, mais je m'enfonce dès que je me mets à bouger, dit Yuso. Et je n'ai rien à quoi m'accrocher pour sortir.

J'avançai encore d'un pas.

– Restez où vous êtes !

La force de son cri l'enfonça un peu plus profondément dans la vase.

Retenant mon souffle, je regardai la surface se stabiliser juste sous son aisselle.

– D'accord, je n'approcherai pas davantage. Mais nous devons trouver un moyen de vous sortir de là. Au train où cela va…

Je levai les yeux vers l'averse incessante de boue.

– … le bord du versant va s'effondrer sur vous.

Il renversa lentement sa tête en arrière pour regarder puis se mit à rire tout bas, d'un air désespéré.

– Je suppose que vous ne pourrez pas l'empêcher en vous servant du pouvoir dont je viens de voir la démonstration ?

– Ce n'était pas mon pouvoir, expliquai-je en cherchant des yeux dans le paysage dévasté un levier quelconque.

Tout était couvert d'une épaisse couche de vase brune. Je survolai du regard le cheval mort et le soldat, puis revins à eux. Le *ji* !

– Vous voulez dire que c'est le pouvoir du garçon qui a tout fait ?

Yuso parlait d'une voix basse mais précipitée. Il tentait de chasser la peur avec des mots.

– Non, c'est le livre noir, répondis-je. Il nous a reliés l'un à l'autre.

Je sentis dans mon esprit un écho du pouvoir brûlant du livre. Sans Kinra, je n'aurais pas survécu à son attaque. Mon cœur s'arrêta : avais-je encore sa tablette mortuaire ? Je plongeai la main dans la poche visqueuse de ma robe. La bourse était toujours là, intacte.

Avec précaution, je m'avançai dans la boue vers le cadavre du soldat, en tâtant le terrain à chaque pas. Et s'il n'était pas tout à fait mort ? S'il était devenu un *halbo*, un noyé transformé en démon ? Je m'accroupis prudemment à côté du corps, mais il ne se mit pas à bouger ou à claquer des dents.

– C'est donc vraiment un lien...

Yuso s'interrompit abruptement. Je fis volte-face, terrifiée à l'idée qu'il ait pu sombrer, mais sa tête et ses épaules émergeaient toujours.

– Que faites-vous ? chuchota-t-il.

– Je vais essayer de vous tirer avec ce *ji*.

– Non, c'est trop dangereux. Laissez-moi. Vous avez encore le temps de monter vous mettre à l'abri.

Je saisis le manche et l'arrachai de la main crispée du soldat. La main se souleva puis retomba, comme si elle me bénissait. En frissonnant, je murmurai rapidement une prière à Shola pour lui, après quoi je retournai vers Yuso en suivant prudemment le même chemin qu'à l'aller.

Le capitaine m'observait. La peur était aussi visible sur son visage que les traînées de boue qui le maculaient. Je tendis en hâte la pique au-dessus du bourbier.

– Attrapez ! Vite !

Je jetai un coup d'œil sur l'averse de boue derrière lui. Elle se déversait dans le trou, dont le niveau s'élevait inexorablement.

Yuso saisit le manche vacillant.

– Je serai trop lourd pour vous.

– J'ai de la force, assurai-je, bien que le même doute m'ait glacée.

Il était maigre, pour un Homme d'Ombre. Habituellement, la drogue solaire donnait davantage de corpulence. Malgré tout, il était grand et musclé.

– Ne vous inquiétez pas, ajoutai-je. Je ne vais pas vous abandonner.

Une lourde branche tomba près de lui, éclaboussant de boue son visage. Il tressaillit. Je tâtai le terrain avec mes orteils et trouvai un endroit pas trop mou. J'y plantai solidement mes talons et essuyai le manche de la pique.

– Prêt ? demandai-je.

Il hocha la tête.

Prenant une inspiration résolue, je tirai sur la longue pique, en veillant à garder loin de moi la lame recourbée. Je sentis son poids bouger légèrement au bout de la pique. Je continuai mon effort, en m'enfonçant en arrière dans la boue épaisse. Soudain, son bras ruisselant émergea de la vase. Il saisit aussitôt le manche des deux mains.

– Continuez ! dit-il d'un ton pressant.

Je me plantai de nouveau dans la boue et tirai tandis qu'il levait une main avec lenteur pour la poser en avant de l'autre sur le manche. Hors d'haleine, il me sourit. Je lui rendis son sourire – nous progressions. Il me fit un signe de tête et je me remis à tirer. Il réussit à avancer encore d'une main. L'effort mettait en feu mes bras et mon dos, mais la poitrine de Yuso était presque sortie du trou.

Il leva de nouveau la main. Cette fois, cependant, il voulut la poser trop loin et lâcha prise. Déséquilibrée par l'absence soudaine de son poids, je tombai à genoux. Je le vis glisser en arrière en essayant désespérément de trouver un appui. D'instinct, je me calai dans la boue et lui tendis le *ji*, que sa main agrippa de justesse.

– Vous l'avez, soufflai-je.

– Oui.

Il pressa son front contre le creux de son bras, en respirant profondément.

– Le bord du versant tient bon ? demanda-t-il enfin.

– Pas vraiment, répondis-je. Vous êtes prêt ?

Il leva la tête.

– Dame Eona, je ne peux pas…

Il s'interrompit, le regard morne.

– J'ai un fils. Il s'appelle Maylon. Trouvez-le, dites-lui…

– Yuso !

Je le regardai droit dans les yeux, en m'efforçant de faire taire mes propres doutes.

– Je ne partirai qu'une fois que vous serez sorti de là.

Il hocha la tête, serra les dents et se remit à avancer péniblement les mains sur le manche. Je tirai sans relâche, en trouvant un rythme entre chacun de ses gestes désespérés, qui lui donna un élan précieux. Peu à peu, sa poitrine et sa taille émergèrent. Quand ses hanches percèrent enfin la surface de la vase, je laissai tomber le *ji* et me traînai en ondulant vers Yuso. Saisissant ses mains tendues, je le dégageai. À force de glisser, tirer, ramper, nous réussîmes à atteindre un terrain solide.

Yuso se retourna pour observer le versant. Il poussa un petit grognement de soulagement.

– Ça tient encore, mais nous ferions mieux de décamper.

Il se leva et essaya de bouger sa jambe droite. À travers son pantalon trempé de vase, une grosse entaille dans sa cuisse était noire de sang.

– C'est grave ? m'inquiétai-je.

– Je peux marcher, assura-t-il en haussant les épaules.

Il me tendit la main pour m'aider à me lever. Mes propres jambes étaient flageolantes après tant d'efforts – et de peur.

– Avez-vous vu l'empereur ? demandai-je tandis qu'il me conduisait en avant. Et les autres ?

Il secoua la tête.

– Et si…

Je ne pouvais formuler une hypothèse aussi affreuse.

– Si Sa Majesté est morte, tout est fini, dit-il d'un ton neutre.

Il ramassa le *ji*.

– La Résistance n'aura plus de raison d'être.

– Mais il ne faut pas que Sethon devienne empereur. Il détruira les mille années de paix.

– De toute façon, elles sont terminées, décréta-t-il.

Se servant de la lame du *ji* pour tâter le terrain, il se dirigea en boitillant vers le cheval et le soldat. J'aurais voulu démentir son constat lugubre, mais mon cœur serré me disait qu'il avait raison. Je suivis ses traces dans la boue plus ferme.

– Vous disiez que vous aviez un fils, capitaine ? demandai-je pour me distraire de notre progression d'une lenteur pénible à travers l'étendue visqueuse.

Il se retourna en plissant les yeux.

– Il vaudrait mieux pour nous deux que vous oubliiez ce que j'ai dit.

– Pourquoi ?

– Il est interdit sous peine de mort à un garde impérial d'avoir des liens familiaux.

Il me regarda dans les yeux.

– Vous comprenez ? *Personne* ne doit connaître l'existence de mon fils.

J'acquiesçai de la tête.

– Je jure sur mon dragon que je n'en parlerai à personne. Mais comment avez-vous pu devenir père ?

Il reprit son avancée prudente sur le sol perfide.

– Je ne suis pas né eunuque, noble dame.

S'immobilisant devant le soldat mort, il observa son visage inerte.

– J'ai engendré mon fils avant mon opération. J'étais très jeune.

Il boitilla jusqu'au cheval. Se penchant sur l'animal, il caressa son encolure maculée de boue.

– C'était une de nos juments, la pauvre.

Levant les yeux vers le haut du versant, il jaugea sa stabilité avant de déboucler la sacoche et de la détacher de la selle.

– Sa mère est morte en le mettant au monde – puisse-t-elle cheminer dans la gloire céleste. Ce garçon est donc toute ma famille.

– Il doit beaucoup compter pour vous.

– Il est maintenant lieutenant dans l'armée de Sethon.

Je baissai les yeux sur le soldat en frissonnant.

– Est-il en garnison dans la région ?

Yuso enfonça le *ji* dans la boue.

– J'ignore où il se trouve, dit-il.

Il mit la sacoche en bandoulière.

– Voilà ce que sera cette guerre. Le père contre son fils, le frère contre son frère.

Après avoir inspecté le paysage désolé, il pointa le doigt vers l'est et me fit signe de le suivre.

– Nous avons le devoir de ramener la paix le plus tôt possible, à n'importe quel prix. Autrement, il n'y aura plus de pays à gouverner.

Il me regarda par-dessus son épaule, le visage sombre.

– Vous allez devoir vous en rendre compte, noble dame, et je le regrette pour vous.

Nous escaladions l'autre côté du ravin lorsque le versant s'écroula.

Le fracas fut terrible et résonna autour de nous sur les parois rocheuses, en un écho interminable. Nous nous arrêtâmes pour regarder le torrent meurtrier de boue et de débris glisser à travers la vallée à nos pieds. Il engloutit tout sur son passage et répandit dans l'air une odeur fétide de terre humide et de pourriture.

Yuso agrippa mon épaule en un geste empreint de compassion.

– Nous ne pouvons revenir en arrière pour vérifier, lança-t-il en répondant à ma question muette. Ce serait trop dangereux. De toute façon, personne n'aura pu survivre à cette chute.

– Nous sommes pourtant vivants ! me rebellai-je.

– Essayons de le rester, répliqua-t-il tandis que la pression de sa main se faisait impérieuse.

Juste avant la nuit, Yuso agrippa de nouveau mon épaule.

– Halte ! chuchota-t-il d'une voix à peine audible au milieu des appels stridents des oiseaux se perchant pour la nuit.

Je tendis l'énergie qui me restait pour scruter les arbres grêles et les buissons élevés autour de nous, dont les silhouettes semblaient menaçantes dans la pénombre. Ma main se serra sur la sacoche. Même si ce n'était pas une arme, elle pourrait amortir le coup de pique d'un soldat.

Six ombres émergèrent du sous-bois obscur. Elles nous encerclèrent en silence, en brandissant des sabres et des haches. La main de Yuso glissa sur le *ji*, prête à frapper.

– Qui êtes-vous ? lança-t-il.

Un homme maigre secoua sa tête aux cheveux hirsutes.

– Nous sommes six contre deux.

Sa voix avait un léger accent montagnard.

– Je pense que c'est plutôt à vous de nous dire qui vous êtes !

– Capitaine Yuso, de la garde impériale.

Son nom fut accueilli avec un frémissement d'excitation. Je sentis l'attention des hommes se tourner vers moi, et je serrai plus fort la sacoche.

– Êtes-vous dame Eona ? demanda le montagnard.

– Oui.

– Que les dieux soient loués. Vous êtes vivante.

Il grimaça un bref sourire de soulagement. Les armes autour de nous se baissèrent.

– Nous faisons partie des résistants de la montagne de Chikara. Je m'appelle Caido. C'est un honneur pour nous que de vous avoir trouvée, noble dame Œil du dragon.

Il s'inclina et les autres l'imitèrent en désordre.

– Je vous remercie, dis-je légèrement grisée par le soulagement. Avez-vous trouvé l'empereur ?

– Oui. Il est vivant, mais plongé dans les profondeurs du monde des ombres. Quand nous avons quitté notre quartier général, il ne s'était toujours pas réveillé. Il faut que nous vous amenions là-bas le plus vite possible.

Ma gorge se serra. Au moins, il était vivant.

– Et les autres, comment vont-ils ?

– Ryko n'a que des blessures légères. De même que Vida. Le jeune garde…

– Tiron, intervint Yuso.

– Oui, Tiron. Il a de nombreuses fractures et il se pourrait qu'il ne puisse plus jamais marcher. Nous n'avons pas trouvé les trois autres membres de votre groupe.

Dela, Dillon, Solly – disparus.

– Vous ne savez donc pas où est le garçon appelé Dillon ? demanda Yuso.

– Non, capitaine. Pas encore.

– Il doit maintenant être votre priorité. Il détient un objet d'une importance vitale pour la cause de Sa Majesté.

– Nous avons besoin de la lumière du jour pour nos recherches, dit Caido comme pour se justifier. Mais nous les reprendrons demain dès l'aube. L'un de vous est-il blessé ?

– Rien de grave, assura Yuso. Ryko vous a-t-il parlé de nos poursuivants ? Ils étaient vingt-quatre. Une compagnie au complet.

– Nous en avons pris dix-neuf. La plupart s'étaient noyés. Nos meilleures équipes sont aux trousses des cinq derniers.

Yuso hocha la tête, satisfait.

Caido s'inclina de nouveau brièvement puis se tourna vers ses hommes. Il leur commanda par gestes de former un losange autour de nous. Seul un géant impassible resta derrière lui.

– Noble dame, nous allons devoir marcher vite, déclara Caido. Auriez-vous la bonté de laisser Shiri vous porter sur son dos ?

Le géant inclina la tête.

Bien que je me sentisse écrasée de fatigue, je me redressai.

– Je ne vous retarderai pas, Caido.

– Bien sûr, noble dame, dit-il en s'inclinant.

Il donna le signal du départ.

Une heure plus tard, j'étais juchée sur le dos de Shiri. Il sentait la sueur rancie et le cheveu gras, mais cela m'était égal. Son dos était large, ses bras me tenaient fermement et je pouvais enfin reposer mon corps épuisé. Je tâchai de rester éveillée tandis que nous grimpions au milieu des broussailles avant de nous enfoncer dans une partie plus touffue de la forêt, mais le balancement des grandes enjambées de Shiri me berçait. Alors que je glissais dans les ombres d'un sommeil agité, je sentis une nouvelle fois le regard intense de Kygo à l'instant où il avait caressé ma joue, et l'étrange tiédeur de la perle sous mes doigts.

– Noble dame ?

Une main énergique secouant mon bras me réveilla. Je plissai les yeux. La clarté de la lune à moitié pleine accusait les traits du visage de Caido.

– Vous devrez faire à pied la fin du trajet, dit-il à voix basse. Seule une personne à la fois peut passer par cette entrée.

Shiri me déposa doucement sur le sol rocheux. Nous étions maintenant bien au-dessus de la forêt.

– Merci, murmurai-je.

Le géant s'inclina très bas.

– C'était un honneur, dame Eona, assura-t-il en s'éloignant à reculons.

– Il racontera à ses petits-enfants qu'il a porté l'Œil du dragon Miroir, me souffla Yuso à l'oreille.

– Combien de temps ai-je dormi ? demandai-je en contemplant une énorme falaise que la lune argentait au-dessus de nos têtes.

Étions-nous censés l'escalader ? Même après m'être reposée sur le dos de Shiri, je doutais d'y parvenir.

– Nous avons marché pendant environ quatre heures, répondit Yuso dont la voix rauque révélait ce qu'avait été ce trajet épuisant.

Caido pointa le doigt sur une fente obscure dans la paroi rocheuse.

– Nous sommes presque arrivés, déclara-t-il. Ce passage mène à notre camp.

En approchant de la falaise, je constatai que la

fente était assez large pour un homme aussi gros que Shiri. Avec un sourire rassurant, Caido se faufila à l'intérieur. Je le suivis dans l'étroit couloir de pierre, où l'air chaud de la nuit se rafraîchit instantanément. Un coin de ciel était encore visible au-dessus de nous, même si le clair de lune peinait à parvenir jusqu'à nous.

– Noble dame, veuillez vous tenir à mon épaule, dit Caido. Ce sera plus sûr et plus rapide.

Nous avançâmes ainsi en file, tandis que Caido annonçait la nouvelle de notre sauvetage aux guetteurs postés sur des saillies rocheuses dans les hauteurs. J'aperçus deux gardes tendant le cou pour nous voir passer. On distinguait dans la pénombre la pointe de leurs arcs mécaniques – cet endroit serait un piège mortel pour un ennemi avançant jusque-là.

– Ceci est un des quatre passages menant au cratère, expliqua Caido. Évidemment, ce n'est pas le plus accessible, mais c'est le plus proche et il vous donnera une vue imprenable sur notre camp.

Sa voix vibrait de fierté. Devant nous, je vis une lumière blafarde à l'autre bout du couloir. Kygo se trouvait quelque part dans ce camp, blessé. Et Ryko. Et Vida. Mes pieds se cognèrent dans ceux de Caido et je trébuchai.

– Je suis désolé, noble dame, s'excusa-t-il. Tout va bien ?

– Oui, simplement je suis impatiente de voir Sa Majesté, répondis-je.

Le bout du passage était deux fois plus large que l'entrée. On apercevait le ciel nocturne à travers. Deux silhouettes approchèrent. Le clair de lune fit briller la chevelure argentée du plus grand des deux hommes. J'espérais qu'ils allaient nous mener sans attendre auprès de l'empereur.

– Après vous, noble dame, dit Caido.

Quand j'émergeai sur une large saillie rocheuse, l'homme aux cheveux argentés s'avança, mais mon attention fut distraite par le panorama s'étendant à mes pieds. Nous étions dans un cratère immense, dont le fond était parsemé de feux éclairant une multitude de tentes et de cabanes. Le long des parois escarpées, d'autres feux révélaient de nombreuses cavernes. En bas de la saillie, des centaines et des centaines de gens observaient notre arrivée. Je n'avais guère pensé à l'aspect qu'aurait la Résistance, mais je ne m'attendais certes pas à un camp aussi vaste.

– Dame Eona ! lança l'homme aux cheveux argentés.

Manifestement, il avait déjà essayé plusieurs fois d'attirer mon attention.

– Je suis désolée, balbutiai-je. C'est si…

Tournant enfin mon regard vers lui, j'eus un instant d'hésitation. Ces cheveux gris n'étaient pas l'effet de l'âge : cet homme avait au plus vingt-cinq ans. Peut-être devait-il cette singularité au fardeau du commandement ou à quelque tragédie personnelle. De fait, son visage intelligent trahissait une certaine mélancolie.

– Oui, dit-il en souriant, c'est très impressionnant. Une forteresse naturelle.

Il s'inclina.

– Je suis Viktor, chef des résistants de la montagne de Chikara.

D'un geste, il désigna son compagnon.

– Voici mon lieutenant, Sanni. Nous sommes soulagés d'avoir retrouvé votre trace, noble dame. Et la vôtre, capitaine Yuso.

– Je vous remercie, dis-je. Où se trouve Sa Majesté ?

– Dans notre caverne principale, noble dame. Les Suppliants sont en prière depuis son arrivée, mais nous vous attendions pour le soigner.

– Vous m'attendiez ?

Ryko devait leur avoir parlé du village de pêcheurs. Le remords et la honte m'envahirent. Ils m'attendaient, moi, le puissant Œil du dragon, pour que je guérisse l'empereur. Mais je ne pouvais m'y risquer de nouveau. Je ne voulais plus faire des victimes innocentes. Et je n'avais certes aucune envie d'avoir un pouvoir sur la volonté du souverain.

– Je ne peux pas le guérir, lançai-je. Comprenez-moi, je ne peux pas.

– Évidemment, noble dame, répliqua Viktor en fronçant les sourcils. Nous ne nous attendions pas à ce que vous ayez des talents de médecin. Mais la jeune Vida nous a dit que vous étiez maintenant le *naiso* de Sa Majesté. Se trompait-elle ?

– Non, c'est la vérité.

– Dans ce cas, vous êtes la seule personne pouvant toucher son corps sacré. Notre médecin devra le soigner par votre intermédiaire.

Je me mordis les lèvres. Ils voulaient seulement que j'aide le médecin à l'examiner. C'était dans mes possibilités.

– Allons donc à son chevet, suggérai-je.

Viktor me conduisit à des marches taillées à même la paroi escarpée.

– Mes hommes ont déjà offensé la personne sacrée de Sa Majesté en le portant ici. Ce sont des hommes bons et consciencieux, noble dame, et leur mort ne servirait à rien. Je vous prie de leur pardonner.

Ses paroles me mirent mal à l'aise. La dignité de *naiso* me donnait des responsabilités inattendues.

– Ils sont pardonnés, assurai-je précipitamment.

– Je vous remercie, noble dame, dit-il en inclinant la tête.

Je mourais d'envie de courir à la caverne pour porter secours à Kygo, mais la foule enthousiaste massée le long du chemin faisant le tour du cratère nous obligea à nous contenter d'un pas rapide. Au début, j'esquivai les visages empreints d'une excitation émerveillée, les mains tendues pour me toucher. Ces gens n'avaient jamais vu un Œil du dragon en chair et en os, et encore moins une femme Œil du dragon. Yuso tenta de s'interposer entre leur curiosité avide et moi, mais ses mises en garde brutales se perdaient dans le tumulte des voix scandant mon nom. Une voix grave couvrit un instant toutes les autres :

– Que les dieux protègent dame Eona ! Que les dieux protègent Sa Majesté !

J'aperçus au-dessus de l'océan de têtes celui qui avait parlé ainsi – un homme d'âge moyen qui avait les larmes aux yeux. D'un coup, la lumière se fit enfin en moi.

J'étais pour eux le symbole de l'espérance, la garantie que les dieux ne les avaient pas abandonnés. Bien que je fusse indigne de tant de vénération et de foi, je me devais d'être ce qu'ils attendaient de moi.

– Reculez, dis-je à Yuso.

À contrecœur, il se plaça derrière moi. Je me redressai et continuai de marcher, en effleurant des doigts les mains s'efforçant de toucher la source de l'espoir et du salut.

Nous atteignîmes enfin la caverne principale. Un autel s'élevait dans un coin. Des Suppliants étaient agenouillés devant, et les lanternes qu'ils balançaient projetaient des ombres mouvantes sur la paroi de roche sombre. Deux énormes encensoirs de cuivre se dressaient comme des sentinelles des deux côtés de l'entrée. Leur fumée blanche remplissait l'air de l'odeur poivrée d'une essence purifiante de girofle. Les acclamations et les cris se turent quand nous passâmes devant l'autel. J'aperçus un cercle de jaspes sanguins disposés devant les bougies de prière, ainsi qu'un sabre de cérémonie. L'autel était consacré à Bross, le dieu de la Guerre. Un choix judicieux. Tandis que nous entrions dans la caverne, j'adressai en silence au dieu guerrier une prière pour la guérison de Kygo.

Je m'immobilisai un instant en essayant d'assimiler l'immensité de la caverne. Elle était au moins aussi vaste qu'un palais, mais ses dimensions réelles m'échappaient du fait de l'obscurité faiblement éclairée, du plafond se perdant dans les hauteurs et de la foule innombrable grouillant de toutes parts. Les murs de pierre renvoyaient les échos de murmures angoissés. Seul un coin éloigné échappait au tumulte. Il était séparé du reste de la caverne par un énorme écran à cinq panneaux, couvert de peintures admirables dans le style *shoko* représentant des courtisanes se détachant sur un fond doré. Cependant il s'écaillait à de nombreux endroits et l'un des panneaux était fendu. Sa splendeur ravagée contrastait avec les bancs et les tables de bois grossier alignés le long des parois de la caverne. Même sans les deux gardes postés devant lui, j'aurais compris que cet écran cachait l'empereur aux regards. C'était l'offrande de pauvres gens à leur souverain en détresse.

– Noble dame ! Capitaine Yuso !

Me retournant, je vis Vida sortir d'un groupe massé autour d'un énorme brasero. Elle était propre et portait une robe fraîchement lavée. Seules les égratignures de son visage témoignaient de notre dure épreuve.

– Comment allez-vous ? me demanda-t-elle en s'inclinant. Je suis si heureuse de vous voir.

Sa voix chaleureuse me mit les larmes aux yeux. Je serrai sa main. Derrière elle, Ryko se leva avec lenteur d'un banc placé contre la paroi. Lui aussi était propre et habillé, mais il semblait ménager à tout instant son corps meurtri. Nos regards se croisèrent à l'instant où il allait s'incliner. Sa souffrance allait bien au-delà de simples blessures physiques.

Vida étreignit ma main avec une force redoublée.

– Ils vous ont mise au courant ?

Je hochai la tête.

– Sa Majesté ne s'est toujours pas réveillée ? demanda Yuso.

– Non, répondit-elle. Et on n'a pas retrouvé Solly et dame Dela. Il y avait tant d'eau, tant de boue…

– Tout va bien, assurai-je contre toute vraisemblance. Comment se porte Tiron ?

Une ombre passa sur le visage de Vida.

– Il souffre beaucoup, mais il est bien soigné.

– Noble dame, par ici, lança Viktor d'un ton pressant en me désignant l'écran.

Je serrai encore la main de Vida.

– Yuso est blessé, lui dis-je en faisant taire d'un geste les protestations du capitaine. Occupez-vous de lui. Nous parlerons plus tard.

Je traversai la caverne avec le chef de la Résistance. La foule s'écartait sur notre passage pour nous laisser la voie libre jusqu'à l'écran. J'entendais autour de moi des bénédictions prononcées à voix basse, mais l'appréhension me glaçait. Baissant les yeux sur mes mains, je m'aperçus que je les crispais convulsivement.

Les gardes nous adressèrent un salut militaire quand nous arrivâmes devant le premier panneau.

– Dame Eona, le médecin vous attend au chevet de Sa Majesté, dit Viktor. Il est avec lui depuis sept heures. Je vais rester ici jusqu'à ce qu'il vienne me faire son rapport.

En serrant les poings, je contournai l'écran.

Prostré sur un tabouret à côté d'un grabat surélevé, un homme âgé leva aussitôt les yeux. Sous son bonnet plat de médecin, son visage passa de la lassitude au soulagement.

– Noble dame Œil du dragon ?

Il s'inclina, mais je n'avais d'yeux que pour la silhouette immobile sous le drap. Bien que le visage de Kygo fût maculé de boue, je voyais combien il était pâle. Ses paupières étaient closes, mais aucun tressaillement ne trahissait un rêve ou un cauchemar. Il s'était mordu la lèvre inférieure, qui était encore gonflée. Le drap était remonté trop haut sur son cou pour que la Perle impériale et les points de suture fussent visibles, mais on apercevait sous sa mâchoire le bord sombre de la cicatrice. Sa poitrine se soulevait avec une douceur régulière, cependant je ne pouvais m'empêcher de guetter le retour de chaque respiration.

Le sifflement d'une eau en train de bouillir me tira de ma contemplation.

Penché sur un brasero, le médecin remuait un liquide dans une casserole.

– Pouvons-nous commencer, noble dame ? demanda-t-il avec une énergie nouvelle dans la voix.

– Comment va-t-il ?

– D'après mes observations, je dirais que son *hua* s'opposera à son retour du monde des ombres tant qu'il n'aura pas suffisamment de force.

Posant la casserole sur le feu, il me rejoignit à côté du grabat.

– Je n'ai jamais soigné un membre de la famille impériale, noble dame. Et c'est la première fois que je dois examiner un patient sans le toucher.

– Moi-même, je n'ai encore jamais servi d'instrument à un médecin, répliquai-je avec un sourire aussi anxieux que le sien. Comment allons-nous procéder ?

– J'appartiens à l'école méridienne, noble dame.

Devant mon ignorance manifeste, il ajouta :

– Mon diagnostic se fonde sur l'examen du pouls et des lignes énergétiques. Savez-vous si Sa Majesté est orientée du côté de la lune ou du soleil ?

Je m'efforçai de me représenter Kygo en train de combattre. Dans quelle main tenait-il son sabre principal ? À l'improviste, l'image de sa main droite touchant doucement mon visage s'imposa à moi.

– Il est soleil, déclarai-je abruptement.

– Bien sûr, murmura le médecin. Le Maître Céleste est évidemment lié à l'énergie solaire.

Il me fit signe d'approcher du grabat juché sur quatre matelas de paille plus primitifs.

– À présent, noble dame, prenez son poignet et trouvez son pouls entre les tendons.

Soulevant le drap avec précaution, j'exposai le ventre musclé de Kygo et ses cuisses maigres. Le bas-ventre n'était caché que par un bout de tissu. La chaleur me monta au front.

– Il est en caleçon, dis-je d'une voix tendue en fixant mon regard sur le plafond.

Malgré moi, je revoyais distinctement son corps robuste.

– C'est ce qu'il portait en arrivant, répliqua le médecin. Soit il s'est débarrassé de ses vêtements pour ne pas se noyer, soit la force du torrent les lui a arrachés.

Il se rapprocha du corps.

– Ceci est-il une ecchymose ? Laissez-moi voir sa poitrine et ses flancs, je vous prie.

Je reposai précipitamment le drap sur la partie inférieure du corps. Néanmoins j'aperçus la ligne bien dessinée du muscle séparant le ventre plat des hanches. Tant de force – et une telle fragilité.

Le médecin se pencha pour examiner les flancs de Kygo. Une longue entaille balafrait sa poitrine, des ecchymoses bleuâtres s'épanouissaient sur son côté droit. Mon regard glissa sur la Perle impériale et je sentis comme une oppression légère à la base de mon crâne en voyant sa beauté rayonnante.

– Noble dame, auriez-vous la bonté d'appuyer très doucement sur l'os à travers l'ecchymose et de me dire ce que vous sentez ?

– Cela ne va-t-il pas lui faire mal ?

Il me lança un regard étonné.

– Excellente question. Un patient séjournant dans le monde des ombres ressent-il la douleur – ou quoi que ce soit d'autre, du reste ? Les différentes écoles en débattent avec fièvre. Disons que même s'il éprouve une sensation désagréable, il aura oublié son ressentiment à son réveil.

Derrière son sourire, je devinai une volonté inflexible.

– Noble dame, j'ai besoin de savoir si ses côtes sont cassées et gênent sa respiration.

Sous sa conduite attentive, j'appuyai sur la peau gonflée des meurtrissures autour de sa poitrine. Elle était d'une chaleur rassurante. Les restes de boue séchée adhérant à mes doigts laissèrent comme un sillage poudreux de ma progression. Je ne découvris aucun changement dans la position et la texture des os de sa cage thoracique.

Le médecin hocha la tête avec satisfaction.

– Il n'a que des ecchymoses.

Remarquant quelque chose sur la tête de Kygo, il s'approcha pour l'observer.

– Cette plaie sur le haut de son crâne… Je ne peux pas voir sa profondeur. Pourriez-vous écarter les bords pour que je distingue l'intérieur ?

Nous échangeâmes nos places. La plaie

traversait le duvet repoussant sur le crâne rasé de Kygo à côté de la natte impériale incrustée de boue. Plaçant mes doigts sur les deux rebords, j'écartai avec précaution la peau fine.

Après un examen attentif, le médecin poussa un soupir de soulagement.

– Ce n'est qu'une coupure superficielle. Voilà une bonne nouvelle. Le point de puissance du sommet du crâne est le siège de l'esprit. S'il est endommagé, le mal est sans remède.

J'acquiesçai de la tête. Dans la tradition des Yeux du dragon, ce point violet était également appelé la Maison de la Vérité. Étant le centre de la perspicacité et de l'intelligence, il était d'une importance vitale pour un empereur.

Le médecin me ramena vers le bas du corps de Kygo.

– À présent, examinons son pouls. Du côté du soleil.

Je soulevai la main droite du souverain en tenant délicatement dans la mienne ses longs doigts et sa paume large. Il portait au majeur une bague que je n'avais pas encore remarquée – un épais anneau d'or constellé de cercles de jade rouge. C'était une amulette de sang, semblable à celle que le lieutenant Haddo portait au cou pour s'attirer la protection de Bross dans les combats. Je la touchai en m'attendant à sentir le froid du métal, mais la bague était imprégnée de la chaleur de Kygo. Posant mes trois doigts du milieu le long des tendons de son poignet, je sentis le rythme puissant et régulier de sa force vitale. La dernière fois que mes doigts s'étaient pressés sur son pouls, le rythme avait été nettement plus rapide. Mon regard ne pouvait se détacher de la perle à la base du cou.

– À présent, essayez de sentir le mouvement complet à l'œuvre dans chaque battement.

Je concentrai mes sens sur les changements infimes sous mes doigts, tandis que le médecin m'initiait à son art. J'eus besoin de toute mon attention pour parvenir à distinguer les trois divisions fondamentales de chaque battement et leurs manifestations. Quand je maîtrisai enfin ces différences presque imperceptibles, les questions commencèrent. Le minuscule signe de vie était-il profond ou superficiel ? Son départ était-il hardi ou hésitant ? Y avait-il une pause à la fin ou le battement suivant s'élançait-il aussitôt ? Quelle était la durée des temps forts et des temps faibles ? Cet examen n'en finissait plus. Et il fallut faire la même chose du côté de la lune.

Enfin, le médecin se redressa en frottant son visage ridé.

– Je vous remercie, noble dame. Il faut habituellement des années pour acquérir un toucher aussi affiné.

– Va-t-il se rétablir ?

– J'avoue que je suis inquiet. Il a séjourné longtemps dans le monde des ombres. Chaque heure qui passe sans qu'il se réveille rend la situation encore plus périlleuse.

Je respirai à fond pour me calmer.

– Mais il va revenir, n'est-ce pas ?

Le médecin se dirigea vers le brasero.

– Il arrive que le monde des ombres garde ses visiteurs. Nous devons prier le ciel que son *hua* soit assez fort pour résister à ses mirages. Pour l'aider, je vais préparer une lotion au ginseng qui effacera les traces de l'épreuve sur son corps tout en ranimant son énergie solaire. Connaissez-vous les douze méridiens du corps, noble dame ?

J'acquiesçai. Chaque fois que je pénétrais dans le monde énergétique, je voyais les douze chemins dans mon corps et dans les corps énergétiques de ceux qui m'entouraient. Cela faisait partie de l'entraînement de base d'un candidat Œil du dragon : le flot du *hua* était le fondement de tout ce qui existait.

– Je les ai étudiés, ajoutai-je.

Le médecin leva les yeux d'un air soulagé.

– Vous devrez le frictionner le long de ces méridiens.

Il frappa un petit gong, qui résonna à travers l'immense caverne plongée dans l'attente. Puis il versa de l'eau dans la casserole installée sur le brasero.

Je donnai mon accord d'un signe de tête, bien que l'idée de cette tâche me mît horriblement mal à l'aise. Je n'avais jamais touché de façon aussi intime le corps d'un homme.

Le médecin choisit un petit flacon de céramique dans une caisse de bois posée sur le sol. Il tira le bouchon d'un coup sec puis vida entièrement le récipient dans la casserole. Prenant ensuite un autre flacon, il déversa son contenu avec précaution sur la préparation.

Un petit garçon apparut à l'extrémité de l'écran.

– Je suis désolé d'avoir mis si longtemps, maître, lança-t-il hors d'haleine. Il y a une telle foule.

Il me fixa en écarquillant les yeux. Le médecin se retourna vers lui.

– Demande à Madina d'autres serviettes et apporte-les ici.

Il me regarda avec une attention toute professionnelle.

– Et prie-la de préparer un potage pour dame Eona. Elle saura lequel je veux dire. Mais rappelle-lui de ne pas mettre les herbes.

L'enfant s'inclina et partit à reculons.

Saisissant une longue baguette sculptée, le médecin remua le contenu de la casserole.

– Pour un effet optimal, il conviendrait que Sa Majesté soit frictionnée par un homme, observa-t-il en m'adressant un sourire d'excuse. Il se pourrait que votre énergie lunaire nuise à l'efficacité du ginseng. Cela dit, puisque vous êtes la seule à pouvoir le toucher, j'ai utilisé toute ma provision de ginseng. Espérons que cela réglera le problème.

Il ôta la casserole du feu et versa le liquide fumant dans un grand bol de porcelaine. Au milieu de l'opération, il s'interrompit, comme frappé par une idée soudaine.

– Noble dame, pardonnez-moi ma franchise, mais êtes-vous la maîtresse de Sa Majesté ? Vous l'avez touché avec tant de tendresse que je suis forcé de vous poser cette question. Si c'est le cas, il me faudra modifier mes préparatifs.

Je rougis violemment avant d'éclater d'un rire convulsif.

– Non, hoquetai-je. Non, nous ne sommes pas amants.

Mes yeux se posèrent malgré moi sur Kygo et je rougis de plus belle.

– Je suis son *naiso*, rien de plus.

Il hocha la tête et versa le reste du liquide dans le bol.

– S'il n'existe pas de lien physique entre vous, les proportions devraient être bonnes.

Je regardai fixement mes pieds maculés de boue. Une caresse sur la joue constituait-elle un lien physique ? Peut-être devrais-je lui en parler. Mais comment expliquer le phénomène de la perle ? Quand je l'avais touchée, quelque chose s'était enflammé en Kygo. Et aussi en moi, pour être sincère. Je laissai mon esprit assimiler cet aveu que je me faisais enfin.

Mes rapports avec Kygo étaient nettement plus simples lorsque j'étais sire Eon. Je jouais certes un jeu qui pouvait à tout instant se révéler mortel, mais j'ignorais alors ce désir embarrassant de toucher et d'être touchée. L'acte amoureux ne m'était pas inconnu. Dans la saline, il m'était arrivé une ou deux fois de surprendre par hasard les accouplements furtifs des autres esclaves. Obéissaient-ils alors au même besoin dévorant qui brûlait mon sang quand je touchais Kygo ? Nous n'étions pourtant pas vraiment des amis. Tout au plus des alliés.

Le médecin m'apporta avec précaution le bol plein. Comme il le posait sur la table basse, son apprenti apparut au bout de l'écran, les bras chargés de serviettes.

– Madina dit que le potage sera bientôt prêt, maître, annonça-t-il en s'inclinant.

Le médecin prit les serviettes et renvoya d'un geste le petit garçon.

– Noble dame, une fois que vous aurez frictionné Sa Majesté, vous devrez manger et prendre un bain dans nos eaux thermales afin de restaurer votre énergie. Vous êtes aussi importante pour la Résistance que Sa Majesté.

Il plaça les serviettes près du bol et s'inclina.

– Il faut que j'aille faire mon rapport à Viktor, mais je serai bientôt de retour. Avez-vous des questions ?

Je n'avais rien à lui demander, mais quelque chose à lui avouer.

– Je ne suis pas la maîtresse de Sa Majesté, dis-je en m'obligeant à regarder en face son visage plein de bonté. Cependant il lui est arrivé un jour de me toucher avec… douceur.

Au souvenir de cette caresse, je pressai mes doigts contre ma joue brûlante.

– Un tel geste ne peut suffire à contrarier mes calculs, assura le vieil homme en souriant.

Il s'inclina de nouveau et se retira.

J'étais seule avec Kygo. Ramassant une serviette pliée, je la plongeai dans la lotion au ginseng en évitant de regarder le corps de l'empereur. L'eau parfumée était encore très chaude. J'essorai la serviette en tressaillant et la gardai levée un moment pour qu'elle refroidisse.

Dans la caverne, les chuchotements inquiets se turent. Le médecin devait s'entretenir avec Viktor. Ils étaient trop loin pour que je les entende, mais même derrière l'écran je sentais que la foule retenait son souffle.

Par où commencer ? J'effleurai la perle du regard puis rougis en voyant le drap étendu sur le ventre de l'empereur. Je me décidai pour les bras. Leurs méridiens étaient puissants, et ils n'avaient rien de trop intime.

Glissant ma main sous l'avant-bras de Kygo, je notai les muscles robustes se gonflant du poignet au coude, fruit de ses longues heures d'entraînement au sabre. Les veines bleues saillaient avec vigueur. Mes études m'avaient appris que le bras possédait trois méridiens du côté du soleil : celui du cœur, celui du poumon et celui du vaisseau. Le méridien du cœur, alimenté par le point de puissance de la poitrine, représentait la compassion et gouvernait l'esprit. Je jetai un coup d'œil au visage de Kygo. Bien qu'il fût égaré dans le monde des ombres, ses traits étaient empreints de noblesse et de détermination. Son méridien du cœur, s'étendant de l'épaule à l'annulaire, était assurément vigoureux et bien dégagé. J'allongeai son bras près du mien. Le contact de sa chair musclée me rappela soudain le corps d'Ido pressant le mien contre le mur du palais.

Je me figeai, troublée par l'étrange rapprochement de ces deux hommes dans mon esprit. Tous deux étaient grands et imposants, mais la présence physique d'Ido avait toujours quelque chose de menaçant. En frissonnant, je repoussai l'image de l'Œil du dragon. S'il vivait encore, je ne pouvais rien pour lui dans l'immédiat. Et s'il était mort, il ne nous restait plus qu'à espérer l'aide des dieux.

Je passai la serviette le long des méridiens s'étendant de l'épaule au poignet, puis recommençai en suivant les fermes contours des muscles allongés. Avec douceur, je replaçai son bras sur le lit.

Prenant une autre serviette, je la trempai dans la lotion et l'essorai. Pour des raisons d'équilibre, j'aurais dû frictionner maintenant son bras du côté de la lune. Cependant j'étais attirée par son visage. Mon expression était-elle aussi sereine, lorsque j'étais plongée dans l'inconscience ? Je ne me rappelais rien du monde des ombres, bien que j'y aie séjourné pendant deux jours. Peut-être Kygo était-il en train de vivre une autre vie, où il n'était qu'un homme et non l'espoir d'un empire. Était-ce pour cela qu'il ne voulait pas revenir ? Je comprenais quel soulagement ce serait de laisser tomber un tel fardeau. Délicatement, j'essuyai son front large puis passai la serviette sous ses yeux, en suivant le méridien de ses pommettes saillantes. Son visage était dessiné avec autant de force que de netteté. Si j'avais eu encore mon matériel de peintre, j'aurais fait son portrait en quelques traits vigoureux. Toutefois je doutais que mon modeste talent pût rendre justice à tant d'harmonie.

Je m'interrompis pour réfléchir au problème de sa lèvre inférieure fendue. Si j'essuyais le sang, il recommencerait peut-être à couler. J'approchai de sa bouche avec précaution l'étoffe humide, en m'efforçant de ne pas meurtrir la chair tendre des lèvres. Elles se relevaient naturellement aux commissures – à moins qu'il ne sourît à quelqu'un dans le monde des ombres.

Deux hommes m'avaient embrassée dans ma vie. Le gardien de la saline, avant que Dolana n'intervînt en prenant ma place pour m'épargner. Et Ido. Au souvenir du goût suave de la vanille et de l'orange, je pinçai les lèvres. Il avait la même saveur que son dragon. Aucun de ces baisers n'avait été bienvenu. Il est vrai qu'aucun de ces deux hommes ne s'en souciait. Ils s'étaient contentés de prendre ce qu'ils voulaient.

Me penchant sur Kygo, je sentis son souffle léger contre ma bouche. Si mes lèvres effleuraient les siennes, le sentirait-il dans le monde des ombres ? L'odeur imprégnée de terre du ginseng s'élevait de sa peau tiède, s'emparait de moi. Le médecin avait déclaré que Kygo ne se rappellerait pas ses souffrances à son retour. En irait-il de même du plaisir ? Le rythme de son souffle se confondit avec le mien. Les couleurs se troublèrent autour de moi tandis que je glissais doucement, comme hypnotisée, dans le monde énergétique. L'espace d'un instant, je me figeai au-dessus de lui. Nos respirations se mêlaient. Pourrais-je prendre ce que je voulais ?

Je reculai brutalement, honteuse de cette impulsion. Un tel acte serait déshonorant. Je ne vaudrais pas mieux que le gardien de la saline ou Ido. En secouant la tête, je m'efforçai de dissiper l'étrange résidu de pouvoir en moi. Je n'avais pas eu l'intention d'entrer dans le monde énergétique. Apparemment, même le peu de maîtrise que j'avais était en train de m'échapper.

J'essorai une nouvelle serviette, en la tordant violemment dans mon trouble. J'avais un besoin urgent d'assistance, mais ce n'était pas le moment de ressasser mes échecs. Avec une concentration farouche, je frictionnai la mâchoire meurtrie de Kygo. L'étoffe douce était râpée par la barbe commençant à noircir le menton. Je m'arrêtai juste au-dessus de la Perle impériale. De la boue s'était incrustée dans la monture d'or et dans les points mal cicatrisés la maintenant en place au creux de la gorge de l'empereur. La perle elle-même était immaculée. Sa présence était toujours comme tapie à la base de mon crâne.

Avec lenteur, je préparai une autre serviette, les yeux rivés sur le joyau resplendissant. Je n'osais pas nettoyer la boue qui l'entourait. Mon expérience avec le livre noir m'avait appris que l'héritage de Kinra habitait mon sang et se faisait de plus en plus impérieux en moi. Or Kinra voulait la perle, à n'importe quel prix. Je sortis de la poche de ma robe la bourse contenant sa tablette mortuaire, que je posai prudemment à côté du bol. Loin de moi, au cas où.

Je frictionnai la poitrine de Kygo avec la serviette fraîche, en tâchant de me concentrer sur le méridien central, d'une importance vitale, s'étendant le long du sternum. Cependant je continuai de regarder du coin de l'œil la perle chatoyante. Peu à peu, son éclat m'obligea à lever franchement les yeux vers le haut du corps. Je finis par fixer les profondeurs miroitantes du joyau, où j'aperçus soudain comme un mouvement argenté.

Une vague de chaleur me submergea au souvenir du pouvoir tiède sous mes doigts et des battements de cœur affolés de Kygo. Les doigts crispés sur la serviette, je luttai contre le désir de tendre la main et de revivre cet instant baigné d'un étrange clair de lune. La voix de la certitude me chuchotait que la perle ramènerait Kygo, qu'elle ranimerait son énergie solaire, accélérerait son sang et renforcerait son *hua*. Tout ce que j'avais à faire, c'était de poser la main sur sa pâle splendeur.

Lorsque mes doigts touchèrent la surface

veloutée du joyau, le souffle de Kygo devint rauque. Son corps frissonna sous moi et ses yeux s'ouvrirent avec une violence sauvage. Le monde des ombres le retenait encore prisonnier. Avec une rapidité terrifiante, il agrippa mon poignet et m'allongea contre son corps. Je m'affalai sur sa poitrine et tentai instinctivement de reculer, mais sa main se pressa sur ma nuque. Il se redressa brusquement sur le grabat, en serrant ses jambes autour de ma taille.

– Kygo ! C'est moi ! Eona !

Son regard s'éclaircit enfin, comme si la conscience déferlait sur l'égarement qui l'enténébrait. Ses yeux se fixèrent sur les miens. Le choc nous avait tous deux mis à nu. Il m'attira de nouveau contre lui, et nos bouches s'unirent en un aveu brutal. Une force s'éleva dans mon esprit et répondit à l'intensité de son désir s'élançant vers moi. Ma main trouva sa nuque, l'incita à se rapprocher encore. Le contact de sa langue contre la mienne me fit tressaillir. Hors d'haleine, je reculai ma tête. Je sentais sur mes lèvres un goût salé de cuivre et de ginseng.

– Vous saignez, dis-je en effleurant sa bouche.

Sa langue toucha le bout de mon doigt et je sentis ses dents sur ma peau tandis que ses lèvres se refermaient sur lui en un baiser. Effrayée par mon propre élan vers lui, je retirai ma main. Nos yeux se croisèrent et nous restâmes comme suspendus tous deux en un instant que je ne comprenais pas. Puis il poussa un soupir tremblant, en appuyant son front sur mon épaule.

– Eona, chuchota-t-il.

Je posai une main hésitante sur sa nuque.

– Votre Majesté, vous êtes réveillée !

C'était la voix du médecin. Son cri de soulagement résonna à travers la caverne.

Nous nous raidîmes tous deux et les jambes de Kygo se resserrèrent autour de mon corps. Derrière nous, des hurlements de joie succédèrent au silence. Les acclamations ne cessèrent de s'enfler à mesure que se répandait la nouvelle du retour de l'empereur après son séjour dans le monde des ombres. Tandis que le tumulte allègre nous submergeait, Kygo m'attira plus près. Son souffle était tiède sur mon épaule. Je me blottis contre sa poitrine robuste. Quand les dernières acclamations se turent, il leva enfin la tête. Son regard croisa le mien avec un regret fugitif, puis il dénoua ses jambes emprisonnant ma taille et lâcha mon poignet, non sans caresser du doigt la peau tendre en une ultime promesse.

– Approchez, lança-t-il au médecin.

Sa voix avait repris le ton du commandement.

Chapitre 10

Je pataugeai jusqu'au centre du bassin d'eau thermale, non sans frissonner à son contact brûlant. Autour de ses rebords de pierre, des dizaines de lanternes en papier illuminaient la petite caverne, en argentant les ondulations de l'eau et en projetant sur la paroi du fond l'ombre anguleuse de Madina. Assise sur les marches grossièrement taillées menant au bassin, l'épouse du médecin protégeait mon intimité et se tenait prête à m'assister après mon bain.

J'étirai mes bras à la surface de l'eau et m'abandonnai avec volupté à la détente de mes muscles et au silence béni de la petite salle. La guérison de Kygo avait provoqué un déluge de présentations officielles et de rapports militaires qui semblaient devoir se prolonger pendant des heures. Heureusement, le mari de Madina était rapidement intervenu en déclarant qu'il fallait laisser l'empereur et son *naiso* se restaurer et prendre un bain avant d'aborder sérieusement les questions stratégiques.

La pensée de Kygo m'emplit d'une joie soudaine. Je me plongeai plus profondément dans l'eau, comme si le souvenir de notre baiser pouvait se voir sur mon corps. Les yeux fermés, je revécus le moindre instant de la scène. L'eau brûlante masquait la rougeur envahissant ma peau. Le désir de Kygo avait été irrésistible, mais en me rappelant le mien je sentis mon visage s'enflammer de plus belle.

M'avait-il trouvée impudique ? Dolana m'avait dit un jour que les hommes avaient peur de la passion féminine. Je les comprenais. Mon propre élan m'avait terrifiée. Je repensai à la façon dont Kygo avait caressé mon poignet avant de le lâcher, aux regards furtifs que nous avions échangés tandis que Viktor lui souhaitait la bienvenue avec solennité et l'informait du sauvetage de notre groupe. Chaque fois que nos yeux se croisaient, j'avais l'impression que ses lèvres se pressaient de nouveau sur les miennes. Et j'avais lu dans son regard qu'il ressentait la même chose. Comment une telle ardeur pouvait-elle subsister alors que nous ne nous touchions même pas ?

Je me levai, dans l'espoir que l'air frais me soulagerait. Peut-être l'élan nous poussant l'un vers l'autre ne venait-il pas entièrement de nous. Peut-être était-il gouverné par Kinra. En y réfléchissant, je n'aurais su dire si cette idée était un réconfort ou une amère déception. J'avais retiré la tablette mortuaire de ma poche avant d'approcher la Perle impériale. Mais même ainsi, j'avais senti une force me pousser à la toucher, exactement comme les fois précédentes.

D'après les découvertes de Dela dans le livre rouge – qui était maintenant perdu avec elle –, Kinra avait été une femme de passion, prise dans une relation triangulaire entre l'empereur Dao et un autre homme. Les restes de sentiments aussi violents avaient-ils influé sur Kygo et moi ? Les yeux fixés sur l'eau sombre, je tentai de concilier mes sentiments avec mes pensées. Il eût été nettement plus commode de pouvoir rendre mon aïeule responsable de cette passion. Kygo et moi pourrions être simplement des alliés, comme par le passé. Toutefois ce que je ressentais n'était pas de seconde main, ne me ramenait pas cinq siècles en arrière. Et je devais avouer que je n'avais aucune envie que Kygo ait pris ailleurs qu'en lui-même l'ardeur qu'il me témoignait.

Avec un soupir, je me replongeai dans l'eau, loin de ces pensées troublantes. J'avais des soucis plus urgents : la perte douloureuse de mes amis, le problème des deux livres. Et plus inquiétante encore, mon ignorance du sort d'Ido. Était-il vivant ? Il existait un moyen évident de répondre à cette question. Je n'avais qu'à pénétrer de nouveau dans le monde énergétique et voir si je sentais la présence de l'Œil du dragon à travers son animal, comme je l'avais déjà fait. Cependant l'entreprise avait été risquée, et elle l'était encore plus maintenant. Si jamais Ido était mort, je serais privée de sa protection et il se pouvait que le simple fait d'entrer dans la dimension céleste me soit fatal. Et même s'il était vivant, je n'étais pas tout à fait certaine de pouvoir sortir sans dommage du monde énergétique. Les forces anciennes à l'œuvre en moi semblaient de plus en plus puissantes.

Il fallait néanmoins que j'essaie. Tous nos projets dépendaient de la survie de l'Œil du dragon. Je savais qu'il me serait plus aisé de passer dans le monde énergétique pendant que j'étais dans le bassin. Les bains avaient toujours facilité mon voyage entre les dimensions terrestre et céleste. La chaleur de l'eau, son soutien en douceur libéraient mon corps et mon esprit du monde physique. Je courais certes le risque de me noyer en cas de problème, ou d'être projetée contre une paroi, comme dans la salle de bains du palais. Mais cette fois, je n'étais pas seule. J'adressai une prière aux dieux et m'avançai jusqu'au rebord rocheux du bassin, auquel je m'agrippai fermement.

– Madina ! appelai-je.

Elle se leva à demi sur la marche de pierre.

– Oui, noble dame.

Comment lui expliquer ce que j'allais faire ? Elle savait que j'étais l'Œil du dragon Miroir, mais elle ne voyait là sans doute qu'une source d'honneur et de pouvoir, non de destruction et de mort.

– J'ai besoin de retrouver mon dragon dans le monde énergétique. Pourriez-vous rester près de moi ? Si jamais je sombre sous l'eau ou vous parais en difficulté, il faudra que vous me sortiez du bassin.

Elle m'observa un instant.

– Bien sûr, noble dame.

Relevant sa jupe, elle fit le tour du bassin et s'accroupit à côté de moi.

Je levai les yeux vers son visage tranquille.

– Il se pourrait que ce soit dangereux.

– Faites ce que vous avez à faire, noble dame, répondit-elle avec sérieux en posant un instant sa main sur la mienne. Vous pouvez compter sur moi.

Je me baissai dans l'eau chaude de façon à

immerger mes épaules, puis je me concentrai intérieurement. Malgré mes appréhensions, cinq inspirations profondes me suffirent pour ouvrir mon regard intérieur et me glisser entre les mondes. La caverne obscure devint un tourbillon éclatant de couleur et d'énergie. Au-dessus de moi, la silhouette transparente de Madina ruisselait de *hua*. Son calme apparent était démenti par la peur coulant comme du vif-argent à travers son corps. Non sans hésitation, je hasardai mon propre *hua* dans le monde énergétique, comme si je tâtais un sol mou avec un bâton.

Le terrain était-il sûr ?

Je ne sentis pas l'assaut soudain d'un pouvoir endeuillé, ni l'irruption d'une force s'emparant de moi. Il n'y avait que la présence somptueuse et chaleureuse du dragon rouge, qui semblait comme une invite irrésistible à l'union. Fascinée par la créature rougeoyante remplissant toute la salle vers l'est, je pénétrai entièrement dans le monde énergétique. Elle m'enveloppa de son pouvoir en une caresse profonde, comme pour m'exhorter à l'appeler enfin. La saveur de cannelle de notre nom commun emplissait ma bouche. Il me suffirait de prononcer ses syllabes brûlantes, et nous serions unies. Je serrai les dents : il ne fallait pas. Nous étions guettées par dix raisons vivantes de ne pas le faire, prêtes à nous mettre en pièces.

Rassemblant toute ma volonté, je me détournai de la présence lumineuse du dragon Miroir pour regarder vers le nord-nord-ouest. Le souffle coupé, je constatai que le rat Dragon était presque transparent. Son corps prostré était raidi, flétri.

« Ido ? » appelai-je en silence. Pouvait-il encore m'entendre à travers le dragon bleu ?

L'animal leva lentement la tête. Des griffes couleur d'opale pâlie se tendirent vers moi.

« Eona. » La voix d'Ido trembla un instant dans l'air brûlant, puis s'évanouit.

La souffrance dont elle était imprégnée me fit tressaillir et je perdis prise sur la paroi rocheuse. Me rattrapant par l'épaule, Madina me ramena vers le bord. Le monde énergétique se dissipa en miroitant et je me retrouvai dans la caverne plongée dans l'ombre.

– Comment allez-vous, noble dame ? s'inquiéta Madina.

Je hochai la tête, incapable de parler tant j'avais la gorge serrée. Le dragon Rat était si frêle. Si jamais Ido était aussi affaibli que son animal, il n'avait pas longtemps à vivre.

– Vous pleurez, noble dame ?

– Tout va bien, assurai-je. Merci.

Me détournant de ses yeux scrutateurs, je m'aspergeai le visage pour cacher mon trouble. J'avais connu le pouvoir splendide du dragon Rat. En fait, je m'étais unie à lui. Le voir si diminué me déchirait le cœur, même s'il était le fondement de la puissance néfaste d'Ido. Et je ne pouvais nier que l'Œil du dragon avait risqué deux fois sa vie pour me sauver. Cela ne l'absolvait certes pas de ses crimes affreux, mais même lui peut-être ne méritait pas ce supplice.

Une autre ombre apparut sur le mur du fond de la caverne. Une servante s'inclina devant Madina et leurs chuchotements résonnèrent doucement dans l'antre de pierre. Le temps de me retourner, la servante s'éloignait déjà à reculons après avoir délivré son message.

– Noble dame, dit Madina en se relevant avec raideur. Sa Majesté souhaite que vous le rejoigniez dès que possible.

Elle déploya une large serviette pour me sécher.

Je restai immobile dans l'eau, partagée entre une brusque euphorie et un obscur malaise. Kygo voulait me voir. Dès que possible… Une nouvelle fois, je sentis ses jambes autour de ma taille et son corps musclé contre le mien. Je pris une inspiration tremblante. Comment pouvais-je désirer à ce point quelque chose tout en aspirant non moins ardemment à l'éviter ? Grâce au ciel, j'avais à lui apporter la nouvelle qu'Ido était vivant.

Une fois remise de cet accès, je pataugeai vers le rebord et saisis la main tendue de Madina. Elle me tira avec vigueur en haut des marches et m'enveloppa en hâte dans l'étoffe rêche de la serviette.

– Sa Majesté n'est pas encore sortie de son bain, me rassura-t-elle. Vous avez le temps de vous préparer comme il faut.

Elle me jeta un regard vif. Bien que son expression n'eût rien de malveillant, je me sentis rougir. Son mari lui avait certainement parlé de notre attitude quand il nous avait découverts ensemble. Il devait croire que je lui avais menti à propos de mes rapports avec Kygo.

– L'épouse de Viktor est à peu près de votre taille, reprit-elle en séchant mes cheveux humides. Elle a offert sa plus belle robe. Même si ce n'est que du coton, noble dame, c'est de la toile fine et elle devrait vous aller bien. La couleur aussi devrait convenir.

Je cessai d'essuyer mes bras.

– Vous pensez qu'elle m'ira bien ? De quelle couleur est-elle ?

– Bleue, noble dame.

Elle m'indiqua de la tête une robe pendue à une patère fixée à la paroi rocheuse. Le tissu était effectivement d'un bleu indigo intense.

– Pourquoi cette nuance devrait-elle me convenir ?

Je n'avais jamais beaucoup réfléchi à la couleur de mes vêtements. De toute façon, ce n'était pas moi qui les choisissais, même après que j'étais devenue un Œil du dragon.

– Je suis sûre que votre beauté s'accommode de tous les tons, dit-elle en s'inclinant.

– Non, dis-je en posant la main sur son bras pour l'interrompre. Je parle sérieusement. Pourquoi le bleu me va-t-il bien ? Je ne connais rien à ces choses.

J'avais passé trop d'années en garçon pour m'initier à aucun des arts féminins.

Elle scruta mon visage. J'avais fait de même quand une personne d'un rang supérieur m'avait demandé de donner franchement mon avis. Ce genre de requête n'était pas toujours sincère, et la vérité était souvent récompensée par une gifle.

– Cette nuance mettra en valeur votre teint pâle, noble dame, répondit-elle enfin. Et elle rehaussera le rouge de vos lèvres et l'éclat de vos yeux.

J'observai de nouveau la robe. Une simple couleur avait donc tant de pouvoir ? Je passai mon doigt sur ma lèvre supérieure. La pression légère ranima le souvenir de la bouche de Kygo sur ma bouche. Toute sa vie, il avait été environné de beauté, qu'il s'agît de vêtements, d'œuvres d'art ou de femmes. Il comprendrait le langage des étoffes et des couleurs.

– Entendu, dis-je avec lenteur. Je vais la porter.

Puis je me rappelai le problème de la robe de Vida.

– Attendez ! Le col est-il très échancré ?

– Pas plus qu'il ne faut, assura Madina en souriant.

Je n'étais pas assez détendue pour rire, mais je parvins à grimacer un sourire.

– Je ne suis pas experte en ces matières, déclarai-je en désignant la robe. J'ignore tout de la beauté et de l'élégance.

Je baissai les yeux sur ma poitrine étroite.

– Du reste, je ne prétends ni à l'une ni à l'autre.

– Ce n'est pas vrai, noble dame, protesta-t-elle. On dit que la beauté réside en quatre endroits.

Elle toucha ses cheveux, ses yeux, sa bouche et sa gorge.

– Nous avons toutes au moins un endroit favorisé. Beaucoup en ont deux, certaines trois. Seule une minorité a reçu en partage l'harmonie de ces quatre éléments. Quant à vous, noble dame, vous avez la chance d'en posséder trois.

Lesquels voulait-elle dire ? Mes yeux, peut-être, et ma bouche – j'avais toutes mes dents. Mais ma gorge n'avait rien de gracieux, et ma chevelure était trop lourde et épaisse.

– Je ne suis pas une beauté, marmonnai-je.

Elle pencha la tête mais ne desserra pas les lèvres.

– Dites donc ce que vous pensez ! la pressai-je.

– Il est vrai que vous n'avez pas une beauté classique. Néanmoins vous attirez le regard. Vous avez déjà éprouvé l'effet de ce pouvoir, non ?

Je sentis que je rougissais de nouveau, mais cette fois c'était un aveu. J'avais vu le regard de Kygo me suivre, et j'avais perçu dans ce regard l'étrange emprise que j'avais sur lui.

Madina tapota ses cheveux noirs, dont les tresses et torsades compliquées commençaient à grisonner.

– Mais je pense qu'un autre pouvoir vous habite au fond de vous, noble dame.

Je détournai les yeux. Sentait-elle mon désir pour Kygo ? Non, c'était impossible. Peut-être faisait-elle allusion au dragon rouge.

– Et quel est ce pouvoir ?

– L'intrépidité.

Je fronçai les sourcils. L'intrépidité n'était pas un pouvoir, me semblait-il. Et j'avais certes connu la peur.

Elle enveloppa de nouveau mes cheveux dans la serviette et les essora avec soin.

– Nous pourrions vous faire un chignon bas, suggéra-t-elle en enroulant une grosse mèche autour de son doigt et en la pressant contre ma nuque. Cette coiffure irait bien avec l'encolure de la robe.

J'étais tentée de profiter des talents de Madina, mais je ne pouvais assister à un conseil de guerre en arborant à la fois une robe et un chignon de jeune fille. Il était déjà suffisamment ardu d'être une femme Œil du dragon, élevée de surcroît à la dignité de *naiso*. En réalité, j'aurais dû choisir une tunique et un pantalon plutôt que cette robe, mais une voix enjôleuse en moi me disait qu'il serait grossier de refuser un cadeau de l'épouse du chef de ce camp.

– Je porterai la natte double des Yeux du dragon, déclarai-je.

J'étais satisfaite de ce compromis. Soulevant la masse pesante de mes cheveux humides, je la divisai en deux.

– Je vous montrerai comment les tresser.

Madina s'inclina.

– Comme vous voudrez, noble dame Œil du Dragon.

La clarté de l'aube rosissait le ciel lorsque je montai une volée de marches, escortée de deux soldats de la Résistance. D'après le plus bavard des deux, la petite caverne où nous nous rendions avait été aménagée comme quartier général pour l'empereur. Les chefs de section avaient reçu l'ordre de s'y rassembler au lever du jour. À nos pieds, le camp était déjà plein d'animation. Des enfants portaient des seaux d'eau du ruisseau coulant à travers le cratère. Des femmes alimentaient des feux de cuisine. Un groupe d'hommes se dirigeait vers le passage que nous avions emprunté moins de quatre heures plus tôt. Leurs cordes et leurs sacs révélaient qu'ils partaient chercher les disparus.

Une silhouette familière sortit de la caverne pour nous accueillir. C'était Ryko, dont le grand corps était voûté, les bras serrés autour de sa cage thoracique. Il nous regardait approcher d'un air impassible, mais je le connaissais assez bien pour sentir sa tension extrême.

– Je vais conduire dame Eona auprès de Sa Majesté, dit-il à mon escorte.

Les deux hommes s'inclinèrent en hâte et s'éloignèrent. Quand il fut sûr qu'ils ne pouvaient nous entendre, Ryko se pencha vers moi et lança :

– Il faut que vous intercédiez en ma faveur. Tout de suite.

Je reculai, interloquée par sa voix furieuse.

– À quel propos ?

– Sa Majesté m'a interdit de me joindre aux équipes cherchant les disparus.

– Sans doute a-t-il ses raisons.

– Peu m'importe ses raisons ! Il faut que j'aille chercher dame Dela. Comprenez-vous ?

– Ryko, vous êtes blessé. Et vous ne connaissez pas la région. Vous ne ferez que ralentir les autres.

Il me foudroya du regard.

– Intercédez pour moi. Vous me le devez bien.

– Qu'est-ce que je vous dois ? m'exclamai-je.

La colère m'envahit à mon tour. Combien de fois devrais-je m'excuser ?

– Aviez-vous envie de mourir ? Aurais-je dû vous laisser dans le village de pêcheurs ?

– Oui, gronda-t-il. Ç'aurait été plus honorable pour moi que de vivre comme un chien, à attendre votre prochain coup de pied.

Telle était sa vérité – cruelle et insurmontable. Il ferma les yeux et respira profondément, avec peine.

– Noble dame, je vous en prie.

Il toucha mon épaule, implorant.

– Je tenais sa main et je l'ai lâchée. Le

courant était trop fort. Elle va penser que je l'ai abandonnée.

Devant son visage angoissé, je détournai les yeux. Chacune de mes journées était hantée de remords. Peut-être pourrais-je épargner à Ryko celui d'avoir trahi Dela.

– D'accord, lançai-je. Je vais en parler à l'empereur.

J'entendis la voix de Kygo avant même d'entrer dans le quartier général. La caverne se divisait en trois petites salles communiquant entre elles. Alors que Ryko et moi traversions la deuxième, ses propos nous parvinrent distinctement :

– Est-ce là le total de nos effectifs, Viktor ? Nous n'avons pas d'autres troupes ?

Mon cœur s'accéléra. J'avais eu beau revivre notre baiser et imaginer son corps contre le mien, je n'avais pas songé à ce que pourrait être notre prochaine rencontre. Ses yeux brilleraient-ils de la même ardeur ? Devrais-je faire comme si rien ne s'était passé ? Manifestement, il n'était pas question d'un tête-à-tête. Cela valait mieux, peut-être, même si j'éprouvais tout au fond de moi un sentiment qui ressemblait fort à de la déception.

Je lissai l'avant de ma robe sur ma poitrine. Comme l'avait dit Madina, elle n'était pas aussi échancrée que celle de Vida. Malgré tout, le col rond révélait la courbe de mes seins et la taille moulante n'avait pas besoin d'une ceinture pour souligner mes formes. J'effleurai des doigts les nattes serrées se balançant du haut de mon chignon au sommet du crâne. Je les poussai vers la gauche, puis jugeai que l'effet serait affecté et les remis à leur place initiale. Madina avait déclaré que le style masculin me seyait, mais je n'avais pas eu de miroir à ma disposition et mon reflet dans l'eau sombre du bassin n'était guère distinct.

– Veuillez attendre, noble dame, dit Ryko.

Il s'avança sous la voûte naturelle formant l'entrée de la troisième salle. Les deux premières cavernes étaient éclairées avec prodigalité par des lampes à huile parsemant les murs, mais leur clarté pâlissait à côté de celle emplissant le quartier général. On se serait presque cru en plein jour.

– Dame Eona, *naiso* impérial et Œil du dragon Miroir, annonça Ryko.

L'espace d'un instant, cette présentation officielle me coupa le souffle. Elle convenait à la cour, non à cette caverne. Ryko tenait à ce que chacun connaisse mon rang.

En entrant, je vis cinq hommes étudiant un texte déployé sur la table – Yuso et Viktor étaient parmi eux. Ils se retournèrent et tombèrent aussitôt à genoux en se prosternant. Le sixième homme resta penché sur le rouleau de papier.

L'empereur.

Il s'était baigné et rasé, bien qu'il eût laissé intact le duvet sombre sur son crâne. La longue natte impériale avait été elle aussi lavée et tressée de nouveau, mais sans ses ornements d'or et de pierres précieuses. Ces derniers seraient assurément bientôt les vivres et les armes de nos troupes. À présent, son seul joyau était la Perle impériale, encadrée par le col ouvert de la tunique rouge qu'on lui avait offerte. Un symbole bien visible de son droit à commander.

Sa peau avait encore la pâleur du monde des ombres et l'attitude circonspecte de son corps témoignait de ses souffrances, mais dans l'ensemble il était rétabli. Il leva les yeux avec lenteur et mon cœur se serra. Son regard sombre n'avait rien de chaleureux. Je n'y lisais que de la méfiance.

– Ne vous inclinez-vous plus devant votre empereur, dame Eona ? demanda-t-il.

Je tombai à genoux et m'inclinai, dissimulant ainsi ma confusion. Avais-je commis un impair ? Je fixai intensément les tapis couvrant le sol, en luttant pour refouler mes larmes. Sa froideur ne pouvait avoir qu'une seule explication. Il avait été dégoûté par mon ardeur.

– Levez-vous, ordonna-t-il à tous les assistants.

Je me hissai sur mes jambes, en espérant que mon visage n'était plus rouge. La rangée de lampes autour de la pièce rendait l'atmosphère suffocante, à moins que ce ne fût ma honte qui m'empêchât de respirer. Je pressai la main sur ma poitrine, en couvrant la peau pâle au-dessus du tissu d'un bleu intense.

Je vis du coin de l'œil Ryko s'avancer légèrement, comme pour me rappeler en silence notre entretien. Je n'avais pas envie d'intervenir, mais j'avais promis.

– Votre Majesté, lançai-je en essayant d'affermir ma voix. Ryko souhaite se rendre utile en participant aux recherches. Pourriez-vous lui accorder cette faveur ?

Je n'étais pas prête à affronter de nouveau le regard glacé de Kygo. Je décidai de ne regarder que sa bouche. Toute tendresse avait disparu de ses lèvres pincées, à l'expression dure et impérieuse.

– Non. Il me sera plus utile ici.

Je m'inclinai tandis que Ryko se prosternait à côté de moi. Seuls ses poings serrés révélaient sa frustration.

– Dame Eona, avancez, ordonna Kygo.

Je m'approchai de lui avec raideur.

– Nous parlons du livre noir, reprit-il. D'après Yuso, vous prétendez que Dillon s'est servi du pouvoir de ce livre pour créer le cercle d'eau que nous avons vu.

Je jetai un coup d'œil aux hommes autour de la table. Tous semblaient sentir la tension entre l'empereur et moi. Yuso me rendit mon regard d'un air méfiant.

– C'est vrai, Votre Majesté. Dillon a recouru au *gan hua* du livre.

– Comment a-t-il fait ? Il est aussi peu entraîné que vous.

– Je l'ignore.

– Pourrait-il recommencer ?

Je baissai la tête devant cette rafale de questions sans aménité.

– Je ne crois pas, répondis-je en déglutissant pour tenter de soulager un peu ma bouche desséchée. Je pense qu'il aurait de nouveau besoin de mon pouvoir pour s'en servir, mais je n'en suis pas certaine, Votre Majesté. Pour moi aussi, le livre noir est un mystère.

– Mais votre pouvoir est donc intervenu ?

– Dillon s'en est emparé. Je ne le lui ai pas donné, Votre Majesté.

– Et ce livre noir contient le secret du Rang de Perles ?

– C'est ce que m'a dit sire Ido.

– Sire Ido…

Le ton soupçonneux de Kygo me glaça.

– Vous semblez très désireuse de le sauver.

Je le regardai en face, décidée à relever le défi.

– Vous savez pourquoi, Votre Majesté.

Son regard sombre resta inflexible.

– J'ai changé de priorité. Nous devons trouver le livre noir avant mon oncle. Sire Ido peut attendre.

Je fis un pas en avant.

– Non, c'est impossible ! C'est à peine s'il peut se maintenir en vie.

Kygo se figea.

– Qu'est-ce que vous dites ?

Dans mon affolement, j'étais allée trop loin.

– Pardonnez-moi, Votre Majesté, dis-je en tentant de me maîtriser de nouveau. Il est vrai que nous devons trouver le livre noir. Cependant, à mon humble avis, il est plus urgent d'arracher sire Ido aux griffes de votre oncle. Dillon a perdu la tête. Même si nous le retrouvons, il ne nous sera d'aucun secours pour contenir les pluies et les inondations de la mousson. Il ne contrôle plus son pouvoir ni ses actions. Comme vous avez pu déjà vous en rendre compte, il est dangereux.

Je regardai à la ronde les visages tendus des assistants.

– Ido m'a aidée à résister à Dillon et au pouvoir du livre noir. Nous avons besoin de lui.

Kygo se pencha sur la table.

– Ido vous a aidée ? Pourquoi ?

– En m'aidant, il voulait aussi sauver sa propre vie. Dillon essayait de le tuer.

– Comment vous a-t-il aidée ?

– À travers le même genre de lien que celui que j'ai avec Ryko. Il semble me relier à ceux que j'ai guéris. Vous l'avez vu à l'œuvre dans la clairière, quand je n'ai pas pu maîtriser l'énergie.

À côté de moi, Ryko tressaillit, comme si je l'avais touché avec un fouet.

– Ido est-il venu à vous ou est-ce vous qui l'avez fait venir ?

Le ton de Kygo était étrange, comme s'il était partagé entre l'impatience et la réticence.

Je le regardai avec perplexité.

– Il est simplement venu dans mon esprit.

Me rendant compte que je ne savais pas vraiment ce qui s'était passé, je m'interrompis un instant.

– Peut-être l'ai-je appelé. Je n'en suis pas sûre, tout est allé si vite. Je ne connais pas suffisamment le fonctionnement de ces choses. C'est pour cela que j'ai besoin que sire Ido m'entraîne.

Kygo nous tourna le dos.

– Je souhaite parler à dame Eona.

Il n'avait pas élevé la voix, mais son ton menaçant ne m'échappa pas.

– Ryko et Yuso, restez. Vous autres, laissez-nous. Sortez de cette caverne.

Ceux qui devaient partir obéirent avec empressement. Tandis que le bruit de leurs pas s'éloignait, je lançai un regard à Ryko, mais il fixait obstinément le sol, le corps tendu. Yuso attendait, impassible, ce qu'allait décider son empereur.

– Dites-moi, Ryko, dit enfin Kygo toujours face au mur. Avez-vous senti le lien de dame Eona avec Ido quand ils ont combattu le livre noir ?

– Oui, répondit Ryko en s'agitant légèrement.

Devant mon regard stupéfait, il détourna les yeux.

– Le lien n'avait pas d'emprise sur ma volonté, mais je le sentais. Comme je vous l'ai déjà dit, Votre Majesté.

– Yuso, tirez votre sabre, dit Kygo.

Le sifflement de l'acier me fit frissonner, comme si la lame se pressait contre mon dos.

– Kygo, qu'est-ce qui ne va pas ? demandai-je.

Il se tourna enfin vers moi, le visage résolu.

– Emparez-vous de la volonté de Ryko.

J'entendis le géant retenir son souffle. Pendant un instant, je fus incapable d'articuler un mot.

– Pourquoi ? soufflai-je enfin.

– Parce que je vous l'ordonne.

– Vous avez vu ce qui s'est passé la dernière fois. Je n'ai pas pu maîtriser la situation.

– Faites ce que je dis. Tout de suite !

– Kygo, c'est trop dangereux.

Il abattit violemment sa main sur la table.

– Je vous dis de vous emparer de sa volonté !

– J'ai promis de ne pas recommencer. Je vous en prie, je ne veux pas faire de mal à Ryko.

Du coin de l'œil, je vis la main de Yuso se serrer sur la poignée du sabre.

– Faites-le ! répéta Kygo.

– Pourquoi vous comportez-vous ainsi ?

– Obéissez-moi !

– Non ! Ce n'est pas bien !

Mon cri résonna sans fin dans la petite caverne, comme un défi retentissant.

Kygo agrippa le rebord de la table.

– Quelle obstination ! Pourquoi ne pouvez-vous vous contenter de faire ce qu'on vous dit ?

Il fit un signe de tête à Yuso.

– Cassez l'épaule de Ryko.

– Comment ? m'écriai-je en reculant comme si cet ordre avait été un coup frappant mon propre corps.

– Emparez-vous de la volonté de Ryko, ou Yuso va lui casser l'épaule.

D'un geste vif, Yuso baissa la lame de son sabre et saisit la lourde poignée de façon à pouvoir s'en servir comme d'un gourdin. Ryko se raidit.

– Yuso, non ! lançai-je.

– Je suis au service de Sa Majesté, prévint-il.

Il s'avança vers nous. Ryko fixait Yuso, mais ses yeux n'avaient rien d'implorant. C'était un regard dur, inflexible.

Je me tournai vers Kygo.

– Cet homme vous appartient. Il vous est loyal.

Kygo secoua la tête.

– C'est à vous qu'il appartient, Eona. Emparez-vous de sa volonté.

– Pourquoi ?

Il jeta un regard à Yuso.

– Allez-y, commanda-t-il.

Le capitaine brandit la poignée. À côté de moi, Ryko se prépara au coup. Il serrait les dents, mais son souffle était haletant.

– Arrêtez ! criai-je en m'interposant entre eux.

Le géant trébucha en arrière.

– Noble dame, je vous en prie. Non.

– Je suis désolée, Ryko.

Je tendis vers lui mon énergie, en cherchant les chemins de sa force vitale.

– Pardonnez-moi.

Derrière les battements de mon cœur affolé,

je trouvai le rythme frénétique de sa peur et de sa fureur, que j'entraînai dans mon *hua*. Le lien brutal éclaira soudain les yeux de Ryko. Il poussa un cri étouffé quand sa volonté se confondit avec la mienne, dont la puissance impitoyable le fit tomber à genoux. Je sentis son énergie déferler en moi. Sa force énorme était tout entière à mes ordres.

Une main agrippa violemment mon bras.

Kygo.

Je chancelai, encore emportée par le pouvoir torrentiel. L'empereur me remit debout et attrapa ma mâchoire. Je ne pouvais plus bouger.

– M'avez-vous guéri ? demanda-t-il.

Il était si proche que je peinais à distinguer ses traits.

– *M'avez-vous guéri ?*

La peur obscure au fond de ses yeux pénétra jusque dans le déferlement de pouvoir.

– *Non !*

Mon lien avec Ryko se rompit d'un coup. La libération fut si soudaine que le géant s'effondra sur le sol tandis que je m'affaissais, brutalement privée d'énergie.

– Non, je ne vous ai pas guéri !

Kygo m'attira contre sa poitrine. Je sentis son cœur battant la chamade sous ma joue. La Perle impériale luisait tout près de mes yeux. Je fixai sa pâle splendeur, trop épuisée par la brusque rupture du lien pour céder au désir fugitif de la toucher.

Kygo caressa ma nuque.

– Tout va bien, murmura-t-il dans mes cheveux.

Il tourna la tête vers Yuso.

– Vous voyez qu'elle n'a pas d'emprise sur moi. Et je n'ai pas senti son lien avec Ryko. Êtes-vous satisfait ?

Yuso rengaina son sabre.

– Pour autant que je puisse l'être, étant donné le peu que nous savons du pouvoir de dame Eona.

– Dans ce cas, sortez, dit Kygo. Emmenez Ryko avec vous et dites au médecin de s'occuper de lui.

Comprenant enfin le sens des paroles de Kygo, je sortis de mon hébétude et levai les yeux sur lui.

– Vous avez fait ça pour voir si je vous avais guéri ?

Une autre sorte d'énergie déferla en moi – la colère. Et elle n'appartenait qu'à moi.

– Lâchez-moi ! m'exclamai-je en frappant du poing sa poitrine.

Il me serra plus fort pour m'empêcher de m'échapper.

– J'avais besoin d'en être certain.

– Vous auriez pu me poser la question !

Je le frappai de nouveau. J'avais envie de lui faire mal, autant que lui m'avait fait mal. Il attrapa mon poignet. Cette fois, son geste n'avait rien de tendre.

– Yuso, lança-t-il entre ses dents. Sortez. Tout de suite !

Le capitaine hissa Ryko sur ses jambes et le conduisit hors de la caverne. Kygo me força à baisser la main.

– Ne me frappez plus jamais, m'avertit-il. Je suis votre empereur.

– Et je suis votre *naiso*, répliquai-je. À moins que cela ne veuille rien dire ?

– Je devais apporter la preuve que vous ne m'aviez pas guéri.

– Comment aurais-je pu vous guérir ? J'aurais détruit le cratère entier, comme le village de pêcheurs.

– Je n'ai pas assisté à cette scène, Eona. Et tous les témoins faisaient partie de votre entourage. Il fallait que je démontre que j'étais toujours maître de ma volonté.

– Pourquoi ne pas m'avoir fait confiance, tout simplement ? Je vous aurais dit la vérité.

– Cela n'aurait pas suffi, répondit-il d'un ton ferme. Il fallait que je convainque Yuso.

– Pourquoi ? En quoi Yuso est-il si important ?

– Il a le devoir de me protéger. De protéger le trône. Il devait s'assurer que je n'étais pas amoindri.

La tristesse implorante de son regard me rendit muette.

– Ce n'est pas une affaire uniquement entre vous et moi, Eona. Le moindre de mes actes affecte l'empire. Il en a été ainsi toute ma vie. Et maintenant, le moindre de vos actes a aussi des répercussions.

Après un instant d'hésitation, il posa sa main sur ma joue. Sa bouche tendre et charnue était si proche de la mienne…

– Je sais que vous n'êtes pas encore habituée à votre pouvoir et à votre rang, mais vous devez comprendre que l'empire compte davantage qu'un homme et une femme. Quels que soient nos sentiments et nos désirs.

Je détournai mon visage et m'abandonnai à ma rancœur comme pour m'en faire un rempart.

– Cela n'excuse ni la cruauté ni le déshonneur, lançai-je.

Il tressaillit, et une part féroce de moi-même exulta.

– Vous trouvez que c'était cruel ?

Lâchant mon poignet, il recula.

– Cette guerre contre mon oncle ne fait que commencer, Eona. Ce que j'ai fait était absolument honorable, comparé à ce qui va venir.

– Est-ce là le critère moral que vous comptez appliquer à vos actes ? demandai-je. Assurément, il se pliera à toutes vos volontés aussi aisément qu'un jeune bambou.

Il éclata d'un rire amer.

– Est-ce mon *naiso* qui parle ? Ne serait-ce pas plutôt une femme aigrie par le dépit ?

– Il est évident que vous ne me faites pas confiance. Peut-être ne convient-il pas que je sois votre *naiso*.

Ma voix se brisa. Nous savions tous deux que je ne parlais pas seulement de cette position prestigieuse.

– Vous avez peut-être raison, dit-il.

Ce fut à mon tour de tressaillir. Il se dirigea lentement vers la table. Je regardai ses épaules et son dos d'une raideur inflexible. Quelle sotte j'avais été de m'imaginer qu'il m'appréciait.

– Jurez-moi sur l'honneur que vous ne me guérirez jamais, lança-t-il enfin.

– Ne parlons pas de mon honneur, puisque vous en faites si peu de cas, répliquai-je, incapable de cacher combien j'étais blessée. Je le jure sur ma vie.

Il porta la main à la Perle impériale sur sa gorge.

– Eona, on m'a enseigné depuis ma naissance à n'avoir confiance en personne.

Il parlait d'une voix si basse que je l'entendis à peine. Peut-être cherchait-il à s'excuser, mais je n'étais pas disposée à l'écouter.

– Moi non plus, je n'ai pas confiance, déclarai-je. Surtout quand j'ai été trahie.

Je vis qu'il était profondément touché. Pendant un long moment, il ne bougea plus.

– Il est heureux, dans ce cas, que l'obéissance se passe de la confiance, dit-il enfin.

Il se pencha sur la carte, en pressant son poing serré contre le parchemin.

– Dites à Viktor et ses hommes de revenir.

Je m'inclinai et m'éloignai à reculons, en me raccrochant à ma colère pour retenir les larmes qui brûlaient mes yeux.

Chapitre 11

Je restai un instant sous la voûte d'entrée de la caverne, en pressant la manche soyeuse de ma robe contre mon visage humide et en guettant le moindre pas dans ma direction. Mais je n'entendis aucun pas, bien sûr – un empereur ne saurait suivre quelqu'un, et surtout pas une femme. Seule me parvenait la rumeur de la conversation des hommes attendant à l'extérieur qu'on les convoque de nouveau. Je n'avais aucune envie de sortir au milieu d'eux, mais je n'avais pas le choix. Après avoir rajusté ma robe et essuyé mes yeux, je m'avançai d'un pas décidé dans la lumière de la journée nouvelle.

– Sa Majesté vous demande de revenir, lançai-je en passant rapidement devant leurs silhouettes inclinées.

Même si je ne savais où aller, je ne ralentis pas et m'engageai sur les marches d'un air faussement résolu.

– Noble dame, attendez, je vous prie !

Je regardai par-dessus mon épaule. Vida se tenait en haut des marches.

– Qu'y a-t-il ? lançai-je sans cesser de descendre.

Elle courut vers moi, en tenant des deux mains

sa robe trop longue. Je vis qu'elle avait remarqué mes yeux gonflés.

– Le capitaine Yuso a dit que vous aviez besoin d'assistance.

Cette fois, je m'arrêtai.

– Vraiment ?

Je jetai un coup d'œil à l'entrée de la caverne, mais tous les hommes étaient déjà à l'intérieur.

– Vous a-t-il dit pourquoi j'avais besoin d'assistance ?

– Non, noble dame.

– Parce qu'il n'est qu'une ordure !

L'injure me soulagea un peu. Une femme marchant non loin de là, avec un enfant à chaque main, se figea en m'entendant.

– Oui, c'est une ordure, et son maître est un...

– Madina a préparé une chambre pour vous, lança précipitamment Vida. Dans une des cavernes en haut de la paroi. Voudriez-vous aller vous y reposer ?

Je me frottai de nouveau les yeux. Mes joues étaient encore humides. Je sentais déjà la fatigue accabler mon corps – l'énergie de la colère s'épuisait vite. J'aspirai soudain à la solitude. Pendant des années, j'avais fait partie des parias et mon malheur était souvent mon unique compagnie. À présent, je n'étais jamais seule.

La chambre prévue pour moi était apparemment un logis abandonné en hâte pour être mis à la disposition de l'Œil du dragon. Je marchai sur les tapis bariolés recouvrant le sol de pierre, sans prêter vraiment attention à ce modeste intérieur.

– Regardez ces tentures, s'exclama Vida d'un ton allègre en me suivant dans la caverne mal éclairée.

La seule lumière venait du soleil s'écoulant par l'entrée que masquait à moitié une porte en bois trop petite. Vida tendit la main pour effleurer une tapisserie fixée au mur.

– Ne sont-elles pas ravissantes, noble dame ? Je n'en ai jamais vu de pareilles.

Je regardai d'un œil irrité une grue au long cou happant un poisson brodé, dont les fils d'or luisaient dans la pénombre. Ce n'était pas une tapisserie ordinaire. Des figures délicatement découpées avaient été cousues à l'étoffe avant d'être recouvertes de broderies magnifiques.

– C'est splendide, reconnus-je d'une voix aigre.

Je n'avais pas envie d'admirer des œuvres d'art. J'aurais préféré casser quelque chose, ou hurler, ou frapper quelqu'un. Non, pas « quelqu'un » : Kygo. Je serrai mes mains à les broyer afin de résister à cette impulsion. Pourquoi avait-il dit qu'il me faisait confiance, alors que ce n'était manifestement pas vrai ?

Me retournant abruptement, je me mis à arpenter la salle en observant enfin ce qui m'entourait. En dehors des riches tentures des murs, l'ameublement était rudimentaire : un tabouret bas en bois, un coffre en osier pour les vêtements, deux lits – l'un muni de draps, l'autre rangé soigneusement contre un mur. C'était la chambre d'un couple. Cette idée ranima ma colère et je parcourus de nouveau la salle comme une furie, les poings serrés.

– Peut-être devriez-vous vous reposer, noble dame, hasarda Vida. Vous semblez très fatiguée.

Elle tâta du bout du pied le lit bien rembourré.

– Ce lit m'a l'air confortable, ajouta-t-elle d'un ton encourageant.

Je respirai à fond pour me calmer. Ce bref apaisement suffit pour que je ressente une fatigue écrasante. Peut-être devrais-je bel et bien m'allonger. Mon dernier vrai sommeil remontait à notre séjour dans la forêt. Je revis Kygo assis à côté de moi, sa main tiède sur mon bras. C'était là-bas qu'il m'avait demandé d'être son *naiso*, là-bas que j'avais touché la perle pour la première fois. Des larmes brûlantes me firent cligner des yeux. N'étais-je vraiment plus son *naiso* ? Je me détournai en hâte pour cacher mon visage et mes sentiments.

– Très bien, je vais essayer, dis-je sans aménité. Vous pouvez disposer.

Elle s'inclina et se dirigea vers la porte de bois.

– Attendez, lançai-je. Voudriez-vous faire quelque chose pour moi ?

Elle s'immobilisa.

– Pourriez-vous aller trouver Ryko et vous assurer qu'il va bien ? Ne lui dites pas que vous venez de ma part.

Ma voix se mit à trembler.

– Autrement, je crois que vous ne serez pas bienvenue.

Je ne parvins pas à étouffer le sanglot qui montait en moi.

– Il ne me pardonnera jamais, maintenant.

Vida me rejoignit précipitamment.

– Que devrait-il vous pardonner, noble dame ?

D'autres sanglots me secouèrent violemment. Elle saisit mon bras, me fit asseoir sur le lit et s'agenouilla devant moi.

– Que s'est-il passé ?

Entre deux hoquets, je lui racontai les

événements de la matinée. J'essayai de ne pas mentionner le baiser, mais le reste de l'histoire était inintelligible sans ce bref instant de désir, de sorte que je dus tout avouer. À la fin de mon récit trébuchant, elle s'assit sur les talons.

– Que Shola nous assiste ! s'exclama-t-elle.

– Et maintenant, il n'a plus confiance en moi, conclus-je en pressant mes mains sur mes yeux pour lutter contre une nouvelle crise de larmes.

– Vous ne parlez pas de Ryko, n'est-ce pas ? demanda-t-elle.

Je fis non de la tête.

Elle poussa un soupir apitoyé.

– C'est toujours différent, une fois qu'on s'est touchés l'un l'autre.

– Que voulez-vous dire ? demandai-je en baissant les mains.

– Vous n'êtes plus simplement l'Œil du dragon et l'empereur, ni même le *naiso* et l'empereur. Vous êtes aussi une femme et un homme.

Son sourire était empreint d'ironie.

– Une femme puissante et un homme puissant. Pas étonnant que vous n'ayez pas confiance l'un dans l'autre.

– J'ai confiance en lui, protestai-je.

– Oui ? Réellement ?

Devant son regard scrutateur, je détournai mon visage. La frénésie meurtrière de Kygo, l'ambition brillant dans ses yeux à la vue du livre noir, l'effet qu'il produisait sur mon corps – tout cela me terrifiait.

– En regardant mon père élaborer des projets et des stratégies pour la Résistance, j'ai beaucoup appris sur la confiance, dit Vida d'un ton pensif.

Elle se pencha vers moi.

– La confiance personnelle est très différente de la confiance politique, noble dame. La première est une question de foi. La seconde a besoin de preuves, ouvertement ou non.

Non sans embarras, elle tapota ma main.

– Sa Majesté est habituée depuis toujours à la puissance. Peut-être n'a-t-il jamais eu à distinguer entre les deux.

Vida se releva.

– Reposez-vous un moment, noble dame.

– Vous irez voir Ryko ?

– C'est promis.

– Merci, Vida, dis-je en grimaçant un sourire larmoyant. Vous êtes très gentille.

Elle secoua la tête.

– Pas tant que ça. Il faut que l'empereur et vous parveniez à vous entendre. Nos vies à tous en dépendent.

Après s'être inclinée, elle ferma la porte dans son dos. Les fentes du bois laissaient filtrer suffisamment de lumière pour faire briller l'or et l'argent des poissons sur les tapisseries.

Je m'étendis sur le lit. Les fines distinctions de Vida entre les diverses sortes de confiance s'embrouillaient dans ma tête. Mon esprit était trop fatigué pour s'y retrouver. La seule certitude, c'était qu'un unique baiser avait suffi pour nous arracher au monde plus simple de l'amitié, Kygo et moi. Et nous ne pourrions jamais revenir en arrière – ou peut-être était-ce seulement moi qui ne le pouvais pas. Je tournai la tête, le regard attiré par l'éclat doré de deux carpes en plein saut. Le symbole traditionnel de l'amour et de l'harmonie. Qui étais-je pour penser à un empereur en termes d'amour ? J'avais été stupide.

Cependant, alors que le sommeil embrumait mes pensées, une dernière idée surgit dans mon esprit dans un éclaboussement de rouge et d'or : la carpe symbolisait aussi la persévérance.

– Dame Eona, il est temps de vous réveiller.

J'ouvris les yeux et clignai des paupières dans la clarté adoucie des lampes. La langueur d'un sommeil profond pesait encore sur mon corps. Je distinguai enfin la silhouette me faisant face : Madina. Elle me sourit, et des rides creusées par l'habitude apparurent autour de ses yeux et de sa bouche. Derrière elle, la porte était ouverte sur l'obscurité.

– Bonsoir, noble dame.

– Ai-je dormi toute la journée ?

Je m'assis sur le lit. Tout mon bien-être s'était évanoui brutalement au souvenir de la méfiance de Kygo. Il me semblait que chacun de ses mots cruels venait tout juste d'être prononcé.

– Le soir tombe, répondit Madina. Il arrive un moment où un corps épuisé doit se reposer, et ce moment était venu pour vous. Mon mari ne voulait pas qu'on vous réveille, même maintenant, mais je lui ai dit qu'il était temps que vous mangiez.

Elle me tendit un bol de céramique d'où s'échappaient des effluves délicieux de viande. Mon estomac réagit bruyamment.

– Apparemment, j'avais raison, dit-elle avec un humour bienveillant qui atténua mon embarras.

Elle plaça le bol dans mes mains. La première

gorgée sembla se répandre dans chaque recoin de mon corps desséché. J'avalai goulûment trois autres gorgées et me sentis inondée d'une chaleur parfumée aux herbes.

– C'est très bon.

Elle sembla ravie de mon compliment.

– C'est mon potage reconstituant. Mon mari l'a recommandé pour vous.

Elle m'invita d'un geste gracieux à continuer de boire.

– Il faut que vous repreniez des forces.

Je la regardai par-dessus le bord de céramique. Sa voix douce était tendue. Elle avait une nouvelle à m'annoncer.

– Quelque chose ne va pas, Madina ?

Je sentis ma gorge se serrer.

– L'empereur va bien ?

Elle tapota ma main.

– Oui, il va bien, même s'il refuse d'écouter mon mari qui le supplie de dormir un peu.

Elle sourit, mais je sentis que ce n'était pas tout.

– Finissez votre potage, de grâce.

Je vidai le bol et le lui rendis, les yeux fixés sur son visage.

– Qu'est-ce qui ne va pas, Madina ?

Elle me jeta un regard scrutateur, comme pour jauger mon courage.

– On a retrouvé deux autres membres de votre groupe, dit-elle enfin. Dela et Solly. On les a ramenés pendant votre sommeil.

– Sont-ils vivants ?

Je saisis son bras.

– Parlez. Dela est-elle vivante ?

– Tout va bien, Eona, lança une voix familière.

Je me retournai vivement. Dela était sur le seuil.

– Je suis là, ajouta-t-elle.

Elle traversa la pièce en boitillant. La lumière des lampes révéla les taches sombres d'entailles et d'écorchures sur un côté de son visage. J'agrippai ses mains tendues et les serrai de toutes mes forces, incapable d'articuler un mot.

– Eona, vous allez me broyer les mains ! s'exclama-t-elle en riant.

Ses lèvres étaient couvertes de cloques et de gerçures. Le soleil avait rougi sa peau.

– Votre jambe est blessée, réussis-je enfin à dire en la lâchant.

– J'ai été coincée sous un arbre, mais je m'en sors bien.

– Je suis si heureuse de vous voir. J'étais affreusement inquiète…

Ce fut à son tour de serrer ma main avec force.

– Eona, il n'y a pas que de bonnes nouvelles, dit-elle en cessant de sourire. Solly est mort. Il s'est noyé. Probablement lorsque l'eau s'est ruée sur nous.

Ses paroles ravivèrent brutalement en moi l'image du déluge. J'avais vu Solly sombrer. L'eau l'avait entièrement recouvert. Était-il mort à ce moment ? Je frissonnai, mais ne trouvai rien d'autre dans mon cœur qu'un regret furtif. Étais-je désormais si habituée à la mort qu'il m'était impossible de pleurer un homme de bien ? Solly et moi avions combattu côte à côte. J'avais compté sur son courage indomptable et son efficacité tranquille. Sa gentillesse bourrue m'avait réconfortée. Il avait été brave et loyal. Il méritait que je le pleure, et pourtant je me sentais glacée. J'avais éprouvé plus de chagrin pour le lieutenant Haddo, notre ennemi.

– Ryko est-il au courant ? chuchotai-je, honteuse de mon aridité intérieure. Et Vida ?

Tous deux étaient des compagnons d'armes de Solly depuis bien plus longtemps que moi. Peut-être auraient-ils assez de larmes pour nous tous.

Dela hocha la tête.

– Ils sont à la veillée du fantôme.

Elle serra derechef ma main pour compenser son ton un peu sec. Puis elle regarda Madina.

– Merci de votre aide. Pourriez-vous nous laisser, à présent ?

Dela attendit qu'elle fût sortie pour déclarer :

– Le médecin a insisté pour que vous vous restauriez avant de me voir. Il a dit que cela amortirait le choc. Vous sentez-vous bien ?

Je me mordis les lèvres. Ces précautions me paraissaient superflues.

– On aurait dû me réveiller à votre arrivée.

Elle secoua la tête.

– Non, ils ont eu raison de vous laisser dormir. Vous n'auriez rien pu faire.

– J'aurais été là. J'aurais pu…

Je m'interrompis. En fait, je n'aurais rien pu faire. Le sentiment de ma propre impuissance me laissa un goût amer.

Dela s'approcha et m'attira contre elle. Je pressai mon visage contre sa poitrine musclée. On lui avait fourni une tunique et un pantalon, et elle s'était manifestement baignée. Cependant, je sentis sur elle une légère odeur de vase. L'inondation avait sans doute imprégné également ma peau. Peut-être son odeur fétide ne nous quitterait-elle jamais.

– Puisse l'esprit de Solly cheminer dans le jardin du ciel, chuchota Dela.

– Et puisse son honneur se perpétuer à travers sa lignée, achevai-je.

La formule traditionnelle ne m'apporta aucun réconfort.

– J'ai autre chose à vous dire, reprit Dela. À propos de ce qui m'est arrivé après que j'ai été emportée par l'eau.

Elle me lâcha et s'approcha du seuil. Après avoir scruté un instant l'obscurité, elle ferma la porte.

Un pressentiment terrible me sortit enfin de ma torpeur. Je m'assis sur le lit tandis qu'elle tirait le tabouret pour s'installer en face de moi.

– Tendez le bras, ordonna-t-elle.

Je m'exécutai. Elle remonta sa manche et le lien de perles noires bougea sur son bras en cliquetant. Sans même me laisser le temps de tressaillir, les perles s'enroulèrent autour de mon poignet, tirèrent le livre rouge et l'attachèrent à mon avant-bras. J'eus un mouvement de recul.

– Vous savez que je ne veux pas porter ce livre.

– Elles vous reconnaissent, dit-elle sans prêter attention à ma protestation. Vous allez peut-être me croire folle, mais ces perles sont capables de pensée. Elles m'ont tirée hors de l'eau.

Elle secoua la tête.

– Ce n'est pas un tour de mon imagination. Elles m'ont sauvée de la noyade. Encore qu'elles n'aient pas pu faire grand-chose contre l'arbre qui s'est abattu sur moi…

Elle haussa ses sourcils élégants.

– Mais ce n'est guère surprenant.

J'effleurai le lien de joyaux tièdes autour de mon bras.

– J'ai vu les perles du livre noir sauver Dillon, déclarai-je. Je pense que les deux liens de perles sont faits de *gan hua*. Ils sont conçus pour protéger les livres en toute circonstance.

– Ce serait donc l'explication, observa Dela en souriant. Ceux qui sont attachés au livre sont eux aussi protégés. Que les dieux soient remerciés.

Son sourire s'effaça.

– Ryko m'a dit que Dillon et le livre noir avaient disparu et que l'empereur avait envoyé à leur recherche tous les hommes valides.

– Sa Majesté estime qu'il est plus important de trouver ce livre que de porter secours à Ido.

– Eh bien, il se trompe.

Dela se pencha vers moi.

– J'ai été coincée pendant des heures sous cet arbre. Chaque fois que j'essayais de me dégager, je ne faisais qu'empirer les choses. J'ai failli m'ensevelir vivante dans la boue.

Elle frissonna.

– Pour occuper mon esprit, j'ai tenté de déchiffrer d'autres passages du livre de votre aïeule.

– Vous avez découvert quelque chose ?

– Je crois que j'ai élucidé deux couplets en code sur la première page, dit-elle en passant la langue sur ses lèvres fendillées.

– Que disent-ils ? Montrez-les-moi.

Je tirai sur les perles noires. Le lien souple se détacha et amena le petit volume au creux de ma main. Ouvrant la couverture de cuir rouge, je tournai rapidement la page au dragon élégamment dessiné et arrivai à la première page couverte d'écriture des femmes.

Dela pointa le doigt sur une série de caractères pâlis.

– Si je ne me trompe pas, ce passage dit :

La femelle du dragon reviendra à l'ascendant
Quand le cycle des douze touchera à sa fin...

Je levai la tête.

– « Sa fin » ? Cela signifie-t-il que les dragons... ?

– Ce n'est pas tout, dit Dela en suivant du doigt la suite.

La femme Œil du dragon saura restaurer et défendre
Quand la force obscure sera maîtrisée par le hua *de tous les hommes.*

Je regardai fixement la calligraphie gracieuse, en m'efforçant de saisir son sens bien que certains caractères me fussent inconnus.

– Répétez le premier couplet.

Dela s'exécuta.

– La « femelle du dragon » désigne le dragon Miroir, puisqu'elle est le seul dragon femelle, dis-je avec lenteur. Et elle est revenue et se trouve à l'ascendant.

Mon regard croisa celui de Dela. Je n'avais pas envie d'énoncer la signification du vers suivant.

– Son retour signifie que le pouvoir des dragons touche à sa fin, compléta-t-elle à voix basse.

Je secouai la tête, en tentant de nier un présage aussi terrible. La fin des dragons serait aussi celle de mon pouvoir, avant même que j'aie pu vraiment m'en servir. C'en serait fait de mon lien glorieux avec le dragon Miroir, de mon rang, de ma valeur. Je ne serais plus qu'une femme, aussi insignifiante qu'inutile.

– Ça ne peut pas être vrai, chuchotai-je.

– Le pays est en plein chaos, observa Dela, et dix dragons sont privés de leurs Yeux du dragon.

– Mais cela ne prouve pas que leur pouvoir touche à sa fin, lançai-je. Le dragon Miroir est revenu avant l'assassinat des Yeux du dragon par Ido.

– Dans ce cas, peut-être le pouvoir des dragons était-il moribond avant même qu'Ido ait massacré leurs seigneurs. Et vous ne pouvez nier que le pays soit en danger.

Les mains pressées contre les yeux, je tentai d'examiner ces hypothèses terrifiantes, en cherchant une raison de contester la véracité de l'avertissement de Kinra. Mais le premier vers était indubitable : le dragon Miroir était revenu en position ascendante, et cela voulait dire que le pouvoir du dragon allait finir.

– Rappelez-moi le second couplet ! demandai-je.

Dela le relut à voix haute.

– La « femme Œil du dragon » ne peut être que moi, commentai-je de plus en plus mal à l'aise. Il semble que je puisse « restaurer et défendre ». Cela signifie-t-il que je suis en mesure d'empêcher les dragons de perdre leur pouvoir ?

Comment pourrais-je empêcher une chose pareille ? Tout mon espoir et mon courage m'abandonnaient à l'idée d'une tâche aussi impossible.

– Veuille le ciel que tel soit vraiment le sens de ces mots, dit Dela.

Elle pointa le doigt sur un caractère dont le tracé anguleux et disgracieux contrastait avec la calligraphie élégante du reste du texte.

– Qu'est-ce que la « force obscure » ? S'agit-il du *gan hua* ?

– Cela paraît probable.

– Dans ce cas, qu'est-ce que « le *hua* de tous les hommes » ?

– Je l'ignore, répondis-je mornement. Mais cela semble sans appel.

Je fermai le livre rouge, comme si dissimuler ses mots pourrait nous délivrer du fardeau écrasant de leur signification.

– Je redoute ce que vous allez découvrir la prochaine fois, mais il faut que nous en sachions davantage.

Je lui tendis le journal. Dela hocha brièvement la tête et le glissa de nouveau dans sa manche.

– Au moins, nous savons que le *gan hua* doit être maîtrisé, lança-t-elle en se levant. Sire Ido est seul capable de vous enseigner à contrôler votre pouvoir. Peut-il également vous montrer comment devenir maîtresse du *gan hua* ?

– Oh, oui, assurai-je d'un ton froid. Ido est un expert du *gan hua*.

– Dans ce cas, nous devons le sauver.

– Mais Sa Majesté tient d'abord à retrouver le livre noir.

Dela me fit signe de la suivre vers la porte.

– Sa Majesté ne saurait ignorer le livre rouge,

Eona. Il s'agit du message d'un Œil du dragon Miroir. Et cette femme nous a donné un avertissement sérieux.

– Qui est cette aïeule Œil du dragon ? demanda Kygo.

Je m'attendais à cette question, mais elle ne me mettait pas moins au supplice. Les yeux cernés par la fatigue, l'empereur arpentait la caverne du quartier général. Il se retourna pour entendre ma réponse. Bien qu'il ait renvoyé les chefs de section sur ma demande, je n'avais pas l'impression d'être de nouveau en faveur. Au contraire. Quand Dela et moi nous étions jetées à genoux, il ne nous avait pas permis de nous relever. Je savais ce que signifiait son attitude cassante : son esprit et son corps étaient poussés à bout depuis trop longtemps. Je lançai un coup d'œil à Dela agenouillée près de moi. Ses épaules prudemment courbées me révélèrent qu'elle aussi avait compris la situation. Elle devait savoir par expérience ce qu'était le courroux d'un maître surmené. Toutefois je ne pouvais la préparer à ce que j'allais dire. Je ne pouvais qu'espérer qu'elle aurait l'intelligence de rester silencieuse.

– C'était le dernier Œil du dragon Miroir avant la fuite de l'animal céleste, déclarai-je. Elle s'appelait Charra.

Dela se raidit, les mains crispées sur le livre rouge.

Je retins mon souffle, mais elle ne dit rien. Elle m'exprimerait certainement sa désapprobation plus tard, mais même alors elle devrait convenir que je ne pouvais dire la vérité. Pour Kygo, Kinra était une traîtresse. Il n'accepterait aucun message écrit par elle et ne s'y conformerait jamais. Sans compter qu'avec une telle aïeule il me ferait encore moins confiance.

– Savons-nous pourquoi le dragon s'est enfui ?

– Non, Votre Majesté. Dame Dela n'a encore rien trouvé à ce sujet dans le livre.

Il ferma les yeux et renversa la tête en arrière.

– Mais à présent nous savons ce que le retour du dragon Miroir signifie vraiment. Mon père voulait nous faire croire que vous et votre dragon étiez un symbole d'espoir et une bénédiction pour mon règne. C'était un leurre.

Il rouvrit les yeux. Une certitude glacée avait remplacé l'épuisement dans son regard.

– Vous apportez le malheur.

– Ce n'est pas vrai ! m'écriai-je. Vous ne pouvez pas dire une chose pareille !

– Dix Yeux du dragon sont morts, la guerre menace mon empire, le pays est sans défense et sur le point d'éclater…

Il pinça sa bouche charnue en une moue accusatrice.

– Et tout a commencé quand vous avez ramené le dragon Miroir.

Je le foudroyai du regard.

– Je ne l'ai pas ramené. Il est apparu, c'est tout.

– Mais vous étiez dans l'arène, où aucune femme n'aurait dû se trouver. Vous lui avez donné l'occasion de revenir.

Mes ongles s'enfoncèrent dans mes cuisses. J'avais envie de lui lacérer le visage et de le forcer à avouer qu'il se trompait. Il *devait* se tromper.

Autrement, cela signifierait que j'étais plus ou moins responsable du massacre des Yeux du dragon par Ido, du coup de force de Sethon et de la guerre qui se préparait. Il ne pouvait m'imposer un tel fardeau.

– Il n'est pas question uniquement d'un malheur, Votre Majesté, lança dame Dela dans le silence tendu.

Sa peau halée avait pâli. Sous l'effet de la souffrance qu'elle ressentait à rester agenouillée sur sa jambe blessée, peut-être – ou à l'idée du risque qu'elle prenait en parlant. Elle brandit le livre autour duquel les perles noires étaient fermement enroulées.

– Le second verset invite à espérer. Dame Eona peut restaurer le pouvoir des dragons.

– Espérer ? s'exclama l'empereur avec un rire amer. Le « *hua* de tous les hommes » ne me paraît guère une raison d'espérer.

Il se remit à arpenter la pièce. Malgré son épuisement, ses gestes étaient toujours empreints d'autorité.

– Vous pouvez disposer, dame Dela.

Elle me lança un regard hésitant. Il était dangereux de montrer ainsi sa loyauté.

– Tout de suite ! hurla Kygo.

Avec une expression de regret angoissé, elle se releva péniblement, s'inclina et sortit à reculons.

– Levez-vous, Eona, lança Kygo.

Je m'exécutai, les jambes tremblantes de rage. Il recommença à faire les cent pas et disparut derrière mon dos. Il était hors de ma vue, mais tous mes autres sens étaient tendus dans l'effort de suivre sa progression.

– Pourquoi devrais-je croire cette prédiction, Eona ?

Il était sur ma gauche.

– Je ne sais pas lire l'ancienne écriture des femmes. Le Contraire pourrait mentir pour votre compte.

– La loyauté de dame Dela vous est acquise. Comme la mienne.

J'aurais dû m'en tenir là, mais ma rancœur me poussa à ajouter :

– Depuis toujours.

Il me rejoignit soudain et s'immobilisa devant moi. Trop près. Je ne levai pas les yeux, mais je sentis la force brutale de sa colère d'homme – et quelque chose d'autre, au-delà des mots, qui flottait entre nous.

– Votre loyauté ? lança-t-il. Elle ne concerne que vos propres ambitions. Dès le début, vous avez manipulé tout le monde pour parvenir dans l'arène, et vous n'avez pas arrêté depuis.

Ce jugement injuste me fit relever la tête.

– Je n'ai jamais fait que vous servir, protestai-je avec virulence. Vous poursuivez des chimères. Si vous tenez tant à me rendre fautive, c'est que vous avez peur de phénomènes que vous ne comprenez pas.

Son visage s'empourpra.

– Vous croyez que j'ai peur ?

Même s'il ne voulait plus que je sois son *naiso*, j'allais lui dire la vérité.

– Oui ! m'écriai-je. Vous avez peur parce que vous perdez pied.

Il leva son poing. Je me raidis dans l'attente du coup, mais il se détourna. En trois pas, il rejoignit la table chargée de manuscrits. Saisissant son rebord, il la renversa dans un fracas de bois et un tourbillon de parchemins.

– Savez-vous ce que vous avez là ? demanda-t-il. Ce sont nos effectifs. Nos soldats entraînés sont vingt fois moins nombreux que ceux de mon oncle. Nos chevaux dix fois moins nombreux. La plupart de nos armes ne sont pas des sabres, ni même des *ji*, mais des outils agricoles.

– Dans ce cas, peut-être est-ce vous qui apportez le malheur.

Je vis que ma remarque acérée avait fait mouche. Ma colère se mêlait d'un léger malaise, mais je décidai de l'ignorer.

– C'est un rôle peu agréable, n'est-ce pas, Kygo, que d'être celui qui apporte le malheur ?

Il s'avança vers moi.

– Je suis empereur ! hurla-t-il. Vous n'êtes qu'une femme. Et vous ne savez absolument rien !

– Vous m'avez pourtant choisie comme *naiso* ! ripostai-je en oubliant toute prudence devant son dédain. Vous avez dit que vous vouliez la vérité ? Eh bien, la voici. Vous vous racontez des histoires sur mes mensonges et mes manipulations égoïstes, je n'ai jamais agi que dans votre intérêt.

Je comptai sur mes doigts.

– Je vous ai dit la vérité sur mon sexe. Je vous ai tiré de votre frénésie meurtrière. Je vous ai sorti du monde des ombres. Je n'ai pas amoindri votre volonté en vous guérissant. Et pourtant, vous vous méfiez encore de moi.

Une intuition fulgurante émergea soudain de ma fureur.

– Parce que vous avez peur de moi !

Ces mots étaient comme un saut dans l'inconnu.

Il se figea en face de moi. Ses yeux brillaient de colère autant que les miens. Nous nous regardâmes l'espace d'un instant qui pouvait marquer un nouveau départ aussi bien qu'une fin.

– Je n'ai pas peur de vous, dit-il enfin. J'ai peur de ce qu'implique votre pouvoir.

La tension de son corps retomba si abruptement qu'il chancela.

Je hochai la tête. Je me sentais soudain épuisée à mon tour.

– Moi aussi, j'ai peur. Je suis si ignorante et, cependant, il faut que je sauve les dragons.

– Oui.

Il effleura la perle sur son cou.

– C'est trop ! m'exclamai-je en tendant la main comme pour repousser au loin un tel fardeau.

Kygo attrapa mon poignet.

– Telle est pourtant la charge qui vous incombe, de même que je suis chargé de l'empire.

Au contact de sa main, toute ma colère se dissipa. Je haletai légèrement tandis qu'il resserrait sa prise. Sa fatigue semblait avoir disparu comme ma colère. Il m'attira à lui.

– Nous n'avons pas le choix, Eona, murmura-t-il.

Parlait-il de notre devoir ou de l'énergie jaillissant entre nous ? Je détournai la tête pour échapper à son regard intense, mais j'aperçus ainsi la courbe sensuelle de la Perle impériale où se jouait la lumière. Le souvenir de nos lèvres et de nos corps unis frissonna en moi.

– Je sais.

Ma main libre se leva vers le joyau scintillant. Était-ce Kinra qui me poussait vers la perle, ou mon propre désir ?

– Savez-vous ce qui se passe quand vous la touchez ? Ce que cela me fait ?

Son souffle s'était accéléré.

– C'est comme si la foudre s'abattait mille fois sur mon corps, en mille décharges m'irradiant de plaisir.

– Je crois que la perle est liée au monde énergétique, chuchotai-je.

Et peut-être à une antique traîtresse – mais ma peur de l'influence de Kinra se perdait dans la rumeur du sang martelant mes tempes.

Il rit tout bas.

– Vous savez qu'elle est liée à davantage que le monde énergétique.

Je m'associai à son rire narquois, mais la prière cachée derrière ses mots fit monter en moi du plus profond de mon corps un acquiescement plein de douceur.

Il leva les yeux vers le plafond de la caverne, en serrant un instant les dents.

– Si vous touchez la perle, cela pourrait-il faire venir les dix dragons ?

– Peut-être.

Néanmoins je me sentais incapable de retirer ma main.

– Je ne sais pas, ajoutai-je.

Je le voyais lutter contre la prudence, pris entre son devoir et son désir. Telle était aussi ma lutte. Nous étions penchés l'un vers l'autre. Mes doigts étaient suspendus au-dessus de la perle, notre seul lien physique étant sa main serrée autour de mon poignet. Pourtant j'avais l'impression que son corps tout entier tenait le mien.

Il recula la tête avec effort. L'artère de son cou palpitait violemment.

– Par le venin des dieux ! jura-t-il en me repoussant.

Je titubai, encore grisée par cet instant, tout mon corps tendu vers lui.

– Eona, non !

Il baissa la tête avec une détermination farouche.

– N'approchez pas.

– Vous n'avez pas envie ? demandai-je avec une impudeur née d'un désir contrarié venu du fond des temps.

– Bien sûr que si, gronda-t-il. Êtes-vous aveugle ?

Il pressa le dos de sa main contre sa bouche et se détourna. Cette fois, son rire était brutal.

– Ça en vaudrait presque la peine.

Je serrai les poings en essayant de maîtriser la tempête qui faisait rage dans mon *hua*.

Kygo se dirigea vers la table renversée, se baissa et la remit debout sur ses pieds avec un gémissement d'effort. Après avoir regardé un instant le plateau fendu, il frappa du poing le rebord et poussa la table sur le sol. Le bois racla avec bruit le sol de pierre. Je tressaillis. Il leva sa main avec précaution. Du sang dégoulinait aux articulations des doigts.

– Toujours le devoir, lançai-je d'une voix vibrante de tristesse et de ressentiment.

Il me tourna le dos, les deux mains appuyées sur la table, la tête baissée. Je suivis des yeux la ligne puissante de ses épaules en redescendant jusqu'à ses hanches minces.

– Nous pouvons regretter la prédiction de votre aïeule et la supériorité des ressources de Sethon, mais nous ne pouvons faire comme s'ils n'existaient pas, *naiso*, dit-il d'un ton dur et résolu.

Naiso. Je fermai les yeux. Autrefois, ce mot avait été l'indice d'une douce union. À présent, il visait à instaurer une distance.

– Nous allons repartir vers l'est, dit-il. C'est là que nous avons les meilleures chances de vaincre militairement.

Sa main sanguinolente enserra son cou.

– Et nous allons délivrer Ido, afin que vous puissiez maîtriser le *gan hua*.

Mon cœur se mit à battre au rythme de ma peur mêlée de soulagement.

– Et quand j'aurai maîtrisé mon pouvoir… ?

Je m'humectai les lèvres. Je ne savais pas vraiment ce que j'avais à offrir, mais je l'offrais quand même.

Il se retourna vers moi. Son visage était plongé à moitié dans l'ombre.

– Tout changera, déclara-t-il.

J'inclinai la tête. Sur ce point, je ne doutais pas qu'il eût raison.

Chapitre 12

Le chariot s'enfonça dans une ornière et je fus projetée contre l'épaule solide de Vida. Je m'accrochai plus fort au rebord dans mon dos. Nous avions mis deux jours dans une chaleur suffocante pour arriver à la capitale. Bien que nous ayons discuté sans fin de notre plan pour délivrer Ido, je ne cessais de m'inquiéter des nombreux risques qu'il comportait. Les gardes postés à la porte de la ville n'étaient pas le moindre.

– Vous êtes tellement osseuse, lança Vida avec sa franchise habituelle mais d'une voix aiguë et maussade.

Nous étions vêtues toutes deux d'une robe en loques. Nos cheveux étaient en désordre, notre peau crasseuse. À côté de moi, Ryko leva la tête en fronçant les sourcils. Sa tête était coiffée du foulard bleu des Trang Dein, ces rebelles insulaires que l'armée impériale avait écrasés sans pitié un an plus tôt. Son torse aux muscles impressionnants était nu, en dehors d'une lanière de cuir tressé en travers de sa poitrine. Il baissa les yeux sur ses mains attachées. Il n'avait pas apprécié cet aspect du plan. Entraver ainsi notre meilleur combattant était une folie. Toutefois nous étions censés constituer une livraison de chair fraîche pour le quartier des plaisirs, et un Trang Dein ne se serait pas laissé emmener sans résistance.

– Vous prenez trop de place, me lamentai-je.

– Ça vaut toujours mieux que d'être un sac d'os ! rétorqua Vida de façon à être entendue des deux soldats qui approchaient du chariot.

Je me rencognai vers l'avant. Devant l'allure décidée des deux hommes, je sentis mon cœur s'affoler. Dela nous regarda par-dessus son épaule. Juchée sur le siège du cocher, elle portait une casquette d'où s'échappaient deux mèches graisseuses. Son visage était sali de barbe. Avec la visière de sa casquette rabattue de façon à dissimuler l'arc élégant de ses sourcils, elle avait tout à fait l'air d'un malfrat. Son regard effleura les épaules affaissées et les poignets sanguinolents de Ryko. Il avait insisté pour qu'on serre la corde si fort qu'elle entaille sa chair. « Autrement, déclara-t-il, cela éveillerait les soupçons. » Dela s'était proposée de le faire, mais il avait tendu la corde à Yuso.

– Fermez-la ! glapit Dela. Ou vous allez tâter de mon fouet !

Un soldat solidement bâti leva la main, et notre cocher immobilisa le chariot. Derrière nous, Yuso tira sur les rênes de son cheval et mit pied à terre, en attachant sa monture à l'arrière du véhicule. Il jouait le rôle du marchand d'esclaves de façon si convaincante que je finissais presque par y croire. Une barbe clairsemée transformait son visage ridé. Le regard froid qu'il nous jeta avait toute l'attention inquiète d'un homme inspectant son bétail.

– Où vous rendez-vous ? demanda le soldat.

Ses petits yeux chassieux se posèrent sur Vida

et moi. Son compagnon fit le tour du chariot, en se baissant pour regarder dessous.

– Nous allons au quartier des plaisirs, répondit Yuso.

– Vous vendez ces deux filles ?

Yuso hocha la tête.

Le soldat écarta une mouche de son visage.

– Pour qui sont-elles ?

– Pour Mama Momo.

Il eut un sourire entendu.

– Peut-être viendrai-je te rendre visite, ma petite ! lança-t-il en tapotant mon bras.

J'eus un mouvement de recul et mon dos heurta violemment le rebord derrière moi. Ces doigts moites et cette haleine fétide m'avaient ramenée d'un coup à la nuit de l'invasion du palais, où seule la présence de Ryko me protégeait de la brutalité des soldats de Sethon assoiffés de sang.

Le soldat siffla tout bas et lança un coup d'œil à son compagnon décharné.

– Je parie que personne ne l'a eue !

– C'est pour cette raison qu'elle serait trop chère pour vous, mon vieux, lança Yuso d'une voix joviale.

Cependant je vis qu'il serrait les mâchoires. Le second soldat éclata de rire.

– Je peux attendre que son prix baisse, riposta le soldat aux yeux chassieux.

Comme il passait à l'arrière du chariot, son attention se porta sur Ryko.

– Voilà un solide gaillard. Vous le vendez aussi à Momo ?

Yuso le suivit. Les deux hommes observèrent Ryko comme s'il était de la viande de cheval.

– Il s'est échappé. La vieille offre une bonne récompense pour lui.
– Ah…
Après un coup d'œil aux poignets garrottés du géant, le soldat se pencha sur lui et appuya la main sur son front pour le forcer à lever la tête.
– Tu as de la chance que ce ne soit pas moi qui t'aie trouvé, espèce de chien coupé !
Ryko leva les mains en montrant les dents. En un éclair, Yuso pressa un poignard contre le cou de l'insulaire.
– Baisse les mains !
Ryko abaissa lentement ses poings. La fureur enflammant son regard n'avait rien de feint.
– Il a du répondant, commenta le soldat.
Yuso agrippa la nuque de Ryko et le contraignit à courber le front.
– Momo va certainement le prostituer, lui aussi.
– Elle en est capable, cette vieille sorcière, approuva le soldat avec un rire embarrassé.
Il recula et jeta un coup d'œil à son compagnon.
– Tout est en ordre ?
L'autre hocha la tête et nous invita d'un geste à avancer.
Après avoir rengainé son poignard, Yuso détacha son cheval et se remit en selle. Il fit un signe indolent à Dela, qui remit en branle le cheval récalcitrant du chariot avec un clappement de langue et un coup de fouet bien senti. C'était un alezan têtu, que Yuso avait acheté en même temps que sa propre monture pour remplacer deux des trois chevaux que nous avions perdus sur le versant inondé. Seul Ju-Long, le destrier de Kygo,

avait survécu à la vague de boue. Son cœur vigoureux et son endurance avaient eu le dessus sur l'eau déchaînée.

En cahotant sur les pavés, nous avançâmes vers l'énorme porte. Deux gardes en sueur étaient postés de chaque côté et observaient notre approche. À en juger par leurs sourires narquois, ils avaient entendu la conversation de Yuso. Au moins, leur regard scrutateur justifiait les heures que Yuso, Dela et moi avions passées à convaincre Kygo qu'il était trop dangereux pour lui de pénétrer dans la capitale avec nous. Sa simple façon de bouger aurait attiré l'attention des gardes, pour ne rien dire de la distinction impériale de son visage. Il avait fini par consentir à partir à cheval avec Caido et son groupe de résistants, afin d'attendre avec eux dans les collines voisines le moment d'intervenir conformément au plan.

Pendant trois jours, ces discussions fiévreuses au côté de Dela et Yuso avaient été mes uniques occasions d'approcher Kygo. Depuis l'impasse de notre dernière entrevue, il n'avait rien fait pour être seul avec moi, même si en levant la tête, lors des ultimes mises au point stratégiques au camp des résistants, j'avais souvent découvert son regard fixé sur moi. Il avait toujours détourné les yeux, en m'abandonnant à un sourire incertain – je n'avais pas la carte de ce nouveau territoire entre nous. Pendant le voyage éprouvant jusqu'à la capitale, il était resté avec Caido et ses hommes. Ce ne fut qu'au moment où nous nous séparâmes, sur un sentier désert aux abords de la ville, qu'il m'invita à le rejoindre à l'écart.

Il prit ma main, et je sentis la tension de son

corps à l'instant où il pressait sur ma paume un petit objet de métal. C'était l'épais anneau d'or constellé de jade rouge. Son amulette de sang.

– Je veux que vous preniez ceci pour votre protection, dit-il en serrant mes doigts autour de l'anneau. Mon père l'a fait confectionner pour moi lors de mon douzième anniversaire. L'or a été mêlé à mon sang et à celui du premier homme que j'ai tué, en l'honneur de Bross.

Il remua ses épaules, comme s'il sentait cet homme le toucher.

J'ouvris ma main et regardai l'anneau. Peut-être était-ce un tour de mon imagination, mais il me semblait que l'or se teintait de rose.

– Qui était-ce ?

– Un soldat qui avait tenté d'assassiner Sethon. Je l'ai exécuté.

L'ironie de la situation transparaissait dans sa voix.

– Prenez le sang du traître avec vous, Eona. Et le mien.

Son regard s'assombrit.

– Aujourd'hui est le dernier jour de Revendication Légitime.

– Jamais votre oncle n'aurait reconnu votre revendication. Jamais !

Je parlais comme si ma véhémence pouvait libérer son esprit de ce fardeau. Il hocha la tête.

– Malgré tout, je serai demain officiellement un traître. Un rebelle.

Il effleura du pouce le dos de ma main.

– Soyez prudente, Eona.

Je le regardai s'éloigner, en serrant l'anneau avec tant de force qu'il s'enfonçait dans ma chair.

La frontière entre nous s'était de nouveau déplacée et je ne savais plus où je me trouvais. Il me semblait qu'il ne restait qu'un point de repère sur notre carte : la sincérité de notre baiser.

Notre chariot cahotait à l'ombre plus fraîche du portail. L'un des gardes postés devant l'épaisse muraille de marbre nous jeta un coup d'œil.

– Je vais économiser ma paie, mes jolies ! lança-t-il, le visage rouge et souriant.

Je touchai à travers ma robe l'anneau caché aux regards, que je portais au bout d'une longue lanière de cuir autour de mon cou. J'adressai une prière à Bross : « Protégez-nous. Et protégez Kygo, où qu'il soit. »

Puis j'appuyai mon épaule au rebord supérieur du chariot et jouai les nouvelles venues regardant bouche bée les riches sculptures des parois intérieures du portail. La plupart représentaient comme de coutume les énormes dieux gardiens et les symboles de la prospérité, mais j'aperçus aussi des inscriptions usées en d'autres langues. J'étais sûre d'avoir vu certaines de ces étranges écritures allant de gauche à droite dans l'échoppe d'Ari, l'étranger qui vendait du café. Tandis que nous émergions de la galerie du portail pour entrer dans la chaleur et le tumulte de la vieille ville, je me dis soudain que les inscriptions étaient probablement l'œuvre d'antiques envahisseurs. Peut-être devrions-nous graver nous aussi nos noms dans la pierre. N'étions-nous pas une armée de cinq inconscients tentant de pénétrer dans la Cité Céleste ?

Je jetai un coup d'œil à Ryko. Il était toujours

penché sur ses mains, mais il regardait par en dessous les échoppes et la foule avec une intensité révélant que sa rage n'était pas apaisée. Après le calme de la route, les appels des vendeurs, les cris des enfants et les aboiements des chiens me firent tressaillir. Nous nous trouvions au sud-ouest du quartier du Singe, la partie la plus sordide de la ville, et les rues grouillaient de soldats. Je me reculai dans le chariot et serrai mes bras autour de mes jambes, en essayant de me rendre moins visible. Les ongles de Vida s'enfonçaient dans ses cuisses tandis qu'elle observait l'agitation de la cité derrière le voile de ses cheveux en désordre.

Le long d'une ruelle, des lampions rouges en lambeaux, vestiges des fêtes du Nouvel An, se balançaient encore à des crochets. Plusieurs boutiques arboraient sur leur porte les longues bannières rouges portant de petits poèmes censés attirer la fortune et la chance à l'orée de l'année nouvelle. On aurait dû les retirer depuis des jours par respect pour le défunt empereur, mais les marchands espéraient certainement que ces vœux hors de saison les aideraient à protéger leur commerce contre les soldats de Sethon.

Une tempête de rires rugissants couvrit les clameurs des colporteurs et les cris aigus des marchandages. Je ne bougeai pas la tête mais découvris du coin de l'œil la source du tapage. Un groupe de soldats ayant quartier libre était vautré sur les bancs de bois d'une échoppe de soupe aux huîtres. Ils hurlaient de rire en écoutant une plaisanterie d'un de leurs camarades. Bien qu'ils ne fissent pas attention à notre lente progression, les mains entravées de Ryko se crispèrent.

Pendant un moment, un vendeur de gâteaux au sésame marcha à côté de nous en tapant sur une tablette de bois suspendue à sa palanche. L'odeur de noisette de ses friandises me mit l'eau à la bouche : depuis des jours, je n'avais mangé que des rations de viande salée. Il me jeta un coup d'œil, ne vit en nous aucun client potentiel et s'éloigna en hâte, en joignant sa voix rauque à son tambour improvisé.

Derrière nous, le cheval de Yuso fit un écart en entendant ce tapage. Le capitaine le maîtrisa de la main et des genoux. Je l'observai tandis qu'il apaisait la peur de l'animal et le rendait à sa docilité. Au cours des derniers jours, j'avais enfin compris pourquoi cet homme s'était acquis la loyauté de Ryko et le respect de Kygo. Ce n'était pas seulement sa ruse de tacticien, encore qu'elle se fût pleinement manifestée lors de nos discussions pour mettre sur pied cette expédition. Il se montrait également plein de sollicitude pour ses hommes. L'enterrement de Solly avait eu lieu la veille de notre départ du camp. Alors que nous nous rassemblions à l'aube pour le cortège funèbre, Yuso était arrivé avec Tiron sur son dos. Le garde blessé n'était pas un poids léger et ses deux jambes étaient éclissées, mais Yuso l'avait porté jusqu'à la tombe à flanc de colline pour qu'il puisse aider Solly à rejoindre ses ancêtres. Et sa gentillesse ne se limita pas à ce geste. Lorsque nous prîmes congé des gens du camp, je le vis donner une petite bourse à Tiron. Je lui demandai plus tard de quoi il s'agissait. Me regardant avec l'expression sévère qui lui était coutumière, il répondit : « Si cela vous intéresse, noble dame, je lui ai donné le reste de ma drogue solaire. Il vaut mieux que ce garçon continue d'en prendre pendant que ses os se rétablissent. Je pourrai m'en procurer à la capitale. »

– Baissez la tête, me lança-t-il maintenant entre ses dents en me dépassant à cheval.

Je m'exécutai, confuse. Je ne devais pas oublier mon rôle.

Il rejoignit Dela.

– Traversez ce pont, ordonna-t-il en pointant le doigt vers une arche de bois s'incurvant au-dessus d'un étroit canal. Ensuite, tournez à droite. Compris ?

Dela hocha la tête et lança l'alezan au trot. Tandis que notre chariot brinquebalait sur le pont, j'aperçus au passage une eau brune opaque et la silhouette d'un rat nageant à toute allure dans le courant paresseux.

Nous tournâmes dans une large rue bordée des deux côtés d'un fouillis de tavernes et de restaurants dont les tables s'agglutinaient autour de feux. Des cuisiniers se penchaient sur des poêles grésillantes et la fumée grasse du porc rôti embaumait l'air, en masquant pour un instant les relents d'urine et de choux pourrissant en plein soleil. Quelques appels et quolibets de clients en avance nous suivirent tandis que nous nous dirigions vers le haut portail rouge du Monde des Fleurs.

Je ne m'étais jamais rendue dans le quartier des plaisirs, même si j'avais entendu mes compagnons raconter maintes histoires à son sujet au temps où j'étais un candidat Œil du dragon. La plupart du temps, les garçons parlaient en chuchotant d'étranges engins et de postures impossibles. Cependant l'un d'eux avait vraiment été emmené par son maître dans ce monde à part. Il nous avait appris d'un ton condescendant que tout homme franchissant le portail devait être masqué et déguisé, de façon à se débarrasser symboliquement de sa personnalité en devenant celui qu'il voulait ou en se libérant du fardeau de ce qu'il était. L'espace d'une nuit, les fermiers pouvaient devenir seigneurs et les seigneurs pouvaient jouer les paysans. Tous les hommes étaient égaux et nul n'était autorisé à porter une arme dans l'enceinte du quartier. Avec un sourire entendu qui avait attisé encore notre curiosité, notre informateur avait ajouté qu'on ne faisait une entorse à la règle que pour les Lys du Sabre, ces adeptes tristement célèbres des arts de la souffrance.

– Salut ! lança Yuso quand nous approchâmes de l'entrée aux ornements compliqués.

Il mit pied à terre et conduisit son cheval à l'annexe bien tenue faisant saillie sur le mur imposant.

Le portail de bois, trop haut pour qu'un homme puisse regarder par-dessus, même juché sur les épaules d'un compère, était couvert de sculptures de floraisons stylisées : pivoines, fleurs de pommier, lys et orchidées. Je cherchai à distinguer dans l'entrelacs sinueux des tiges et des feuilles les figures obscènes censées se cacher au milieu, mais je ne vis que les vagues contours d'une porte plus petite encastrée dans le battant de gauche.

Le portier sortit de sa loge d'un pas tranquille et nous observa.

– Vous êtes attendus ou vous faites du démarchage ? demanda-t-il.

– Nous venons pour Mama Momo, répliqua

Yuso. Dites-lui que Heron de la province de Siroko est ici.

C'était le nom de code que Ryko nous avait fourni. Apparemment, Mama Momo était davantage que la reine du Monde des Fleurs. Si notre mot de passe ne marchait pas, Ryko interviendrait. Il avait avoué qu'il avait connu Mama Momo voilà bien longtemps, dans une autre vie. Je savais qu'il avait été jadis un voleur et un homme de main. Peut-être avait-il été au service de cette femme, qui devait maintenant nous permettre de pénétrer dans le palais.

Le portier se redressa.

– Mama Momo ?

Il claqua des doigts, et un jeune garçon sortit précipitamment de la loge en essuyant des miettes sur sa bouche.

– Cours à la grande maison, Tik, et dis à Mama… Comment vous appelez-vous, déjà ?

Yuso répéta le nom de code. Le garçon hocha la tête pour montrer qu'il avait compris.

– Et attends ses instructions ! cria le portier tandis que Tik ouvrait la petite porte encastrée.

Elle se referma en claquant dans son dos.

– Il ne sera pas long, nous assura le portier en souriant de ses dents jaunies.

De fait, Tik revint bientôt avec un homme grassouillet. D'après son chapeau noir à pattes et son corps mou, il s'agissait d'un scribe eunuque.

– Je suis Stoll, le secrétaire de Mama Momo, annonça-t-il en s'inclinant devant Yuso.

Son regard m'effleura avant de se poser sur Ryko. Il haussa ses sourcils épilés d'un air intéressé.

– Veuillez passer par là.

Il pointa le doigt vers une simple porte en bois à l'extrémité du portail – l'entrée des fournisseurs. Le magnifique portail du Monde des Fleurs ne s'ouvrait pas pour un marchand d'esclaves et sa marchandise.

Quand nous approchâmes, deux garçons tirèrent les deux battants de la porte. Ce n'étaient pas des eunuques – pas encore, du moins. Stoll nous fit signe d'avancer dans une ruelle longeant le mur du fond du quartier des plaisirs. Une série de cours s'ouvrait sur cet étroit passage, à l'arrière d'énormes maisons dont les façades devaient donner sur l'avenue principale. Des quantités impressionnantes de linge – uniquement des draps et des serviettes – pendaient à des cordes tendues entre des murs et des arbres. Tandis que nous passions devant ces cours, des femmes en négligé levaient les yeux en s'arrêtant un instant de cuisiner sur de petits braseros, de jeter des bâtonnets divinatoires, de raccommoder des robes ou de sécher leurs cheveux au soleil de midi. Quelques-unes fumaient de la drogue du dragon, dont les volutes ondulaient autour de leurs têtes comme la queue d'une de ces créatures gigantesques. Je reconnus l'odeur piquante caractéristique des maisons de thé autour du marché. Les femmes ne nous accordaient qu'une attention fugitive, qui s'adressait pour l'essentiel à Ryko. Puis elles revenaient à leurs préoccupations du début de la journée. Le seul regard attentif fut celui d'une toute petite fille accroupie aux pieds d'une femme faisant des gammes sur un luth allongé. Les notes s'élevaient et retombaient dans l'air pesant qu'allégeait une brise portant jusqu'à nous la musique plaintive, le parfum du savon et une odeur alléchante de poisson grillé. La petite fille sourit en agitant la main. Je levai la mienne en réponse et regardai l'enfant sauter de joie.

Lorsque nous atteignîmes le sommet d'une petite colline, le toit de tuiles et les volets élégants d'une vaste demeure s'élevèrent au-dessus de ses voisines plus trapues. C'était manifestement notre destination, car Stoll se hâta en avant et nous fit signe d'entrer dans la cour. Après avoir essuyé mon cou en sueur, j'effleurai de nouveau l'amulette de sang, pour me porter chance et aussi dans l'espoir que Kygo soit en sûreté.

Contrairement aux autres cours, celle-ci n'était pas remplie de linge à sécher et de scènes d'une vie trop à l'étroit. Propre et pavée, elle donnait à gauche sur une écurie et à droite sur un petit jardin fermé. Une terrasse basse s'étendant le long de la maison formait comme un degré menant à un mur d'écrans coulissants. L'un d'eux était ouvert sur une pièce dont on apercevait l'aménagement traditionnel, avec ses nattes de paille, sa table basse et son arrangement cérémonieux d'orchidées aux angles aigus.

Une silhouette féminine s'immobilisa un instant sur le seuil, mince et droite, puis s'avança sur la terrasse. Elle était plus âgée que je ne l'avais imaginé d'après son maintien élégant. Soixante ans, peut-être, et un visage auquel des rides profondes conféraient une intensité farouche qui n'empêchait pas ses traits d'avoir gardé leur beauté. En relevant le bas de sa robe de soie verte, elle marcha jusqu'au bord de la terrasse. Stoll se hâta vers elle, mais elle l'arrêta d'une main levée.

– Vous n'êtes pas le maître Heron que j'attendais, dit-elle tandis que Yuso descendait de cheval.

Dela immobilisa le chariot près de lui. L'alezan secoua la tête en faisant tinter les grelots de son harnais dans le silence méfiant qui régnait soudain.

Yuso jeta un coup d'œil rapide vers l'écurie. Je suivis son regard. Deux Trang Dein imposants, armés de redoutables sabres recourbés, attendaient sur le seuil. De l'autre côté de la cour, deux autres hommes armés nous observaient dans l'ombre d'un appentis. Et les armes étaient officiellement interdites dans le quartier des plaisirs…

– Qui êtes-vous ? demanda Mama Momo.

Yuso regarda par-dessus son épaule.

– Ryko, qu'est-ce que vous attendez ? gronda-t-il.

À côté de moi, l'insulaire se redressa en se raclant la gorge.

– Bonjour, Momota. Ça fait longtemps qu'on ne s'est vus.

– Ryko ? C'est vraiment toi ?

Les yeux plissés, elle examina ses poignets entravés puis Yuso.

– Les enfants, nous avons des ennuis, dit-elle d'un ton sans réplique.

Aussitôt, les Trang Dein s'avancèrent en fendant l'air avec les lames courbes de leurs sabres tournoyants.

Yuso tira son poignard.

– Ryko, vous aviez dit qu'elle nous aiderait !

Je retins mon souffle. Nous n'avions rien pour nous défendre dans le chariot. Mes sabres étaient restés avec Kygo, de même que le livre rouge et le compas du dragon. J'observai la cour. Elle n'offrait d'autre ressource qu'une pelle en bois. Vida s'interposa entre les hommes en train d'approcher et moi.

– Préparez-vous à courir, chuchota-t-elle.

– Momo, lança Ryko. Je jure sur la tombe de Layla que nous venons vraiment de la part de maître Heron. Il a besoin de votre aide.

– Tu ne parles pas sous la contrainte ?

– Non !

Momo leva ses deux mains.

– Attendez, ordonna-t-elle à ses hommes.

Ils se figèrent et baissèrent leurs armes. Elle regarda Ryko droit dans les yeux.

– Si jamais tu as menti en invoquant Layla, je te ferai mettre en pièces par mes gardes. Tu le sais.

Ryko hocha la tête.

– Je le sais.

– Entendu. Entrez donc et expliquez-vous.

Elle pointa le doigt vers Yuso.

– Et vous, l'homme au couteau, détachez Ryko.

Mama Momo se redressa après avoir distribué à la ronde des bols de thé. Son regard scrutateur nous étudia. Elle avait également offert de petits gâteaux en croissant de lune du Nouvel An, mais le regard d'avertissement de Yuso me dissuada d'en prendre un, malgré mon estomac criant famine. La méfiance était de mise des deux côtés. J'observai la pièce. Bien qu'elle se trouvât au premier étage de la maison, elle n'avait pas de fenêtre. Plus étrange encore, les murs et le plafond étaient tapissés de nattes en paille.

– Personne ne peut nous entendre, dit Momo en suivant mon regard vers le haut. Aucun bruit ne peut filtrer à l'extérieur.

Elle saisit en souriant un bol en porcelaine bleue et entreprit de boire son thé avec affectation.

Je bus précipitamment une gorgée à mon tour, en me rappelant les histoires abominables de mon camarade d'autrefois. De l'autre côté de la table basse, Yuso remua en faisant une grimace de douleur presque imperceptible. Il n'était pas facile de rester à genoux avec une jambe blessée.

– Vous prétendez donc être un ami de maître Heron, lui dit Momo. Je connais Ryko. Mais vous, qui êtes-vous ?

– Je m'appelle Yuso, capitaine de la garde impériale de Sa Majesté.

Elle jeta un coup d'œil à Ryko, qui hocha la tête.

– Et vous dites que Sa Majesté est en vie ? souffla-t-elle en se penchant en avant. Cela fait plus d'une semaine que Sethon a annoncé sa mort. Et mes informateurs habituels n'ont entendu que de vagues rumeurs sur sa survie éventuelle.

– Nous avons réussi à le faire échapper à temps, déclara Yuso. Il est vivant et se prépare à combattre pour son trône. Nous l'avons quitté ce matin même.

– Il se prépare ? répéta-t-elle en fronçant les sourcils. Aujourd'hui est le dernier jour de Revendication Légitime. Ne compte-t-il pas se manifester ?

Yuso secoua la tête.

– Pas encore.
– Je vois.
Son regard rusé se posa sur moi.
– Et qui êtes-vous, pour que vos camarades veillent sur vous avec tant de soin ?
Yuso s'inclina dans ma direction.
– Voici dame Eona, Œil du dragon Miroir.
– Dame Eona ? s'exclama Momo en s'asseyant sur les talons. Ah, je vois. Sire Eon.
Elle s'inclina.
– C'est un excellent déguisement, seigneur.
– Non, lançai-je en hâte. Je suis vraiment dame Eona. Le dragon Miroir est une femelle. Comme moi.
Elle pressa sa main sur sa bouche.
– Vraiment ?
Les rides de son visage féroce se creusèrent autour de ses lèvres tandis qu'elle s'efforçait de réprimer son rire.
– Une femme Œil du dragon, quelle merveille ! Voilà qui aurait fait une peur bleue à ces nobles seigneurs Yeux du dragon.
Elle se reprit.
– Enfin, ils sont tous morts, maintenant. Puissent-ils cheminer dans le jardin du ciel.
Elle se tourna vers Ryko.
– Te rends-tu compte combien il est dangereux d'emmener dame Eona dans la capitale ? Aurais-je élevé un idiot ?
Nous regardâmes tous Ryko avec stupeur. Il jeta un coup d'œil à la ronde puis fixa Momo d'un air furieux.
– La présence de dame Eona est indispensable à notre plan, dit-il fermement.

– Vous êtes la mère de Ryko ? demanda Dela à Momo.

Un petit sourire étonné adoucit son visage non moins féroce que celui de Momo. Celle-ci poussa un grognement.

– Bien sûr que non. Je l'ai pris avec moi quand il avait huit ans.

Elle lança un regard vif au géant.

– Il m'a fait des ennuis dès le premier jour.

Ryko eut l'air encore plus furieux.

Sans faire attention à lui, Momo se tourna vers Yuso.

– En quoi consiste ce plan assez important pour risquer la vie d'un Œil du dragon ? Voulez-vous tenter d'assassiner Sethon ? Vous mourrez avant même d'arriver jusqu'à lui.

– Il faut que nous fassions sortir sire Ido du palais, déclara Yuso.

Elle but une gorgée de thé en nous observant.

– C'est presque aussi difficile. Il est enfermé dans un cachot.

– Êtes-vous sûre qu'il soit encore vivant ? demandai-je d'un ton pressant.

– Il l'était ce matin, répondit-elle. Les soldats ont emmené mes filles le voir comme une sorte de phénomène de foire. Le grand Œil du dragon réduit à une loque ensanglantée. Mes filles ont beau ne pas être nées d'hier, même elles ont été horrifiées par ce que Sethon lui a fait. Il est probable que vous le tuerez si vous essayez de le déplacer.

– Voilà pourquoi je suis ici, dis-je. Je peux le guérir.

C'était l'un des aspects les plus risqués du plan. Je devrais guérir Ido assez vite pour qu'il puisse rassembler ses forces et repousser les dix dragons endeuillés avant qu'ils m'aient mise en pièces. Une nouvelle fois, j'effleurai l'anneau de Kygo – j'avais besoin non seulement de chance, mais de réconfort.

– Vous pouvez guérir ? s'exclama Momo d'un air émerveillé.

– Vous dites que les soldats ont emmené vos filles voir Ido, intervint Dela. Ce fait pourrait nous être utile.

Momo inclina la tête.

– Vous venez de l'Est, observa-t-elle.

– Je suis dame Dela. J'étais...

– Le Contraire ? lança la vieille femme en se redressant.

Dela acquiesça de la tête en lissant en arrière avec embarras sa chevelure graisseuse.

Momo pinça les lèvres.

– Il se pourrait que nous ayons un problème. J'ai ici une fille originaire d'une tribu de l'Est, les Haya Ro. Si jamais elle vous reconnaît...

– C'est très possible, dit Dela. Étant la seule âme double des tribus des Hautes Terres, je jouis d'une certaine réputation.

Momo fit un signe à Stoll.

– Dites à Hina qu'elle peut prendre deux jours pour aller voir son fils. À condition qu'elle parte tout de suite.

Stoll s'inclina et sortit annoncer la bonne nouvelle à l'intéressée. Lorsque la porte se referma derrière lui, j'aperçus un Trang Dein montant la garde sur le palier, l'arme au poing.

– Et vous, qui êtes-vous ? demanda Momo à Vida d'un ton goguenard. L'impératrice du soleil ?

Vida secoua la tête.

– J'appartiens à la Résistance, répondit-elle sans se laisser démonter par le sarcasme de la vieille femme.

Dela entoura son bol des deux mains.

– Pourquoi Sethon torture-t-il Ido ? s'étonna-t-elle. Cela paraît absurde. Il a besoin d'Ido.

– Il essaie certainement de lui extorquer des informations, dit Yuso.

– Je n'aime pas sire Ido, grommela Momo. Je ne l'ai jamais aimé. Il a maintenant vingt-quatre ans, mais je le connais depuis l'âge de seize ans et dès cette époque il y avait en lui quelque chose…

Elle s'interrompit.

– … quelque chose de bizarre. Si jamais Sethon voulait en tirer des informations, il aura dû aller au-delà de ce qu'un homme normal peut supporter.

Je savais ce qu'Ido ne voulait pas révéler à Sethon : la façon de se servir du livre noir pour se rendre maître d'un Œil du dragon et du pouvoir de ce dernier – ou de cette dernière.

– Vous pensez que Sethon est allé trop loin avec lui ? demanda Dela.

– J'ai vu les méthodes de Sethon, dit Yuso d'un ton sinistre. La modération n'est pas son fort.

– C'est pire que cela, déclara Momo. Nous recevons régulièrement l'ordre d'envoyer des filles au palais pour notre empereur vénéré. Il leur arrive de ne pas revenir.

Elle nous regarda avec une colère froide.

– À ce jour, on a repêché trois cadavres dans le canal. Dont celui d'une fille de ma maison. L'idée d'exercer un pouvoir sur la vie et la mort plaît à

Sethon. J'ai tenté d'arrêter ces livraisons, comme les autres maisons, mais il se contente d'envoyer ses soldats pour se servir.

Son récit nous laissa muets.

– Pourquoi tenez-vous tellement à Ido ? demanda enfin Momo. Vous allez avoir un mal fou à le faire sortir, et je vois bien que vous comptez sur mon aide.

Apparemment, elle avait fini par nous accepter. Yuso me lança un regard interrogateur. Je haussai les épaules : « Pourquoi pas ? »

– Dame Eona a besoin d'entraînement, dit-il. Sans Ido, elle ne pourra pas maîtriser son pouvoir. Et Sa Majesté a besoin de ce pouvoir pour conquérir son trône.

Momo se pencha en fixant sur moi son regard sagace.

– Qu'est-ce qui vous fait penser qu'Ido fera ce que vous voulez ? Vous espérez sa gratitude ?

Un rire silencieux secoua son corps maigre.

– Ido ignore le sens de ce mot. Je suis bien placée pour le savoir.

– Quand dame Eona guérit les gens, elle devient maîtresse de leur volonté, expliqua Ryko. Elle a déjà guéri Ido une fois.

Je rougis en entendant sa voix tendue. Cette tension n'échappa pas à Momo, qui se tourna brusquement vers lui et l'observa en se mordant les lèvres.

– Elle t'a guéri aussi, n'est-ce pas, Ry ?

Il hocha la tête presque imperceptiblement, les yeux fixés sur la table. L'espace d'un instant, le visage de Momo s'adoucit.

– Eh bien, dame Eona…

Elle était de nouveau la reine du Monde des Fleurs.

– Si vous pouvez vous rendre maîtresse d'une volonté comme celle de Ryko, il se pourrait que vous veniez à bout de sire Ido. Quel est votre plan, Yuso ?

– Comme nous ne pouvons pas entrer en force, nous devons recourir à la ruse. Dame Eona et Vida se déguiseront en Femmes Fleurs se rendant à une réception au palais.

Momo le regarda fixement.

– C'est une idée très dangereuse.

– Pas tant que ça si elles jouent le rôle de filles de haut rang.

Elle croisa les bras, m'observa attentivement puis examina Vida.

– Avec un peu de travail, c'est faisable, concéda-t-elle. Cela dit, les soldats font rarement appel aux arts raffinés d'une Orchidée ou d'une Pivoine. Ils ne veulent pas de musique ou de danse. Ce qui leur convient, ce sont plutôt les Jasmins ou les Fleurs de Cerisier.

Ses doigts se mirent à tambouriner sur la table.

– Enfin, nous pouvons nous arranger.

– Il n'est pas question que dame Eona ou Vida fassent réellement montre de leurs talents, lança Yuso en hâte. D'ailleurs, Ryko, dame Dela et moi les accompagnerons au palais. Nous serons censés être leurs protecteurs, ou quelque chose comme ça.

– Personne ne pourrait vous reconnaître, vous et Ryko ?

– Non, à moins qu'un garde impérial ait survécu et changé de camp.

Momo secoua la tête.

– Ils ont été exécutés. Tous.

Yuso et Ryko se regardèrent, unis par la même colère. Ryko pressa son poing contre sa poitrine, le visage crispé.

Après un instant de silence respectueux, Momo reprit la parole :

– Si vous êtes censés faire partie de mes hommes, on vous dira d'attendre à l'extérieur des appartements. Mais au moins, vous serez dans le palais. Quand voulez-vous agir ?

– Le plus tôt possible, déclarai-je.

– Il y a une soirée d'officiers ce soir. Est-ce assez tôt ?

Je respirai profondément. Jetant un regard à mes compagnons, je vis qu'ils étaient aussi tendus que moi : les choses sérieuses allaient commencer.

Yuso sourit d'un air résolu. Les uns après les autres, nous grimaçâmes également un sourire.

– Je crois que l'affaire est entendue, dit Momo d'un ton sec.

Il était agréable d'être rassasiée de poisson et de riz. J'appréciais aussi d'être de nouveau propre, même si le bain avait été rapide et si la servante m'avait frottée avec l'énergie d'un pêcheur halant un filet. Remontant la serviette encore humide plus haut sur ma poitrine, je changeai de place sur le dur tabouret de bois tandis que Mama Momo et Orchidée de Lune m'examinaient.

La jeune Femme Fleur tendit la main pour pousser mes cheveux mouillés derrière mon oreille, puis elle pinça les lèvres d'un air pensif.

Je m'efforçai de ne pas la fixer, mais il était difficile de résister à l'attrait de son visage. Madina avait parlé des quatre endroits où résidait la beauté. Chez Orchidée de Lune, ils étaient tous quatre remarquables. Sa chevelure douce et épaisse était coiffée en hauteur pour mettre en valeur son front large. Ses grands yeux brillaient d'une lueur espiègle. Ses lèvres donnaient envie de suivre du doigt leur contour parfait. Quant à sa gorge lisse, on avait le cœur serré devant tant d'harmonie.

– Je ne crois pas qu'elle puisse faire une Orchidée, décréta Momo. Sa voix et son visage pourraient aller, mais elle a les gestes d'un garçon livreur.

Elle me jeta un coup d'œil.

– Soit dit sans vous offenser, noble dame.

Je redressai de nouveau la serviette et haussai les épaules. À côté de la grâce langoureuse d'Orchidée de Lune, j'avais effectivement l'air d'un garçon.

La Femme Fleur fit la moue.

– Elle sera donc une Pivoine. Espérons qu'on ne lui demandera pas de jouer du luth.

Elle m'observa un instant.

– Je suppose que vous ne savez pas en jouer ?

Je secouai la tête.

Momo inclina mon visage dans ses mains en inspectant ma mâchoire.

– Et le maquillage de la Pivoine cachera cette ecchymose. Inutile d'attirer les vautours.

Elle traversa la pièce pour s'approcher du tabouret où était juchée Vida.

– Quant à vous, ma chère, vous serez une

Fleur de Safran. Mais laissez-moi d'abord vous mettre en garde contre…

– Je crois que Mama Momo est trop sévère, chuchota Orchidée de Lune en détournant mon attention. Vous pourriez tout à fait être une Orchidée.

Elle me tendit en souriant un long foulard.

– Veuillez tirer vos cheveux en arrière, noble dame. Nous allons commencer.

J'enveloppai ma tête dans le foulard, en faisant rentrer les mèches récalcitrantes.

– Vous feriez mieux d'enlever votre pendentif, ou il risque d'être couvert de fard.

Je passai la lanière de cuir par-dessus ma tête, faisant ainsi sortir de la serviette l'amulette de Kygo. L'espace d'un instant, Orchidée de Lune fixa l'anneau d'or se balançant au bout de la lanière. Elle déglutit péniblement.

– L'amulette de sang de Kygo… je veux dire, de Sa Majesté ! s'exclama-t-elle. Comment se fait-il que vous la portiez ? Est-ce qu'il va bien ?

Je dérobai l'anneau à son regard avide.

– Il me l'a donnée, déclarai-je.

Comment savait-elle que c'était l'amulette de Kygo ? La réponse s'imposa brutalement à moi. Nous nous regardâmes et sa beauté m'étreignit de nouveau le cœur, mais cette fois mon émotion était amère et violente.

– Est-ce qu'il va bien ? répéta-t-elle.

– C'était le cas ce matin, répondis-je en serrant mes doigts sur l'anneau.

Orchidée de Lune se retourna et plongea un pinceau dans le fard blanc pour le visage. Elle fronçait les sourcils, mais même les plis de son front lisse ne pouvaient amoindrir sa beauté. Elle respira profondément, retira le pinceau et essuya le surplus sur le côté du pot. Quand elle me fit face de nouveau, son visage avait retrouvé sa sérénité. Elle plaça le pinceau près de mon nez et entreprit d'enduire doucement ma peau avec le fard frais au toucher.

– Il tient beaucoup à cet anneau, déclara-t-elle.

Sans interrompre sa tâche, elle me jeta un coup d'œil.

– Sans doute a-t-il une haute opinion de vous.

J'étais sûre qu'elle m'avait vue rougir.

– Cette amulette doit nous protéger pendant cette mission, lançai-je.

– Évidemment.

Elle sourit et trempa derechef le pinceau dans le pot. Il y eut un silence tandis qu'elle maquillait à grands traits l'autre côté de mon visage puis mon front.

Je m'humectai les lèvres.

– Depuis combien de temps le connaissez-vous ?

Elle me regarda sous ses longs cils.

– Je ne l'ai pas revu depuis que Sa Majesté, l'impératrice Cela, a emprunté le chemin doré menant à ses ancêtres.

Elle n'avait pas répondu à ma question, mais une voix mesquine en moi se réjouit qu'elle ne l'ait pas vu depuis un an.

Orchidée de Lune se détourna de nouveau du pot de fard.

– C'est un très bel homme.

Un nouveau coup de pinceau se termina sur mon menton.

– Encore que sa dignité céleste soit une source de tension pour son corps terrestre.

Je reculai sous le pinceau, dont la pointe blanche resta suspendue entre nous, aussi fine que les observations de la Femme Fleur.

Ma curiosité finit par l'emporter sur mon malaise.

– Que voulez-vous dire ? demandai-je.

– Être si sacré que personne ne peut vous toucher… Cela crée à la fois une avidité et une réserve.

Le pinceau souple suivit le contour de ma bouche.

– Un conflit qui se reflète dans son esprit.

Elle s'interrompit et me regarda poliment.

– Mais peut-être êtes-vous d'un autre avis, noble dame ?

Pendant un instant brûlant, je sentis de nouveau la main de Kygo autour de mon poignet, je revis sa mâchoire énergique se serrer tandis qu'il reculait la tête en s'efforçant de se maîtriser. Je respirai profondément et rencontrai le regard attentif d'Orchidée de Lune.

– Vous devez bien le connaître.

Elle haussa légèrement les épaules et fit tourner le pinceau de plus belle dans le fard.

– Suffisamment pour savoir qu'avec cet anneau il vous a donné davantage que la protection d'un dieu.

J'ouvris ma main et nous regardâmes toutes deux l'amulette. J'avais conscience de son importance pour lui – je l'avais sentie dans la pression de sa main et la douce insistance de sa voix. Cependant j'avais envie de savoir ce que représentait ce présent d'après Orchidée de Lune.

Je n'eus pas besoin de le lui demander. Elle

était habituée à deviner les désirs d'autrui. Elle reposa le pinceau. Ses yeux sombres semblaient soudain beaucoup plus vieux que la beauté lisse de son visage.

– Il vous a donné son sang, dit-elle. Et l'instant où il est devenu un homme.

Elle serra de nouveau mes doigts autour de l'anneau. Son sourire était aussi ému que mon cœur.

L'espace d'un instant, je me sentis victorieuse, comme si j'avais gagné une bataille silencieuse entre nous. Puis je baissai les yeux sur sa main serrant la mienne, et je ne pus m'empêcher d'imaginer ces longs doigts pâles glissant lentement sur la peau sacrée de Kygo.

Je n'étais même pas encore entrée dans l'arène.

Après ce qui me parut une éternité, Mama Momo me rejoignit de nouveau, en compagnie de Dela.

– Vous avez fait du beau travail, ma chère, dit-elle à Orchidée de Lune. N'est-ce pas votre avis, dame Dela ?

Dela sourit d'un air approbateur, mais son expression était troublée. Elle était venue assister à nos préparatifs, tel un papillon attiré irrésistiblement par la flamme de la féminité. Pendant qu'Orchidée de Lune achevait de maquiller mon visage, Dela s'était assise à côté de moi. Je regardai ses doigts robustes voltiger au-dessus des pinceaux et des fards, ses yeux experts jauger mes sourcils habilement noircis et mes lèvres rougies. Je sentais presque physiquement son besoin douloureux de raser ses joues et de recréer par le maquillage celle qu'elle était vraiment.

– Ça va ? chuchotai-je à un moment où la Femme Fleur s'était éloignée brièvement.

Dela reposa le pot qu'elle tenait en se mordant les lèvres.

– Chaque jour, Ryko me voit habillée en homme. C'est difficile pour moi, et encore plus pour lui.

– Peu importe, assurai-je en effleurant son bras. Il sait qui vous êtes vraiment.

– Alors pourquoi me fuit-il ?

– Je ne crois pas que vous soyez en cause, dis-je avec tristesse. C'est à moi qu'il en veut.

À l'autre bout de la pièce, Vida observait son reflet de Fleur de Safran dans un immense miroir appuyé au mur. Elle toucha le verre, retira son doigt dès qu'elle sentit la surface dure. Je me rappelai mon propre choc la première fois que j'avais vu mon corps entier dans le miroir de l'arène. Alors que je vivais dans ma chair, voilà qu'elle se tenait brusquement devant moi, devenue une forme visible qui à la fois était moi-même et m'était extérieure. Vida détourna en hâte son regard de la précieuse glace. Peut-être ne voulait-elle pas voir les profondeurs de son esprit. Elle observa le reflet de sa main suivant la courbe de sa taille. Son corps était enveloppé dans une étoffe d'un bleu diaphane, qui se réduisait par endroits à une couche unique, révélant l'éclat de la peau enduite d'onguent, et s'amassait ailleurs en quatre ou cinq couches ne laissant voir que la forme du corps. Elle fronça les sourcils et recula, rougissante.

– Il sera difficile de se battre dans cette robe, lança-t-elle. Elle est très moulante. Je ne peux même pas cacher une arme.

– De toute façon, les gardes ne vous la laisseraient pas, répliqua Momo. Venez, dame Eona…

Elle me fit signe d'approcher du miroir.

– Admirez votre transformation.

Relevant le bas de ma robe rose et vert, je me dirigeai vers la glace, à la fois impatiente et inquiète de voir mon reflet.

Une femme à l'ossature délicate me regardait d'un air méfiant à la surface de verre, de ses grands yeux encore agrandis par le trait de charbon soulignant les cils et les sourcils. Son épaisse chevelure, coiffée en un triple chignon retenu par de magnifiques épingles d'or en forme de fleurs, rendait plus imposante sa frêle stature. Sa bouche était maquillée en un bouton de fleur stylisé, d'où émanait une étrange mélancolie. Le fard blanc cachait la courbe des lèvres s'incurvant naturellement vers le haut, adoucissait un menton têtu et accentuait avec élégance la longueur du cou.

Je clignai des yeux pour mieux voir. La femme devant moi était jolie, mais n'avait pas la beauté d'Orchidée de Lune. Suivant des yeux le fard blanc, je constatai que le creux de mon cou était resté sans maquillage, tel un joyau de peau lisse et nue suggérant ce qui se trouvait sous l'étroit fourreau de soie rose et vert et la ceinture brodée serrant la taille.

– Bien qu'elle soit entièrement couverte, le message est éloquent, observa Dela non sans ironie.

– C'est tout notre art, dit Momo.

Je secouai la tête.

– Je n'y arriverai jamais, lançai-je en m'éloignant du miroir. Je ne suis pas assez féminine. Je vais marcher comme un garçon et notre stratagème sera à l'eau.

– Quelle absurdité ! Vous avez été assez habile pour faire croire à tout le monde pendant des années que vous étiez un garçon. Je suis certaine que vous arriverez fort bien à jouer le rôle d'une Pivoine.

Momo me ramena au miroir et m'immobilisa devant.

– Regardez-vous. Vous êtes une ravissante Pivoine, une artiste de grand talent dont la compagnie est réservée aux riches et aux puissants. Les hommes ne songeront qu'à vous déshabiller des yeux. C'est tout ce qu'ils verront.

Je pinçai les lèvres, en sentant le goût de cire du fard rouge. Je savais que Momo avait raison : les soldats ne verraient que la promesse de mon corps. Au premier coup d'œil, en tout cas. Même le regard de Kygo avait changé quand je lui avais enfin révélé que j'étais une femme. Sa colère avait été terrible, bien sûr, mais tandis qu'il assimilait mon identité nouvelle je sentais que mon corps devenait pour lui une possibilité et que mon être se résumait désormais à ma chair. À l'époque, cela m'avait remplie de honte et de fureur.

Les yeux fixés sur le miroir, je vis un léger sourire flotter sur la bouche en bouton de fleur rouge. Je désirais presque qu'il me vît avec cette robe et ce maquillage. Me trouverait-il belle ? Je jetai un coup d'œil sur Orchidée de Lune. Pas si elle se trouvait dans la pièce. Malgré tout, il avait fait de moi son *naiso* et il m'avait embrassée alors que j'étais maculée de boue et sentais le cheval et la sueur. J'étais assurément davantage qu'un corps pour lui.

Un doute s'insinua dans mon esprit comme un poignard acéré. Et si mon corps n'avait jamais eu d'importance à ses yeux ? Peut-être n'avait-il pas envie d'Eona, mais des « mille décharges l'irradiant de plaisir ». Était-ce pour cette raison qu'il n'avait pas recherché ma compagnie, durant le voyage vers la capitale ? N'osant pas toucher la perle, j'étais sans intérêt… Je regardai de nouveau Orchidée de Lune. Il pouvait avoir toutes les femmes qu'il voulait. Pourquoi m'aurait-il choisie ?

Peut-être ne voyait-il même pas Eona quand il me regardait. Peut-être ne voyait-il que le pouvoir du dragon.

Mama Momo m'éloigna du miroir.

– De toute façon, dit-elle, si tout se passe bien, vous ne resterez pas longtemps avec les officiers. Redites-moi en quoi consiste votre plan.

Nous l'avions déjà examiné en détail deux fois pendant mon maquillage, mais elle avait raison d'insister.

– La soirée est donnée par le Grand Seigneur Haio, un des demi-frères de Sethon. Il n'a demandé que des filles de rang inférieur, de sorte qu'il se plaindra en me voyant au milieu des autres.

Momo hocha la tête.

– Il est tellement avare qu'il ne voudra pas payer une Pivoine qu'il n'avait pas commandée.

– J'expliquerai alors que c'est un malentendu et que Vida et moi sommes un présent que les Maisons des Fleurs font à l'empereur : une Pivoine pour la musique et les chants, un Safran pour les arts moins éthérés.

Je réfléchis un instant.

– Et si Haio décidait finalement de garder la Pivoine ?

Même si je n'avais pas une claire idée de ce qui se passait dans ces soirées, je savais qu'elles seraient dangereuses pour nous deux.

– Il n'osera pas contrarier les plaisirs de son frère. Il a de bonnes raisons pour cela. Un huissier sera chargé de vous mener auprès de Sethon.

– Ryko, Yuso et Dela nous intercepteront, continuai-je. Après nous être débarrassés de l'huissier, nous irons chercher Ido.

– Il ne faudra pas laisser passer votre chance, prévint Momo en m'agrippant le bras avec insistance.

– Nous le savons, dit Vida.

– Nous pénétrerons dans le cachot d'Ido. Je le guérirai, puis nous rejoindrons la muraille du palais à l'est, où les résistants nous attendront avec des chevaux et nous emmèneront en lieu sûr.

Je regardai les visages sombres autour de moi.

– Espérons que les dieux seront avec nous.

– Ils devraient vous sourire rien que pour l'audace de votre entreprise, déclara Momo.

Elle se tourna vers Dela.

– Vous est-il vraiment impossible de réussir sans risquer la vie de dame Eona ? J'aurais pu vous retrouver à l'extérieur du palais.

– Il faut que je sois là pour guérir Ido et le tenir sous contrôle, lançai-je avant que Dela puisse répondre.

J'avais peur de rentrer dans le palais, mais je ne redoutais pas moins de perdre cette occasion unique de sauver le seul homme capable de m'apprendre à maîtriser mon pouvoir du dragon.

Momo soupira puis fit un signe à Orchidée de Lune.

– Conduisez Vida et dame Dela dans la chambre du haut, ma chère. Yuso et Ryko les attendent.

Elle me sourit.

– Dame Eona, voulez-vous rester encore un instant ?

Je croisai les bras.

– Pour quoi faire ?

Croyait-elle pouvoir me convaincre de ne pas pénétrer dans le palais ?

– Je voudrais vous parler de Ryko, dit-elle à voix basse.

Dela se retourna, sans prêter attention à la Femme Fleur l'invitant avec douceur à l'accompagner.

– Ryko ? Que se passe-t-il avec Ryko ?

Momo s'offusqua de ce ton impérieux.

– C'est une affaire entre dame Eona et moi-même.

– Ryko est mon garde personnel, lança Dela sans se démonter. Je reste aussi.

– Votre garde personnel ? répéta Momo.

Ce n'était plus tout à fait vrai, mais aussi bien Dela que Ryko semblaient tenir à ce lien officiel qui les avait d'abord réunis.

– Dame Dela peut rester, dis-je devant son regard suppliant.

Je ne cherchais pas uniquement à lui faire plaisir. Je n'avais aucune envie d'affronter seule la vieille femme, surtout à propos de Ryko.

Momo pinça les lèvres, mais elle hocha la tête et fit signe à Orchidée de Lune et Vida de sortir.

– Vous êtes en train de le tuer, dit-elle d'un ton neutre après que la porte se fut refermée. Cette emprise sur sa volonté… Son esprit n'y résistera pas.

Je serrai mes bras sur ma poitrine.

– Je n'ai pas agi délibérément.

– Mais vous recommencez sans cesse. J'ai parlé avec lui.

– Elle ne l'a fait que deux fois, intervint Dela. Et dame Eona a promis…

– Trois fois, dit Momo. Au moins.

Dela se tourna vers moi.

– Trois fois ?

– Sa Majesté m'y a forcée, avouai-je en baissant la tête. C'était un test. Je ne voulais pas.

– Eona !

Je ne levai pas les yeux. Sa voix déçue était suffisamment explicite.

– Vous n'étiez pas là, me défendis-je. Vous n'avez pas à me juger.

Momo clappa de la langue avec irritation.

– Peu importe combien de fois. Ryko est un homme qui vit selon son propre code. Il mourrait plutôt que d'y renoncer. Je suis bien placée pour le savoir. Son maudit code a creusé un fossé entre nous.

– Comment cela ? demanda Dela.

– J'étais amie avec sa mère, Layla. Nous travaillions dans la même maison. Elle voulait partir et ramener Ryko dans les îles. Elle avait presque rassemblé la somme nécessaire à son affranchissement. C'est alors qu'elle fut tuée par un client, devant son propre fils.

Dela pressa sa main sur sa bouche.

– Ryko était là ?

– Oui. Il a essayé d'empêcher ce meurtre, mais il n'avait que huit ans. Après cet épisode, je l'ai pris avec moi. Plus tard, quand il eut seize ans et que j'eus fondé ma propre maison, il a aidé une de mes filles à s'enfuir. Elle l'avait manipulé, mais ce n'est pas là l'important.

D'un geste de la main, elle réduisit la fille à néant.

– Il voulait faire pour elle ce qu'il n'avait pu faire pour sa mère.

La vieille femme se tourna vers moi.

– Pour Ryko, votre emprise est comme un esclavage dont ni l'argent ni la fuite ne peuvent le libérer. Vous tenez son esprit enchaîné.

Je jetai un coup d'œil à Dela.

– Peut-être devrait-il nous quitter.

– Vous savez qu'il ne le voudra jamais, répliqua-t-elle en serrant la mâchoire.

– La situation va encore empirer, chuchotai-je. Si notre plan réussit et que je guérisse sire Ido, Ryko sera partie prenante de l'emprise que j'exercerai sur lui.

Momo secoua la tête.

– Est-il au courant ?

– Oui.

– Dans ce cas, c'est son choix, dit-elle d'un ton amer. Et c'est là l'essentiel, n'est-ce pas. Si Ryko ne peut pas choisir lui-même, en accord avec son sens du devoir et de l'honneur, il préférera mourir.

– J'espère qu'une fois que sire Ido m'aura entraînée je pourrai mettre fin à ce lien, déclarai-je.

– Vous comptez beaucoup sur sire Ido, grogna Momo. Je prie le ciel que vous puissiez le contrôler, comme vous le dites. Laissez-moi vous montrer quelque chose, en guise d'avertissement.

Elle dénoua sa ceinture et remonta sa robe sur son épaule droite, en exposant son dos osseux. Une longue cicatrice irrégulière, ancienne et profonde, balafrait la peau – la marque d'un coup de fouet.

– Ido ? chuchota Dela.

Momo hocha la tête.

– J'avais dix-sept ans. Je lui ai tourné le dos. Ne commettez jamais cette erreur, dame Eona. Il frappera avec la rapidité d'un scorpion, et son venin n'est pas moins virulent.

– Pourquoi a-t-il fait ça ? demandai-je.

– Parce qu'il le pouvait, répondit Momo. C'est dans sa nature.

Toutefois elle n'avait pas vu le remords secouant le corps d'Ido après que je l'avais guéri, ni la souffrance affreuse qu'il avait endurée pour empêcher les dix dragons de me mettre en pièces. Il était certainement possible que sa nature ait changé. Autrement, pourquoi aurait-il pris un tel risque ?

Chapitre 13

Douze filles : un nombre favorable. Tandis que nous nous rassemblions devant la porte du Service diligent, j'observai dans la pénombre les visages autour de moi. Certaines des femmes étaient tendues – sans doute n'avaient-elles pas oublié les trois cadavres retrouvés dans le canal. D'autres avaient le regard vitreux dû à la drogue du dragon, qui engourdissait aussi bien leur corps que leur esprit. Momo nous avait exhortées à ne pas approcher ces filles, car elles ne songeaient ni à leur sûreté ni à celle des autres. Il faisait toujours aussi chaud et l'odeur de la sueur était à peine couverte par la cacophonie de parfums dont j'étais environnée. Notre groupe était pris entre nos soi-disant protecteurs et les soldats gardant la porte. Je fis glisser ma main en sueur sur le manche de mon luth et me penchai vers Vida. Elle attendait, les bras croisés et les pieds écartés.

– On croirait que vous êtes de garde, chuchotai-je.

Elle décroisa ses bras et joignit les mains.

– Que signifie ce retard ?

Une femme se faufila à côté de nous.

– Je ne savais pas qu'il devait y avoir une

Pivoine, dit-elle d'une voix forte qui attira sur moi l'attention de toutes nos compagnes.

Elle portait une robe ressemblant à celle de Vida mais découvrant nettement plus de peau. Quand elle sourit, je vis que ses dents étaient teintes en noir, conformément à la coutume des femmes mariées de la côte lointaine du Sud-Est. Que faisait-elle si loin de son pays et de son époux ?

– Nous allons avoir de la musique, ajouta-t-elle. Nous pourrons danser.

– Essaierais-tu de jouer les Orchidées ? se moqua une autre Fleur de Safran.

Les deux femmes commencèrent à s'insulter à mi-voix et les autres cessèrent de me prêter attention. Je regardai Yuso dans mon dos. Le capitaine sévère que je connaissais était caché par une barbe miteuse, des vêtements usés et une allure négligée. Feignant l'ennui, il se mit à bâiller, mais ses yeux me lancèrent furtivement un regard rassurant. À côté de lui, Dela gratta sa joue mal rasée d'un air absent. Elle se racla la gorge et cracha.

Je me balançai sur mes pieds en regardant deux soldats fouiller une adepte de la drogue du dragon, qui se lovait contre eux en pouffant. Ils finirent par appuyer son corps flasque contre les planches rugueuses de la nouvelle porte. Cela ne faisait que douze jours que Ryko et moi avions suivi à cheval un bélier enfonçant cette porte, en nous frayant un chemin à coups de sabre. Je frissonnai en me rappelant le soldat piétiné par notre monture, la poitrine défoncée par les sabots. Ryko se remémorait-il lui aussi cette nuit éperdue ? Son visage ne révélait que son impatience, tandis qu'il attendait à côté d'un Trang Dein aussi musclé et gigantesque que lui.

– Petite sœur Pivoine, donnez-moi votre luth, je vous prie.

Je sursautai. Un soldat très jeune, au visage grêlé, me tendait la main. Sa politesse désuète s'accordait à son sourire timide.

– Je ferai attention à ne pas l'abîmer.

Je lui donnai l'instrument. Il le secoua doucement, regarda dans les ouïes décorées avec un goût exquis puis me le rendit.

– Je suis désolé, petite sœur, mais je vais devoir vous fouiller.

Les marques blanches constellant sa peau contrastaient avec son visage écarlate.

– Ce sont les ordres.

Je me mordis la joue tandis que ses mains hésitantes palpaient ma poitrine, ma taille, mes hanches. À côté de moi, un autre garde faisait subir le même examen à Vida, mais avec nettement moins d'égards.

Mon jeune soldat baissa la tête.

– Vous pouvez entrer, maintenant.

J'essayai un sourire de Pivoine – lent et mystérieux, comme Orchidée de Lune me l'avait enseigné –, et je le vis rougir de plus belle.

Vida me rejoignit et nous franchîmes la porte menant à la cour longeant les immenses cuisines. Serrant ma main autour de mon poignet, je sentis la forme de l'anneau de Kygo sous la lanière de cuir enroulée et nouée en un épais bracelet. C'était Orchidée de Lune qui avait eu l'idée de le cacher ainsi. Le soin avec lequel elle avait attaché le bracelet à mon poignet m'avait semblé comme une bénédiction silencieuse.

Je jetai un coup d'œil derrière moi. Ryko franchissait la porte à son tour. Nous étions tous dans le palais. J'adressai une rapide prière à Tu-Xang, l'antique dieu de la Chance, qui avait la réputation de protéger les idiots et les voleurs.

Quatre hommes accoururent vers nous, en répondant à peine tandis que nous nous inclinions en désordre. Leurs bonnets blancs et les plumes vertes fixées à leurs robes indiquaient qu'il s'agissait d'huissiers. Momo avait dit vrai : à l'intérieur de l'enceinte, nous n'aurions plus affaire à des gardes mais à des eunuques. Lors de la nuit terrible du coup de force, Ryko et moi avions vu de nombreux domestiques eunuques se faire massacrer. Cependant ces quatre hommes arboraient une mine zélée et satisfaite, comme si ces horreurs ne s'étaient jamais passées. Apparemment, l'avènement d'un nouvel empereur, même dans des circonstances aussi violentes, ne changeait rien à la mécanique du palais.

– Suivez-moi, lança l'un d'eux. Restez groupées.

Quelques femmes se prirent par le bras en chuchotant et en riant nerveusement. Je regardai Vida et saisis sa main, pour marcher au même pas qu'elle mais surtout pour avoir le réconfort d'un contact humain. Elle serra mes doigts. Nous contournâmes les cuisines, autour desquelles une odeur salée de poisson flottait dans l'air tiède de la nuit, puis nous longeâmes le mur d'enceinte des appartements des visiteurs, où avait résidé autrefois sire Eon. Pendant plus d'un mois, j'avais été un seigneur Œil du dragon vivant dans l'appartement aux Pivoines. Et voilà que je revenais sous les traits d'une jeune Pivoine du quartier des plaisirs. Je faillis céder à un fou rire.

Nous nous engageâmes dans l'avenue passant devant la petite salle du banquet. Cette partie du palais n'avait guère subi de dommages. Je savais que les destructions avaient été plus importantes de l'autre côté, autour du harem, là où sire Ido s'était servi de son pouvoir du dragon pour faire s'écrouler les murailles du sanctuaire. Peut-être ses souffrances étaient-elles le châtiment que les dieux lui infligeaient pour avoir enfreint l'Engagement de Service.

Les eunuques nous conduisirent au troisième appartement des visiteurs : la maison du Nuage aux Cinq Couleurs. C'était apparemment notre destination, car ils nous menèrent dans le jardin d'apparat. L'huissier principal resta en arrière pour marcher à côté de Yuso et Dela.

– Vous et vos hommes ne devrez pas entrer, leur dit-il. À aucun moment. Compris ?

Yuso haussa les épaules.

– Compris.

Il ouvrit la main pour montrer un jeu de dés.

– Nous sommes habitués à attendre.

Tandis que nous approchions de l'élégante porte coulissante, l'atmosphère changea dans le groupe des femmes. Même celles qui étaient sous l'emprise de la drogue se redressèrent. Je sentis la main de Vida se crisper dans la mienne. C'était maintenant à moi de nous faire franchir le prochain obstacle : le frère de Sethon. Momo s'était dite certaine qu'il appellerait un huissier. Elle connaissait le seigneur et son monde, mais que ferions-nous s'il avait finalement envie d'une Pivoine ? Une vision affreuse du coup de force s'insinua en moi – une servante se débattant en hurlant sous un soldat. Mes doigts se serrèrent sur le luth. Devant nous, les femmes cessèrent leurs chuchotements lorsque l'huissier tapa dans ses mains pour annoncer notre arrivée. Son ombre s'étirait sur l'allée de gravier impeccablement ratissée, à la lueur de deux lanternes en cuivre.

La Fleur de Safran aux dents noircies se tourna vers moi.

– Vous devriez marcher devant, dit-elle dans le silence. Pourquoi restez-vous à l'arrière ?

Son étonnement me prit de court et je ne sus que répondre.

– Si vous vouliez bien vous pousser, la grosse, lança Vida d'une voix aigre, Pivoine de Chance pourrait enfin gagner sa place.

La femme aux dents noires lui jeta un regard mauvais, mais elle s'écarta.

– La grosse ? marmonna-t-elle sur notre passage. Elle ne s'est pas regardée !

Vida lui jeta un coup d'œil qui la réduisit au silence. Je me contraignis à sourire avec sérénité tandis que nos compagnes nous laissaient passer. Quelques murmures mécontents se turent devant la détermination belliqueuse de Vida. Nous nous installâmes en tête du cortège désordonné et montâmes sur la terrasse basse en bois. La porte coulissante s'ouvrit brusquement. Un serviteur grassouillet nous regarda puis s'inclina devant l'huissier.

– Elles sont en retard, déclara-t-il.

Il fit un signe de tête en direction de l'appartement où retentissaient des rires d'hommes.

– Ils sont déjà complètement ivres.

La tension grandit chez les femmes, qui se mirent à chuchoter.

– Faites-les donc entrer, dit l'huissier.

Le serviteur fit la moue, s'inclina et nous conduisit dans un élégant vestibule dont les nattes étouffaient le bruit de nos pas. La disposition des pièces m'était familière. Comme dans l'appartement aux Pivoines, une salle de réception s'étendait à l'avant, l'arrière étant réservé aux pièces intimes. D'après les murmures mêlés d'éclats de rire qui nous parvenaient, les hommes devaient attendre dans la salle de réception.

Le serviteur frappa dans ses mains devant la porte. Aussitôt, les conversations se turent. Mon esprit se vida – il n'y restait plus que la peur. À côté de moi, Vida pressa ses mains sur sa poitrine.

– Vida, chuchotai-je.

Elle me lança un regard où ma propre panique se reflétait.

– Entrez ! lança une voix d'homme.

Le serviteur fit coulisser la porte et courba son corps dodu en une profonde révérence.

Le sang martelait mes tempes. Devant moi, des hommes vêtus des tuniques bleu sombre de la cavalerie se prélassaient autour d'une table basse, dont la surface luisante était jonchée de carafes au goulot allongé et de plats chargés de victuailles. J'observai les visages à la ronde. Certains étaient critiques, d'autres concupiscents. À son expression étonnée, je reconnus le Grand

Seigneur Haio. L'odeur de viande cuite et de sueur masculine était accablante.

Me forçant à sourire, j'avançai en m'inclinant et conduisis mes compagnes dans la pièce. Je n'osai pas lever les yeux vers le cercle d'hommes, tant il me semblait que ma peur se lisait sur mon visage. Je m'agenouillai, posai le luth devant moi et me prosternai, imitée par les autres femmes. Les nattes puaient si fort le vin de riz que j'en avais la nausée. Je serrai les poings en luttant contre mon malaise. Il était exclu qu'une Pivoine perde son sang-froid ou vomisse sur les pieds de ses clients.

– Redressez-vous.

Je m'assis sur les talons et rencontrai le regard mécontent du Grand Seigneur Haio. Ses traits rappelaient ceux de ses deux demi-frères plus âgés. Il avait le front du défunt empereur, et ses yeux étaient aussi froids que ceux de Sethon mais plus rapprochés. En revanche, sa bouche n'était qu'à lui : petite et mauvaise, elle était pour l'heure tordue en une moue irritée.

– Qui êtes-vous ? demanda-t-il.

L'espace d'un instant, je cherchai désespérément mon nom dans ma mémoire. Puis je me souvins de l'échange acerbe entre Vida et la femme aux dents noires.

– Je m'appelle Pivoine de Chance.

Mon soulagement amena un vrai sourire sur mes lèvres. Je m'inclinai de nouveau.

– Je n'avais pas commandé de Pivoine, gronda-t-il. Serait-ce une manigance pour faire marcher les affaires ?

Grâce au ciel, Momo avait raison. C'était vraiment un avare.

– Il semble qu'il y ait eu un malentendu, seigneur.

Je désignai d'un geste Vida, agenouillée près de moi.

– Ma compagne et moi sommes un présent pour votre frère, Sa Majesté l'empereur. Un gage de bonne volonté de la part des maisons du Monde des Fleurs.

Derrière moi, je sentis un mouvement de malaise chez les autres femmes. Une appréhension silencieuse.

Haio poussa un grognement.

– Un présent, dites-vous ?

– Pourquoi n'avons-nous pas songé nous-mêmes à un pareil présent ? lança un homme au visage rougeaud.

Il choqua sa coupe de vin contre celle de son voisin.

– Être un peu en faveur auprès de Sa Majesté ne nous ferait pas de mal, général. Nous avons toujours droit au pire en hommes et en équipement.

Haio regarda ses officiers.

– Ce que vous dites là n'est pas faux.

S'essuyant le nez avec un gros doigt, il m'observa.

– Nous pourrions apporter nous-mêmes ce présent à mon frère, dit-il lentement. Il est inutile qu'il sache que c'était un don du Monde des Fleurs.

Je me raidis et entendis Vida retenir son souffle tandis que les hommes éclataient de rire autour de la table.

– Seigneur… dis-je en joignant les mains.

Il pointa le doigt vers moi.

– Vous feriez mieux de ne pas lui raconter qui vous a envoyée, sans quoi je ferai en sorte que votre joli minois soit hors d'état de vous servir à l'avenir. Compris ?

Je baissai la tête.

– Nous pourrions garder la Fleur de Safran, suggéra le rougeaud en lorgnant Vida. Contentons-nous de donner la Pivoine à Sa Majesté.

– Après tout… dit Haio d'un ton songeur.

– Seigneur, repris-je en m'efforçant de parler avec calme, ma compagne est une des favorites de Sa Majesté. Je ne voudrais pas que Votre Seigneurie contrarie sans le savoir son frère vénéré.

– Une de ses favorites, marmonna Haio en se frottant la mâchoire.

Saisissant une coupe, il la vida d'un trait.

– Nous avons suffisamment de quoi faire ici, déclara-t-il avec un regard mécontent à ses hommes. Inutile d'être trop gourmands.

Il se hissa sur ses jambes légèrement vacillantes puis désigna du doigt le rougeaud et trois autres subalternes.

– Allons porter à mon frère un présent tardif pour le Nouvel An !

Il fit signe à Vida et moi de le suivre.

– Venez.

Se tournant vers les hommes encore à genoux autour de la table, il les foudroya du regard en agitant un doigt menaçant.

– Gare à vous si vous commencez sans nous, vous autres !

Je jetai un coup d'œil à Vida. Que pouvions-nous faire ? Elle haussa imperceptiblement les épaules. Pour le moment, rien. Je m'inclinai de nouveau, reculai et ramassai le luth. Au moins, il pourrait servir de gourdin, si du moins on m'en laissait le temps. Cela paraissait peu probable. Nous allions être entourées de cinq soldats expérimentés, et non d'un ou deux huissiers. Réprimant mon affolement, je me contraignis à me lever. Chaque chose en son temps. Pour l'instant, il fallait sortir de cet appartement.

Suivie de près par Vida, je contournai nos compagnes agenouillées. Je croisai fugitivement les yeux écarquillés de la femme aux dents noires. Elle semblait avoir tellement peur – pour nous.

Haio referma violemment la porte et s'avança en titubant dans le vestibule. Deux des soldats se postèrent derrière Vida et nous hâtâmes toutes deux le pas en sentant leur présence menaçante. Je jetai un coup d'œil dans mon dos. Ils n'étaient pas ivres – leur regard était trop vigilant – et ils portaient chacun un poignard dans un fourreau fixé à la taille. Je constatai que le rougeaud en avait également un. Cette arme faisait sans doute partie de leur uniforme. Respirant profondément pour me calmer, je suivis Haio dans la cour. Je ne pensais plus qu'à trouver Yuso pour l'avertir d'une manière ou d'une autre.

Je n'eus pas à chercher bien loin. Il était accroupi au bout de la terrasse en bois, occupé à jouer aux dés avec Ryko, le Trang Dein et deux garçons de cuisine. Lorsque Haio lança une plaisanterie obscène au rougeaud, Yuso leva brutalement la tête, les dés encore à la main. Je le vis pincer les lèvres en comprenant d'un coup la situation. Sa vivacité d'esprit m'emplit fugitivement de gratitude. Jetant les dés d'un air indifférent, il se renversa en arrière en nous observant avec un sourire sans joie. À côté de lui, Ryko leva la tête à son tour. Lui aussi semblait insouciant, mais ses mains se crispèrent sur ses cuisses. Dela était invisible.

Je fis glisser le luth de leur côté et posai quatre doigts à plat sur les cordes : « Armés ». Puis je refermai mon poing sur le manche : « Sethon ». Yuso ou Ryko verraient-ils et comprendraient-ils ? Nous les avions déjà dépassés et je n'osai pas regarder derrière moi. Je ne me hasardai même pas à jeter un regard à Vida.

L'air nocturne semblait avoir ranimé Haio. Il allongea le pas en direction de la petite salle du banquet, sur le chemin éclairé par des lampions blancs suspendus entre les bâtiments. Des soldats postés devant les portes et aux coins des allées le saluèrent au passage. Leur présence ajouta encore à mon appréhension. Je risquai un coup d'œil sur Vida. Elle baissait la tête d'un air soumis, mais ses yeux inspectaient les environs en cherchant de possibles échappatoires.

Il n'y en avait aucune.

Deux silhouettes surgirent sur notre gauche entre les deux salles du banquet. L'espace d'un instant, l'espoir fit battre mon cœur. Yuso et Ryko ! Mais ces corps mous ne pouvaient être les leurs. C'étaient deux eunuques, qui s'inclinèrent en hâte.

– Vous deux ! les apostropha Haio. Mon frère est-il toujours en train de dîner ?

– Oui, seigneur, répondit le plus âgé en s'inclinant encore plus bas.

Nous gravîmes les marches de marbre menant

à la porte dorée de la salle du banquet. Les deux gardes postés de chaque côté firent un salut militaire puis ouvrirent les deux battants devant nous. J'effleurai mon visage, en sentant la poudre crayeuse recouvrant le fard blanc. Le Grand Seigneur Sethon n'avait rencontré qu'une fois sire Eon, lors de la procession triomphale durant laquelle mon maître était mort empoisonné. Je m'étais prosternée devant le Grand Seigneur pour implorer son aide. Cette scène était encore récente. Se souviendrait-il assez de mes traits pour me reconnaître sous mon masque de Pivoine ? L'envie de décamper devant un tel péril démangeait mes bras et mes jambes, mais je refrénai cette impulsion.

– Voici le Grand Seigneur Haio, annonça un autre eunuque tandis que nous gravissions le seuil surélevé pour pénétrer dans la salle du dîner.

Les notes suaves et tremblantes d'une flûte se turent soudain, cédant la place aux murmures de voix d'hommes. Eux aussi cessèrent peu à peu tandis que nous nous avancions vers l'empereur Sethon.

Il se trouvait sur une estrade dorée au bout de la salle. Ses robes jaunes chargées de lourdes broderies d'or et de joyaux scintillaient à la lumière des lampes. Les invités à ses pieds étaient assis à deux longues tables se faisant face. Le rougeaud me poussa rudement et je me hâtai de m'agenouiller. Les cordes du luth vibrèrent doucement quand je le posai sur le sol de marbre. Je regardai furtivement les hommes assis non loin de moi. C'étaient tous des officiers de haut rang. Nous étions au milieu de l'état-major de Sethon. Je me prosternai en pressant le front contre le marbre froid, qui semblait en accord avec la peur glaçant mon corps.

Les pas de Haio résonnèrent à un rythme irrégulier tandis qu'il se dirigeait vers l'estrade impériale. Derrière mon dos, la respiration de Vida s'accéléra. Je fermai les yeux et adressai une prière à Bross, en l'implorant de me donner du courage.

– Salut à vous, mon frère. Vous pouvez vous lever.

La voix impassible et monocorde de Sethon était telle que dans mon souvenir.

– Je croyais que vous dîniez avec vos hommes, ce soir.

– C'est exact, Votre Majesté, dit Haio.

Son ton autoritaire avait cédé la place au manque d'assurance d'un frère cadet.

– Je vous ai apporté un présent. Une Pivoine et l'une de vos Fleurs de Safran favorites.

Je retins mon souffle. Sethon allait-il nier avoir une favorite ? Il n'avait encore jamais vu Vida. Je dus faire appel à toute ma volonté pour garder la tête baissée.

– Et qu'est-ce qui me vaut un tel présent ?

Que les dieux soient remerciés – il s'intéressait davantage à ce que pouvait cacher la générosité de Haio.

– Rien de spécial, mon frère.

Haio se racla la gorge.

– Ce n'est qu'un présent pour la Nouvelle Année.

– Rien à voir avec votre actuelle insatisfaction, donc ?

Ces mots mirent en émoi les hommes assis aux tables.

– Je n'ai aucune insatisfaction, mon frère, lança précipitamment Haio.

Les doutes de Sethon s'exprimèrent par un silence éloquent.

– Je m'en réjouis, dit-il enfin. Huissiers, apportez-moi mon présent.

Des pas feutrés se rapprochèrent. Une main sur mon épaule m'invita à me redresser. Levant les yeux, je vis le visage d'un très jeune eunuque, dont la peau lisse était gâtée par une longue balafre mal cicatrisée en travers de sa pommette. Nos yeux se croisèrent, et malgré son calme étudié je sentis furtivement sa compassion. Derrière nous, un eunuque plus âgé aida Vida à se lever. Je pris le luth et me hissai à mon tour sur mes jambes. Il était impossible de résister à la fatalité qui nous menait à cette entrevue périlleuse.

La tête baissée, je suivis le jeune eunuque vers l'estrade. En passant le long des tables, je vis les hommes tendre le cou pour mieux voir. Nous faisions désormais partie des attractions de la soirée.

Les deux eunuques s'inclinèrent devant Sethon et nous abandonnèrent au bord de l'estrade. Je tombai à genoux, sans relever la tête. Chaque instant où il ne verrait pas mon visage était comme un espoir encore possible. J'apercevais les bottes d'un soldat montant la garde derrière le fauteuil doré, et le bas incrusté de perles et de diamants de la longue tunique de Sethon. Je déglutis, terrifiée. À côté de moi, les mains de Vida se crispaient sur ses genoux avec tant de force que les os des doigts ressortaient sous la peau.

– Approchez, Pivoine, ordonna Sethon.

Il me sembla que les battements de mon cœur devenaient assourdissants, comme si plus rien n'existait que le rythme lancinant de ma peur.

– Tout de suite !

Je gravis en titubant les deux marches me séparant de l'usurpateur puis m'effondrai de nouveau à genoux. Les fleurs d'or de mon épingle à cheveux tintèrent comme un carillon miniature lorsque je baissai la tête. Ma main se serra sur le manche du luth. Si seulement j'avais tenu à la place les sabres de Kinra. Je regardai par en dessous la main de Sethon commandant d'un geste à quatre serviteurs d'enlever la table installée devant lui. Ils la soulevèrent et la descendirent de l'estrade avec une efficacité silencieuse. Il s'étira dans son fauteuil doré et sculpté, révélant ainsi la stature imposante de son corps de guerrier, puis il se leva d'un bond et me toisa.

– Levez les yeux. Je désire voir votre visage.

Il était si près que je distinguais les coutures délicates des fils d'or maintenant les joyaux sur sa tunique, et sentais l'odeur des herbes dont on s'était servi pour adoucir la soie. Je ne pouvais plus tergiverser. Je levai la tête avec lenteur, les yeux fixés sur le panneau incrusté de jade derrière lui. Même ainsi, je voyais du coin de l'œil ses traits où je retrouvais ceux de Kygo et du défunt empereur altérés par ses cicatrices et sa cruauté.

– Vous êtes autorisée à me regarder, lança-t-il.

C'est ainsi que je croisai le regard de l'homme qui voulait tuer tous ceux que j'aimais et me réduire en esclavage. Derrière son attention impassible, je discernai une lueur étonnée qui me glaça. Se penchant en avant, il serra mon menton dans ses mains calleuses.

– Vous ai-je déjà rencontrée ?

Se rappelait-il sire Eon à genoux lui aussi et implorant son aide ? Je battis des paupières, en priant le ciel qu'il ne puisse voir ce souvenir dans mes yeux.

Je me forçai à parler avec calme :

– Je n'ai pas eu cet honneur, Votre Majesté.

Il m'examina d'un air pensif, puis appuya son pouce sur ma joue et essuya le fard blanc dissimulant l'ecchymose sur ma mâchoire. La pression brutale me fit tressaillir. Une expression avide passa sur son visage, comme la queue d'un serpent apparaissant fugitivement dans l'herbe.

– Quelqu'un m'a précédé ici, proclama-t-il.

Il se tourna vers Haio.

– Auriez-vous attendri la viande pour moi, mon frère ?

– Certes non, répondit Haio au milieu des rires embarrassés des convives.

Il leva les mains.

– Elle est venue directement de sa maison jusqu'à vous, mon frère. Je ne me permettrais jamais…

Sethon le fit taire d'un geste puis tapota ma mâchoire.

– Enfin, les marchandises abîmées n'ont plus besoin d'être traitées avec ménagement.

Il me lâcha.

– Je vous remercie de votre présent, Grand Seigneur Haio, dit-il d'un ton cérémonieux.

Haio s'inclina.

– Je suis honoré d'avoir fait plaisir à Votre Majesté.

Sethon fit signe aux deux eunuques qui nous avaient conduites à l'estrade.

– Emmenez-les toutes deux à mes appartements.

Un autre signe fit accourir un des soldats postés derrière son fauteuil.

– Gardez-les, ordonna-t-il.

Puis il me sourit.

– Nous serons bientôt seuls, petite Pivoine meurtrie.

Du bout du doigt, il suivit la ligne de ma mâchoire et appuya au centre de l'ecchymose. Je tressaillis, mais n'osai reculer. Son sourire s'élargit.

– Dites-moi, lança-t-il à l'adresse des deux tables de convives à ses pieds. Qui a déclaré qu'on ne respirait le vrai parfum d'une fleur que lorsqu'elle était écrasée ?

– Le grand poète Cho, Votre Majesté, s'écria une voix au milieu des rires redoublés.

– Absolument, approuva Sethon. Et nous devons toujours nous conformer à la vérité de nos poètes.

Les deux eunuques montèrent sur l'estrade et m'encadrèrent. Seule l'habitude me fit m'incliner et seul le besoin éperdu d'être aussi loin que possible de Sethon me donna la force de me lever.

Je m'éloignai à reculons, au bord de la nausée.

– Restez, mon frère, dit Sethon à Haio. Prenez une coupe de vin.

Les deux serviteurs et le garde nous escortèrent le long du mur gauche – il n'était plus nécessaire de nous faire avancer entre les tables. Le visage pâle et figé de Vida était comme un miroir de ma propre terreur. J'effleurai sa main, mais elle continua de fixer le vide d'un air égaré.

Nous ne pouvions nous permettre de perdre la tête. Si nous ne nous reprenions pas au plus vite, nous allions nous retrouver dans les appartements de Sethon, à sa merci. Je pinçai le bras de Vida avec force. Son regard se troubla puis redevint lucide – grâce au ciel, elle était toujours avec moi. Seule, il m'était impossible de venir à bout de deux eunuques et d'un garde, mais ensemble, nous avions une chance.

De nombreux officiers se retournèrent pour nous regarder au passage. Leur amusement brutal ajouta encore à ma frayeur. Certains étaient sombres, toutefois, et serraient les lèvres avec compassion. Peut-être étaient-ce ceux qui avaient des épouses et des filles.

En sortant du bâtiment, je pris la main de Vida. Notre garde s'en rendit compte, mais il ne s'opposa pas à mon besoin féminin de réconfort. Après tout, nous n'étions que des Femmes Fleurs, et sans armes, alors que lui arborait un poignard, un sabre et une armure de cuir. Très lentement, je repliai mes doigts dans la main de Vida. Le signal pour : « Attaque ». Elle pressa mes doigts en réponse : « Prête ».

Mais où pourrions-nous passer à l'acte ? Je tâchai de me remémorer la disposition du palais. L'itinéraire le plus probable pour se rendre aux appartements impériaux était l'allée longeant l'enceinte du harem. Cela signifiait que le seul endroit où nous aurions une chance de nous enfuir serait le passage étroit entre le harem et le mur du temple de l'Ouest. Je traçai sur la paume moite de Vida le signal pour : « Attendez ». Elle pressa rapidement ma main pour m'indiquer qu'elle avait compris.

Les deux eunuques marchaient en tête, d'un pas feutré mais décidé. J'avais vu juste : ils prirent la direction de l'enceinte du harem. Le plus jeune se tourna vers nous en fronçant les sourcils d'un air troublé. Devinait-il nos intentions ou était-il simplement tourmenté par sa tâche ? J'inspectai la cour, en prenant note des soldats postés aux coins de chaque bâtiment. Un mouvement furtif attira mon attention du côté d'une énorme statue de lion gardant une porte. Son ombre avait-elle bougé, ou prenais-je mes désirs pour des réalités ? Nous passâmes trop vite pour que je puisse vérifier.

Quand nous nous engageâmes dans l'allée, je vis les destructions causées par Ido lors du coup de force. Des tas de briques et de décombres marquaient l'endroit où il avait fracassé l'enceinte du harem. Quatre gardes au moins surveillaient la brèche. Étaient-ils assez près pour entendre les bruits d'une lutte dans le passage ? De toute façon, c'était un risque à courir.

Vida tapota ma main puis indiqua de l'œil notre garde, montrant ainsi qu'elle le voulait pour cible. Je secouai imperceptiblement la tête en remuant le luth contre ma poitrine. C'était la seule arme à notre disposition. Il était donc plus logique que j'attaque le garde. Elle serra la mâchoire d'un air buté, mais marqua son accord avec un léger soupir.

Devant nous, le mur du temple de l'Ouest s'incurvait du côté du harem en formant un passage obscur, comme dans mon souvenir. Ce virage était parfait pour un guet-apens. Je me tendis en sentant la présence du soldat dans mon dos et l'approche de l'instant décisif.

D'après Xsu-Ree, la surprise compte beaucoup plus que la supériorité numérique. Quand le passage commença à se rétrécir, j'agrippai lentement le manche de mon luth et serrai de nouveau la main de Vida : « Prête ».

Lorsque les eunuques s'engagèrent dans le virage, j'empoignai le luth des deux mains et en frappai à toute volée la tête du soldat. En heurtant la mâchoire, le bois laqué se brisa en un accord discordant. L'homme recula en chancelant contre le mur du temple. Vida envoya rouler le vieil eunuque sur les pavés et attrapa le plus jeune par la natte. Il lui donna un coup de coude dans l'estomac et tous deux s'abattirent dans ma direction. Je les évitai d'un bond tandis qu'ils s'écrasaient contre le mur sans cesser de se battre.

Je me retournai aussitôt face au soldat. Il se remettait déjà du choc et sortit son poignard en clignant des yeux pour surmonter son étourdissement. Je me préparai, le regard fixé sur l'arme.

– Pas de poignard ! lança en haletant le vieil eunuque effondré par terre. Si vous les blessez, il nous fera exécuter.

Le soldat hésita. Je n'en demandais pas plus. J'enfonçai l'extrémité déchiquetée du luth dans son cou, au-dessus de l'armure. Le bois acéré transperça chair et veine, avec une telle violence que l'instrument se cassa en deux. Du sang jaillit dans l'air. Le souffle coupé, l'homme me frappa avec rage alors que je reculais d'un bond. Emportée par mon élan, je déchirai moi-même mon bras sur la lame de son poignard. Une vague de sang et de souffrance me submergea. Des milliers d'étoiles explosèrent devant mes yeux. Mon dos heurta violemment le mur du harem, auquel je m'appuyai d'instinct dans le brouillard tourbillonnant où je sombrais soudain.

Une silhouette sombre se leva du sol et s'avança vers moi. Le vieil eunuque ? Je brandis mon poing, mais le vieillard avait disparu d'un coup. J'entendis le bruit sourd d'un corps heurtant des briques, puis un gémissement plaintif. Accroupie contre le mur, je ne percevais que les mouvements d'ombres indistinctes. Mon bras tout entier semblait irradié de douleur.

– Comment va-t-elle ?

C'était la voix de Vida.

Une forme surgit dans mon brouillard. Je voulus frapper de nouveau et mes doigts effleurèrent une peau nue.

– Tout va bien, Eona.

Une main agrippa mon poignet et m'immobilisa. Le visage de Dela apparut à mes yeux embrumés. Je poussai un soupir de soulagement.

– Voyons ça…

Dela prit mon bras et examina en même temps que moi la profonde entaille courant du coude au poignet. Du sang frais s'en échappa aussitôt.

– J'ai déjà vu pire, déclara-t-elle avec un sourire rassurant.

Néanmoins son regard était inquiet.

– Ne pourriez-vous pas vous servir de votre pouvoir de guérison ?

– Cela ferait venir les dix dragons, expliquai-je. Comme dans le village de pêcheurs.

Je respirai profondément, en tremblant.

– Quand je guérirai Ido, il se pourrait que le pouvoir agisse aussi sur moi.

Du moins, je l'espérais.

Dela déchira en hâte une bande d'étoffe dans sa tunique pour me faire un pansement de fortune. Elle pressa le tissu sur la plaie puis l'enroula avec habileté, en l'attachant avec tant de force que la souffrance envahit de nouveau mon bras.

– Maintenez-le serré, dit-elle.

Non loin de nous, Vida menaçait d'un poignard le jeune eunuque adossé au mur du temple. Le corps effondré du soldat gisait à leurs pieds. Dela alla regarder le chemin devant et derrière nous.

– Personne ne vient, chuchota-t-elle.

Elle se pencha sur le soldat.

– Il est mort ? demandai-je.

De toute façon, l'odeur affreuse d'urine et d'entrailles m'avait déjà donné la réponse.

– Oui.

Dela se dirigea vers le vieil eunuque.

– Celui-là aussi.

Saisissant par les bras le défunt serviteur, elle le traîna plus loin dans l'ombre et poussa le cadavre contre le mur de brique rouge.

– Il faut que nous sortions d'ici. Ce passage est trop fréquenté.

Je tentai d'oublier la présence puante de la mort et la douleur lancinant ma tête. Nous allions devoir nous rendre au pavillon de la Justice automnale, car les cachots se trouvaient dans son enceinte. Je fermai les yeux pour me représenter de nouveau la disposition du palais.

Le plus rapide serait de passer par la cour s'étendant devant les appartements impériaux, mais elle était bien éclairée et bien gardée. J'envisageai une autre possibilité. Le chemin des domestiques courait tout le long des murailles du palais, de façon à permettre aux inférieurs de se déplacer sans être vus. Et il n'était jamais gardé.

– Le plus sûr serait de prendre le chemin des domestiques, déclarai-je. Nous pouvons y arriver en longeant les appartements royaux, ou en contournant le temple de l'Ouest et en passant près des cuisines.

– Dans les deux cas, il y a des soldats, observa Dela.

– Les appartements, chuchota le jeune eunuque.

Vida pressa le poignard contre sa gorge.

– Taisez-vous !

Dela s'approcha de lui.

– Que voulez-vous dire ?

Il redressa le menton.

– On amène sans cesse des Femmes Fleurs aux appartements impériaux, alors qu'elles ne se rendent jamais aux cuisines.

– Pourquoi nous aidez-vous ainsi ?

– Je suis déjà mort, dit-il en regardant le poignard. Si vous ne me tuez pas, Sa Majesté y veillera, et elle ne sera pas aussi expéditive.

Son visage juvénile se durcit.

– Quitte à mourir, au moins je l'aurai privé de deux nouvelles proies pour ses plaisirs de malade.

– Il a raison, déclara Dela. Les appartements impériaux sont plus proches, et nous aurons plus de chance de tromper les gardes.

– Emmenez-moi avec vous, lança précipitamment l'eunuque. Ce sera plus convaincant.

Vida se pencha vers lui.

– Et vous en profiterez pour appeler au secours !

– Non, non… je vous en prie ! Emmenez-moi. Je ne peux plus rester ici.

Dela l'observa avec attention.

– D'accord, nous vous emmenons, décida-t-elle en faisant taire d'un geste les protestations de Vida. Mais comme vous l'avez dit vous-même, il ne fait aucun doute que Sethon vous tuera. Nous sommes votre meilleure chance de survie, donc obéissez-nous.

– D'ailleurs, vous aurez mon poignard dans le dos en permanence, ajouta Vida.

Je me rappelai le regard compatissant du jeune homme lorsqu'il m'avait conduite auprès de son maître impérial. Une intuition sinistre s'imposa à moi. Sethon ne se limitait pas aux Femmes Fleurs.

– Vous n'allez pas nous trahir, n'est-ce pas ? lui dis-je avec douceur.

Il lut dans mes yeux que j'avais compris.

– Non, promit-il.

Vida poussa un grognement incrédule. Je me levai péniblement et m'appuyai au mur.

– Où sont Ryko et Yuso ?

Dela arrêta un instant de détacher le casque du garde mort. Elle me regarda d'un air morne.

– J'ai vu deux soldats se joindre à leur partie de dés.

Se penchant de nouveau sur le garde, elle entreprit de dénouer son gilet de cuir.

– S'ils parviennent à s'en débarrasser, ils savent où nous retrouver.

Le dieu de la Chance n'en faisait qu'à sa tête. Rassemblant mes forces, je m'écartai du mur. Le monde se mit à tourbillonner puis se stabilisa en un décor d'ombres grises. Au moins, je n'étais plus dans le brouillard. J'appuyai doucement mon bras contre ma hanche, sans cesser de serrer ma main sur la plaie humide et lancinante.

Dela tira enfin le gilet de cuir par-dessus la tête du mort, dont le corps s'affaissa contre le mur. Me rappelant l'instant où Yuso avait retiré son sabre de la poitrine du lieutenant Haddo, je frissonnai. Cependant ce n'était pas seulement l'horreur – je me sentais à la fois brûlante et glacée.

Dela enfila le gilet et l'attacha sur ses flancs. Bien qu'elle détestât s'habiller en homme, elle faisait un soldat convaincant. Ses gestes devenaient toujours plus rapides et hardis, dans des vêtements masculins. Toute sa réserve et sa grâce féminines avaient disparu.

Elle leva les yeux vers les deux murs nous enserrant, que coiffaient des tuiles en pente.

– Ces murs sont trop hauts pour qu'on jette les corps par-dessus, observa-t-elle en glissant ses cheveux graisseux sous le casque. Nous allons devoir les laisser ici, mais ils seront vite découverts.

Après avoir pris le sabre, elle lança :

– Prêts ?

Je hochai la tête et m'avançai à côté de Vida. Ce simple mouvement me donna la nausée. Même si je me remis d'aplomb en respirant profondément, du sang recommença à suinter à travers le pansement improvisé et mes doigts. Je plaçai mon bras valide au-dessus de la plaie, afin que la large manche de soie cache la plus grande partie du sang. J'espérais qu'il ne laisserait pas un sillage derrière nous.

Vida pressait son poignard contre le dos de l'eunuque, dont elle avait enroulé le bout de la ceinture autour de sa main libre. Après m'avoir lancé un sourire rassurant, elle poussa légèrement le jeune homme.

– Marchez normalement, ordonna-t-elle.

Il chuchota une prière puis s'avança, en quittant avec nous l'ombre protectrice du passage.

Lorsque nous tournâmes au bout du harem, nous vîmes surgir devant nous les deux énormes palais rouge et or abritant les appartements impériaux. Chacun d'eux se dressait sur une terrasse de marbre dont l'escalier était gardé par deux lions dorés. De lourds braseros de cuivre alignés le long des marches formaient deux majestueux chemins de lumière montant chacun à un portique identique. Douze colonnes rouges couronnées d'emblèmes sculptés en jade soutenaient un toit de tuiles d'or s'incurvant vers le ciel, en un point de rencontre harmonieux entre les domaines terrestre et céleste. Pour favoriser la chance du Maître Céleste et de son impératrice, un jardin d'eau s'étendait entre les deux résidences. Le pâle clair de lune éclairait l'arche d'un pont d'apparat et les silhouettes inclinées de douze arbres fantomatiques dans l'onde.

Toutefois ce ne fut pas cette beauté grandiose qui me coupa le souffle, mais les innombrables soldats montant la garde le long des murs des terrasses.

– Que Shola nous assiste, chuchotai-je. Ils sont tellement nombreux.

L'eunuque me jeta un regard furtif.

– Il y en a moins du côté du palais de l'impératrice, dit-il à voix basse.

C'était logique : la seconde résidence était vide. Sethon n'avait pas invité sa vieille épouse à monter avec lui sur le trône. Malgré tout, même moins bien gardée, l'avenue entre la résidence et le temple de l'Ouest serait un piège idéal si jamais l'eunuque décidait finalement de nous trahir.

La main de Vida se crispa sur le poignard – elle devait être parvenue à la même conclusion. S'il fallait se battre, je ne pourrais pas faire grand-chose. À chaque pas, je sentais du sang suinter entre mes doigts. Ma peau était glacée. Pire encore, j'étais en proie à un vertige qui faisait danser le monde sous mes yeux.

Nous traversâmes la cour à la suite de l'eunuque, qui prit soin de marcher à la lisière de la clarté répandue par les braseros de cuivre. Les deux soldats postés à l'angle du palais de l'impératrice nous suivirent du regard. Je serrai plus fort mes doigts sur mon bras, en espérant qu'ils ne verraient pas la tache sombre du sang sur ma manche de soie. Un bruit bizarre me fit lever la tête. Un des soldats nous lançait des baisers, en touchant son bas-ventre. Son camarade se mit à rire, ce qui attira l'attention de deux sentinelles postées plus loin devant le mur. L'eunuque nous lança un regard terrifié.

– Retournez-vous, lui lança Vida.

Il obéit, mais son corps était raidi par la peur.

Du coin de l'œil, je vis Dela faire un geste obscène à l'adresse de l'homme aux baisers.

– Vous aimeriez bien, pas vrai ? lui cria-t-elle d'une voix rude.

Il répondit d'un geste mais cessa ensuite son manège.

Je relevai le menton en m'efforçant de respirer calmement.

– Avancez, me pressa Vida.

Nous tournâmes dans la large allée séparant le temple et la résidence de l'impératrice. On apercevait au bout la muraille du palais, au pied duquel s'étendait la piste sombre du chemin des domestiques. Que c'était loin ! Nous devions encore passer devant au moins dix sentinelles surveillant le mur de la terrasse. Le regard fixé sur le sol, je me concentrai sur mon effort pour suivre le pas rapide de l'eunuque. Un motif obsédant de lumières et de pierres sombres se dessinait sous mes pieds. Je comptai les sentinelles, en essayant d'oublier les battements affolés de mon cœur. Quatre… cinq… six… J'étais tout entière tendue dans l'attente d'un cri ou du sifflement d'un sabre, mais je n'entendais que ma respiration haletante et les appels aigus, lancinants, des grenouilles dans le jardin d'eau.

La muraille du palais se rapprochait. Nous passâmes devant la dernière sentinelle, qui tourna la tête pour suivre des yeux notre progression. J'avais envie de courir pour arriver plus vite au but. Priant les dieux de m'empêcher de chanceler, j'agrippai le bras de Vida. Nous nous retrouvâmes enfin sur le gravier grossier du chemin des domestiques, lequel était sombre, étroit et, grâce au ciel, désert.

Dela nous conduisit derrière la haie épaisse destinée à cacher le passage des serviteurs de rang inférieur. Vida me porta à moitié sur le sentier sombre et parsemé de trous, jusqu'au moment où je trébuchai et m'effondrai au milieu d'une nuée de poussière et de cailloux. Des mains vigoureuses m'attrapèrent par les bras et m'aidèrent à m'asseoir sur le sol inégal.

– Mettez votre tête entre vos genoux, m'exhorta Dela en appuyant sur ma nuque.

Elle s'accroupit devant moi, écarta ma main de mon bras. L'étoffe trempée resta collée à ma paume et se détacha brutalement de la plaie, m'arrachant un cri étouffé.

– Désolée, chuchota Dela. Vida, je crois qu'elle saigne encore. Trouvez-lui un autre pansement.

La tête pendante, je respirai avec peine. Le monde avait recommencé à tourbillonner autour de moi.

– Voyons ça, dit Vida en prenant la place de Dela devant moi.

L'eunuque regarda peureusement par-dessus son épaule. Vida se saisit fermement de mon bras et souleva une grande partie de l'étoffe, non sans pousser un grognement inquiet.

– Il n'y a pas assez de lumière pour bien voir, mais rien qu'en touchant ce bandage je peux dire que vous avez perdu beaucoup de sang.

Dénouant sa ceinture, elle en fit une compresse épaisse qu'elle fixa sur le pansement humide.

– Pressez le bandage contre votre poitrine, dit-elle en soulevant mon bras.

La lune éclaira faiblement son visage préoccupé.

– Votre peau est froide.

– Ne me laissez pas m'évanouir, lançai-je en agrippant sa manche. Si je perds conscience, je ne pourrai pas guérir Ido. Tout serait perdu.

En entendant le nom d'Ido, l'eunuque recula.

– Vous voulez parler de sire Ido, l'Œil du dragon ? Le prisonnier ?

Il fit encore quelques pas en arrière et le gravier crissa dans le silence soudain tendu.

– Je croyais que vous étiez des Femmes Fleurs. Qui êtes-vous ?

Dela s'avança vers lui en tendant les mains comme pour calmer un cheval nerveux.

– Tout va bien, dit-elle.

Puis elle le frappa du poing en plein visage, avec une force si foudroyante qu'il tituba en arrière, s'assit sur le gravier puis s'effondra.

Je regardai bouche bée le corps immobile gisant devant moi. On aurait dit la marionnette de l'eunuque dans l'opéra populaire.

Cette comparaison ridicule me donna soudain envie de rire au milieu de ma détresse. Je me mordis les lèvres, honteuse de cette impulsion peu charitable, mais je ne pus m'empêcher de pouffer. Je pressai ma main sur ma bouche. Le pauvre eunuque avait perdu conscience, nous courions un immense danger… Tout cela me parut soudain hilarant. Dans mes efforts pour réprimer mon fou rire, je me pliai en deux en fourrant mes doigts ensanglantés dans ma bouche.

Vida me fixa en esquissant un sourire horrifié.

– Arrêtez, souffla-t-elle.

Elle fut prise elle-même d'un hoquet incontrôlable et pressa ses deux mains sur sa bouche.

– Arrêtez !

Mais ses épaules étaient secouées de spasmes, ses yeux se remplissaient de larmes. À cette vue, j'eus encore plus de mal à retenir mon rire.

Dela m'attrapa par les épaules et m'immobilisa.

– Eona, calmez-vous. Vous avez perdu beaucoup de sang. Il faut absolument vous calmer !

Sa voix basse et pressante me tira d'un coup de mon hystérie. Je respirai profondément et mon hilarité décrut peu à peu, ne me laissant qu'une douleur lancinante au bras.

Dela regarda Vida.

– Quant à vous, je ne vois pas quelle excuse vous avez, lança-t-elle d'un ton acide.

– Pardonnez-moi, bégaya Vida en s'essuyant les yeux.

– Levez-vous et aidez-moi à le pousser sous la haie.

– Il va bien ? m'inquiétai-je.

– Il est vivant, si c'est ce que vous voulez dire.

Glissant ses mains sous mes bras, Dela m'aida à me relever. L'espace d'un instant, tout se figea, puis la haie et le mur se mirent à tournoyer à une allure vertigineuse. Je chancelai et tombai droit dans les bras solides de Dela.

– Eona ?

Son visage vacillait sous mes yeux. Les battements affolés de mon cœur résonnaient à mes oreilles. À la base de mon crâne, une douleur nauséeuse palpitait au même rythme menaçant.

– Amenez-moi vite auprès d'Ido, lançai-je d'une voix pâteuse, comme si ma bouche était remplie de boue.

Chapitre 14

Dela me remonta plus haut sur son dos et s'engagea dans la pénombre du portique du pavillon de la Justice automnale. M'agrippant fermement à elle avec mon bras valide, je sentais sa poitrine encore haletante après sa course épuisante depuis le pavillon des Cinq Fantômes. Je battis des paupières pour résister à ma propre fatigue : il fallait que je reste éveillée. J'avais déjà failli à deux reprises pénétrer dans le monde des ombres. Seuls les pinçons de Vida, toujours vigilante, m'avaient empêchée de m'enfoncer dans l'oubli.

La respiration haletante de Dela se transforma en un long soupir. Le portique était désert. Yuso et Ryko n'étaient pas encore arrivés. Avaient-ils été pris ? Je repoussai l'assaut des hypothèses sinistres. Ils devaient absolument parvenir au pavillon. Sans eux, notre ruse du soldat et de la Femme Fleur n'avait aucune chance de réussir.

Je tentai d'humecter mes lèvres desséchées. La dernière fois que j'avais eu aussi soif, c'était à la saline. Dela pointa le doigt vers un renfoncement couvert de sculptures. Cette alcôve obscure constituerait une bonne cachette et offrirait une vue convenable sur la cour et la prison. Nous suivîmes furtivement Vida jusqu'à notre nouveau poste d'observation, en nous cachant derrière les larges colonnes du portique. Vida se pressa dans le coin de la niche profonde, de façon à voir la prison.

– Posez-moi, chuchotai-je à l'oreille de Dela.

Elle tourna la tête et sa joue râpeuse effleura la mienne.

– Vous êtes sûre ?

Elle m'avait portée sans discontinuer depuis le chemin des domestiques. Je sentais ses épaules et ses jambes trembler.

– Je tiendrai le coup, assurai-je.

C'était plus un espoir qu'une certitude.

Elle relâcha ses bras et me laissa glisser à terre. L'espace d'un instant, tout fut stable, puis le monde se mit à vaciller et un brouillard gris troubla ma vision.

– Elle s'évanouit de nouveau, souffla Vida.

Sa voix me parut lointaine. Mes jambes se dérobèrent.

Dela me rattrapa au vol.

– Je vous ai.

Je hochai la tête, bien que la douleur de mon bras me donnât une nausée qui me serrait la gorge. Comment pourrais-je passer devant les gardiens de la prison si je ne tenais pas debout ? Dela m'appuya avec douceur contre le mur de bois sculpté du pavillon. Ainsi étayée, je surmontai mon vertige.

– Reposez-vous, murmura Dela en m'aidant à m'asseoir sur le sol de pierre.

Elle s'accroupit à côté de moi.

– Vous êtes glacée.

Son bras enserra mes épaules. Son corps moite exhalait une odeur de cuir et de graisse.

Nous attendîmes ainsi Yuso et Ryko. Malgré mon corps n'aspirant qu'au repos, je me tendais à chaque bruit nocturne, à chaque ombre furtive. À un moment, trois eunuques préposés aux lampes pénétrèrent dans la cour et allumèrent les énormes lanternes se dressant à intervalles réguliers sur une bordure de gravier impeccablement ratissée. À mesure que les mèches s'embrasaient, ils faisaient tinter une petite clochette à prières en signe de gratitude. Bien qu'ils n'approchassent pas du portique, je me reculai dans notre cachette, heureuse de son ombre protectrice. De ma place, je ne voyais qu'un seul des deux gardes postés à l'entrée de la prison. Vêtu d'un gilet de fer et de cuir, il était armé d'un *ji*. Il interrompait de temps en temps sa garde vigilante en bâillant et en partageant une bouteille avec son camarade. Manifestement, les deux hommes s'ennuyaient. Ils seraient prêts à enfreindre le règlement.

Chaque minute d'attente alourdissait le fardeau de notre angoisse.

– Et s'ils n'arrivent pas à nous rejoindre ? finit par lancer Vida à voix basse.

– Ils y arriveront, répliqua Dela d'un ton ferme. Ryko remuera ciel et terre pour venir ici.

Un silence pesant s'abattit sur nous. Vida s'agita, mal à l'aise, sans quitter Dela des yeux. Elle hocha la tête, comme si elle prenait une décision difficile, puis elle toucha le bras de Dela.

– Ryko vous aime, chuchota-t-elle.

– Que dites-vous là ?

Je sentis le corps de Dela se raidir contre le mien.

– Et vous l'aimez, continua Vida. Ne perdez pas de temps. Les hommes meurent vite, en temps de guerre.

Elle me jeta un coup d'œil, et l'intensité de son chagrin me fit reculer contre le mur du pavillon. Je détournai la tête pour ne pas voir cette souffrance dont j'étais responsable.

– L'endroit est mal choisi, dit Dela entre ses dents.

Elle recommença à scruter la cour, avec une agitation manifeste.

Nous nous retournâmes toutes en entendant un bruit de bottes raclant la pierre.

Vida se redressa, un poignard à la main. Le bras de Dela se serra sur mon épaule, prêt à me soulever. Deux silhouettes s'immobilisèrent à l'ombre du portique. L'une était imposante, l'autre maigre… Le doute n'était pas permis : Ryko et Yuso. Dela relâcha sa prise tandis que Vida faisait signe aux deux hommes de nous rejoindre.

Bondissant de colonne en colonne, ils arrivèrent jusqu'à nous. Tous deux portaient des uniformes. Les deux soldats amateurs de dés étaient certainement morts ou ligotés quelque part. Dommage pour eux, mais pour nous c'était une victoire. Nous étions à présent trois soldats et deux Femmes Fleurs mourant d'envie de voir l'Œil du dragon dans son cachot.

– Tout va bien ? chuchota Ryko à Dela.

Je la sentis s'adoucir rien qu'au son de la voix du géant.

– Dame Eona est blessée, annonça-t-elle. Un

coup de poignard à l'avant-bras. Elle a perdu beaucoup de sang.

Yuso s'accroupit aussitôt près de moi, le visage tendu.

– Pouvez-vous encore marcher ?

J'acquiesçai de la tête, mais fermai les yeux tandis que le monde se remettait à tournoyer. Je sentis la main calleuse de Yuso effleurer ma joue. Son pouce se posa sur mon pouls affolé. Ce contact ressemblait tellement à celui de Sethon que je tressaillis.

Il recula en fronçant les sourcils.

– Nous n'attendrons pas la relève. Il faut y aller tout de suite.

– Cela ne nous laisse qu'une demi-heure avant l'arrivée des nouveaux gardes, chuchota Ryko.

– Nous n'y pouvons rien. Dame Eona n'est pas en état d'attendre.

Yuso agrippa mon bras valide et me hissa sur mes jambes.

– Ryko, portez-la.

Des mains m'aidèrent à m'installer sur le large dos de Ryko. J'appuyai mon menton sur son épaule solide, tandis que mon bras infirme pendillait devant sa poitrine. Il était totalement engourdi, maintenant. C'était une bénédiction, en un sens, sauf que je sentais mon corps entier devenir insensible. Tout me semblait lointain. Les sons étaient assourdis, les objets flous. Même la chaleur du corps de Ryko contre le mien avait peine à percer l'armure glacée de mon épuisement.

Notre trajet de colonne en colonne me parut durer une éternité. Les gardes continuaient leur beuverie illicite et Ryko ne bougeait que lorsqu'ils étaient occupés à se passer la bouteille. Je comptais mes respirations entre chaque attente, en essayant de me distraire de la faiblesse frissonnante qui menaçait à tout instant de me faire lâcher le cou de Ryko. Nous tournâmes enfin au coin du pavillon, hors de vue des gardes. Après avoir observé devant nous la masse sombre de la salle d'entraînement et l'arène déserte, Ryko s'élança vers l'étroit escalier à l'arrière du bâtiment.

Les autres nous rejoignirent un à un en courant. Ryko serra plus fort ma taille et tourna la tête, de sorte que nos nez se touchèrent presque.

– Tout va bien ? chuchota-t-il.

– Tout va bien, mentis-je.

Il hocha la tête, mais il n'était pas dupe.

Yuso nous fit signe d'avancer. Contournant l'arène, nous nous dirigeâmes vers le long mur arrière de la caserne des gardes impériaux. Avant le coup de force de l'usurpateur, c'était là que Ryko et Yuso avaient logé avec leurs camarades. À présent, elle abritait plus de deux cents soldats. Voire davantage, d'après Mama Momo. Le mur sombre s'étendait tout le long des terrains d'entraînement et se prolongeait au-delà du pavillon de la Justice automnale. Je ne m'étais pas rendu compte à quel point la caserne était dangereusement proche de la prison. À portée d'un cri.

Arrivé à la lisière des terrains d'entraînement, Yuso donna le signal d'une halte.

– On commence ici, murmura-t-il.

Ryko me descendit avec précaution. Je chancelai et sentis des mains agripper la soie dans mon dos – c'était Dela, comme un point d'appui au milieu du monde tourbillonnant.

– Elle ne peut pas marcher seule, souffla-t-elle par-dessus mon épaule.

– Mettez-la entre vous, dans ce cas, ordonna Yuso.

Dela enserra mes épaules dans son bras tandis que Ryko me tenait par la taille. Soutenue des deux côtés, je parvenais à rester debout et mon bras infirme était invisible.

Yuso enlaça Vida et nous lança un ultime coup d'œil :

– Prêts ?

C'est ainsi que nous franchîmes l'élégant portail séparant les terrains d'entraînement de la cour de la Justice. Trois soldats ivres et leurs compagnes secouées de rire, avides de distractions inédites…

La poigne de fer de Ryko et Dela me donna la force d'avancer. Je souriais à leurs plaisanteries bruyantes, en espérant que ma tension ne se lisait pas sur mon visage. Nous passâmes devant le pavillon de la Justice automnale, dont les lanternes illuminèrent les yeux creusés de Dela et les tempes luisantes de sueur de Ryko.

Je hasardai un regard vers les gardes. Ils s'étaient rapprochés l'un de l'autre devant l'entrée de la prison pour observer la progression de notre groupe hilare et titubant. Leur bouteille avait disparu, de même que leur expression ennuyée.

Ryko fourra son nez dans mes cheveux.

– C'est bon, chuchota-t-il. Nous y sommes presque.

À côté de la porte, un gong de bronze était suspendu à un solide cadre en bois, prêt à alerter les hommes de la caserne à notre premier faux pas.

Je fermai un instant les yeux, écrasée à l'idée du risque. Même si nous accédions au cachot d'Ido et si j'arrivais à le guérir, il nous faudrait aussi échapper à ces deux cents soldats.

Quand je rouvris les yeux, Yuso s'inclinait devant les gardes.

– B'soir, lança-t-il.

Il se redressa en vacillant, avec un sourire d'ivrogne des plus convaincants.

– Les ravissantes Dara et Sela que voici…

Il pointa un index tremblant vers Vida puis vers moi.

– … aimeraient voir le puissant Œil du dragon.

Il lança un regard mal assuré aux deux hommes.

– Elles n'en ont encore jamais rencontré.

Yuso était un menteur hors pair.

Le plus vieux des deux gardes secoua la tête.

– Je m'excuse, honorable Léopard. Comme vous devez le savoir, ce n'est pas possible.

Il portait l'insigne de l'Ours, un grade inférieur à celui de l'uniforme volé par Yuso.

– Ce n'est pas ce que j'ai entendu dire, objecta Yuso en souriant. Allons, ne décevez pas les demoiselles. Nous leur avons promis.

Il attrapa Vida par la taille et l'attira contre lui. Elle poussa un cri aigu puis se mit à pouffer.

– Demande-lui, Dara.

– De grâce, dit-elle. Laissez-nous y aller. Nous pourrions vous récompenser… ensuite.

L'Ours regarda son camarade plus jeune – un Serpent, le grade le plus bas.

– Nous partons dans un quart d'heure, murmura-t-il à son supérieur.

Il lorgna Vida en souriant.

– Celle-là a l'air malade, lança l'Ours en me désignant de la tête.

Je sentis Ryko me serrer plus fort.

Dela éclata de rire.

– Sela abuse un peu de la drogue du dragon. Pas vrai, mon chou ?

L'Ours me dévisagea.

– C'est vraiment une Pivoine ? demanda-t-il d'un ton soupçonneux. Une vraie Pivoine coûte une monnaie du Tigre.

– Elle est fausse, évidemment, lança précipitamment Dela. Nous ne pouvons pas nous permettre une vraie.

– Pourquoi est-elle maquillée en Pivoine, dans ce cas ? s'étonna l'Ours en levant légèrement son *ji*.

Je sentis le cœur de Ryko s'emballer sous son plastron de cuir. Malgré toutes nos séances préparatoires, nous n'avions pas pensé à justifier la présence d'une Pivoine au côté de soldats de grade inférieur.

Rassemblant toute la force qui me restait, je levai la tête en gloussant d'une voix aiguë.

– C'est une demi-pièce de plus pour le maquillage. Je fais aussi les Orchidées. Ça coûte une pièce entière, mais le client a droit à une danse.

J'ondulai gauchement des hanches, heureuse d'être soutenue par le bras robuste de Ryko.

– Une danse ? s'exclama le jeune Serpent dont le regard s'attarda sur mon corps.

Je réussis à sourire de plus belle.

– Pas des danses ennuyeuses, comme les vraies Orchidées. Une *vraie* danse.

L'Ours se racla la gorge et lança un coup d'œil à son subalterne.

– Nous ne pourrons jamais nous payer de telles attentions, même à ce prix-là.

Il se gratta le menton.

– Notre paie est misérable…

Ce constat était une question.

Yuso sourit.

– Combien pour voir l'Œil du dragon ?

– Un sixième de monnaie chacun, répondit prestement l'Ours.

– C'est exorbitant, protesta Yuso. Un douzième chacun.

– Marché conclu.

L'Ours s'humecta les lèvres et lança un regard ravi à son camarade.

– Mais faites vite. La relève arrive à l'heure tapante.

Yuso lui tendit les pièces, qui tombèrent dans la paume offerte en tintant comme des clochettes à prières.

L'Ours ouvrit la porte en bois et scruta la pénombre de la pièce.

– J'ai cinq visiteurs pour toi. Ils ont payé.

Il recula en nous faisant signe d'entrer avec un large sourire.

– Amusez-vous bien !

Yuso entra le premier avec Vida, qui détourna l'attention du garde en le remerciant avec force gloussements. Lorsque Ryko et moi les suivîmes sur le seuil surélevé, Dela nous rejoignit en hâte en passant les bras autour de nos épaules, en une embrassade d'ivrogne qui dissimulait mon bras ensanglanté.

Nous étions dans la place. Quand la porte de bois se referma, le soulagement m'enivra au point que je trébuchai. Dela me rattrapa par le bras et m'étaya de son corps. J'eus le réflexe de pouffer, mais la peur me glaçait. Ido était si proche... et je tenais à peine debout. Aurais-je assez de force pour l'aider ? Ou pour m'aider moi-même ?

– Les consignes sont simples, lança une voix rude.

Elle appartenait à un homme courtaud aux joues tombantes, assis derrière un bureau dans un coin de la petite pièce. Chacun de ses traits – lèvres, nez et même paupières – était excessivement épais, comme gonflé d'eau.

– Vous ne pouvez regarder qu'à travers les barreaux de la porte. Et seulement deux à la fois. Compris ?

Il se leva avec un grognement et attrapa une lampe suspendue à un crochet derrière lui. Elle faisait partie d'une paire de belles lanternes de bronze éclairant généreusement le bureau où s'alignaient avec ordre des rouleaux de papier, des pinceaux et une pierre à encre striée d'entailles profondes. Non loin de là, un petit fourneau en céramique abritait des charbons rougeoyants. Des relents de riz brûlé et de thé trop infusé couvraient une autre odeur, qui me donna la nausée – la puanteur âcre de la souffrance.

Il approcha la lampe de son visage. La clarté dorée sculpta son gros nez et ses lèvres épaisses.

– À travers les barreaux. Deux à la fois. Compris ?

– Compris, dit Yuso. Avez-vous d'autres prisonniers intéressants, en ce moment ?

– Non, il prend toute la place pour lui tout seul. Rien n'est trop beau pour le seigneur Œil du dragon, pas vrai ?

Le gardien tendit la lampe à Vida.

– Tenez-moi ça, mon petit, pendant que je vous fais entrer.

Elle prit la lanterne avec un beau sourire et le suivit vers une porte solide. Yuso s'écarta tandis que le gardien détachait de sa ceinture un lourd trousseau de clés qu'il éleva à la lumière, où leurs têtes cuivrées brillèrent dans ses gros doigts.

– Celle-ci ouvre la porte du cachot, déclara-t-il. Si vous savez y faire, vous pourrez le voir de plus près.

Derrière lui, j'aperçus un autre éclat métallique : le poignard de Yuso sortait sans un bruit de son fourreau.

– J'aimerais bien, roucoula Vida.

Le capitaine inclina la tête et elle recula d'un pas.

– Moi aussi, dit le gardien en glissant la clé dans la serrure.

Il rit tout bas tandis que la porte s'ouvrait.

– Vous n'avez qu'à m'appeler et…

Avec une rapidité foudroyante, Yuso enserra du bras la poitrine de l'homme et plongea brutalement son poignard à la base du cou. Le gardien s'arqua en un spasme qui étouffa son cri. Yuso arracha la lame ensanglantée, la leva de nouveau et l'enfonça par-dessus l'épaule de sa victime, en pleine poitrine. On n'entendit que le choc sourd de l'arme et un râle presque imperceptible. L'homme s'effondra contre Yuso, inerte.

J'exhalai avec peine – je ne m'étais même pas

rendu compte que je retenais mon souffle. Ryko s'était tourné vers l'entrée, le poignard à la main, mais la porte ne s'ouvrit pas. Les deux gardes n'avaient rien entendu de la rumeur assourdie de la mort.

Yuso étendit par terre le cadavre et le traîna loin du seuil. Il nous lança un regard où la violence flamboyait encore.

– Allez-y, ordonna-t-il.

Vida arracha le trousseau de la serrure puis descendit le petit escalier en éclairant le chemin avec la lampe. Je voulus la suivre, mais mes genoux se dérobèrent et seuls les réflexes rapides de Dela m'évitèrent une chute.

– Je vous tiens, dit-elle. Appuyez-vous sur moi.

Ensemble, nous descendîmes d'un pas vacillant les marches menant à un couloir de pierre. Devant nous, la lampe de Vida révélait une pente étroite et un plafond bas. L'odeur de la souffrance humaine me prit à la gorge – sueur, vomissure, sang. Un instinct primitif en moi se rebellait contre cette descente vers l'horreur.

– Par tous les dieux, quelle puanteur ! s'exclama Ryko derrière nous.

– Ici ! lança Vida au bout du couloir. Il est ici !

Le trousseau cliqueta tandis qu'elle glissait une clé dans la serrure.

Dela me traîna le long de trois cellules vides, dont les portes béaient comme des gueules attendant avec avidité de la chair fraîche. La puanteur semblait incrustée dans la pierre et nos mouvements agitaient l'air pareil à un souffle fétide. Nous rejoignîmes Vida à l'instant où elle poussait la porte du cachot d'Ido en levant la lampe.

La lumière le trouva prostré contre le mur du fond. Son corps nu, affamé, était recroquevillé sur la pierre, le front pressé contre ses mains enchaînées. Sa poitrine se soulevait lentement, avec un râle d'effort, mais il ne bougeait pas. On avait tondu son crâne, où les deux nattes lustrées d'Œil du dragon n'étaient plus que deux pointes hirsutes. Le seul œil visible était gonflé. La pommette et la mâchoire énergique disparaissaient dans une bouillie noirâtre de sang et de meurtrissures. Son nez avait été cassé, son élégance aristocratique remplacée par une masse écrasée et boursouflée. Mais les pires blessures étaient celles du corps. On avait roué de coups de canne son dos, ses jambes, la plante de ses pieds, sans craindre de mettre en lambeaux la peau et les muscles. Les os et les tendons à nu de ses épaules brillaient comme des éclats de perle.

– Comment a-t-il pu survivre à un pareil traitement ? chuchota Vida.

L'image du dragon Rat pâle et angoissé s'imposa à moi. L'animal le maintenait-il en vie ?

Vida pressa la main sur ses narines et nous précéda dans le cachot. Un seau de toilette, à en juger par l'odeur, était poussé dans un coin. Il formait un contraste saisissant avec une table élégante, aux pieds sculptés en dragons, se dressant contre le mur de gauche. Elle portait un bol en porcelaine, dont le fragile bord doré était incrusté d'une mixture noirâtre, ainsi qu'un assortiment d'instruments métalliques que mon regard effleura furtivement mais qui firent frissonner mon corps. Une canne de bambou, maculée de sang jusqu'à mi-hauteur, gisait par terre à côté d'un seau d'eau.

Vida plaça la lampe près d'Ido tandis que Dela me déposait à côté de lui. Je ne l'avais pas remarqué d'abord, mais il n'avait plus de barbe. Son visage glabre et ses cheveux ras lui donnaient l'air étrangement jeune. La lumière de la lampe révéla de nouvelles blessures, qui arrachèrent un cri étouffé à Vida. Ses pieds enchaînés étaient tous deux cassés et leurs os délicats émergeaient de la chair. On avait incisé sur sa poitrine le caractère du mot « traître ». Je m'appuyai au mur. Comment pourrais-je guérir ce corps ravagé alors que j'étais si faible ?

– Il lui faudra des vêtements, dit Dela d'une voix tendue. Je vais chercher ceux du gardien.

Elle serra mon épaule.

– Faites vite. Même Ido ne mérite pas ça.

À l'autre bout de la pièce, Ryko prit le bol et renifla son contenu. Il l'écarta de lui avec une grimace.

– C'est du dragon noir.

Je le regardai sans comprendre. Vida le rejoignit, flaira le bol et approuva d'un signe de tête.

– Cette drogue resserre les veines, dit-elle. C'est sans doute ce qui explique qu'il ne soit pas mort à force de saigner.

– Ce n'est pas son seul effet, observa Ryko en reposant le bol sur la table. J'ai vu des gens l'utiliser pour accroître la douleur et libérer des démons dans l'esprit.

Le géant avait plus de raisons que quiconque de haïr Ido, qui l'avait torturé, mais son ton était presque compatissant.

– S'ils lui en ont donné, il ne doit plus savoir ce qui est réel et ce qui ne l'est pas.

J'observai le visage dévasté et trempé de sueur de l'Œil du dragon. S'il ne pouvait pas distinguer la réalité du cauchemar, il serait incapable de tenir en respect les dix dragons endeuillés.

– Il faut le réveiller, lançai-je avec l'énergie du désespoir. J'ai besoin qu'il soit conscient.

Je touchai sa main. Elle était encore plus froide et moite que la mienne.

– Sire Ido ?

Aucune réaction. Je secouai son bras glacé.

Il ne cilla même pas.

– Sire Ido, dis-je en le secouant plus fort. C'est moi, Eona.

Rien. Il faudrait davantage qu'une main et une voix pour l'atteindre. Le recours à des mesures plus énergiques, voire brutales, s'imposait. La pensée d'ajouter encore à tant de souffrance me donnait la nausée, mais si nous devions guérir, lui et moi, il était nécessaire qu'il se réveille. Oubliant ma pitié, j'enfonçai les doigts dans la plaie sanguinolente de son épaule.

Son corps entier tressaillit, ses mains se crispèrent dans leurs chaînes. Je reculai aussitôt, certaine de l'avoir réveillé. Cependant ses yeux restèrent clos, aucun signe de vie n'apparut sur son visage exténué.

– Il ne revient pas à lui, dis-je.

– Essayez de nouveau.

Vida me rejoignit. J'enfonçai mes doigts plus fort.

– Sire Ido !

Cette fois, la douleur le précipita contre le mur, avec une violence qui l'ébranla tout entier. Mais même ce choc ne le réveilla pas.

– Il est loin dans le monde des ombres, déclara Vida. Sans doute est-ce une bénédiction pour lui.

Elle brandit le trousseau du gardien.

– Je vais le libérer de ses chaînes. Peut-être son esprit comprendra-t-il le message.

Elle glissa une mince clé dans les lourdes menottes, qui s'ouvrirent avec un bruit métallique. Les mains ensanglantées d'Ido retombèrent mollement sur ses cuisses. Cette libération ne le fit pas bouger. Vida se pencha pour ouvrir les entraves de ses pieds.

– Je ne peux pas les enlever, dit-elle d'une voix blanche. Je crois qu'ils ont cassé ses pieds à l'intérieur.

Ryko s'accroupit à côté de moi et posa le seau d'eau entre nous sur le sol de pierre. Saisissant une touffe de cheveux hirsutes, il leva la tête d'Ido. Apparemment, sa compassion ne l'inclinait pas à la douceur.

– Seigneur Œil du dragon, réveillez-vous !

La respiration lente et rauque resta inchangée.

Ryko replaça la tête d'Ido contre le mur, se leva et ramassa le seau.

– Vous feriez mieux de vous pousser, me dit-il.

L'eau froide frappa le visage d'Ido avec une telle force que je fus éclaboussée à mon tour. Le souffle coupé, j'essuyai mes paupières humides. Au moins, j'étais sortie de ma torpeur. Je plissai les yeux pour regarder Ido. L'eau ruisselait au milieu de la crasse et du sang maculant son visage, mais il n'était pas revenu parmi nous.

Je me détournai quand Ryko empoigna de nouveau le seau. L'eau déferla sur l'Œil du dragon. Nous nous penchâmes tous en avant dans l'espoir de voir ses paupières frémir ou sa respiration s'altérer.

– Il est trop loin, déclara Ryko.

– Non !

Je secouai frénétiquement Ido, dont la tête rebondit violemment contre le mur.

– Réveillez-vous !

Vida écarta ma main.

– Eona, arrêtez !

– Tant qu'il ne sera pas conscient, je ne pourrai pas prendre le risque de le guérir, soufflai-je. Les autres dragons accourront, et il ne sera pas là pour les tenir à distance.

Ryko se leva.

– Manifestement, il n'est pas près de se réveiller. Nous allons devoir le porter dehors.

– Il en mourra, protesta Vida.

– Peut-être, mais nous ne pouvons le laisser ici.

En entendant des pas précipités, nous nous tournâmes vers la porte. Dela apparut, les bras chargés de vêtements.

– Yuso monte la garde à l'entrée, lança-t-elle hors d'haleine. Mais il dit qu'il faut se dépêcher. Nous n'avons plus que quelques minutes avant la relève.

– Nous n'arrivons pas à réveiller Ido, dis-je. Du coup, je ne peux pas le guérir.

Elle laissa tomber les vêtements sur le sol crasseux.

– Laissez-moi jeter un coup d'œil.

Ryko s'écarta tandis qu'elle se penchait sur Ido et soulevait sa paupière. Le pâle iris couleur d'ambre était presque entièrement caché par la pupille noire dilatée. Puis quelque chose bougea dans cette obscurité – un éclair d'argent.

Dela eut un mouvement de recul.

– Qu'est-ce que c'est ?

Du *hua*.

Je me penchai vivement pour soulever à mon tour la paupière. Le flot argenté était terne et plus lent que je ne l'avais jamais vu, mais c'était bel et bien le pouvoir d'Ido.

– Il ne se trouve pas dans le monde des ombres ! Il est dans le monde énergétique.

– Est-ce mieux ? demanda Vida.

– Cela signifie qu'il est déjà avec son dragon.

Je lâchai la paupière et m'assis sur mes talons, en me rappelant l'élan du dragon bleu vers moi. Se pouvait-il qu'Ido se soit réfugié *dans* son animal ?

– Vous est-il donc possible de le guérir ? lança Ryko.

Je baissai les yeux sur mon bras bandé. Je sentais une pulsation lente à travers son engourdissement. À chaque élancement douloureux, un peu d'énergie s'échappait. Il n'était pas certain que j'aie assez de force pour pénétrer dans le monde énergétique. Et même si j'y parvenais, les dix dragons endeuillés étaient d'une rapidité terrifiante... D'après mon expérience, j'aurais moins d'une minute pour trouver Ido et le guérir avant qu'ils attaquent.

– Je dois essayer, déclarai-je. Écartez-vous. Vous avez vu ce qui s'est passé la dernière fois.

Ils se glissèrent tous trois à l'autre bout du cachot.

J'adressai une prière à tout dieu susceptible de

m'écouter : « Aidez-moi ! » Puis je pressai ma main à plat sur la poitrine moite d'Ido, au-dessus du caractère cruellement incisé. Les battements laborieux de son cœur résonnaient sous ma paume. J'avais moi-même le souffle coupé par la terreur. Et si je n'y arrivais pas ? Si je nous tuais tous ?

Repoussant ma peur, je respirai à fond pour dégager ma poitrine et finis par trouver un rythme familier, s'approfondissant peu à peu : le chemin menant au monde énergétique. Mon épuisement me ralentissait, en un contre-courant perfide que je devais combattre à chaque respiration. Sous ma main, le cœur d'Ido commença à accorder ses battements aux miens, les mouvements convulsifs de sa poitrine se confondirent avec mon propre rythme paisible. Le terne monde physique autour de nous s'infléchit en un chatoiement de couleurs et un flot de *hua*.

Devant moi, la souffrance compacte du corps d'Ido apparut dans sa réalité énergétique. La douleur déchirait en tournoyant ses méridiens, en une succession de violentes explosions de *hua*. Chacun de ses sept points de puissance tournait lentement. Les chemins argentés étaient obstrués par le suintement épais d'une masse noire. Je regardai de plus près. Du sacrum rougeoyant au sommet pourpre du crâne, les points tournaient dans le mauvais sens. J'avais vu le même phénomène chez Dillon.

Ido recourait au *gan hua*.

À l'autre bout de la pièce, Ryko, Dela et Vida se raidissaient. Des flots éblouissants de *hua* argenté coulaient à travers leurs corps transparents. Ils ne pouvaient voir le dragon Miroir au-dessus de leurs têtes ni sentir son pouvoir, mais pour moi son énergie vibrante rayonnait comme un soleil miniature, consumant dans son feu les ombres du cachot humide. La bête fixa sur moi ses yeux impassibles et je sentis mon *hua* s'élancer vers sa présence immense et chatoyante. Son cou sinueux se tendit vers moi. La perle d'or sous son menton était parcourue de flammes jaillissantes. Un goût de cannelle remplit ma bouche en une invite joyeuse, chaleureuse, qui me mit les larmes aux yeux.

Mais je ne pouvais pas accepter. Pas encore.

Détournant mon regard de sa beauté resplendissante, j'observai le dragon Rat accroupi au nord-nord-est. Sa tête allongée était baissée, ses flancs pâles haletaient doucement. Le pouvoir de l'animal était terni, aigri, et son énergie encrassée obscurcissait par endroits les flots de brillante couleur s'écoulant de mon dragon.

« Sire Ido ? appelai-je en silence. Êtes-vous là ? »

L'animal leva lentement la tête. Ses yeux énormes n'étaient pas insondables, comme ceux du dragon Miroir. Ils étaient couleur d'ambre et voilés de souffrance.

C'étaient les yeux d'Ido.

– Par tous les dieux ! m'exclamai-je à haute voix dans ma stupeur. Vous êtes *dans* votre animal ! Comment est-ce possible ?

« Eona ! » La voix rauque de l'esprit d'Ido était incrédule. « Que faites-vous ici ? »

Surmontant ma stupéfaction, je lui répondis d'esprit à esprit.

« Je suis ici pour vous guérir.

– Me guérir ?
– Oui, mais j'ai besoin de votre aide. Les autres dragons vont venir et je ne pourrai pas les tenir à distance. J'ai besoin que vous les arrêtiez. Comme l'autre fois, au village de pêcheurs. »

Les yeux de dragon d'Ido croisèrent les miens. La ruse tout humaine que j'y lus soudain contrastait avec cette tête féroce couverte d'écailles bleues et ce museau aux crocs gigantesques.

« Pourquoi prenez-vous ce risque ? Qu'est-ce que vous voulez ? »

Il avait beau avoir enduré un supplice, son intelligence était toujours aussi vive.

« Je veux que vous m'entraîniez.
– Ah… »

L'immense tête allongée se pencha lentement sur le côté.

« Et que recevrai-je en échange ?
– Vous serez vivant ! Que voulez-vous de plus ? »

Je ne pouvais m'empêcher d'admirer sa tentative de tirer profit même de cette situation désastreuse.

La fine langue du dragon s'agita.

« Je veux encore autre chose.
– Vous n'êtes pas en position de négocier, sire Ido.
– Sans moi, vous n'avez aucun pouvoir. »

En entendant cette vérité brutale, je détachai d'un coup ma main de sa poitrine humaine. À l'autre bout du cachot, le dragon baissa la tête pour m'observer. Ido savait qu'il avait frappé juste. Je pouvais relever son défi, mais ni lui ni moi n'avions beaucoup de temps.

« Que voulez-vous ? demandai-je.

– Le livre rouge. »

Bien sûr. Il le convoitait depuis toujours. Il l'avait déjà volé deux fois, mais n'avait jamais pu déjouer la surveillance des perles noires. J'évaluai rapidement le risque. L'écriture des femmes et les codes protégeraient tous les secrets que je n'avais pas envie de partager avec lui. Toutefois je le savais capable de se servir du moindre renseignement comme du poignard d'un assassin. Mieux valait tenter un compromis.

« Je ne vous donnerai pas le livre, mais je vous dirai ce qu'il contient.

– Entendu. »

Malgré tout, je sentais qu'il n'était pas satisfait.

« Êtes-vous prêt ? »

Les énormes griffes opalines se déployèrent, se raidissant dans l'attente de mon pouvoir.

« Faites vite, Eona. Je ne serai bientôt plus en état de revenir. »

Pour la première fois, je décelai une note angoissée dans sa voix intérieure. Pressant ma main contre sa poitrine froide et ensanglantée, je rassemblai toute ma force déclinante pour appeler mon dragon. À l'instant où la première voyelle de notre nom commun retentit dans le cachot, son pouvoir déferla en moi, remplissant mes sept points de puissance d'une énergie brute dont la vibration dorée chantait un chant d'union allègre.

Ma vision se divisa entre le ciel et la terre. Le cachot débordait de *hua* étincelant entourant la silhouette assombrie d'Ido. « Guéris-le, pensai-je. Guéris-le avant qu'ils arrivent. » Le temps manquait pour entonner la chanson lente du rétablissement du corps, pour réparer délicatement la chair et les os. « Guéris-le, tout de suite ! » À travers nos yeux de dragon, nous vîmes les fils impondérables reliant l'homme et son animal, le monde terrestre et l'énergie. Ils étaient trop sombres, trop fragiles. Nous entendîmes au loin dix voix hurlant leur chagrin – les autres dragons approchaient en se lamentant de la perte de leurs Yeux du dragon. Et leurs plaintes aiguës ne couvraient pas entièrement un autre son : celui d'un gong résonnant à toute volée.

L'entrelacs vibrant de *hua* qui était Ryko courut au seuil de la pièce.

– L'alarme ! Nous devons être découverts. Eona, dépêchez-vous !

Nous sentîmes notre pouvoir se concentrer, tendu et puissant, en tirant de l'énergie partout à la ronde – de la terre, de l'air, des eaux, des cœurs battants de mille êtres vivants – avant de lancer un hurlement immense, où palpitait la force de guérison. Nous étions *hua*, et nous projetâmes notre chant déchaîné dans la forme terrestre d'Ido.

Il cria quand notre pouvoir le rejeta brutalement dans son corps supplicié puis explosa en chacun de ses chemins intérieurs. Le *hua* l'envahit en rugissant, comme un bolide qui réparait sa chair déchirée, ressoudait ses os et purifiait sa force vitale obscurcie pour qu'elle coule de nouveau en flots lumineux d'argent.

Le souffle coupé, Ido tomba sur ses mains et ses genoux. Il leva les yeux vers nous et, l'espace d'un instant, les motifs de son visage énergétique se dissipèrent pour révéler ses traits de chair, ses épaules et son dos furent de nouveau tissés de muscles robustes et de peau douce. Puis son visage se mit à miroiter en replongeant dans le flot du *hua* guérisseur. L'argent déferlait à travers ses sept points de puissance, dont les sphères tournaient de nouveau dans le bon sens. Je cherchai des yeux le point cœur, que j'avais guéri naguère. Bien qu'il fût de nouveau irrigué par le *hua*, il était redevenu plus petit et terne que les autres. Ido était-il encore habité de la compassion à laquelle je l'avais éveillé de force ? Une autre anomalie attira mon regard vers le point au sommet du crâne, le siège de l'esprit. Tout au fond du globe pourpre tournoyant, j'aperçus un petit trou noir, d'aspect dangereux. Je n'avais encore jamais vu une telle noirceur dans un point de puissance.

Au-dessus de lui, la forme vibrante du dragon Rat s'étira, sinueuse et puissante. Le corps bleu ciel de la bête se déploya en ondulant, galvanisé par l'échange d'énergie. Il dressa la tête et ses naseaux délicats frémirent. C'est alors que nous entendîmes à notre tour les cris de chagrin, dont la pression menaçante nous encerclait. Nos muscles énormes se tendirent, prêts au combat.

– Sortez ! hurlai-je à Ryko.

Les dix dragons firent irruption dans la pièce exiguë. Leur puissance brutale arracha des murs des blocs énormes qui se fracassèrent sur le sol en tournoyant. À travers nos Yeux de dragon, nous vîmes Ryko entraîner Dela et Vida dans le couloir tandis qu'une poussière suffocante tourbillonnait dans le cachot. Mon corps terrestre se plia en deux en toussant tandis que les bêtes endeuillées se ruaient sur nous.

Le dragon Rat s'élança vers les animaux de

l'Ouest et les lacéra de ses griffes opalines. Des flots étincelants de *hua* jaillirent des dragons Chien et Porc, qui reculèrent en hurlant. Notre immense corps rouge heurta de plein fouet le dragon Tigre, tandis que nos griffes à l'éclat de rubis déchiraient les écailles rosées du dragon Lapin. Tendant nos muscles, nous nous tordîmes pour esquiver les griffes couleur d'améthyste du dragon Bœuf. Le mur faisant face à la créature violette vola en éclats. Le dragon bleu bondit devant nous et se mit à décrire un cercle en grondant et en repoussant à coups de griffes les autres bêtes ne cessant d'esquiver, de plonger, de hurler.

« Eona, comme l'autre fois ! » La voix intérieure d'Ido était forte, le goût d'orange de son pouvoir radieux se mariait à la suavité de la vanille. « Ensemble ! »

Sa main terrestre agrippa la mienne. Ce contact me tira un instant hors de ma vision de dragon, et je le vis à genoux, la tête renversée en arrière, les yeux couleur d'ambre brillant d'une ardeur guerrière. Puis je fus de nouveau unie au dragon Miroir. Notre immense corps rougeoyant se débattait sous la pression écrasante du chagrin des bêtes autour de nous. Cette fois, nous n'hésitâmes pas. Nous ouvrîmes nos chemins à l'énergie orange, que nous sentîmes déferler aussitôt. Elle flamboya en nous, emportant notre pouvoir doré en une gigantesque vague de *hua* chargée de pierres et de rochers tournoyants, qu'Ido eut du mal à maîtriser malgré son emprise impitoyable.

Sa main se serra sur la mienne. Poussant un rugissement, il libéra d'un coup notre pouvoir, en une explosion énorme qui défonça le toit et les murs du cachot et renversa en arrière les dix dragons. L'espace d'un instant, la décharge démesurée teignit d'un rouge vibrant la dimension céleste, où les bêtes tentaient de lutter contre sa puissance, puis le cercle miroitant des dragons se disloqua avec un grand cri.

Le monde énergétique disparut soudain à ma vue. J'étais de retour dans mon corps. Le glorieux pouvoir de mon dragon était comme un bourdonnement lointain dans ma tête et une absence déchirante dans mon esprit.

Ido m'entraîna à côté de lui sur le sol. Son bras enserrait mon corps. Un choc en retour me projeta brutalement contre la pierre et percuta les murs des autres cachots en nous cinglant d'une pluie de poussière et de crasse.

Avec lenteur, je levai la tête. La moitié du mur extérieur s'était effondrée. On voyait à travers des cadavres au milieu des décombres : les soldats accourus en entendant l'alarme et emportés dans l'explosion. Quelques silhouettes indistinctes se rassemblaient à une distance respectueuse. Les renforts ne tarderaient pas.

– Vous allez bien ? croassa Ido. C'était trop juste. Soit les dix dragons sont plus forts, soit nous sommes plus faibles.

Je me baissai pour me dégager de son corps. Ma douleur n'était plus qu'un souvenir. J'arrachai mon pansement de fortune. Sous la croûte de sang, l'affreuse plaie s'était si bien refermée qu'elle semblait n'avoir jamais existé.

Ido s'assit. Lui aussi apparaissait pleinement rétabli. Il regarda fixement sa poitrine lisse et effleura des doigts la peau délivrée de l'incision cruelle, puis il se contorsionna pour voir l'état de son dos. Moi-même, je ne pouvais m'empêcher de contempler sur son corps l'effet prodigieux de la puissance de guérison de mon dragon. Il ne restait plus trace des ravages de la torture. Ses larges épaules et ses longues jambes étaient intactes. En revanche, sa chair musculeuse se tendait sur ses os robustes. Le pouvoir du dragon ne pouvait annuler l'effet de jours entiers de famine. Ido s'aperçut que je le regardais, mais ne fit pas mine de couvrir sa nudité.

– Combien sommes-nous ? demanda-t-il.

Je détournai les yeux pour observer les silhouettes obscures à l'extérieur du cachot.

– Six, en vous comptant.

Il se frotta le visage.

– Six ? C'est tout ?

La voix rauque et pressante de Ryko retentit soudain :

– Eona ?

– Ici ! criai-je en me levant péniblement. Nous sommes indemnes.

Je touchai de nouveau mon bras. Mieux qu'indemnes.

– Vous vous êtes aussi guérie ? s'étonna Ido en examinant mon corps. Vous n'êtes plus infirme.

– Non, dis-je en rougissant sous son regard scrutateur.

– Voilà un pouvoir fort utile, commenta-t-il.

Plus utile encore qu'il ne le croyait.

– Les soldats sont là, lança Ryko en se frayant un chemin à travers le nuage de poussière et l'amas de pierres recouvrant le seuil. Nous sommes encerclés.

Derrière lui, Vida, Dela et Yuso avançaient péniblement parmi les décombres glissants et cliquetants. Je vis Vida se figer en apercevant le corps guéri d'Ido.

– Ils ont dû découvrir les deux hommes que nous avons tués, déclara Yuso.

Il essuya une entaille profonde au-dessus de son œil, en maculant de sang son front.

– Les renforts arrivent.

– Peu importe.

Ido se leva avec lenteur. Il baissa les yeux sur ses pieds, remua ses orteils. Puis il me jeta un coup d'œil en inclinant brièvement la tête – sans doute était-ce sa façon d'exprimer sa gratitude.

– À présent que je suis rétabli, je vais nous frayer un passage.

– Avec votre pouvoir ? C'est interdit par l'Engagement.

À l'instant même où je parlais, je me rendis compte de la sottise de mes paroles. Ido avait tué tous les autres Yeux du dragon. Il ne devait guère se soucier de l'Engagement sacré du Conseil des Yeux du dragon.

Il esquissa un sourire carnassier.

– Ne vous mentez pas à vous-même, ma petite. Vous savez que l'Engagement n'existe plus.

– Ce n'est pas vrai !

Ma dénégation sonnait creux même à mes propres oreilles.

Dela tira des décombres les vêtements qu'elle avait jetés là un peu plus tôt. Elle tendit à Ido leur tas poussiéreux.

– Puisque sire Ido a déjà enfreint l'Engagement au service de Sethon, dit-elle d'une voix dure, le moins qu'il puisse faire est de l'enfreindre de nouveau à notre service.

Ido la regarda en enfilant le pantalon sali et en attachant la ceinture.

– Vous êtes devenu très pragmatique, Contraire.

Il passa la chemise par-dessus sa tête.

– Par nécessité, répliqua Dela en s'humectant les lèvres. Votre pouvoir pourra-t-il nous faire sortir du palais ?

Il baissa les yeux sur son corps amaigri.

– Je devrais avoir assez de force pour venir à bout de ces soldats.

– Assez pour tuer Sethon ? demanda-t-elle.

À quoi pensait-elle ? Nous étions ici pour libérer Ido afin qu'il m'entraîne, pas pour assassiner Sethon.

Ido secoua la tête.

– Je ne fais pas partie de votre Résistance, Contraire.

– Mais il vous a torturé. Vous avez certainement envie de le tuer.

Il serra la mâchoire.

– Je le tuerai à mon heure. Pas pour servir votre cause.

Yuso s'avança.

– Nous voulons tous la mort de Sethon, dame Dela. Mais pas maintenant. Ce n'est pas notre mission. Nous sommes ici pour faire sortir sire Ido.

– Le capitaine a raison, lançai-je.

– Les soldats se préparent à attaquer, annonça Vida.

En entendant un ordre donné d'une voix sèche et la rumeur menaçante de pas accourant, nous

nous retournâmes tous vers la brèche du mur. Des troupes s'assemblaient autour du bâtiment.

– Des hommes et des chevaux nous attendent derrière la porte des gardes impériaux, dit Yuso. Savez-vous comment vous y rendre ?

Ido hocha la tête.

– Que tout le monde reste près de moi, commanda-t-il. Si l'un de vous s'éloigne de ma zone de protection, je ne m'arrêterai pas pour lui.

Nous nous regroupâmes derrière lui. Dela et Vida se serrèrent autour de moi, tandis que Ryko et Yuso constituaient l'arrière-garde. La respiration d'Ido se modifia. Ses épaules se soulevèrent et s'abaissèrent, sur un rythme ralenti le conduisant peu à peu dans le monde énergétique.

C'était le moment de vérifier mon lien avec lui. Je voulais être sûre de pouvoir maîtriser cet homme.

Avec circonspection, je projetai mon *hua* en cherchant la pulsation de la force vitale d'Ido, prête à me retirer au premier signe de contact. Avec Ryko, mon lien était rapide et brutal. En revanche, l'énergie de l'Œil du dragon était prudente, complexe, mêlée au goût d'orange et de vanille de son animal. Alors que son esprit rejoignait le monde énergétique, je sentis un chemin s'ouvrir, le battement lointain de son cœur robuste se rapprocher de mon propre rythme. Je battis précipitamment en retraite, avant que sa pulsation se confonde avec la mienne.

Il se retourna pour me regarder, de ses yeux d'ambre qui s'argentaient. Avait-il senti ma présence ? Un cri dans la cour détourna son attention. Les soldats marchaient sur nous. Il s'avança à travers la brèche, suivi de notre groupe compact. Levant la main, il transforma la brise légère en une bourrasque soulevant la poussière en tourbillons déchaînés, qui tournoyèrent autour de nous sans nous toucher, avec une puissance hurlante qui grandissait à chacun de nos pas en direction des soldats.

Ces derniers levèrent leurs *ji*, mais le vent les leur arracha aussitôt et les armes transpercèrent leurs camarades derrière eux. Tandis que nous avancions vers eux, la tornade mugissante emporta les morts et les projeta contre les vivants. Ce fut la débandade, sous l'effet de l'horreur autant que des lourds projectiles humains. Les soldats essayant de résister furent renversés en arrière par le vent, comme si un bélier les poussait violemment contre leurs camarades et le mur de la caserne des gardes. Les cailloux des allées lacérèrent leur peau. La tempête couvrait leurs hurlements de douleur.

Comment pourrais-je dominer la volonté d'un homme au pouvoir aussi immense ?

Nous passâmes devant le pavillon de la Justice automnale. D'un simple geste des mains, Ido fit jaillir la terre autour de nous. Le sol se déroba sous les nouveaux soldats accourant vers nous. Les pavés s'élevèrent dans l'air puis s'abattirent sur leurs crânes, les fracassant avec un bruit sourd qui me donna la nausée. Vida agrippa mon bras et détourna la tête quand les énormes lampes à huile furent projetées une à une sur une autre troupe d'assaillants, qui s'embrasèrent instantanément. Le vent attisait les flammes sur la masse hurlante des hommes couverts d'huile.

Alors que nous nous dirigions vers l'enceinte du palais, j'aperçus des soldats débouchant de l'angle de la caserne des gardes. Ido les vit aussi. Levant la main, il fit s'envoler le sable de l'arène d'entraînement. Je me baissai, même si je savais que la nuée pâle s'élançant au-dessus de nos têtes ne nous toucherait pas. Le sable frappa les soldats comme une multitude de poignards minuscules, déchirant leur peau et étouffant leurs cris avec une puissance suffocante. J'entendis Ryko derrière moi pousser un gémissement d'horreur.

Devant nous, une partie de l'enceinte du palais se fracassa en une explosion de pierre et de poussière. Ido ne ralentit pas un instant. Traversant la brèche à sa suite, nous franchîmes l'allée cavalière parsemée de débris, en luttant tous contre l'envie de courir pour échapper à la dévastation hurlante que nous laissions dans notre sillage.

Nous étions parvenus aux sentiers et aux bosquets soigneusement entretenus de l'Anneau d'Émeraude, cet ensemble de jardins somptueux séparant du palais les douze manoirs des Yeux du dragon qui l'entouraient. L'étang de la Grenouille fortunée se trouvait à proximité, avec son célèbre pavillon surgissant au-dessus des eaux dorées comme un temple miniature. Le palais en feu éclairait sa surface où luisaient les joyaux humides des yeux des grenouilles accroupies dans l'eau. Au-delà de l'étang, une porte en forme de lune ronde encadrait un jardin de pierre, dont les pâles galets scintillaient dans la lumière rougeoyante tel un chemin jonché d'or.

Ryko glissa ses doigts dans sa bouche et émit une série de sifflements stridents qui couvrirent même le fracas du chaos se déchaînant derrière nous. Des ombres d'hommes et de chevaux émergèrent d'un bouquet de cyprès sur notre droite. En voyant la robe pommelée de Ju-Long, je sentis mon cœur s'emballer. Kygo était-il là ? Il n'avait certainement pas pris un tel risque.

– Le dieu de la Chance est avec nous, chuchota Vida.

– Il n'a joué aucun rôle, lança Ido d'une voix enrouée par la fatigue. J'ai vu leur *hua* à travers les yeux de mon dragon.

Il nous mena à leur groupe derrière l'étang. Je reconnus la silhouette maigre de Caido. Quatre de ses hommes étaient avec lui, s'efforçant de maîtriser les chevaux. Même si Kygo n'était pas venu, il avait envoyé Ju-Long pour nous porter secours. Sentant l'odeur de feu et de chair brûlée, les animaux regimbaient à avancer.

– Éloignez-les jusqu'à ce qu'ils se calment, ordonna Caido d'un ton pressant qui durcissait sa voix chantante de montagnard.

Les hommes emmenèrent les chevaux plus loin dans les jardins. Caido se dirigea vers nous. En voyant Ido, il se figea un instant. Dans sa confusion, il s'inclina d'un air hésitant. Il savait qu'Ido était censé être notre prisonnier, mais il était impossible d'ignorer le pouvoir argenté luisant encore dans ses yeux, ni son autorité naturelle.

Yuso s'avança vers lui.

– Sa Majesté est-elle en sûreté ? demanda-t-il.

Caido abandonna son attitude soumise.

– Il attend avec le reste de mes hommes à l'endroit convenu, déclara-t-il.

Cependant il observait maintenant les ruines

de l'enceinte du palais. Plissant les yeux pour mieux voir à travers la fumée tourbillonnante, il pointa le doigt vers les silhouettes sombres de soldats escaladant avec précaution les pierres fracassées.

– Des renforts arrivent. Décampons !

– Décidément, ils ne comprennent pas vite, lança Ido.

Se tournant vers le palais, il leva ses mains ouvertes. Le gravier de l'allée cavalière jaillit soudain vers le haut. Je me baissai, tandis que la terre se fendait avec fracas le long du mur d'enceinte. Les soldats tombèrent en hurlant dans l'abîme s'ouvrant sous eux en un déluge de pierre et de poussière. La terre continua de s'ébouler et l'énorme fissure s'élargit si bien qu'elle coupa les jardins en deux, séparant les bords par un ravin béant, infranchissable.

Le grondement s'affaiblit enfin, laissant place à un silence irréel et à un lourd nuage de poussière. Puis ce fut une tempête de cris. Les soldats hurlaient de douleur et de terreur.

Ido me lança un regard puis commença à s'éloigner. Yuso fit mine de l'attraper, mais Ido serra le poing et le sol se souleva sous le capitaine, qui chancela et tomba sur le dos avec un gémissement.

– Sire Ido ! m'écriai-je. Nous avons conclu un marché. Vous avez dit que vous m'entraîneriez.

Bien que son visage maigre fût creusé par l'épuisement, ses yeux d'ambre étaient encore brillants de pouvoir.

– Qu'imaginiez-vous, Eona ? Que je vous suivrais partout comme votre chien insulaire ?

Il désigna d'un geste Ryko, qui avait commencé à s'approcher de lui avec Vida et Dela. Ido leva la main d'un air menaçant et ils s'immobilisèrent prudemment.

– Si vous voulez apprendre, Eona, il faut que vous veniez avec moi. En acceptant mes conditions.

Il sourit, et il me sembla sentir déjà le poids de son corps sur le mien.

– Vous savez que je ne viendrai jamais avec vous. Jamais !

– Je sais combien vous désirez votre pouvoir. C'est comme une faim dévorante en vous. Et je sais que, sans moi, vous ne l'aurez jamais. À vous de choisir. Soit vous apprendrez à raser des palais de la surface de la terre, soit vous resterez une incapable n'ayant pas la force de suivre la voie de son propre pouvoir.

Je m'avançai. Il avait raison – je voulais mon pouvoir, avec tant d'intensité que c'était comme une souffrance lancinant sans cesse mon esprit. Mais il se trompait, ô combien, s'il croyait que je manquais de force.

Avec une impatience féroce, je projetai mon *hua* en cherchant le chemin argenté menant à la volonté d'Ido. Je sentis ma puissance vitale déferler sur une autre pulsation, le rythme familier d'un cœur battant s'unir au mien en une ruée d'énergie irrésistible. Ryko.

À côté de moi, l'insulaire s'effondra, le souffle coupé. Ma résolution faiblit. Je n'avais même pas pensé à lui.

Sentant la menace, Ido s'accroupit. Je vis l'argent déferler dans ses yeux tandis qu'il rassemblait son pouvoir. Ce n'était pas le moment d'hésiter. Je pressai mon *hua* en son être épuisé, dont le goût remplit ma bouche en une vague violente et vibrante de pouvoir orangé qui le mit à genoux.

« Que faites-vous là ? »

Sa fureur était aussi mordante qu'un acide.

Je luttai pour faire battre son cœur au même rythme que le mien, malgré sa résistance qui semblait enflammer mon sang. Lentement, comme si je soulevais un lourd filet, j'approchai de la mienne la vibration de sa vie. Il se débattit avec rage sous la pression de mon *hua*. Repoussant peu à peu l'emprise de mon pouvoir, il se leva en chancelant. Il résistait avec peine. Son cœur battit un instant à l'unisson du mien, mais il réussit ensuite à se libérer.

D'instinct, je cherchai un supplément de pouvoir. Ryko. Il se tordait de douleur sur le sol, avec une énergie frénétique où je n'avais qu'à puiser. Je m'en emparai et attirai à moi son *hua* étincelant. Ryko poussa un cri terrible, mais je ne pouvais m'arrêter en chemin. L'afflux soudain d'énergie en moi s'élança comme une bête hurlante et força Ido à s'agenouiller de nouveau.

De la sueur trempait le dos de sa chemise tandis qu'il s'efforçait de repousser mon assaut furieux. Chacune de ses contre-attaques désespérées était réduite à néant par mon pouvoir inexorable, cette énergie brute, violente et ténébreuse, qui entraînait son *hua* en moi et asservissait sa rage frémissante aux battements déchaînés de mon cœur. Avec la force brutale du vainqueur, je le plaquai sur ses mains et ses genoux.

– Votre volonté m'appartient. Vous comprenez ?

Il tenta de se relever, la bouche tordue en une grimace féroce. À côté de moi, Ryko gémissait, frappé de plein fouet par le choc en retour.

– Vous comprenez, sire Ido ?

Il leva la tête en tentant désespérément de secouer mon joug. Ses yeux furieux se teintaient d'un or sombre, d'où toute trace d'argent avait disparu. Je le plaquai de nouveau sur le sol, en pressant son front dans l'herbe boueuse.

– *Vous comprenez* ?

– Oui, lança-t-il en haletant. Oui.

La joie m'enivra. Sire Ido était à ma merci, avec tout son pouvoir et son orgueil. À présent, c'était son tour de connaître le supplice d'être réduit en esclavage. Je pouvais lui faire faire n'importe quoi…

– Eona, arrêtez ! Tout de suite !

Je vis devant moi un visage indistinct, une bouche hurlante.

– Vous êtes en train de tuer Ryko !

Un coup brutal renversa ma tête en arrière, me tirant de ma transe. Je reconnus les traits sévères de Dela. Posant la main sur ma joue brûlante, je sentis mon corps se vider de son pouvoir déferlant. Toutefois ma joie sauvage s'attardait comme un chant silencieux dans mon sang. Même si le *hua* d'Ido était maintenant libre de mon emprise, je savais que le chemin menant jusqu'à lui était gravé en lettres de feu dans son être. Et dans le mien.

Je reculai, tremblante.

Ido releva lentement la tête, encore incertain de sa liberté. Je connaissais ce sentiment : le soulagement d'être de nouveau maître de soi.

Respirant profondément, il s'assit sur les talons et cracha en essuyant sa bouche maculée de boue. Ses doigts courbés et frémissants témoignaient seuls de sa rage.

– Ce n'était pas le pouvoir du dragon, lança-t-il d'une voix rauque. De quoi s'agit-il ?

Je l'observai avec méfiance, prête à l'asservir de nouveau.

– Une fois que j'ai guéri quelqu'un, je peux m'emparer de sa volonté, expliquai-je. Quand je veux.

Cependant il avait raison, ce n'était pas le pouvoir du dragon. Quoi que ce fût, le phénomène était la conséquence du lien qui s'était noué entre nous lorsque je l'avais guéri, exactement comme ç'avait été le cas avec Ryko au village de pêcheurs. Un fil d'or ténu du *hua* des deux hommes s'entrelaçait au mien. Malgré tout, je ne savais pas vraiment d'où venait ce pouvoir.

Ou peut-être préférais-je l'ignorer.

Ido pressa le dos de sa main contre son front.

– Mon crâne a failli éclater.

Il leva les yeux vers moi.

– Ça vous amusait. Je sentais votre plaisir.

– C'est faux, déclarai-je en croisant les bras.

– Menteuse, dit-il avec un sourire sans joie.

Caido intervint :

– Noble dame, je vous en prie, nous devons partir au plus vite !

Son visage maigre était plein d'inquiétude et de respect craintif. Je compris soudain qu'il avait peur de moi.

Je hochai la tête et me tournai de nouveau vers Ido.

– Levez-vous.

Il serra les lèvres en entendant cet ordre, mais se hissa sur les jambes.

Dela et Vida étaient accroupies chacune d'un côté de Ryko. Avec douceur, Dela fit rouler le géant sur le flanc. Il poussa un gémissement, le visage blême. J'avais failli lui arracher trop de *hua*. Pour assurer mon emprise sur Ido, j'avais presque tué mon ami.

– Dela, comment va-t-il ? demandai-je en m'approchant d'eux. Il s'est retrouvé pris entre nous, je n'ai pas…

– Laissez-le en paix ! cria-t-elle.

Sa fureur élevait comme une muraille entre nous. Elle se pencha de nouveau sur Ryko et l'aida à s'asseoir.

– Peut-être me suis-je trompé sur votre compte, dit Ido en regardant l'insulaire se crisper puis se plier en deux en tressaillant de douleur.

– Que voulez-vous dire ?

Le visage d'Ido se tourna vers moi. La lueur des flammes creusait ses joues sous ses pommettes et mettait en relief son long nez aristocratique.

– Lors de notre dernière rencontre, vous vous êtes rendue pour épargner votre chien insulaire. Vous ne pouviez supporter de le voir souffrir.

Il plissa les yeux en esquissant un sourire méchant.

– Cette fois, vous lui avez arraché son *hua* pour m'asservir. Peut-être avez-vous assez de force pour suivre la voie de votre pouvoir, finalement.

Chapitre 15

Nous passâmes la nuit à traverser la capitale, en passant par une série de maisons amies où nous restions tantôt quelques minutes, tantôt plus d'une demi-heure de façon à éviter les patrouilles. Tout se confondait en un brouillard de pièces sombres, de visages indistincts, de chuchotements inquiets. Caido et son lieutenant nous conduisaient de maison en maison. Le reste de ses hommes était parti à cheval dans l'autre direction, afin de servir courageusement d'appâts pour les inévitables recherches.

Dans une des maisons, Vida et moi revêtîmes des robes plus discrètes et je me débarrassai de mon maquillage blanc. Dans une autre – en fait, l'écurie d'une vaste demeure –, nous restâmes assez longtemps pour manger de la soupe, que nous apporta l'épouse aux gros yeux ronds de notre hôte favorable à la Résistance. Ido et Ryko avaient plus que besoin de nourriture et de repos. La contrainte que je leur avais infligée les avait affaiblis l'un comme l'autre, et l'allure soutenue imposée par Caido commençait à nous épuiser tous.

La femme posa la marmite de soupe par terre et sortit de l'écurie en s'inclinant, les yeux fixés sur Ido. Il était affalé contre le mur du fond, aussi loin que possible des regards méfiants des autres. Au lieu des vêtements du gardien, il portait maintenant un pantalon et une tunique grisâtre d'ouvrier, mais le pantalon était trop court et Dela avait arraché les manches de la tunique pour pouvoir l'enfiler sur ses larges épaules. Peut-être n'était-ce pas seulement le rang de l'Œil du dragon qui subjuguait notre hôtesse aux yeux globuleux.

À la faible clarté des lanternes de la cour, Vida remua la soupe puis en remplit deux bols, qu'elle me tendit.

– Ne le laissez pas trop manger, dit-elle en indiquant une portion minuscule entre le pouce et l'index. Autrement, il sera malade.

Apparemment, c'était à moi de m'occuper d'Ido. Non que j'en eusse la moindre envie, mais les autres refusaient tout contact avec lui. Je ne pouvais les blâmer. Bien qu'affamé et exténué, Ido pouvait cracher son venin à tout instant. Je sentais encore dans mon esprit la brûlure de ses paroles insinuant que j'étais devenue impitoyable, même envers mes amis.

Chargée des deux bols, je m'accroupis devant l'Œil du dragon. Son crâne rasé s'appuyait au mur de bois rugueux. Il fermait les yeux sous un rayon de lune traversant obliquement son visage.

– Voici de la soupe, lançai-je.

Il tressaillit. Manifestement, je l'avais tiré du sommeil. Son visage se crispa en une expression de faim féroce.

– Vous m'apportez à manger ?

Je lui tendis sa part. Il serra avec avidité ses longs

doigts autour du bol, mais ses mains tremblaient tellement qu'il ne put l'approcher de ses lèvres. Penchant la tête, il se mit à aspirer le liquide.

– Vida dit que vous devez manger avec modération, sans quoi vous vous rendrez malade.

Il grimaça par-dessus le bord de céramique.

– Le problème ne devrait guère se poser. Je n'arrive même pas à avaler une gorgée.

– Attendez, je vais vous le tenir.

– Non !

Il serra les dents et leva lentement le bol, non sans répandre de la soupe sur ses doigts. Quand il réussit enfin à avaler une gorgée, il sourit avec un vrai plaisir. C'était la première fois que je le voyais débarrassé de l'arrogance qui durcissait habituellement ses traits. Son visage rajeunit d'un coup. Je l'avais toujours considéré comme beaucoup plus âgé que moi, néanmoins Momo avait dit qu'il n'avait que vingt-quatre ans. Si j'avais compté les cycles du dragon, j'aurais appris son âge véritable. Comment quelqu'un pouvait-il vieillir ainsi en esprit ? La brutalité et l'ambition étaient des réponses faciles. Mais peut-être était-il impossible de connaître la vérité sur l'esprit d'autrui.

Je songeai au trou noir que j'avais vu à la base du point de puissance au sommet du crâne d'Ido. Une telle fracture dans le siège de l'intelligence et de la sagesse devait certainement affecter gravement son esprit. Sans compter que son point cœur avait de nouveau diminué. Cela signifiait-il qu'il ne ressentait plus la compassion que je lui avais insufflée de force ?

Je bus une gorgée de ma propre soupe, dont la saveur légère avait peine à résister à la puanteur des porcs dormant non loin de là. Puis j'observai Ido, qui mangeait avec l'appétit d'un loup affamé.

– Éprouvez-vous encore du remords pour tout ce que vous avez fait ? demandai-je. Je sais que vous en avez éprouvé, dans l'allée du palais. Et aussi de la compassion. Mais ces sentiments vous habitent-ils toujours ?

C'était probablement une question stupide. Il n'avait aucune raison d'admettre qu'il était aussi dépourvu de scrupules que par le passé. Tout l'incitait à m'assurer qu'il s'était repenti.

Il leva lentement la tête de dessus son bol.

– Après une heure en compagnie de Sethon, je n'éprouvais plus rien en dehors de la souffrance, dit-il d'un ton neutre. Ne me parlez pas de remords ou de compassion. Cela n'existait pas dans ce cachot.

Le souvenir de son corps torturé s'imposa soudain à moi. Après ce qu'il avait enduré, il n'était pas étonnant que son point cœur se soit de nouveau atrophié. Peut-être la cruauté de Sethon était-elle également à l'origine du trou noir. Je l'observai de nouveau. Il s'était légèrement détourné, manifestement peu désireux d'évoquer son supplice. Pendant un instant, je fus partagée entre ma propre compassion et une curiosité macabre.

– Quand je vous ai guéri, j'ai vu un trou noir dans le point au sommet de votre crâne, dis-je enfin. Savez-vous de quoi il s'agit ?

– Un trou noir ?

Il toucha le haut de sa tête, l'air soudain tendu.

– C'était probablement le prix à payer.

L'ironie imprégnant sa voix se mêlait de résignation.

– Le prix à payer ?

– Vous devriez savoir maintenant que tout pouvoir se paie d'une façon ou d'une autre.

Il se frotta les yeux avec lassitude.

– J'ai utilisé beaucoup de pouvoir pour survivre aux attentions de Sethon.

– Quelle sera la conséquence de ce trou ?

– C'est encore à voir, répondit-il avec un rire âpre. Peut-être ne parviendrai-je jamais à l'illumination spirituelle.

– Qu'est-ce que Sethon voulait de vous ?

Son sourire sarcastique s'effaça. L'espace d'un instant, il joua avec l'idée de ne pas répondre. Puis il lança à contrecœur :

– Le livre noir. Et vous.

C'était bien ce que je pensais.

– Lui avez-vous révélé quelque chose ?

– Je n'en sais rien.

Il darda ses yeux sur moi et je reculai devant l'accusation glacée de son regard.

– Lorsque vous avez appelé votre dragon pour la première fois, non seulement vous avez ouvert de force mon point cœur mais vous m'avez coupé de mon pouvoir. Pendant trois jours, j'ai été à la merci de Sethon.

Sa voix était dure, monocorde.

– Arrivé au troisième jour, je ne savais plus ce que je disais. Peut-être lui ai-je tout révélé. J'aurais dit n'importe quoi pour qu'il s'arrête.

Je bus une gorgée de soupe pour échapper à ses yeux lourds de reproches. J'ignorais que je l'avais coupé de son dragon. La peur me glaça soudain. Je l'avais laissé sans défense face à Sethon. Le seul souvenir des doigts froids de cet homme me donnait la nausée. J'avais beau avoir vu les blessures d'Ido quelques heures plus tôt, mon imagination peinait à se représenter ce que Sethon devait lui avoir fait endurer. Je résistai à l'envie de m'excuser. C'était la tentative d'Ido lui-même pour s'emparer de force de mon pouvoir qui avait provoqué la rupture avec son dragon. Et c'était son projet perfide de monter sur le trône qui avait mis Sethon en fureur.

– Il est plus que probable que Sethon sache tout ce que je sais moi-même de vous et du livre noir, reprit-il.

– Vous savez où se trouve le livre ?

– C'est Dillon qui l'a.

– Il a survécu au torrent ?

Cette nouvelle m'emplit d'une joie qu'assombrissait un pressentiment funeste.

Ido eut un sourire sans joie.

– Le livre noir sait se protéger.

– Mais si Sethon sait où il se trouve, il n'a plus qu'à aller le chercher.

Ido secoua la tête.

– Il sait où il se *trouvait*. Dillon a décampé depuis longtemps.

Il posa le bol sur le sol en soupirant.

– Votre servante a raison. Je ne peux pas manger davantage.

– Ce n'est pas ma servante. Vida appartient à la Résistance.

– Et vous, Eona ? Soutenez-vous la cause de l'Empereur Perle ?

Devinant un sous-entendu perfide dans cette question, j'hésitai un instant.

– Oui, répondis-je enfin.

– Et mettrez-vous votre pouvoir à son service, quand je vous aurai appris à le maîtriser ?

– Non, je respecte l'Engagement de Service. Kygo aussi.

– Kygo, dites-vous ?

Il croisa ses bras dont le clair de lune éclairait les muscles puissants.

– Vous devriez faire attention, ma petite. Ce n'est pas parce que vous êtes un Œil du dragon que vous pouvez appeler un empereur par son prénom. Même s'il ne s'agit que d'un usurpateur.

Je le regardai bien en face.

– Je suis son *naiso*.

Ses épais sourcils se rejoignirent presque au-dessus de son nez fin. Je pinçai les lèvres. Tout en savourant sa stupeur, je me préparai à ses sarcasmes inévitables.

– Vous êtes son *naiso* ? Celle qui lui apporte la vérité ?

Il fut secoué par un rire silencieux.

– La vérité est entièrement étrangère à votre être.

– Kygo a confiance en moi, lançai-je.

J'espérais que ma véhémence aurait un effet convaincant sur lui. Et sur moi.

Il baissa la voix.

– Dans ce cas, avez-vous raconté à *Kygo* que le sang impérial et le livre noir pouvaient se rendre maîtres à eux deux de la volonté et du pouvoir d'un Œil du dragon ?

Je gardai le silence, ne voulant pas lui donner la satisfaction d'entendre ma réponse.

Il esquissa un sourire où je retrouvai un peu de son ancienne arrogance.

– Cela m'aurait étonné. Vous avez beau manquer de jugement, vous n'êtes pas stupide.

– Il ne s'agit pas de lui cacher quelque chose, répliquai-je.

Mon ton était agressif, mais je parlais plus bas moi aussi. C'était devenu une habitude, après trop d'années vécues avec trop de secrets.

– Je ne lui en ai pas parlé, c'est tout. Mais il n'en ferait pas usage contre moi.

Ido se mit à ricaner.

– Il est membre de la lignée impériale et il convoite le trône. Bien sûr qu'il en fera usage.

Il se pencha vers moi.

– Demandez-vous donc pourquoi vous ne lui avez rien dit. C'est parce que vous savez, au fond de vous, qu'il est une menace pour nous.

Je revis soudain les yeux brillant d'ambition de Kygo à l'instant où il avait regardé fixement le livre noir au poignet de Dillon. Ce livre contenait tant de richesses tentantes pour nous tous – les secrets du *gan hua*, le Rang de Perles, et même le moyen d'arrêter les dix dragons endeuillés. Mais le prix à payer était lourd. La folie et aussi, si jamais le livre tombait en de mauvaises mains, l'esclavage.

– Kygo ne nous veut aucun mal, affirmai-je. La menace, c'est Sethon.

Ido s'assit sur les talons. Un léger sourire dansait sur ses lèvres.

– Vous mentez même à vous-même. De ce point de vue, vous êtes bel et bien stupide.

Je me levai.

– Vous ne connaissez pas Kygo, déclarai-je. Et vous ne me connaissez pas.

Je me détournai. Dans mon malaise, je traversai toute l'écurie pour m'éloigner le plus possible de lui. M'immobilisant sur le seuil, j'aspirai goulûment l'air plus pur, sans prêter attention au regard curieux de Dela assise non loin de là sur une balle de foin.

Tandis que mon esprit se calmait, je me rendis compte avec dégoût qu'Ido avait raison. J'étais vraiment stupide.

Il avait réussi à me faire convenir que nous étions deux Yeux du dragon alliés contre la menace que représentait la lignée impériale.

Le jour était levé depuis une heure quand nous approchâmes de l'endroit convenu dans les collines bordant la ville. La chaleur pesante de la mousson rendait de nouveau l'air oppressant, comme un poids sur ma poitrine. Ou peut-être avais-je le cœur serré à la perspective de revoir Kygo. Je pressai les doigts sur la lanière de cuir attachée à mon poignet. La présence de l'amulette de sang ne suffit pas à me rassurer. Bien que notre séparation n'ait guère duré qu'un jour et une nuit, j'avais l'impression qu'un abîme s'était ouvert entre nous. Comme l'écrivit un jour Xan, le poète aux mille vues : « Trop de doutes grandissent dans les crevasses du silence et de la séparation. »

Le lieutenant de Caido était parti en éclaireur. Sa connaissance de la forêt le rendait aussi invisible que silencieux. Devant moi, Ido marchait entre Yuso et Caido. Bien que l'Œil du dragon fût voûté par la fatigue, il dépassait encore d'une tête ses deux gardes et était obligé de se baisser sous les branches des arbres.

Nous avancions au milieu de bosquets touffus. Yuso observait les jeux d'ombre et de lumière ne cessant de modifier l'aspect du sous-bois embroussaillé. Derrière moi, Dela et Vida aidaient Ryko, encore affaibli par l'usage que j'avais fait de son *hua*. Je n'avais échangé que quelques mots avec le géant durant notre fuite loin de la capitale. J'avais tenté une nouvelle fois de m'excuser, mais Ryko avait agrippé mon bras et chuchoté d'une voix enrouée : « Il était fort. Vous aviez besoin de moi pour le soumettre. Je suis heureux que vous l'ayez fait souffrir. » J'avais hoché la tête, soulagée de voir que mon ami me parlait de nouveau, mais je savais que je ne méritais pas cette interprétation généreuse de mes actes.

Devant nous, l'Œil du dragon s'immobilisa soudain et scruta le ciel en plissant les yeux, comme s'il apercevait quelque chose dans l'épaisse couche de nuages. Les sourcils froncés, il me regarda par-dessus son épaule.

– Le sentez-vous ? demanda-t-il.

Je levai les yeux vers le ciel menaçant au-dessus des arbres. Voulait-il me mettre à l'épreuve ? Je me concentrai un instant.

– Je sens une force. C'est massif, plus important qu'une simple mousson.

– Parfait, approuva Ido. De quelle direction vient-elle ?

Yuso approcha, la main sur son sabre.

– Continuez de marcher, ordonna-t-il à l'Œil du dragon.

Ido lui lança un regard oblique.

– Continuez de marcher, *seigneur*, corrigea-t-il d'un ton froid.

– Allez-y, sans quoi vous allez tâter du manche de mon sabre, *seigneur*.

– Attendez, capitaine, intervins-je. Je veux entendre ce que sire Ido a à me dire.

Je me tournai de nouveau vers l'Œil du dragon, sans prêter attention au mécontentement de Yuso devant ma défection.

– Comment puis-je découvrir de quelle direction elle vient ?

– Vous le savez déjà, répondit Ido tout en narguant Yuso avec un sourire sournois.

– Non, je ne le sais pas.

Soudain, je me rendis compte d'une présence dans mon esprit. Une inquiétude rougeoyante. Je me concentrai pour en saisir le sens, et elle remonta enfin à la surface.

– L'ouest. Elle vient de l'ouest.

– C'est exact. Bravo.

Détournant enfin les yeux de Yuso, Ido fixa de nouveau l'amas de nuages sombres.

– L'ouest. Ce n'est pas la direction normale, à cette époque de l'année.

– Qu'est-ce que cela signifie ? demanda Dela derrière moi.

– Cela signifie que nous allons avoir un cyclone, déclara-t-il en fronçant encore davantage les sourcils.

– Ici ?

Le cri de Vida fut comme l'écho de ma propre angoisse.

– Quand ?

– À dame Eona de nous le dire, lança Ido.

Encore un test.

– Comment ?

– C'est dans le *hua* de la terre. Tâchez de le sentir.

Je n'avais aucune idée de ce qu'il voulait dire.

– Avec mon pouvoir ? Mais cela fera venir les dragons.

– Non, contentez-vous de le sentir. Comme lorsque vous cherchez les chemins de votre propre *hua*.

– Vraiment ?

Je respirai profondément, encore incertaine. Je savais que la terre avait des chemins intérieurs, semblables à nos méridiens. Ces lignes énergétiques s'entrecroisaient en un réseau étincelant. Mais comment pourrais-je les percevoir sans pénétrer dans la dimension céleste ? Tout ce que je sentais, c'était la chaleur sur ma peau, la rumeur de mon cœur battant, le souffle irriguant ma poitrine, la brise légère caressant mon visage, le chant vibrant des insectes dans mes oreilles et…

– Dans cinq jours, chuchotai-je.

Ido sourit.

– Cinq jours, c'est ça, confirma-t-il.

– Comment ai-je fait ? m'exclamai-je en riant.

Il me lança un regard ironique.

– Vous êtes un Œil du dragon. Ce genre de chose est notre spécialité.

Je souris, incapable de contenir ma joie. J'avais écouté la terre comme un Œil du dragon !

Une pensée soudaine me dégrisa.

– Mais nous ne pouvons pas empêcher le cyclone, n'est-ce pas ?

C'était là le véritable travail d'un Œil du dragon.

Il leva de nouveau les yeux vers le ciel.

– Non. Il faudra vous entraîner, pour cela. Et nous aurons besoin de davantage de pouvoir. Mais au moins, nous pouvons éviter d'être sur son chemin.

Réduits au silence par cette nouvelle, nous reprîmes notre progression pénible dans le sous-bois. Malgré la menace du cyclone, je ne pouvais que m'émerveiller de mon aptitude nouvelle à écouter la terre. Ido commençait déjà à me révéler à moi-même. Observant son dos imposant, je tentai de deviner les pensées de son esprit retors. Comme s'il avait senti mon intention, il se retourna, et je fus prise fugitivement dans le rayonnement ambré de son regard interrogateur. Bien qu'aucun flot argenté ne parcourût ses yeux, je sentais encore l'attraction de son pouvoir. Je me détournai. Cependant, du coin de l'œil, je le vis sourire. Et mes lèvres à leur tour esquissèrent comme l'ombre d'une réponse.

Moins d'une demi-heure plus tard, Yuso se raidit et leva la main. Nous nous arrêtâmes en scrutant le sous-bois.

– Messire !

Le lieutenant de Caido émergea d'un fourré sur notre droite. Je n'aurais jamais deviné sa présence.

– Ils sont non loin d'ici, vers le nord-est.

– Tout s'est-il déroulé comme prévu ? demanda Caido.

L'homme hocha la tête.

– Sa Majesté nous attend.

Je me sentis brûlante. Kygo était quelque part devant nous. Cette nouvelle affecta également Ido.

Il se tassa sur lui-même, comme s'il s'apprêtait à affronter un ennemi à la puissance écrasante. En un sens, il ne se trompait pas. Kygo n'aurait guère d'indulgence pour l'homme qui avait aidé Sethon à massacrer sa famille et usurper son trône.

J'essuyai de la sueur à la naissance de mes cheveux. En retirant ma main, j'aperçus une tache blanche sur mon doigt : le fard d'Orchidée de Lune. En restait-il beaucoup ? Je devais avoir l'air d'un cheval pie.

– Dela, chuchotai-je en lui jetant un regard. Ai-je encore du fard sur mon visage ?

Elle m'observa en souriant, puis passa délicatement son pouce sous mon œil et sur mon menton.

– Tout est parti, assura-t-elle en caressant ma joue. Vous voilà plus belle que jamais.

Nous passâmes devant deux sentinelles – des hommes de Caido, presque invisibles dans le sous-bois jusqu'au moment où ils se levèrent pour s'incliner brièvement. Puis les buissons et les arbres s'ouvrirent sur une clairière herbeuse.

Au milieu, Kygo nous faisait face, entouré de deux gardes. D'autres hommes étaient postés autour de la clairière. Certains visages m'étaient inconnus – ils devaient appartenir à la Résistance locale. Yuso nous guida en avant. Mon cœur bondit quand je vis les yeux de Kygo me chercher avant tous les autres, en une prise de contact fugitive, pleine de joie et de soulagement. Son regard se fixa ensuite sur Ido, et son visage se durcit. Même moi, je me sentis glacée par la froide rancœur qu'il exprimait, bien que sa beauté sévère me serrât la gorge.

Le sol sous nos pieds était déjà chauffé par l'air torride. Une odeur douce-amère d'herbe écrasée s'élevait autour de nous. Kygo avait ouvert le col montant de sa tunique, et l'éclat laiteux de la perle se détachait sur l'étoffe sombre, comme une bannière impériale.

Nous nous immobilisâmes à une longueur de lui. Derrière moi, Dela et les autres tombèrent à genoux. Je m'agenouillai à mon tour pour m'incliner mais, à côté de moi, Ido ne bougea pas. Je levai les yeux, saisie d'une soudaine appréhension. L'Œil du dragon était debout face à Kygo. Les deux hommes s'observaient en silence. Ils étaient presque de la même taille et leurs regards étaient comme rivés l'un à l'autre.

– Inclinez-vous, lança Kygo.

Ido jeta furtivement un coup d'œil aux deux gardes derrière l'empereur.

– Vous n'y pensez pas.

Qu'est-ce qu'il fabriquait ?

Kygo fronça les sourcils.

– Inclinez-vous, sire Ido.

– Non.

Je vis Ido assurer imperceptiblement ses pieds sur le sol. Il rassemblait ses forces.

Yuso, toujours prosterné, leva la tête. Ryko l'imita.

– Je vous ai dit de vous incliner !

En un instant, le sang-froid glacé de Kygo céda la place à une fureur déchaînée.

– Je ne m'inclinerai pas devant vous, mon garçon.

Je tressaillis avant même d'entendre le choc sourd du poing de Kygo frappant le visage d'Ido à toute volée. Un autre coup de poing, au ventre, lui coupa le souffle et le plia en deux. Il tomba à genoux à côté de moi, pantelant. Un violent coup de pied dans ses côtes le fit s'affaisser, recroquevillé en un semblant de prosternation. Le poing encore serré, Kygo le toisa, manifestement décidé à ne pas arrêter là le châtiment de l'Œil du dragon.

– Votre Majesté, lançai-je en me relevant à moitié. Sire Ido est ici pour m'entraîner.

J'eus un instant l'impression terrible qu'il allait continuer de le frapper sans relâche. Son regard assombri par la rage et le chagrin croisa le mien. Il était dans le même état que dans l'auberge du village.

– Kygo, il ne pourra plus nous servir s'il meurt !

Sa frénésie meurtrière le quitta d'un coup, même si ses yeux étaient toujours remplis de souffrance. Il hocha la tête et recula, le souffle court.

Toujours recroquevillé, la tête inclinée, Ido me regarda furtivement. Pourquoi avait-il délibérément provoqué Kygo ? Il haussa un sourcil. Avant que j'aie pu réagir, il baissa de nouveau les yeux et cracha du sang sur le sol.

– Dame Eona, dit Kygo avec un calme forcé. Levez-vous.

J'obéis, troublée par l'expression calculatrice qu'avait eue Ido.

Me prenant par la main, Kygo m'emmena un peu à l'écart. Ses doigts étaient maculés de sang.

– Avez-vous le même lien avec lui qu'avec Ryko ?

Nous jetâmes tous deux un regard sur l'Œil du dragon prosterné derrière nous.

J'acquiesçai de la tête, en proie à un malaise grandissant.

– Je crois qu'il essaie de vous provoquer, Kygo.

– Pourquoi ferait-il une chose pareille ? demanda-t-il d'une voix encore chargée de violence.

– Je ne sais pas.

Il secoua la tête.

– Il n'a rien à y gagner. Tenez-vous à mon côté, *naiso*.

Il se retourna.

– Levez-vous tous et reculez. Sire Ido, restez à genoux.

Les autres se hissèrent péniblement sur leurs jambes et formèrent un demi-cercle irrégulier autour de l'Œil du dragon. Tous semblaient pleins d'une impatience hostile. Seul le visage de Dela était inquiet.

– Regardez-moi, Œil du dragon, ordonna Kygo.

Ido leva la tête. Sa lèvre supérieure était fendue, du sang s'écoulait sur sa bouche et son menton.

– Où se trouve le livre noir ? Est-il aux mains de Sethon ?

Les yeux d'Ido croisèrent fugitivement les miens, comme pour me dire : « Vous voyez, c'est tout ce qu'il veut. »

Je me mordis la joue. Bien sûr que Kygo voulait le livre. C'était logique. Nous ne pouvions nous permettre de laisser Sethon s'en emparer. Toutefois l'Œil du dragon au fond de moi n'avait pas davantage envie que Kygo entre en sa possession. À moins que je ne fusse victime des manipulations d'Ido. Je ne savais plus que penser.

– Le livre est à l'abri de Sethon, répondit Ido. C'est mon apprenti qui l'a.

– Apportez-le-nous.

Ido secoua la tête.

– Non. Il suffit qu'il soit en sûreté.

– Ce n'est pas une prière, Œil du dragon. C'est un ordre.

– Non.

Yuso s'avança.

– Votre Majesté, laissez-moi apprendre l'obéissance à *sire Ido*.

– Je comprends votre zèle, capitaine, dit Kygo. Mais c'est inutile.

Il se tourna vers moi.

– Forcez-le, dame Eona. Qu'il fasse venir à nous son apprenti.

Je me sentis soudain glacée.

– Votre Majesté, chuchotai-je en me détournant du demi-cercle de visages avides. Ne me demandez pas de faire ça.

– Pourquoi pas ?

– Cela revient à me demander de le torturer.

Il agrippa mon bras et m'entraîna de l'autre côté de la clairière. Prise dans l'étau de sa main, je le suivis en titubant dans l'herbe épaisse. S'arrêtant abruptement, il passa aussitôt à l'attaque.

– De quoi parlez-vous, Eona ? Je vous demande simplement de faire ce que vous avez déjà fait.

– Je ne me suis exécutée que parce que vous menaciez Ryko, lançai-je. J'empêcherai Ido de se servir de son pouvoir contre nous, mais je ne mettrai pas mon propre pouvoir au service de la contrainte et de la torture.

Je dégageai mon bras.

– La question ne devrait même pas se poser. Je croyais que vous valiez mieux que ça.

– Voilà des distinctions bien subtiles, riposta-t-il. Ido est-il venu volontairement avec vous ou par la contrainte ?

– Je lui ai montré que j'étais reliée à sa volonté.

– Et quand cela devient-il une contrainte ? Quand c'est moi qui vous demande de le faire ?

– Exactement !

– C'est absurde.

– Absurde ou pas, je sais que vous n'avez pas le droit de me demander une chose pareille. D'ailleurs, vous le savez aussi.

Il inspira profondément.

– Nous avons besoin du livre noir, Eona. Il ne faut pas que Sethon s'en empare.

Je pressai mes mains sur mes tempes.

– Kygo, si je force Ido à nous apporter le livre, croyez-vous qu'il acceptera de m'entraîner ?

Je baissai la voix.

– Pour accomplir la prédiction et sauver les dragons, le savoir d'Ido m'est indispensable.

J'effleurai son bras.

– Faites-moi confiance. Nous récupérerons le livre noir.

Il jeta un regard sur l'Œil du dragon à genoux. Ido avait relevé la tête et nous observait.

– Tout mon être aspire à le faire souffrir, dit Kygo à voix basse.

– Je sais.

Il ferma les yeux en soupirant. Quand il les rouvrit, son regard était moins sombre.

– D'accord, lança-t-il en saisissant ma main. Nous ferons comme vous l'entendez, *naiso*.

Je serrai ses doigts à mon tour.

– Merci.

Kygo était un esprit éclairé, le digne fils de son père. Pourtant, lorsqu'il m'eut ramenée au cercle silencieux d'hommes et de femmes, je me rappelai le sarcasme d'Ido dans l'écurie : « Pourquoi ne lui avez-vous rien dit ? »

L'Œil du dragon nous regarda approcher, la mâchoire serrée.

– Capitaine ! appela Kygo.

Yuso s'avança.

– Nous passerons la journée ici et nous mettrons en chemin à la nuit tombée. Attachez sire Ido et faites-le surveiller par un garde. Ensuite, venez me faire votre rapport.

Ses ordres mirent fin à la tension des assistants. En s'inclinant, ils s'éloignèrent à reculons de leur empereur, avec l'intention évidente de se restaurer et de dormir. Quand Dela passa devant moi, elle effleura furtivement mon bras.

– Soyez prudente, chuchota-t-elle en jetant un coup d'œil sur Ido. Il n'a pas que le pouvoir du dragon.

– Levez-vous ! ordonna Yuso à Ido.

Avec une lenteur insolente, l'Œil du dragon se leva et me fixa tandis que Yuso attachait ses poignets avec une corde. Ce regard appuyé me mit au comble du malaise.

– Je dois écouter le rapport du capitaine, déclara Kygo.

Il observa avec froideur Ido qui s'éloignait d'un pas chancelant entre deux gardes.

– Mais venez me retrouver ensuite, je vous prie.

– Bien sûr, Votre Majesté.

Après m'être inclinée, je me retirai à reculons tandis que Yuso approchait.

Je me dirigeai vers le bosquet où se trouvaient l'eau et les provisions. J'avais beau garder les yeux fixés sur l'attroupement devant moi, je sentais le regard d'Ido sur moi, aussi insistant qu'une main se pressant dans mon dos. Dela avait raison. Il fallait que je sois prudente.

Un quart d'heure plus tard, j'étais devant Ido. J'avais pris comme prétexte un bol d'eau et une tranche de bœuf séché pour le prisonnier. En réalité, je voulais savoir pourquoi il avait provoqué Kygo.

Le soleil du matin avait percé les nuages et ajoutait à l'air pesant une chaleur torride. Agenouillé en plein soleil, Ido avait le dos raidi et les mains levées à hauteur du menton. Je savais qu'on appelait ironiquement cette punition la Bénédiction. De la sueur s'écoulait de ses cheveux hirsutes jusque dans ses yeux. Bien que son visage fût impassible, ses bras tremblants trahissaient son effort.

Je lui tendis le bol, qu'il saisit gauchement dans ses mains attachées.

– Cela devient une habitude, dit-il après avoir bu.

Le garde adossé à un arbre voisin se redressa.

– Noble dame, le capitaine Yuso a ordonné qu'on attende son autorisation pour donner à boire et à manger à sire Ido.

– Apparemment, je suis en train d'apprendre l'obéissance, commenta Ido d'une voix rauque.

Le capitaine veut absolument savoir où se trouve le livre noir.

Je jetai un coup d'œil à Yuso, qui s'entretenait toujours à voix basse avec Kygo. Était-ce le capitaine qui avait pris cette initiative, ou avait-il des ordres ? Dans un cas comme dans l'autre, c'était inquiétant.

– Comment vous appelez-vous ? demandai-je au garde.

C'était un des hommes de Caido. Il excellait au tir à l'arc, si mon souvenir était exact. De fait, il avait les épaules et les avant-bras musclés d'un archer.

– Jun, noble dame, répondit-il en s'inclinant.

– Jun, ne commettez pas l'erreur de croire que les ordres de votre capitaine l'emporteraient sur les miens. Je souhaite parler à sire Ido sur des sujets regardant les Yeux du dragon.

Je lui fis signe de s'éloigner.

– Ce n'est pas pour vos oreilles.

Jetant un coup d'œil anxieux sur Yuso, Jun s'inclina derechef et s'éloigna. Après avoir vidé le bol, Ido s'essuya la bouche avec le pouce. Ce simple geste le fit tressaillir. Sa lèvre supérieure était tuméfiée et la corde serrée avait déjà laissé une marque rouge autour de ses poignets.

– Asseyez-vous, lançai-je.

Il s'installa sur ses talons avec un petit soupir de soulagement.

– Je ne suis pas en forme. Mon maître me faisait rester dans une posture d'Endurement pendant des heures.

Il roula des épaules.

– Nous allons commencer votre entraînement

par là. Je ne pense pas que vous ayez beaucoup pratiqué l'Endurement, or c'est la pierre angulaire de toute manipulation énergétique.

Je résistai à la tentation de son pouvoir.

– Pourquoi avez-vous provoqué Kygo ? demandai-je en baissant la voix. Il aurait pu vous tuer.

Ido observa l'empereur en plissant les yeux.

– Sa mère et son frère ont été assassinés avec mon aide. Il est naturel qu'il ait envie de me tuer.

À l'autre bout de la clairière, Kygo leva la tête, comme s'il sentait notre attention. Son immobilité soudaine était éloquente.

Ido rit tout bas.

– Du reste, il n'apprécie guère votre présence à mon côté.

On pouvait en dire autant de Yuso. Le capitaine avait lui aussi levé les yeux, et je sentais sa fureur déferler jusqu'à nous.

– Pourquoi avez-vous provoqué Kygo ? répétai-je.

Ido essuya la sueur de ses yeux avec le dos d'une de ses mains entravées.

– Il allait nécessairement être tenté de me tuer à un moment ou un autre. Si ce n'était pas maintenant, ce serait plus tard, et sa rage aurait été encore plus forte. Autant lui donner une raison de se déchaîner dès qu'il me verrait.

Il effleura sa lèvre d'un doigt léger.

– À présent, c'est terminé. Il a maîtrisé sa fureur. Le moment où il m'aurait tué est passé.

Je me remémorai la violence sauvage du regard de Kygo dans l'auberge du village. Je n'étais pas certaine que le moment fût vraiment passé.

– C'était un pari risqué, observai-je.

– Non. Les dés étaient pipés en ma faveur.

– Comment ça ?

– Vous étiez là.

Je fronçai les sourcils.

– Vous saviez que j'empêcherais l'empereur de vous tuer ?

Il me lança un regard pénétrant.

– Oui.

Étais-je si transparente pour lui ? Cette idée m'emplit soudain d'appréhension.

– Il est évident qu'il vous désire, ajouta Ido. Il ne veut pas seulement votre pouvoir, mais votre corps.

Ce constat brutal me fit rougir. Ido me donnait l'impression que le désir de Kygo ressemblait à sa propre tentative pour s'emparer de mon corps et de mon pouvoir dans le harem, avec une violence égoïste. Je me rappelai le poids oppressant de son corps me plaquant contre le mur, et son avidité à posséder le pouvoir du dragon Miroir.

Comme s'il lisait dans mes pensées, il ajouta doucement :

– Vous aussi, vous avez de bonnes raisons pour me tuer.

– Une multitude, répliquai-je sèchement. Mais j'en ai également une pour vous garder en vie.

– Je sais. Vous voulez le monde de votre pouvoir. C'est pourquoi je savais que vous alliez vous interposer.

J'eus un mouvement de recul, mais il secoua la tête.

– Inutile de feindre avec moi, Eona. S'il est une chose que je comprenne, c'est le besoin d'avoir du pouvoir.

– Je n'ai pas *besoin* de pouvoir, protestai-je en hâte.

Il observa la corde enserrant ses poignets.

– Le besoin. Le manque. Le désir…

Il haussa les épaules.

– Nous savons tous deux ce qu'on éprouve quand on dispose d'un pouvoir immense. Et nous savons également ce que c'est qu'être vraiment impuissant.

Il leva les mains.

– Je ne parle pas de ce genre de contrainte dérisoire. Vous savez ce que je veux dire. Être réduit à une totale impuissance. Que ce soit celle que nous nous sommes infligée l'un à l'autre, ou celle dont Sethon est un expert si magistral…

Ses mains se crispèrent machinalement.

– Je ferai tout pour ne plus jamais ressentir une pareille impuissance. Et vous êtes comme moi.

– Non, je ne suis pas comme vous, lançai-je avec véhémence. Et en cet instant même, vous êtes impuissant. Je peux vous contraindre dès que j'en aurai envie. Vous écraser. Comme ça…

Je serrai mon poing.

– Non, Eona. Pour vous aussi, le moment de me tuer est passé.

Je voulais protester, mais son regard sagace me réduisit au silence. Il avait raison. J'avais eu deux occasions de venger mon maître et les autres seigneurs Yeux du dragon – la nuit du coup de force, et celle qui venait de s'écouler. À chaque fois, j'avais échoué.

Il désigna d'un geste le morceau de bœuf que je tenais.

– Évidemment, vous pourriez me tuer en me privant indéfiniment de cette viande séchée.

En souriant à contrecœur, je lui tendis la tranche. Il la fourra aussitôt dans sa bouche. Du coin de l'œil, je vis Yuso s'avancer vers nous, écumant de rage.

Ido avala une bouchée tout en jetant lui aussi un coup d'œil rapide au capitaine.

– Dites-moi, Eona, demanda-t-il d'un ton presque désinvolte. Que se passera-t-il quand vous dormirez ? Comment ferez-vous alors pour me contraindre ?

Je m'efforçai d'opposer une assurance désarmante à son regard scrutateur.

– Nous sommes toujours liés. Si vous appelez votre dragon, je le sentirai aussitôt.

C'était une demi-vérité. Nous étions bel et bien liés par un fil de son *hua*, semblable à celui me reliant à Ryko. Mais je ne sentais pas le contact en permanence – et pas quand je dormais.

– Toujours liés ? répéta-t-il. Peut-être sentirez-vous mes mains vous effleurer dans vos rêves.

– Dans ce cas, ce sera un cauchemar, répliquai-je sèchement.

Il éclata d'un rire plus carnassier que jamais. Me retournant, je vis Yuso furieux à côté de moi.

– Dame Eona, lança-t-il avec une politesse glacée. J'ai donné des ordres explicites concernant sire Ido. Veuillez ne pas les contrecarrer.

– Sire Ido est ici pour m'entraîner, capitaine, rétorquai-je d'un ton tout aussi glacé. Il ne pourra me rendre aucun service s'il est affamé et épuisé. Ne le privez pas de nourriture et de repos. Entendu ?

Yuso me foudroya du regard.

– Est-ce entendu, capitaine ? insistai-je.

– Comme vous voudrez, dame Eona.

Il s'inclina avec raideur.

– Serait-ce là ce qu'on appelle obéir, capitaine ? demanda Ido d'un air innocent mais en me jetant furtivement un regard amusé.

Je me détournai et m'éloignai en hâte. Mieux valait qu'aucun des deux hommes ne vît le sourire dansant sur mes lèvres.

L'un des nouveaux venus, un jeune homme aux traits aplatis des gens des hauts plateaux, s'inclina tandis que Vida me remplissait un bol d'eau sous les arbres. Après avoir bu le liquide tiède, j'en versai un peu sur ma paume et humectai ma nuque avec soulagement. J'étais heureuse d'être à l'abri du soleil, et aussi de ne plus avoir à affronter l'esprit subtil d'Ido, qui jouait avec nous tous comme si nous étions les pions d'un jeu de stratégie.

Dela était assise sur l'herbe, non loin de là. Elle déchiffrait le livre rouge en plissant le front dans sa concentration, tandis qu'elle traçait du bout des doigts les caractères antiques. Elle ne leva même pas les yeux quand Ryko lui apporta un bol d'eau. Le colosse le posa à côté d'elle puis s'assit à quelques pas, pour veiller sur elle en silence pendant qu'elle travaillait.

Je me surpris à observer Ido, comme s'il attirait mon attention à la façon d'un aimant. Jun avait fini par le mener à l'ombre d'un arbre, à bonne distance du reste de notre troupe. Il était assis au pied du tronc, le dos voûté, les mains entravées tendues gauchement devant lui. Il regarda dans ma direction, en un mouvement empreint d'une étrange intimité.

– Noble dame, me dit le jeune natif des hauts plateaux. Sa Majesté désire vous voir.

Je me retournai en sursaut et rencontrai le regard calme de Kygo. Je me sentis rougir, comme si j'avais été surprise en train de mal agir. Il était assis sur un tronc tombé à terre, qu'on avait roulé à l'ombre d'un grand arbre et recouvert d'une couverture : c'était le trône d'un empereur dépossédé. Même au repos, la grâce de son corps exercé se mêlait d'une vigilance discrète.

Il tira sur son épaule la longue natte impériale et entreprit de la lisser. Un geste qui lui était familier quand il était troublé, me rendis-je compte. Je lui souris. À mon grand soulagement, il répondit aussitôt à mon sourire. Après les manigances d'Ido, l'expression chaleureuse de Kygo était pour moi un baume délicieux. Refrénant mon envie absurde de courir vers lui, je traversai la clairière avec toute la dignité dont j'étais capable.

– Votre Majesté, dis-je en m'inclinant.

– Dame Eona, répondit-il du même ton cérémonieux.

L'espace d'un instant, nous hésitâmes tous deux, encore sous l'emprise des heures passées loin l'un de l'autre. Puis il prit ma main et pressa ses lèvres sur mes doigts. Ce geste brusque abolit d'un coup la distance entre nous. Et j'éprouvai soudain un sentiment nouveau d'appartenance.

– Je n'ai pas pu encore vous souhaiter convenablement la bienvenue, déclara-t-il en jetant un coup d'œil du côté d'Ido. J'ai sous-estimé l'aversion que cet homme m'inspire.

– Avez-vous ordonné à Yuso de le punir, Votre Majesté ?

Cette question abrupte le fit ciller. Je n'avais pas voulu me montrer aussi directe, mais mon inquiétude avait été la plus forte.

– Vous voulez parler de la Bénédiction ? Non, je ne l'ai pas ordonnée.

– Yuso agit donc de son propre chef ?

– Il sait combien le livre noir est important pour nous. Mais peut-être n'ai-je pas suffisamment expliqué qu'il fallait laisser Ido tranquille. Pour l'instant, du moins.

Il leva ma main.

– Asseyez-vous donc à côté de moi.

L'honneur de cette invitation et la douceur de sa voix me firent oublier mon malaise persistant. Quittant ma posture agenouillée, je le rejoignis sur le tronc. Il m'attira plus près de lui, jusqu'au moment où nos cuisses se touchèrent presque, et posa nos doigts entrelacés dans l'étroit espace entre nous. Comme un pont reliant nos deux corps.

Dela leva les yeux du livre rouge, les sourcils froncés. Je crus un instant qu'elle désapprouvait ma position près de l'empereur, puis je me rendis compte qu'elle nous regardait sans nous voir, perdue dans ses réflexions. Elle devait avoir découvert quelque chose. J'espérais qu'il ne s'agissait pas encore d'une prédiction funeste.

– J'ai reçu quelques bonnes nouvelles, dit Kygo d'un air excité effaçant l'expression autoritaire que prenait son visage depuis quelque temps. De la Résistance dans les montagnes. Notre stratégie d'attaques ciblées commence à porter ses fruits.

Il avait élaboré cette stratégie durant notre

séjour dans le camp du cratère. Conformément aux préceptes de Xsu-Ree, il avait ordonné aux groupes de résistants d'attaquer des avant-postes vulnérables afin de contraindre l'armée de Sethon à les défendre. Le temps que les renforts arrivent, les combattants de la Résistance étaient déjà partis à l'attaque d'une autre cible. D'après Xsu-Ree, non seulement on userait ainsi l'armée de Sethon, en la contraignant à des déplacements aussi frustrants qu'épuisants, mais on aurait un aperçu de la stratégie de l'usurpateur.

– Voilà qui est excellent, Kygo, déclarai-je en serrant ma main autour de ses doigts.

Il serra aussitôt les miens en retour, avec une ardeur qui me fit sourire. Je voyais du coin de l'œil la Perle impériale scintillant à la base de son cou puissant, comme pour me rappeler notre baiser.

– Pour l'instant, l'arrogance de Sethon l'empêche apparemment de nous considérer comme une menace sérieuse, reprit-il. Cela changera, mais en attendant nous continuerons de harceler son armée et de miner le *hua-do* de ses hommes.

Ces paroles firent surgir en moi l'image du Grand Seigneur Haio et de sa tablée d'officiers en sueur.

– Je crois que Sethon est déjà en passe de perdre le *hua-do* de ses hommes, lançai-je. Que dit Xsu-Ree à propos des signes révélant les dispositions d'un ennemi ?

– « Des hommes formant de petits groupes et parlant à voix basse indiquent une insatisfaction et un *hua-do* déclinant », récita Kygo.

– C'est ça. Quand nous étions au palais, le Grand Seigneur Haio…

Je m'interrompis, soudain consciente qu'il s'agissait là encore d'un oncle de Kygo.

– Continuez, me dit-il avec un sourire amer.

– Le Grand Seigneur Haio et ses officiers semblaient mécontents. Et lorsque je me suis retrouvée devant Sethon, il m'a paru évident que même ses hauts dignitaires avaient peur de lui.

– C'était bien observé.

Son pouce caressa mon doigt.

– Yuso m'a dit que vous vous étiez retrouvée face à Sethon. Je remercie les dieux qu'il ne vous ait pas reconnue.

– C'est un homme abominable, déclarai-je en frissonnant. Je plains ceux qui tombent dans ses mains.

– De ce point de vue aussi, j'ai de bonnes nouvelles. Un messager de maître Tozay nous a rejoints cette nuit.

Il désigna de la tête un jeune homme couvert de poussière en train de parler avec Ryko.

– Tozay a trouvé la piste de votre mère. Elle est à l'abri de Sethon.

– Ma mère ?

Mon cœur se mit à battre si fort que ma poitrine me faisait mal.

– Oui. Tozay se rend en bateau jusqu'à un point de la côte où il nous attendra avec des provisions. Il emmène votre mère à son bord.

– Je vais la voir ?

Mon agitation était telle que je ne parvenais pas à me concentrer. Après tant d'années, me reconnaîtrait-elle ? Et si elle ne m'aimait pas ? Si elle m'avait vendue parce que j'étais…

– Le rendez-vous aura lieu dans quatre jours si

tout marche comme prévu, dit Kygo. Nous pourrons partir en bateau avant l'arrivée du cyclone.

Il étreignit de nouveau ma main.

– Vous vous sentez bien ?

La gorge serrée, je m'éclaircis la voix.

– A-t-il été aussi question de mon père et de mon frère ?

– Non, je regrette, dit-il d'un air désolé.

Au moins, ma mère était en sûreté. Je me répétai ce mot, en le laissant s'apaiser en moi : *Mère*... Tout ce dont je me souvenais, c'était une femme accroupie près de moi, le poids de son bras autour de mes épaules, ses lèvres s'infléchissant comme les miennes pour sourire.

– J'avais autour de six ans la dernière fois que je l'ai vue.

– Elle sera très fière de vous, assura Kygo. Vous avez grandement honoré votre famille.

Une pensée glaçante se mêla soudain à mon excitation. S'il connaissait toute l'histoire de ma famille, il ne se montrerait pas aussi bienveillant.

– Il est impossible qu'elle ne soit pas fière, ajouta-t-il en se méprenant sur mon visage inquiet. Non seulement vous êtes l'Œil du dragon Miroir, le premier depuis plus de cinq siècles, mais vous occupez les fonctions de *naiso*. Vous êtes la femme la plus puissante de l'empire, Eona.

Je jetai un regard sur Ido, qui tenait sa tête dans ses mains. Je n'avais pas encore acquis mon pouvoir véritable, mais cela n'allait plus tarder.

Kygo suivit mon regard.

– Cet homme nous met tous sur les nerfs. J'espère qu'il vaut la peine que vous vous êtes donnée pour l'amener ici.

Il tendit la main et souleva avec douceur une des torsades à moitié défaites de ma coiffure de Pivoine. L'odeur musquée de sa peau brûlante s'épanouit autour de moi comme une fleur.

– Yuso m'a dit que vous aviez joué brillamment votre rôle.

– Celui de sire Eon était nettement plus facile, répliquai-je en rougissant. Au moins, je n'étais pas encombrée d'épingles à cheveux et de fards.

Il éclata de rire.

– Mais je préfère nettement dame Eona.

Son doigt quitta mes cheveux pour effleurer la courbe de ma joue.

– Vous êtes vraiment très belle.

Son regard me jaugeant sans vergogne me mit le feu au visage.

Je me concentrai sur nos mains unies. La lanière de cuir attachait toujours à mon poignet l'anneau qu'il m'avait donné. Je savais au fond de moi que j'aurais dû me taire, mais je ne pus m'empêcher de lancer :

– On m'a beaucoup aidée. Surtout Orchidée de Lune.

Ses doigts se crispèrent autour des miens. Je levai les yeux, en redoutant presque ce que je lirais sur son visage. La douceur de son sourire me glaça le cœur.

– Orchidée de Lune vous a aidée ? Comment va-t-elle ?

– Bien, répondis-je sèchement. Elle est très belle.

Il dégagea sa main et se frotta la nuque.

– Bien. Je m'en réjouis.

– Elle a reconnu votre amulette de sang.

Je glissai un doigt dans le nœud attaché par Orchidée de Lune. Avec une secousse brutale, je dénouai la lanière et l'enlevai de mon poignet.

– La voici. Je vous l'ai rapportée.

Nous fixâmes tous deux l'anneau oscillant entre nous.

– Gardez-la, dit-il.

– Orchidée de Lune m'a raconté que vous y teniez beaucoup.

– C'est vrai.

– D'après elle, cet anneau symbolise « l'instant où vous êtes devenu un homme », lançai-je d'une voix un peu trop tendue.

Il referma ses doigts sur l'amulette, en l'immobilisant.

– Croyiez-vous que j'avais vécu comme un moine, Eona ?

– Bien sûr que non, répliquai-je.

Néanmoins je gardai les yeux baissés sur son poing. J'étais stupide. Étant un empereur, la loi de son pays exigeait de lui qu'il se marie, entretienne un harem et engendre le plus de fils possible.

– Je ne l'ai pas vue depuis un an, ajouta-t-il.

– Cela n'importe guère, n'est-ce pas ?

Une évidence terrible s'imposa soudain à moi. Je lâchai la lanière de cuir, qui retomba sur sa main.

– Je ne peux pas entrer dans la famille impériale. Et je ne serai jamais une concubine. Il n'y a pas de place pour moi.

– Il y aura une place pour vous si je le décide.

Il ouvrit son poing. L'anneau avait laissé une marque rouge dans sa peau.

– Votre pouvoir change tout. Il obéit à ses propres lois.

On en revenait toujours à mon pouvoir. Ido avait raison.

– Et si je vous disais que vous ne pouviez avoir à la fois ma personne et mon pouvoir ? Que choisiriez-vous ?

– Quelle question absurde !

– Que choisiriez-vous ?

– Il n'est pas question de choisir, Eona. Votre pouvoir fait partie de votre personne.

Je le regardai droit dans les yeux.

– Allons, Kygo ! Dites-moi quel serait votre choix !

Il serra les lèvres.

– Je choisirais votre pouvoir.

J'eus un mouvement de recul, mais il agrippa mon épaule.

– Je choisirais votre pouvoir parce que mes choix sont dictés par l'empire. Je ne peux jamais choisir pour moi-même. Vous aviez dit que vous compreniez !

– Je comprends parfaitement.

Me dégageant de sa main, je m'agenouillai et inclinai la tête.

– Puis-je me retirer, Votre Majesté ?

– Je sais fort bien que vous ne vous réduisez pas à votre pouvoir, Eona. Pourquoi créez-vous un problème là où il n'y en a aucun ?

Je gardai la tête inclinée.

– Vous êtes ridicule, lança-t-il d'un ton exaspéré.

– Puis-je me retirer ?

Il poussa un soupir.

– Très bien. Vous pouvez disposer.

Je m'éloignai à reculons de l'ombre de l'arbre. Le soleil torride brûla de nouveau ma nuque

– c'était la seule chaleur que je sentais dans tout mon corps glacé.

Je n'avais pas envie de compagnie. Et je ne voulais pas non plus du morceau de pain que Dela me tendait. Toutefois elle s'obstina. S'accroupissant devant moi, elle cacha à ma vue la souche qui me servait de cible. Je me penchai de côté pour jeter une autre pierre, qui heurta bruyamment le bois, à ma grande satisfaction.

Mon refuge ne brillait ni par le confort ni par l'agrément. Cette petite éminence rocheuse surgissant de l'herbe luxuriante ressemblait à la croûte d'une plaie, et elle n'offrait aucune protection contre le soleil. Mais elle présentait l'avantage d'être aussi éloignée que possible de Kygo dans les limites de notre campement.

Dela épousseta un rocher à moitié enfoui dans la boue et plaça dessus le morceau de pain.

– J'ai appris que maître Tozay avait retrouvé votre mère, dit-elle.

Je répondis par un grognement et jetai un caillou plus petit, qui ricocha sur la souche. Dix points, si je comptais juste.

– Il sera merveilleux de revoir votre mère, n'est-ce pas ? hasarda-t-elle.

Je poussai un nouveau grognement. Si je disais quelque chose, elle le prendrait pour une invitation à rester et parler. J'en avais assez des paroles. Et des pensées. Et plus encore des sentiments.

– Apparemment, vous avez encore eu un différend avec Sa Majesté, dit-elle en essayant un autre biais.

Je choisis la plus grosse pierre à portée de ma

main et la projetai violemment vers la souche. En heurtant le tronc, elle arracha un morceau d'écorce qui jaillit dans l'air. Un coup pareil valait au moins vingt points.

– Était-ce à propos de sire Ido ? glissa-t-elle en prenant un air inquiet.

– Non.

– De quoi était-il question, alors ? Vous ne pouvez pas rester ainsi, à lancer des pierres en plein soleil. Les gardes du secteur deviennent nerveux. Et vous allez gâter votre teint.

Je palpai la pierre lisse dans ma main.

– Qu'avez-vous découvert dans le livre ?

Elle baissa les yeux sur le volume rouge, dont les perles étaient enroulées autour de son bras.

– Comment savez-vous que j'ai découvert quelque chose ?

J'ajustai un nouveau tir. La pierre alla droit au but et rebondit dans les buissons. Si j'avais joué pour de l'argent, comme je le faisais avec les autres candidats Yeux du dragon, je serais en train de faire fortune.

– J'ai découvert qui était le troisième homme, dans la relation à trois avec Kinra et l'empereur Dao, dit-elle en rompant le silence à voix basse.

J'hésitai entre plusieurs pierres et me décidai pour un silex bien coupant.

– Il s'agissait de sire Somo, continua Dela.

– Ce nom ne me dit absolument rien.

– C'était l'Œil du dragon Rat.

Je me figeai, en ramenant en arrière ma main prête à tirer.

– Kinra et l'Œil du dragon Rat étaient complices ? m'exclamai-je.

Je regardai la silhouette d'Ido à l'autre bout de la clairière. Devant l'ironie de la situation, j'éclatai d'un rire strident.

– Qu'est-ce que cela signifie, d'après vous ? demanda Dela.

– Rien, répondis-je sèchement. Il s'agit d'une histoire ancienne, pas d'une prophétie.

Je lançai le silex. Il manqua complètement la souche.

– Le livre contient pourtant une prédiction, objecta-t-elle.

Je haussai les épaules, décidée à ne pas me rendre.

– Il s'agirait donc d'une pure coïncidence ?

– Oui, assurai-je avec fermeté.

– Je ne crois pas, déclara Dela non moins fermement. Regardez-moi, Eona.

Je fixai enfin ses yeux creusés par l'inquiétude.

– D'accord, lançai-je. Qu'est-ce que cela signifie, d'après *vous* ?

– Je l'ignore. Mais Sa Majesté est ici, de même que sire Ido. Et vous êtes prise entre eux. Cela nous fait un Œil du dragon Rat, un empereur et un Œil du dragon Miroir.

– Je ne suis nullement prise entre eux. Sire Ido est ici pour m'entraîner.

Emportée par l'amertume, j'ajoutai :

– Et Kygo est ici pour se servir de moi.

– Se servir de vous ?

Je maudis mes paroles imprudentes et les larmes qui m'étaient montées aux yeux.

– C'est sans importance.

– Que s'est-il passé ?

– Rien.

Je cherchai désespérément un autre sujet.

– Avez-vous parlé à Ryko ? Maintenant que vous savez qu'il répond à vos sentiments…

Après m'avoir observée furtivement, elle se résigna à accepter ma diversion maladroite.

– Oui, je lui ai parlé.

– Alors ?

– Il a dit qu'il n'avait rien à m'offrir. Qu'il n'avait ni rang ni terres. Que même sa volonté ne lui appartenait plus.

Elle soupira.

Je me penchai vers elle.

– Mais cela ne fait rien, n'est-ce pas ? Vous le prendriez même dépourvu de tout, car vous l'aimez.

– Oui, évidemment.

Ramassant une nouvelle pierre, je visai la souche.

– Ryko a de la chance, dis-je.

Chapitre 16

Nous nous dirigions vers la côte. Maître Tozay avait choisi comme lieu de rendez-vous le petit village de Sokayo, dont le port était sûr et la population favorable à la Résistance. Il fallait au moins trois jours d'un voyage exténuant pour s'y rendre, même sans compter la complication supplémentaire des patrouilles de Sethon sillonnant le pays.

Durant la première nuit, nous dûmes nous tapir à deux reprises dans un bosquet touffu, en priant les dieux tandis que des troupes passaient à quelques pas de nous. À l'aube, lors d'une mission de reconnaissance, Yuso se retrouva face à un jeune soldat en pleine exploration. Bien entendu, Yuso ne s'étendit pas sur cette rencontre. Il se contenta de brandir une précieuse carte de la région et deux lapins morts, en ajoutant que personne ne retrouverait le corps de l'homme. Apparemment, non seulement les dieux écoutaient nos prières, mais ils les exauçaient.

Entre les heures tendues de nos marches nocturnes et les heures de sommeil dérobées dans la journée, Ido commença à m'enseigner l'Endurement, cette technique combinant mouvements lents et méditation afin de compenser la perte d'énergie consécutive à la communion avec un dragon. Je n'avais eu qu'une leçon d'Endurement avant le coup de force de Sethon, mais cela avait suffi à m'aider à comprendre le transfert d'énergie s'opérant dans mon corps. Ido déclara qu'il avait autant besoin que moi de cet entraînement. S'il voulait avoir la moindre chance de tenir en respect les dix animaux endeuillés pendant que je m'exercerais aux arts du dragon, il fallait qu'il rétablisse l'équilibre énergétique de son propre corps.

Dès notre deuxième séance, je me rendis compte moi-même que l'équilibre était au cœur de l'Endurement.

– Étendez davantage votre paume côté lune, ordonna Ido près de moi.

Nous étions seuls, pour autant que ce mot eût un sens avec deux sentinelles invisibles postées à quelques pas de nous. Bien que la chaleur du matin ne fût pas encore intense, je sentis de la sueur couler sur ma nuque tandis que je reculais ma main gauche. Cela faisait plus d'une heure que j'étais figée dans la position initiale – une posture d'une facilité trompeuse, les paumes ouvertes, les genoux légèrement ployés et les pieds nus plantés dans la terre. La tension faisait trembler mes bras et mes jambes. Ido était dans la même position. Du coin de l'œil, je vis qu'il suait autant que moi. Son torse nu ruisselait dans son effort, même si je ne discernais aucun tremblement dans les muscles de ses bras. Deux jours de rations de voyage et de repos sporadique avaient suffi pour remédier à la maigreur épuisée de son corps.

– Regardez devant vous en respirant. Suivez mentalement vos chemins intérieurs. Et gardez donc cette paume bien plate.

Me concentrant sur le jasmin sauvage s'épanouissant devant nous, je tentai de tourner mon esprit vers l'intérieur. Mais je ne pensais qu'au lourd parfum du jasmin me serrant la gorge. Au ruissellement irritant de la sueur dans mon dos. À la brûlure de mes mollets.

Aux lèvres de Kygo pressées sur ma main.

Je chancelai. Le monde s'était mis brusquement à tournoyer, manquant me faire tomber en arrière. Ido se redressa avec la même grâce qu'il mettait à garder la position d'Endurement.

– Que s'est-il passé ? demanda-t-il en passant la main dans ses cheveux trempés de sueur.

– J'ai perdu ma concentration.

– Manifestement. Mais quelle pensée vous a distraite ?

Je repoussai l'image de Kygo.

– Celle de ma sueur et de mes muscles endoloris.

– Au moins, votre esprit est concentré sur l'instant.

Il ramassa sa tunique. Je détournai les yeux tandis qu'il essuyait sa poitrine.

– Nous allons bientôt arrêter. Nous avons tous deux besoin de repos.

Je poussai un soupir de soulagement. Nous avions commencé l'entraînement dès que Yuso avait donné le signal d'une halte. Tous les autres dormaient ou montaient la garde.

Ido jeta de nouveau sa tunique par terre.

– Donnez-moi vos mains.

Il tendit les siennes, dont les poignets portaient encore la marque de la corde.

En dehors des deux fois où j'avais guéri Ido, je

ne l'avais jamais touché. En revanche, lui m'avait touchée. Contre mon gré.

Il vit mon hésitation.

– Si je vous mécontente, vous pourrez toujours me faire de nouveau mordre la poussière.

Effectivement. J'essuyai mes mains sur le corsage de ma robe et les lui tendis. Il les retourna et pressa très doucement ses pouces au centre de mes paumes.

– Sentez-vous cette partie molle sous l'os ?

J'acquiesçai de la tête.

– C'est un portail énergétique.

Il baissa les yeux sur mes jambes. Ma robe était remontée jusqu'au mollet.

– Il y en a également un au centre de la partie antérieure de la plante des pieds. Cela fait quatre portails énergétiques, à travers lesquels le corps peut puiser de l'énergie dans la terre et dans tout ce qui l'entoure. Le cinquième portail se trouve au sommet du crâne.

– Dans le siège de l'esprit ? demandai-je en l'observant. Là où vous avez ce trou noir ?

– Non, au-dessus, répondit-il sèchement.

Lâchant ma main gauche, il pressa sa paume sur son ventre plat. Sous ses doigts, l'entrelacs vertical des muscles se dessinait en relief des deux côtés du méridien central.

– Les quatre portails s'unissent derrière le nombril, en un point qui est le centre de l'équilibre et le lieu où converge le *hua*. On l'appelle l'Axe.

Il tenait toujours mon autre main.

– L'Axe ?

– C'est là que naît tout équilibre, qu'il soit physique, mental ou spirituel.

Je pressai ma propre main sur mon ventre, au-dessus de l'Axe. L'étoffe légère de ma robe était collée à ma peau moite.

– Derrière, dit-il. C'est à cet endroit qu'il faut puiser le *hua*. Vous le sentez ?

– Oui.

En réalité, je ne sentais que le poids brûlant de sa main couvrant la mienne.

– Respirez, continua-t-il. Faites converger votre conscience intérieure sur ce point.

Je regardai par-dessus son épaule en me concentrant sur le jasmin, mais j'avais l'impression que mon corps tout entier n'était plus qu'un cœur battant la chamade à travers nos mains. J'inspirai profondément. L'air était imprégné de l'odeur de son corps après des heures d'effort et de maîtrise de soi. Ces effluves terriens et masculins se mêlaient au parfum du jasmin. Levant les yeux, j'observai furtivement la lèvre coupée et le nez gonflé. L'or pâle de son regard avait presque disparu dans la pupille noire.

– Bien, dit-il d'une voix tendue. En expirant, gardez le *hua* dans l'Axe.

J'expirai et sentis nos mains bouger de concert. Il se rapprocha, la tête inclinée vers la mienne.

– Êtes-vous sûre d'en avoir envie, Eona ?

– De quoi ?

Il s'humecta les lèvres.

– Vous êtes en train de forcer ma volonté.

– Mais non !

– Si, je ne me trompe pas.

Il pressa de nouveau ma main contre sa poitrine. À travers la chair moite et musclée, je sentis son cœur s'accélérer sous ma paume. Je déglutis, la bouche soudain desséchée. Il battait au rythme de mon propre sang. J'étais bel et bien en train de le forcer, d'une façon différente. C'était moins une contrainte qu'un appel.

– Je suis désolée.

Je tentai de dégager ma main, mais il la plaqua contre sa poitrine.

– Je ne me plains pas, dit-il.

Je secouai la tête. Ce n'était pas bien. Il s'agissait d'une attraction ténébreuse, qui me paraissait pire qu'une blessure que je lui aurais infligée. Cependant elle me poussait vers lui autant qu'elle le poussait vers moi. J'arrachai ma main de ses doigts et reculai. Le lien insidieux se rompit.

Ido reprit son souffle, haletant.

– C'était une sorte de *gan hua*, n'est-ce pas ? demandai-je.

– On dirait bien que oui, répondit-il en effleurant sa poitrine.

– Je ne sais pas le maîtriser.

J'agrippai son bras.

– Il faut que vous m'appreniez !

Il baissa les yeux sur mon visage éperdu.

– N'ayez pas peur de votre pouvoir, Eona. C'est un don.

– En fait de don, j'ai plutôt l'impression d'une force qui m'échappe.

– Bien sûr qu'elle vous échappe. Le *gan hua* est chaos.

– Mais c'est dangereux ! Lors de mon entraînement de candidat…

– Ces absurdités vous ont été inculquées par une bande de lâches.

D'un geste dédaigneux, il renvoya au néant l'entraînement.

– Nous pouvons instiller du *hua* dans le *gan* ou le *lin*, le chaos ou l'ordre. Aucune de ces deux forces n'est en soi dangereuse, aucune n'est bonne ou mauvaise. Elles existent, c'est tout. Le Conseil des Yeux du dragon était rempli de crétins.

Il secoua la tête.

– Ils n'ont jamais compris le pouvoir extraordinaire que recèle le chaos. Mais vous, vous le comprenez. Votre usage du *gan hua* dépasse tout ce que j'aurais cru possible. Je donnerais cher pour être aussi doué que vous.

– Mais vous vous êtes servi du *gan hua* pour vous réfugier dans votre dragon.

Il passa sa main sur ses lèvres.

– Ce n'était qu'une tentative maladroite, à côté de ce que vous réussissez. Et ce n'était qu'un dernier recours.

– Mais comment avez-vous fait ? Comment avez-vous maîtrisé cette force ?

Il hésita.

– La souffrance est énergie. Je l'ai transférée dans mon dragon en recourant au *gan hua* pour rester dans l'animal, loin de ce qui arrivait à mon corps terrestre.

Malgré la chaleur torride, je me sentis soudain glacée.

– Est-ce pour cela que votre dragon semblait au supplice ?

– Je vous ai dit qu'il s'agissait d'un dernier recours, lança-t-il d'une voix dure. D'ailleurs, comme vous l'avez vu…

Il effleura le sommet de son crâne.

– … le dragon n'est pas le seul à avoir souffert. Je suis resté trop longtemps et ai puisé trop abondamment dans mon pouvoir du dragon, sans le retour d'énergie nécessaire.

– Je n'infligerais jamais une telle torture à mon dragon, déclarai-je.

– Vous l'avez pourtant infligée à votre ami Ryko et à moi, rétorqua-t-il. Il est facile de dire « jamais », Eona. Mais vous avez déjà franchi une limite, et vous ne vous en êtes même pas rendu compte dans votre hâte d'obtenir ce que vous vouliez.

Je le foudroyai du regard.

– Vous n'avez aucune idée de ce que je veux.

– Eh bien, dites-le-moi.

– Je veux maîtriser le *gan hua*. Le plus vite possible.

– Malgré votre peur, vous voulez encore plus de pouvoir ?

Il sourit.

– Vous êtes vraiment faite pour régner.

– Non, vous ne comprenez pas, lançai-je en me tordant les mains. J'ai besoin de maîtriser le *gan hua* car les dragons ne sont pas immortels. Ou du moins, leur pouvoir ne durera pas indéfiniment.

Il se figea.

– Qu'est-ce qui vous fait dire une chose pareille ?

– Il y a une prédiction dans le livre rouge. D'après elle, la venue du dragon Miroir annonce la fin des dragons.

– Comment ? s'exclama-t-il en agrippant mon bras. Montrez-moi ce texte. Tout de suite !

– Je le connais par cœur, répliquai-je en tapotant ma tête.

Il était gravé dans mon esprit en lettres de feu. Je le récitai lentement :

La femelle du dragon reviendra à l'ascendant
Quand le cycle des douze touchera à sa fin.
La femme Œil du dragon saura restaurer et défendre
Quand la force obscure sera maîtrisée par le hua *de tous les hommes.*

– Répétez le dernier vers, demanda Ido.

Je m'exécutai.

– Dame Dela et moi pensons que la « force obscure » est le *gan hua*, ajoutai-je.

– Oui, c'est ainsi que nos ancêtres l'appelaient.

Le corps soudain tendu, il inspecta l'espace dégagé autour de nous.

– Mais nous ignorons ce que signifie « le *hua* de tous les hommes ».

– Moi, je le sais.

– Eh bien ?

Il se pencha si près que ses lèvres frôlèrent mes oreilles.

– « Le *hua* de tous les hommes » est l'ancien nom de la Perle impériale.

Je chancelai en entendant ces mots qui m'ouvraient des perspectives aussi fatales que terrifiantes. La perle, symbole de la souveraineté de l'empereur, était le moyen de sauver les dragons.

– Ce n'est pas possible, lançai-je.

Ido soutint mon corps vacillant.

– J'ai vu cette expression dans des manuscrits antiques.

Kinra aurait-elle tenté de voler la perle à

l'empereur Dao pour sauver les dragons ? Il me fallut encore un instant pour comprendre toute l'étendue du désastre. Si c'était là le motif de la prétendue traîtrise de Kinra, qui l'avait poussée à risquer sa vie en attaquant un empereur, cela signifiait qu'il était nécessaire d'arracher la perle de la gorge du souverain pour assurer la survie des animaux célestes. Il faudrait l'arracher à Kygo – et il en mourrait.

Je levai les yeux vers Ido.

– Vous mentez !

– J'ai dit la vérité, Eona.

Son visage lugubre touchait presque le mien.

– D'après les chroniques de l'antiquité qui nous sont parvenues, un Œil du dragon pouvait jadis veiller sur une province à lui seul. À présent, il faut tous les Yeux du dragon pour réunir autant d'énergie. Le pouvoir du dragon s'affaiblit bel et bien. Et d'après votre prédiction, la Perle impériale est le moyen de le sauver.

Non. Ça ne pouvait pas être vrai.

Cependant j'avais senti la force poussant Kinra vers la perle. À deux reprises, j'avais failli sous son emprise l'arracher de la gorge de Kygo. Cinq siècles plus tôt, mon ancêtre et sire Somo avaient essayé de ravir la perle à l'empereur Dao. Étais-je prise dans le même enchaînement fatal avec Ido et Kygo ?

« Ce n'est pas une coïncidence », avait dit Dela.

Je dégageai brutalement mon bras.

– Je ne vous crois pas, chuchotai-je. C'est encore un de vos jeux pervers.

Ido éclata d'un rire rauque.

– Ce n'est pas un jeu, Eona. Je ne mens pas. On appelait vraiment la perle ainsi.

– Prouvez-le.

– Les preuves sont enfermées à double tour dans ma bibliothèque. Mais je jure que j'ai vu ce nom dans plusieurs des manuscrits les plus anciens.

Je pressai ma main sur ma bouche. Je sentais monter en moi un cri vieux de cinq siècles. Il fallait que je trouve le moyen de démontrer qu'Ido se trompait.

Il me lança un regard préoccupé.

– L'empereur connaît-il cette prédiction ?

– Oui.

– Dans ce cas, si vous tenez à la vie, ne lui parlez pas de tout ceci, chuchota-t-il.

Je me détournai en entendant son ton effrayé. Il n'était que trop justifié.

– Vous avez dit que la preuve se trouvait dans les manuscrits antiques.

– Effectivement.

– Se trouve-t-elle dans le livre noir ?

Son silence me donna la réponse.

Je me retournai d'un bond.

– Apportez-le-moi.

– Non, dit-il en reculant. Pas encore. Ce livre garantit seul ma vie. Et Dillon est encore plus dangereux, maintenant. Je le ferai venir avec le livre quand vous maîtriserez mieux votre pouvoir. À nous deux, nous pourrons le tenir en respect.

– Faites-le venir tout de suite.

– Non, c'est trop tôt.

– J'ai dit : tout de suite !

– Non !

Il rassembla ses forces – il savait ce qui allait arriver.

La fureur déchaînée de mon *hua* déferla dans ses chemins intérieurs comme un raz-de-marée, en emportant les battements affolés de son cœur à la suite du mien. Sous la puissance de l'assaut, il chancela. Puis il baissa la tête, les dents serrées. Je sentis quelque chose monter en lui. Une résistance soudaine, qui s'éleva comme une muraille rocheuse. Mon *hua* heurta l'obstacle de plein fouet. Le reflux de mon pouvoir me frappa avec la violence d'un coup de poing. Le souffle coupé, je sentis se desserrer mon emprise sur sa volonté.

– Eona, il est trop tôt pour le faire venir, haleta-t-il. Nous ne sommes pas assez forts.

Du sang coulait de son nez. Il m'avait arrêtée, mais au prix d'un effort épuisant.

Je projetai de nouveau mon *hua* contre le rempart de son pouvoir. La violence du coup nous fit tous deux chanceler. Je reculai et il tomba à genoux. Un nouvel assaut furieux lui arracha un grognement de souffrance, mais je ne réussis pas à vaincre sa résistance. Avec une frénésie que redoublait la peur, je fis de nouveau déferler mon pouvoir. Il se plia en deux sous le choc, mais s'appuya sur les mains en se raidissant dans un effort qui fit saillir les muscles de ses bras. Sa défense tenait toujours. Il leva vers moi ses yeux où luisait un flot argenté.

– C'est moins facile cette fois, pas vrai ? lança-t-il. Je suis déjà capable de vous tenir à distance.

Il avait trouvé un moyen de contrer mon emprise. Il n'était plus affamé, ni pris au dépourvu. Je ne pouvais même pas recourir au *hua* de Ryko pour renforcer mon pouvoir. Je sentais la présence du géant, mais il était trop loin.

Et j'avais failli le tuer, la dernière fois.

Comme j'observais le visage d'Ido, son sourire narquois ranima soudain une série de souvenirs en moi. Je l'avais vu sourire ainsi en enfonçant le rebord aiguisé de son compas d'Œil du dragon dans sa propre chair. Et aussi lorsqu'il m'avait frappée, après la cérémonie pour détourner le Roi Mousson. Et ce sourire avait été encore plus saisissant quand il avait abattu son sabre sur la main de Ryko.

Une intuition obscure me dit soudain qu'il existait une autre voie d'accès à sa volonté. Je venais de la découvrir par hasard quelques minutes plus tôt. C'était cet appel du sang qui avait poussé Ido vers moi. Toutefois il m'avait aussi poussée vers lui. L'arme était dangereuse, à double tranchant, faite de plaisir et de souffrance. Je ne la comprenais pas entièrement, mais je sentais qu'elle viendrait à bout d'Ido. Il serait à ma merci.

Avais-je vraiment envie d'exercer une emprise de cette sorte sur lui ? Mais il s'en prenait déjà à mon *hua*, en cherchant un moyen de le retourner contre moi.

Je n'avais pas le choix. Avec un sanglot, je fis déferler ma fureur dans ces nouveaux chemins du désir. Ido poussa un cri étouffé quand mon pouvoir renversa ses défenses, comme un feu consumant le flot d'argent dans ses yeux. Sous le choc, il s'effondra en avant et tomba à plat ventre sur le sol. Son cri silencieux résonna à travers mon *hua*, en un écho imprégné d'un plaisir douloureux.

La volonté d'Ido était à moi. Je m'en emparai, en unissant aux miens les battements affolés de son cœur.

– Eona !

Sa voix se brisa, à la fois suppliante et chargée d'avertissement.

Je le forçai à lever la tête et plongeai mon regard dans ses yeux d'ambre écarquillés.

– Appelez Dillon, lançai-je.

Son ordre au dragon Rat passa en moi comme une main glissant sur ma peau. Le pouvoir se tendit, chercha, trouva son but. Je sentis la haine de Dillon répondre en enfonçant ses griffes dans Ido comme le grappin d'un soldat, attachant fermement l'apprenti à son maître et l'attirant inexorablement vers nous. Dillon et le livre noir étaient en route.

Puis le pouvoir reflua en moi et son tranchant acéré fit frissonner de plaisir mon corps tout entier.

Je relâchai abruptement mon emprise sur la volonté d'Ido. Il s'affaissa et son souffle haletant résonna dans le silence étrange régnant soudain. Tous les oiseaux et les insectes se taisaient autour de nous, comme pour marquer le caractère irrévocable de l'événement.

Ido releva lentement la tête mais je m'éloignai, incapable d'affronter son regard. J'allai jusqu'au jasmin, dont les fleurs blanches pendaient lourdement dans l'air brûlant. Leur parfum entêtant me prit à la gorge. Je sentais encore la présence de l'Œil du dragon dans mon *hua*.

– C'est grisant, n'est-ce pas, Eona ?

Je savais que je ferais mieux d'ignorer sa voix douce, de continuer mon chemin. Pourtant je m'immobilisai et regardai par-dessus mon épaule. Il était à genoux et tentait d'endiguer avec le dos de sa main le sang coulant de son nez.

– Qu'est-ce qui est grisant ? demandai-je.

Son sourire était une caresse.
– D'obtenir ce qu'on veut.

Tandis que je regagnais le campement à travers les buissons, il me semblait que mon esprit était pris dans un tourbillon d'horreur. La perle, Kygo, Kinra, Ido et moi, nous tournions tous sans relâche autour de la prédiction du livre rouge. Je frappais au passage des branches, qui me giflaient violemment en se remettant en place. Ido disait-il la vérité ? Un oiseau s'envola des broussailles juste devant moi, en poussant un cri d'alarme. Non ! Je devais me persuader qu'il mentait, autrement ce serait trop affreux. Je grinçai des dents. La présence d'Ido résonnait encore dans mon sang.

– Eona, vous allez bien ?

Kygo s'immobilisa devant moi, le sabre au poing. Sa haute silhouette m'apparaissait brouillée par les larmes. Je chancelai et faillis tomber en arrière, mais il attrapa mon bras avec sa main libre et me retint avec tant de force que ses doigts s'enfoncèrent dans ma chair. Derrière lui, Caido et Vida émergèrent du sous-bois en courant. Eux aussi brandissaient des sabres.

– Que se passe-t-il ? demanda Kygo. Ido a-t-il fait des siennes ? Ryko a senti votre emprise.

Mes yeux se fixèrent sur la perle. « Le *hua* de tous les hommes. »

– Ce n'était rien, assurai-je en dégageant mon bras. Nous nous sommes juste entraînés.

Kygo baissa son sabre et se tourna vers Vida et Caido. La perle miroitait au soleil comme un prisme aux mille couleurs.

– Fausse alerte, lança-t-il.

Caido observa les broussailles autour de nous.

– Nous allons vous escorter jusqu'au campement, vous et dame Eona, Votre Majesté.

– Inutile, dit Kygo en leur faisant signe de s'éloigner. Il est tout près.

Ils s'inclinèrent puis s'enfoncèrent de nouveau dans le sous-bois, en laissant derrière eux une odeur de terre piétinée et la rumeur de brindilles cassées.

Kygo rengaina son sabre.

– Êtes-vous sûre d'aller bien ?

Je baissai les yeux sur mes pieds crasseux pour me soustraire au pouvoir resplendissant sur sa gorge. Kinra avait-elle tenté de voler la perle pour sauver les dragons ? Cela voudrait dire que les animaux énergétiques perdaient des forces dès son époque. J'étais si peu familiarisée avec le dragon Miroir que je ne savais même pas s'il était diminué. La pensée que la bête merveilleuse pourrait s'affaiblir me perçait le cœur.

Je pressai ma main contre mon front.

– Je suis désolée de vous avoir dérangée, Votre Majesté.

La perle était trop près de moi. Kygo aussi. Et si Ido avait raison ?

– Je voulais vous parler, de toute façon, dit-il. Seul à seul.

Levant la tête, j'évitai de regarder la pâle clarté du joyau et me concentrai sur la courbe sensuelle de sa bouche. Le souvenir de ses lèvres sur les miennes s'imposa à moi. Je reculai.

– Votre Majesté, veuillez me pardonner, mais je suis très fatiguée.

– Je ne serai pas long.

Il se racla la gorge, ce qui eut pour effet d'attirer de nouveau mon regard sur la perle à la base de son cou.

– J'ai fini par comprendre que je vous ai offensée par ma sincérité à propos de votre pouvoir, commença-t-il. Je ne suis pas habitué…

Il s'interrompit et se frotta le menton.

– Voyez-vous, en dehors de mon père, je n'ai jamais eu à tenir compte de l'opinion d'autrui. Et je n'ai jamais eu à…

Il effleura des doigts la perle.

– … à faire la cour à une femme.

L'empereur était-il en train de me présenter des excuses ?

Il respira profondément.

– Je ne puis retirer mes paroles. Nous savons tous deux qu'elles étaient vraies. Mais je regrette qu'elles vous aient blessée.

Il prit ma main dans la sienne.

– Et elles ne prenaient pas en compte l'importance que j'accorde à votre rôle de *naiso*. Eona, vous êtes la lune qui équilibre mon soleil.

L'espace d'un instant, je ne pus parler. Moi, l'équilibrer ? Sa confiance me déchirait le cœur. J'aurais tant voulu être son équilibre, mais je risquais plutôt d'être sa mort.

– Je suis très honorée, Votre Majesté, balbutiai-je.

– Kygo, corrigea-t-il d'une voix douce. Je suis désolé de vous avoir blessée, Eona.

Sa sincérité me transperçait comme un poignard. Je serrai plus fort sa main et sentis un objet dur contre ma peau – il avait de nouveau l'amulette de sang au doigt. Tant mieux. Il avait besoin de protection.

– Vous savez que je serais incapable de vous faire du mal, Kygo.

– Bien sûr, dit-il en souriant fugitivement. Vous m'avez déjà frappé en pleine gorge, vous m'avez attaqué avec un sabre, mais je sais que vous ne me feriez jamais de mal.

Je fermai les yeux, sans parvenir à refouler mes larmes. Il ignorait à quel point sa plaisanterie était vraie. Dans l'auberge, j'avais eu peine à refréner l'ardeur meurtrière de Kinra désirant arracher la perle. Et c'était avant d'avoir été exposée à la folie du livre noir.

– Eona, ce n'est qu'une taquinerie, dit-il.

Il arrêta doucement du doigt les larmes coulant sur mon visage.

Je pressai ma joue humide contre sa main, afin de ne pas devoir ouvrir les yeux et voir la perle. Mais je savais qu'Ido avait raison. La perle était le moyen de sauver les dragons – et notre pouvoir. Même si je l'avais nié, j'avais compris que c'était vrai à l'instant même où il avait parlé. C'était comme la pièce d'un puzzle de bois s'encastrant à sa place et révélant une image terrifiante.

Je respirai en tremblant. Kinra n'était pas une traîtresse assoiffée de pouvoir, finalement. Elle avait essayé de sauver les dragons. Aucune perfidie ne souillait mon sang. Néanmoins cela ne changeait rien au fait qu'elle s'efforçait toujours de s'emparer de la perle à travers moi, sa descendante Œil du dragon, en mettant ainsi en danger la vie de Kygo. Je refusais d'être manipulée par mon ancêtre, les dieux ou qui que ce fût qui tirait les ficelles de ce théâtre d'ombres. En tout cas, je me battrais. Il devait y avoir un autre moyen de sauver les dragons et de maîtriser le *gan hua*. Et il me semblait que seul le livre noir pourrait me le révéler.

– Je sais, dis-je en ouvrant les yeux.

Mais mon regard s'était déjà fixé sur la perle.

L'attrait de son pouvoir était toujours présent à l'arrière-plan de mon esprit. À présent, j'en connaissais la cause : Kinra. Il fallait que je protège Kygo et la perle en attendant que Dillon apporte le livre noir et que j'aie trouvé un moyen de sauver les dragons sans le *hua* de tous les hommes.

Oui, il fallait que je protège Kygo contre Kinra. Et contre moi.

Je pressai mes lèvres sur le doux renflement de sa paume, à l'endroit du portail énergétique, afin d'imprégner mon esprit de son contact et de son odeur. Puis je reculai en me forçant à sourire. Je m'écartai du soleil qui équilibrait ma lune.

Ryko fut la première personne que je vis en rentrant dans le campement à la suite de Kygo. En dehors des sentinelles montant la garde alentour, le géant était le seul à être debout. Tous les autres se disposaient à dormir ou mangeaient avec un appétit mêlé d'épuisement. Au contraire, Ryko observait avec une attention sans relâche la silhouette d'Ido à l'autre bout de la clairière broussailleuse. L'Œil du dragon était revenu sous bonne escorte de notre séance d'entraînement. Un des gardes – l'archer Jun – attachait de nouveau ses poignets. Comme des saluts à voix basse accueillaient notre arrivée, Ido me regarda, mais je me détournai de ses yeux scrutateurs. Je ne voulais pas voir l'expression de son visage.

Après m'être inclinée brièvement devant Kygo, je me dirigeai vers dame Dela. Adossée à un ballot de provisions, elle mangeait avec lenteur une prune séchée, les épaules courbées par la fatigue.

– J'ai un service à vous demander, déclarai-je.

Elle s'essuya délicatement la bouche avec deux doigts.

– Tout ce que vous voudrez, du moment que je n'aie pas à me lever.

Je me penchai vers elle et me mis à chuchoter :

– J'ai besoin de savoir si le livre rouge indique pour quel motif Kinra fut exécutée.

Dela fronça les sourcils.

– Nous connaissons déjà le motif, répondit-elle sur le même ton assourdi en effleurant le volume attaché à son poignet. Haute trahison.

Je n'avais pas dit à Dela que je croyais que Kinra avait tenté de voler la Perle impériale. Si ce détail figurait dans le livre rouge, elle le trouverait. Dans le cas contraire, mieux valait qu'elle ne fût pas au courant. Pour le moment, du moins. L'espace d'un instant, j'eus terriblement envie de lui apprendre ce que signifiait « le *hua* de tous les hommes ». De partager l'horreur avec elle. Mais elle raconterait tout à Kygo, c'était certain. Il devrait prendre des mesures de protection.

Une pensée terrible s'imposa à moi à l'improviste : l'empereur Dao avait exécuté Kinra pour protéger la perle. Dans ce combat entre l'amour et le pouvoir, le pouvoir l'avait emporté.

J'avais besoin de temps pour maîtriser le *gan hua* et pour trouver un autre moyen de sauver les dragons. À ce moment-là, je dirais toute la vérité à Kygo.

– Oui, nous savons qu'elle a trahi, dis-je doucement. Mais j'ai besoin de savoir exactement ce qu'elle a fait, et pourquoi.

Surtout « pourquoi ». Il me fallait des preuves.

Dela hocha la tête.

– Je vais regarder. La note en fin de volume ne donne aucun détail, mais peut-être les passages codés nous en apprendront-ils davantage.

Elle entreprit de dénouer les perles, puis s'interrompit.

– J'ai déniché une autre information. Au début de notre alliance avec les dragons, il y avait toujours *deux* Yeux du dragon ascendants. Outre le dragon mâle se trouvant en position ascendante dans le cycle des années, la femelle dragon Miroir était toujours ascendante. Elle présidait soit avec un dragon mâle, soit seule lors des années du dragon Miroir. Jusqu'au jour où elle disparut, après la mort de Kinra.

Encore une pièce du puzzle. Mais où s'emboîtait-elle ?

– Si elle était toujours ascendante, cela signifierait-il que le pouvoir du dragon est réduit de moitié depuis sa disparition ? murmurai-je songeuse. Est-ce l'une des raisons pour lesquelles les dragons ont besoin d'être secourus ?

Dela secoua la tête.

– Je n'en sais rien, dit-elle d'une voix fatiguée. Je me contente de décoder le livre.

– Et je vous remercie de vous donner tant

de peine, assurai-je en serrant son bras avec gratitude.

Alors que j'allais me retirer, elle agrippa ma main.

– Vous êtes nerveuse. Ryko aussi. S'est-il passé quelque chose ?

– Tout va bien, lançai-je en pressant ses doigts.

Je me détournai pour m'en aller, mais Ryko m'arrêta à son tour.

– Dame Eona, puis-je vous dire un mot ?

Je n'en avais certes aucune envie, mais je le laissai m'entraîner loin de Dela. Il me conduisit à la lisière du campement, à distance respectueuse des deux gardes du secteur.

– Qu'est-ce que c'était ? demanda-t-il.

Il avait perdu toute sa raideur impassible.

– Quoi donc ?

– Ne me prenez pas pour un imbécile, gronda-t-il en se penchant sur moi. Je sais ce qu'on éprouve quand vous vous emparez de la volonté d'autrui. Vous l'avez fait assez souvent avec moi. Et je sais que vous venez de vous emparer de celle d'Ido, d'une telle façon que…

Il pressa ses deux poings l'un contre l'autre.

– Au nom du ciel, Eona, qu'avez-vous fait ?

Je rougis violemment.

– J'ai fait ce que j'avais à faire, répondis-je en baissant la voix. Sire Ido avait réussi à tenir en échec mon emprise. J'ai trouvé une autre voie d'accès à sa volonté. Il n'y a rien de changé.

– Rien de changé ?

Ses yeux allongés d'insulaire me fixèrent.

– Vous le croyez vraiment ? Vous devez savoir que vous jouez avec le feu. Vous avez entendu ce qu'a dit Momo.

– Vous préféreriez que je n'aie plus de pouvoir sur lui ?

– Je préférerais qu'il soit mort, répliqua-t-il d'un air buté.

Je le foudroyai du regard.

Il hocha la tête à contrecœur.

– Malgré tout, soyez prudente. Dela meurt d'inquiétude pour vous.

– Pour vous aussi, elle meurt d'inquiétude.

Son regard dur m'avertit de ne pas continuer, mais j'en avais soudain assez des souffrances inutiles.

– Vous êtes stupide si vous croyez qu'elle se soucie du rang ou de la fortune.

– Je sais qu'elle s'en moque.

– C'est son corps d'homme qui vous rebute ?

Il éclata de rire.

– J'ai grandi au milieu de couples plus bizarres encore. Ce n'est pas ça.

Je croisai les bras.

– Qu'est-ce que c'est, alors ?

Il se balança sur ses pieds et je crus un instant qu'il allait s'en aller.

– Je ne devrais pas être vivant, dit-il enfin. Shola vous a autorisée à me tirer de ma mort. Croyez-vous que ce fût par compassion ?

Au souvenir du village de pêcheurs, je déglutis péniblement. Ryko se trouvait alors vraiment sur le chemin le menant à ses ancêtres.

– Je suis ici pour une raison, déclara-t-il d'un ton résolu. Même si je ne la connais pas, je doute qu'il s'agisse de me permettre d'être heureux. Je suis marqué par Shola. Quand j'aurai joué mon rôle dans cette partie engagée par les dieux, elle me rappellera à elle. Je n'ai pas le droit d'impliquer Dela ni de faire des projets. Ce ne serait pas honorable.

– Vous êtes ici parce que je vous ai guéri, Ryko. Mon pouvoir vous a ramené de la mort. Si quelqu'un a son mot à dire dans votre vie, c'est moi. Et je vous dis de profiter du bonheur tant qu'il est possible.

Au moins, l'un de nous pourrait en avoir sa part.

– Êtes-vous devenue si puissante que vous vous comptez parmi les dieux ?

– Non ! Vous savez que ce n'est pas ce que je voulais dire.

– Il se peut que ma volonté vous appartienne, dame Eona, mais mon honneur ne vous appartient pas. C'est tout ce qui me reste. C'est tout ce que je peux donner à Dela.

Il s'inclina avec raideur.

– Avec votre permission…

Sans attendre ma réponse, il me tourna le dos et s'éloigna.

Je regardai le pâle visage de Dela qui le suivait des yeux tandis qu'il traversait le campement à grands pas. Tant de chagrin au nom du devoir et de l'honneur.

Le village de Sokayo possédait un pavillon de bains.

Il était absurde de s'exciter pour si peu, mais je me sentais moins découragée depuis que Caido nous avait annoncé cette nouvelle en revenant d'une mission de reconnaissance au village. Moins d'une heure de marche nous en séparait maintenant. Nous avions fait halte à l'abri d'un ravin au fond duquel coulait un ruisseau. Bien que la matinée fût déjà avancée, Kygo avait décidé que nous pourrions faire sans attendre le reste du chemin, à condition de nous montrer prudents. Au milieu des assistants attentifs, je voyais Vida devant moi. Elle aussi souriait, même si je doutais que ce fût à la pensée d'un bain chaud. Elle allait bientôt retrouver son père.

Et maître Tozay serait accompagné de ma mère.

Tandis que Caido continuait de faire son rapport, je frottai la poussière et la sueur incrustées dans la peau de mes bras, dont se détachaient de minuscules boules de crasse. Le ruisseau peu profond avait été bienvenu pour boire et se rafraîchir un peu, mais seule une longue immersion dans une eau brûlante pourrait venir à bout de trois jours intensifs d'entraînement et de voyage. J'espérais que le pavillon de bains serait pourvu de savon ou de sable lavant. Je n'avais pas envie d'avoir l'air d'une souillon.

– Je comprends pourquoi maître Tozay a choisi ce port, déclara Caido. Il est profond et abrité. Mais le village pose un problème stratégique. Il est situé sur une petite baie entourée de falaises, avec un nombre limité de chemins pour entrer ou sortir.

À côté de moi, Kygo chassa une nuée de moucherons tenaces.

– Est-ce risqué ? demanda-t-il à Yuso.

– Pas très, me semble-t-il, répondit le capitaine. Les villageois soutiennent la Résistance, n'est-ce pas ?

Caido acquiesça de la tête.

– Dans ce cas, nous aurons la situation en main.

– Mon père a exploré toute la côte, intervint Vida. Il connaît les ports aussi bien que ses propres enfants. Il aura choisi le plus favorable pour les marées.

Kygo se tourna vers moi.

– Et le cyclone ?

Je levai les yeux vers le ciel étrange. Les nuages noirs étaient en altitude mais on se sentait oppressé, comme si la tempête était proche, et des éclairs zébraient par moments l'horizon. Un vent brûlant venu des terres avait apporté les essaims de moucherons qui nous environnaient.

– Pas avant deux jours, déclarai-je.

À l'extérieur du cercle des assistants, je vis Ido hocher la tête d'un air approbateur. Nous ne nous étions pas parlé depuis que je l'avais forcé à appeler Dillon. Dela m'avait dit qu'il me suivait partout du regard, mais pour l'instant j'avais réussi à ne pas croiser ses yeux. Je sentais encore dans mon sang l'intimité de ma nouvelle emprise sur lui. Sans doute devait-elle subsister également en lui.

– Sire Ido ne pourrait-il pas empêcher le développement de ce cyclone ? me demanda Kygo.

Il refusait de condescendre à s'adresser directement à Ido.

L'Œil du dragon se pencha en avant.

– Non, sire Ido ne peut y parvenir tout seul, dit-il d'une voix légèrement tendue.

Kygo détourna de lui son visage et attendit que je réponde.

– Non, lançai-je non sans brusquerie.

Il me paraissait stupide de répéter ce que tout le monde avait déjà entendu. Je me raccrochai à cette petite irritation – tous les moyens étaient bons pour oublier la souffrance que j'éprouvais chaque fois que je regardais Kygo. Distrait par les difficultés d'un voyage rapide et clandestin, il n'avait pas encore remarqué la distance prudente que je gardais entre nous.

– Mon père pourra prendre le cyclone de vitesse si nous embarquons comme prévu à la tombée de la nuit, déclara Vida.

– Dans ce cas, allons-y, dit Kygo. Il ne faudrait pas que nous manquions notre bateau.

Un guetteur à l'œil perçant nous accueillit à l'entrée du village. En s'inclinant d'un air contrit, il expliqua qu'il avait l'ordre de nous mener par le chemin de la falaise à la maison du doyen Rito. Tandis que nous suivions à la file le jeune homme sur un sentier convenant mieux à des chèvres qu'à des hommes, la baie apparut entre les buissons touffus. Ce n'était qu'un petit croissant de sable parsemé de quelques bateaux échoués et de filets en train de sécher. Une image s'imposa soudain à moi et je m'immobilisai. Sur une autre plage blanche, une femme tendait la main. Ma mère. Je parvenais presque à distinguer son visage. Mais la vision s'effaça presque aussitôt, ne me laissant que l'écho d'une émotion aussi confuse qu'elle. Je chassai un moucheron importun et me hâtai de rattraper Dela, encore sous l'emprise douce-amère du souvenir.

La maison du doyen Rito se trouvait sur un versant dominant la baie. Le petit bâtiment en bois était tellement décoloré par le vent, la pluie et le sel que sa silhouette argentée semblait faite de la même texture grise que la mer en contrebas. À l'intérieur, les meubles de l'unique pièce étaient aussi usés que les murs du dehors, mais l'odeur épicée d'un ragoût de poisson me mit l'eau à la bouche et les rares objets étaient disposés avec un ordre agréable aux yeux. Tandis que nous nous rassemblions dans cet espace exigu, trois vieillards se prosternèrent sur les nattes de paille défraîchies. C'étaient les doyens de Sokayo.

– Vous pouvez vous redresser, dit Kygo.

Non sans raideur, ils s'assirent tous trois sur les talons. Ils avaient la peau sombre et tannée des habitants de la côte, et les mains noueuses d'hommes ayant tiré des filets pendant des années. Rito, leur porte-parole, agenouillé au centre, se distinguait de surcroît par une affreuse cicatrice balafrant ses joues et son nez. Notre jeune guide avait eu la délicatesse de nous prévenir, avant que nous entrions dans la maison, que le doyen portait les séquelles d'une rencontre avec une raie. Même ainsi, il était difficile de ne pas fixer son visage ravagé.

– Vous êtes le doyen Rito ? demanda Kygo.

Le vieillard hocha la tête.

– L'hospitalité de votre village nous emplit de gratitude.

– C'est un honneur pour nous, Votre Majesté, répliqua Rito en regardant fugitivement la Perle impériale. Notre loyauté vous est acquise. Nous n'avons pas oublié votre père vénéré, qui chemine désormais parmi les dieux dorés. Nous savons que vous êtes l'héritier légitime de son trône de sagesse.

Rito s'inclina puis se tourna vers moi.

– Nous sommes également honorés de vous accueillir, noble dame Œil du dragon.

– Vous savez qui je suis ? m'étonnai-je.

– Votre véritable identité n'est plus un secret, noble dame. Tout le monde la connaît par les affiches accrochées aux arbres et les conversations à voix basse dans les tavernes. Il en va de même pour la tragique nouvelle de l'assassinat de vos dix frères Yeux du dragon.

Ses yeux se posèrent sur les mains entravées d'Ido puis sur son visage. Malgré son grand âge, on ne pouvait se méprendre sur son regard menaçant. Peut-être la balafre entaillant son visage le rendait-elle encore plus crédible. Seul un homme doté d'une détermination féroce pouvait avoir survécu à une telle blessure. Ido serra les poings.

– Pour le moment, sire Ido est sous notre protection, doyen Rito, déclara Kygo.

– Bien sûr, Votre Majesté, dit le vieil homme en s'inclinant derechef.

– Avez-vous vu plus de troupes que de coutume dans la région ? demanda Yuso.

– On observe partout un regain d'activité, répondit Rito. Nous sommes surveillés, mais pas plus que les autres villages. Plutôt moins, sans doute, car nous sommes plus loin des routes principales et n'avons ni riz ni bétail à confisquer.

– Avez-vous posté des sentinelles supplémentaires ?

– Évidemment, mais vous pouvez les passer en revue si vous le souhaitez.

– Merci, dit Yuso. Je n'y manquerai pas.

Rito se tourna de nouveau vers moi.

– Avez-vous remarqué les moucherons, noble dame ?

Je hochai la tête.

– Les chiens hurlent la nuit. Et les enfants ont vu des fourmis grimper sur des arbres avec leurs œufs. Tout cela indique qu'un cyclone nous arrive d'une direction défavorable.

– Oui, confirmai-je. De l'ouest. Il sera ici dans deux jours.

Il se pencha en avant, le visage tendu.

– Pouvez-vous l'arrêter, noble dame ?

Il regarda Ido, puis revint à moi. Je m'humectai les lèvres – j'avais soudain la bouche sèche.

– Je suis désolée, doyen Rito. Sire Ido et moi ne pouvons l'arrêter.

– Ah.

Son soupir était chargé d'espoir déçu. Jetant un coup d'œil à son voisin de droite, il lui indiqua la porte d'un signe de tête.

L'autre vieillard acquiesça en silence puis s'inclina en direction de Kygo.

– Puis-je me retirer, Votre Majesté ? demanda-t-il d'un ton pressant. Nous devons avancer nos préparatifs en vue du cyclone.

– Bien sûr.

Tandis que le vieil homme se levait et sortait de la pièce, j'eus l'impression que tous les regards étaient braqués sur moi. « Elle est toujours inutile », semblaient-ils dire.

– Votre Majesté, nous avons préparé un repas chaud et des chambres où dormir, déclara enfin Rito. Si vous ou dame Eona souhaitez quoi que ce soit d'autre, veuillez m'en informer.

Je souhaitais bel et bien autre chose : un

moment de solitude. Même pour peu de temps, j'avais besoin d'être loin du jugement silencieux du monde, des yeux scrutateurs d'Ido, des questions et des peurs ne cessant d'obséder mon esprit.

– Je crois que vous avez un pavillon de bains, dis-je.

La vieille femme s'inclina. D'un geste de sa main tavelée, elle invita Vida et moi à écarter les portières d'étoffe bleue du seuil pour entrer.

– Je vous attendrai dehors et veillerai à ce que vous ne soyez pas dérangée, noble dame, dit-elle avec un sourire timide. Vous trouverez à l'intérieur tout ce dont vous aurez besoin.

– Merci, lançai-je en lui rendant son sourire.

Je poussai les portières. Vida me suivit un pas en arrière. Après avoir vidé en hâte un bol de ragoût de poisson, j'avais passé près d'un quart d'heure à refuser poliment d'être baignée par les anciennes du village, malgré l'insistance des doyens. Toutefois je n'avais pu opposer un semblable refus à Kygo, qui tenait à ce que Vida m'escorte dans le pavillon de bains. La compagnie de la jeune femme serait ce que j'obtiendrais de plus proche de la solitude.

Nous nous immobilisâmes toutes deux dans l'étroit vestibule. La petite estrade prévue pour la préposée était nantie d'une balustrade lourdement sculptée. Elle se trouvait entre deux portes de bois menant aux bains proprement dits – celle des hommes, sur la droite, était d'un bleu fané, celle des femmes, sur la gauche, était rouge. Des étagères à chaussures se dressaient des deux côtés de la pièce exiguë. J'ôtai mes sandales et les glissai sur l'étagère la plus proche. Vida m'imita et posa les siennes à côté des miennes.

– J'ignore tout des tâches d'une servante personnelle, noble dame, déclara-t-elle. J'aurai besoin de vos instructions.

Je secouai la tête.

– Je me débrouillerai seule, Vida. Vous pouvez vous baigner aussi. Je suis sûre que vous désirez faire honneur à l'arrivée de votre père.

– Vrai ? s'exclama-t-elle. Ce serait merveilleux.

Elle baissa les yeux sur ses pieds. La crasse dessinait les contours des lanières de ses sandales. Mes pieds n'étaient pas moins sales.

– Allez, entrons, lui dis-je.

J'ouvris la porte rouge. Le petit vestiaire était pourvu d'une banquette de bois et d'étagères supplémentaires. La chaleur des bains s'infiltrant par la porte du fond imprégnait l'atmosphère d'une chaleur humide, veloutée. Comme je l'avais demandé, on avait posé sur la banquette une pile de serviettes ainsi qu'un pot de savon en céramique, des peignes et, plus important encore, des vêtements frais. Je pris celui au sommet du premier tas : une longue tunique de femme, pliée avec soin, dans un tissu marron doux au toucher. Elle était complétée par un pantalon descendant jusqu'aux chevilles et plusieurs dessous. Une tenue analogue était posée à côté.

– Il y a des vêtements propres pour nous deux, lançai-je en souriant à Vida tandis qu'elle fermait la porte rouge.

– Une tunique et un pantalon. Enfin !

Elle regarda le second tas.

– C'est pour moi aussi ? Vous êtes sûre ?

Je hochai la tête, heureuse de la voir sourire. Cela ne lui arrivait pas souvent en ma présence.

Nous ne fûmes pas longues à nous débarrasser des vêtements maintenant crasseux qu'on nous avait donnés dans la capitale. Je détournai mon regard du corps nu de Vida. Cela faisait longtemps que je ne m'étais baignée dans un bain public. Pendant près de cinq ans, mon infirmité avait fait de moi un paria, me contraignant à me baigner seule. Baissant les yeux sur ma jambe redevenue droite, je caressai la masse robuste d'os, de muscles et de peau lisse de ma hanche. Cette vision m'émerveillait encore.

Je pris une serviette pour en couvrir pudiquement mon bas-ventre. Puis je saisis le pot de savon.

– Vida, apportez donc les autres serviettes.

D'une main impatiente, je fis coulisser la porte ouvrant sur les bains. La chaleur plus forte imprégna ma peau. Malgré la moiteur régnant dehors, j'aspirais toujours à la propreté que donne seule une eau brûlante. Les secteurs des hommes et des femmes étaient séparés par une paroi de bois divisant la pièce en son centre. Cependant elle n'atteignait pas le plafond, de sorte qu'une brume de vapeur flottait au-dessus de ma tête. Le bassin des femmes se trouvait au fond. Il était vaste et de pâles volutes s'élevaient de son eau profonde dans l'air pesant et immobile.

Mais il fallait d'abord se laver. Je m'approchai de la cuve étroite se dressant le long du mur. Des tabourets et des seaux se trouvaient devant la vasque, où l'eau d'un tuyau en terre cuite s'écoulait goutte à goutte en gazouillant comme une cascade miniature.

Je choisis un tabouret, posai le pot de savon à côté et pris un seau, que je plongeai dans la cuve pour le remplir d'une eau raisonnablement chaude.

Vida ferma la porte du vestiaire.

– Voulez-vous que j'attende que vous ayez fini, noble dame ?

Je plaçai le seau sur le sol.

– Non, venez avec moi.

Vida s'inclina en souriant.

Avec des seaux pleins et du savon en abondance, nous nous mîmes au travail. Vida enleva les dernières épingles de ma lourde chevelure imprégnée d'onguent. Cette fois, c'en était fait du chef-d'œuvre d'Orchidée de Lune. En échange, je libérai à mon tour Vida des tresses compliquées de Fleur de Safran, qui emprisonnaient ses cheveux frisés.

– Ça fait du bien ! s'exclama-t-elle en enfonçant ses doigts dans son cuir chevelu.

Elle pouffa en palpant les boucles épaisses autour de sa tête.

– Je dois avoir l'air d'une sauvage !

Je me mis à loucher en soulevant mes propres cheveux embroussaillés.

– Ou d'une folle !

Elle éclata franchement de rire.

Nous nous aspergeâmes mutuellement avec les seaux, et la crasse accumulée au fil des jours commença à se dissoudre sous les flots ruisselants d'eau chaude. Je réussis à faire mousser le grossier savon granuleux, qui sentait l'herbe fraîche.

Couverte de mousse des pieds à la tête, j'entrepris de me frotter énergiquement avec une serviette. Je cessai de me rincer quand l'eau savonneuse s'écoulant de mon corps perdit sa teinte grisâtre. À côté de moi, Vida faisait la même chose, en fredonnant une vieille chanson populaire que je me rappelais vaguement avoir chantée à la saline. Nous reprenions le refrain en chœur et éclations de rire quand nos versions divergentes aboutissaient à une terrible cacophonie.

– Voulez-vous que je vous lave le dos, noble dame ? demanda Vida.

– Oui, je vous en prie.

Je me retournai sur mon tabouret puis sentis la chaleur de la serviette humide dans mon dos et la douce pression des mains de Vida la passant sur mes épaules et le long de ma colonne vertébrale. Ma tension se dissipa sous ses mains fermes, et je poussai un soupir. Depuis plus de quatre ans, j'étais privée de cette connivence physique, de ce lien délicieux de liberté et de camaraderie qui se créait quand on se baignait avec d'autres femmes. Je ne m'étais pas rendu compte à quel point cela me manquait.

Enfin, nous fûmes toutes deux assez propres pour entrer dans le bassin. Je descendis la première les trois marches. L'eau monta jusqu'à mes chevilles, mes genoux, mes hanches, en une sensation brûlante et exquise. Je m'assis sur le degré de pierre dépassant de la paroi. Vida me suivit en soupirant et s'assit en face de moi.

– Merci pour ce bain, noble dame, dit-elle.

– Vous devez être impatiente de revoir votre père.

Elle hocha la tête en enfonçant dans l'eau ses épaules robustes.

– Vous devez vous-même être impatiente de retrouver votre mère.

Je haussai les épaules.

– J'avais six ans la dernière fois que je l'ai vue. Je serai une étrangère pour elle, comme elle le sera pour moi.

Après un silence, je me décidai à exprimer ma pensée.

– Peut-être n'y aura-t-il aucun sentiment entre nous.

Ou peut-être ceux qu'elle avait pour moi n'avaient pas été assez forts pour qu'elle me garde avec elle, en ce jour si lointain.

Vida secoua la tête.

– Elle fait partie de votre famille. C'est un lien indestructible.

– Peut-être. Je n'arrive pas à me souvenir de ce qu'on éprouve quand on a une famille.

– Mais des gens se sont occupés de vous, n'est-ce pas ? Vous avez des amis qui tiennent à vous, comme dame Dela et Ryko.

– Je ne suis pas sûre que Ryko souhaite encore faire partie de mes amis, observai-je d'un ton froid.

Toutefois Dela tenait à moi, c'était certain. Quand j'étais petite, il y avait eu Dolana, à la saline, avant qu'elle ne succombât à son mal de poitrine. Et plus tard, bien sûr, Rilla et Chart. Même mon maître, à sa manière peu démonstrative. En fait, j'aurais préféré que Tozay retrouve Rilla et Chart, au lieu de cette étrangère qui allait bientôt arriver. Je regrettais cruellement le bon sens de Rilla, sa franchise affectueuse, et l'humour salace de Chart. J'adressai une prière rapide aux dieux, en les implorant de veiller sur eux – et de me les ramener.

Vida leva sa jambe dans l'eau et regarda ses orteils pâles émergeant à la surface.

– Il est évident que Sa Majesté tient à vous, elle aussi.

Pour éviter son coup d'œil amusé, je feignis d'observer le fond du bassin.

– Sans oublier sire Ido, ajouta-t-elle.

Cette fois, je relevai la tête.

– Il ne tient nullement à moi.

– Il vous regarde tout le temps. C'est un bel homme, vous ne trouvez pas ?

– Pas aussi beau que Sa Majesté, répondis-je d'un ton ferme.

Cependant je me mis à sourire à mon tour, désireuse de ne pas décourager la gentillesse soudaine de Vida.

C'était là la connivence dont je me souvenais : des conversations entre femmes, des rires, des taquineries légères sur la vie et l'amour.

– Peut-être. Ils ne sont pas beaux de la même façon. Sa Majesté est...

Elle hésita, en cherchant manifestement le mot juste, puis elle haussa brièvement les épaules.

– Il est d'une beauté qui touche l'esprit.

– Et sire Ido ? la pressai-je.

– Sire Ido est *très* viril, déclara-t-elle avec emphase.

Je hochai la tête en répondant à son sourire. C'était une bonne description.

Elle me lança un regard aigu.

– Êtes-vous attirée par lui ?
– Bien sûr que non, assurai-je.
Mais je me sentis rougir.
– Je comprendrais que vous le soyez. Vous avez beaucoup en commun.
– C'est faux ! m'exclamai-je précipitamment. C'est un traître et un assassin.
Elle détourna les yeux. Malgré l'eau brûlante du bain, j'eus un frisson glacé. À ses yeux, j'étais moi-même une meurtrière.
Toute notre complicité avait disparu. J'étais vraiment stupide.
Elle rompit le silence en s'aspergeant le visage des deux mains.
– Vous êtes les deux derniers Yeux du dragon, déclara-t-elle tout en lissant en arrière ses cheveux mouillés. Ce doit être un lien puissant. Et il n'a pas que son pouvoir du dragon.
Je fronçai les sourcils. Cette remarque me semblait familière, comme si j'entendais l'écho d'une autre voix à travers ces mots. Saisie d'une intuition terrible, je me levai à moitié dans l'eau.
– Sa Majesté vous a-t-elle demandé de me parler de sire Ido ?
Elle secoua la tête. Trop vite.
– Non, noble dame.
– Vous mentez, lançai-je en me levant complètement. Je le vois sur votre visage.
– Non, noble dame.
– Vous êtes son espionne !
Je levai la main, prête à châtier sa trahison.
Elle se recula contre la paroi.
– Ce n'est pas Sa Majesté qui m'a demandé de le faire, noble dame ! C'est dame Dela. Je suis

désolée. Je ne voulais pas. Je lui avais bien dit que je n'étais pas douée pour ce genre de chose.

– Dela ?

Ma main se figea. Dela était mon amie.

– Pourquoi ferait-elle une chose pareille ?

– Elle dit que vous la tenez à l'écart, noble dame.

Je remontai les marches et heurtai violemment une arête de pierre en trébuchant. La douleur soudaine mit un comble à ma rage.

Vida se leva dans l'eau.

– Dame Dela s'inquiète pour vous, lança-t-elle dans mon dos. Vous êtes contrainte de passer beaucoup de temps avec sire Ido, et elle sait de quoi il est capable. Elle a été à la cour avec lui pendant des années.

Je me retournai.

– Je fais tout cela pour Sa Majesté ! hurlai-je. C'est mon seul motif ! Dites-le donc à dame Dela !

J'agrippai une serviette et courus au vestiaire, ruisselante, en claquant la porte derrière moi. L'air plus frais me fit frissonner. Je pressai ma main contre ma bouche pour tenter de réprimer le sanglot qui montait dans ma gorge. Même Dela n'avait pas confiance en moi.

Jamais je ne m'étais sentie aussi seule.

Je m'habillai à toute allure, en attachant ma tunique tandis que je traversais le vestibule au pas de course. Mes cheveux humides flottaient librement, comme ceux d'une femme de mauvaise vie. J'attrapai mes sandales sur l'étagère et écartai brutalement les portières bleues. La vieille femme attendait encore devant l'entrée, en compagnie d'un homme dont je reconnus la silhouette élancée. Caido. Que faisait-il ici ? Ils se retournèrent tous deux quand je sortis en trombe.

La vieille femme en eut le souffle coupé.

– Noble dame, avez-vous besoin d'aide ? Ai-je oublié les peignes ?

– Non.

Je jetai par terre mes sandales, les enfilai péniblement, puis je tirai brutalement mes cheveux en arrière.

Caido détourna son visage devant mon inconvenance.

– Noble dame, j'ai un message pour vous de la part de sire Ido. Il vous demande de le rejoindre sur la plage pour vous entraîner.

– C'est bien la dernière chose dont j'aie envie.

Je passai devant eux en accélérant le pas, bien que je n'eusse aucun endroit où aller.

Caido me rattrapa en quelques enjambées.

– Je vous en prie, noble dame. Sire Ido m'a demandé de vous dire que vous êtes tous deux assez forts pour commencer à travailler avec votre dragon.

Je m'immobilisai. Toute ma souffrance et ma colère étaient effacées par cette unique pensée : mon dragon. Sa splendeur était toujours avec moi. Je n'étais pas seule. Je n'étais jamais seule.

– Conduisez-moi auprès d'Ido, lançai-je.

Chapitre 17

Accroupi un peu plus loin que la ligne de marée haute, sire Ido faisait glisser du sable entre ses doigts sous les yeux attentifs de ses deux gardes. Quand j'approchai, il lâcha les grains scintillants et se leva pour me regarder avancer péniblement sur le sol meuble de la plage. Le sable crissait à chaque pas. Entre ce bruit irritant, les moucherons obstinés et mon humeur sombre, je trouvais difficile de garder la moindre dignité.

Je m'immobilisai devant lui.

– Sire Ido.

– Dame Eona, dit-il en s'inclinant.

Des groupes de villageois nous observaient depuis la digue. La plupart des hommes valides étaient partis pêcher en mer mais il était sage de ne jamais sous-estimer la puissance d'une foule, même si elle se composait de vieillards, de femmes et d'enfants.

– Est-il judicieux de se faire ainsi remarquer, sire Ido ? Les gens de ce village sont très mal disposés à votre égard.

Il haussa les épaules.

– Sa Majesté nous autorise à nous entraîner sur cette plage.

Je jetai un coup d'œil aux deux hommes derrière lui. Leurs yeux stupéfaits étaient fixés sur mes cheveux flottants.

– Attendez là-bas, lançai-je en leur désignant le bout de la digue où Caido se tenait encore. Et surveillez les villageois. Ne les laissez pas approcher.

Ils s'inclinèrent et s'éloignèrent, non sans faire eux aussi crisser le sable avec un bruit étrange.

– J'aime bien cette coiffure, dit Ido.

J'ouvris mon poing et dépliai la lanière de cuir que la vieille femme avait glissée dans ma main d'un air suppliant, pour que je sois décente. Avec ostentation, je rejetai mes cheveux en arrière et les nouai avec la lanière.

– Cette coiffure me plaît aussi, commenta-t-il en souriant.

Je croisai les bras.

– Vous avez dit à Caido que j'étais maintenant assez forte pour travailler avec mon dragon.

– Non, j'ai dit que *nous* étions assez forts.

Il fit quelques pas en direction de la digue.

– Venez. Je vais vous montrer comment attraper les éclairs.

Attraper les éclairs ? Intriguée, je le suivis. S'arrêtant à mi-chemin entre la mer et la digue, il s'assit sur le sable à côté d'un petit bateau renversé et m'invita d'un signe de tête à le rejoindre. Mal à l'aise, j'observai la plage et les falaises autour de nous. On avait étendu le long de la digue une série de filets bosselés. Ceux du bout s'étaient relevés, révélant la silhouette caractéristique de *tuaga* – de longs bâtons de bambou entrecroisés de façon à former des sortes de remparts portatifs.

C'était le premier dispositif de défense que je voyais. Quels autres engins les villageois avaient-ils cachés ? Même s'ils soutenaient la Résistance et obéissaient à Kygo, je n'oubliais pas l'hostilité du doyen envers Ido. Les gens du cru le détestaient, en tant que collaborateur et responsable du massacre de leurs protecteurs Yeux du dragon. J'espérais que l'autorité de Kygo était assez forte pour contenir la soif de vengeance d'une foule haineuse.

Je m'assis en face d'Ido et sentis la chaleur du sable s'infiltrer à travers ma tunique et mon pantalon. Il prit une nouvelle poignée de grains soyeux, qu'il regarda ruisseler entre ses doigts. Ses cils recourbés paraissaient plus noirs sur le fond pâle de la peau fatiguée sous ses yeux. La symétrie de ses traits n'avait pas l'harmonie bouleversante du visage de Kygo, mais ils étaient empreints d'une force intrépide et d'une assurance brutale. Vida avait eu le mot juste : il était très viril.

– Vous m'avez surpris, Eona, dit-il doucement. Je ne m'attendais pas à tant de…

Il leva les yeux vers moi avec un sourire ironique.

– Disons : d'*inventivité* dans votre usage du pouvoir. Ni à tant de puissance.

– C'est vous qui m'avez forcée à recourir à ce moyen, répliquai-je embarrassée.

– Je vous ai forcée à chercher davantage de puissance. Mais vous avez choisi vous-même ce moyen particulier.

Je le regardai sans ciller.

– Oui.

Son sourire s'élargit.

– C'est bien. N'ayez jamais honte du tour que prend votre pouvoir.

– Vous me dites ça même après que j'ai emprunté ces chemins ?

– Vous avez fait ce que vous aviez à faire, Eona. Comme moi. Cependant j'ai perdu, cette fois. Et Dillon et le livre noir sont en route alors que nous ne sommes pas prêts à les affronter.

Je refusai de mordre à l'appât.

– Est-il proche ?

– Non. Il lui faudra du temps pour arriver jusqu'à nous.

– Comment nous suivra-t-il quand nous nous embarquerons ?

Ido haussa les épaules.

– Le livre noir trouvera un moyen. Si aucun bateau n'est disponible, Dillon remontera la côte à notre suite.

Il jeta un coup d'œil aux énormes nuages noirs.

– Notre pouvoir s'affaiblit, je le sens.

Devant mon air alarmé, il ajouta :

– Ne vous affolez pas. Il diminue peu à peu, mais il n'est pas encore tari. Malgré tout, nous devons trouver une méthode pour écarter les dix dragons, de façon que vous soyez en mesure de vous servir de tout votre pouvoir avant l'arrivée de Dillon. Nous pourrons ainsi le tenir en échec et récupérer le livre noir. Le plus drôle, c'est qu'une fois qu'il sera en notre possession vous n'aurez plus de problèmes avec les autres dragons. Ce livre semble les repousser.

– Très drôle, dis-je sèchement. Vous croyez vraiment que Dillon sera si puissant ?

Il hocha la tête.
– Quand il nous retrouvera, il sera totalement sous l'emprise du livre noir. Je sens déjà la présence du livre à travers le dragon Rat.
Je frissonnai au souvenir du pouvoir amer de ses mots.
– Qu'est-ce exactement que ce livre ? Pourquoi a-t-il un tel pouvoir ?
– Quelqu'un a imprégné ses pages de pur *gan hua* afin de protéger le secret du Rang de Perles et du moyen de s'emparer de la totalité du pouvoir du dragon. Seul un Œil du dragon particulièrement fort peut lire ce livre sans que la folie consume son esprit.
Il me regarda par en dessous.
– Et seuls deux Yeux du dragon *ascendants* peuvent réunir suffisamment de force pour obtenir l'intégralité du pouvoir du dragon et s'en servir.
Je me penchai en avant.
– Vous avez lu le livre jusqu'au bout.
Il se pencha à son tour vers moi.
– Dans ce cas, je dois être fou ou très fort.
– La plupart des gens diraient que vous êtes fou.
– Et vous, Eona, quel est votre avis ?
– Je pense que vous êtes très fort, Ido.
Il battit des paupières.
– Depuis quand suis-je simplement Ido, Eona ? Depuis que vous m'avez révélé votre force véritable ? Ou depuis que vous avez attiré mon corps vers le vôtre ?
Je reculai abruptement.
– En quoi consiste le Rang de Perles, *sire* Ido ?

Il suivit mon mouvement jusqu'au moment où ses lèvres frôlèrent presque les miennes.

– Rien n'est gratuit, *dame* Eona, dit-il à voix basse. Surtout pas ce genre de renseignements.

Mon cœur s'accéléra et je m'humectai les lèvres. Il recula en riant.

– Je songeais plutôt à un échange d'informations.

– De quelle sorte ?

– Nous avons conclu un marché. Je devais vous entraîner, et vous deviez me dire ce que contient le livre rouge.

– Je vous ai parlé de la prédiction. Il n'y a pas grand-chose d'autre.

– Mais vous savez certainement qui a écrit ce livre ?

Je répugnais à le lui dire, mais j'avais besoin d'en apprendre davantage sur le Rang de Perles.

– Il s'agit du journal de mon ancêtre, Kinra.

Il parut sincèrement déconcerté.

– La Femme Fleur ?

– Non, dis-je en secouant la tête avec lenteur. L'Œil du dragon Miroir ascendant.

– Ah.

Il lissa en arrière ses cheveux en bataille, les yeux fixés pensivement sur le sable.

– Je comprends, maintenant. En tant qu'Œil du dragon Rat, je détiens les registres de sire Somo, ou du moins ce qu'il en reste. Il y est question d'elle. Souvent.

Il me regarda de nouveau, avec un sourire sournois.

– Ils étaient amants.

– C'est une vieille histoire, déclarai-je en haussant les épaules.

J'espérais qu'il n'avait pas remarqué que ma peau était soudain brûlante.

– Maintenant, dites-moi en quoi consiste le Rang de Perles.

Il se mit à dessiner sur le sable avec son doigt : douze petits cercles, dont l'un un peu plus gros que les autres, s'unissant pour former un grand cercle.

– Cela vous rappelle quelque chose ? demanda-t-il.

– On dirait le dessin de la couverture du livre noir. Le symbole du Rang de Perles.

– C'est plus qu'un symbole. Il s'agit d'une représentation de l'arme. Les dragons forment un cercle et détachent leurs perles de dessous leur menton, de façon qu'elles se touchent les unes les autres. Après quoi, l'ensemble de leur pouvoir est rassemblé dans les douze perles. À cet instant, soit ce pouvoir est maîtrisé, soit il détruit tout.

Il leva les yeux.

– Les manuscrits anciens l'appellent parfois le Collier des Dieux. Je trouve ça plus poétique que le Rang de Perles.

– Que deviennent les dragons ?

– Une fois qu'ils sont séparés de leurs perles, ils ne peuvent plus les récupérer. D'après la tradition des Yeux du dragon, les animaux célestes sont immortels. Cependant votre prédiction m'incline maintenant à penser que le Rang de Perles pourrait les anéantir.

– Dans ce cas, pourquoi renonceraient-ils à leurs perles ?

– Je l'ignore.

D'un revers de la main, il effaça le cercle de sable.

– Peut-être le découvrirons-nous quand Dillon arrivera avec le livre noir.

Même si je croyais ce qu'Ido m'avait appris, il ne disait certainement pas toute la vérité. Je ne doutais pas qu'il désirât le pouvoir du Rang de Perles. N'avait-il pas déjà tué les autres Yeux du dragon pour l'obtenir ? Lors de l'invasion du palais, il m'avait dit qu'il allait réunir le pouvoir du dragon et le trône du dragon, et que j'étais indispensable à ce projet. Il avait voulu gouverner à la fois le ciel et la terre. Avait-il encore des projets aussi grandioses ? Peut-être sa captivité dans les geôles de Sethon avait-elle modéré son ambition. À moins que les flammes de la souffrance ne l'aient attisée encore au fond de son cœur. Quoi qu'il en soit, j'avais le sentiment que lui non plus ne connaissait pas toutes les pièces du puzzle.

Le livre noir renfermait le secret d'une arme réunissant tout le pouvoir des dragons. Le livre rouge contenait une prédiction annonçant qu'il serait possible de sauver ce pouvoir. Manifestement, ces deux éléments étaient liés par un rapport plus profond, mais il m'échappait. Dans ma frustration, j'enfonçai mes mains dans le sable et rayai des doigts ses grains brûlants. Chaque information nouvelle semblait d'abord me rapprocher de la vérité, mais ne faisait finalement que rendre l'ensemble encore plus obscur. Pourquoi notre pouvoir d'Œil du dragon s'affaiblissait-il ? Et comment le *hua* de tous les hommes pourrait-il sauver les dragons ? Était-ce en rapport avec le

Rang de Perles ? Mais si ce que disait Ido était vrai, le Rang de Perles était un outil de destruction, non une voie de salut.

J'étais au moins certaine d'une chose : jamais je ne pourrais arracher la Perle impériale de la gorge de Kygo.

Le corps d'Ido se tendit soudain, me tirant de mes réflexions. Je suivis son regard jusqu'à la digue. Le nombre des villageois massés derrière avait doublé. Caido et ses hommes avaient pris position sur les pierres empilées. Trois gardes contre au moins cinquante villageois. Et apparemment, tous les pêcheurs n'étaient pas partis en mer.

Ido fronça les sourcils.

– S'imaginent-ils que je suis sans défense ?

– Nous devrions nous en aller, dis-je en me levant.

– Non.

Il agrippa mon bras et me força à me rasseoir sur le sable.

– Nous sommes des Yeux du dragon. Il n'est pas question que des paysans nous mettent en fuite. Ne vous inquiétez pas. Ce que je vais vous montrer les tiendra en respect.

Il pressa sur le sable ses paumes – les portails énergétiques – et inspira profondément, en renversant la tête en arrière. Presque aussitôt, je vis le pouvoir argenté ruisseler dans ses yeux. Une nouvelle inspiration gonfla sa poitrine puissante. Il expira et recommença ainsi en un rythme paisible, régulier. Puis je vis la splendeur de la communion effacer toute fatigue de son visage. L'énergie joyeuse palpita en lui, se propagea comme un lointain frémissement de plaisir à l'intérieur de mon corps.

Ses yeux teintés d'argent se fixèrent sur moi.

– Vous le sentez aussi, n'est-ce pas ? demanda-t-il.

Je ne voulus pas lui donner la satisfaction d'une réponse.

Son attention se détourna de moi, se concentrant au-delà du monde terrestre. Autour de nous, une rumeur s'enfla dans l'atmosphère en un mugissement perçant qui fit refluer plus loin de la digue les villageois terrifiés. Une décharge d'énergie vola en éclats dans le ciel. La silhouette longue et pâle d'un éclair déchira les nuages noirs en grondant et se précipita vers la mer. Puis, comme si une main gigantesque l'avait attrapé, l'éclair s'immobilisa. Avec lenteur, il se détourna et se pointa droit vers le village, en suspendant au-dessus de nos têtes sa puissance immense. J'entendis des hurlements mais je ne pouvais détacher mes yeux de cette flamme d'énergie figée en plein ciel.

– Ne devrais-je pas apprendre un peu le respect à ces villageois ? s'exclama Ido. Il y en a d'autres massés sur la colline.

– Non !

Il rit tout bas. Aussitôt, l'éclair libéré déchira l'air. Je tressaillis en le voyant s'enfoncer avec fracas dans le sable, à quelques pas de nous. La surface de la plage se rida, comme si une créature avançait dessous en ondulant.

– Au nom de Shola ! m'écriai-je en m'éloignant précipitamment du sol mouvant.

Une odeur mordante me prit à la gorge. Puis tout s'apaisa.

Avec un regard méprisant sur les villageois recroquevillés derrière la digue, Ido se leva et essuya le sable de son pantalon.

– Venez.

Il m'indiqua l'empreinte dentelée laissée par l'éclair sur la plage.

– Le meilleur est à venir.

Il s'accroupit et se mit à creuser le sable en l'entassant soigneusement derrière lui. M'approchant avec circonspection, je regardai le trou.

– Voilà, dit-il.

Un objet blanc émergeait du sable.

– Aidez-moi à le sortir.

– Qu'est-ce que c'est ?

Je m'agenouillai et creusai à mon tour de l'autre côté de l'objet mystérieux.

– Faites attention. C'est fragile.

Nous atteignîmes les couches plus fraîches du sable, d'où Ido retira enfin avec douceur une sorte de bâton blanc dentelé, aussi long que mes bras écartés. Il était incrusté de sable, pas plus large que mon poignet et creux, comme un bambou.

– Écoutez.

Ido heurta doucement de l'ongle le sommet du bâton, qui se mit à tinter.

– Ça fait le même bruit que du verre.

– C'en est, déclara-t-il en me le tendant. C'est un éclair de verre.

Il inclina brièvement la tête.

– Un présent pour vous, dame Œil du dragon.

Il le posa sur mes mains tendues. L'éclair était très léger et délicat. Sa surface rugueuse et sablonneuse était sillonnée de longues stries. Je le retournai. À l'intérieur, il était d'une couleur laiteuse, chatoyante, avec des bulles minuscules prises dans le verre translucide. Je souris à sa beauté – et au pouvoir qu'il promettait.

– Puis-je en faire un, moi aussi ?

– Bien entendu, assura Ido. C'est par ce moyen qu'on m'a enseigné à séparer l'énergie. L'éclair est concentré et possède une forme définie en s'abattant sur la terre, ce qui le rend facile à reconnaître et à attraper.

– Comment faites-vous ?

– Il s'agit toujours d'une question d'équilibre. Un éclair est fait d'énergie brûlante, de sorte qu'on l'attrape avec le froid.

Il fit de nouveau tinter le bâton de verre.

– Vous comprendrez quand nous serons dans le monde énergétique. Je vais tenir à distance les dix dragons pendant que vous vous exercerez.

Je fléchis nerveusement les doigts de ma main. Mon désir de communier avec mon dragon et de me servir enfin de mon pouvoir était immense, mais ma méfiance envers Ido ne l'était pas moins. Et s'il ne repoussait pas les autres dragons ?

– Vous ne me faites pas confiance, observa-t-il. Cela se lit sur votre visage.

– Pourquoi vous ferais-je confiance ?

– Vous avez raison. Ne comptez jamais sur la confiance. Mais comptez sur le fait que ni vous ni moi n'avons envie de perdre notre pouvoir. Or nous ne pouvons le sauver l'un sans l'autre.

– Nous devons nous aider mutuellement à survivre, chuchotai-je.

Tel était l'engagement que j'avais pris envers Kygo. Ce souvenir me serra le cœur.

Ido me lança un regard pénétrant.

– Exactement.

Je plaçai l'éclair de verre sur le sable entre nous.

– Montrez-moi comment en faire un.

– Ôtez vos sandales et pressez vos pieds contre l'énergie de la terre, ordonna Ido. Faites la même chose avec les mains. Servez-vous des portails.

Me mettant à quatre pattes, j'enfonçai mes pieds et mes mains jusque dans les couches plus fraîches du sable.

Ido hocha la tête avec approbation et m'imita.

– Attendez que je me sois uni à mon dragon pour me suivre.

Il esquissa un sourire entendu.

– Je crois que vous sentez maintenant cet instant en moi.

Je baissai les yeux sur le sable, irritée par son rire amusé.

Son souffle prit le rythme paisible de la vision intérieure tandis que ses yeux s'emplissaient de nouveau de flots argentés. Puis je sentis dans les profondeurs de mon corps la joie qu'il éprouvait en appelant le dragon Rat.

À mon tour.

M'efforçant d'ignorer le lien sensuel m'unissant à lui, je me concentrai sur les chemins de mon propre *hua*. L'air que j'inspirai était chaud et salé, encore imprégné des effluves âcres de l'éclair. Je maintins ma respiration dans mon Axe, comme Ido me l'avait enseigné. L'afflux d'énergie effaça peu à peu la tension de mon corps et m'ouvrit la voie du domaine céleste. Autour de moi, la plage se troubla et prit les couleurs ruisselantes du monde énergétique : jaillissement argenté de l'eau, tourbillons diaprés de la terre et de l'air. De minuscules taches de *hua* scintillant indiquaient la présence voltigeante des moucherons.

– Bien, dit Ido.

Je regardai le *hua* couler à travers les longs méridiens de son corps transparent en faisant tournoyer avec une vitalité exubérante les sept points de puissance. Cependant le trou noir se creusait encore dans la sphère à l'éclat violet du sommet de son crâne. Loin derrière lui, les villageois observaient la scène. Leurs corps énergétiques brillaient sur le fond terne de leurs maisons.

Au-dessus de nous, le dragon Rat tournait autour de la splendeur de mon dragon Miroir. L'éclat bleu de ses écailles était comme une eau déferlant sur le rivage rougeoyant du corps onduleux de ma bête. Je n'aurais pu dire si leur pouvoir s'était affaibli, tant ils étaient tous deux magnifiques. Comme s'il s'apercevait soudain de mon attention, le dragon Rat se retourna. Sa barbe blanche couvrait à demi la perle irisée de bleu sous son menton.

Toutefois j'étais déjà perdue dans les profondeurs insondables des yeux d'esprit de mon dragon. Il baissa vers moi sa tête gigantesque, et je vis briller sur sa gorge la perle dorée. Je criai notre nom commun. Ma joie s'élança au-devant de sa réponse instantanée. Un pouvoir doré, exalté par les notes boisées d'un parfum intense de cannelle, enivra tous mes sens.

Ma vision intérieure se divisa entre le ciel et la terre. Le corps de *hua* d'Ido était assis devant le mien sur le sable chaud de la plage. En même temps, j'étais loin au-dessus de la baie et du village, à observer à travers les yeux de mon dragon le tourbillon des couleurs énergétiques et le tracé vibrant des antiques flux sacrés. Nous tournant toutes deux vers l'intérieur des terres, nous aperçûmes le *hua* d'une foule de corps se dirigeant vers le mouvement incessant de la mer argentée. Autour de nous, le dragon bleu dressait un rempart de pouvoir tenant en échec la détresse inapaisable des dix autres animaux célestes.

– Les dragons endeuillés ! m'exclamai-je. Ils ne sentent pas notre présence !

– Nous les en empêchons, dit Ido. Mais nous ne pourrons pas tenir très longtemps. Indiquez mentalement à votre dragon ce que vous voulez, puis servez-vous de votre vision du dragon pour trouver l'éclair.

Avec un frisson d'excitation, je me représentai la flamme figée d'énergie créée par Ido, puis je m'abandonnai au vertige de perdre tout contact physique avec mon corps terrestre en m'ouvrant pleinement à ma vision du dragon.

En dessous de nous, le monde se divisa en une multitude de *hua* marchant, rampant, volant, jaillissant. Sentant en nous le flux et le reflux de l'énergie, nous nous épanouîmes dans cet équilibre délicat. Tournant vers les nuages noirs nos yeux immémoriaux, nous goûtâmes l'énergie en fusion déferlant à travers les hauteurs plus fraîches du monde céleste. Nous observâmes les déchirures minuscules entaillant le *hua* glacé et abritant chacune un projectile brûlant.

« Trouve-le. » La voix était à peine un chuchotement, tout au fond de moi. « Trouve-le. Plus bas. »

Le murmure insistant troubla ma concentration, me ramenant d'un coup dans mon corps terrestre.

– Avez-vous dit quelque chose ? demandai-je.

Cependant cela ne ressemblait pas à la voix intérieure d'Ido. Ni à l'appel puissant du désir de Kinra.

– Non, répondit Ido.

Son *hua* argenté se mit à couler plus vite à travers ses méridiens.

– S'agit-il des dix dragons ? Approcheraient-ils ?

– Non ! m'écriai-je.

Je ne voulais pas perdre cette occasion de me servir de mon pouvoir.

– Ce n'est pas eux. Ce n'est rien.

Les dents serrées, je me représentai de nouveau l'éclair, en m'efforçant de garder l'image tout en appelant le dragon Miroir. Elle m'attendait, et son pouvoir accueillant m'entraîna de nouveau au-dessus de mon corps terrestre et de mes sens bornés. Nous nous élevâmes dans la lumière radieuse du monde énergétique. Un flot de pouvoir entrait et sortait de nous, en un échange puissant et régulier, scandant un rythme d'équilibre et d'harmonie. Nos yeux immémoriaux explorèrent le ciel, à la recherche de…

« Trouve-le, chuchota la voix. Plus bas. Trouve-le. »

Plus bas ? Nous baissâmes les yeux vers la terre. Des centaines de taches de *hua* se déployaient sur la colline au-dessus du village. Ils formaient des rangs, qui progressaient lentement vers la mer. Vers nous.

Des rangs ?

– Ido, ce sont des soldats !

La révélation soudaine m'arracha au monde énergétique. Je plissai les yeux dans la lumière crue du soleil. La rupture brutale du lien avec mon dragon me fit chanceler.

– Des soldats, pas des villageois !

Les mains d'Ido m'empêchèrent de tomber.

– Je sais. J'aurais dû m'en rendre compte plus tôt.

Aucun flot argenté ne venait plus illuminer l'ambre de son regard.

– Nous devons prévenir les autres, lançai-je. Il faut que je trouve Kygo.

Je me levai avec peine, en vacillant sur le sable. Mes sens étaient encore sous l'emprise du monde énergétique.

Ido me barra le chemin.

– C'est trop tard, Eona. Ils ne pourront pas repousser une armée aussi nombreuse. Nous allons devoir les arrêter tous les deux.

En entendant ces mots, je me redressai.

– Avec notre pouvoir ? Comme vous avez fait au palais ?

Je secouai la tête, autant pour chasser le souvenir affreux de soldats hurlant sous les flammes que pour manifester mon refus.

– Je ne peux pas faire une chose pareille.

– Vous avez vu les soldats sur la colline. Les nôtres seront écrasés sous le nombre.

Il avait raison. Je regardai le village paisible, blotti autour de la petite baie. Dans quelques minutes, ce serait un champ de bataille.

– Je ne peux pas tuer des gens avec mon pouvoir.

J'avais déjà peine à porter le fardeau des trente-six villageois morts par ma faute.

– Même pour sauver vos amis ? Et votre empereur bien-aimé ?

Il me lança un regard interrogateur.

– Pas même pour vous sauver vous-même, Eona ?

Je levai de nouveau les yeux vers le village, le cœur battant. Les dragons étaient faits pour l'harmonie, pour la vie. Pas pour les meurtres et la guerre.

– Nous pouvons y arriver ensemble, dit Ido. Je tiendrai à distance les dix dragons, et vous pourrez vous servir de l'écl…

Je le vis sursauter comme moi en entendant le sifflement de la flèche, un instant avant qu'elle atteignît sa cible. Il se tourna vers la gauche, fit un pas titubant puis tomba à genoux, les yeux écarquillés. La pointe du projectile émergeait de sa poitrine. Sa tunique brune se teignit de sang rouge vif. Avec un gémissement de douleur, il s'effondra.

Des hurlements retentirent derrière la digue tandis que les villageois se dispersaient en désordre. Je me laissai tomber sur le sol, mue par un instinct plus fort encore que mon horreur. La flèche avait été tirée du haut des falaises de l'Ouest. L'abri le plus proche était le bateau renversé. Je rejoignis Ido à quatre pattes. Il gisait sur le côté, les mains crispées sur la hampe de la flèche, le souffle court. Son visage avait perdu toutes ses couleurs et du sang jaillissait avec un bruit étouffé entre ses doigts. La flèche avait transpercé ses voies respiratoires. J'avais déjà vu de telles blessures. Elles étaient toujours fatales. Il fallait que je le guérisse au plus vite.

– Ido, regardez-moi.

Ses yeux étaient troubles, la peau autour de ses lèvres bleuissait déjà.

– Nous devons nous abriter derrière le bateau.

Son visage pâle fit une grimace horrifiée, mais je l'agrippai sous son bras gauche et tirai. Ce léger mouvement lui arracha un gémissement et son corps bougea à peine. Il était terriblement lourd.

– Essayez ! le pressai-je. Essayez !

Il inspira péniblement et pressa ses talons contre le sable tandis que je tirais de nouveau sur son bras, mais cela ne servit à rien.

– Peux pas, chuchota-t-il.

Du sang s'échappa de ses lèvres dans son effort pour parler.

– Eona !

Je levai la tête en entendant crier mon nom. Deux hommes accouraient vers nous sur le sable, le sabre au poing. Kygo avançait à toute allure malgré le sol glissant, tandis que Caido peinait à suivre son empereur. Derrière la digue, les deux autres gardes donnaient des ordres aux villageois.

– Nous sommes encerclés ! hurla Kygo.

– Baissez-vous ! lançai-je, partagée entre la peur et le soulagement.

Je pointai le doigt derrière eux.

– Ils tirent des flèches.

Ils se baissèrent aussitôt et continuèrent en zigzaguant, mais sans cesser de courir. Kygo arriva le premier, en faisant pleuvoir du sable sur Ido et moi. Caido le suivit de près.

– Sainte mère de Shola ! jura Kygo en voyant la blessure d'Ido.

Il agrippa mon bras.

– Vous allez bien ?

Je hochai la tête.

– Il faut que je le guérisse. Nous n'avons pas beaucoup de temps.

– Prenons-le chacun par un bras, ordonna Kygo à Caido. Eona, cachez-vous derrière le bateau.

Il me poussa vers l'embarcation.

J'entendis Ido gémir faiblement tandis qu'ils le hissaient sur ses jambes et le traînaient sur le sable derrière moi. Rampant à l'abri du bateau, je me pressai contre sa coque solide. Kygo et Caido me rejoignirent en soutenant le corps affaissé d'Ido. Lâchant son sabre, Caido appuya l'Œil du dragon contre sa poitrine puis l'allongea à côté de moi en poussant un petit grognement exténué. Accroupi à l'extrémité du bateau, Kygo jeta prudemment un coup d'œil de l'autre côté.

– Il me semble que deux compagnies au moins descendent des hauteurs, déclara-t-il. Et pour l'instant, ils n'ont tiré qu'une seule flèche.

Il baissa les yeux sur Ido.

– Droit sur la principale menace.

– Nous avons été trahis, dit Caido.

– Mais le traître est-il un villageois ? lança Kygo en reprenant sa surveillance. Ou l'un des nôtres ?

Je pressai mes mains sur le visage livide de l'Œil du dragon. Sa peau était glacée mais humide de sueur. Il approchait du monde des ombres.

– Ido, restez éveillé ! J'ai besoin que vous teniez en respect les dix dragons quand je vous guérirai.

Il écarquilla les yeux en essayant de me distinguer à travers le brouillard de sa douleur.

– Encore ?

Son sourire n'était guère qu'un léger frémissement de ses lèvres bleuies.

– Votre pouvoir de guérison détruira-t-il la flèche ? demanda Caido.

– Je ne pense pas, répondis-je.

– Dans ce cas, il faut l'extraire.

Il effleura l'empenne lustrée dépassant du dos de l'Œil du dragon.

– Il faut couper ces plumes avant que je puisse retirer la hampe du corps, observa-t-il. Votre Majesté, je vais maintenir sire Ido, si vous voulez bien les trancher.

Kygo acquiesça et leva son sabre.

– Il s'agit d'une empenne impériale, dit-il.

Caido hocha la tête.

– C'est un projectile d'arc mécanique.

Pressant le corps inerte d'Ido contre sa poitrine, il le maintint fermement.

Le sabre de Kygo s'abattit et l'empenne tomba sur le sable. Le coup avait été fulgurant, mais le reste de la hampe s'enfonça malgré tout légèrement dans la chair, arrachant à Ido un cri étouffé. Je saisis ses mains crispées.

On entendit au loin la rumeur caractéristique de lames s'entrechoquant. Kygo rampa aussitôt vers l'extrémité du bateau.

– Les villageois ont installé des *tuaga*, mais cela ne pourra pas contenir longtemps une troupe aussi nombreuse.

Il nous regarda.

– Ils vont repousser tout le monde vers la plage. Impossible d'avancer ni de reculer. Un piège mortel.

Il ramassa son sabre.

– Caido, veillez sur dame Eona.

– Kygo, qu'est-ce que vous faites ?

– Ils ont réussi une percée !

Il s'élança sur le sable.

Je m'agenouillai, assez haut pour voir par-dessus le bateau. Le sabre levé, Kygo courait vers trois soldats s'avançant sur la plage. Le long de la digue, les villageois se servaient de faucilles et de bâtons pour résister à l'attaque forcenée d'une dizaine de soldats armés de piques. Ryko et Dela avaient rassemblé un groupe d'hommes pour contenir un autre contingent d'assaillants se frayant lentement un chemin à travers le dédale de *tuaga* obstruant la route principale. Des archers alignés sur la digue – certains étaient des femmes – tiraient sur les soldats pris dans le goulot d'étranglement créé par les remparts de bambou.

Refrénant ma peur, je retournai à ma tâche.

– Caido, sortez cette flèche du corps de sire Ido.

Il acquiesça de la tête et enfonça ses genoux dans le sable en rassemblant ses forces.

– Noble dame, pour le moment elle colmate la blessure. Quand je l'aurai extraite, vous n'aurez plus beaucoup de temps.

– Faites-le.

Son visage maigre se tendit. Il plaqua sa main sur le dos de l'Œil du dragon et appuya sur le morceau de hampe en le poussant dans le corps.

Dans sa souffrance, Ido se cambra violemment. Avec une vivacité fulgurante, Caido saisit la pointe barbelée émergeant de la poitrine et fit sortir l'ensemble de la flèche.

J'enfonçai à mon tour mes pieds dans le sable en pressant les portails sur l'énergie de la terre.

– Vite, allongez-le.

Ido poussa un grognement quand son dos heurta le sol. Je pressai mes mains sur la plaie pour empêcher l'air de s'échapper, tandis que Caido ramassait son sabre et rampait vers l'extrémité du bateau.

Le guerrier de la Résistance se raidit et se leva à demi.

– Noble dame, dit-il d'un ton pressant. Sa Majesté est en difficulté.

– Allez-y ! lançai-je. Allez-y !

Il se hissa sur ses jambes. Le fracas des sabres se déchaînait à un rythme accéléré. Poussant un cri de guerre, il courut aider son empereur. Je jetai de nouveau un coup d'œil par-dessus le bateau. Kygo combattait trois soldats, en une lutte acharnée qui faisait pleuvoir le sable autour d'eux. L'espace d'un instant, je me figeai, prise entre Kygo et Ido luttant tous deux pour leur vie.

Sous mes mains, la poitrine d'Ido se soulevait en haletant. Son sang était chaud et poisseux sur ma peau. Pour l'instant, c'était lui le plus menacé. Je me forçai à respirer en tremblant. Je pouvais réussir, ce n'était pas ma première tentative. Encore une inspiration, plus ferme. À la troisième inspiration, enfin, je vis le corps massif d'Ido prendre son aspect énergétique. Ses sept points de puissance étaient ternes et ne cessaient de s'assombrir à chaque battement laborieux de son cœur. Aucun flot argenté ne coulait dans les méridiens du côté droit de son corps. Prenant une nouvelle inspiration, j'appelai le dragon Miroir, en m'ouvrant à son pouvoir avec une demande impérieuse : « Guéris ! »

Le *hua* déferla en moi dans la joie de l'union, remplissant mon corps de l'extase d'un chant doré et de la majesté de la vision du dragon. En dessous de nous, la bataille au bord de la mer était un essaim de taches brillantes se rassemblant et se séparant en une danse déchaînée. Nous vîmes le dragon bleu, dont le lien fragile avec le corps terrestre pâlissait. Il essayait de tourner autour de nous pour nous protéger, mais les dix autres avaient déjà senti notre présence.

« Guéris ! » Nous puisâmes du pouvoir dans la mer montant et refluant sans cesse, dans l'énergie sauvage du cyclone se rapprochant, dans la pulsation des flux entrecroisés au plus profond de la terre. Nous étions *hua* et notre cri doré retentit à travers les chemins intérieurs du corps d'Ido, en réparant la chair et les muscles, en replongeant les voies obscurcies dans le flot argenté et régulier de la vie. D'un coup, ses sept points de puissance se remirent à tournoyer avec une exubérance radieuse. Seul le trou noir au sommet de son crâne résista opiniâtrement à mon influence. Ido prit une longue inspiration haletante, qui retentit à travers son *hua*. Le dragon Rat poussa un cri strident. Un pouvoir vibrant parcourut ses écailles bleues, ses griffes opalines se tendirent. Repu d'énergie, son corps se dressa, vigilant, tandis que sa tête énorme se tournait à droite et à gauche pour observer le monde terrestre. Les dix dragons approchaient, et leur détresse était plus avide que jamais.

– Eona !

Ido m'attira contre lui. Ce brusque contact me ramena brutalement dans mon corps physique. Ses yeux si proches des miens brillaient d'un éclat argenté.

– Nous pouvons nous servir des dix dragons pour arrêter les soldats.

Je retournai aussitôt auprès du dragon Miroir, dont le pouvoir me souleva et m'entraîna dans sa puissance onduleuse. Nous nous démenâmes dans les lourds nuages, en attaquant avec nos griffes couleur de rubis les assaillants qui nous encerclaient. À côté de nous, le dragon bleu cria de nouveau et tordit son corps immense pour affronter l'énergie hurlante de dix mélopées funèbres.

Leur assaut déchaîné projeta une vague de pouvoir qui nous renversa en arrière dans l'espace. Avec un effort de tous nos muscles, nous nous remîmes d'aplomb. Un énorme corps vert nous heurta de plein fouet, des griffes vert émeraude déchirèrent nos écailles rouges. Nous poussâmes un cri et nous baissâmes en cinglant de notre queue le flanc vert étincelant. Le heurt de *hua* retentit avec fracas à travers le ciel. Le dragon Lapin bondit, mais son adversaire bleu lui assena un coup d'une telle violence que l'immense corps rosé culbuta en arrière.

« Allez plus bas. » La voix intérieure d'Ido couvrit le tumulte de la bataille des dragons. « Vers les soldats. »

Après avoir repéré les rangées brillantes de

hua déferlant du haut de la colline, nous plongeâmes dans leur direction. Les dix dragons nous suivirent en hurlant. Le dragon Rat se tordit dans l'air et fit sortir du cercle le Bœuf et le Tigre à coups de griffes et de crocs, démantelant ainsi pour un instant le rempart des bêtes déchaînées.

« Maintenant ! »

Nous ouvrîmes nos chemins et sentîmes le goût familier d'orange tandis que son pouvoir déferlait en nous pour puiser dans notre énergie. Mais cette fois, nous n'étions pas laissées pour compte. Cette fois, nous voguions sur la vague tourbillonnante de *hua* avec Ido et le dragon bleu. Autour de nous, les dix dragons tentaient de reformer leur cercle. Il fallait que nous les arrêtions.

« Rassemble l'éclair », ordonna Ido.

Nous sentîmes le dragon bleu recueillir les minuscules éclats glacés d'énergie à l'intérieur des nuages et les entraîner dans l'élan brûlant de notre pouvoir réuni. Arrachant d'un coup de griffes une parcelle lumineuse, nous la tirâmes dans la force déferlante. Nous entendîmes au fond de nous un chant déchaîné de destruction, où le pouvoir d'or et d'argent se mêlait au feu étincelant de l'éclair.

« Eona, visez les soldats.

– Comment ?

– Concentrez votre pouvoir, comme lorsque vous guérissez. »

Nous sentîmes notre double puissance converger en une vague unique, qui resta un instant suspendue comme pour nous donner encore une chance de reculer. Puis elle déferla, en un torrent irrésistible de dévastation.

De toutes nos forces, nous tentâmes de la concentrer vers le bas, mais la plus grande partie échappa à notre emprise inexpérimentée et heurta violemment les dix dragons autour de nous. Leur cercle se disloqua dans le domaine céleste. Ils disparurent avec un grand cri, en laissant derrière eux la saveur amère du désespoir.

Ido et le dragon Rat ne furent pas aussi maladroits. Avec une autorité inflexible, ils dirigèrent la vague destructrice vers la terre. Le bolide chargé de la puissance de l'éclair s'abattit sur les points lumineux de *hua* avançant vers le village. Il anéantit les rangs de soldats sur son passage rugissant. Des flammes embrasèrent la colline, en une explosion déchaînée d'énergie qui illumina le domaine céleste comme un simulacre d'aurore. Une nuée de boue, de roche et de cendre s'éleva dans l'air puis retomba sur le village et la plage, qui furent plongés dans l'ombre de ce déluge. Les combattants se dispersèrent en hurlant, chacun cherchant à s'abriter de la pluie de débris.

Le souffle coupé, je réintégrai brutalement mon corps terrestre sous l'effet d'une violente douleur – mon épaule avait été atteinte par une pierre. Je plissai mes yeux brouillés de larmes. La forme brûlante sous moi était le corps d'Ido, dont les bras me serraient fermement contre sa poitrine.

– Ce n'est pas encore fini, dit-il.

Il roula sur lui-même en s'appuyant sur ses coudes, jusqu'au moment où il m'abrita tout entière sous son corps. Le choc en retour déferla sur la plage, faisant trembler sous nous le sol de sable et couvrant notre peau d'une fine couche de cendre portée par un vent brûlant. Ido tressaillit lorsque des pierres heurtèrent son dos et que des morceaux de terre explosèrent autour de nous au milieu de nuages de poussière.

– Ça va cesser dans un instant, assura-t-il en levant les yeux vers le ciel plombé.

L'ardeur féroce de la bataille des dragons et l'euphorie du pouvoir m'abandonnèrent. Je me sentais vide, comme une coquille faite de cris lointains, de cendre tourbillonnante, de terre et de chair brûlant en répandant une odeur affreuse.

– Qu'avons-nous fait ? chuchotai-je.

Dans mon horreur, je restai figée sous lui.

– Nous avons empêché Sethon de massacrer tout le monde et de nous capturer.

Il effleura ma joue humide de ses doigts maculés de sang, dont l'odeur douceâtre se mêla à la puanteur de la mort imprégnant l'air.

– Vous devriez vous réjouir.

Me réjouir ? Alors que je ne pouvais chasser l'image de tous ces soldats sur la colline décimés en un seul instant dévastateur.

– Nous les avons tous tués. Si vite.

Il m'observa en fronçant légèrement les sourcils.

– C'était eux ou nous, Eona. Votre pouvoir vient de sauver tous vos amis.

Même si c'était vrai, je secouai la tête, incapable de trouver des mots pour exprimer la désolation qui m'accablait.

– Vous êtes trop tendre.

D'un air hésitant, il serra mes joues entre ses mains.

– Vous ne tiendrez pas le coup si vous voyez des hommes en eux. Ce sont vos ennemis.

– C'est ce que vous faites ?

– Non, voici ce que je fais.

Il approcha sa bouche de la mienne. Je fermai les yeux. Je savais que j'aurais dû le repousser, mais j'aspirais à un instant où ce ne serait pas la mort mais la vie qui triompherait.

Sentant le corps d'Ido se tendre, je rouvris les yeux. La pointe d'un sabre glissait sur sa mâchoire en le forçant à relever la tête. Kygo était debout devant nous. Sous les traînées de cendre et de sueur, son visage était blême de colère.

– Lâchez-la.

La stupeur d'Ido se changea en rage. Avec lenteur, il s'éloigna de mon corps, en reculant à genoux sous la pression du sabre.

– Tout va bien ? me demanda Kygo d'un ton cinglant.

Je hochai la tête. Quelque part dans le village, un enfant pleurait, et sa plainte déchirante se détachait sur le fond des appels et des cris. Plus près, le fracas sporadique des armes résonnait dans l'air chargé d'une poussière étouffant peu à peu les bruits.

Kygo pressa le sabre contre la gorge d'Ido.

– Êtes-vous l'auteur de cette boule de feu ?

– Vous devriez nous remercier, gronda l'Œil du dragon. Dame Eona et moi avons sauvé votre précieuse Résistance.

Les yeux de Kygo se posèrent sur moi.

– Vous avez fait ça, Eona ?

Je me recroquevillai contre le bateau, en tentant d'échapper à la terreur respectueuse imprégnant sa voix.

– Ils étaient trop nombreux. Je ne voulais pas que vous soyez blessé.

Kygo s'écarta d'Ido et baissa son sabre. Ido essuya la ligne emperlée de sang qu'avait laissée le sabre sur sa peau.

– À présent, vous avez votre armée de deux Yeux du dragon, Votre Majesté, dit-il d'un ton acide. Elle a fait ses preuves.

Je le fixai avec stupeur.

– Que voulez-vous dire ?

– Ne soyez pas naïve, Eona.

Ido lança un regard mauvais à Kygo.

– Croyez-vous qu'il m'ait fait sortir du palais pour protéger les récoltes et modérer les pluies ? Je suis ici pour servir d'arme, et vous êtes ici pour émousser ou aiguiser ma lame suivant ses ordres.

Je regardai Kygo.

– Ce n'est pas vrai, n'est-ce pas ?

Kygo se redressa.

– Vous l'avez dit vous-même, Eona. Ils étaient trop nombreux. Et ils auront toujours l'avantage du nombre. Je vous jure que je n'ai jamais voulu que vous enfreigniez l'Engagement de Service. Je voulais juste que vous contrôliez cet homme…

Il désigna Ido de la tête.

– Pour *lui*, tuer n'est pas un problème.

Ido éclata d'un rire amer.

– Vous n'êtes guère différent de votre oncle.

La main de Kygo se crispa sur la poignée de son sabre.

– Quand comptiez-vous m'en parler, Kygo ? demandai-je.

Ma voix me parut lointaine, comme si j'étais séparée de moi-même.

– Quand nous arriverions à l'endroit convenu dans l'Est. Avant le combat final.

Je me levai.

– Eh bien, maintenant je suis au courant.

De l'autre côté du bateau, les cadavres de trois soldats gisaient sur le sable. En m'entendant approcher, Caido leva les yeux des armes des morts qu'il ramassait.

– Eona ! cria Kygo dans mon dos. Je voulais vous poser la question !

Je le regardai par-dessus mon épaule.

– Je vous sais gré de tant d'égards, Votre Majesté.

Serrant mes bras autour de mon corps, je me dirigeai d'un pas décidé vers le village dévasté que dominait la colline où un trou énorme et noirci s'étirait comme une profonde cicatrice.

Chapitre 18

Caido s'avança entre les deux cadavres affalés sur l'étroite corniche dominant la plage. L'un des hommes n'avait aucune blessure visible, mais son cou était incliné de façon inquiétante. L'autre avait été poignardé en plein cœur – des mouches entouraient la lame plongée dans sa poitrine. Il portait un carquois en bandoulière. Malgré la distance et la lumière affaiblie du crépuscule, je vis que l'empenne des flèches qu'il contenait était la même que celle du projectile ayant atteint Ido.

– Oui, c'est bien Jun, Votre Majesté, dit Caido en fixant l'homme poignardé.

Il secoua la tête.

– Je ne parviens pas à y croire. Il a fait partie de la Résistance dès le début.

C'était le jeune archer qui avait souvent gardé Ido. Il m'avait paru loyal, mais je ne lui avais parlé qu'une ou deux fois. Qui savait ce qui se passait dans le cœur des hommes ? Pas moi, en tout cas.

– Qui est l'autre ? demanda Kygo.

– Un des guetteurs du village, dit Yuso. Tous les autres villageois qui montaient la garde sont morts. Tués par les mêmes flèches que celles de ce carquois. Du bon travail.

Il lança un regard interrogateur à Caido.

Le guerrier de la Résistance s'essuya la bouche.

– Jun était notre meilleur archer, déclara-t-il.

Il observa le bateau renversé qui nous avait abrités sur la plage.

– Un tel tir n'était pas difficile pour lui.

Accablé de déception, il soupira.

– Son père en mourra.

Ryko, accroupi, inspectait les environs. Il se releva.

– Apparemment, la sentinelle a surpris Jun.

Il pointa le doigt vers deux rochers éraflés.

– Il a eu le temps de poignarder Jun avant que celui-ci lui casse le cou.

– Qu'en dites-vous, *naiso* ? lança Kygo sans me regarder vraiment en face.

L'empereur avait ordonné à son *naiso* de l'accompagner, et son *naiso* avait obéi. Mais si Kygo avait espéré qu'Eona serait également à son côté, il s'était trompé. Elle était cachée au plus profond de moi, hébétée, silencieuse.

– A-t-il fait partie de l'armée, Caido ? demandai-je.

– Oui, c'est là qu'il est devenu un archer hors pair. Il en racontait de belles, lors des veillées.

Il se racla la gorge.

– Je suis désolé, Votre Majesté. Il est difficile d'imaginer qu'il ait pu commettre un tel acte.

Kygo poussa un grognement.

– Je crains que le doute ne soit guère permis. Interrogez quand même les prisonniers pour vérifier, Yuso. Peut-être l'ont-ils vu dans leur camp.

Yuso s'inclina, avec un léger tressaillement de douleur.

– Oui, Votre Majesté.

Kygo observa de nouveau les abords de la corniche.

– Abandonnez son corps aux charognards. Qu'on ramène le villageois pour l'enterrer.

Il me fit signe de la main.

– Venez, *naiso*.

Je descendis à sa suite le sentier étroit. Un des soldats sur la plage avait entaillé sa cuisse. Vida l'avait recousue avec dextérité, de même que l'épaule vilainement blessée de Yuso et le visage balafré de Dela, mais elle ne disposait pas d'herbes atténuant la douleur. Même si l'expression et l'attitude de Kygo ne révélaient rien, je voyais à ses épaules voûtées que sa blessure le faisait souffrir à chaque pas. À moins que ce ne fût le fardeau de la trahison de Jun et de la mort des quatorze villageois qui avaient péri en défendant leur jeune empereur.

La cendre noire du sentier étouffait le bruit de nos pas. Elle recouvrait tous les feuillages des arbres et des buissons autour de nous. À nos pieds, la plage n'était plus blanche mais grise. La marée montait tandis que le soleil se couchait. Les vagues affluant et refluant lavaient le sable. Bientôt, le bateau de maître Tozay arriverait au port. La flottille du village était déjà rentrée, les pêcheurs ayant été alertés par la vision du bolide enflammé. Leur stupeur en débarquant sur la plage et en voyant le haut du village ravagé avait réussi un instant à percer même mon armure d'indifférence hébétée.

– Pour un homme aussi jeune, dit Kygo, ce Jun avait un talent d'espion hors du commun. Il avait dû multiplier les mensonges.

– D'après mon expérience, les jeunes gens mentent avec une aisance confondante, répliquai-je d'une voix morne.

Kygo s'immobilisa et me fit face.

– Ce n'était pas un mensonge, Eona.

Je sentis mon regard attiré par l'éclat pâle de la perle, que le col de sa tunique cachait à moitié.

– Qu'est-ce que c'était, alors ?

– C'était moi m'efforçant de commander au mieux mon armée.

Il se frotta les yeux d'un air épuisé.

– Je veux que vous contrôliez le pouvoir d'Ido, c'est vrai. Mais je jure que je n'ai jamais eu l'intention de vous demander d'enfreindre l'Engagement et de vous servir du dragon Miroir pour tuer. Vous et votre dragon êtes pour nous les symboles de la guérison et du renouveau.

Il croisa les bras.

– Et de l'espoir.

– Je n'ai agi que pour vous sauver, dis-je.

Si je répétais suffisamment souvent ces mots, peut-être me sentirais-je enfin mieux.

– Je sais. Quand j'ai compris que nous étions encerclés, ma première pensée a été de vous rejoindre.

Il tendit la main vers moi puis se figea. Sa main retomba.

– Vous n'avez pas repoussé Ido.

Cette accusation soudaine me tira de mon apathie protectrice.

– Comment ?

Il serra la mâchoire.

– Il était sur vous, et vous ne l'avez pas repoussé.

Je rougis.

– Je venais de tuer des centaines d'hommes avec un pouvoir tiré de mon *hua*. Vous ne pouvez pas comprendre l'effet que cela fait, ni l'effort que cela représente.

– Mais lui le comprend, dit Kygo en se détournant pour regarder la mer. Vous et lui êtes liés par le pouvoir. Existe-t-il un autre lien entre vous ?

– Que voulez-vous dire ?

L'espace d'un instant, je crus qu'il savait la vérité sur le *hua* de tous les hommes. Sur le livre noir.

Il tourna vers moi son visage, qui n'était plus qu'un masque poli.

– Éprouvez-vous du désir pour sire Ido ?

Le soulagement – et l'incertitude – me firent hésiter un rien trop longtemps.

– Non !

Son regard incrédule me frappa douloureusement.

Je me rapprochai de lui.

– Kygo, vous savez qu'Ido saisit la moindre occasion de manipuler les autres. C'est une seconde nature chez lui. Je vous en prie, ne le laissez pas s'interposer entre nous.

Du coin de l'œil, je vis la perle scintiller.

– Chaque fois que vous êtes avec lui, j'ai l'impression que vous vous éloignez de moi, chuchota Kygo.

Je secouai la tête en silence. Il effleura mon visage et m'attira vers lui. Les yeux fermés, je sentis ses lèvres se poser doucement sur les miennes. Sa main glissa sur ma nuque, en me rapprochant encore de sa bouche. Je savais que j'aurais dû reculer – le protéger – mais j'avais besoin de prouver la solidité de mon engagement. Pour lui autant que pour moi. Nous découvrîmes ensemble la saveur de l'autre, en un baiser dont la douceur lui arracha un gémissement de plaisir qui résonna à travers tout mon être. Je pressai mes mains contre sa poitrine et sentis le rythme accéléré de son cœur à travers la tunique.

Sa main au creux de mes reins, il me serra contre son corps. Je me pressai contre lui afin de me fondre encore plus intimement dans sa chaleur, sa saveur, son odeur. Il poussa un cri étouffé quand je heurtai sa cuisse blessée. Je m'écartai en balbutiant une excuse, mais il s'empara de nouveau de ma bouche et sa main glissa autour de ma taille pour m'enlacer. Un rythme se mit à battre en moi, une pulsation insistante se propageant dans tout mon corps – et à la base de mon crâne. Je compris soudain. La perle. Je secouai légèrement la tête pour tenter d'atténuer la pression. L'impulsion était faible, je pouvais la maîtriser.

Kygo interrompit notre baiser et me regarda avec une inquiétude qui refrénait son désir. Il s'était mépris sur le mouvement de ma tête. Je posai de nouveau ma bouche sur la sienne, et le sentis sourire sur mes lèvres. Sa langue sépara doucement mes lèvres répondant à son sourire. Sa main quitta ma nuque pour caresser ma gorge avec une lenteur délicieuse, en laissant comme un sillage de plaisir sur ma peau.

Il appuya son front contre le mien. Nos souffles haletants se mêlaient. Son visage était si proche que je ne pouvais distinguer ses traits, mais la perle scintillait entre nous. Ma main se glissa sous le col dénoué de sa tunique, mes doigts caressèrent sa poitrine plate et musclée, progressèrent vers le précieux joyau. Vers le *hua* de tous les hommes. Quand ils effleurèrent la bordure cicatrisée des points de suture, il renversa la tête en arrière, les yeux fermés, en exposant la courbe vigoureuse de sa gorge. Je pouvais arracher la perle tout de suite…

La perle ! Le bourdonnement dans ma tête fut soudain réduit au silence par une compréhension glacée. De toutes mes forces, je repoussai Kygo.

Il recula en chancelant.

– Que se passe-t-il ?

Je devais trouver une raison pour me justifier devant son regard stupéfait. Une raison qui ne soit pas la perle.

– C'est à cause des dragons.

Son trouble se transforma en fureur.

– Vraiment ? Ne serait-ce pas plutôt à cause de sire Ido ?

Un bruit un peu plus loin sur le sentier nous fit nous retourner d'un bond. Yuso et Ryko battaient en retraite. Vu leur air coupable, il était clair qu'ils n'avaient pas assisté qu'à la fin de la scène. Je me détournai et courus vers le village sur le sentier dont la cendre tourbillonnait dans l'air oppressant.

Aux dernières lueurs du jour, Vida et moi regardâmes en silence l'arrivée du bateau de maître Tozay, assises sur la digue. C'était une jonque de haute mer, avec trois voiles à bourcet. Les lattes de bambou des voiles évoquaient l'armature d'un éventail. Baignés d'une lumière irréelle par les lanternes du pont, les yeux blancs peints sur la proue me fixaient d'un air accusateur. Des silhouettes s'agitaient à bord, occupées à jeter l'ancre. J'en observai trois se tenant sur le devant – l'une d'elles était-elle ma mère essayant de voir si je l'attendais sur la plage ?

– Êtes-vous prête, noble dame ? demanda Vida en se levant du muret de pierre. Mon père voudra repartir à marée haute. Mieux vaut mettre autant de distance que possible entre nous et le cyclone.

Étais-je prête ? Nous avions devant nous au moins quatre jours de navigation pour faire le tour du Ventre du Dragon, cet énorme promontoire se dressant au sud-est, et parvenir à notre lieu de rendez-vous dans l'Est. Quatre jours avec une mère que je n'avais pas vue depuis dix ans, deux hommes puissants qui se haïssaient et des amis qui n'avaient pas confiance en moi. Je me retournai pour regarder les lanternes montant en file vers les falaises de l'Est. Les villageois partaient s'installer dans les cavernes voisines. Se mettre à l'abri d'un cyclone meurtrier et d'une armée vengeresse dans un labyrinthe de grottes sombres et humides me paraissait nettement moins décourageant que la traversée qui m'attendait.

Un bruit d'éclaboussures ramena mon attention vers la jonque. On avait mis à la mer un petit canot. Quatre silhouettes descendirent une échelle de corde et s'installèrent dans l'embarcation, qu'un rameur dirigea avec vigueur vers le rivage. Aucune des silhouettes ne semblait être celle d'une femme.

Kygo et le doyen Rito s'avancèrent sur la plage, suivis par le reste de notre troupe. Derrière eux, deux hommes forcèrent Ido à s'agenouiller dans le sable. Kygo appela Dela et lui donna quelques instructions à voix basse. Aussitôt, elle marcha vers moi d'un pas pesant. Un bandage couvrait la partie droite de son visage – un sabre avait ouvert sa joue et arraché la moitié de son oreille.

Elle s'inclina.

– Sa Majesté souhaite la présence de son *naiso*.

Quand elle leva la tête, je lus dans ses yeux une excuse muette. L'espace d'un instant, je ne compris pas pourquoi. Puis je me rappelai la petite trahison qu'elle avait orchestrée avec Vida dans le pavillon de bains. L'épisode semblait lointain et insignifiant comparé à ce qui s'était passé sur la plage.

Je me levai et touchai légèrement son épaule. La tension de son corps sembla se relâcher un peu.

– Comment allez-vous, Dela ? Vida m'a dit que c'était une vilaine blessure.

Elle effleura le bandage serré.

– Voilà qui ne va pas améliorer mon apparence.

Son ton léger n'était guère convaincant. Après avoir jeté un coup d'œil rapide derrière nous, elle glissa dans ma main la petite bourse de cuir contenant les tablettes mortuaires de mes ancêtres.

– Vous devriez les prendre à présent.

Elle fit taire d'un signe de tête mes protestations.

– Ces tablettes sont la seule chose qui vous vienne de votre mère. Il faut que vous les ayez sur vous lors de vos retrouvailles. Montrez-lui que vous ne l'avez jamais oubliée.

Se penchant vers moi, elle baissa la voix.

– Peut-être en saura-t-elle davantage sur votre ancêtre.

À contrecœur, je glissai la bourse dans la poche de ma tunique. Cachée dans son enveloppe de cuir, la tablette de Kinra ne constituait pas vraiment une menace. Malgré tout, sa proximité me mettait mal à l'aise.

Dela tapota ma main.

– Venez. Sa Majesté attend, et elle n'a pas l'air satisfaite.

– Ça ne m'étonne pas, marmonnai-je en la précédant sur le sable.

Tandis que nous approchions, Kygo garda les yeux obstinément fixés sur le canot rejoignant la plage. En revanche, Ido ne me quitta pas du regard. Ses mains étaient de nouveau attachées – dans le dos, cette fois. À en juger par les tressaillements de ses épaules, on s'était arrangé pour que ce soit le plus pénible possible, comme pour montrer que l'Œil du dragon et son pouvoir étaient toujours sous l'autorité de l'empereur. Et une malveillance d'ordre privé n'était peut-être pas à exclure chez Kygo.

Me forçant à ignorer Ido, je m'inclinai devant Kygo, mais il ne sembla pas s'apercevoir de ma présence. Je pris ma position à sa gauche. Le canot racla le fond du rivage et ses quatre occupants sautèrent aussitôt sur le sol pour tirer l'embarcation sur la plage. La silhouette trapue et robuste de maître Tozay s'avança sur le sable, flanquée de deux autres marins. Le quatrième homme resta près du canot échoué.

Tozay accéléra le pas et se détacha de son escorte. D'un air anxieux, il observa les gens derrière nous. À l'instant où il aperçut Vida, je vis ses traits sévères s'adoucir. Il inclina la tête, en signe de soulagement ou peut-être pour remercier les dieux. Il fit un petit salut à sa fille tout en continuant de se diriger vers nous, de nouveau flanqué de ses hommes. Tombant à genoux dans le sable, ils s'inclinèrent.

– Levez-vous, maître Tozay, lança Kygo. Je suis vraiment heureux de vous voir.

Tozay s'assit sur ses talons.

– Nous ne savions à quoi nous attendre, Votre Majesté. Nous avons vu la boule de feu.

– Des opportunistes nous ont trahis, mais dame Eona et sire Ido les ont écrasés. Ensemble.

Ce mot isolé avait manifestement un sens caché pour les deux hommes.

Tozay regarda l'Œil du dragon entravé.

– Je vois, dit-il d'un ton froid. Sire Ido devra-t-il être logé à part, dans une pièce munie d'un verrou ?

– Oui, répondit laconiquement Kygo.

Je me raclai la gorge. Kygo se tourna vers moi, les yeux plissés. Croyait-il que j'allais intercéder pour Ido ?

– Ma mère est-elle à bord, maître Tozay ? demandai-je précipitamment. Se porte-t-elle bien ?

Tozay hocha la tête.

– Votre mère va bien, dame Eona. Elle attend votre arrivée avec impatience.

Il jeta un coup d'œil sur son bateau.

– De grâce, Votre Majesté, nous devons nous dépêcher si nous voulons profiter de la marée.

Le marin posté près du canot s'inclina à

l'approche de Kygo, Tozay et moi-même. Kygo monta le premier dans la petite embarcation, en s'asseyant à la poupe. Tozay prit ma main et m'aida à m'installer du côté de la proue. Sautant entre nous avec agilité, il saisit les rames tandis que ses hommes nous poussaient dans l'eau. Grâce à ses coups de rame vigoureux, nous fûmes bientôt à mi-chemin entre le rivage et le bateau. Une brise marine plus fraîche dissipa l'odeur de mort s'élevant de la côte ravagée par les flammes.

– Quoi de neuf ? demanda Kygo.

Tozay me regarda furtivement.

– Vous pouvez parler librement, assura Kygo. Dame Eona est maintenant au courant du rôle central qu'elle jouera dans les événements à venir.

Nous échangeâmes un regard. Ce n'était pas une mince preuve de confiance de sa part que de me laisser écouter le rapport de Tozay.

– Dame Eona est mon *naiso*, ajouta-t-il.

Ces mots semblaient à la fois une excuse et une absolution.

Je surpris Tozay à hausser légèrement les sourcils avant de se remettre à ramer.

– Nous avons appris que de nouvelles calamités naturelles avaient eu lieu – inondations, tremblements de terre, coulées de boue. Principalement dans les régions du Sud et de l'Ouest.

Levant les yeux vers le ciel obscurci, je regardai tournoyer et plonger quelques mouettes dont le plumage blanc se détachait sur les nuages sombres. Tout cela était d'une logique sinistre : tous les dragons des points sud et ouest du compas étaient en exil, tandis que les points est et nord bénéficiaient encore de la présence du dragon Miroir et du dragon Rat, qui équilibrait l'énergie de la terre. Équilibre relatif, du reste, et qui ne durerait pas longtemps si ce qu'Ido disait du déclin de notre pouvoir était vrai. Il semblait impossible qu'il n'ait pas su que le massacre des autres Yeux du dragon provoquerait ce chaos.

– On murmure de plus en plus dans les tavernes, ajouta Tozay. Le peuple en appelle au Droit d'Infortune. Nous avons fait plusieurs recrues de choix.

Je me redressai sur le banc dur. Le Droit d'Infortune instituait qu'un empereur dont le règne était accablé de trop de désastres naturels pouvait être dénoncé par le peuple et remplacé par un souverain jouissant de la faveur des dieux. Ce serait un moyen de déposer Sethon sans en venir à la guerre.

– Ces rumeurs sont trop faibles et trop lentes, dit Kygo en anéantissant d'un coup mon espoir. Après avoir refusé de respecter la Revendication Légitime, mon oncle réprimera toute tentative de recourir au Droit d'Infortune. Néanmoins, ce mécontentement joue en notre faveur. Les gens commencent à se rendre compte que Sethon n'a pas l'appui des dieux ni des deux derniers Yeux du dragon.

Il me regarda furtivement puis revint à Tozay.

– Qu'en est-il des mouvements de mon oncle ?

– Il mord à l'appât, Votre Majesté. Il a pris la tête d'une armée qu'il conduit dans l'Est à un rythme exténuant, en vue de l'affrontement final. Cela dit, ses soldats seront plus nombreux que prévu.

– À savoir ?

L'espace d'un instant, on n'entendit que l'éclaboussement rythmique des rames et le clapotis des vagues à la proue.

– D'après mes espions, ils sont au moins quinze mille, dit Tozay.

Je pressai ma main sur ma bouche. Quinze mille soldats ? Ido et moi étions-nous censés tuer une telle multitude ? Je me sentis glacée à l'idée des quatre cents hommes que j'avais massacrés quelques heures plus tôt.

Le silence de Kygo était éloquent.

– A-t-il puisé dans ses autres bataillons ? demanda-t-il enfin.

Tozay secoua la tête.

– Non. Il a engagé des mercenaires.

Kygo poussa un long soupir.

– Même si j'aurais préféré qu'il ait affaibli ses autres contingents, cela vaut toujours mieux qu'une alliance. Et le recours à des étrangers ne va pas contribuer à le faire aimer du peuple.

Tozay poussa un grognement.

– Sethon n'a jamais fait le moindre effort pour s'acquérir le *hua-do*.

Kygo approuva de la tête.

– Les gens de l'Est se préparent-ils ? Font-ils de leurs campagnes un désert ?

– Ce n'est pas difficile, après cinq siècles sans l'influence bienfaisante d'un dragon. Mais vos ordres sont fidèlement suivis. Sethon ne trouvera rien pour nourrir ses hommes. Les tribus mettent au point des cartes et repèrent les terrains clos.

– Les terrains clos ? demandai-je.

– Les secteurs auxquels on accède par des gorges et des sentiers étroits, expliqua Kygo. C'est là qu'une force réduite peut attaquer une armée nombreuse.

Je me penchai en avant.

– Combien sommes-nous exactement ?

Kygo jeta un coup d'œil à Tozay.

– Nous avons quatre mille cinq cents soldats, dit le chef de la Résistance. Et deux Yeux du dragon.

Je m'humectai les lèvres.

– Je ne sais pas si même Ido pourra tuer quinze mille hommes, observai-je.

Tozay cessa de ramer et me regarda par-dessus son épaule.

– Il le fera si vous l'y obligez.

Ma gorge était affreusement sèche. Je déglutis.

– Et si je refuse ?

Le visage de Tozay se durcit.

– Dame Eona, lorsque vous êtes montée dans mon bateau tandis que le palais brûlait derrière nous, vous m'avez dit que vous vouliez rejoindre les rangs de la Résistance. Que pensiez-vous faire ?

Il jeta un regard sur la colline incendiée.

– Améliorer les récoltes ?

– Ça suffit, Tozay, lança Kygo d'un ton sans réplique. L'Engagement de Service n'a pas été instauré sans raison. Il est préférable que dame Eona répugne à l'enfreindre. Nous n'avons pas envie d'un autre Œil du dragon assoiffé de pouvoir comme sire Ido, n'est-ce pas ?

Sa voix tendue me fit tressaillir. Peut-être n'étais-je pas absoute de toutes mes fautes, finalement.

Tozay se retourna et se remit à ramer. La coque

de la jonque surgit devant nous. L'œil rond peint sur la proue nous regarda approcher comme un cheval effarouché. Je pressai mes mains l'une contre l'autre. Mes retrouvailles imminentes avec ma mère me firent oublier provisoirement les sinistres perspectives de la guerre.

– Comment est-elle, maître Tozay ? demandai-je en rompant le silence pesant. Ma mère. Est-ce qu'elle me ressemble un peu ?

– Lillia ne parle pas beaucoup, répondit-il d'une voix bourrue. Mais vous êtes son vivant portrait.

Une dernière poussée sur les rames nous amena contre le flanc de la jonque, au niveau de l'échelle de corde.

– Vous allez vous en rendre compte vous-même dans un instant.

Renversant la tête en arrière, j'observai les gens penchés au bastingage. Les lanternes les éclairaient de dos, de sorte que je ne pouvais distinguer leurs traits. Toutefois j'aperçus une petite silhouette mince qui semblait aussi passionnément attentive que moi.

Un marin descendit en hâte l'échelle pour nous rejoindre. Il s'inclina avec déférence, ce qui eut pour effet de faire tanguer le canot. Tandis que le marin s'occupait des rames, Kygo grimpa l'échelle. Tous les assistants disparurent à ma vue quand l'empereur monta à bord. J'imitai son exemple, suivie de près par Tozay. Cette petite escalade tressautante ne fut certainement que l'affaire d'un instant, mais elle me parut durer une heure.

Des mains vigoureuses me tirèrent sur le pont

solide. J'aperçus fugitivement des visages rudes et des peaux tannées avant que tous s'inclinent profondément devant la dame Œil du dragon. Trois rangées d'hommes – et une femme – attendaient à genoux, la tête baissée, que je les délivre.

– Levez-vous, dis-je d'une voix qui se brisait.

Quand Lillia s'assit sur les talons, nos regards se croisèrent. Je vis un visage plein de peur et d'espoir, et un sourire tendu derrière lequel il y avait dix années de chagrin. Tozay avait raison : nous étions le portrait l'une de l'autre.

Lillia se pressa contre la cloison tandis que le mousse posait un plateau sur la table de la cabine de commandement de maître Tozay. Ce dernier nous avait menées toutes deux dans son logis spacieux, une fois que tout le monde fut monté à bord. En nous conduisant vers l'entrepont, il avait demandé du thé. Nous étions passés devant la pièce fermée à clé où Ido était déjà emprisonné. Le garde s'était plaqué contre la porte pour nous saluer dans l'étroit corridor. Tozay avait tourné la tête pour observer ma réaction. Peut-être croyait-il que j'allais arracher la porte et libérer l'Œil du dragon.

Le chuchotement angoissé du mousse résonna dans le silence pesant qui s'était abattu sur la cabine de commandement.

– Messire, j'ai oublié l'eau chaude.

Maître Tozay indiqua de la tête le passe-plats.

– Faites vite.

Je pris un instrument nautique sur l'étagère derrière moi. C'était une sorte de compas en cuivre, dont le cadran étincelait à la vive clarté prodiguée par les trois grosses lanternes fixées aux murs de la cabine. Je le tournai en tous sens dans mes mains, heureuse d'avoir un objet où poser les yeux. Malgré mon trouble, il me vint à l'esprit que maître Tozay n'était pas un simple pêcheur entré dans la Résistance, comme il le prétendait. Il se mit à enlever les cartes des constellations jonchant la table. Voyant que ni Lillia ni moi ne faisions mine de parler, il accéléra le rythme. Le mousse revint avec l'eau, prépara en hâte le thé et se retira en s'inclinant.

– Je vais vous laisser, noble dame, dit maître Tozay en glissant le dernier parchemin dans un des compartiments s'ouvrant dans la paroi. Il faut que vous fassiez connaissance.

Il jeta un coup d'œil sur le visage baissé et les mains jointes de Lillia. S'inclinant rapidement, il referma la porte dans son dos.

Au-dessus de nous, des cris et des craquements indiquaient que la jonque levait l'ancre. Je reposai l'instrument sur l'étagère.

– Puis-je vous servir du thé ? demandai-je.

Elle leva enfin les yeux. Bien que le temps ait adouci les contours de son visage, son ovale rappelait le mien. Peut-être son menton était-il un peu moins têtu et son nez plus long, mais sa bouche remontait vers le haut, comme la mienne, et ses yeux étaient aussi écartés que les miens. Je connaissais aussi l'expression de son visage. J'avais souvent arboré moi-même ce masque courtois destiné à éviter d'irriter un maître ou une maîtresse.

– De grâce, noble dame, laissez-moi vous servir, dit-elle en approchant de la table.

Saisissant le pot où le thé infusait, elle remplit d'une main exercée le premier bol.

Je me mordis les lèvres. Elle semblait incapable de dépasser l'obstacle de mon rang.

– Merci, dis-je.

Je pris une inspiration et surmontai ma propre retenue en ajoutant :

– Mère.

Sa main trembla, non sans répandre un peu de thé sur la table. Après avoir reposé le pot avec lenteur, elle prit soigneusement le bol et me l'apporta. Elle me le tendit en s'inclinant. À l'instant où j'avançai le bras, nous nous figeâmes toutes deux, les yeux fixés sur nos mains rapprochées. Nous avions toutes deux de longs doigts, un pouce se détachant presque à angle droit.

– Nous avons les mêmes mains, dis-je en prenant le bol.

Mon ton d'une allégresse forcée me fit tressaillir moi-même.

– Elles sont semblables à celles de ma mère, dit-elle doucement.

Elle hasarda un regard furtif sur moi.

– Charra. Votre grand-mère.

– Charra ? J'ai sa tablette mortuaire.

Je remerciai Dela en silence.

– J'ai aussi *l'autre*, ajoutai-je.

Ma mère remarqua mon insistance et détourna les yeux. Elle savait quelque chose sur Kinra.

Je posai le bol sur la table et sortis ma bourse de cuir, que je renversai. Les deux tablettes tombèrent dans ma main ouverte. D'un doigt tremblant, Lillia effleura celle de Charra, puis retira un sachet de toile usée attaché à un cordon autour de son cou. Elle l'ouvrit et en sortit une autre tablette funéraire de Charra, identique à la mienne.

– J'en ai fait fabriquer deux quand ma chère mère est morte – puisse-t-elle cheminer dans le jardin des dieux. Je savais qu'*il* voudrait se débarrasser de vous dès qu'elle ne serait plus là. Il fallait que je vous donne un objet vous reliant à votre famille. Un lien avec moi.

Elle caressa de nouveau la tablette.

– Il avait peur de Charra.

Ma gorge se serra affreusement.

– Vous voulez parler de mon père ?

Elle éclata d'un rire contraint.

– Non, pas votre cher père. Charra l'aimait comme un fils. Il est mort noyé, lors des terribles tempêtes de l'année du Porc. Vous ne vous en souvenez pas ?

Je secouai la tête et elle prit un air affligé.

– Je suis désolée, dis-je. Je n'ai pas beaucoup de souvenirs.

– J'imagine que c'est normal. Vous n'aviez que quatre ans lorsqu'il a rejoint le glorieux séjour de ses ancêtres. J'ai épousé un autre homme, un an plus tard.

Elle m'observa.

– Vous ne vous rappelez pas non plus votre beau-père ? Ni ce qui s'est passé ?

– Non.

– Cela vaut sans doute mieux, dit-elle d'une voix sombre. Il avait dit qu'il pourvoirait aux besoins de toute la famille – vous, moi, votre frère et même Charra. Mais quand les temps sont devenus difficiles, il a déclaré qu'il ne garderait pas une bouche inutile comme vous, qu'il était déjà bien bon d'élever le fils d'un autre homme. Il vous a vendue à un marchand d'esclaves.

– Comment avez-vous pu le laisser faire ? demandai-je un peu trop brutalement.

– Le laisser faire ?

Elle fronça les sourcils, perplexe.

– C'était mon époux. Je ne pouvais pas le contredire.

– Avez-vous seulement essayé ?

Moi, je me serais battue pour ma fille. J'aurais tout fait pour la sauver.

Devant mon accusation voilée, elle détourna la tête.

– J'ai demandé au marchand de vous vendre comme domestique.

Elle se mit à chuchoter.

– L'a-t-il fait ?

– Oui.

C'était vrai en partie. J'avais commencé par être fille de cuisine dans la saline. Mais à quoi bon raconter toute l'histoire ? L'épouse du propriétaire avait fini par nous envoyer toutes à la mine de sel quand son mari nous avait remarquées. La détresse suffocante des journées interminables. Les nuits passées en retenant son souffle, à guetter le pas du gardien.

– Qu'est devenu mon frère ? demandai-je.

Elle vieillit instantanément et sa bouche prit un pli amer.

– Il s'est engagé comme soldat, voilà un an de cela. Il est mort lors de l'expédition contre les Trang Dein.

Je ressentis un chagrin aussi poignant qu'inattendu, car en fait cette femme et son fils m'étaient étrangers. Et pourtant, je souffrais bel et bien du sort funeste de ma famille. Ou peut-être étais-je bouleversée par le visage accablé de ma mère.

Elle leva les yeux et se força à sourire, en touchant timidement mon bras.

– J'ai cru que j'avais tout perdu. Jusqu'au jour où les hommes de maître Tozay sont arrivés.

– Vous savez pourquoi vous êtes ici, n'est-ce pas ?

Elle secoua la tête.

– Maître Tozay a dit qu'on pourrait se servir de moi contre vous. Encore que je ne voie pas comment. Je ne suis rien.

– Vous êtes la mère de l'Œil du dragon Miroir, répliquai-je en la regardant dans les yeux. Et même si mon rang vous intimide, vous n'êtes pas surprise comme les autres de voir une femme Œil de dragon, n'est-ce pas ?

Je souris pour tenter d'alléger mes propos.

– Pouvez-vous voir vous aussi les dragons, Mère ?

Elle me regarda sans ciller.

– Ma fille, il y a encore quelques semaines, les femmes prétendant voir les dragons étaient soit enchaînées à d'autres folles soit mises à mort.

J'agrippai son épaule.

– Saviez-vous que je pouvais les voir ?

– Toutes les femmes de notre famille les voient. C'est notre secret.

– Que pouvez-vous me dire à propos de Kinra ?

Elle se dégagea en reculant, mais je m'approchai d'elle.

– Je vous en prie, dites-moi ce que vous savez. C'est plus important que vous ne le croyez.

Elle s'humecta les lèvres.

– Je vous ai donné la tablette. Je vous ai appris le poème.

– Quel poème ?

Elle se pencha vers moi.

– Celui qui se transmet de mère en fille.

Le Rat arrive, le Dragon apprend, l'Empire s'écroule.

Le Rat saisit, le Dragon détruit, l'Empire s'éveille.

Je me figeai. Ces vers m'étaient familiers, au moins le premier. Je me rappelais les avoir entendus dans ma tête dans le bureau où j'étais assise en face de mon maître, avant la cérémonie d'approche. J'avais cru alors les avoir lus dans l'une des chroniques de mon maître.

– Nous le récitions ensemble quand nous longions la plage, là où personne ne pouvait nous entendre, ajouta ma mère.

Kinra avait essayé deux moyens pour envoyer son message par-delà le temps : un poème transmis de génération en génération et une prédiction écrite en code dans le journal d'un Œil du dragon. J'aurais préféré qu'elle ne dissimule pas ainsi ce qu'elle voulait dire, mais je comprenais ses raisons. Elle entendait protéger la lignée des Yeux du dragon Miroir, que sa tentative pour voler la Perle impériale avait vouée à l'exil.

– Que signifie ce poème ? demandai-je.

Elle secoua la tête.

– Charra m'a raconté qu'il venait de cette Kinra dont la tablette doit également se léguer de mère en fille. Nous avions le devoir de transmettre trois choses.

Elle compta sur ses doigts.

– La tablette, le poème et l'énigme. Ce n'est pas vraiment une énigme, d'ailleurs, et franchement elle n'est pas à l'honneur de Kinra.

Je la regardai avec stupeur. Je n'avais aucun souvenir d'une énigme. Serait-ce la pièce manquante du puzzle ?

– Quelle énigme ? lançai-je en serrant son bras.

Saisie, elle baissa les yeux sur ma main crispée.

– Sa fille avait deux pères, mais une seule lignée. Deux en un se redouble.

– Deux en un se redouble ? répétai-je.

Ces mots ne déclenchèrent en moi aucune révélation soudaine. Le puzzle semblait toujours incomplet. Cependant je devinais au moins qui étaient les deux pères : l'empereur Dao et sire Somo. Une seule lignée. Deux amants, mais un seul était le père. Le souffle coupé, je sentis s'imposer à moi une intuition qui m'ouvrait des possibilités et des espoirs bouleversants.

Il était possible que la lignée de Kinra descendît de l'empereur. Que le sang de Dao coulât dans ses veines.

Peut-être étais-je parente de la famille impériale.

Kygo… Nous pourrions être réunis. Vraiment réunis. Mon sang me rattacherait à la fois aux empereurs et aux Yeux du dragon. Du coup, il serait impossible de m'asservir à l'aide du livre noir. Je serais invulnérable. Tout me serait donné.

– Lequel était le père ? m'exclamai-je en

serrant plus fort le bras de Lillia. Lequel ? Le savez-vous ?

Elle se dégagea et recula contre la paroi, les yeux écarquillés. Je savais que je lui faisais peur, mais il fallait qu'elle me réponde.

– Dites-le-moi !

– Celui qu'elle aimait. C'est la solution de l'énigme. Je n'en sais pas plus !

Il n'en allait pas de même pour moi.

– Non ! criai-je.

Je plaquai mes mains des deux côtés de ma tête, en tentant d'empêcher la vérité de venir briser mon espoir.

– Non !

Mais je savais que Kinra avait aimé sire Somo. Pas l'empereur Dao. Dela m'avait dit que Somo était l'homme jamais nommé du journal, et Ido avait lu l'histoire dans ses registres. Kinra avait aimé l'Œil du dragon, non le souverain. Je n'étais pas parente avec la famille impériale, mais le sang de deux Yeux du dragon coulait dans mes veines. Même si je devais sans doute à ce fait ma vision du dragon hors du commun, cela ne me donnait pas ce dont j'avais vraiment besoin, à savoir un moyen de sauver à la fois Kygo et les dragons.

Je me pliai en deux, suffoquée par le brusque retour du désespoir en moi. L'espace d'un instant triomphal, j'avais cru être sortie d'affaire.

Ma mère se rapprocha, et effleura mon épaule d'une main hésitante.

– Pourquoi pleurez-vous, ma fille ? Quel est le sens de l'énigme ?

– Elle aimait Somo, lançai-je d'une voix tremblante. Elle aimait celui qu'il ne fallait pas.

Sa main tapota mon épaule.

– Elle n'aura pas été la première, dit-elle. Et elle ne sera pas la dernière.

Elle me dévisagea.

– Vous êtes très pâle. Venez vous asseoir. À quand remonte votre dernier repas ? Et votre dernière nuit de sommeil ?

Je la laissai me conduire à un fauteuil et glisser dans mes mains le bol de thé refroidi.

– Dites-moi ce que signifie tout cela.

Dans le clair breuvage doré, je vis mon reflet revêtir un masque de politesse.

Relevant la tête, je souris au visage qui était si semblable au mien. Nous étions incontestablement mère et fille, mais pour l'instant nous étions aussi deux étrangères.

– Vous avez raison, j'ai besoin de dormir. Peut-être pourrons-nous en parler plus tard.

Chapitre 19

Je n'avais pas menti à ma mère : j'avais vraiment besoin de dormir. Maître Tozay m'avait attribué la cabine de son second, un peu plus loin dans l'entrepont. La pièce était exiguë, mais c'était l'un des rares endroits tranquilles du bateau. La couchette étroite était encastrée entre deux hauts placards et surplombée par une rangée de casiers. Étendue sur le lit, je m'efforçai d'oublier la sensation d'enfermement et l'odeur d'humidité. Sans la clarté de la lampe à huile, je me serais crue dans un tombeau.

À l'arrière-plan de ma fatigue et de mon malaise, une autre inquiétude taraudait mon esprit et me tenait éveillée. Au début, je pensai que c'était l'énigme du poème de ma mère. Qu'est-ce qu'allait saisir le Rat ? La perle ou autre chose ? Et que détruirait le dragon pour éveiller l'empire ? L'Engagement de Service, la perle, ma promesse… mon cœur ? Manifestement, il était question d'Ido et de moi, mais s'agissait-il d'une prophétie ou d'un avertissement ?

Même après que j'eus épuisé les possibilités sinistres du poème, l'inquiétude insidieuse m'interdit le sommeil. Les yeux grands ouverts, je me tournais et me retournais sur le matelas de chanvre. La jonque tanguait plus que jamais, mais le rythme n'était pas assez régulier pour me bercer. Je finis par céder au besoin de bouger et de respirer de l'air frais.

D'un pas vacillant, je m'avançai dans le corridor sous l'œil attentif du garde d'Ido. La cellule de l'Œil du dragon, qui était en fait un cagibi aménagé en hâte à son intention, se trouvait près de l'escalier menant au pont supérieur et, plus bas, aux quartiers où vivait l'équipage et où notre troupe était provisoirement installée. Derrière les craquements de la jonque, j'entendais le murmure de leurs voix. Des lampes éclairaient faiblement les marches. Le garde s'inclina sur mon passage et j'entrepris de monter vers la nuit.

La brise giflant mon visage me coupa le souffle. Les marins à l'œuvre sur le pont m'aperçurent à la lumière tremblante des lanternes, mais retournèrent aussitôt à leurs tâches en plein vent. Je m'approchai de l'épais bastingage, non sans tituber de façon fort peu élégante sous l'effet du roulis. M'agrippant au parapet de bois, je me pressai contre l'abri de son mur solide.

Les embruns soulevés par notre passage mouillaient mon visage d'une eau au goût salé. Au-dessus de nous, le ciel sombre nous menaçait en dressant ses nuages comme un rempart énorme entre le ciel et la terre. En voyant un éclair les illuminer soudain, je compris mon besoin pressant d'air et d'espace : l'approche du cyclone affectait mon *hua*. En allait-il ainsi pour tous les Yeux du dragon ? Si j'étais à ce point perturbée, Ido devait tourner comme un lion en cage dans sa prison exiguë.

Une silhouette trapue se dirigea vers moi avec un équilibre né d'une longue pratique – maître Tozay. Je levai la main pour le saluer.

Il s'immobilisa à côté de moi.

– Bonsoir, dame Eona.

– Ce n'est pas vraiment un bon soir, non ? répliquai-je en regardant le ciel.

– Non, reconnut-il. Nous devrions échapper au gros de la tempête, mais je pense que le bord du cyclone nous atteindra. Je n'ai jamais vu un temps aussi bizarre.

– Où est Sa Majesté ? demandai-je.

– Il dort.

Tozay tourna vers moi son corps massif, comme pour faire obstacle au vent s'efforçant de couvrir nos voix. Il me désigna d'un geste ses oreilles et me conduisit à la poupe du bateau, où le pont en forme de fer à cheval nous protégeait sur trois côtés.

En pénétrant dans cet espace abrité, l'absence soudaine des embruns et des rafales me fit tousser. Une unique lanterne, à côté de l'écoutille menant à l'entrepont, projetait nos ombres le long du pont. Tozay fit signe à un homme enroulant des cordes de s'en aller.

– J'ai une question à vous poser, dame Eona, dit-il tandis que l'homme s'éloignait docilement. Pourquoi combattez-vous pour Sa Majesté ?

Il revenait manifestement à notre conversation sur le canot. Je tentai de rester immobile malgré le roulis.

– C'est lui l'héritier légitime. Il est…

– Non, m'interrompit Tozay. Je ne vous demande pas de proclamer votre loyauté ou de défendre la légitimité de Sa Majesté, dame Eona. Je veux savoir pourquoi vous pensez qu'il est un meilleur choix que Sethon, pourquoi vous avez rejoint ce combat.

Il parlait avec un sérieux qui exigeait une réponse appropriée. Je réfléchis un instant.

– Sa Majesté est le fils de son père, mais il est aussi lui-même, dis-je lentement. Il a le sens de la tradition, mais il est capable de la dépasser dans l'élan du renouveau. Il connaît les stratégies de la guerre et du pouvoir, mais contrairement à Sethon ce n'est pas sa passion dominante. Il aime avant tout son pays et son peuple, et il place son devoir au-dessus de tout.

J'ajoutai avec un sourire amusé :

– Il m'a déclaré un jour qu'on devrait tatouer cette maxime sur le corps d'un empereur : « Aucune nation n'a jamais tiré bénéfice d'une longue guerre. »

– Xsu-Ree, commenta Tozay. Chapitre deux.

– C'est étrange, lançai-je. Sa Majesté m'a également déclaré que seuls les souverains et les généraux étaient autorisés à lire le traité de Xsu-Ree.

Cette réflexion me valut un des rares sourires de Tozay.

– C'est aussi ce que je me suis laissé dire.

Il s'adossa à la cloison du petit pont qui nous surplombait. Les yeux fixés sur la mer, il reprit son expression sévère.

– Sa Majesté ne vous demandera pas d'enfreindre de nouveau l'Engagement de Service.

– Qu'est-ce qui vous le fait dire ?

Il poussa un grognement.

– Je pourrais vous fournir des explications compliquées sur le symbole d'espoir que vous représentez, sur la nécessité d'avoir un dirigeant échappant à la corruption du pouvoir, sur le *hua-do* du peuple…

Il se retourna pour me faire face.

– Mais au bout du compte, la seule explication est son amour pour vous. Il ne veut pas que vous souffriez.

Malgré mon émotion de l'entendre déclarer ainsi que Kygo m'aimait, je secouai la tête.

– Sa Majesté ne fera pas passer ses sentiments personnels avant son pays et son peuple. Il me l'a assuré.

– C'est ce que je croyais aussi, mais il a changé. Pour vous.

Le regard de Tozay était indéchiffrable.

– Xsu-Ree affirme également qu'une des cinq conditions essentielles de la victoire est un général compétent que son souverain ne gêne pas dans son action. En tant que général de Kygo, j'ai pour mission de vaincre Sethon. Je vous demande de m'aider à y parvenir avec votre pouvoir.

Je m'agrippai à une volute sculptée dans la cloison pour garder l'équilibre.

– Son général ? Je croyais que vous étiez un simple pêcheur, maître Tozay.

Il éclata d'un rire bourru.

– Et je croyais que vous étiez un jeune infirme n'ayant aucune chance de devenir Œil du dragon. Nous sommes tous davantage – ou moins – que ce que nous paraissons, dame Eona.

J'observai les remous de l'eau autour de la jonque fendant les eaux aussi sombres que la nuit.

Je sentais monter en moi le besoin de me décharger de mon fardeau de secrets et de mensonges. Pourquoi ne pas tout raconter à Tozay ? Je pourrais lui révéler que le pouvoir du dragon touchait à sa fin et que le seul moyen de le sauver semblait être la Perle impériale. Que le livre noir était en route vers nous et que peut-être – du moins je l'espérais – il recelait une méthode susceptible de sauver le pouvoir du dragon sans tuer Kygo. Je pourrais même lui dire que le livre permettait d'asservir le pouvoir d'un Œil du dragon à la volonté d'un empereur.

– Sa Majesté vous a-t-elle parlé de la prédiction ? demandai-je pour tâter le terrain.

Le bruit de l'eau frappant la coque était comme un roulement de tambour.

Tozay hocha la tête.

– Croyez-vous que votre prédiction ait le moindre rapport avec cette guerre ?

– Je n'en sais rien.

Il haussa les épaules avec dédain.

– Comme Xsu-Ree, je n'accorde pas grand crédit aux présages et aux prédictions. Ils sont une source de peur et de confusion là où la volonté et la maîtrise devraient régner sans partage. C'est aux prêtres d'élucider les desseins des dieux. Quant à moi, je crois dans la stratégie et dans les moyens de la mettre en œuvre.

– Et je suis un moyen de mettre en œuvre votre stratégie, commentai-je d'un ton neutre.

Il inclina la tête.

– Comme moi-même. Comme sire Ido, comme nous tous. L'histoire n'a que faire des souffrances des individus. Seule compte l'issue de leurs combats.

– Et vous recourrez à tous les moyens à votre disposition pour vaincre Sethon ?

Tozay me regarda sans ciller.

– Jusqu'à leur extrême limite. Et même au-delà, s'il le faut.

Ce mot anodin me glaça. « Au-delà. » Qui décidait de l'instant où il était impossible d'aller « au-delà » ? J'avais envie de tout raconter à Tozay, de partager avec lui le fardeau de ces secrets compliqués et de leurs conséquences terrifiantes. Mais une voix en moi m'en dissuada. Tozay ne reculerait devant rien pour vaincre, et le livre noir recelait quelque part dans ses pages un moyen de me contraindre à un « au-delà » que je préférais ne même pas imaginer.

– Quelle est votre réponse, dame Eona ? Mettrez-vous tout votre pouvoir à son service – à *mon* service ?

Je sentis dans ma bouche un goût de cendre. Néanmoins Kygo et l'espoir qu'il apportait valaient la peine de se battre. À n'importe quel prix, peut-être.

– Je vous le promets, général Tozay, déclarai-je.

Il s'inclina.

« Que les dieux me pardonnent, ajoutai-je en silence. Qu'ils me pardonnent de consentir à enfreindre de nouveau l'Engagement de Service, et de ne pas confier même à Tozay le secret du livre noir. »

Après ma conversation avec Tozay, je savais qu'il était plus vain que jamais d'espérer dormir, mais j'entrepris néanmoins de descendre l'escalier raide menant à ma cabine. Un homme était recroquevillé dans la pénombre, sur la dernière marche. Il serrait dans ses mains sa tête chauve. Le garde d'Ido le regardait, les bras croisés. Entendant le bruit de mes sandales sur les marches, l'homme assis se retourna en levant les yeux. Son crâne n'était pas chauve mais couvert d'un bandage, et ce n'était pas un homme. Dela. Elle se leva quand j'atteignis l'entrepont, en m'adressant un sourire contraint.

– Je vous attendais.

Voyant l'intérêt du garde se réveiller, j'entraînai Dela plus bas dans l'escalier conduisant aux quartiers de l'équipage. À la pâle clarté de la lampe éclairant les marches, je constatai que ses yeux étaient rougis.

– Quelque chose ne va pas ? Avez-vous fait une découverte de mauvais augure dans le livre rouge ?

– Non, assura-t-elle.

Elle s'humecta les lèvres.

– J'ai un service à vous demander.

Du coin de l'œil, je vis bouger une ombre en bas des marches.

– Tout ce que vous voudrez. De quoi s'agit-il ?

– Je veux que vous me guérissiez.

Elle effleura le bandage sur sa joue.

– La plaie s'infecterait-elle ? Avez-vous des contractures à la mâchoire ?

– Non, je vais bien.

– Pourquoi voulez-vous que je vous guérisse, dans ce cas ? lançai-je en reculant. Vous savez que si je le fais, votre volonté m'appartiendra. Vida dit que votre blessure s'arrangera d'elle-même.

– Je sais.

Sa voix se brisa.

– Mais je veux quand même que vous le fassiez.

– Pas si je peux l'éviter, Dela.

– Ne pourriez-vous pas le faire simplement parce que je vous le demande ? De grâce.

– Avez-vous peur d'être défigurée ?

– Non, ce n'est pas ça, dit-elle en détournant son visage. Vous ne comprenez pas ? Si vous me guérissez, nous serons dans la même situation, Ryko et moi. Nous serons pareils.

Un corps énorme surgit de l'ombre et monta les marches quatre à quatre pour nous rejoindre. La lumière fit briller une poitrine musclée et des yeux terrifiés.

– Non ! rugit Ryko en se hissant sur le pont. Vous ne ferez pas ça !

Dela se tourna vers lui en un éclair.

– Et pourquoi donc ?

Le géant l'attrapa par l'épaule.

– Croyez-vous que ce soit le sort que je vous souhaite ?

Il me lança un regard où la fureur avait succédé à la crainte.

– Croyez-vous que je veuille qu'elle vous emprisonne comme moi dans son monde fantôme ?

Je mourais d'envie de me défendre, mais je préférai me retirer. C'était leur affaire et il valait mieux les laisser seuls.

– Au moins, je serais avec vous !

Dela agrippa ma tunique pour m'empêcher de m'en aller.

– Ne partez pas, Eona. Je veux que vous me guérissiez.

– Non ! implora Ryko. Je vous en prie, Dela, ne faites pas ça. Pas pour moi. Je ne pourrais pas le supporter.

Elle tendit la main vers lui mais il se déroba, comme s'il avait touché une personne sacrée, et recula en s'inclinant.

– Pardonnez-moi.

– Et moi, je ne peux pas supporter cette distance, Ryko.

Elle désigna d'un geste l'espace qu'il avait laissé prudemment entre eux.

– Si c'est pour m'épargner des souffrances, cela ne marche pas. Je souffre dès maintenant !

– C'est mieux ainsi, affirma-t-il.

Son visage tourmenté démentait ses paroles.

– Vous savez que ce n'est pas vrai.

Elle le rejoignit et posa la main sur sa poitrine, en se tendant vers lui de tout son corps vacillant.

– Je serais morte aujourd'hui si ce sabre m'avait entaillé la tête plus profondément. Croyez-vous que vous vous seriez épargné la moindre souffrance, Ryko ?

Il regardait fixement sa main. Avec lenteur, il secoua la tête.

– Dans ce cas, finissez-en avec vos grands sentiments stupides, chuchota-t-elle.

– Je veux juste vous empêcher de souffrir.

– C'est impossible.

Elle effleura son visage crispé de douleur. Il l'attira doucement vers sa poitrine. La tête de Dela arrivait juste sous son menton. Elle pressa contre lui son corps svelte, ensevelie dans l'étreinte des bras du géant. Il embrassa son front couvert de bandage, avec une tendresse qui me serra la gorge.

Me détournant en hâte, j'aperçus le garde d'Ido qui scrutait l'escalier.

– Retournez à votre poste, ordonnai-je en me plaçant devant lui pour l'empêcher de les voir.

Il s'inclina et battit en retraite. Je le suivis, en résistant à l'envie de regarder par-dessus mon épaule. Le garde reprit son poste devant la cellule d'Ido. Alors que je voulais passer sans m'arrêter, je me surpris à m'immobiliser devant la porte en bois. Ma nuque se hérissait sous l'effet de l'énergie du cyclone imminent.

– Sire Ido a-t-il dit quelque chose ? demandai-je au garde.

– Je n'ai rien entendu, noble dame.

Je hochai la tête et repris mon chemin dans le corridor, pour retrouver la solitude de ma propre cellule exiguë.

Je m'éveillai en sursaut, le visage à deux doigts de la cloison. La lampe était toujours allumée et répandait imperturbablement sa clarté dorée, malgré la violence du roulis. Le choc brutal des vagues heurtant la coque résonnait à travers le bois et j'entendais le vent hurler sinistrement, comme un dragon criant de souffrance. Me retournant sur le dos en essayant de repousser la couverture, j'aperçus une silhouette recroquevillée au pied de la couchette. La terreur me donna la force de me redresser pour mieux voir, et je reconnus Ido.

– Que faites-vous ici ? lançai-je d'une voix entrecoupée.

Il posa un doigt sur ses lèvres.

– Moins fort, Eona. Si jamais on me découvre avec vous, Kygo m'arrachera le cœur.

Je baissai la voix.

– Comment avez-vous fait pour sortir ?

– Il semble que votre lien permanent avec moi se soit rompu, répliqua-t-il avec un sourire tendu.

Il s'agrippa au bord de la couchette tandis que la jonque tanguait de plus belle. Le bois craquait bruyamment. Derrière l'assurance affichée d'Ido, je décelai une inquiétude qui m'alarma presque autant que sa présence dans ma cabine.

– Que voulez-vous ?

– Pour le moment, je veux simplement survivre aux prochaines heures. Avez-vous senti le cyclone ?

Je frottai malgré moi ma nuque, qui n'était plus hérissée mais me faisait cruellement souffrir.

Il hocha la tête.

– Le vent a doublé sa vitesse et changé de direction. Le bord du cyclone nous atteindra dans une heure environ. Nous n'y échapperons pas.

Mon malaise céda la place à une angoisse glacée. Presque tous les gens que j'aimais se trouvaient sur ce bateau.

– Nous devrions en parler à maître Tozay.

Ido leva la tête tandis qu'un nouveau craquement retentissait à travers le bois.

– Il est déjà trop tard.

– Pouvons-nous faire quelque chose pour empêcher ça ?

– C'est la raison de ma présence.

– Je croyais que nous n'étions pas assez forts pour entreprendre quoi que ce soit.

– Il en ira ainsi si je suis contraint de repousser les dragons tout en maîtrisant les éléments.

– Mais rien ne vous y oblige.

Le bateau piqua du nez et j'agrippai en hâte un casier au-dessus de ma tête.

– Les dragons ne viennent que pour moi. Vous pourriez y aller seul.

Ido se leva et s'assit à l'extrémité de la couchette.

– Eona, je ne suis pas assez fort pour venir à bout du cyclone à moi seul. Habituellement, il faut les Yeux du dragon et leurs animaux au grand complet pour dévier une telle puissance.

– Dites-moi donc si nous pouvons ou non faire quelque chose !

– J'ai eu une idée.

Il s'essuya la bouche.

– Une idée qui comporte des risques inconnus pour vous comme pour moi.

– De quoi s'agit-il ?

– D'éviter les dix dragons en vous emparant de ma volonté.

Il me regarda droit dans les yeux.

– Mais il faudra que vous me laissiez puiser dans ce pouvoir et m'en servir pour nous sortir du cyclone.

– Vous voulez que j'utilise la même contrainte que lorsque je vous ai fait appeler Dillon ?

Je rougis en me rappelant la façon dont son plaisir avait reflué en moi.

– C'est la principale source de pouvoir entre nous.

Bien que j'aie gardé ma tunique et mon pantalon, je remontai la couverture. Le risque était énorme. Chaque fois que j'empruntais ces chemins, je donnais à Ido une occasion de trouver une parade.

– Vous croyez que ça marchera ? demandai-je.
– Peut-être.
Il m'observa.
– Mais êtes-vous prête à le faire à l'insu de Kygo ?
– Pourquoi faudrait-il le lui cacher ?
– Vous lui avez parlé de votre nouvelle méthode pour me contrôler ?
Je détournai les yeux de son regard pénétrant.
– Non.
– Eh bien, quelqu'un s'en est chargé. Peut-être votre garde insulaire ? Il a certainement senti la différence avec la première fois que vous avez recouru à ce moyen.
Mon malaise était à son comble.
– Qu'est-ce qui vous fait croire que Ryko lui en aurait parlé ?
Ido leva les mains et ôta rapidement sa tunique en la faisant passer par sa tête.
– Que faites-vous là ? lançai-je en me pressant contre la cloison.
Il jeta la tunique sur la couchette. La clarté dorée de la lampe souligna les meurtrissures violettes sur ses côtes.
– À mon avis, Kygo est au courant de votre nouvelle façon de me contrôler, dit-il sèchement. Il vous interdira de recommencer et préférera se fier à Tozay. Lui obéirez-vous comme une brave petite fille ? Ou vous comporterez-vous comme l'Œil du dragon ascendant en vous rendant maîtresse de votre propre pouvoir ?
Je regardai avec stupeur son corps ravagé.
– Il a fait ça ?
– C'est l'œuvre de Yuso, au nom de Sa Majesté.

Je secouai la tête.

– Non, Yuso a agi en son propre nom. Kygo n'aurait pas recouru à un intermédiaire.

Je ne prêtai pas attention au grognement incrédule d'Ido.

– Si nous faisons comme vous dites, il faut que Kygo soit au courant. Tozay m'a demandé de mettre tout mon pouvoir au service de l'empereur, malgré l'Engagement de Service, et j'ai accepté.

– Vous avez accepté ? répéta Ido d'un air horrifié. Mais vous ne lui avez pas parlé du livre noir, n'est-ce pas ?

Je lui lançai un regard de défi.

– Pas encore.

– Ne faites jamais ça ! s'exclama-t-il en attrapant mon bras.

Je tentai de me dégager, mais il ne me lâcha pas.

– Faut-il que je vous fasse un dessin ? continua-t-il. Si Kygo entre en possession du livre noir, il commencera par m'asservir, cela va sans dire. Mais il ne s'arrêtera pas là. Vous êtes l'Œil du dragon Miroir. Votre pouvoir sera toujours plus grand que celui qu'il pourra m'extorquer. Du coup, vous serez une menace pour lui. Pas au début, peut-être, mais vos rapports se détérioreront, soit que vous ne soyez pas d'accord pour une guerre, soit qu'il considère comme des ennemis ses anciens alliés, soit qu'il se lasse de vous en tant que femme. De toute façon, il finira par vous asservir aussi.

Ido me lâcha enfin.

– Au bout du compte, le pouvoir se nourrit de pouvoir. C'est dans sa nature.

– Vous parlez sans savoir.

– Je connais les hommes, Eona, et je connais le pouvoir.

Le navire se mit à tanguer de plus belle. Je m'accrochai au rebord de la couchette tandis qu'il appuyait sa main sur la cloison pour ne pas tomber.

– Kygo a déjà profité de la première occasion pour vous demander d'enfreindre de nouveau l'Engagement. Alors qu'il vous avait juré sur la plage qu'il n'en avait pas l'intention.

– C'est Tozay qui me l'a demandé, pas Kygo.

– Cela revient au même, Eona. Ne comprenez-vous pas qu'ils vous manipulent ?

Il saisit mon menton dans sa main.

– Pauvre Eona ! Sa Majesté ne cessera d'exiger davantage de vous, par l'intermédiaire de Tozay ou d'un autre fantoche, jusqu'au moment où elle se rendra compte qu'elle a créé une menace pour son propre pouvoir. Nous savons tous comment ce genre de chose se termine.

– Cela n'arrivera pas !

Ma protestation fut presque couverte par le mugissement de la tempête.

– Il m'aime.

– Il vous a demandé d'aller contre votre volonté. Agit-on ainsi quand on aime ?

Je repoussai sa main.

– Que savez-vous de l'amour ?

Il battit des paupières.

– Je sais que l'amour aussi est une question de pouvoir. Il s'agit de prendre et de donner. D'être prêt à révéler son être véritable.

Devant l'intensité de son regard, je me sentis soudain brûlante.

Il baissa la tête, en passant son pouce sur la marque laissée par la corde autour de son poignet.

– Vous vous êtes introduite de force dans mon *hua*, Eona. Vous m'avez transformé. D'abord par votre pouvoir, ensuite simplement par celle que vous êtes.

Relevant la tête, il me lança un regard qui avait perdu toute prudence. Le besoin éperdu que j'y lus me coupa le souffle.

– Vous avez vu mes pires aspects, mes plus grandes faiblesses. Laissez-moi vous montrer ce que j'ai de meilleur. Aidez-moi à sauver ce bateau et tous ses occupants comme un véritable Œil du dragon.

Je le regardai avec stupeur, prise de court par cette déclaration d'amour. Car c'était bien ce dont il s'agissait, n'est-ce pas ? Pourtant sire Ido n'aimait rien, en dehors du pouvoir.

– Que dites-vous là ? balbutiai-je enfin.

Quittant son sérieux, il m'adressa un sourire empreint de son ironie coutumière.

– Je me demandais si vous accepteriez de m'aider à nous sauver. Le reste dépend de notre survie.

Avait-il vraiment changé ? Et qu'entendait-il par « le reste » ?

– Eona ?

Sa voix pressante me ramena à l'essentiel pour l'instant, à savoir survivre.

– D'accord.

Ido se glissa au bout de la couchette, dans le recoin fermé sur trois côtés. Il rassembla ses forces.

– Je vais entrer dans le monde énergétique.

Dès que je serai avec mon dragon, emparez-vous de ma volonté.

Il ne perdit pas de temps. Son souffle se fit plus régulier, plus profond, puis je sentis l'excitation de sa communion avec le dragon Rat et je vis des flots d'argent déferler dans ses yeux. La joie qu'exprimait son visage exacerba mon désir toujours présent de rejoindre mon dragon. Repoussant cette nostalgie douloureuse, je me concentrai sur le rythme de mon cœur en inspirant profondément et projetai mon *hua* vers la pulsation de la force vitale d'Ido. Après une brève résistance, son cœur battant s'unit au mien, en une fusion si rapide que j'en eus le souffle coupé. C'était sa façon déjà de venir à bout de mon emprise. Je lisais dans son *hua* l'histoire de ses efforts pour me vaincre, comme un défi à voix basse.

– Nous sommes prêts, dit-il.

Je ne trouvai que trop aisément le désir en moi. Cherchant le chemin qui me mènerait au cœur de la soif dévorante d'Ido, je déchaînai mon emprise. Nous poussâmes tous deux un cri quand elle déferla sur son énergie, en asservissant son ardeur à la mienne.

Mais comment pourrais-je lui transmettre ce pouvoir ? Mon instinct me dit que le seul moyen était un contact physique. J'hésitai, connaissant la force de cet homme, puis je le rejoignis au bout de la couchette. Ses mains étaient plaquées contre le mur, sa tête renversée en arrière dans son effort pour résister au besoin de combattre mon emprise. Me glissant près de lui, je voulus presser mes mains sur sa poitrine, mais une brusque secousse du bateau me rejeta en arrière.

Je serais tombée si je n'avais eu le réflexe d'agripper le rebord du lit.

– Eona ! lança-t-il d'une voix rauque. Dépêchez-vous !

Il fallait que je le touche suffisamment longtemps pour lui donner mon pouvoir. Les muscles tendus de sa poitrine et de ses épaules nues étaient chargés à la fois d'une menace et d'une sensualité qui m'attira plus près de lui. Je m'installai à califourchon sur ses jambes, consciente à la fois de mon emprise sur son corps et de la fragilité de cette domination. Respirant profondément, je pressai mes paumes contre sa poitrine. Ce contact lui arracha un grognement étouffé, mais il n'y eut aucun transfert d'énergie.

– Prenez mon pouvoir, ordonnai-je.

– Je n'y arrive pas.

Il baissa la tête avec peine. Le flot argenté était si ténu dans ses yeux que leur couleur d'ambre transparaissait de nouveau.

– Il faut que vous me le donniez, souffla-t-il.

– Comment ?

La réponse était dans mon sang brûlant et son cœur affolé sous mes mains.

Ce pouvoir se fondait sur le désir sensuel. J'allais devoir donner mon désir à Ido.

Le risque fit battre mon cœur encore plus fort. Mon désir pour Ido n'avait rien à voir avec celui que j'éprouvais pour Kygo. Il était à la fois dangereux et ambigu, exacerbé par la haine et nourri par un besoin violent, qui n'était pas de l'amour.

Mais il fallait que nous sauvions le bateau.

Après une brève prière à Kinra, je m'abandonnai à mon attirance obscure pour cet homme. Se déchaînant en moi, elle me poussa brutalement vers lui. J'enfonçai mes doigts dans ses cheveux et renversai en arrière sa tête, qui heurta violemment la cloison. L'espace d'un instant, l'ambre de ses yeux brilla d'une souffrance mêlée de plaisir, puis céda de nouveau la place au flot argenté l'entraînant dans le monde énergétique.

La réaction d'Ido m'emplit d'une ivresse victorieuse. Me penchant sur lui, je pressai ma bouche sur la sienne et sentis sa saveur d'orange et de vanille, semblable à celle de son dragon. Sa communion avec sa bête redoublait la suavité de cet échange. Il s'écroula contre moi et redressa ses jambes dans mon dos. Je répondis à la demande brutale de sa langue et de ses dents. Le pouvoir jaillit entre nous comme un éclair. Je sentis la chaleur de son rire étouffé sur mes lèvres. Son corps se pressa contre le mien et ses mains se serrèrent sur mes hanches pour m'attirer plus près encore.

Nos cœurs unirent leurs battements affolés en un flot de pouvoir surgissant de leur pulsation unique et du rythme de notre souffle haletant. Un tourbillon d'énergie se déversait dans son *hua* à travers mes chemins intérieurs, comme un torrent de métal en fusion. Je le sentis rassembler ses forces. L'extase de son union avec le dragon Rat imprégnait notre pouvoir partagé. Je sentais la présence de l'immense corps bleu galvanisé par notre énergie.

Un élan vertigineux m'arracha à la cabine du bateau. Je me retrouvai très haut au-dessus des eaux, emportée par le pouvoir au goût de vanille et d'orange. Le plaisir de mon corps terrestre était comme un orage lointain. À travers les yeux immémoriaux du dragon, je vis les vagues d'argent déchaînées et la trombe jaune du cyclone rugissant sous moi. L'ouragan se précipitait droit vers notre vaisseau minuscule. Les rafales de pluie balafraient les ondes déchaînées et des éclairs déchiraient le ciel noir, en illuminant même le domaine céleste. Non loin de là, le dragon Miroir poussa un cri. Sa splendeur rougeoyante se dressait devant moi, à la fois proche et inaccessible.

« Eona ? » C'était la voix intérieure d'Ido. Ma présence le stupéfiait. Autant que moi.

« Je suis avec vous. »

Je sentis le pouvoir entre nous jaillir dans le dragon bleu, dont le corps puissant s'imprégna d'énergie. La joie d'Ido m'inonda tandis que lui et sa bête concentraient toute notre puissance en une flèche destinée à frapper l'œil de l'énorme cyclone. Avec une maîtrise tournoyante, ils recueillirent de la glace d'altitude, des vents froids, des étincelles d'éclair, en les façonnant en un gigantesque projectile d'énergie glacée. Je sentis l'effort démesuré de l'homme et du dragon lorsqu'ils le lancèrent vers le cœur brûlant de la trombe, en détruisant l'équilibre fragile du *hua* du cyclone.

Pendant un instant terrifiant, rien ne se passa. Puis un côté du tourbillon jaune s'effondra, en entraînant loin de notre bateau sa puissance meurtrière. Les muscles énormes du dragon se bandèrent pour arrêter le choc en retour des vents déchaînés. Le cyclone se dirigea vers le continent, en tournoyant autour de son centre amoindri. Je sentis le pouvoir conjugué de l'homme et du dragon combattre avec une maîtrise subtile les restes de sa fureur abattue et la réduire à un vent puissant qui poussa notre bateau minuscule sur les vagues argentées, en route pour son but lointain.

J'étais grisée par l'autorité d'Ido sur son dragon et par la majesté de leur union. Le dragon Miroir et moi pourrions être ainsi. Nous pourrions maîtriser les éléments, dominer le *hua* du monde.

L'espace d'un instant, je fus de retour dans la cabine – la bouche d'Ido pressée sur la mienne, ses muscles puissants ondulant sous mes mains, le pouvoir impétueux se mêlant à la montée brûlante du plaisir.

Puis nous fûmes de nouveau au-dessus du bateau, dans un tourbillon d'allégresse. Les points minuscules de *hua* fourmillant sur le pont étaient sauvés, tous sauvés. Hors de portée de la fureur avide des vents tournoyants et des pluies diluviennes. Un tel pouvoir vibrait en nous...

Une main empoignant mon épaule me ramena brutalement dans mon corps terrestre. Quelqu'un m'arrachait de la couchette. Je donnai un coup de poing au hasard et atteignis mon assaillant en pleine poitrine.

– Idiote !

C'était la voix de Ryko. Je me débattis et aperçus son visage dégoûté. Il me poussa contre la cloison de la cabine puis se tourna vers l'Œil du dragon. Dela était sur le seuil, très pâle.

Ido s'élança vers le géant.

– Qu'est-ce que vous faites ? Que...

Le poing de Ryko fit taire ses protestations. Ido s'effondra sur la couchette, en pressant ses mains sur son visage. Ryko se pencha, l'attrapa par les cheveux, le hissa sur ses jambes et le projeta contre la cloison avec une aisance féroce.

– Dites à votre…

– Silence ! rugit Ryko en lançant à l'Œil du dragon un regard qui le défiait de bouger ou de parler.

– Sire Ido ! lança Dela. Il faut retourner tout de suite dans votre cabine. Ils vont se rendre compte qu'il s'agissait du pouvoir du dragon. Si Sa Majesté vous trouve ici, vous mourrez !

Attrapant Ido par le bras, elle inspecta la pièce de son œil vif d'habituée de la cour.

– Est-ce sa tunique ?

Je saisis le vêtement et le lui tendis. Elle me l'arracha, les lèvres pincées.

– J'espère que vous savez ce que vous faites.

– Nous avons sauvé le bateau ! m'exclamai-je.

Ryko se tourna vers moi d'un bond.

– Je sais. Je l'ai senti !

Il pointa le doigt sur ma tenue en désordre.

– Vous feriez mieux d'inventer une explication. En omettant le fait que vous étiez deux.

Dela entraîna Ido dans le corridor. Après m'avoir jeté un dernier regard méprisant, Ryko les suivit. Je fis un pas vers la porte puis m'immobilisai. Que pourrais-je raconter à Kygo ? Le pouvoir résonnait encore en mon corps. Ma peau était brûlante d'avoir été touchée par Ido. Je regardai la cabine. Le matelas était tout de travers. D'une main tremblante, je le remis en place puis rajustai ma tunique. J'avais besoin de sang-froid – et d'un mensonge convaincant. J'essuyai ma bouche en tâtant ma lèvre déchirée. Pressant mon doigt sur la plaie, il me sembla que la douleur minuscule était comme un écho de la honte qui m'envahissait.

Alors que j'arpentais nerveusement la pièce, j'entendis des pas se rapprocher. Je me tournai vers la porte. Kygo se dressait sur le seuil étroit, en cachant presque complètement Tozay derrière lui. Tous deux étaient trempés. Toujours prêt à se jeter dans la mêlée, Kygo était lui aussi monté sur le pont. J'éprouvai une angoisse tardive à la pensée que, s'il était resté en bas, dans la cabine de maître Tozay, il nous aurait entendus. Je m'inclinai profondément, heureuse de pouvoir dissimuler un instant mon visage.

– Dame Eona, était-ce vous ? Avez-vous apaisé les flots ? Tozay dit que seul le pouvoir du dragon a pu changer ainsi le cours de l'ouragan.

Il posa sa main sur mon épaule pour m'inviter à me relever. J'obéis et m'efforçai de partager son allégresse. Comment pourrait-il ne pas lire la vérité dans mes yeux ?

– Oui, c'était moi.

Kygo prit ma main. Sa peau était froide à côté de mon corps brûlant.

– Comment avez-vous fait ? Je croyais que vous ne pouviez vous servir de votre pouvoir que lorsque Ido vous protégeait contre les autres dragons ?

Je rassemblai mon courage. Il allait être difficile de mentir.

– Je le peux pour un bref instant, Votre Majesté. Encore que je n'aie réussi qu'à nous éloigner un peu de la tempête.

Je me détournai de Kygo pour regarder Tozay.

– J'espère que c'était suffisant, maître Tozay. Je ne peux pas faire mieux.

– C'était plus que suffisant, dame Eona, assura-t-il. Soyez remerciée.

Il s'inclina.

– Mais comment avez-vous fait ? insista Kygo.

– Sire Ido m'a beaucoup appris, Votre Majesté.

Quatre années de mensonge me permirent de garder un regard assuré et une voix égale.

– C'est pour cela que nous l'avons tiré des griffes de Sethon.

– Je suis content de voir qu'il méritait nos efforts, répliqua Kygo en me regardant lui aussi dans les yeux.

Il sourit.

– Votre pouvoir devient vraiment redoutable.

– Il est à votre service, Votre Majesté.

Je surpris le coup d'œil furtif qu'il lança à Tozay.

– C'est ce qu'on m'a dit.

Ido avait-il raison ? Étais-je manipulée par Kygo ?

– Votre lèvre saigne, observa-t-il.

Il effleura ses propres lèvres charnues.

– Je me suis sans doute mordue, déclarai-je.

J'étais heureuse qu'il ne pût voir également mon cœur battant à tout rompre ni mon esprit déchiré.

Chapitre 20

Grâce au pouvoir illicite que nous avions déployé, Ido et moi, la jonque avait un jour d'avance sur le programme et se trouvait hors de portée du cyclone amoindri. Pendant le reste de la traversée, je passai le plus clair de mon temps à élaborer un plan d'attaque avec Kygo et Tozay. Quand je n'étais pas dans la cabine de commandement à scruter des cartes ou à parler stratégie, je restais avec ma mère à échanger des banalités inoffensives ou à évoquer le père et le frère que je n'avais jamais connus. Je passais également des heures allongée sur ma couchette. Après avoir ressassé ma honte et ma confusion, je finissais toujours par revivre le moment où Ido avait maîtrisé l'ouragan et où nous avions fait déferler notre pouvoir en un flot irrésistible – ensemble.

Au moins, les séances de préparatifs militaires me permettaient d'être avec Kygo, même si l'affrontement imminent avec Sethon et mon rôle d'arme stratégique me remplissaient d'effroi. Je voyais Kygo, l'empereur, dont toute l'énergie était concentrée sur la guerre à venir. Je n'eus qu'une fois l'occasion, le matin suivant le cyclone, de passer quelques précieux instants avec Kygo, l'homme.

Tozay s'était retiré pour s'occuper d'un changement de cap, me laissant seule avec Kygo, chacun à un bout de la table où une carte du pays était déployée entre nous.

– Il n'a pas agi sur mon ordre, lança-t-il abruptement.

Je levai les yeux de la carte.

– Quand Tozay vous a demandé d'enfreindre de nouveau l'Engagement de Service, c'était son initiative. Il m'a mis devant le fait accompli.

Je me redressai, comme si mon fardeau était soudain un peu plus léger.

– Tozay m'a dit que vous ne vouliez pas me le demander.

– Je sais que vous n'avez pas envie de tuer, dit-il en hochant la tête.

Il désigna d'un geste la carte.

– Cependant vous voyez que nous ne pouvons rien sans vous.

Son sourire était sans joie.

– Je suis confronté à l'un des dilemmes inévitables dont m'avait parlé mon père. Les principes ou le pragmatisme.

– J'ai donné mon accord, Kygo. Cette fois, le pragmatisme l'emporte.

– Le pragmatisme est comme de l'eau battant le rocher des principes, murmura Kygo en citant le grand poète Cho. S'il n'est pas maîtrisé, il finit par venir à bout de l'esprit en l'usant.

Il fit le tour de la table et m'attira contre lui, en levant sa main pour caresser mon visage. Notre baiser fut lent, d'une douceur hésitante, comme si nous cherchions chacun à nous faire pardonner. Mais au milieu de notre tendre union, le souvenir de l'ardeur brutale d'Ido s'imposa à moi. Cette intrusion me remplit d'une telle honte que je reculai. Kygo me lâcha. Apparemment, nous étions tous deux prisonniers de notre culpabilité, même si elle n'était pas la même.

Je ne vis guère Dela et Ryko, durant ces derniers jours en mer. Il me semble que le géant m'évitait, mais en fait tous deux évitaient tout le monde, en profitant du bref répit de la traversée pour se créer un refuge éphémère. Dela vint me trouver une fois, alors que je prenais l'air sur le pont, pour me dire qu'ils avaient obtenu le silence du garde d'Ido en le menaçant de révéler qu'il avait quitté son poste pour épier leur rendez-vous, ce qui avait permis à l'Œil du dragon de s'échapper.

– Votre alliance avec sire Ido me terrifie, déclara-t-elle. N'oubliez pas ce qu'il a fait.

– Je ne l'oublie pas.

Le vent vif de la mer fit voler mes cheveux devant mon visage.

– Il m'a confié un message pour vous.

Elle pinça les lèvres, comme si les mots avaient mauvais goût.

– Que dit-il ?

– Qu'il vous a dans le sang.

Je baissai les yeux sur le pont pour cacher l'agitation de mon propre sang en réponse.

– Ce sont les mots d'un amant, Eona.

– Sire Ido n'aime que le pouvoir, lançai-je. Je ne le sais que trop.

Elle ne parut pas convaincue.

Comme elle retournait vers l'écoutille après s'être inclinée, je l'appelai :

– Dela !

Elle me regarda par-dessus l'épaule.

– Ryko me déteste-t-il ?

Son visage s'adoucit.

– Ryko ne vous déteste pas. Il veut vous sauver, Eona. Comme il veut sauver tout le monde.

Tandis que je la regardais s'éloigner, je sentis la tristesse serrer ma gorge. Ryko voulait sauver tout le monde – sauf lui-même.

Quand nous jetâmes enfin l'ancre dans la baie profonde de l'Est où nous avions rendez-vous, l'agitation générale trahit un soulagement certain. Je crois que nous avions tous envie de sortir du bateau pour affronter d'autres ennemis que les ombres maléfiques hantant nos esprits.

Il est rare que ce que nous apporte le monde réel soit pire que ce que nous imaginions.

Accoudée au bastingage, j'observais le panorama de dunes de sable, de rochers ocre et de taches de verdure clairsemée brillant au soleil du soir. Tel était l'Est, le bastion du pouvoir de mon dragon. Après cinq siècles d'abandon, ce n'était qu'un désert brûlant et désolé qu'habitaient seules les tribus frontalières. À présent, le dragon Miroir était de retour. La créature céleste amenait les bienfaits verdoyants du renouveau et peut-être, si les dieux nous étaient favorables, la victoire.

– Dame Eona !

La voix de Ryko me tira de ma rêverie. Il me tendit un fourreau de cuir auquel étaient fixées deux gaines d'où émergeaient les gardes ornées de pierres de lune et de jade des sabres de Kinra.

– Sa Majesté a ordonné que chacun soit armé en permanence, déclara-t-il. J'ai graissé les lames.

Non sans hésitation, je pris le fourreau. Je n'avais pas touché aux sabres de Kinra depuis le carnage de l'auberge du village – cela semblait si lointain. Les bras croisés, Ryko attendit que je vérifie les lames. Je serrai les dents et saisis l'une des poignées recouvertes de cuir. La fureur de Kinra bouillonna dans mon sang. Elle était toujours là, toujours intense.

– C'est bien, assurai-je d'une voix hésitante en rengainant le sabre.

Dès que je lâchai la poignée, je fus délivrée de la fureur de mon ancêtre.

– Et l'autre ? demanda Ryko.

– Je vous fais confiance.

– Vérifiez, noble dame.

Je tirai le sabre, dont la lame glissant avec aisance murmura un chant de mort. Je rangeai l'arme en hâte.

– Impeccable. Je vous remercie.

Il s'inclina.

– Ryko !

D'un air méfiant, il leva les yeux.

– Merci d'avoir pris soin de mes sabres.

Ce n'était pas ce que je voulais dire, mais la tension entre nous m'empêcha de parler librement.

– C'est mon devoir, répliqua-t-il. Je ferai toujours mon devoir.

Il s'éloigna à reculons.

La vigie juchée en haut du mât annonça enfin que nous étions attendus sur le rivage, quoique je n'aperçusse personne sur la plage ou dans les dunes.

Je pris place dans le premier canot avec Kygo, Tozay et deux des archers de Caido. Une autre embarcation plus importante suivit avec Dela, Ryko et plusieurs hommes armés, dont deux gardaient Ido. Nous parcourûmes en silence la distance entre la jonque et le rivage. L'air paraissait étrangement chaud et calme après les rafales des vents marins. Il n'y avait aucune trace de nos alliés sur la vaste étendue sablonneuse.

– Où sont-ils ? chuchotai-je.

– Attendez, commanda Tozay.

Les deux canots atteignirent le rivage en même temps. Les archers nous couvrirent tandis que nous pataugions dans l'eau chaude jusqu'à la plage. Plissant les yeux dans la lumière éblouissante, j'observai l'horizon de sable onduleux. La certitude d'être épiée me hérissait la peau. Tozay nous conduisit au-delà de la ligne de marée puis s'immobilisa, les mains sur les hanches, en fixant les dunes se déployant devant nous. Du coin de l'œil, je vis quelque chose bouger. Je me retournai d'un bond en saisissant les sabres de Kinra, imitée par les archers. Le sable se souleva avec un frémissement, révélant des silhouettes humaines tapies sous lui.

– Ne tirez pas ! rugit Tozay.

Je baissai les mains. Une vingtaine d'hommes se mirent debout. Leurs vêtements avaient la même couleur que le sable. En brandissant leurs armes, ils nous observèrent. L'un d'eux leva son poing, qui décrivit un arc de cercle dans l'air.

Tozay répondit par le même signal.

– La voie est libre, dit-il à Kygo.

Nous avions fait la jonction avec l'armée de la Résistance de l'Est.

Le chef à la voix douce fit arrêter son cheval puis se retourna sur sa selle, en attendant que Kygo amène notre robuste destrier des sables à sa hauteur. Je chevauchais de nouveau derrière l'empereur, mais cette fois sa main couvrait la mienne tandis que je tenais sa taille, et nos corps bougeaient à l'unisson, en une harmonie envoûtante. Nous avions voyagé toute la nuit avec les guerriers des dunes, en montant vers des hauteurs plus favorables aux combats. Le sable argenté par la lune avait cédé peu à peu la place à des plaines monotones d'où surgissaient d'étranges formations rocheuses. À présent la lumière blafarde d'avant l'aube éclairait un paysage broussailleux et les visages de mes compagnons.

Kygo immobilisa sa monture à côté du chef des guerriers des dunes. Tozay se plaça derrière nous.

– Comme vous l'avez demandé, Votre Majesté, dit le chef en s'inclinant, nous sommes maintenant à environ un quart d'heure de notre camp.

Ses paroles semblèrent faire s'élever comme par magie une odeur de fumée dans l'air frais du petit jour. J'aperçus un rougeoiement lointain qui annonçait des feux de cuisine.

Kygo hocha la tête.

– Lequel de vos hommes a le cheval le plus docile ?

Le chef fit signe de la main à un cavalier derrière nous. Me retournant pour le voir, je souris à Dela montée sur un cheval gris, avec ma mère qui s'agrippait nerveusement à sa taille. Cependant mon attention fut surtout attirée par Ido, que je regardai du coin de l'œil. Il montait l'un des chevaux les plus imposants. Bien que ses poignets fussent attachés au pommeau de la selle, son attitude était empreinte d'une grâce aisée. Il m'observait par en dessous, les yeux mi-clos, avec un sourire aussi intime que si ses mains avaient serré mes hanches au lieu d'être attachées à une selle. Je sentis ma peau s'enflammer au souvenir de ses mains sur moi, et me tournai précipitamment vers l'avant.

Le cavalier appelé par le chef mit pied à terre et s'inclina devant Kygo. Son visage portait encore des traces de son camouflage de sable.

– Votre cheval accepterait-il un novice ? demanda Kygo.

– Oui, Votre Majesté. Ma jument est aussi placide qu'un rocher. Même mon fils de trois ans la monte sans selle.

Kygo me regarda.

– Croyez-vous pouvoir vous débrouiller avec elle, dame Eona ? Je voudrais que vous entriez dans le camp en chevauchant à mon côté.

Malgré le sérieux de cette proposition, qui était manifestement davantage qu'une question de protocole, je constatai qu'il souriait avec un certain amusement.

– Cela va de soi, assurai-je.

En fait, je doutais de pouvoir rester en place sur l'un de ces monstres. Mais j'essaierais. Au moins, je savais comment mettre pied à terre. Je lançai ma jambe sur le côté et réussis à atterrir avec une certaine grâce sur le gravier.

Le cavalier me sourit d'un air encourageant, en m'invitant à caresser sa jument.

– Elle s'appelle Ren, dit-il. Cela signifie « patience » dans la langue de ma tribu.

Je fis glisser ma main sur l'encolure soyeuse. La pauvre bête aurait besoin de beaucoup de patience, une fois que je serais sur son dos.

Ren se révéla aussi exemplaire que l'avait dit son maître. Elle fit preuve d'un calme et d'une indulgence sans faille envers mes mains lourdes et mes gestes maladroits. Kygo chevauchait si près de moi que les épaules de nos montures se touchaient presque. Que les dieux bénissent Ren pour sa douceur ! Elle ne faisait même pas attention au cheval de Kygo quand il venait mordiller sa bride.

– Vous vous en sortez bien, déclara Kygo.

– Elle me permet de faire bonne figure, dis-je en lui lançant un regard aigu. Mais c'est bien le but, n'est-ce pas ? Je me demande ce qui vous inquiète ainsi.

– Vous comprenez toujours si vite, *naiso*.

Il se pencha vers moi et baissa la voix.

– En tant que chef de l'armée, Sethon a combattu sans pitié les tribus de l'Est pendant des années, de sorte que les habitants de la région le haïssent. Cependant ils ne sont pas non plus entièrement convaincus par moi. Après tout, mon père a autorisé les campagnes de Sethon.

Il glissa sa main le long de sa natte.

– De plus, ils n'ont pas pour les Yeux du dragon la même vénération que le reste du pays, puisque cela fait cinq siècles qu'ils sont privés de leurs bienfaits.

C'est-à-dire depuis que l'Œil du dragon Miroir avait été exécutée et que son animal céleste avait fui. Les gens de l'Est conservaient-ils des légendes à propos de Kinra ? Ou avait-elle été effacée de leurs histoires aussi ?

– Et maintenant le dragon Miroir est de retour, continuai-je à sa place. Et son Œil du dragon arrive parmi eux. Que va-t-il se passer, à votre avis ?

Il jeta un coup d'œil sur Tozay, qui chevauchait à quelques pas derrière nous.

– Tozay prétend que les gens de l'Est ne respectent que la force. Nous allons donc devoir démontrer notre force.

Il se tourna vers moi, le visage sombre.

– Êtes-vous prête à cette épreuve… mon amour ?

Ces mots tendres prononcés d'un ton hésitant me bouleversèrent. Kygo m'avait appelée son amour. Je savais qu'il me mettait en garde contre les gens de l'Est, mais je ne pouvais penser qu'à ces mots si doux. Il me fut impossible de retenir un sourire plein de joie.

– Oui, lançai-je. Oui, je suis prête.

J'aurais voulu me montrer aussi tendre que lui, mais je ne savais que dire. Je n'avais jamais donné un petit nom à quelqu'un. Toutefois mon sourire suffisait, apparemment, car Kygo se pencha et prit ma main, avec un sourire qui était comme un baiser.

Pendant un instant exultant, j'oubliai que je lui avais menti à propos d'Ido et du cyclone. Puis l'Œil du dragon s'imposa de nouveau à ma pensée, je me rappelai ses mains sur mon corps, sa bouche sur ma bouche, et la splendeur de son pouvoir. Si Kygo avait su tout cela, il ne m'aurait pas appelée son amour.

Le chef des guerriers des dunes immobilisa son cheval.

– Nous sommes arrivés, annonça-t-il.

Kygo se détourna de moi, ce qui me soulagea car je ne pouvais plus soutenir son regard.

L'homme fit un geste en avant.

– Votre armée vous attend, Votre Majesté.

S'inclinant sur sa selle, il attendit que nous le précédions pour conduire notre troupe dans le camp de la Résistance.

Je n'avais jamais vu autant de gens rassemblés dans un même endroit, même dans l'arène des Dragons ou dans le camp du cratère. Je crispai malgré moi mes mains sur les rênes, tirant ainsi sur le mors de la pauvre Ren, tandis que nous avancions entre deux mers de corps inclinés s'étendant à perte de vue dans la pénombre blême du matin. Au-delà, les tentes basses des soldats et celles des tribus, rondes et plus hautes, s'alignaient comme les rues d'une ville si vaste que les dernières constructions n'étaient que des points pâles à la lueur de feux de cuisine.

Tout cela sous l'autorité de Kygo. Et sous la protection de mon pouvoir.

Je jetai un coup d'œil sur Kygo. Les yeux fixés droit devant lui, il avait abandonné son attitude détendue de cavalier pour une raideur pleine de majesté. Toute son attention se concentrait sur les six hommes inclinés devant une énorme tente ronde, qui d'après sa taille et sa situation devait être une salle de réception.

J'eus un instant de satisfaction absurde en immobilisant Ren juste à côté du cheval de Kygo. Je n'étais pas tombée et j'avais réussi à m'arrêter. Suivant l'exemple de Kygo, je passai ma jambe par-dessus le dos de ma monture et mis pied à terre. Je profitai de ce mouvement de torsion pour regarder furtivement Ido, encore à cheval derrière nous. L'un des guerriers des dunes coupait la corde l'attachant à la selle.

– Levez-vous, ordonna Kygo.

Les six hommes s'exécutèrent. Regardant dans mon dos, auquel était fixé le fourreau des sabres de Kinra, je vis l'ordre impérial déferler comme une vague sur l'océan de corps derrière nous.

– Voici dame Eona, Œil du dragon Miroir et *naiso* impérial, proclama Kygo.

Les six dignitaires m'observèrent un instant. Malgré leurs visages impassibles, je sentis leur déception, comme s'ils me l'avaient criée en plein visage : « Une femme ! »

– Vous connaissez le général Tozay, poursuivit Kygo.

Il tourna la tête vers Ido.

– Et voilà sire Ido, Œil du dragon Rat.

Cette fois, les dignitaires échangèrent des regards entendus. Des murmures s'élevèrent dans la foule. L'un des dignitaires, un homme imposant d'une trentaine d'années plissant les yeux en permanence dans le soleil, s'avança vers nous. Son manteau rouge vif s'ornait d'un aigle brodé sur chaque manche. Les six hommes arboraient tous des couleurs éclatantes – vert émeraude, bleu ciel, rouge, violet, orange, et leurs vêtements se détachaient de façon éblouissante sur le fond terne du reste du camp.

– Que Votre Majesté et dame Eona soient les bienvenus, lança-t-il en évitant de regarder Ido. Je suis Rulan, chef des Haya Ro. Je vous salue au nom de toutes les tribus.

– Rulan, dit Kygo. Sire Ido est l'Œil du dragon Rat. Saluez-le.

Le gros homme hésita.

– C'est un traître.

– Saluez-le !

Rulan pinça les lèvres.

– Et nous saluons sire Ido, dit-il entre ses dents.

Kygo avait gagné la première manche. Rulan désigna d'un geste l'homme en vert émeraude.

– Voici Soran, chef des Kotowi et frère de la tribu des Haya Ro.

Il entreprit de donner les noms et les titres des quatre hommes derrière lui, mais ces présentations compliquées se réduisirent pour moi à une série de mots étranges. J'avais remarqué l'hostilité des villageois de Sokayo envers Ido, mais celle que je sentais ici était encore plus virulente.

Lorsque Rulan eut terminé en s'inclinant, Soran, le premier dignitaire qu'il avait nommé, s'avança à son tour.

– Votre Majesté, puis-je vous quitter pour accueillir ma fille-fils, Dela ? demanda-t-il. Cela fait six ans qu'elle est loin de nous.

Kygo acquiesça de la tête en souriant.

– Bien sûr, Soran. Je sais que Dela a été envoyée comme rançon à la cour de mon père, mais il l'aimait beaucoup et elle a occupé auprès de lui une position éminente.

C'était donc le père de Dela ? En regardant mieux, je discernai une certaine ressemblance – le nez orgueilleux, les yeux enfoncés, l'expression ironique du visage anguleux.

Soran s'inclina et s'éloigna à reculons. Je vis

le visage de Dela s'illuminer quand elle aperçut son père. Tant d'amour m'émerveilla. Et tant de chaleur entre eux, lorsqu'il la serra contre sa poitrine. Ma mère les regarda en souriant tristement. Comparait-elle nos retrouvailles avec ce moment de joie ? C'était une femme gentille, qui méritait davantage que le détachement poli que je lui avais manifesté sur le bateau. Après tout, nous étions du même sang.

Me retournant, je vis que Rulan nous invitait à le suivre jusqu'à la porte en bois de la tente circulaire. Celle-ci était couverte d'une toile blanche. À travers des fentes, j'aperçus une autre toile épaisse, plus sombre – de la laine, peut-être, ou du feutre. Les deux couches étaient attachées à l'armature de la tente avec des cordes en faisant plusieurs fois le tour. J'avais entendu dire que de telles tentes pouvaient être démontées en une heure mais qu'elles étaient assez solides pour résister à des tempêtes de sable.

Alors que j'entrais à la suite de Kygo, je m'arrêtai un instant devant l'opulence colorée qui s'offrait à mes yeux. Les murs étaient couverts d'une toile teinte en losanges rouges, blancs et verts. Le sol disparaissait sous des tapis où les verts, les rouges et les jaunes rivalisaient d'éclat. Deux longs piliers de bois sculptés de motifs compliqués soutenaient le plafond de la tente. Un grand brasero sans couvercle se dressait entre eux et répandait une vive chaleur et une lumière assourdie. De longues banquettes rembourrées de coussins multicolores s'alignaient sur plusieurs rangs le long des murs incurvés, en laissant un vaste espace libre au centre. Une banquette plus élevée n'avait aucun siège derrière elle – c'était manifestement le lieu du pouvoir. Rulan nous conduisit vers elle. L'empereur et son *naiso* Œil du dragon devaient être assis côte à côte.

La salle ronde ne tarda pas à se remplir. Comme il n'y avait qu'une porte, je ne manquai pas l'entrée de ma mère, suivie de Dela et de Soran. L'émotion de ces derniers était évidente – ils avaient les yeux rouges et Soran enlaçait l'épaule de Dela en un geste protecteur. Je vis aussi entrer Ido et notai que tous s'écartaient imperceptiblement de lui tandis que Yuso et Ryko le conduisaient au milieu des banquettes. Ses mains n'étaient plus attachées avec une corde mais emprisonnées dans de lourdes chaînes.

Remarquant mon regard, Kygo se pencha vers moi, si près que je sentis son souffle chaud sur mon oreille.

– La solidité massive du fer fait plus d'effet sur ces gens qu'une simple corde. Ils le tueront dans la minute s'ils pensent qu'il échappe à notre contrôle.

Ido regardait l'assistance d'un air de défi, de ses yeux d'ambre brillant d'un éclat d'or assombri. Même quand ils se posèrent sur moi, leur expression ne changea pas. On le poussa sur la banquette du premier rang à ma droite. Me forçant à regarder ailleurs, j'observai la salle de réception. Rulan et ses cinq compagnons étaient assis à notre droite. En dehors de notre escorte, l'assistance se composait d'une quarantaine d'hommes – et de quelques femmes – semblant tous d'un rang élevé. Ils portaient des vêtements de cérémonie aux couleurs vives et aux broderies compliquées. Et ils avaient les yeux fixés sur Kygo et sur moi, dans la tente dont les parois rembourrées étouffaient leurs conversations à voix basse.

Assis sur un siège plus bas, Rulan s'inclina en direction de Kygo puis tapa dans ses mains en jetant des regards menaçants à la ronde pour attirer l'attention.

– Notre empereur est ici et nous avons beaucoup à discuter, déclara-t-il tandis que le silence se faisait. Nous devons d'abord rendre honneur à dame Eona et au dragon Miroir. Bien des générations ont passé sans un dragon dans l'Est et il se peut que dame Eona ne comprenne pas nos usages. Nous avons survécu. Peut-être notre indépendance peut-elle sembler insultante. Nous n'ignorons pourtant pas le respect, noble dame.

Il fit signe à deux hommes près de la porte de la rouvrir, puis il se tourna de nouveau vers moi.

– Normalement, nous ne tolérerions pas qu'une telle faiblesse nous souille de son infortune, mais nous savons que ces gens comptent beaucoup pour vous.

Il leva la main pour mettre fin aux murmures de l'assistance.

– Considérez ceci comme un geste de bonne volonté.

Déconcertée, je regardai la porte.

Pendant un instant, je ne reconnus pas le visage de la femme. Puis l'image de tout ce qu'était Rilla s'imposa à moi : la sécurité, l'affection, et un sourire qui disait toujours la vérité. Derrière elle s'avançait Lon, le robuste serviteur, lequel portait dans ses bras le corps infirme de mon bien-aimé Chart. Je m'élançai vers les mains tendues de Rilla.

– Vous êtes sains et saufs !

Je sanglotais presque tandis qu'elle me serrait contre elle à m'étouffer. Sa joue contre la mienne était douce et je respirai son parfum familier, évoquant le savon et un dur labeur.

– Seigneur…

Elle s'interrompit en riant.

– Je veux dire, noble dame. Nous avons entendu tant de récits contradictoires.

Malgré sa joie, elle recula pour m'examiner avec attention.

– Vous me semblez fatiguée, dit-elle.

Je lus dans ses yeux perspicaces qu'elle savait déjà que c'était plus qu'une simple fatigue.

– Et vous ne boitez plus !

– Je vous raconterai plus tard, assurai-je.

Lon s'immobilisa à côté de nous, en s'efforçant de ne pas lâcher son jeune maître qui se démenait avec excitation. Même si les muscles déformés de Chart l'avaient presque plié en deux, il avait la vigueur de ses quinze ans. Quelques-uns des assistants non loin de nous se détournèrent à sa vue, en faisant un geste de conjuration.

– Dame… Eon… a ! bredouilla Chart en me tendant les mains.

Je serrai ses doigts maigres. Son disque d'affranchissement, attestant qu'il était libéré de sa servitude, pendait à la cordelette de cuir qu'il portait autour du cou. C'était le symbole de sa dignité d'homme libre. Manifestement, il ne signifiait rien pour ces gens de l'Est, lesquels ne voyaient que le corps estropié de Chart.

Une idée naissait en moi. Ne pourrais-je pas le guérir avec mon pouvoir ? Redresser son corps ?

Il esquissa une grimace joyeuse.

– Vous n'êtes… pas laide… comme fille.

Je me penchai vers lui en souriant.

– Pense à toutes ces fois où tu aurais pu me peloter, chuchotai-je.

Il éclata de son rire bruyant, en tressautant dans les bras de Lon. Je souris au colosse.

– Bonjour, Lon !

Baissant la voix, je lui demandai :

– Avez-vous été bien traités ?

– Oui, noble dame, répondit-il en baissant la tête. Nous allons bien. Et nous sommes heureux de vous voir hors de danger.

– Dame Eona…

La voix de Kygo était ferme, mais il souriait.

– Je comprends votre joie de revoir vos amis et je la partage, cependant nous devons poursuivre.

Malgré sa bienveillance, je sentis qu'il était tendu. Je regardai ma mère d'un air contrit. Elle aussi devait avoir vu ma joie. Néanmoins elle me sourit avec une douceur pleine de compréhension, et je lui adressai à mon tour un sourire reconnaissant.

– Bien sûr, Votre Majesté, nous devons poursuivre, déclarai-je ensuite.

Je me tournai vers Rulan.

– Je vous remercie, vous et les vôtres, d'avoir retrouvé mes amis.

Posant la main sur l'épaule de Rilla, je la menai avec ses compagnons vers la banquette surélevée.

– Venez vous asseoir près de moi.

Mon ordre décidé mit dans l'embarras les

gardes de la porte, qui entendaient manifestement faire sortir Chart. Rulan leur fit signe d'un geste de s'éloigner. Sans prêter attention au malaise d'une partie de l'assistance, je repris ma place à côté de Kygo tandis que mes trois amis s'asseyaient à mes pieds sur les tapis.

– Vous avez certes su survivre sans les bienfaits d'un dragon, déclara Kygo aux dignitaires des tribus. Et votre courage et votre adresse dans les combats sont légendaires.

Il effleura sur son cou la Perle impériale, dont l'éclat pâle attirait tous les regards.

– Comme vous le voyez, je suis l'héritier légitime du trône. La perle est en moi, fait partie de mon être. Et avec le soutien de la puissance du dragon Miroir et du dragon Rat, nous sortirons victorieux du combat qui se prépare.

Rulan fit taire d'un geste les voix qui s'élevaient.

– Nous reconnaissons votre légitimité, Votre Majesté, dit-il. Mais avec tout le respect que nous vous devons, vous nous avez amené une femme à peine sortie de l'enfance et un traître qui a tué ses frères Yeux du dragon et pris le parti de notre ennemi. Nous ne voyons pas comment son pouvoir pourrait servir nos desseins. Ni comment une jeune fille pourrait ne pas s'enfuir dès qu'il faudra combattre.

Je vis Tozay se raidir sur la banquette à notre gauche.

– Dame Eona n'est pas du genre à s'enfuir, assura Kygo d'un ton froid. Elle a autant de courage que n'importe quel homme dans cette salle. Et elle est la maîtresse du pouvoir de sire Ido. Il obéira à ses ordres, de même qu'elle obéira aux miens.

Le changement d'atmosphère dans la tente me remplit d'angoisse. Je me redressai. Je n'osais même pas déglutir, de peur que ce ne soit considéré comme une faiblesse.

– Faites-nous donc la démonstration de ce système si sûr, Votre Majesté, répliqua Rulan. Prouvez-nous que tout ce pouvoir est vraiment à votre disposition, et nous vous suivrons d'un cœur joyeux jusqu'à la victoire ou la mort.

Ses paroles furent accueillies par des cris d'enthousiasme de l'assistance.

– Silence ! commanda Kygo.

Les clameurs cessèrent aussitôt et tous l'observèrent avec une impatience contenue.

– Vous avez quelque chose en tête, Rulan, dit-il d'un ton neutre. De quoi s'agit-il ?

Rulan regarda à la ronde en souriant avant de répondre, mettant ainsi l'excitation des siens à son comble.

– Que dame Eona se rende maîtresse du pouvoir de sire Ido, lança-t-il enfin.

Son regard effleura l'Œil du dragon puis se fixa sur moi.

– Forcez-le à tenir son bras dans les charbons du brasero le temps de compter jusqu'à dix, en hommage à chacun des seigneurs Yeux du dragon qu'il a trahis.

À côté de moi, Rilla poussa un cri étouffé. Je me forçai à soutenir le regard de défi que me lançait Rulan. Ce qu'il me demandait était trop violent. Je ne pouvais pas faire une chose pareille. Toutefois j'avais placé mon pouvoir sous l'autorité de Kygo, et je ne pouvais revenir sur cette promesse. Peut-être Kygo allait-il refuser. S'il m'aimait autant que l'avait dit Tozay, autant que ses mots tendres et ses caresses semblaient l'indiquer, il m'épargnerait cette épreuve.

Je me détournai de Rulan, en espérant que Kygo verrait ma répugnance. Mais il regardait fixement Ido, la mâchoire serrée. Il avait besoin des tribus de l'Est. Il ne pouvait pas refuser ni faire preuve de faiblesse. Et en tant que *naiso* et Œil du dragon, je ne le pouvais pas non plus.

Le regard dur d'Ido se posa sur moi. Il n'était pas du genre à supplier, mais je vis ses traits se crisper furtivement. Devant ce qu'il lut sur mon visage, il ferma les yeux.

– Le temps de compter jusqu'à dix, concéda Kygo.

Ido serra les poings dans ses chaînes.

– Ryko, dit Kygo. Emmenez Lillia dehors.

Le géant s'inclina et sortit de la tente avec ma mère. Malgré mon effroi, je me sentis un peu réconfortée. Kygo venait de mettre Ryko à l'abri de l'influence directe de mon emprise tout en cachant la vérité à Lillia. Je me tournai vers Rilla. Elle aussi aurait dû sortir, de même que Chart, mais elle avait pris l'expression obstinée que je connaissais si bien. Il n'était pas question qu'elle s'en aille.

– Yuso, ordonna Kygo en désignant le brasero.

Le capitaine attrapa le bras d'Ido pour le mettre debout, mais l'Œil du dragon se dégagea brutalement et se leva de son propre gré. Il regarda à la ronde avec une lenteur délibérée et je compris à cet instant combien sa volonté était forte, car il n'y avait aucun visage ami dans cette foule, aucune consolation à attendre. Puis il se dirigea vers le brasero, suivi de Yuso.

– Dame Eona, dit Kygo.

Il me lança un regard, et je vis enfin ce qu'il éprouvait au fond de son cœur : de la colère envers Rulan, qui lui forçait la main, et du regret pour moi.

– Faites la démonstration de votre pouvoir à Rulan.

Je me levai tandis que Yuso libérait de leurs chaînes les poignets d'Ido. Le silence était si absolu que j'entendais les battements de cœur affolés d'Ido – ou peut-être étaient-ce les miens. Je m'avançai jusqu'à lui. Je voulais qu'il rencontre au moins un regard de compassion, même si c'était celui de son bourreau.

– Recommençons, dis-je en espérant qu'il comprendrait.

Il hocha la tête presque imperceptiblement, le visage pâli par l'appréhension.

Je projetai mon *hua* et trouvai la pulsation de son cœur, que j'unis à la mienne. Puis je m'enfonçai plus profond, en empruntant les chemins brillant entre nous d'une flamme obscure et mêlant le plaisir et la souffrance. Cette fois, il résista. Je renversai sans pitié ses défenses et mon emprise déferla sur lui. Ses yeux s'écarquillèrent sous l'effet de l'énergie jaillissant à travers nous.

– Sire Ido, mettez votre bras dans le brasero, ordonnai-je en luttant contre la nausée qui montait en moi.

Je sentis la fureur instinctive d'Ido devant cet ordre, la tension des muscles de ses bras se raidissant contre ma volonté. Mais il ne put résister à la puissance qui l'habitait. Renversant la tête en arrière, il se retourna et plongea son bras dans les charbons ardents. Son cri étouffé retentit en moi et sa douleur irradia mon *hua*.

– Un, deux… compta Kygo.

J'entendis les assistants retenir leur souffle, mais j'étais concentrée sur Ido et les chemins nous liant l'un à l'autre. J'avais un plan.

– Trois, lança Kygo au milieu des cris excités de la foule. Quatre.

La douleur n'était qu'une forme d'énergie parmi d'autres – c'était Ido qui l'avait dit. Et l'énergie pouvait être dirigée, arrêtée, assimilée. Je m'emparai du tourment déchirant les trois méridiens de son bras. En serrant les dents pour résister au choc en retour de la souffrance brûlante, je projetai mon *hua* vers le point où ils convergeaient en haut de son épaule, de façon à endiguer le flot de la sensation insoutenable.

Ido tomba à genoux. Autour de nous, les assistants hurlaient sans retenue.

– Silence ! rugit Tozay.

Des chuchotements succédèrent aux cris. Je respirais les mêmes effluves que ceux portés par le vent chargé de cendres sur la plage – des relents de souffrance, de brûlure et de peur.

– Cinq, continua Kygo d'une voix impassible. Six.

Endiguer cette douleur était comme arrêter un bélier à mains nues. Mais je sentis le souffle d'Ido s'apaiser, son corps se détendre un peu.

– Sept… huit.

La souffrance filtrait à travers mon barrage et

déchirait notre *hua*, comme s'il était percé par des pointes incandescentes.

– Neuf… dix !

Agrippant le dos de la tunique d'Ido, je le tirai loin du brasero – et de ma protection. Il s'écroula en haletant sur les tapis. L'odeur de chair brûlée et la vision de son bras ravagé me donnèrent la nausée, mais je n'avais pas le temps d'être horrifiée. Je laissai libre cours à ma fureur.

– Ce n'est pas là le but du pouvoir du dragon ! criai-je à Rulan. Je vais vous montrer ce qu'est en réalité la puissance du dragon Miroir !

Plaquant mes mains sur la poitrine d'Ido, je pénétrai dans le monde énergétique en une seule inspiration, au milieu d'un déferlement de couleurs.

La tente débordait de *hua*. Une violence argentée jaillissait des corps transparents de la foule. Le torrent d'énergie déchaînée ruisselait autour de la tente et entre les deux dragons accroupis au-dessus de nous. Le dragon bleu poussa un cri quand je sentis au fond de moi le choc de l'union d'Ido avec son pouvoir. La dévastation de son bras était comme une parcelle de mort noire dans son corps énergétique. J'appelai la majesté du dragon Miroir. Ma fureur s'unit à sa splendeur dorée en une explosion de pouvoir prêt à guérir. Se concentrant sur le bras d'Ido, notre *hua* répara les chairs brûlées et les os carbonisés avec une autorité nouvelle. Nous entendîmes le gémissement étouffé de la douleur se taire enfin. Ido tendit la main et agrippa mon bras terrestre tandis que le dragon bleu se redressait.

Mais nous n'avions pas terminé. Ces barbares

ignorants allaient voir la véritable magnificence du dragon Miroir et de son Œil du dragon.

– Contenez les dix dragons, lançai-je à Ido. Aussi longtemps que possible.

Il hocha la tête. La créature bleue se mit à décrire des cercles autour de la pulsation rougeoyante de ma bête céleste.

Me relevant, je me dirigeai vers Rilla et Chart. Une terreur argentée vibrait dans leur corps lorsque je m'agenouillai à côté d'eux.

La voix de Rilla s'éleva dans le jaillissement de son *hua*.

– Eona ! Qu'est-ce que vous faites ?

Le corps de Chart se recroquevilla devant moi quand je posai mes mains énergétiques sur sa poitrine maigre, où les points de puissance tournoyaient avec une vitalité exubérante. Le pouvoir doré déferla à la recherche de dommages remontant à sa naissance, enfouis dans la mémoire de sa croissance, inscrits dans la structure de ses os et de ses muscles et, plus profondément encore, dans les tourbillons d'énergie circulant entre l'esprit et le corps. Notre pouvoir creusait et dénouait, rebâtissait et ressoudait. Notre union dorée se déchaînait en nous comme un orage. Nous étions *hua*, nous étions la force de la création.

« Ils arrivent », m'avertit la voix intérieure d'Ido.

Nous sentîmes l'approche des bêtes endeuillées oppresser notre énergie.

Je détachai aussitôt mes mains de la poitrine de Chart, et le monde céleste tournoyant céda la place à la chaleur immobile, à la puanteur et au silence stupéfait régnant dans la tente. Brutalement séparée de la splendeur de mon dragon, je sentis un manque cruel glacer mon cœur. Je baissai les yeux sur le visage de Chart. N'étant plus déformés par ses efforts pour maîtriser ses muscles, ses traits m'apparurent soudain dans leur réalité à la fois familière et bouleversante.

Le souffle me manqua. Il était le portrait de mon ancien maître, l'homme qui m'avait trouvée dans la saline et m'avait ouvert la voie de ce pouvoir. Levant la main, Chart regarda fixement ses doigts écartés. Sa stupeur hébétée éteignit les dernières flammes de ma juste colère.

Les sanglots de Rilla me firent lever la tête. Tremblant de tous ses membres sous le choc, elle effleura la joue de Chart.

– Dame Eona, lança Kygo.

Je me tournai vers lui. Il me tendit la main, comme une planche de salut dans le désarroi de mon pouvoir s'effaçant de moi, et m'aida à me mettre debout. Un peu plus loin, Ido se releva péniblement. Le déferlement d'énergie entre nous avait laissé un léger sourire sur ses lèvres.

Kygo parcourut du regard l'assistance médusée.

– Vous avez vu le pouvoir et la détermination de dame Eona, dit-il d'un ton tranchant. Soyez heureux d'avoir été également témoins de sa compassion et de sa modération.

Chapitre 21

Rulan écarta de moi une branche tandis que j'émergeais à la suite de Kygo du bosquet broussailleux menant au poste d'observation, d'où l'on avait la meilleure vue sur le camp de Sethon. Les gens des tribus se montraient assurément plus respectueux depuis ma démonstration de puissance. J'essuyai la sueur à la base de mon cou et soufflai pour me rafraîchir. On était à l'heure la plus chaude de la journée et Kygo nous imposait un rythme impitoyable. Il était décidé à se faire rapidement une idée des ressources de la Résistance, ainsi que des ennemis nous faisant face sur la plaine à nos pieds.

Je n'avais même pas pu voir Rilla et Chart pour fêter le prodige du pouvoir de guérison de mon dragon. Ni pour mettre Chart au courant de l'effet de ce pouvoir sur sa volonté. Je tâchai de ne pas penser à cette perspective redoutable. Assurément, la joie d'être guéri l'emporterait sur tout le reste. Et il me connaissait assez pour savoir que je l'avais guéri par amour, même si je pouvais sembler avoir agi sous l'emprise de la colère. Nous n'avions pas eu le temps de nous expliquer. Kygo avait tenu à ce que je reste à son côté durant les négociations officielles, et Chart était trop bouleversé pour vraiment comprendre ce qui se passait. Du moins lui avais-je promis d'aller le voir dès que possible.

– Comment voulez-vous que je fasse avec ces chaînes ? demanda Ido derrière moi d'une voix méprisante. Si vous voulez que je marche plus vite, détachez-moi.

Je regardai par-dessus mon épaule. Yuso l'accablait de nouveau de sarcasmes, comme une mangouste harcelant un serpent.

Après les événements violents de la matinée, je ne m'attendais pas à ce qu'Ido participe à notre mission de reconnaissance. Pourtant c'était logique, à la réflexion. Il avait besoin autant que moi de connaître le terrain des combats et l'ampleur des préparatifs de Sethon. Et Kygo entendait manifestement rappeler à Rulan et aux autres chefs tribaux qu'Ido n'était pas seulement un traître et un meurtrier mais aussi un Œil du dragon, destiné à jouer un rôle essentiel dans la bataille à venir.

Yuso poussa Ido dans le dos.

– Je doute que vous sortiez jamais de vos chaînes, *seigneur*.

Il se pencha vers lui, mais j'entendis ce qu'il chuchota :

– Vous êtes l'esclave de cette femme. Pour toujours.

Ido rougit de colère, bien qu'en général il ne répondît pas aux provocations de Yuso. Non sans malaise, je me rendis compte que j'étais moi-même furieuse. C'était inutile : Ido n'avait pas besoin de moi pour se défendre.

– Dame Eona, lança Kygo. Venez voir.

Je m'avançai parmi les derniers arbres du taillis. Kygo se tenait avec Tozay à l'ombre des feuillages. Un éclaireur était accroupi à leurs pieds. Les trois hommes observaient la plaine s'étendant en bas de la falaise où nous nous tenions. Quand j'arrivai à la hauteur de Kygo, l'éclaireur inclina brièvement la tête.

La vision que je découvris me donna la chair de poule. L'armée de Sethon se déployait à mi-chemin de l'immense plaine. Les tentes, les machines de guerre, les chevaux et les hommes s'étendaient sur une telle distance que même en plissant les yeux je ne pus apercevoir le bout du camp. Je pensais être prête à la bataille, mais mon frisson glacé n'était pas de cet avis. Je n'avais pas imaginé ce qui nous attendait en fait.

Tozay désigna d'un geste l'étendue plate entre la falaise et le camp de l'armée.

– Sethon a délimité un champ de bataille. Mais il ne nous attaquera pas tant que nous serons en position dominante.

– Que va-t-il faire ? demandai-je.

Kygo se frotta le menton.

– Il va tenter de nous obliger à descendre de notre perchoir.

– Mais comment pourra-t-il nous y obliger ?

– Voilà une bonne question, *naiso*, dit Kygo en hochant la tête.

– C'est donc ça, une armée de quinze mille hommes, lançai-je d'une voix un peu trop allègre.

– Non, noble dame, dit l'éclaireur. Ils ne sont que huit mille. Vous voyez ces nuages de poussière ?

Il pointa le doigt vers des volutes imperceptibles à l'horizon.

– Ce sont des renforts qui se dirigent vers leur camp.

La terreur me serra la gorge. Que les dieux nous protègent ! Ce n'était que la moitié de l'armée ennemie.

– Vous avez les yeux perçants, déclarai-je.

– Il n'a pas son pareil, approuva Rulan en me rejoignant.

Il pointa le doigt vers une énorme tente rouge à l'avant du camp.

– Voici la tente de Sethon. Cet homme est bouffi d'orgueil.

Un léger cliquetis métallique annonça l'arrivée d'Ido. Il observa la plaine, les sourcils froncés. Puis il recula en secouant la tête.

– Avez-vous quelque chose à dire, sire Ido ? demanda sèchement Kygo.

L'Œil du dragon leva les yeux d'un air hébété.

– Non, rien.

Levant ses mains enchaînées, il pressa ses doigts sur son front. Il était affreusement pâle et sa peau luisait de sueur, cependant cela ne semblait pas être l'effet de la peur ou de la chaleur.

– Quand a-t-on donné de l'eau à sire Ido pour la dernière fois ? demanda Kygo.

Yuso s'avança.

– Avant que nous n'arrivions au camp, Votre Majesté.

– Apportez-lui de quoi boire.

Kygo se retourna pour observer la plaine.

Yuso s'inclina et se dirigea vers le jeune porteur chargé des outres. Ido agrippa ma manche et me fit reculer, de façon à nous séparer du groupe des hommes absorbés par le spectacle des ennemis.

– Dillon n'est plus qu'à un jour de marche de nous, souffla-t-il d'une voix épuisée. Sa présence est comme un clou s'enfonçant dans ma tête.

Il pressa ses doigts sur sa tempe. Mes yeux étaient fixés sur son bras, que j'avais brûlé puis guéri.

Ido effleura ma main.

– Ne vous excusez jamais pour votre pouvoir, murmura-t-il.

Je m'écartai lorsque Yuso approcha avec une outre. Il la jeta dans les mains d'Ido.

– Est-ce une autre de vos tracasseries mesquines, Yuso ? lançai-je en essayant de refréner ma colère. Vous privez d'eau sire Ido ?

Le capitaine croisa les bras.

– Vous êtes toujours très soucieuse de son bien-être, noble dame.

Je restai sans voix devant cette insolence sournoise. La mâchoire serrée, je retournai auprès de Kygo. L'angoisse de l'approche de Dillon s'unissait à la sensation des doigts d'Ido sur ma peau, en un trouble qui précipitait les battements de mon cœur.

L'après-midi était déjà avancé quand je pus enfin me rendre à la tente ronde attribuée à Rilla, Lon et Chart. Escortée de trois guerriers, je m'avançai à travers les rangées de demeures de toile décolorée. Des curieux s'attroupaient au passage de l'Œil du dragon, et leurs commentaires pleins d'espoir m'accompagnaient comme une prière chuchotée. La nouvelle de la guérison de Chart avait fait rapidement le tour du camp. Une petite foule s'était massée devant sa tente pour essayer d'apercevoir la preuve vivante de mon pouvoir immense.

Quelques heures plus tôt, l'infortune de Chart en faisait un démon et un paria. À présent, il était un symbole de pouvoir et d'espoir. Je n'avais pas songé à cet effet de sa guérison.

À travers la foule, je vis Rilla accroupie près d'un feu de cuisine. Elle agitait une poêle au-dessus des flammes – d'après l'odeur de gibier, ce devait être de la viande de chèvre –, en ignorant résolument les regards curieux suivant le moindre de ses mouvements. Lon était adossé à la paroi solide de leur tente, à côté de la porte d'un rouge défraîchi. Sa stature imposante et son air vigilant ne laissaient aucun doute sur sa mission.

– Veuillez attendre, noble dame, dit Caido à côté de moi.

Il fit signe aux deux autres hommes de mon escorte de me frayer un passage dans la foule. C'était inutile. Une petite fille plantant une brindille dans la boue m'aperçut. Son cri d'excitation attira sur nous l'attention des badauds, qui s'écartèrent sur mon passage en s'inclinant.

Posant précipitamment la poêle sur le sol, Rilla se leva. D'un air anxieux, elle glissa une mèche grise dans la torsade de ses cheveux. Elle et Lon s'inclinèrent de concert.

– Dame Eona.

Son visage tendu était partagé entre le sourire et les larmes.

– Je suis désolée de n'avoir pu venir plus tôt, dis-je en prenant ses mains dans les miennes. Comment va Chart ?

– Il est…

Après un regard sur les visages avides autour de nous, elle se détourna.

– Ils refusent de partir, chuchota-t-elle en m'entraînant vers la tente. Noble dame, Chart est… bouleversé. Comme moi.

Elle serra mes doigts.

– Je crois qu'il nous faudra à tous plus d'un jour pour nous rendre pleinement compte du présent merveilleux que vous nous avez fait.

Elle jeta un coup d'œil sur la porte rouge.

– Il est…

Ses doigts ondulèrent dans l'air.

– Il est partagé entre des sentiments contradictoires, noble dame. Il était ce qu'il était depuis quinze ans, et voilà qu'en un instant vous l'avez métamorphosé.

– Mais il est guéri. Il a retrouvé la santé, comme moi.

– Oui, son corps est guéri, dit-elle d'une voix lente.

– Eh bien, je vais le voir, lançai-je décontenancée par son hésitation.

– Bien sûr, noble dame.

Elle se racla la gorge.

– Dame Dela et Ryko sont avec lui.

– Ryko ?

Ryko n'avait jamais vu Chart. Que faisait-il ici ? Je ne voyais qu'une raison possible : il était venu l'informer de mon emprise sur sa volonté. Croyait-il vraiment que je n'en aurais pas parlé à Chart ?

– Ryko dit qu'il a été lui aussi guéri par vous, observa Rilla.

Je reconnus le ton neutre qu'elle adoptait

toujours quand elle pensait que mon maître avait agi de façon discutable. Ryko devait lui avoir tout raconté. Je me sentis pleine de ressentiment. Son fils était guéri. Cela ne compensait-il pas n'importe quel inconvénient ?

Lon ouvrit la porte devant nous. Les curieux tendirent le cou pour apercevoir l'intérieur de la tente. Je passai le seuil surélevé et la porte se referma aussitôt dans mon dos. Passant abruptement du soleil éclatant du dehors à la pénombre de la tente, pendant un instant je ne perçus que des silhouettes indistinctes. J'attendis que le monde reprenne ses couleurs et ses contours.

– Dame Eona.

Dela se leva d'un tabouret et s'inclina. Elle avait troqué ses vêtements masculins contre une tunique orange tombant jusqu'aux pieds, dans le style des femmes des tribus de l'Est. Derrière elle, adossé à des coussins, Chart était assis sur une des trois banquettes disposées devant les parois de la petite tente. Ryko était debout à côté de lui. S'inclinant devant moi avec raideur, il recula tandis que je m'avançais sur les tapis du sol. Le poêle installé entre les deux piliers centraux était éteint, mais l'atmosphère était étouffante dans la tente où la porte close retenait prisonnière la chaleur du jour.

– Dame Eona, j'espérais que vous viendriez ! lança Chart.

N'étant plus tendue par l'effort constant d'articuler, sa voix avait pris le timbre plus grave d'un homme. Il se pencha pour essayer de se hisser sur ses jambes, mais ses bras maigres se dérobèrent.

– Ryko, pourriez-vous m'aider ?

Le géant le prit par le bras et le mit debout. Je fus abasourdie de constater que Chart me dépassait maintenant d'une tête au moins.

Soutenu par Ryko, l'adolescent s'inclina.

– Vous voyez, noble dame, je tiens debout.

Son sourire me rappelait celui de mon ancien maître.

– Mes muscles sont encore trop faibles pour que je puisse faire grand-chose.

Il s'interrompit pour reprendre son souffle.

– Mais Lon dit que je deviendrai plus fort avec un peu d'exercice. Il m'a déjà fabriqué ça.

Il brandit une balle faite de lanières de cuir grossièrement entre-tissées.

– C'est pour entraîner mes mains.

Je souris.

– Tu es si grand !

– Je sais, je sais, croassa-t-il.

Il se mit à tousser et déglutit péniblement.

– Je ne suis pas habitué à prononcer tant de mots à la suite, expliqua-t-il d'une voix rauque.

– Aidez-le à se rasseoir, Ryko, intervint Dela en tendant la main vers l'adolescent. Il est tout pâle.

– Non ! s'écria Chart.

Il paraissait de plus en plus excité.

– Ne parlez pas de moi comme si j'étais encore en train de ramper par terre !

Dela recula.

– Vous avez vécu de dures épreuves, mon garçon, mais restez poli ! le tança Ryko.

Chart lui échappa en dégageant son bras et se tourna vers moi d'un pas chancelant.

– Ryko dit que vous êtes maintenant la maîtresse de ma volonté. Est-ce vrai ?

Il me fixa d'un air farouche.
– J'allais vous le dire moi-même.
Je foudroyai Ryko du regard.
– Croyiez-vous que je ne le mettrais pas au courant ?
– Je ne sais plus quelles seront vos réactions, déclara Ryko. Votre conception du bien et du mal semble avoir changé depuis que vous êtes si proche de sire Ido.
– Ryko ! s'exclama Dela. Ce n'est pas la bonne tactique. Pas devant le petit.
Il se détourna d'elle en même temps que moi.
– Que voulez-vous dire, Ryko ? demandai-je.
Son visage se tendit dans une expression de défi.
– Je vois le même amour du pouvoir chez vous que chez lui. Vous n'avez pas guéri Chart pour son bien mais pour faire la démonstration de votre puissance, sans songer à ses désirs ou à ses besoins.
Refrénant ma colère, je regardai l'adolescent.
– Tu es heureux d'être guéri, n'est-ce pas ?
Chart se mit à tripoter le disque d'affranchissement pendant à son cou.
– Suis-je encore un homme libre ? Je ne comprends pas ce que signifie cette emprise.
– Bien sûr que tu es libre, assurai-je.
Ryko émit un ricanement.
– Si du moins un homme est libre quand sa volonté peut être asservie à tout moment.
– Je n'ai pas à m'excuser d'avoir recouru à mon pouvoir, lançai-je.
Cette fois je me tournai aussi vers Dela.
– Vous avez vu ce qui s'est passé lors de la

réception d'accueil. J'ai agi au mieux des intérêts de l'empereur.

– Vous avez toujours un bon prétexte, dit Ryko. Cependant vous auriez pu vous arrêter après avoir guéri Ido. C'était suffisant, mais vous avez voulu continuer.

Je croisai les bras.

– Vous n'étiez même pas dans la tente.

– Non, mais j'ai senti que vous étiez grisée par votre pouvoir. Vous vouliez montrer votre force et votre fureur, et vous avez utilisé Chart pour le faire. Il y a peu de temps encore, jamais vous n'auriez agi ainsi.

– Même si c'est vrai, c'est sans importance.

Je rejetai d'un geste son accusation.

– Tout a changé. Je suis maintenant obligée de faire des choses que je n'aurais jamais imaginées.

– Ce n'est pas sans importance pour moi, observa Chart.

Je me tournai vers lui d'un bond.

– Comment ?

Il tressaillit mais me regarda droit dans les yeux.

– Le présent que vous m'avez fait est vraiment un bienfait des dieux, dame Eona, et je vous en remercie.

Il déglutit de nouveau et brandit le disque.

– Toutefois, en m'affranchissant, vous m'aviez donné aussi le droit de décider et de choisir moi-même. Lors de cette réception, vous m'avez retiré ce droit.

Comme il se mettait à tousser, il rassembla ses forces pour continuer de parler.

– Quand vous n'étiez qu'Eon, nous étions amis. J'existais réellement à vos yeux. Jamais vous ne m'avez considéré comme une bête, un démon incapable de parler et de penser. Mais pendant la réception, vous avez fait de moi une bête curieuse.

Il se redressa de toute sa hauteur, en tremblant dans son effort pour se tenir droit.

– Vous n'avez regardé mon visage qu'une fois que tout a été terminé. Je n'étais qu'un objet sur lequel vous exerciez votre pouvoir.

– Non, ce n'est pas vrai, dis-je en refusant d'admettre l'amère vérité de ses paroles. Tu aurais choisi toi-même de guérir, non ?

– C'est bien là le problème, intervint Ryko d'un ton acide. Vous ne lui avez pas donné le choix.

– Je n'ai pas besoin que vous parliez pour moi ! lança Chart avec irritation au géant.

Il se tourna de nouveau vers moi.

– Avez-vous déjà oublié ce que c'était qu'être un estropié ? D'être interdit de sentiments, interdit d'humanité. Mon ami Eon ne l'aurait pas oublié.

– Je ne l'ai pas oublié, répliquai-je en luttant contre ma propre irritation. Mais je ne suis plus Eon. Tout a changé. Je suis dame Eona, l'Œil du dragon Miroir, le *naiso* de l'empereur.

– Cela signifie-t-il que vous n'avez plus à penser aux autres ? demanda Ryko. Que vous n'obéissez plus qu'à vos propres règles ?

– Vous êtes injuste ! protestai-je.

J'en voulais maintenant aussi à Dela et Chart.

– Je n'arrête pas de penser aux autres. Aucun de vous ne comprend ce que je vis.

– Vous auriez quand même dû me demander mon avis, s'entêta Chart. Eon me l'aurait demandé.

Dela posa la main sur mon bras.

– Je sais que vous êtes embarrassée par ce qui s'est passé lors de la réception, dit-elle. Vous avez agi contre votre sens de la justice. Au fond de vous, vous en avez conscience. Ne laissez pas cet immense pouvoir troubler votre esprit, Eona.

Je dégageai mon bras.

– Qui êtes-vous pour me parler de mon pouvoir et de mon esprit ? Je suis l'Œil du dragon Miroir et j'agirai comme bon me semblera.

Ryko me regarda fixement.

– Écoutez-vous. Ido ne parlerait pas autrement. Il s'est insinué dans votre esprit comme dans votre corps.

– Ryko ! lança Dela suffoquée.

– C'est faux ! criai-je.

Ma fureur s'élança vers lui, à la recherche de son *hua*. Je voulais lui faire ravaler ses paroles. Les battements de mon cœur submergèrent sa force vitale, avec une violence qui le plia en deux et entraîna à sa suite une autre respiration plus rapide, terrifiée – Chart. Les genoux de l'adolescent se dérobèrent tandis qu'il se débattait en haletant. Dela rattrapa son corps frêle, juste à temps pour l'empêcher de tomber.

Qu'étais-je en train de faire ? Je me hâtai de rompre le lien.

Ryko leva la tête, hors d'haleine.

– Est-ce votre réponse à tous les problèmes, désormais ?

Je tournai les talons et ouvris la porte avec

toute la force de mon angoisse, en poussant Lon sur le côté. Devant la foule curieuse, ma détresse céda de nouveau la place à la fureur.

– Retournez dans vos tentes ! hurlai-je.

Les badauds me regardèrent bouche bée.

– Tout de suite ! Fichez le camp !

S'inclinant précipitamment, ils reculèrent comme un seul homme avant de s'égailler dans les passages entre les tentes.

Rilla se leva.

– Que s'est-il passé ?

– Je suis l'Œil du dragon Miroir, répondis-je avec amertume. Voilà ce qui s'est passé.

Je regardai la porte rouge. Lon l'avait refermée.

– Dites à Chart que je regrette.

– Quoi donc ? De l'avoir guéri ?

– Non. Dites-lui que je regrette de ne pas être Eon.

Je m'éloignai de Rilla médusée, tandis que mon escorte me rejoignait en hâte. L'Œil du dragon Miroir ne s'excusait pas pour son pouvoir.

Le festin du soir fut interminable. Les chefs tribaux tenaient à faire goûter à l'empereur les friandises et les divertissements du pays. La viande de chèvre était à l'honneur, de même qu'un vin de riz au goût aigre, appelé Tueur de Démons. Il y eut des danses au son des tambours. Par bravade, les convives outraient leur rire jusqu'au hurlement et buvaient comme s'il s'agissait de remporter la palme de l'ivresse. J'étais assise à la gauche de Kygo, sur l'estrade se dressant sous le ciel limpide de la nuit où brillait le croissant de lune. Les tables disposées en cercle étaient éclairées par des torches fichées dans la terre. Entre les interventions continuelles des chefs et les divertissements bruyants se succédant sans relâche, il n'y avait guère de place pour une conversation intime. Profitant d'un des rares instants de calme, Kygo se pencha vers moi et serra ma main sous la table basse. La douce pression de ses doigts me réconforta dans ma détresse.

– Vous êtes pâle, dit-il.

Son haleine était épicée par le vin.

– Quelque chose ne va pas ?

Je déglutis, en essayant de réprimer la nausée montant en moi. Je savais qu'elle annonçait l'arrivée du livre noir. Malgré moi, je cherchai des yeux sire Ido assis sous bonne garde parmi les convives. Kygo avait tenu à ce qu'il assiste au festin, mais l'Œil du dragon avait refusé de boire et de manger. Il était figé, comme si le moindre mouvement pourrait lui être fatal, et sa peau avait pris un aspect livide qui le vieillissait de plusieurs années. L'approche du livre me rendait malade, mais Ido lui était directement lié à travers le dragon Rat et Dillon. Je ne pouvais même pas imaginer ce qu'il devait endurer.

Kygo suivit mon regard.

– Il a l'air souffrant, observa-t-il.

Il devenait urgent de lui révéler que j'avais forcé Ido à appeler Dillon, mais ce n'était pas le genre de sujet à aborder entre deux plats de chèvre.

Les torches faisaient luire d'un éclat orangé la Perle impériale sur la gorge de Kygo, comme si elle brûlait d'un feu intérieur. Que se passerait-il si je lui disais toute la vérité ? Que je lui avais caché l'arrivée de Dillon parce que le livre noir enseignait comment asservir ma volonté et mon pouvoir. Que je savais que le *hua* de tous les hommes était la perle devenue inséparable de sa peau et de son sang, et que je ne lui en avais pas parlé car j'espérais trouver un moyen de sauver les dragons sans mettre sa vie en danger. N'importe quel souverain un peu sensé me tuerait sur-le-champ.

Je haussai les épaules.

– Tout va bien, sauf que j'ai mangé trop de chèvre.

Il serra ma main en souriant.

– Ce n'est pas non plus ma viande préférée, mais elle a le mérite d'être abondante.

Il baissa la voix.

– Il faut bien faire son devoir.

Soran détourna son attention en lui racontant une nouvelle anecdote avinée sur ses exploits guerriers. Je le regardai accepter aimablement un morceau de chèvre rôtie servi sur un nouveau plateau. Il me jeta furtivement un coup d'œil amusé. Cet instant de complicité me réchauffa le cœur avant de réveiller douloureusement mon désir pour lui.

Où donc était mon devoir ? Avec cet homme aussi beau que puissant, qui tenait ma main et m'appelait la lune de son soleil, ou avec les dragons, source de mon propre pouvoir magnifique ? Il fallait que je parvienne à concilier ces deux aspects. Mais que faire, si je devais un jour choisir entre eux ? Je m'agitai sur les coussins, mal à l'aise. Ido avait lui aussi sa part dans ce dilemme. Comme s'il devinait mes pensées, l'Œil du dragon leva la tête. La peur que je vis dans ses yeux m'emplit d'appréhension. Son sort n'était pas moins en jeu que celui de Kygo et des animaux célestes. Il était lié aussi étroitement que moi aux dragons et à leur destin. Et leur destin s'approchait de nous, un livre noir attaché au bras et l'esprit enténébré par la folie.

Chapitre 22

Le lendemain matin, je fus réveillée par des hurlements. Mes yeux embués de sommeil se fixèrent sur le toit de la tente, où l'aube teintait de rose l'ouverture circulaire prévue pour la fumée. Ma tête était en proie à des élancements douloureux, dont chacun me donnait un haut-le-cœur. M'accoudant péniblement sur ma couche, je tressaillis quand les chiens du camp se mirent à aboyer de concert en s'excitant les uns les autres.

Vida se leva de son lit à même les tapis et s'approcha du seuil de la tente, armée de ses deux poignards.

– Levez-vous, noble dame, chuchota-t-elle. Il se passe quelque chose.

Je m'assis sur la banquette où j'avais dormi.

– La bataille aurait-elle commencé ?

Cette perspective me terrifiait.

– Non, ce n'est pas le signal pour les batailles.

Elle entrebâilla la porte et resta un instant aux aguets.

– C'est un des éclaireurs. Il crie quelque chose à propos d'un démon qui serait en train de traverser le camp de Sethon comme un bolide.

Il ne s'agissait pas d'un démon. La douleur dans ma tête m'avertissait que c'était Dillon qui arrivait. Il apportait avec lui l'espoir, mais aussi l'effroi. J'enfilai en hâte mon pantalon, attrapai ma tunique et plongeai mes bras dans ses manches larges.

– Vida, aidez-moi à attacher mes sabres, lançai-je en nouant ma ceinture.

Elle me tendit le double fourreau. Je passai mes bras dans ses bretelles et l'installai dans mon dos. Sans la protection d'un bandeau, les lanières s'enfonçaient dans ma poitrine, mais leur pression brutale avait quelque chose d'étrangement rassurant dans la tourmente de ma peur. Vida se baissa pour vérifier la lanière enserrant ma taille, dont elle examina les attaches d'un air approbateur.

Des coups violents ébranlèrent la porte.

– Dame Eona, l'empereur vous ordonne de venir auprès de lui. Tout de suite !

C'était la voix de Yuso.

– Terminé, dit Vida en s'écartant de moi.

– Les tablettes de mes ancêtres, lançai-je. Où sont-elles ? Il me les faut absolument.

Kinra m'avait aidée déjà une fois à résister à Dillon. Peut-être le ferait-elle de nouveau.

Vida fouilla dans un panier posé par terre.

– Les voici, dit-elle en me tendant la bourse de cuir. Que vos ancêtres vous protègent, noble dame.

– Les vôtres aussi, Vida.

Quand je pris la bourse, sa main serra brièvement la mienne, comme en signe d'espoir et d'amitié.

Glissant la bourse dans ma ceinture, j'ouvris la porte. Une douleur fulgurante me fit vaciller. Le capitaine s'inclina, non sans remarquer mon recul avec sa perspicacité coutumière. Derrière lui, des hommes s'activaient autour de chevaux agités, se baissaient pour attacher des sangles, vérifier les selles. J'aperçus Ryko qui donnait des ordres, et Kygo s'entretenant à voix basse avec Tozay. Malgré la fraîcheur de l'aube, le soleil brillant annonçait déjà une journée torride.

Mais il y avait autre chose – une humidité glacée, qui me fit frissonner.

– Nous allons gagner le poste d'observation, noble dame, déclara Yuso. Un éclaireur a parlé d'un phénomène étrange dans le camp de Sethon.

Il me regarda attentivement.

– Il dit qu'il s'agit d'un démon.

Malgré mes efforts pour soutenir son regard, je détournai les yeux.

– Un démon ?

La vérité approchait enfin, avec la violence d'une avalanche dans la montagne. J'aperçus derrière Yuso la silhouette prostrée d'un homme, les mains pressées sur sa tête, le dos tressaillant à chaque respiration haletante. Impossible de se méprendre sur ces épaules puissantes, cette chevelure noire hirsute.

Ido.

J'abandonnai Yuso pour courir vers l'Œil du dragon, qu'un garde tentait de tirer par le bras.

– Lâchez-le ! criai-je.

Le garde se redressa.

– Ido ?

Je m'agenouillai à côté de lui.

– Ido, regardez-moi.

Il ne leva pas la tête.

– Laissez-le respirer, lançai-je en faisant signe aux deux gardes de s'écarter.

D'une main hésitante, j'effleurai les cheveux noirs. Ils étaient trempés de sueur. Il leva enfin la tête.

– Eona.

Ses mains entravées agrippèrent les miennes. Sa peau était moite, brûlante de fièvre.

– Il est arrivé. Vous sentez sa présence ?

– Oui. Pourquoi est-ce si affreux ?

– Il est beaucoup plus fort que je ne m'y attendais, chuchota-t-il. Il recourt au chant de mort du livre noir. Je sens la mort autour de lui.

– Sethon peut-il l'arrêter et s'emparer du livre ?

– Je pense que personne ne peut l'arrêter. Pas même nous.

– C'est pourtant indispensable. Il veut vous tuer.

Les doigts d'Ido se crispèrent sur les miens.

– Il veut nous tuer tous les deux.

Il changea soudain de visage et me lança un regard d'avertissement. Du coin de l'œil, je vis les deux gardes se prosterner. Me retournant sur mes genoux, je me retrouvai face à l'empereur.

– Que lui arrive-t-il ? demanda Kygo. Son état semble empirer.

Je m'inclinai, mais avant que j'aie pu répondre, Ido se hissa péniblement sur ses jambes. Toute sa grâce avait disparu sous l'effet de la douleur et de ses mains entravées.

– Mon état est parfait, lança-t-il.

Il baissa la tête – on aurait presque cru qu'il s'inclinait – et se dirigea vers les chevaux. Se déplacer comme si son corps n'était pas au supplice devait lui coûter un effort énorme. Je pressai mes doigts contre mon front pour lutter contre ma propre souffrance.

– Venez, *naiso*, dit Kygo en m'offrant sa main pour m'aider à me lever. Vous chevaucherez derrière moi.

Bientôt, il saurait que le démon était Dillon. Le moment était-il venu de tout lui raconter ? D'être vraiment son *naiso* ? Si je le faisais, l'amour s'effacerait à jamais de son regard, où il céderait la place à la fureur d'avoir été trahi. Pourtant, il le fallait. Je savais qu'il le fallait.

– Tout ira bien, assura-t-il en portant ma main à ses lèvres.

Son baiser léger sur ma paume vint à bout de ma faible résolution. Rien n'irait bien, mais je ne pouvais supporter de le lui dire. Pas encore.

Nous partîmes au galop, cependant je prêtai à peine attention à mes os endoloris tant j'étais tout entière concentrée sur la sensation du corps de Kygo contre le mien. Ses muscles se tendant sous mes mains, sa natte d'empereur contre ma joue, l'odeur de fumée de la nuit imprégnant encore ses cheveux… L'affrontement avec Dillon et le livre noir était suspendu au-dessus de moi comme une menace terrible, mais pendant cette brève chevauchée je me raccrochai à Kygo et vécus dans son souffle, dans les battements de son cœur, et dans le désir absurde que cet instant dure à jamais.

Quand je descendis de cheval, à notre arrivée au poste d'observation, Ryko m'attrapa et m'aida à tenir debout sur mes jambes flageolantes. Une douleur lancinante vrillait mon crâne.

– Merci, réussis-je à articuler.

Il inclina brièvement la tête.

– Noble dame…

Les lèvres pincées, il s'interrompit un instant.

– Dela dit que j'ai été trop loin…

Avant que je puisse réagir, Kygo mit pied à terre avec aisance et saisit ma main. Ryko s'inclina et s'éloigna à reculons. L'occasion était passée.

Derrière nous, Ido mit également pied à terre, mais ses jambes se dérobèrent. Il roula sur lui-même pour échapper aux sabots de son cheval effrayé, en un réflexe qui sembla lui coûter ses dernières forces.

– Relevez-le, ordonna Tozay aux gardes.

Les deux hommes remirent debout l'Œil du dragon exténué, en soutenant ses bras.

Personne ne parla tandis que nous avancions parmi les arbres à la suite de l'éclaireur qui avait donné l'alarme. Je crois que nous sentions tous une présence menaçante devant nous, un désordre lointain qui irritait les dents comme une lame crissant sur une pierre.

Un autre éclaireur accourut de son poste de guet tandis que nous approchions du bord de la falaise. C'était l'homme aux yeux perçants que j'avais déjà vu la veille. Il inclina la tête tandis que nous faisions cercle autour de lui. Seul Ido resta en arrière. Je jetai un coup d'œil dans sa direction. Il était tombé à genoux, plié en deux, le souffle coupé par la souffrance.

– Ça a commencé juste avant l'aube, dit l'éclaireur en pointant le doigt vers un nuage de poussière noire à l'horizon.

Quelque chose se dirigeait vers nous à travers le camp de Sethon, en massacrant sur son passage les soldats tentant de l'arrêter. Une troupe de cavaliers poussait en avant à intervalles réguliers de nouveaux fantassins, dont les rangs étaient renversés par la silhouette isolée fonçant parmi eux puis se volatilisaient en une poussière noire, telle une sombre écume à la crête d'une vague. Une nuée rosâtre planait sur la scène comme un présage funeste et s'abattait sur les soldats en une pluie qui teignait de rouge le sol boueux sous leurs pieds. Ils étaient trop loin pour qu'on les entende, mais la brise matinale nous portait des relents de peur, une odeur de boucherie imprégnée de la moiteur métallique du sang.

Sethon tenait tellement au livre noir qu'il envoyait au massacre ses propres hommes. J'eus un haut-le-cœur et me détournai en luttant contre l'envie de vomir.

– Au nom de Bross, quel est ce bolide ? s'exclama Kygo en pressant sa main sur son nez.

– C'est un garçon, répondit l'éclaireur en redressant les épaules. Je vous jure que c'est ce que je vois, Votre Majesté. Mais les soldats qui l'approchent sont désintégrés en poussière et en pluie de sang.

Il frissonna.

– C'est sûrement un démon.

– En tout cas, il nous rend le service de décimer l'armée de Sethon, observa Tozay.

Kygo regarda Ido, recroquevillé et haletant, puis la silhouette minuscule se frayant un chemin parmi les soldats. Son esprit vif était en train de faire le lien. Bientôt, il trouverait la réponse, et il serait trop tard pour sortir de mon silence. Je serais à jamais une traîtresse.

Il fallait que je lui offre la vérité, avant de n'être

plus en état de lui offrir quoi que ce soit. Le risque me terrifiait, mais c'était maintenant ou jamais.

– C'est Dillon et le livre noir, lançai-je précipitamment. J'ai forcé sire Ido à le faire revenir vers nous. Avant notre départ pour Sokayo.

Kygo releva brusquement la tête.

– Avant notre départ pour Sokayo ?

Son expression soupçonneuse me serra la gorge. J'entendis Ryko pousser un sifflement.

– Pour un *naiso*, vous avez mis du temps à parler, dit Tozay d'un ton sarcastique.

Ido se redressa sur ses genoux, le visage livide.

– Eona, n'en dites pas davantage.

Je secouai la tête.

– Dillon est ici, Ido. Il n'est plus possible de garder le silence.

Kygo me lança avec violence :

– Êtes-vous sa complice ?

– Non !

– Bien sûr que nous sommes complices, intervint Ido en vacillant dans son effort pour parler malgré la douleur. Nous sommes les deux derniers Yeux du dragon. Nos destins sont liés irrévocablement, de même que notre pouvoir.

Il me jeta un coup d'œil furtif.

– Et notre désir.

Je me figeai. Où voulait-il en venir ?

Kygo l'attrapa par les cheveux et le força à renverser la tête en arrière.

– Qu'est-ce que vous voulez dire ? cria-t-il.

Ido le regarda dans les yeux en souriant.

– Demandez-lui ce qui se passe quand elle asservit ma volonté.

– Votre Majesté, je vous en prie, nous devrions

nous concentrer sur ce garçon et le livre noir, dit Tozay. Il massacre tout ce qui se trouve sur son chemin, et il se dirige droit vers nous !

– Dame Eona doit répondre à quelques questions, gronda Kygo.

Sortant son poignard, il le plaqua sur la gorge haletante d'Ido.

– Laissez-nous ! lança-t-il en jetant un regard dur sur les hommes autour de nous. Tout de suite !

– Votre Majesté, reprit Tozay avec brusquerie. Ce n'est pas le moment…

– Laissez-nous !

Tozay indiqua d'un signe de tête aux hommes le bosquet d'arbres. Tous s'y dirigèrent à reculons, en s'inclinant profondément. Je tentai de ne pas voir le visage accablé de Ryko, mais ne pus éviter le regard furieux de Tozay, à la fois accusateur et implorant. J'étais responsable de ce désastre, et c'était à moi d'y mettre un terme.

Je serrai les dents. Nous n'étions qu'à l'orée de la vérité. Bien d'autres révélations allaient suivre.

Kygo renversa encore davantage la tête de l'Œil du dragon, lui arrachant un gémissement.

– J'aurais dû vous tuer dès que je vous ai vu.

– Nous savons à quoi nous en tenir, dit Ido en le regardant sans ciller. Vous ne me tuerez pas tant que mon pouvoir pourra vous être utile.

Je désignai d'un geste la plaine à nos pieds.

– Kygo, Dillon a l'intention de nous anéantir. Je ne peux pas l'en empêcher à moi seule.

Il me foudroya du regard.

– Pourquoi ne m'avez-vous pas dit qu'il était en chemin ? Pourquoi gardez-vous des secrets avec cette ordure d'Ido ?

Il donna une nouvelle secousse à la tête de l'Œil du dragon.

– Dites-moi tout, sans quoi je lui tranche la gorge et ce sera réglé.

– Mais je vous dis tout ! lançai-je en sentant la colère succéder à la peur en moi. Je l'ai forcé à appeler Dillon parce que je voulais vous protéger !

– Contre quoi ?

– Contre moi, Kygo. Je sais ce que signifie « le *hua* de tous les hommes ». C'est la Perle impériale. J'espérais que le livre noir me fournirait un autre moyen de sauver les dragons.

Kygo serra la mâchoire, mais il ne semblait pas surpris.

Ido éclata d'un rire rauque.

– Il savait déjà que c'était la perle, Eona. Vous le voyez sur son visage.

L'Œil du dragon avait raison : Kygo était au courant. Ma vision des dernières semaines se modifia d'un coup.

– Pourquoi ne me l'avez-vous pas dit ? soufflai-je.

Kygo plissa les yeux.

– Pourquoi ai-je besoin d'être protégé contre vous, Eona ? Comptez-vous arracher de ma gorge le *hua* de tous les hommes ?

– Il ne vous fait pas confiance, intervint Ido. C'est pour cela qu'il ne vous a rien dit.

– Tenez votre langue ou je vous la coupe ! s'écria Kygo en pressant le poignard plus fort.

Ido se figea sous la lame.

– Ce n'est pas moi qui veux la perle, Kygo. C'est mon ancêtre.

Appuyant mes doigts sur mon crâne oppressé

par la souffrance, je tentai de trouver les mots capables de lui faire comprendre la situation.

– Le livre rouge a été rédigé par Kinra. Elle était le dernier Œil du dragon Miroir. Celle qui essaya de voler la perle à l'empereur Dao.

– Vous avez donc menti même à ce sujet ? Kinra était une traîtresse !

– Non, je suis sûre que non ! Elle s'efforçait simplement de sauver les dragons.

Je pris une profonde inspiration.

– Elle est dans mon esprit, Kygo. Dans mon sang. Elle murmure en moi, me pousse à m'emparer de la perle pour sauver les dragons. Je la sens même dans mes sabres. Rappelez-vous ce qui s'est passé à l'auberge du village. Elle a tenté de dérober la perle, ce jour-là. Mais je l'en ai toujours empêchée, je l'ai tenue en échec. J'ai tout fait pour que vous soyez en sûreté !

– Elle est dans vos sabres ? Dans votre esprit ?

– Pas tout le temps. Seulement quand je suis trop près de la perle.

– Elle est là quand nous nous embrassons ?

Sa main effleura sa gorge.

– Quand vous la touchez ?

– Oui.

Sa voix se durcit.

– Nous ne sommes donc liés que par sa volonté de vous amener à dérober la perle ?

– Non !

Je m'avançai vers lui.

– Dans ces moments-là, c'est uniquement moi avec vous. Je vous le jure.

– Et qu'en est-il de moi, Eona ? lança Ido.

Était-ce une ancêtre ou vous-même qui me serrait entre vos jambes dans la cabine du bateau ?

Kygo le regarda avec stupeur.

– Comment ?

– Se pourrait-il qu'elle ne vous ait jamais parlé de ma visite dans sa cabine ? susurra Ido.

– Kygo, ce n'est pas ce que…

La voix d'Ido couvrit la mienne.

– Nous nous sommes servis du pouvoir de son emprise pour sauver le bateau lors du cyclone, dit-il avec un sourire narquois. Vous savez à quel pouvoir je fais allusion, Votre Majesté.

– Est-ce vrai, Eona ? demanda Kygo d'un ton anxieux.

– Nous avons sauvé le bateau.

– Vous avez pris du plaisir avec lui ?

Je ne pus m'empêcher de rougir avec une sincérité brûlante.

– Cela fait partie du pouvoir, Kygo. Je sais que Ryko vous en a parlé. Nous avons sauvé le bateau, c'est l'essentiel.

– Et qu'importe qu'elle ait pris du plaisir ? s'exclama Ido. Dame Eona est un Œil du dragon ascendant, pas une de vos concubines. Elle prend ce qu'elle veut. C'est son droit.

– Cela ne s'est pas passé ainsi ! ripostai-je en serrant les poings. C'était l'effet du pouvoir. Je ne l'ai pas recherché.

– Ne vous abritez pas derrière votre pouvoir, gronda Kygo. Il est au service de votre ambition. De votre plaisir.

– C'est faux. J'ai toujours mis mon pouvoir à votre service. Vous savez que c'est la vérité.

Il me regarda d'un air incrédule.

Il n'existait qu'un moyen de lui prouver ma loyauté.

Je pointai le doigt vers le carnage se déroulant dans le lointain.

– Ce livre noir peut asservir mon pouvoir.

– Eona, que faites-vous ? s'écria Ido en se redressant malgré la lame pressant son cou. Vous nous menez à notre perte !

J'ignorai sa voix suppliante.

– Tout membre de la famille impériale peut s'en servir pour se rendre maître de la volonté d'un Œil du dragon.

Le poignard de Kygo s'écarta soudain de la gorge d'Ido.

– Que dites-vous là ?

– Votre sang et le livre peuvent soumettre à leur guise notre pouvoir.

Ma voix se brisa.

L'empereur lâcha Ido, qui s'effondra en haletant. Je ne pouvais affronter la tristesse se peignant sur le visage de Kygo.

– Depuis combien de temps le savez-vous ? demanda-t-il.

– Je le lui ai dit quand Sethon s'est emparé du palais, lança Ido avec violence. Vous savez maintenant à quoi vous en tenir sur celle qui doit vous apporter la vérité. Votre *naiso*.

– Pourquoi ne pas me l'avoir dit, Eona ? insista Kygo.

Je levai enfin les yeux sur lui.

– Et vous, pourquoi ne m'avez-vous pas parlé du *hua* de tous les hommes ?

Nous lûmes chacun dans le regard de l'autre la vérité, comme un abîme désolé s'ouvrant entre nous : nous n'avions pas eu assez confiance pour exposer ainsi notre pouvoir.

Kygo détourna son visage.

– Et vous avez mis cette puissance énorme à portée de Sethon, au milieu de son armée.

Ces mots me glacèrent. Il ne pensait qu'au livre noir et à son pouvoir. Je luttai contre mes larmes. Ido leva la tête. Son regard hagard me fixa, comme pour me rappeler qu'il avait eu raison. Le pouvoir se nourrissait de pouvoir. C'était dans sa nature.

– Sethon ne pourra pas arrêter Dillon, dit-il d'une voix tendue. Le garçon recourt au *righi*.

Kygo se redressa.

– De quoi s'agit-il ?

– Le *righi* est le chant de mort du livre noir. Il consume toute l'humidité du corps humain et le réduit en poussière.

– Est-ce ce qui arrive à ces soldats ? demanda Kygo en effleurant l'amulette de sang sur son doigt. Que Bross nous protège.

– Même Bross aurait du mal à l'arrêter, déclara Ido.

Je baissai les yeux sur le sillage sanglant de l'avancée meurtrière de Dillon. C'était à nous qu'il en voulait. Si nous ne l'affrontions pas, il tuerait tout ce qui se trouvait sur son chemin, y compris l'armée entière de la Résistance. Son pouvoir lancinait mon esprit sans relâche, au même rythme que les battements de mon cœur. Comment pourrions-nous vaincre une folie née de la haine et nourrie par la puissance sans limites du livre noir ? Même si nous parvenions à soustraire à ce livre l'esprit et le corps de Dillon, que se passerait-il ensuite ?

Je regardai Kygo. Il m'observait, et je lus dans ses yeux la même question menaçante.

À côté de moi, Yuso détacha les chaînes emprisonnant les poignets de l'Œil du dragon. Ido fit jouer les articulations de ses mains et de ses épaules, sans prêter attention au capitaine restant près de lui d'un air belliqueux.

– Votre Majesté !

L'éclaireur accroupi se releva en pointant son doigt vers la plaine.

– Les soldats de Sethon s'entre-tuent !

Je restai en arrière tandis que Kygo se hâtait vers le bord de la falaise. Je ne savais plus où était ma place. À son côté ? Je n'en étais pas certaine.

– Dame Eona, sire Ido, venez voir ceci, ordonna-t-il sèchement.

Je traversai la petite clairière à la suite d'Ido et regardai avec lui par-dessus le précipice. À nos pieds, les vagues désordonnées de fantassins avaient changé de direction et repoussaient les cavaliers les envoyant à la mort. Je plissai les yeux pour mieux voir malgré la pluie rouge et les tourbillons de poussière voilant la scène. Ils ne se contentaient pas de les repousser. Ils se massacraient mutuellement en tentant de fuir.

– Ce garçon s'est frayé un chemin à travers une armée entière, dit Kygo dans le silence atterré.

– Je pense que Sethon a perdu près d'un millier d'hommes, observa Tozay. Et le *hua-do* des survivants. Il aura du mal à les rassembler de nouveau.

Kygo regarda Ido.

– Êtes-vous sûr de devoir approcher Dillon pour venir à bout du livre noir ?

Ido hocha la tête.

– Dillon est en train d'épuiser le pouvoir du dragon Rat, dit-il d'une voix enrouée par la souffrance. Mon pouvoir. Je l'attaquerai en le coupant de l'animal dans la dimension céleste, mais il faudra que dame Eona s'occupe du livre. Ce qui implique d'entrer en contact avec lui.

Me rappelant la façon dont ce texte avait brûlé mon esprit, je tressaillis.

– Nous devrons recourir à toutes les sources de pouvoir dont nous disposons, continua Ido. Y compris l'emprise qu'elle exerce sur moi.

Même en un tel instant, il provoquait Kygo. Les deux hommes se dévisagèrent d'un air féroce.

– Vous négligez une autre source de pouvoir, dit enfin Kygo. À eux deux, mon sang et le livre peuvent asservir le pouvoir du dragon. Si dame Eona peut m'amener assez près de Dillon, je serai en mesure de l'arrêter.

– Non !

Le même cri avait échappé à Tozay et à moi.

– Votre Majesté, vous ne devez pas vous mettre en danger, reprit Tozay d'un ton pressant.

– Vous voulez que je reste sans rien faire pendant que dame…

Il se mordit la langue.

– Je ne peux pas les laisser seuls face à une telle horreur.

Une étincelle de réconfort éclaira fugitivement ma désolation.

– C'est votre devoir de souverain, déclara Tozay d'une voix neutre. Votre Majesté, si vous tentez d'aller là-bas, je m'y opposerai par la force. Même au risque d'être exécuté.

Kygo le foudroya du regard.

– Je ne suis pas comme mon père, Tozay. Je ne délègue pas aveuglément ma confiance et mon armée sous prétexte que je suis incapable d'affronter les réalités de la guerre. Je n'ai pas peur de me battre.

J'en eus le souffle coupé. Il allait irriter les dieux en se montrant aussi peu respectueux.

Tozay se redressa.

– Votre vénérable père n'a jamais eu peur, dit-il. Il était dévoué à son pays et ne voulait pas le voir plongé dans des conflits interminables. Je pensais que son fils lui ressemblait.

– Je lui ressemble, lança Kygo. Dans une certaine limite.

– La limite n'est pas atteinte, Votre Majesté. Croyez-moi.

Kygo se détourna et arpenta un instant la clairière, comme pour se libérer physiquement de sa frustration.

– Dans ce cas, prenez au moins un peu de mon sang.

Son sang.

Je fixai son poing serré, où brillait une lueur dorée. Une idée m'illumina soudain.

– Votre amulette !

L'espoir me poussa vers lui.

– Est-elle vraiment imprégnée de votre sang ?

Il fit volte-face, le visage excité par cette perspective nouvelle.

– Oui !

Il ajouta en baissant la voix :

– Sur ce point, je vous ai dit la vérité.

Je me mordis les lèvres.

– Ce n'est pas une quantité importante, ajouta-t-il.

Il écarta légèrement le pouce et l'index pour en donner une idée.

– Est-ce que ce sera suffisant ?

Je me tournai vers Ido.

– À votre avis ?

– Personne n'a jamais vu le pouvoir du sang à l'œuvre avec ce livre, dit-il. Je n'en sais rien.

Kygo arracha l'anneau de son doigt.

– Prenez-le.

L'espace d'un instant, je crus qu'il allait simplement le laisser tomber dans ma main, mais il pressa contre ma paume le métal encore tiédi par son corps. La gorge serrée, je me rappelai la dernière fois où il m'avait ainsi glissé l'anneau dans la main. Ç'avait été sa façon de me protéger. À présent, c'était sa façon d'accroître son pouvoir.

Yuso offrit de me prendre sur son cheval jusqu'à la plaine – personne n'osa proposer que je monte derrière Ido. Nous fîmes tous trois en silence le bref trajet nous menant au pied de la falaise. Qu'y avait-il à dire ? Soit Ido et moi arrêterions Dillon, soit tout le monde mourrait.

Après m'avoir aidée à mettre pied à terre, Yuso remonta en selle sans quitter Ido des yeux. L'Œil du dragon s'était avancé de quelques pas sur l'herbe afin d'observer le lointain nuage de poussière. Les soldats de Sethon, cavaliers et fantassins confondus, avaient fini par battre en retraite, laissant Dillon se diriger résolument vers nous. Ido tenait maintenant à peine sur ses jambes. Yuso devait sans doute se poser la même question que moi : l'Œil du dragon s'effondrerait-il avant même l'arrivée de Dillon ?

Je tendis à Yuso les rênes du cheval d'Ido, qui secoua la tête en sentant soudain tirer sur sa bride.

– Est-ce vrai, ce que vous avez raconté sur les sabres de votre ancêtre ? demanda Yuso. Ils ont eux aussi un pouvoir ?

Je le regardai avec stupeur. En quoi cela concernait-il l'épreuve qui nous attendait ? Puis je rougis à la pensée que tous les hommes devaient avoir entendu les explications pénibles qu'Ido, Kygo et moi avions échangées.

– Oui, répondis-je sèchement. Pourquoi cette question ?

– C'est un vrai prodige.

Sur ces mots, il s'inclina et se tourna vers les chevaux. Sa réflexion doucereuse était aussi étrange que sa question.

Après l'avoir regardé un instant repartir vers la falaise, je respirai profondément et rejoignis Ido sur l'herbe. Pétrifié par la vision de la silhouette solitaire à l'horizon, il ne remarqua pas ma venue. Brusquement, il se plia en deux, les mains pressées sur les cuisses, le corps secoué de frissons. Je fermai les yeux, assaillie par une douleur soudaine à la tête. Quand elle fut calmée, je regardai de nouveau dans la direction de Dillon.

Il semblait s'être terriblement rapproché. Plus qu'il semblait possible en si peu de temps. J'écarquillai les yeux en tentant de comprendre ce que cela signifiait, et la peur me glaça soudain. Dillon se déplaçait à une vitesse qui n'avait rien d'humain.

– Ido, regardez comme il avance vite ! m'exclamai-je.

– Je sais.

Il se redressa en haletant.

– Je crois qu'il ne reste plus grand-chose du petit Dillon. Il est devenu tout entier *gan hua*.

J'effleurai l'amulette de sang à mon pouce.

– Il y a trop de « peut-être » dans cette histoire, déclarai-je. Peut-être le livre noir repoussera-t-il les dix dragons. Peut-être Dillon devra-t-il s'approcher de nous pour se servir du *righi*. Peut-être cet anneau aura-t-il un effet sur lui.

Ido détourna la tête. Son profil anguleux et ses yeux vigilants me firent penser à un loup aux aguets.

– Eona, il est temps que vous regardiez la vérité en face. Si jamais nous parvenons à vaincre Dillon et à récupérer le livre noir, il ne faudra pas le donner à Kygo. Nous devrons le garder pour nous.

– Comment ça ?

– Le livre noir est notre seule chance de nous emparer du pouvoir du dragon.

– Qu'entendez-vous par « nous emparer » ?

– Avec le Rang de Perles, expliqua-t-il. Il nous est possible de centupler notre pouvoir. Songez à tout ce que nous pourrions faire.

Je reculai.

– C'est de la folie. Il s'agit d'une arme.

– Non, écoutez-moi.

Il jeta un nouveau coup d'œil vers Dillon, en jaugeant la distance le séparant encore de nous.

– Nous sommes les deux derniers Yeux du dragon ascendants. Si quelqu'un peut rassembler tout le pouvoir du dragon au lieu de permettre à d'autres d'en faire une arme, c'est nous.

– Le rassembler ? Comment ?

– Dans notre corps, ensemble, comme lorsque vous asservissez ma volonté.

Il humecta ses lèvres gercées.

– Vous rappelez-vous ce que je vous ai dit, après que nous avons repoussé le Roi Mousson ? Ce que j'ai lu dans le livre noir ? Le Rang de Perles exige l'union de la lune et du soleil.

La lune et le soleil : les mots mêmes que Kygo avait employés avec tant de tendresse. Ce souvenir me serra le cœur.

– Je me rappelle que vous m'avez forcée à obéir, lançai-je en passant de la tristesse à la colère. Vous vous êtes emparé de ma volonté.

– Je crois que vous avez pris votre revanche, observa Ido d'un ton froid.

C'était vrai. Je lui avais infligé le même traitement, encore et encore.

– Nous formons un couple, Eona, reprit-il. Je sais que je vous attire autant que je suis attiré par vous.

Mes yeux ne pouvaient se détacher de son regard intense.

– Nous sommes la lune et le soleil. L'homme Œil du dragon Rat et la femme Œil du dragon Miroir. Ensemble, nous pouvons avoir la totalité du pouvoir du dragon.

– Pour quoi faire, Ido ? Régner sur ce pays ? Est-ce ce que vous projetez ?

– Je vous l'ai déjà dit, le chaos est riche d'opportunités.

– Vous nous avez donc apporté le chaos afin qu'une opportunité s'offre à vous ?

– Et à vous, dit-il.

Je secouai la tête devant tant d'arrogance.

– Même si nous nous procurons le livre noir, deux Yeux du dragon ne peuvent tout maîtriser.

– Si nous possédons la totalité du pouvoir du dragon, nous serons bien plus que des Yeux du dragon. Nous serons des dieux. Telle est la véritable promesse du livre noir.

Dillon se rapprochait rapidement. Il serait sans doute là dans dix minutes. La voix d'Ido se fit pressante.

– Vous avez désiré acquérir davantage de pouvoir, quand nous avons écarté le cyclone. Ne le niez pas.

J'avais eu ce désir, et je savais qu'il pouvait le lire sur mon visage.

– Cela ne signifie pas que je veuille *tout* le pouvoir.

Il éclata d'un rire rauque.

– Eona, réveillez-vous ! Il faut choisir entre tout le pouvoir, ou pas de pouvoir du tout. Il n'y a pas de milieu. Kygo ne renoncera jamais à la perle, ce qui signifie que notre pouvoir aura bientôt disparu avec les dragons.

– Mais votre projet revient à les anéantir !

Il agrippa mon épaule, comme si j'étais une petite fille ayant à entendre une dure leçon.

– Vous avez dû comprendre maintenant que tout avait son prix.

– Nous ne pouvons pas faire une chose pareille, protestai-je. Ils font partie de ce pays.

– Je n'ai pas envie de perdre mon pouvoir, Eona. Et vous ?

Il se plia de nouveau en deux et dut lutter pour garder la tête levée.

– Il faut que nous gardions le livre noir.

Dans sa hâte et sa souffrance, sa voix n'était plus qu'un souffle.

– Êtes-vous prête ?

Dillon serait là d'un moment à l'autre.

Pendant un instant, la terreur me fit perdre la tête. Je ne voyais plus qu'un démon courant vers nous.

Son visage était entièrement décharné. La peau jaunie se tendait sur les os du crâne. Ses bras et ses jambes n'étaient plus que des articulations saillantes. Ses yeux – des yeux de fantôme – étaient deux trous noirs de pouvoir, profondément enfoncés dans leurs orbites. À chaque pas, ses pieds usés par des jours de course incessante faisaient voler du sang et des particules de chair. Il était comme vidé de l'intérieur par la puissance déchaînée du livre.

Ido attrapa mon bras, me tirant de mon horreur hébétée. Sous la pression de ses doigts, l'amulette de sang s'enfonça dans ma chair.

– Ensemble ! lança-t-il.

Il inspira profondément en cherchant un chemin menant au domaine céleste, bien que la souffrance altérât le rythme égal de son cœur. Je retins moi-même mon souffle tandis qu'il luttait pour passer dans le monde énergétique. Enfin, l'union avec le dragon Rat argenta ses yeux. Cet instant résonna au plus profond de mon être et fit monter en moi une nausée inquiétante.

La main d'Ido se crispa sur la mienne.

– Par tous les dieux !

Une énergie noire déferla sur les flots d'argent de ses yeux, comme de l'huile se répandant sur de l'eau. Je reculai d'instinct, mais la main serrée d'Ido me retint. Le livre noir s'était introduit dans le pouvoir de son dragon. Je sentis l'écoulement aigre de ses mots, leur appel chuchoté à travers nos mains liées.

Me frayant un chemin dans la marée de pouvoir ténébreux, je trouvai le cœur d'Ido. Ses battements affolés se confondirent avec les miens et nos *hua* mêlés déferlèrent en rugissant à travers les profonds chemins ouverts par notre désir, aussi ténébreux et dangereux que le livre lui-même. Un goût acide emplit ma bouche tandis que le pouvoir du livre s'écoulait de Dillon dans le dragon Rat et son Œil du dragon, en viciant la douce saveur de vanille et d'orange de leur union.

– Le *righi*, souffla Ido. Il le psalmodie de nouveau.

Faisant volte-face, je fixai Dillon. Il n'était qu'à quelques pas de nous, le livre noir attaché à son bras gauche par les perles blanches s'agitant sans trêve.

– Mon maître ! cria Dillon d'une voix caverneuse. Je viens à vous, mon maître ! Je vais regarder votre sang et votre poussière s'éparpiller dans le vent !

Je l'entendis se remettre à psalmodier le chant amer fait de *gan hua*, arraché à la terre et à l'air autour de nous.

Respirant avec peine, je me concentrai sur la pulsation de l'énergie d'Ido pour me guider jusqu'au domaine céleste. À la troisième inspiration, le monde se troubla pour se plonger dans un violent torrent de couleurs. Le corps énergétique de Dillon débordait d'un flot épais de pouvoir noir, tous ses points de puissance tournaient dans le mauvais sens, tous ses chemins étaient obstrués de ténèbres.

Celui d'Ido était un champ de bataille. Un déferlement vibrant d'énergie argentée s'enfonçait dans les poches de pouvoir noir se coagulant en tournoyant autour de ses chemins intérieurs et s'infiltrant dans sa force vitale. Avec un cri perçant, il s'effondra à genoux tandis que Dillon imprégnait du chant brûlant du *righi* l'eau et le sang de son corps. Je sentais sa présence dans mes propres chemins, où il chuchotait des mots de mort incandescents.

– Eona !

Le corps d'Ido se tordit de douleur, sa main se serra convulsivement sur la mienne.

– Allez-y !

Au-dessus de nous, le dragon Rat se débattit dans le ciel contre l'emprise du livre noir, en faisant déferler son pouvoir dans Dillon. Derrière la créature bleue déchaînée, le dragon Miroir n'était plus qu'un tourbillon rougeoyant. Son corps énorme ondulait tandis qu'il attaquait à coups de griffes étincelantes et de crocs acérés l'énergie ténébreuse tentant d'aspirer son pouvoir doré. Je hurlai notre nom commun à travers les chuchotements stridents du chant. Ses immenses yeux d'esprit se fixèrent sur les miens et notre union explosa en moi, en un flot irrésistible de puissance. Mon corps terrestre se renversa contre celui d'Ido lorsque l'union dorée et le lien sensuel se confondirent en un pouvoir torrentiel.

Dillon était devant moi.

– Trop tard, Eona, dit-il en retroussant ses

lèvres flétries pour sourire comme une tête de mort.

– Non !

Je m'élançai vers lui en essayant de toucher sa peau desséchée avec l'amulette, mais il se déroba.

– Non !

Son chant de mort brûlait mon corps. Une chaleur mortelle se répandait en moi, incendiait ma tête et perçait mon cœur de dards enflammés à chacune de mes inspirations haletantes. Je sentais le goût du sang sur ma langue, il remplissait ma bouche, bouillonnait dans ma poitrine. J'avais l'impression que son martèlement allait m'arracher les yeux. Un brouillard rouge voilait toute chose. Au-dessus de moi, le dragon Miroir projetait en rugissant son pouvoir doré contre le chant enflammé, pour essayer d'endiguer son flot destructeur. J'entendais des hurlements. Ils s'échappaient d'Ido à mes pieds, retentissaient au plus profond de ma propre poitrine en feu.

– Dillon, arrête !

– Tu veux t'emparer de mon pouvoir ! Exactement comme mon maître !

Rassemblant mes forces défaillantes, je me jetai de nouveau sur lui, à moitié aveuglée par la chaleur rouge oppressant ma tête. Je le heurtai avec violence et mes mains se tendirent désespérément pour le toucher. Je sentis le cuir dur du livre, puis mes doigts se refermèrent sur une peau parcheminée et des os saillants. L'anneau d'or enserrant mon pouce s'enfonça dans sa chair flétrie. « Faites que ça marche », priai-je en silence.

Une saveur métallique et l'amertume du livre

se mêlèrent en un pouvoir nouveau. Le pouvoir du sang. L'anneau faisait son effet.

– Arrête ce chant ! criai-je.

Le chuchotement s'interrompit. Aussitôt, la chaleur dévorante s'affaiblit. Ma vision s'éclaircit. Le visage de Dillon était tout près du mien. Son haleine brûlante était aussi fétide que de la viande rancie. Je sentais son esprit se rebeller contre la puissance de l'anneau, sa folie se déchaîner comme un animal sauvage pris au piège, se défendant à coups de griffes et de crocs. Il avait tant de force mauvaise en lui.

Je sentis son bras m'échapper – et sa volonté.

L'anneau ne suffisait pas.

Avec un hurlement, il se dégagea et recula en chancelant, tandis que les perles blanches resserraient sur le livre leur étau à l'éclat pâle.

Une chaleur torride m'embrasa de nouveau. Ido se mit à hurler. Dans le ciel, le dragon Miroir poussa un rugissement en lançant son pouvoir doré contre l'explosion brûlante, dont elle repoussa l'assaut meurtrier.

Une évidence glacée s'imposa à moi au milieu de la fournaise de ma tête suppliciée. « Ne le combats pas. Prends-le. » Comme dans la montagne. C'était moi que le livre voulait, pas Dillon. Sa folie s'était élancée vers mon esprit, en chuchotant des promesses de pouvoir absolu.

La folie. Il m'apporterait la folie.

Mais cela valait mieux que cette mort brûlante.

– Viens ! criai-je en tendant le bras. Viens à moi !

– Non ! hurla Dillon. Le pouvoir m'appartient !

Je vis l'énergie ténébreuse se ramasser en lui

comme un serpent prêt à frapper. Les perles blanches se détachèrent brusquement de lui et bondirent vers moi. Elles tournoyèrent dans l'air en entraînant le livre derrière elles puis s'enroulèrent avec une force brutale autour de mon poignet pour attacher le volume sur ma peau. Le pouvoir déferla dans mon bras, comme si mes veines s'emplissaient d'acide. Dillon accourut vers moi et ses doigts décharnés tentèrent de m'arracher le livre qui l'avait trahi. Son chant se brisa en un hurlement désespéré tandis que l'antique pouvoir le quittait pour s'écouler en moi.

Je poussai un cri étouffé quand la chaleur meurtrière se dissipa. Ido gémit à mes pieds. Dans son soulagement, il s'affaissa soudain.

– Vous avez le livre. Tuez le garçon !

Je tentai de me concentrer malgré les mots rongeant mon esprit, gravant en moi les secrets ténébreux d'un pouvoir ancestral. Le chant du *righi* se mit à résonner faiblement en mon corps. Il imprégna ma langue de son goût amer, dessécha ma bouche, engloutit la douceur et l'espoir. Le chant était dans ma tête. Il s'échappait par ma bouche et arrachait du pouvoir au *hua* autour de moi – à la terre, à l'air, aux dragons –, en s'élevant comme un brasier destructeur prêt à m'obéir. J'entendis au loin le dragon rouge se rebeller en hurlant, mais son pouvoir aussi m'appartenait. Tout pouvoir m'appartenait.

Dillon tira sur le livre en poussant des cris de rage. Le rythme de ma psalmodie s'accéléra, entre-tissant le pouvoir en une vague grandissante de chaleur. Chaque mot chuchoté nourrissait l'énergie brûlante vouée à le détruire. Il se jeta en arrière en hurlant, mais je continuai de chanter le chant de sa mort.

Plaquant ses mains sur sa tête, il tomba à genoux. Du sang ruisselait de son nez, de sa bouche, des trous noirs de ses yeux. Les mots s'écoulaient de moi et pénétraient en lui, où leur incendie se propageait pour l'anéantir. J'étais en train de le tuer et je ne pouvais pas m'arrêter.

« Aidez-moi, priai-je. Aidez-moi, Kinra. » Mais c'était trop tard.

Le hurlement de Dillon s'interrompit net et son corps se désintégra en une rafale brûlante de cendre noire et de nuée rouge, qui cingla mon visage comme un ouragan de mort.

Je poussai un cri strident. L'horreur se démenait en mon esprit comme un oiseau affolé, mais les mots acides continuaient de me submerger. Ido s'éloigna de moi en rampant, le souffle coupé par la souffrance.

Un autre chant s'éleva alors en moi, clair et frais, comme un contrepoint aux mots du livre dans mon esprit. Je connaissais ce chant – j'avais chanté ses paroles de guérison avec le dragon Miroir. Je sentis son harmonie dorée se frayer un chemin à travers le sifflement amer du *gan hua*, en me dégageant de l'emprise ténébreuse de son pouvoir. Mon souffle haletant se transforma en sanglots quand le chant terrible s'effaça de mon gosier, de mon esprit. Glissant mes doigts sous les perles, j'enfonçai mes ongles dans la chair de mon bras. En un ultime effort, j'arrachai le livre et le jetai sur le sol. Il atterrit dans la boue et les perles s'agitèrent avec la furie d'un serpent coupé en deux.

M'effondrant à genoux, je vomis sans relâche, comme pour déverser mon angoisse sur la terre. J'avais tué Dillon. Mes mains et mon visage humides témoignaient encore de cette atrocité, le goût amer de la mort remplissait ma bouche. Peut-être ne pourrais-je jamais m'en débarrasser.

Un peu plus loin, Ido s'assit sur les talons en scrutant le sol autour de nous.

– Où est le livre ? demanda-t-il d'une voix rauque. Est-ce que vous l'avez ?

Non sans peine, je hochai la tête. Il était près de moi, protégé par les perles.

On entendit soudain le bruit de sabots se rapprochant au galop. Levant la tête, je vis Kygo flanqué de Ryko et Yuso. Leurs chevaux écumaient, épuisés.

– Eona !

Kygo arrêta abruptement sa monture, mit pied à terre et accourut. Ses yeux étaient fixés sur moi, pas sur le livre noir. Derrière lui, Ryko et Yuso bondirent sur le sol et suivirent leur empereur.

– Eona !

Ido se mit à ramper sur l'herbe trempée de sang.

– Donnez-moi le livre. Vite !

– Non !

Je le poussai hors de sa portée. Les perles soulevèrent le volume sur la boue. Ido tenta de nouveau de l'atteindre.

– Eona, qu'est-ce que vous faites ?

– Sire Ido, arrêtez ! cria Kygo.

Ryko agrippa la tunique d'Ido et le tira en arrière. L'Œil du dragon se débattit en martelant le géant de coups de poing.

– Eona, c'est la seule solution ! hurla-t-il. Prenez le livre !

Je tendis la main vers la couverture de cuir noir sur laquelle les perles s'agitaient. Au-dessus de moi, Yuso tira son sabre. Le sifflement de la lame retentit dans le silence soudain.

– Yuso, reculez ! rugit Kygo.

Le capitaine hésita, puis s'écarta en baissant son sabre.

Je levai les yeux vers Kygo.

– Je vous ai promis de vous remettre le livre noir. Il est à vous.

– Comment ?

Ido s'élança à genoux, mais Ryko le ramena brutalement en arrière.

– Ne soyez pas stupide, Eona ! C'est notre pouvoir que vous lui donnez avec ce livre.

En serrant les dents, je ramassai le volume. Je sentais le chant doré de mon dragon et la force de l'amulette de sang comme un bouclier protecteur dans mon *hua*. Avec lenteur, j'enlevai l'anneau de mon pouce et le plaçai sur les perles tressautantes.

– Ne bougez plus, ordonnai-je.

Elles s'immobilisèrent. Ryko poussa un sifflement de stupeur.

– Eona, je vous en prie, non ! lança Ido en se démenant sous la main du géant. Il va asservir notre volonté. Nous perdrons tout.

M'inclinant à genoux, je tendis le livre et l'anneau posés sur mes mains ouvertes.

– N'y touchez pas, Votre Majesté, dit Yuso.

Kygo écarta d'un geste ce conseil. Ses yeux ne quittaient pas les miens.

– Vous me donnez votre pouvoir ? Qui vous dit que sire Ido n'a pas raison ?

– Mon pouvoir a toujours été à vous, Kygo, répliquai-je. À présent, je vous donne aussi ma confiance.

Il prit dans mes mains le livre et l'anneau.

– Je sais ce que cela vous a coûté, Eona.

Je baissai les yeux sur le tas de poussière sombre marquant l'endroit où j'avais tué Dillon. L'endroit où j'avais senti le pouvoir véritable du livre noir.

Kygo ne saurait jamais ce que cela m'avait coûté.

La jeune fille plaça la cuvette fumante sur la table se dressant contre la paroi de la tente. Elle s'écarta à reculons, les yeux fixés obstinément sur les somptueux tapis du sol. Je me demandais ce qu'on lui avait dit de moi. Que j'étais dangereuse ? Une tueuse de démons ? Me penchant sur la cuvette, je respirai la chaleur humide. Ma bouche et mes yeux se reflétaient sur le fond de porcelaine où était peint un poisson bleu foncé. Je plongeai mes mains dans l'eau chaude. Des volutes rouge pâle se déployèrent sur la surface tandis que des particules noires plus lourdes tournoyaient autour de mes doigts. Les motifs changeants de cendre et de sang me clouèrent sur place.

– Eona !

Dela s'avança sur les tapis moelleux, une serviette à la main.

– Lavez-vous tout de suite. Vous vous sentirez mieux.

Elle m'avait déjà aidée à ôter mes vêtements ensanglantés, qu'elle avait emportés pendant que je revêtais une tunique et un pantalon propres. Cependant je sentais encore l'odeur de la mort.

Fermant les yeux, je m'aspergeai le visage. La chaleur sur mes paupières, mon nez, ma bouche, ressemblait trop au *righi*. Je me redressai, le souffle coupé par la terreur.

– Apportez-moi de l'eau froide ! Tout de suite !

Dela fit signe à la jeune fille, qui s'élança, ramassa la cuvette et se dirigea vers la porte d'un pas circonspect.

– Tenez, dit Dela en me tendant la serviette.

Je m'essuyai les yeux et la bouche. Le coton beige se couvrit de taches rosées.

– Je ne me sentirai jamais mieux en repensant à Dillon, déclarai-je.

– Ryko m'a raconté ce qu'il avait vu, dit-elle avec une moue de dégoût. Cette *chose* n'était pas Dillon. Il n'existait plus.

– Ç'avait pourtant été Dillon, autrefois.

Elle étreignit mon bras.

– Il souffrait probablement le martyre. Vous avez dit vous-même que vous aviez l'impression d'avoir un acide brûlant dans la bouche.

– Dela, j'ai pris le pouvoir du livre, chuchotai-je. Je m'en suis servie pour le tuer. Que suis-je donc devenue ?

Elle m'attira contre sa poitrine. Je pressai mon front contre son épaule musclée.

– Vous n'êtes pas Dillon, assura-t-elle vivement en frottant mon dos. La question ne se pose même pas. Vous avez fait ce que vous aviez à faire. Et vous avez donné le livre noir à Sa Majesté.

Elle m'écarta d'elle un instant, en me regardant d'un air solennel.

– Vous avez aussi rétabli la confiance de Ryko.

Elle me serra de nouveau contre son épaule.

– Ce livre n'apporte que mort et destruction, déclarai-je.

– Yuso veille sur lui, maintenant. Sa Majesté et les chefs militaires sont en train de décider ce qu'il convient d'en faire.

Je reculai abruptement.

– En ce moment ? Sans moi ? Mais je suis son *naiso*. Je devrais être là-bas.

Dela agrippa mon bras.

– Ryko m'a dit ce dont ce livre était capable, Eona. Les chefs discutent du potentiel du pouvoir d'Ido. Sa Majesté ne veut pas que vous assistiez à cette réunion.

L'Œil du dragon avait eu raison. Leur première pensée était de l'asservir avec le pouvoir du sang contenu dans le livre.

– Non ! lançai-je en me dégageant.

Je m'avançai vers la porte.

– Je peux moi-même asservir Ido. Ils n'ont pas besoin de se servir du livre noir sur lui.

Dela s'interposa entre la porte et moi.

– Eona, je ne suis pas ici seulement en tant qu'amie. Il m'est impossible de vous laisser aller là-bas.

– Vous êtes ici pour me surveiller ?

Elle glissa sa main dans mon dos et me poussa vers la banquette faisant face à la porte, avec sa force d'homme.

– Asseyez-vous donc. Vous feriez mieux de dormir.

Je repoussai sa main.

– Dormir ? Alors qu'ils sont peut-être en train de décider de m'asservir aussi !

– Vous savez bien que non, Eona. Vous êtes épuisée. Essayez de vous reposer.

Elle prit le livre rouge sur une table où Vida avait placé le peu que je possédais : la bourse contenant mon compas d'Œil du dragon, et les tablettes mortuaires de mes ancêtres disposées autour d'une petite bougie à prières.

– Si vous n'arrivez pas à dormir, nous pourrions travailler ensemble sur le texte de Kinra. J'y ai découvert un nom nouveau : Pia.

Les perles noires s'enroulèrent autour de la main de Dela en cliquetant, comme si elles la reconnaissaient.

– C'est sans doute encore une devinette, lançai-je sèchement. Laissez-moi donc tranquille.

Même si je savais que c'était infantile, je me détournai d'elle.

En fait, j'étais vraiment épuisée. Mon corps comme mon esprit étaient à bout. Toutefois Ido, le livre noir, la mort de Dillon ne laissaient aucun répit à mes pensées, de sorte que je passai une heure entière à arpenter nerveusement la tente pendant que Dela, assise près de la porte, étudiait le journal de Kinra. À un moment, la jeune fille rapporta une cuvette d'eau propre, mais ses yeux effrayés m'irritèrent tant que Dela se hâta de la congédier. Malgré tout, la rage et le remords ne pouvaient tenir en échec indéfiniment ma fatigue. Je finis par m'allonger sur la banquette, exténuée.

Je me réveillai le cou raidi, un goût aigre dans la bouche. L'ouverture pour la fumée dans le toit de la tente prenait les teintes mauves du crépuscule. Je m'assis en massant mon cou avec mes doigts. J'avais dormi toute la journée.

– Noble dame, puis-je vous faire porter quelque chose ? demanda Vida assise en tailleur sur le sol.

C'était donc son tour de jouer les geôlières.

– Du thé, lançai-je d'un ton acerbe. Et une lampe.

Elle se leva, ouvrit la porte et se pencha pour murmurer des instructions à quelqu'un dehors. Puis elle s'approcha avec une lampe dont la lumière éclaira les murs d'étoffe, qui passèrent du rose pâle au rouge vif. Dela avait laissé le livre sur la table, ce qui indiquait qu'elle comptait revenir. Je pourrais ainsi m'excuser pour ma maussaderie.

Je me levai et tirai sur ma tunique pour la défroisser.

– Les chefs sont-ils encore en réunion avec Sa Majesté ?

Vida posa la lampe sur la table.

– Ils ont terminé.

– Alors ?

– Je suis désolée, noble dame. Je ne sais rien.

Manifestement, elle avait compris que ma question concernait la destinée d'Ido.

– Cependant le bruit court dans le camp que nous allons combattre dans quelques jours, ajouta-t-elle comme pour prouver sa bonne volonté.

– S'agit-il d'une rumeur ou le tenez-vous de votre père ?

– Disons que lorsque j'ai demandé à m'engager quelque part, on m'a déclaré que je resterais au camp pour m'occuper des blessés et que je devais m'attendre à intervenir bientôt.

Nous restâmes toutes deux silencieuses. Il y aurait certainement une foule de blessés.

– Voudriez-vous me faire une faveur, Vida ?

– Si je le peux, noble dame.

– Quand les combats commenceront, veillez à ce que Lillia soit en sûreté, ainsi que Rilla et Chart.

Elle hocha la tête.

– J'essaierai.

On frappa violemment à la porte. Elle se dirigea vers l'entrée de la tente. Je plongeai mes mains dans la cuvette, dont l'eau froide me fit frissonner. Je faisais courir un tel danger à ma mère et à mes amis.

– Noble dame, lança une voix sèche.

Les mains ruisselantes, je me tournai vers Yuso immobile sur le seuil. Son corps maigre était plongé dans l'ombre.

– Sa Majesté souhaite vous parler.

J'acquiesçai de la tête. Kygo voulait certainement me dire ce qu'ils avaient décidé. Vida attrapa une serviette et me la tendit. Je me séchai les mains tandis qu'elle prenait mon fourreau.

– Non, noble dame, dit Yuso. Sa Majesté désire que je porte vos sabres.

Les yeux de Vida croisèrent les miens. Aucun de nous ne se déplaçait sans armes dans le camp.

– Donnez mes sabres au capitaine Yuso, Vida, ordonnai-je bien qu'elle me lançât un regard réprobateur.

Je me rappelai que Yuso m'avait interrogée sur leur pouvoir. Kygo les considérait-il comme une menace ? Me considérait-il moi-même comme une menace ?

Yuso installa le fourreau dans son dos.

– Noble dame, il vous attend dès maintenant.

– Elle vient juste de se lever, objecta Vida.

Elle s'agenouilla près de moi pour ajuster le bas de ma tunique.

– Il lui faut quelques instants pour s'apprêter.

Le regard de Yuso fit le tour de la pièce, en s'arrêtant sur la table où étaient posées mes affaires. Peut-être Kygo voyait-il une menace dans tout ce que je possédais.

Le capitaine me regarda de nouveau.

– Dame Eona est attendue *dès maintenant*, répéta-t-il.

– C'est bien, Vida, dis-je en tapotant ses mains occupées à plisser correctement ma ceinture.

Elle s'écarta à contrecœur.

Je rejoignis Yuso. Bien qu'il arborât l'air sévère qui lui était coutumier, une énergie concentrée vibrait en lui, comme le révélait son index frottant son pouce sans relâche. Il savait qu'il allait se passer quelque chose.

– J'attendrai ici, noble dame, déclara Vida.

Je lui adressai un sourire aussi rassurant que possible, puis je franchis le seuil. Yuso referma la porte et me précéda en silence dans le vaste espace devant la tente servant aux réceptions. Nous passâmes devant des groupes de gens parlant et riant autour de feux. Leur camaraderie insouciante me rendit plus sensible encore ma propre inquiétude. J'aperçus l'ombre furtive d'un chien entre deux tentes. Seul le bout blanc de sa queue lui donnait un peu de consistance dans l'obscurité. Un enfant hurlait au loin, à moins que ce ne fût la plainte d'un animal nocturne. Je compris bientôt que nous allions quitter les zones habitées du camp pour nous diriger vers une tente se dressant à l'écart, avec un garde posté devant sa porte.

– C'est là que vous gardez le livre noir ? demandai-je.

– Oui, répondit Yuso.

Je m'arrêtai.

– Pourquoi Sa Majesté veut-elle me voir là-bas ?

– C'est à lui de vous le dire.

En nous voyant approcher, le garde fit un salut militaire. Yuso ouvrit la porte. La lumière dorée d'une lampe sculpta en relief son visage maigre et ridé. Il s'inclina et s'écarta pour me laisser passer, en s'attardant un instant pour donner un ordre à voix basse à la sentinelle. Saisie d'un brusque malaise, j'entrai dans la tente. Des murs nus, pas de tapis au sol. Un garde solitaire était debout à côté d'une table portant une boîte laquée noire. Aucune trace de Kygo. Le garde inclina la tête.

Yuso m'invita à m'avancer davantage.

– Sirk, vous pouvez y aller, dit-il au garde.

L'homme s'inclina de nouveau et sortit de la tente en refermant la porte dans son dos.

Je m'approchai de la boîte noire, dont la surface vernie luisait à la clarté de la lampe. Pourquoi Kygo voulait-il qu'aucun garde ne soit présent ? Avait-il l'intention d'asservir mon pouvoir ?

Je me tournai vers Yuso.

– Qu'est-ce que Sa Maj…

Ma tête se renversa sous un coup de poing aussi

vigoureux que le capitaine lui-même. Je vacillai, les mains pressées sur ma joue endolorie. Le deuxième coup m'atteignit en plein ventre, avec une telle violence que je perdis l'équilibre, le souffle coupé. Pliée en deux, je cherchai désespérément à respirer, la vision obscurcie par la surprise et la douleur. Il me frappa du pied derrière les genoux. Mes jambes se dérobèrent et je tombai sur le dos. Autour de moi, la tente tournoyait dans un brouillard grisâtre. Un poids impitoyable oppressa ma poitrine, me clouant au sol : le genou de Yuso. Il se pencha sur moi, les lèvres serrées, concentré sur sa tâche.

– Ouvrez la bouche, lança-t-il.

Il pressa mes narines. J'ouvris la bouche pour respirer et aperçus dans sa main un flacon d'herboriste en porcelaine blanche. Il introduisit de force le goulot de céramique froide entre mes dents. Un liquide affreusement amer coula dans ma gorge. Je me débattis en essayant de le recracher, de hurler. Enfonçant ses doigts des deux côtés de ma mâchoire, il me força à pencher la tête en arrière. Je le frappai et sentis un os dur sous mon poing, mais la tente sombrait déjà dans une obscurité soyeuse et la drogue m'entraîna dans le silence opaque du monde des ombres.

Chapitre 23

Une gifle en plein visage me ramena brutalement à moi-même. Une autre gifle me renversa la tête en arrière et me força à ouvrir les yeux. Le souffle coupé, je vis les contours indistincts d'un visage. Une douleur amère vrillait ma tête, comme si l'on était en train de planter un clou à la base de mon crâne. Ma bouche semblait remplie d'acide et de métal – je connaissais ce goût. La terreur explosa au milieu de ma souffrance. C'était le livre noir. Et le pouvoir du sang.

– Non !

Je tentai de lever les mains, mais une force domina mon impulsion et m'empêcha de bouger.

Je distinguai enfin le visage de Yuso. Baissant les yeux, je vis que mes poignets étaient liés par les perles blanches, le livre noir pressé entre mes mains ouvertes. Le lien scintillant était maculé de sang. Je tentai de nouveau de lever les mains, mais une emprise inflexible les immobilisa. Je la sentais autour de mon esprit. Elle emprisonnait mes bras et mes jambes. J'inspirai profondément, en cherchant désespérément à entrer dans le monde énergétique, mais un rempart brûlant d'acide obstruait tous les chemins que j'essayais.

– Yuso !

Ma voix était rauque, ma bouche tellement desséchée que je pouvais à peine émettre un son. Mes sens engourdis percevaient un fond rouge et une odeur d'encens et de viande rôtie.

Les yeux de Yuso se détournèrent de moi.

– Elle est réveillée, Votre Majesté, dit-il en se redressant.

– Bien.

La voix glacée s'insinua dans mon esprit horrifié, et mon dos se pressa contre le bois de ma chaise.

Sethon.

Il était à l'autre bout de la tente, le dos tourné. La lampe illuminant son armure dorée soulignait la carrure de son corps de guerrier. Le sang bourdonna dans mes oreilles. Comprenant tout en un éclair, je ne fus plus qu'un cœur battant et un souffle haletant. Sethon. Yuso m'avait livrée à Sethon. Il avait offert tout mon pouvoir à notre ennemi.

J'étais dans une tente de camp militaire, mais le mobilier somptueux aurait convenu à un palais. Trois énormes lampes d'or éclairaient des tapis, des chaises élégantes, un lit de repos et une grande table en bois sombre sur laquelle étaient posés mes sabres. Quatre aides de camp au garde-à-vous, un devant chaque paroi, me regardaient avec curiosité. J'aperçus une raie obscure à la base de la tente. Il faisait encore nuit. Combien de temps étais-je restée inconsciente ?

Le Grand Seigneur se retourna, le visage impassible. Ses traits réguliers attestaient sa parenté avec Kygo, mais il n'y avait pas de bienveillance dans ses yeux, pas de compassion dans ses lèvres charnues. Tout en lui était raidi et tordu, comme la cicatrice balafrant son nez et sa joue.

– Savez-vous où vous êtes, ma petite ?

Je hochai la tête. Au moins, ce mouvement m'était permis. Je luttai contre l'emprise invisible du livre noir. Pourrais-je appeler son pouvoir, comme je l'avais fait avec Dillon ? Je me concentrai sur l'énergie me retenant prisonnière. « Viens, appelai-je en silence. Viens à moi. » Mon désespoir se propagea à travers l'emprise, mais le livre ne répondit pas. Je n'étais pas assez forte pour rompre le lien du sang de Sethon.

Il se dirigea vers moi. Chacun de ses pas lourds résonnait dans ma poitrine. Je tressaillis quand il se pencha sur moi et glissa son index épais sous les perles ensanglantées.

– Et vous sentez mon emprise sur votre volonté ? Mon autorité sur votre corps ?

– Oui, chuchotai-je.

– Je vous propose de vérifier. Voyons si ce pouvoir du sang fonctionne vraiment.

Pressant son pouce calleux contre mon petit doigt, il le renversa lentement en arrière. Une douleur insoutenable me coupa le souffle. Mon besoin éperdu de lui arracher ma main se heurtait impitoyablement au rempart de l'emprise.

– Je vais le casser ! proclama-t-il.

– Non, je vous en prie. Je ne peux pas bouger !

Il appuya sur le doigt avec force et l'os se cassa. Une douleur atroce irradia mon bras. Je poussai un hurlement. Mon corps tressauta, mon esprit était déchiré par l'envie furieuse de mettre ma main en sûreté sur ma poitrine.

Sethon prit une profonde inspiration, comme s'il inhalait ma souffrance.

– C'est grisant, dit-il. Je comprends pourquoi vous aimiez tant asservir Ido.

Il fit retomber ma main et le livre noir sur mes genoux. Sous le choc, le monde se mit à tournoyer sous mes yeux.

– Je sens qu'il va être passionnant d'explorer vos possibilités, dame Eona.

Saisissant ma mâchoire entre le pouce et l'index, il me força à reculer la tête.

– Votre Majesté !

Yuso se tenait à côté de nous, les poings serrés.

– Je vous ai livré dame Eona et le livre. J'ai fait ce que vous vouliez.

Sethon le congédia d'un geste.

– Plus tard, Yuso.

Comment la traîtrise de Yuso avait-elle pu m'échapper ? Je me remémorai fiévreusement les dernières semaines, en quête d'indices qui auraient dû m'avertir.

– C'est vous qui avez donné l'alarme au palais, n'est-ce pas ? lançai-je. Et vous avez fait attaquer Sokayo. Avez-vous tiré une flèche sur Ido et tué Jun de vos propres mains ?

Il détourna le visage.

– Ordure ! criai-je en concentrant toute ma rage dans ce mot.

– Votre Majesté, souffla-t-il. Je vous en prie. Vous m'avez promis de me rendre mon fils dès que vous auriez la fille et le livre.

Sethon se pencha sur moi d'un air confidentiel. Son odeur âcre, métallique, me prit à la gorge. Elle me rappelait le livre noir.

– Contrairement à vous, dame Eona, le fils de Yuso manque de courage, susurra-t-il. Quand je lui ai cassé les doigts, il s'est évanoui. Je suis sûr qu'il mourrait si l'insolence de son père lui valait quelques coups de fouet.

Yuso devint très pâle.

Sethon désigna de la tête la paroi de la tente.

– Attendez là-bas, capitaine. J'ai encore du travail pour vous.

Je regardai Yuso s'incliner malgré sa fureur et s'éloigner.

– L'amour est une faiblesse qu'il est aisé d'exploiter, dit Sethon en m'observant de nouveau avec froideur. Yuso m'affirme que mon neveu aussi bien que sire Ido vont se précipiter à votre secours.

Il passa son pouce sur mes lèvres.

– Qu'avez-vous qui puisse amener deux hommes aussi puissants à courir à leur perte ? Est-ce simplement votre dragon ou y a-t-il autre chose ?

– Ils ne viendront pas, lançai-je d'une voix enrouée.

Il tapota ma joue.

– Vous savez comme moi qu'ils viendront avant la fin de ce jour. Vous êtes un appât idéal.

Je serrai les dents. Il avait raison.

Il se pencha sur une petite table à côté de ma chaise. Autour de moi, aucun tapis somptueux ne recouvrait le sol de terre. Il prit un long poignard effilé. Du coin de l'œil, je vis luire des lames, des crochets, un maillet. J'avais déjà vu cet outillage : dans le cachot d'Ido. Ce souvenir me donna une envie éperdue de m'enfuir. De me battre. Mais je ne pouvais pas bouger.

– Mon neveu va venir vous chercher, dit

Sethon. Il m'apportera ainsi la Perle impériale bien à l'abri de sa gorge jeune et vigoureuse.

Il leva le poignard et examina sa lame aiguisée.

– J'aurais préféré que Yuso le tue et me remette la perle, mais l'usage veut qu'elle passe de son ancien possesseur au nouveau en l'espace de dix respirations.

Il haussa les épaules.

– On ne sait jamais si ces histoires sont vraies ou non.

Il ouvrit ma tunique en exposant la peau au-dessus de mes seins. Je me débattis frénétiquement en esprit, mais mon corps resta inerte sous ses mains.

– Ido croit vraiment que vous êtes la clé du Rang de Perles. Il a fallu l'abîmer sérieusement pour lui faire avouer ses secrets, mais à la fin il s'est montré très... bavard à propos de vous et du livre noir.

Se taisant un instant, il fit glisser lentement son index sur ma gorge.

– Un lien tissé avec le *hua* de vos propres dragons. Ç'a été sa dernière révélation avant qu'il ne m'échappe dans le monde des ombres.

– Comment ?

Sethon me regarda.

– Ido ne vous l'a pas dit ?

Son corps fut secoué d'un rire silencieux.

– Encore une de ses manigances...

Il caressa ma joue.

– Le livre noir est tiré de l'essence des douze dragons au complet. Ce sont les premiers Yeux du dragon qui l'ont créé. Vous êtes victime de vos pareils.

– Non ! criai-je.

Cependant la vérité de ses paroles s'imposa brutalement à moi. La première fois que j'avais touché le livre noir, j'avais senti son pouvoir se tendre aussi bien vers le dragon Miroir que vers moi. Mais pourquoi les premiers Yeux du dragon auraient-ils créé un tel objet ?

Je me demandai ce qu'Ido m'avait encore caché.

Puis Sethon appuya légèrement le poignard à la base de ma gorge, et le monde se réduisit d'un coup pour moi à cette lame mince et à la main qui la tenait.

– D'après Yuso, vous êtes capable de vous guérir vous-même, dame Eona. Et vous pouvez recommencer indéfiniment.

Il enfonça imperceptiblement la lame dans ma peau. Du sang jaillit autour. Un instant plus tard, la souffrance surgit à travers mes nerfs.

– Voyons jusqu'où peut aller ce lien.

J'avais déjà été blessée. Je connaissais le choc soudain d'une balafre reçue lors d'un combat. Mais ceci était différent. Avec une lenteur délibérée, il traçait dans ma chair un sillage de sang qui m'entraînait en un crescendo de souffrance. Je hurlais en tentant de reculer ma tête. Mon corps était immobilisé sous la main et le poignard. J'étais incapable de m'enfuir, de me battre ou même de m'écarter de la lame entaillant ma poitrine avec cruauté.

En souriant, Sethon leva le poignard et passa sa main libre sur les bords déchiquetés de la plaie ouverte. Un autre genre de supplice.

– Guérissez-vous avec votre dragon.

Il caressa de nouveau ma joue de son doigt humide. Cette fois, l'odeur métallique émanant de sa peau était celle de mon propre sang.

Toute ma colère, ma souffrance et ma terreur convergèrent en une unique pensée : « Tue-le ! »

Prenant une profonde inspiration, je m'élançai vers le monde énergétique. La pièce se mit à ruisseler de couleurs tandis que le corps énergétique de Sethon devant moi palpitait d'une excitation ténébreuse.

Le dragon rouge ondulait frénétiquement au-dessus de moi, avec son pouvoir doré enfermé dans la pulsation écarlate de son corps immense. Non loin de lui, le dragon bleu rugissait avec fureur. Ido sentait-il ce qui se passait ?

– Par tous les dieux, chuchota Sethon. Ils sont magnifiques.

Il les voyait à travers le pouvoir du livre.

Son corps énergétique se pencha et je sentis son souffle chaud sur mon oreille. Les mots qu'il murmura étaient pleins d'une puissance amère, venue du fond des temps. Ils me donnaient un ordre qui emprisonna mon *hua* comme la main d'un étrangleur. J'eus beau me débattre, mon désespoir ne pouvait rien contre sa force implacable.

– Guérissez vos blessures, commanda Sethon.

Ce fut comme si la main s'ouvrait l'espace d'un instant bienheureux, laissant passer un souffle du pouvoir doré du dragon rouge déferlant en une vague consolante de guérison. J'ouvris la bouche pour l'appeler : « Retourne le pouvoir contre lui, empare-toi de sa volonté, tue-le ! » Mais la main se ferma de nouveau en étouffant ma voix et en me coupant de son pouvoir resplendissant. Le visage de Sethon reprit son aspect terrestre et les couleurs ruisselantes cédèrent la place à l'immobilité de la tente.

L'absence soudaine de la souffrance me coupa le souffle. La peau lacérée de ma poitrine était de nouveau lisse sous le sang figé, et mon doigt massacré s'était redressé, intact.

La tête de Sethon était renversée en arrière, comme s'il sortait à peine d'une extase.

– Voilà donc à quoi ressemble le monde énergétique, murmura-t-il. Quelle incroyable puissance ! Pas étonnant qu'Ido ait voulu la posséder tout entière.

Il éclata d'un rire rauque.

– Quand il viendra vous chercher, je deviendrai maître également de son dragon. Avec deux Yeux du dragon dans mon armée, je serai invincible.

– Non !

Il essuya sa main sur ma poitrine, en la maculant de sang.

– Vous n'avez pas le choix, dame Eona. Votre volonté m'appartient.

Il brandit de nouveau le poignard.

– Et d'ici peu, votre esprit m'appartiendra aussi.

Une nouvelle fois, il leva mon menton. Son visage m'apparut à travers un voile de larmes et de sang. Il n'allait jamais cesser. Les blessures se succéderaient sans relâche.

Cela devait durer depuis des heures – je voyais le jour s'éclaircir à la base de la paroi de la tente.

Du coin de l'œil, je vis Sethon prendre le maillet. Il voulait mon esprit, et il l'aurait bientôt. Je sentais l'espoir m'abandonner, ma force et ma détermination faiblissaient.

Il fallait que je trouve un moyen de lui échapper, avant qu'il ne soit trop tard.

Ido s'était réfugié dans son dragon. Mais comment ? En se servant de la souffrance, avait-il dit. Lentement, je retrouvai le souvenir dans mon esprit embrumé – notre séance d'entraînement, le parfum du jasmin, ses pouces pressant le centre de mes paumes. Notre premier contact. Il m'avait dit que la souffrance était une énergie. Je pourrais l'utiliser pour trouver mon dragon. Ce ne serait pas une véritable union. Il s'agissait d'un dernier recours, aussi dangereux pour le dragon que pour l'Œil du dragon.

Cependant Ido n'était pas entravé par les liens du sang impérial et du livre noir.

Sethon se pencha, arracha ma sandale et appuya mon pied sur le sol, de façon à avoir un solide soutien pour son maillet. Sous ma peau nue, je sentis la terre rugueuse, la moiteur de mon sang. Et autre chose encore : comme un frisson imperceptible à travers le portail énergétique de mon pied.

Je me concentrai sur cette sensation, en tentant d'oublier la souffrance déchirant mon corps. C'était de l'énergie terrestre, le plus ancien des pouvoirs. Et mon sang – le sang de mes ancêtres – s'écoulait de moi en imprégnant la terre de l'Est, bastion de mon dragon. Au cœur de son pouvoir. Je pris une inspiration tremblante pour cacher mon espoir éperdu et j'attendis, remplie d'effroi.

Le coup brutal explosa en moi. Tout mon être convergea en cette souffrance affreuse. Avec un hurlement, je m'ouvris à l'énergie de la terre et au pouvoir primordial de mon sang, en lançant un appel aussi immémorial que le dragon auquel je m'adressais.

Tournoyer. Impondérable. Plus de souffrance. Plus de sensations. Rien que l'obscurité – dans mes yeux, mon nez, ma bouche. L'abri d'un soulagement bienfaisant.

Étais-je morte ?

« Eona. »

Une voix. Familière.

« Eona. Viens. Je t'attends depuis si longtemps. Nous t'attendons tous depuis si longtemps. »

On m'attendait ? Qui ?

« Viens. »

La voix m'entraîna hors de l'obscurité, dans les tourbillons de rouge, de vert et de bleu du domaine céleste. En bas, mon corps était affaissé sur la chaise. Des flots argentés de *hua* le parcouraient encore, malgré le pouvoir noir du livre s'insinuant dans ses chemins intérieurs. Je n'étais donc pas morte.

Le corps énergétique obscurci de Sethon se pencha sur ma silhouette prostrée et souleva ma tête par les cheveux.

– Elle est dans le monde des ombres.

Il jeta rageusement le maillet sur la table.

J'étais dans mon dragon. Hors d'atteinte de Sethon. Ma joie triomphale céda la place à une résolution glacée : c'était le moment ou jamais de le tuer. D'anéantir son armée.

« Eona. »

La voix m'arracha à ma haine.

« Tu dois réparer. »

La voix était en moi, près de moi, au-dessus de moi. Je connaissais son ton, sa fureur.

Kinra.

Dans le dragon Miroir, elle aussi. S'y trouvait-elle depuis que le dragon avait fui ?

« … attends depuis si longtemps. Je touche à ma fin, Eona. Tu es la dernière de ma lignée. Il faut que tu répares. Vois mes souvenirs. Vois la vérité. »

Le monde énergétique se dissipa soudain, me plongeant dans un déluge de lumière et de chaleur, un souvenir de chair et d'os.

Je me trouve dans une cour inondée de soleil. Une odeur acidulée d'agrumes s'exhale des kumquatiers bordant l'enclos de marbre. C'est la cour du manoir du dragon Rat et je tiens un homme par la main. Il se dresse devant moi, son corps maigre est tendu. L'espace d'un instant, je ne le reconnais pas, puis son visage anguleux prend les traits de…

« … mon bien-aimé Somo.

« – Êtes-vous sûre, Kinra ? demande-t-il.

« Il regarde par-dessus son épaule, mais nous sommes seuls.

« Je brandis le manuscrit.

« – J'ai trouvé la preuve. Il n'y a pas d'alliance entre les dragons et nous. Il n'y en a jamais eu. Les premiers Yeux du dragon ont volé leur œuf de renaissance, à savoir la Perle impériale. C'est grâce à elle que nous les retenons ici. Elle est comme un otage cousu dans la gorge de nos empereurs. Ce chantage nous assure le pouvoir des dragons.

« – Non !

« Il secoue la tête d'un air incrédule.

« – Dans ce cas, comment se fait-il que je sente la joie de mon dragon quand nous nous unissons ?

« Je caresse sa joue.

« – Somo, je ne crois pas que cette joie soit pour nous.

« Mes yeux s'emplissent de larmes brûlantes.

« – Je crois qu'à chaque union ils espèrent que l'un de nous comprendra enfin ce que nous leur avons fait et réparera cette faute. »

Le monde énergétique se remit à tournoyer sous mes yeux en un ruissellement étincelant. Bien que mon corps physique fût prostré sur la chaise, j'avais l'impression que mon esprit était pétrifié par la stupeur. Les dragons étaient réduits en esclavage. Il n'existait pas d'alliance entre eux et les hommes. Nous avions volé leur œuf, et Kinra avait tenté de le leur restituer. Comme Somo, je m'étais méprise sur la joie de mon dragon, tant la maîtrise d'un pouvoir aussi énorme m'aveuglait. À présent, je comprenais. Les dix dragons endeuillés ne pleuraient pas la mort de leurs Yeux du dragon mais la fin de leur espérance.

Le corps énergétique de Sethon s'accroupit devant ma silhouette inerte. Le flot sombre de son *hua* s'écoulait avec frénésie dans ses chemins intérieurs.

– Elle pleure, observa-t-il. Pleurer n'est pas possible dans le monde des ombres.

Il saisit mon menton et le leva brutalement.

– Où donc êtes-vous, dame Eona ?

Après m'avoir regardée un instant, il referma

ses doigts sur le lien de perles entravant mes poignets.

– Retournez dans votre corps !

Son ordre lézarda d'une souffrance brûlante mon abri.

« Non ! Tu dois tout voir. Il faut que tu saches la vérité. »

La voix de Kinra m'arracha de nouveau à la douleur en me replongeant dans un autre lieu, un autre temps. Une vaste chambre, les volets clos, des lampes en bronze où brûle une huile parfumée à la rose. À genoux sur le sol, une petite fille joue avec un cheval en bois…

« … ma belle petite Pia. À la porte, Somo ordonne à ma servante de s'en aller. Je pose le livre noir sur la table et réprime un frisson. Pour lire ses révélations dangereuses, il m'a fallu beaucoup de temps et tout mon courage.

« – Ce livre et la Perle impériale sont les instruments de notre domination sur les dragons, dis-je à Somo qui s'avance vers moi.

« – Je sens le *gan hua* qu'il contient, déclare-t-il en se frottant la nuque. Cela me rend malade.

« Il tend la main vers le livre mais la retire précipitamment quand les perles blanches se mettent à s'agiter.

« – Vous dites qu'il est fait du *hua* de tous les dragons ? Qu'il est comme un lien entravant leur esprit ?

« – Oui. Et pour que les dragons renaissent, il faut que leur ancien *hua* se joigne à la Perle impériale, le nouveau *hua*. D'après le manuscrit que j'ai découvert, ils doivent renaître tous les cinq siècles, sans quoi leur pouvoir commence à s'affaiblir et l'équilibre qu'ils apportent à la terre est en péril. Il n'y a pas si longtemps, un Œil du dragon pouvait s'occuper à lui seul de sa province. Vous savez qu'il n'en va plus ainsi. Aujourd'hui, il faut le pouvoir d'au moins deux Yeux du dragon pour apaiser le moindre ouragan. Ils s'y mettent même parfois à trois.

« – Nous ne sommes trois que dans les cas extrêmes, proteste-t-il.

« – Vous voyez, vous aussi vous cherchez à minimiser. Comme tous les autres membres du Conseil.

« Il me regarde un moment fixement. Puis il hoche la tête, à contrecœur.

« – Comment les dragons sont-ils censés renaître ?

« Je baisse la voix.

« – Somo, je crois que les dragons renaissent à l'aide du Rang de Perles.

« – Cette arme terrible ? s'exclame-t-il en reculant.

« Il éclate d'un rire inquiet.

« – Comptez-vous nous tuer tous pour libérer le pouvoir des dragons ?

« – Non, en fait il ne s'agit pas d'une arme. C'est le moyen que les dragons emploient pour renaître.

« Je pointe le doigt sur le symbole gravé dans la couverture de cuir noir du livre.

« – Vous voyez ces douze sphères entrecroisées. Elles symbolisent la perle que chaque dragon porte sous son menton. Ce ne sont pas seulement des perles de sagesse, Somo. Elles constituent chacune l'être nouveau du dragon attendant de venir au monde.

« Je suis du doigt le cercle formé par les sphères.

« – Et voici la treizième perle. La Perle impériale, le catalyseur qui leur permet de renaître et que nous leur avons volé.

« Somo me lance un regard intense.

« – S'ils renaissent, qu'adviendra-t-il de notre union avec eux ?

« Je me redresse, sachant le chagrin que je vais lui infliger et dont je ressens moi-même l'affreuse douleur.

« – Elle disparaîtra avec leur être ancien.

« – Elle disparaîtra ? Pour toujours ?

« – Oui. Nous perdrons définitivement nos dragons.

« – Kinra, ce sera la fin de notre pouvoir !

« – Un pouvoir fondé sur l'asservissement des dragons, Somo ! Nous sommes en train de créer un déséquilibre majeur dans le *hua* du pays en les empêchant de renaître.

« Je lui montre notre fille qui fait galoper son cheval sur le parquet. Tellement innocente.

« – Voulez-vous que les enfants de ses enfants endurent le malheur que notre avidité attirera sur eux ? Ils maudiront nos noms lorsque le pays mourra autour d'eux ! Et nous n'aurons pas de paix dans le jardin des dieux si nous ne réparons pas cette faute terrible. »

La pénombre de la chambre où flottait un parfum de rose disparut soudain sous les flots radieux du domaine céleste. Le souvenir de Kinra me déchirait. J'allais perdre mon dragon. Ido avait raison, il n'y avait pas de milieu. C'était tout le pouvoir ou rien.

Très loin en dessous, l'énergie de la tente s'ouvrit en tourbillonnant au passage d'une silhouette entrant en trombe et s'agenouillant. Chaque chemin intérieur de l'arrivant ruisselait d'un flot déchaîné de *hua*.

Sethon se retourna.

– Que se passe-t-il ?

– L'armée de la Résistance se rassemble au sommet de la falaise, Votre Majesté.

L'énergie noire de Sethon jaillit aussitôt.

– Magnifique. Que chacun se prépare au combat.

Il fit posément le tour de la chaise, prit un poignard et l'enfonça dans la paume de sa main. Du *hua* se rassembla sur la plaie palpitante. Il referma son poing sur les perles.

– Retournez dans votre corps. Tout de suite !

L'ordre du sang parvint jusqu'à moi, me renvoya à mon corps terrestre.

« Pas encore ! »

Le cri éperdu de Kinra dissipa les couleurs ruisselant autour de moi pour révéler…

« … la même chambre. Je suis seule. Près de six mois de préparatifs arrivent à leur terme.

« Cette nuit, l'empereur Dao voudra mon corps, et je lui volerai la perle. Il croit avoir enfin séduit la Reine Œil du dragon, l'unique femme de son empire pouvant le rejeter avec impunité. Il s'imagine m'avoir détachée de Somo. Je glisse mon pinceau dans son support en porcelaine et presse le dos de ma main contre mes yeux mouillés, pour endiguer mes larmes vaines. Que je réussisse ou non, cette nuit tout va changer.

« Au moins, Pia est en sûreté, cachée au loin

dans une famille digne de confiance. Me penchant sur la feuille, je souffle sur l'encre humide du livre rouge. L'écriture des femmes et l'emploi du code devraient protéger son contenu. Ce journal est ma lettre à Pia, le seul moyen pour qu'elle apprenne un jour pourquoi elle a perdu sa mère et son père, ainsi que son héritage d'Œil du dragon. Et si nous échouons, il lui montrera comment réparer notre faute.

« Refermant le journal, je regarde les perles noires s'enrouler autour du cuir rouge. J'ai emprunté cette idée aux premiers Yeux du dragon. Ils avaient l'art de garder leurs secrets.

« Si tout se déroule comme prévu, j'arracherai la perle à Dao à l'heure du Bœuf et retrouverai Somo devant le palais, où il m'attendra avec le livre noir. Le temps que je rejoigne mon bien-aimé, les douze respirations de la Perle impériale seront passées depuis longtemps et les dragons auront formé le Rang de Perles. Plus personne ne pourra s'opposer à leur délivrance.

« Le livre noir est ouvert sur la table, prêt pour l'épreuve finale. J'effleure les gardes ornées de jade et de pierres de lune de mes sabres, en sentant la fureur imprégnant leur acier. Je n'ai pas parlé à Somo de cette partie de mon plan, et cette petite tromperie pèse sur mon cœur. Mais il ne m'aurait pas laissée exposer mon esprit à un tel risque. Je prends l'un des sabres et entaille ma paume avec la pointe. Une douleur soudaine me brûle et du sang rouge jaillit dans le sillage de la lame. En respirant profondément, je presse ma main sur les pages ouvertes et concentre mon *hua* à travers le flot de mon sang. Le livre noir m'agrippe en entre-tissant mon énergie à la force ténébreuse qui retient déjà les dragons prisonniers. Nous sommes liés, maintenant. Si je réussis, mon *hua* sera libéré en même temps que les dragons. Si j'échoue, je serai emprisonnée avec eux, dans l'attente d'une nouvelle occasion. J'attendrai que Pia ou une autre de mes descendantes répare… »

– Revenez !

La voix de Sethon m'arracha à mon dragon et me ramena brutalement dans mon corps supplicié. Mon être entier était irradié de souffrance. Je me mis à hurler. Sethon pressa ses doigts sur ma gorge de façon à m'empêcher de respirer.

– Si vous recommencez, je ne serai pas si généreux avec le pouvoir de guérison, lança-t-il en étouffant mon cri.

Mon sang battait contre mes tempes, et son rythme affolé semblait scander les paroles de Kinra.

« Répare. »

Chapitre 24

J'observai le champ de bataille en plissant les yeux pour essayer de reconnaître Kygo et Ido parmi les silhouettes minuscules massées au bord de la falaise. Pouvaient-ils me voir sur cette tour de commandement, agenouillée aux pieds de Sethon ? Je ne pouvais guère échapper à leur attention : nous étions au centre de l'armée rassemblée, que nous dominions du haut d'une plate-forme en bois à laquelle on accédait par douze gradins. En outre, nous nous trouvions sur l'estrade du trône abritée par un baldaquin que soutenaient de hautes colonnes. L'appât était visible de loin.

Sethon se pencha pour caresser mes cheveux. Ce contact me donna la chair de poule.

Peut-être Ido n'était-il pas sur la falaise, après tout. N'étant plus sous la menace de mon emprise, pourquoi serait-il resté ?

Je levai les yeux vers le baldaquin de soie pourpre se gonflant au-dessus de nous. Les bannières porte-bonheur rouges qui le bordaient claquaient au vent comme des fouets. Il y avait quelque chose d'étrange dans les rafales torrides balayant la plaine herbeuse et dans les nuages argentés s'amoncelant autour de nous. J'humectai mes lèvres gercées. L'air était chargé de la saveur sèche propre aux éclairs, dont j'avais déjà goûté l'énergie âcre sur la plage avec Ido. Tous mes sens d'Œil du dragon me disaient qu'il était à l'origine de ce vent brûlant. Il était resté et se préparait à combattre au côté de Kygo. Cette certitude ranima mon courage.

– Avez-vous quelque chose à ajouter ? demanda Sethon au Grand Seigneur Tuy agenouillé devant lui en bas de la petite estrade.

C'était un autre demi-frère de Sethon, le plus proche de lui par l'âge. Avec ses petits yeux méfiants et les rides profondes courant entre son nez et sa bouche, son visage semblait figé dans une grimace méprisante.

– Je suis inquiet, Votre Majesté, déclara-t-il. Nous sommes censés prendre d'assaut la falaise. Tous les auteurs classiques nous enseignent qu'attaquer une hauteur est une stratégie absurde.

Sethon effleura des doigts les cercles de jade et de pierres de lune ornant la garde d'un des sabres de Kinra, suspendu dans son fourreau noir au bras de son fauteuil.

– Une stratégie absurde ? répéta-t-il d'un ton suave.

– Xsu-Ree met expressément en garde contre une telle attaque, mon frère, dit Tuy en serrant les poings dans son effort pour modérer son ton. Pourquoi aller à l'encontre de sa sagesse ? Elle nous a toujours été fort utile.

J'avais mal aux genoux sur le bois dur, mais je n'osais pas bouger de peur d'attirer l'attention de Sethon sur moi. En dehors de mes mains, toujours entravées par les perles, il avait délivré mon corps de son emprise. Je ne pouvais supporter l'idée de perdre de nouveau cette liberté. Du reste, je sentais toujours sa mainmise oppressante sur mon pouvoir, comme une corde enserrant le cou d'un chien. Une honte brûlante m'envahit. Voilà ce que j'avais infligé à Ido, et ce que nous infligions aux dragons.

– Nous devrions contourner la falaise, continua Tuy. Les attaquer sur le même terrain avec toutes nos forces. Cela ne prendrait guère qu'une semaine, et nous pourrions les massacrer en minimisant nos propres pertes.

Les doigts de Sethon se crispèrent dans mes cheveux et renversèrent ma tête en arrière. Je regardai fixement le baldaquin, en essayant de ne pas montrer la douleur lancinant mon crâne.

– Regardez ce que j'ai, mon frère, lança-t-il en agitant ma tête. Le pouvoir du dragon. Je n'ai pas besoin de les attaquer sur le même terrain.

Tuy jeta un coup d'œil sur mon visage.

– Tout le monde voit ce que vous avez, Votre Majesté, dit-il d'une voix tendue. L'Œil du dragon Miroir est certes un atout précieux. Mais sa présence met les hommes mal à l'aise. Ils craignent que vous ne nous portiez malheur en faisant fi de l'Engagement de Service.

Lâchant mes cheveux, Sethon désigna d'un geste les immenses bataillons à nos pieds, où chaque division arborait ses propres armures peintes en rouge, vert, violet, jaune ou bleu, et déployait des rangées colorées semblant s'étendre à perte de vue jusqu'à la falaise.

– Les hommes se réjouiront qu'elle nous aide avec son pouvoir du dragon quand sire Ido attaquera, déclara-t-il. Vous prendrez d'assaut la falaise pendant que je me chargerai d'Ido et de son dragon. Même en perdant cinq fois plus d'hommes qu'eux, nous aurons tôt fait de les submerger.

Il fit un signe du doigt à Yuso.

– Rappelez à mon frère combien d'hommes nous affrontons.

Yuso s'avança.

– Pas plus de quatre mille cinq cents, Grand Seigneur Tuy.

Je réprimai ma fureur. Yuso ne comprenait-il pas que Sethon ne libérerait jamais son fils ? Il nous avait trahis pour rien, et maintenant la Résistance devait affronter le pouvoir du dragon. Mon pouvoir.

– Je connais les chiffres, Votre Majesté, dit Tuy. Mais…

– Plus un mot, lança Sethon. Je veux en finir. J'ai attendu trop longtemps le trône. À présent, j'ai suffisamment attendu la perle.

Il désigna d'un geste un homme agenouillé au bout de la plate-forme. Un médecin, d'après son bonnet violet et la boîte laquée rouge à côté de lui.

– Je veux que Kygo et Ido soient vaincus et capturés, et je veux qu'on couse la perle dans ma gorge. Aujourd'hui même. Vous comprenez ?

C'était l'arrêt de mort de Kygo. Dès que la perle aurait quitté sa gorge, il n'aurait plus que douze respirations à vivre. Moins d'une minute.

Tuy s'inclina.

– Oui, Votre Majesté.

– Donnez l'ordre à la division du Tigre de se mettre en position, et retournez à votre bataillon.

La mâchoire serrée, Tuy s'inclina derechef et s'éloigna à reculons. Sethon le regarda transmettre son ordre aux douze porte-drapeau vêtus d'une armure de cuir qui se tenaient sur le dernier gradin de la plate-forme. Aussitôt, deux hommes au bout de la rangée levèrent leurs drapeaux carrés – l'un blanc, l'autre jaune – et les brandirent au milieu des rafales. À ce signal, la division jaune se mit en branle.

Sethon poussa un grognement satisfait.

– Maintenant, dame Eona, à nous de jouer. Nous devons attirer l'attention de sire Ido.

Il caressa de nouveau mes cheveux.

J'écartai vivement ma tête.

– Vous n'avez eu qu'un jour pour vous initier au pouvoir du dragon, lançai-je. Lui le pratique depuis douze ans. Vous ne pourrez pas le vaincre.

Je savais que mon défi ne resterait pas impuni, mais le jeu en valait la chandelle. La hardiesse me rendait forte. Je me raidis dans l'attente d'un coup, mais il se contenta de rire.

– Lors de mes rencontres avec sire Ido dans son cachot, j'ai appris trois choses importantes sur son compte. D'abord, il a besoin de toutes ses facultés pour utiliser son pouvoir. Ensuite, il ne peut l'employer qu'à une tâche à la fois.

Sethon se pencha tout près de mon visage.

– Le troisième élément concerne davantage l'homme que l'Œil du dragon. Après avoir profité pendant trois jours de mes soins, il y eut un instant où il retrouva à la fois ses facultés et son pouvoir. Il aurait pu raser la prison sur-le-champ. Mais il dirigea son pouvoir ailleurs – pour vous aider, je crois. Et il perdit ainsi toute chance de s'échapper.

Je compris soudain. Au lieu de s'enfuir, Ido s'était servi de son pouvoir pour me sauver des dragons endeuillés dans le village de pêcheurs.

– Sire Ido vous protégera à tout prix, continua Sethon. C'est pourquoi je suis certain qu'il se trouve sur cette falaise, prêt à passer à l'attaque. C'est pourquoi aussi je sais que nous ne risquons rien sur cette plate-forme. Et que nous le vaincrons.

Se levant de son fauteuil, Sethon me hissa brutalement sur mes jambes. Elles étaient si faibles que je serais tombée s'il ne m'avait pas tenue tandis que je l'accompagnais en chancelant au bord de la plate-forme. Les porte-drapeau s'alignant sur le gradin se prosternèrent à ses pieds. Il pointa le doigt vers la plaine.

– Vous voyez ce groupe d'hommes, là-bas ?

Je baissai les yeux en vacillant et aperçus une cinquantaine d'hommes portant des armures de cuir d'un gris terne, qui leur donnaient l'air d'émerger des ombres.

– Je les appelle mes chasseurs. Ils sont tous capables de reconnaître sire Ido. Et ils savent comment interrompre le *hua* d'un homme pour lui faire perdre conscience. Leur rôle est de capturer l'Œil du dragon et de me le livrer, une fois qu'il sera inoffensif dans le monde des ombres. Et pendant qu'ils le cherchent, vous et moi allons occuper ailleurs son pouvoir.

Une stratégie aussi simple qu'astucieuse. Sethon n'avait pas besoin de douze années de pratique du dragon. Il lui suffisait que ses cinquante chasseurs retrouvent leur proie dans la mêlée tandis qu'une diversion distrairait l'attention de sire Ido de son corps terrestre. C'était digne de Xsu-Ree.

– Donnez le signal de l'attaque, ordonna Sethon aux porte-drapeau.

Les drapeaux rouges, verts et jaunes se déployèrent en une suite harmonieuse. Les milliers de soldats à nos pieds se mirent à rugir lorsque la division jaune s'avança vers la falaise. Je priai les dieux que Kygo et Ido fussent prêts.

Je sentis au fond de moi l'élan de l'union d'Ido avec le dragon bleu. La sensation était amortie par le livre noir mais je reconnus la saveur de l'homme et de son animal céleste, empreinte d'une force obscure. C'était la saveur de l'espoir.

Autour de nous, l'air devint soudain étouffant. Les nuages au-dessus du champ de bataille se contractèrent comme des muscles gigantesques. Trois éclairs déchirèrent le ciel, avec une puissance crépitante qui frappa de plein fouet le bataillon jaune. De la terre arrachée jaillit brusquement et des corps pâles se mirent à courir dans l'ombre du déluge de boue. Le choc se propagea jusqu'à nous avec la violence d'un coup de poing. Sethon et moi reculâmes en titubant tandis que les porte-drapeau à nos pieds s'accroupissaient en tentant de s'abriter. Je me détournai pour cacher ma joie.

– Qu'ils continuent d'avancer, ordonna Sethon.

Les drapeaux transmirent l'ordre d'un bout à l'autre de l'armée.

À cet instant, des archers alignés au bord de la falaise décochèrent une volée de flèches. Les projectiles obscurcirent brièvement le ciel argenté puis s'abattirent vers la terre, devenus invisibles sur le fond de la paroi rocheuse. Seules les trouées soudaines dans les rangs des soldats débandés révélèrent leur destination finale.

Un grondement sourd vibra sous mes pieds. Une crevasse s'ouvrit dans la terre à gauche de la falaise. La plaine herbeuse s'effondra des deux côtés tandis que le gouffre s'élargissait et s'allongeait à travers le champ de bataille. Il se dirigeait droit vers nous, comme si deux mains immenses déchiraient la terre. Des hommes tombèrent en hurlant dans son sillage déchaîné. La moitié du bataillon bleu disparut dans les convulsions du sol d'où s'élevaient d'énormes nuages de poussière. Je me baissai sous un déluge de boue et de graviers tranchants. Sethon s'était trompé : Ido allait détruire la plate-forme. Trois porte-drapeau lâchèrent leurs fanions et descendirent précipitamment les gradins.

– Gardez vos positions ! hurla Sethon.

Ils se figèrent tandis que la progression rugissante du gouffre ébranlait la tour de bois. Une chaleur suffocante s'abattit sur nous. J'eus un haut-le-cœur, la gorge serrée par la poussière et la peur.

Puis je me figeai. On n'entendait plus que le crépitement de la pluie de débris, le souffle haletant de Sethon, les hurlements s'élevant de la plaine.

Je plissai les yeux pour regarder à travers les débris et mes larmes. Le gouffre s'était ouvert bien au-delà de la plate-forme, en séparant un tiers des troupes de Sethon du reste de l'armée.

– Mon neveu connaît Xsu-Ree sur le bout des doigts, gronda Sethon.

Il referma sa main sur les perles entravant mes poignets.

– Montrez-moi les dragons ! ordonna-t-il.

Son visage était si proche que je sentais dans son haleine l'odeur métallique du pouvoir du livre noir.

L'emprise du sang me projeta dans le monde énergétique. Le corps transparent de Sethon ruisselait de flots épaissis de *hua* noir. Les chemins intérieurs de mes bras étaient sillonnés de veines sombres. Le changement fut si brusque que Sethon en eut le souffle coupé.

En dessous de nous, le champ de bataille était un tourbillon chatoyant de rouge et d'orange, où les milliers de soldats étaient réduits à des points vibrant de *hua* emportés par le choc de l'attaque venant à la fois de l'air et de la terre. Les éclairs avaient laissé derrière eux une lueur blanche dont l'éclat s'affaiblissait peu à peu sur la terre déchiquetée. L'entaille profonde du gouffre brillait du *hua* des mourants, dont la clarté vacillante évoquait un vol de lucioles.

Au-dessus, le dragon bleu faisait le tour de la plaine. Son énorme corps résistait obstinément au livre noir. Un autre fil impalpable reliait l'animal à la falaise : c'était Ido, mettant en œuvre son pouvoir. Le dragon rouge se débattait contre le flot grandissant d'énergie qu'on tirait de son corps. Le *hua* sombre que le livre déversait en elle en retour ternissait ses écailles écarlates. Mes yeux se fixèrent sur la perle dorée sous son menton. Sa renaissance.

« Répare. » L'appel de Kinra résonna dans mon sang.

Le dragon Rat plongea et son pouvoir ouvrit un nouvel abîme béant à droite du champ de bataille, en plein milieu des bataillons rouge et vert. Des centaines de points lumineux de *hua* vacillèrent puis s'éteignirent, engloutis par le gouffre progressant inexorablement. Ido était en train de créer deux ravins infranchissables afin de couper en trois l'armée de Sethon. Au sommet de la falaise, les rangées scintillantes de *hua* des troupes de la Résistance s'élancèrent sur le versant abrupt pour affronter les survivants des bataillons rouge et vert, pris au piège entre les tranchées profondes. Je savais que Kygo était parmi eux, certainement à leur tête, et j'adressai une prière éperdue à Bross pour qu'il le protège.

Ido était aisé à repérer. Le fil ténu de son pouvoir s'élevait du centre des troupes en marche, droit vers le dragon au-dessus de lui, lequel continuait de déchirer la terre sur son ordre.

– Arrêtez-le ! hurla Sethon.

L'emprise déferla à travers moi et s'élança vers le dragon rouge. Une énergie noire et amère s'empara de son pouvoir, en nous forçant à nous unir. Il n'y eut pas de splendeur chaleureuse ni de joie au goût de cannelle, rien que la rage et la peur en elle comme en moi. Je me débattis en tentant de m'arracher à l'union pour qu'elle échappe à la mainmise de Sethon, mais le pouvoir du sang se fraya un passage brûlant, comme une coulée d'acide rongeant notre lien.

– Arrêtez le dragon d'Ido, ordonna Sethon. Attaquez-le.

– Non !

Je sentis mon cri de refus résonner à travers

mon lien, mais le dragon Miroir et moi tournions déjà notre force contre l'immense créature bleue.

Nos griffes se déployèrent, nos muscles se bandèrent avec une détermination meurtrière. Nous nous élançâmes vers le dragon Rat. Se retournant d'un bond, il nous affronta en criant, affaibli par son effort pour ouvrir le second gouffre. Ce dernier n'était pas terminé et un pont reliait encore les deux bataillons. Nos griffes lacérèrent les écailles bleues, en entaillant un flanc d'où jaillit un flot étincelant d'énergie. Le dragon rugit et sa queue énorme nous atteignit en pleine poitrine, nous renversant en arrière. Le monde énergétique tournoya devant nous en un chaos de couleurs tandis que nous tentions de nous libérer de l'emprise qui nous entourait, mais le lien était trop fort. Nous nous redressâmes en ondulant pour attaquer de nouveau l'animal azuré. Il battit en retraite dans le ciel, mais nous le suivîmes en tailladant son poitrail gigantesque.

« Ido ! » J'essayai d'élever ma voix intérieure par-dessus la barrière du livre noir, mais c'était aussi vain que de vouloir l'appeler à travers un épais mur de pierre.

Nous nous élançâmes vers le dragon bleu, qui se baissa pour nous esquiver. Une de ses cornes recourbées érafla notre ventre au passage. Nous tournoyâmes à travers le ciel.

Plus bas, les troupes de la Résistance déferlaient sur le versant entre les gouffres ouverts par Ido. Les soldats pris au piège s'élancèrent pour les affronter. Les deux armées se rencontrèrent en une mêlée indistincte d'énergie déchaînée. Le fil impalpable reliant Ido à son animal céleste brillait comme une flèche pointée sur sa position.

– Envoyez les chasseurs, ordonna Sethon aux porte-drapeau. Ido est droit devant.

Les fanions claquèrent dans l'air pour transmettre son ordre. Au pied de la plate-forme, le groupe des chasseurs se dispersa en une nuée de points scintillants qui s'enfoncèrent dans l'énorme masse d'énergie vibrante de la bataille.

Le dragon bleu rugit et s'élança en ondulant vers l'abîme inachevé. Nous retournant d'un bond, nous fonçâmes sur lui tête baissée. Le choc fut si violent qu'il ébranla mon corps humain à travers le dragon rouge. Nos crocs gigantesques se refermèrent sur son cou. À côté de moi, Sethon éclata de rire en voyant le dragon bleu se défendre désespérément avec ses griffes opalines avant de plonger pour échapper à notre mâchoire féroce.

« Je suis désolée ! Je suis désolée ! » hurla ma voix intérieure. Mais je savais qu'Ido ne pouvait m'entendre.

– Envoyez le reste du bataillon rouge, ordonna Sethon aux porte-drapeau. Nous allons en finir.

Des renforts déferlèrent en contournant le gouffre inachevé. La fine ligne argentée marquant leur progression se gonfla puis enfonça les rangs irréguliers de la Résistance. Nous nous précipitâmes vers le dragon bleu, en poussant un cri de révolte mais sans parvenir à endiguer l'emprise nous contraignant à attaquer. Dans la plaine, le fil de pouvoir reliant Ido à sa bête était pris d'assaut. Un cercle mouvant de *hua* étincelant cernait l'Œil du dragon. Les guerriers de la Résistance formaient un cercle plus petit autour de lui, en s'efforçant de repousser les chasseurs décidés à le capturer. Le second cercle se rompit puis se reforma, mais pas assez vite. Deux points de *hua* s'étaient engouffrés dans la brèche. Le fil de pouvoir vacilla puis se cassa. Le dragon Rat poussa un hurlement strident.

– Ils l'ont ! exulta Sethon.

– Non ! criai-je. Non !

– Mettez fin à votre union.

Je sentis l'emprise se refermer sur mon pouvoir et m'arracher au dragon Miroir. Les couleurs vibrantes et éclatantes du monde énergétique se dissipèrent pour laisser apparaître le corps massif de l'usurpateur triomphant. Je m'élançai vers lui en chancelant. Les perles entravant mes mains me réduisaient à l'impuissance, mais dans mon esprit je lacérais son visage arrogant. Il agrippa mes épaules.

– Ce n'est plus qu'une question de temps, lança-t-il. Regardez.

Il me tourna de force vers le champ de bataille.

Devant nous, la plaine n'était plus un tourbillon de *hua* mais une mêlée de corps épuisés, de hurlements, de sabres s'entrechoquant. Une poussière sanglante s'élevait autour des hommes combattant en tournoyant. Mais même pour mes yeux peu exercés, il était clair que les guerriers de la Résistance perdaient du terrain. Ils ne pourraient pas tenir.

Sethon observa le chaos.

– Qu'éprouvez-vous à l'idée d'avoir provoqué la défaite de vos amis, dame Eona ?

J'avais l'impression qu'on m'arrachait le cœur.

L'armée de la Résistance mit plus longtemps à se rendre que Sethon ne l'escomptait. Ils se battirent jusqu'à l'extrême limite de leur force et de leur espoir. Privés du soutien de l'Œil du dragon, ils finirent cependant par succomber sous le nombre. J'assistai en silence à la défaite de chaque groupe de vaillants guerriers, que leurs vainqueurs tuaient ou faisaient prisonniers, jusqu'au moment où l'étroit champ de bataille délimité par Ido fut livré aux soldats détroussant les cadavres et aux vautours sautillant entre eux avec une allégresse avide. J'étais depuis longtemps au-delà des larmes. Mon esprit était si sec que je ne réussis même pas à en tirer une prière à Shola pour les mourants et les morts. Une seule pensée m'habitait : j'avais failli à tous mes devoirs, que ce fût envers Kygo, Kinra ou les dragons que nous avions réduits en esclavage.

Dans son impatience, Sethon descendit au pied de la plate-forme pour attendre les prisonniers. Il me garda à son côté, un sabre de Kinra dans une main, son autre bras passé dans le mien, en déambulant sans hâte, comme si nous étions dans un jardin, tandis que son cortège d'officiers et de serviteurs nous suivait tant bien que mal. Le vent créé par Ido avait cessé depuis longtemps, laissant derrière lui une humidité pesante où les corps commençaient déjà à répandre une puanteur affreuse. Des soldats se rassemblèrent autour de nous pour assister au triomphe final de Sethon. Leur curiosité morbide m'oppressait autant que la chaleur lourde.

Dans mon horreur, une autre pensée atroce s'insinua en moi. Kygo était-il vivant ? Et Ido ?

Sethon avait donné l'ordre de les capturer, mais tout pouvait arriver dans le feu du combat.

Un murmure dans la foule aux aguets annonça l'arrivée des prisonniers. Sethon serra mon bras plus fort tandis que les soldats s'écartaient pour laisser passer une haute silhouette pleine de fierté, s'avançant lentement entre deux gardes : Kygo. Les mains attachées dans le dos comme un prisonnier ordinaire, il arborait d'un air de défi la Perle impériale au-dessus du plastron ouvert de sa cuirasse. Il était vivant. Derrière lui, deux chasseurs traînaient le corps inerte d'Ido. Ils l'amenaient inconscient à leur maître, conformément aux ordres.

Kygo gardait la tête haute, mais je sentais la souffrance et le regret l'envahir à chaque battement de son cœur. La défaite avait mis son esprit à nu. Tous ses sentiments se lisaient sur son visage creusé : la rage, le désespoir, et aussi le courage indomptable qui lui permettait de tenir. Quand il fut plus proche, il me chercha des yeux et je lus dans son regard sombre qu'une pensée encore occupait son esprit. Moi.

Sethon arrêta d'un geste les gardes de Kygo. Ils le forcèrent à s'agenouiller devant nous. Les chasseurs lâchèrent Ido, qui s'effondra sur le sol. Ses cils et ses sourcils étaient la seule tache de couleur dans son visage blême. J'aperçus également Ryko, Dela et Tozay. Couverts de sang mais vivants, ils étaient à genoux derrière Kygo, au milieu du groupe épuisé des prisonniers de la Résistance. Vida était invisible. Je priai pour qu'elle soit en sûreté dans le camp avec ma mère, Rilla et Chart.

Les yeux de Kygo se fixèrent sur le sang maculant le devant de ma tunique.

– Eona, que vous a-t-il fait ? s'exclama-t-il d'une voix rauque. Vous allez bien ?

J'acquiesçai de la tête, même si rien n'était plus faux.

– Je suis désolée, réussis-je à articuler. Il asservit ma volonté.

J'essayai de lever les mains, mais elles ne bougèrent pas.

– Avec le livre noir.

– Vous n'avez aucun honneur, lança Kygo à l'adresse de son oncle.

– Et vous, vous avez tout l'honneur de votre père, répliqua Sethon.

Kygo serra sa mâchoire vigoureuse.

– Je l'espère.

– Ce n'était pas un compliment, susurra Sethon.

Il prit une profonde inspiration, comme s'il savourait les mots qu'il allait prononcer.

– Inclinez-vous devant votre empereur.

– Non.

La voix de Kygo était inflexible.

– Inclinez-vous !

– Je ne m'inclinerai pas devant un homme qui a trahi son pays.

Les soldats accueillirent ces paroles avec une excitation avide, comme si deux chiens de combat venaient d'être lâchés.

Sethon fit signe à un soldat montant la garde.

– Amenez-moi l'un de ses guerriers.

Le garde traîna un prisonnier à genoux devant nous. C'était Caido, le corps voûté par l'épuisement. Il leva les yeux vers Kygo. Ses lèvres exsangues murmurèrent une prière.

Sethon brandit le sabre de Kinra.

– Inclinez-vous, ou je tue votre guerrier.

Kygo se raidit, mais avant qu'il ait pu parler Caido s'élança soudain vers Sethon, son visage maigre crispé par une fureur désespérée.

– Il ne s'inclinera pas devant vous !

Le sabre tournoya. On entendit le craquement des os, puis le sang jaillit dans l'air. Le corps de Caido s'effondra. Je fermai les yeux, sans parvenir à effacer la vision de sa tête à moitié détachée de ses épaules.

– Yuso, lança Sethon. Lesquels de ces prisonniers comptent aux yeux de mon neveu ?

Je rouvris aussitôt les yeux. Le capitaine sortit du petit groupe massé derrière nous. Retenant mon souffle, je le regardai passer lentement devant les prisonniers agenouillés, en restant prudemment à distance de la haine presque palpable émanant d'eux. Un crachat atterrit près de ses pieds.

Il s'immobilisa devant Dela.

– C'est le Contraire, Votre Majesté, dit-il.

Dela portait une armure d'homme et avait coiffé ses cheveux en arrière, mais elle avait tout d'une guerrière féroce et vigilante. La plaie balafrant son visage s'était rouverte et sa joue était maculée de sang, comme si elle arborait une peinture de guerre.

– J'espère que votre mort sera longue et douloureuse, lança-t-elle.

Sans faire attention à elle, Yuso pointa le doigt sur Ryko.

– Et voici l'insulaire. Il est avec le prince depuis le début.

– Pourquoi avez-vous fait ça ? demanda Ryko.

Sa voix était aussi tranchante qu'un sabre, mais j'y reconnus aussi la terrible souffrance que lui causait la trahison du capitaine.

– Mon fils est entre ses mains, Ryko, souffla Yuso.

L'espace d'un instant, les deux hommes se regardèrent fixement. Puis Yuso s'avança plus loin avant de s'immobiliser de nouveau.

– Tozay, son général.

Maître Tozay leva la tête. Son visage ridé était épuisé, livide, ses épaules puissantes affaissées. Il avait toujours été comme un rempart protégeant Kygo. À présent, je n'avais devant moi qu'un homme vaincu.

– Faites-les monter sur la plate-forme, ordonna Sethon. Je veux que tout le monde me voie prendre la perle et anéantir la Résistance une fois pour toutes.

Chapitre 25

Sethon traversa devant moi la petite estrade. Il m'avait de nouveau agenouillée devant le trône, afin que chacun puisse voir l'Œil du dragon à ses pieds. Ayant ôté son armure et sa tunique, il ne portait plus qu'un pantalon et des bottes. Son torse musclé, couvert de cicatrices, était trempé de sueur sous le soleil impitoyable de l'après-midi. De ma place, il me semblait sentir l'odeur même de son impatience affreuse.

– Déshabillez-le, commanda-t-il aux gardes.

Kygo leva la tête en l'entendant. Je savais qu'il n'oserait pas faire un autre mouvement. Il s'était déjà battu avec ses gardes, dont l'un avait eu la mâchoire brisée. Cet accès de rage avait valu à Dela dix coups de bâton sur le dos. Je jetai un coup d'œil dans sa direction. Elle était à genoux derrière lui et ses épaules zébrées de rouge tressaillaient de douleur. Sethon avait promis que si Kygo se battait de nouveau, ce serait mon tour.

Coupant adroitement les attaches de cuir du plastron, les deux gardes dépouillèrent Kygo de sa cuirasse. Puis le poignard découpa la tunique moulante. Tandis que son torse apparaissait sous ses vêtements humides, Kygo fixait l'horizon d'un air sombre. J'entendis Sethon pousser un cri étouffé en voyant enfin clairement l'objet de sa convoitise. N'étant plus entourée d'un col montant, la perle semblait encore plus grosse, avec sa monture dorée s'enfonçant profondément dans la chair de Kygo. Quand on l'arracherait, la moitié de la gorge se détacherait avec elle.

Sethon connaissait le prix d'un bon spectacle. Je m'en étais aperçue au palais, quand il avait tué la mère et le frère de Kygo devant une meute déchaînée de soldats. Son sens de la mise en scène se manifestait de nouveau à l'instant de s'emparer de la perle. Il avait ordonné qu'on enlève le baldaquin et renvoyé les porte-drapeau et les membres de sa suite, afin de ne pas gêner la vue des soldats se pressant autour de la tour de commandement en une éblouissante mosaïque de couleurs. En dehors des prisonniers et de leurs gardes, les seuls autres hommes sur la plateforme étaient le Grand Seigneur Tuy, le médecin et Yuso. Je me demandais pourquoi Sethon tenait tant à la présence du capitaine. Peut-être pour nous narguer en nous mettant sous les yeux celui qui nous avait trahis. Sethon ne négligeait aucune occasion de faire souffrir.

Leur tâche accomplie, les deux gardes s'inclinèrent puis s'éloignèrent en portant l'un l'armure de Kygo, l'autre sa tunique en lambeaux. Dela ne leva pas les yeux sur leur passage. Je serrai les dents au souvenir des hurlements de joie de la foule quand ils l'avaient rouée de coups. Agenouillé à côté d'elle, Ryko avait les muscles tendus, les yeux furieux. Mais que pouvait-il faire ? Chacun d'eux était surveillé par un garde, et nous étions entourés de milliers de soldats.

Non loin de Ryko, Tozay regardait fixement le corps d'Ido affalé près de l'estrade. L'Œil du dragon était flanqué de deux gardes vigilants. Il se trouvait toujours dans le monde des ombres. Il était si proche que je voyais sa poitrine soulevée par son souffle léger et le battement lent de son pouls sous sa mâchoire. Levant les yeux vers moi, Tozay m'interrogea de son regard perspicace. Il cherchait un espoir, mais il ne le trouverait pas chez Ido. Même si l'Œil du dragon se réveillait, Sethon me contraindrait à l'asservir.

Une résolution s'affermit en moi. Il fallait que je vienne à bout de l'emprise de Sethon, sans quoi Kygo et les autres seraient morts dans moins d'un quart d'heure. Kygo m'avait dit un jour que les douze points de suture cousant la perle dans son cou avaient été la pire douleur qu'il ait jamais endurée. Sethon serait certainement accablé par cette douleur, lui aussi. Même si cela ne durait qu'un instant. C'était ma seule chance d'échapper à son joug. Le jeu était plus que risqué, et il impliquait que j'attende que Sethon ait arraché la perle de la gorge de Kygo. Néanmoins je ne voyais pas d'autre solution. Douze respirations et douze points de suture pour mettre fin à l'emprise puis guérir Kygo. Moins d'une minute. Était-ce même possible ? Mais je devais essayer.

Nous étions tous entre la vie et la mort.

– Maintenez-le, ordonna Sethon.

Même si Kygo ne se battit pas, il n'obéit pas non plus. Il fallut trois soldats pour le mettre à genoux. Deux s'agenouillèrent à côté de lui en pressant chacun contre sa poitrine un de ses bras tendus. Le troisième s'accroupit derrière lui. Je vis les yeux de Kygo s'agrandir dans sa souffrance quand l'homme s'agenouilla de tout son poids sur ses mollets.

Sethon se tenait au bord de l'estrade, un des sabres de Kinra à la main. L'autre était encore dans son fourreau suspendu au trône, tout près de moi. La tentation était terrible. Mais tant que mes poignets seraient emprisonnés par les perles, l'arme pourrait aussi bien se trouver à mille lieues de moi.

Sethon leva son sabre à l'adresse des soldats massés à nos pieds. Le soleil bas semblait plonger les prisonniers dans l'ombre du tyran exultant. Des milliers de voix poussèrent des cris de joie. Le tumulte était tel qu'il effraya les vautours, qui se mirent à protester bruyamment en battant des ailes.

Sethon sourit tandis que s'apaisait ce concert discordant d'hommes et d'oiseaux.

– La Perle impériale est à moi ! hurla-t-il d'une voix si forte qu'elle couvrit les dernières clameurs.

Il pointa la lame recourbée vers Kygo.

– La Résistance est définitivement vaincue !

Les soldats l'acclamèrent de nouveau. D'un pas lent, Sethon descendit de l'estrade et se dirigea vers Tozay agenouillé sur la plate-forme.

– Nous avons leur général !

Tozay ne blêmit pas quand la pointe du sabre s'immobilisa à deux doigts de son visage. La foule cria d'excitation. Sethon attendit que les hurlements se soient tus pour s'avancer vers Ryko.

– L'espion insulaire !

Une nouvelle fois, il attendit la fin des ovations. En trois pas, il fut auprès de Dela.

– Et le Contraire, cette parodie vivante venue de l'Est !

Elle tressaillit tandis qu'il se tournait vers la foule en levant de nouveau son sabre.

Les soldats rugissants finirent par scander :

– À mort ! À mort ! À mort !

La voix d'un des chasseurs s'éleva au milieu de cette frénésie grandissante.

– Votre Majesté !

Sethon se retourna d'un bond.

– Quoi ?

Le chasseur s'inclina.

– Sire Ido va reprendre conscience. Souhaitez-vous que je le renvoie dans le monde des ombres ?

– Silence ! cria Sethon à la foule. Silence !

Les voix déchaînées se turent.

Je me penchai en avant. La respiration d'Ido s'était faite plus profonde et, sous ses paupières, ses yeux bougeaient comme s'il rêvait. « Réveillez-vous, implorai-je en silence. Réveillez-vous. »

Sethon esquissa un sourire qui tendit sa peau balafrée.

– Il peut se joindre à la fête. Je vais montrer aux hommes un empereur capable de mettre à genoux deux Yeux du dragon.

Le Grand Seigneur Tuy se leva à moitié de son fauteuil sur le côté de l'estrade.

– Mon frère, dit-il. Vous avez vu les ravages qu'a faits sire Ido sur le champ de bataille. Peut-être serait-il plus prudent de le laisser dans le monde des ombres.

Sethon lui lança un regard dur puis agita son sabre en direction de Yuso agenouillé à l'autre bout de l'estrade.

– Dites à mon frère ce qu'il en est de l'emprise de dame Eona sur sire Ido.

Yuso se releva en s'inclinant.

– Cette emprise ne met pas en œuvre le pouvoir des dragons, Grand Seigneur Tuy.

À présent, je savais pourquoi Yuso était toujours là. Il les initiait à mon pouvoir – ou du moins, à ce qu'il en savait.

– Vous voyez, mon frère, lança Sethon. Pas de dragons, pas de menace. Je contrôle totalement dame Eona, et elle maîtrisera Ido pour moi.

Il fit un signe au médecin attendant près de Kygo. Le gros homme s'inclina avec raideur puis traversa en hâte la plate-forme, en serrant sa boîte rouge contre sa poitrine. Se penchant sur Ido, il souleva une de ses paupières. L'œil couleur d'ambre était vitreux.

– Il va bientôt reprendre conscience, Votre Majesté, dit-il d'une voix nerveuse. Il devrait se réveiller dès que je lui aurai fait respirer mon élixir.

Sethon se dirigea vers moi. Une expression avide se peignit sur son visage à l'idée que l'Œil du dragon se réveillerait en son pouvoir.

– Allez-y.

Les mains tremblantes, le médecin retira de la boîte un petit flacon en porcelaine et enleva le bouchon. Une odeur âcre me serra la gorge. Il pressa le flacon sous les narines d'Ido, qui rejeta brusquement la tête en arrière, haletant. Ses yeux s'ouvrirent. Chaque pupille noire était comme une pointe d'aiguille.

– Dame Eona, dit Sethon. Asservissez le pouvoir de sire Ido.

Je combattis son ordre, en me raidissant contre la force rassemblant mon pouvoir. Saisissant sa boîte, le médecin recula précipitamment tandis qu'Ido se hissait sur ses jambes. Je sentis son *hua* bondir en lui lorsqu'il chercha à entrer dans le monde énergétique. L'emprise de Sethon projeta mon pouvoir en lui, l'empêchant d'appeler son dragon et le forçant à s'accroupir sur le sol. Les battements affolés de son cœur se confondirent avec ceux de mon propre cœur. Il était sous mon emprise, comme moi sous celle de Sethon. Derrière lui, Ryko se plia en deux en hurlant, terrassé par le pouvoir.

L'espace d'un instant, tout se tut.

Avec lenteur, Ido leva les yeux et regarda la plate-forme.

– Ce n'est pas ce que j'espérais, lança-t-il d'une voix rauque.

– Heureux de vous voir de retour, sire Ido, dit Sethon.

Il lui donna un coup de pied dans les côtes. L'Œil du dragon s'effondra en avant tandis que les soldats poussaient un rugissement excité.

– Forcez-le à s'incliner devant moi, dame Eona.

Son ordre atteignit Ido à travers moi et l'obligea à presser son front sur la plate-forme, en lui arrachant un gémissement.

Sethon appuya sa botte sur la nuque d'Ido. Il sourit à son frère.

– Vous voyez, je suis le maître des deux derniers Yeux du dragon.

Il lança comme un cri de guerre :

– Je ne serai jamais vaincu !

Ivres de massacre, les soldats se mirent à psalmodier :

– Jamais vaincu ! Jamais vaincu !

Le Grand Seigneur Tuy s'inclina et se rassit dans son fauteuil. Sethon enleva son pied botté et me regarda.

– Mettez-le à genoux, commanda-t-il.

L'énergie du sang souleva Ido et le contraignit à se redresser. Il vacilla et je sentis à travers notre lien sa lutte éperdue contre l'emprise.

– Je vois que dame Eona vous a complètement guéri, sire Ido.

Sethon se pencha et effleura du pouce le nez fin et le dessin délicat des pommettes et de la mâchoire. Les narines de l'Œil du dragon se dilatèrent à ce contact, mais tout mouvement de recul lui était impossible. Sethon serra le poing.

– Je me réjouis que vous soyez redevenu vous-même. Nous allons pouvoir recommencer.

Un coup brutal renversa la tête d'Ido sur le côté.

Sethon agrippa ses cheveux et le força à relever la tête.

– Est-ce de la peur que j'aperçois dans vos yeux, sire Ido ?

– Non, du dégoût !

Sethon éclata de rire.

– Voilà des mots courageux !

Il fit signe aux deux chasseurs.

– Au moindre geste de sire Ido, renvoyez-le dans le monde des ombres.

Les deux hommes hochèrent la tête et s'inclinèrent.

Je sentis un espoir féroce monter en moi.

Sethon n'était pas certain de pouvoir nous maintenir tous deux sous son emprise.

– Venez, dame Eona, dit-il. Vous allez assister à la mort d'un de vos amants.

Il me mit debout et m'entraîna vers Kygo. Nous nous arrêtâmes devant Ryko, toujours plié en deux, hors d'haleine.

– Que lui arrive-t-il ? demanda Sethon.

Je concentrai toute ma haine envers lui dans mon silence. Il n'obtiendrait rien de moi, et surtout pas des informations sur mon pouvoir.

Sethon se tourna vers Yuso.

– Que savez-vous à ce sujet ?

Yuso s'inclina.

– Quand dame Eona asservit sire Ido, l'insulaire le sent. Même quand il s'agit de la plus intime des énergies. Je crois que l'inverse est également vrai.

– Vraiment ?

Sethon me sourit.

– Nous vérifierons plus tard.

Me jetant à genoux à quelques pas de Kygo, il appela un des chasseurs.

– Surveillez dame Eona.

Même si je sentais la main moite du chasseur sur ma nuque, j'étais tout entière tendue vers Kygo, comme lui vers moi. Son front et ses tempes ruisselaient de sueur, son visage était crispé par la peur. Cependant je lus un espoir éperdu dans ses yeux, et je hochai imperceptiblement la tête. « Je vais essayer », lui dis-je dans mon cœur.

Puis Sethon s'interposa entre nous. Kygo le regarda droit dans les yeux.

– Eh bien, mon neveu, nous y voici.

Sethon se baissa pour caresser la perle avec son index épais, en poussant un soupir triomphant.

– Le trône et le pays me reviennent de droit, lança Kygo d'une voix égale bien qu'il reculât son menton sous la main de son oncle.

– De droit ?

Sethon secoua la tête.

– Cela fait longtemps que je devrais occuper le trône à la place de votre incapable de père.

– Mon père a pris soin de ce pays, rétorqua Kygo. Alors que vous l'avez déjà ravagé pour assouvir votre ambition.

– On peut en dire autant de vous et de vos tentatives pour usurper mon trône.

Sethon jeta un coup d'œil au médecin attendant non loin de là.

– Tout est prêt ? Je veux que ce soit rapide. Douze points, en moins de douze respirations. Compris ?

– Oui, Votre Majesté, balbutia le médecin.

Sa main crispée sur l'aiguille et le fil d'or tremblait, comme s'il était atteint de paralysie.

– Mais il s'agit du cou, Votre Majesté. Ce sera très douloureux et si vous bougez, peut-être ne pourrai-je…

– Je ne bougerai pas, glapit Sethon. Attendez-moi sur l'estrade.

Le médecin s'inclina et monta sur l'estrade.

Sethon fit signe au soldat derrière Kygo.

– Maintenez sa tête.

Je sentis tout mon corps se contracter. L'homme – un vieux soldat – agrippa le front et le menton de Kygo et tira sa tête en arrière. Kygo se raidit quand Sethon leva le sabre de Kinra.

– *Naiso*, souffla-t-il.

Je voulus m'avancer à genoux, mais la main du chasseur serra mon épaule pour me mettre en garde.

La voix de Kygo se brisa.

– Veillez sur le pays.

Je hochai la tête. Mes larmes voilèrent son visage.

– Qu'il ne bouge pas, intima Sethon à l'homme tenant la tête de Kygo. Je ne voudrais pas abîmer la perle.

Le soldat appuya plus fermement la tête de Kygo contre sa poitrine.

– Pardonnez-moi, prince, chuchota-t-il.

Kygo pâlit.

– Vous êtes en train de tuer votre empereur, dit-il.

Sethon plaça la pointe du sabre de Kinra au bord de la perle. L'arme allait enfin avoir ce qu'elle convoitait.

– Eona, dit Kygo en me cherchant du regard. Ce n'était pas simplement pour le pouvoir. Vous le savez, n'est-ce pas ?

Avant que je puisse hocher la tête, l'amour illuminant ses yeux céda la place à l'horreur quand Sethon enfonça le sabre dans sa gorge. Poussant un râle de souffrance, il se débattit sous les mains de ses gardes. Je ne le quittai pas des yeux. Chaque entaille dans sa chair me déchirait l'âme. Du sang jaillit sur sa poitrine et sur la lame d'acier.

Sethon arracha la perle.

– Je l'ai !

Il laissa tomber le sabre ensanglanté de Kinra, qui atterrit aux pieds de Kygo.

Dans la plaine, les soldats hurlaient. Je ne voyais que la plaie béante dans la gorge de Kygo. Lâchant ses bras et ses jambes, les trois gardes reculèrent d'un bond lorsque son corps s'effondra sur la plate-forme. Il ne bougea plus. Puis la poitrine se souleva imperceptiblement et il me sembla que je n'avais jamais rien entendu d'aussi merveilleux que la douce houle de son souffle.

Triomphant, Sethon brandit la perle. Se retournant aussitôt, il monta en hâte sur l'estrade et rejoignit son fauteuil doré. Tous fixèrent leurs yeux sur sa gorge, contre laquelle il pressait la perle.

– Allez-y, ordonna-t-il au médecin. Vite.

S'affalant dans le fauteuil, il se raidit.

Douze points. Douze respirations.

Je concentrai ma fureur et mon *hua*, dans l'attente de la souffrance de Sethon. Le premier point serait ma meilleure chance. La sueur ruisselait sous mes bras et au creux de mes reins. Sur l'estrade, les mains de Sethon se crispèrent sur les bras du fauteuil. Je l'entendis pousser un grognement lorsque l'aiguille perça sa chair. La douleur soudaine résonna à travers son emprise sur mon pouvoir. Ryko dressa la tête. Lui aussi l'avait sentie.

De toutes mes forces, je luttai contre le pouvoir du sang. L'emprise faiblit, vacilla, puis se referma de nouveau sur moi. Elle était trop forte.

Un autre point de suture altéra l'énergie ténébreuse. Le cœur battant à tout rompre, je projetai tout mon *hua* contre elle. Elle céda brièvement puis se rétablit. Je n'arrivais pas à ouvrir une brèche.

La tache de sang s'élargissait sur la gorge de Kygo. Combien de respirations avaient passé ? Cinq, six ? Le temps et l'occasion étaient en train de m'échapper.

– Eona !

Ryko m'appelait. Je détournai les yeux de la poitrine haletante de Kygo.

– Servez-vous de moi. Comme vous l'avez fait en sortant du palais.

Son garde pressa un genou sur son dos pour l'obliger à se baisser.

– Silence !

Je tentai de comprendre ce qu'il avait voulu dire.

Son *hua* ! Il voulait parler de sa force vitale canalisée par notre lien. Elle n'était pas entravée par l'énergie noire du livre ni par le pouvoir du dragon. Cette possibilité était comme une lueur d'espoir. Toutefois j'avais failli le tuer, lors de l'épisode du palais.

La douleur d'un nouveau point de suture perça à travers l'emprise.

– Ryko, non ! implora Dela.

– Je ne veux pas assister à votre agonie, Dela, lança-t-il. Eona, servez-vous de moi !

– Vous en mourrez, déclarai-je.

– Si vous ne le faites pas, nous mourrons tous.

Le garde le fit taire en appuyant plus fort avec son genou, jusqu'au moment où sa poitrine fut pressée contre la plate-forme. Avec une obstination inflexible, le géant releva la tête.

– J'ai choisi, Eona !

Il avait choisi, mais c'était à moi de le faire mourir. Je ne pouvais pas.

– Eona, faites-moi cet honneur !

Je regardai son visage empreint de l'orgueil indomptable du guerrier. L'honneur et le devoir : le cœur de son être. Il nous donnait son cœur. Je hochai la tête. Il sourit avec une satisfaction cruelle. Puis il se raidit et tourna la tête vers Dela, dont le gémissement étouffé se transforma en sanglot.

Prenant une profonde inspiration, je me tins prête pour la douleur de Sethon. Lorsqu'elle déferla à travers la force du sang, l'emprise du livre noir se relâcha imperceptiblement. Adressant une prière à tout dieu susceptible de m'écouter, je m'élançai vers le *hua* de Ryko.

Sa force vitale m'envahit en un torrent vibrant dont la violence ouvrit une brèche béante dans l'emprise de Sethon. Poussant un cri qui résonna dans mon sang, le lien de perles s'arracha en tournoyant de mes mains et laissa tomber le livre noir sur mes genoux. Je sentis mon lien avec Ryko se dénouer et se casser net, en laissant en moi une déchirure qu'accompagnait un profond chagrin. J'entendis le rugissement de joie d'Ido et sentis le retour vibrant de mon propre pouvoir. Nous étions libres. Cependant je ne voyais que le corps mort de Ryko s'affaissant sur le sol.

Tandis que Dela se mettait à hurler, je sentis Ido s'unir à son dragon. Ma peau fut soudain cinglée par un vent brûlant, où je retrouvai la saveur de son pouvoir.

Sethon se redressa.

– Arrêtez-les !

La main pressée sur la perle à demi cousue sur sa gorge, il écarta brutalement le médecin.

– Chasseurs, arrêtez dame Eona ! Arrêtez Ido !

Le chasseur derrière moi empoigna mes cheveux et renversa ma tête en arrière. J'aperçus des dents jaunes serrées dans l'effort, une main se tendant vers le pouls sous ma mâchoire. Saisissant précipitamment le livre noir, je le lui jetai au visage. Les perles blanches se ramassèrent sur elles-mêmes puis lacérèrent ses yeux. Il me lâcha en hurlant, aveuglé par le sang. Le livre se laissa tomber et glissa sur le sol.

Je m'élançai à genoux vers Kygo, tremblante d'appréhension. Arrivais-je trop tard ?

Une rumeur violente et familière se mêla aux battements affolés de mon cœur – les dix dragons endeuillés. Ils répondaient à l'appel de la perle délivrée. Une terreur nouvelle me coupa le souffle. Les douze dragons allaient bientôt être réunis et former le Rang de Perles. Si nous ne tournions pas leur pouvoir vers la renaissance, il mettrait le pays entier en pièces.

La montée brûlante du pouvoir d'Ido s'interrompit brutalement. Je regardai par-dessus mon épaule, en priant pour qu'il n'ait pas été terrassé par un chasseur. Il était aux prises avec son garde, auquel il assena un coup de poing dévastateur dans les côtes. L'homme s'écarta d'un bond et sortit un long poignard d'une gaine fixée à sa cheville. Il s'élança, mais Ido lui tordit le bras. Le poignard tomba par terre.

Une plainte s'éleva soudain, chargée d'un désespoir qui me glaça. Dela pleurait son amour. Deux gardes tentaient de l'écarter du corps de Ryko. La bouche hurlante, les yeux flamboyants, son visage était comme un masque terrifiant. Se débattant avec fureur, elle se précipita vers Ryko avec la rage déchaînée du chagrin. Profitant de cette diversion, Tozay heurta violemment les jambes de son garde. L'homme tomba à genoux en brandissant son sabre. Avec une précision impitoyable, Tozay attrapa la poignée de l'arme et la cogna contre le menton de son adversaire, l'assommant sur le coup.

– Dame Eona, avez-vous besoin d'aide ? hurla-t-il en arrachant l'arme de la main inerte du garde.

– Non. Aidez plutôt Dela.

Levant le sabre, il s'élança vers les deux gardes s'efforçant de maîtriser le Contraire.

Je posai mes mains sur la poitrine de Kygo, en cherchant son cœur à travers la couche de sang gluant. Ses yeux étaient fermés et une pâleur de mauvais augure blêmissait sa peau. « Soyez vivant, priai-je. Soyez vivant. » Un rythme lent résonna faiblement sous mes doigts : son cœur battait.

– Mon frère, prenez le livre noir ! hurla Sethon.

Le Grand Seigneur Tuy se leva précipitamment de son fauteuil. Je poussai un juron. J'aurais dû ramasser le livre. Sans lui, il était impossible de délivrer les dragons.

– Tozay ! criai-je.

S'écartant de son adversaire, il se retourna d'un bond.

– Attrapez le livre !

Il hocha la tête tout en esquivant un coup de poing.

L'éclat d'une lame attira soudain mon attention sur Sethon. Il avait tiré l'autre sabre de Kinra de son fourreau. Après s'être immobilisé un instant pour choisir sa cible, il s'élança de l'estrade et courut vers Ido. La perle à moitié cousue pendait de façon obscène à sa gorge.

– Ido ! hurlai-je.

L'Œil du dragon s'écarta du chasseur inerte et se hissa péniblement sur ses jambes, en brandissant le poignard ensanglanté. Je pointai le doigt vers la menace.

– Sethon !

Il recula en se raidissant pour affronter le tyran déchaîné.

Je ne pouvais pas faire plus. Il fallait que je guérisse Kygo. Les battements de son cœur étaient affreusement faibles.

Prenant une inspiration désespérée, je m'élançai dans le domaine céleste. La plate-forme se mua en une énergie chatoyante, dont les brillantes couleurs dessinaient des motifs chaotiques, ne cessant de se transformer. Sous le flot étincelant du *hua* coulant dans mes mains, les méridiens de Kygo étaient sombres, stagnants. À peine si une lueur argentée dansait dans les points de puissance. Le dragon Miroir poussa un cri, en dressant son énorme corps écarlate au-dessus de la plate-forme. La perle d'or sur sa gorge fredonnait un chant immémorial de renaissance. Les flammes vibrantes d'un feu doré jaillissaient de sa surface lumineuse. Plus haut dans le ciel, le dragon bleu tournait en rond, avec sa propre perle brûlant d'un feu azuré. L'approche des dix autres dragons nous oppressait comme un poids terrible, alourdissant l'atmosphère.

J'appelai le dragon Miroir et m'ouvris à son pouvoir, en joignant l'imploration de mon cœur à son chant lancinant. « Guéris-le, je t'en prie, guéris-le. » L'immense créature cria de nouveau, et son cri se mêla au déferlement du pouvoir dans mes chemins intérieurs. Un goût de cannelle remplit ma bouche. Était-ce la dernière fois que je savourais la splendeur enivrante de notre union ? Cette pensée douce-amère me serra la gorge comme un sanglot. Elle baissa sa tête massive et approcha ses énormes yeux de dragon tout près des miens. Leur regard immémorial m'entraîna dans le cycle éternel de la vie et de la mort, du soleil et de la lune, du chaos et de l'équilibre. Elle était si vieille. Il était temps de renaître. « Votre perle vous sera rendue », lui promis-je en silence. Et je sentis jaillir sa joie. Néanmoins la pensée de la perte que j'allais subir enténébrait mon esprit.

Nous chantâmes ensemble, en entre-tissant le *hua* de la terre à la chair déchirée de Kygo, en ranimant sa force vitale affaiblie pour qu'elle retrouve ses flots brillants d'énergie et les battements d'un cœur robuste. Notre harmonie merveilleuse guérit en douceur chaque blessure et soulagea mon propre esprit affligé en l'abritant tendrement dans le pouvoir doré. Sous mes mains, la poitrine de Kygo tressaillit et il se mit à tousser convulsivement à la suite du brusque afflux de l'air.

Un ouragan brûlant au goût épicé m'arracha brutalement au monde énergétique. Dix dragons gigantesques surgirent sur la plaine autour de la plate-forme, en un arc-en-ciel d'écailles étincelantes, de muscles puissants et d'épaisses crinières. Ils étaient là en chair et en os, avec leurs corps aussi vastes que des temples. Je regardai bouche bée le dragon Cheval dressant droit devant moi sa masse d'un orange éclatant, où se détachait sous son menton l'éclat d'abricot de sa perle luisante et bourdonnante. À côté de lui, le dragon Chèvre allongea son long cou dont les écailles argentées miroitaient comme un lac ondulant. Sa perle chantait, elle aussi, et sa chaude haleine au goût de citron parfumait l'air. Ils étaient dans le domaine terrestre et tous pouvaient les voir. Même si c'était censé être impossible, chaque homme sur la plate-forme était figé dans une stupeur respectueuse. Même Ido et Sethon avaient interrompu leur duel forcené. Seule Dela continuait de bercer le corps de Ryko contre sa poitrine.

Me retournant d'un bond, je tentai de voir l'ensemble du cercle des immenses créatures : la masse verte du dragon Tigre, le dragon Lapin rosé comme une aurore, le dragon Bœuf au chatoiement violet. La place du dragon Rat était vide. Et du côté est, le dragon Miroir manquait également. Ils ne s'étaient pas encore joints au cercle. Il nous restait un peu de temps.

Notre silence incrédule fut rompu par des cris stridents s'élevant de la plaine. Baissant les yeux, je vis le dragon Bœuf bouger sa queue énorme en révélant des dizaines de corps écrasés dessous. Quand il la déroula, elle entraîna avec elle d'autres soldats hurlants. J'eus un haut-le-cœur devant ce carnage. Les dix dragons s'étaient matérialisés juste sur l'armée de Sethon. La moitié des soldats était écrasée sous leur poids. L'autre moitié fuyait pour leur échapper. Parmi les fuyards, je reconnus des prisonniers de la Résistance. Je remerciai les dieux d'en avoir épargné quelques-uns.

Levant la tête, Kygo contempla les animaux gigantesques autour de nous.

– Eona, que se passe-t-il ?
– Ils forment le Rang de Perles, chuchotai-je.
– Comment ?

Il se redressa si brusquement que son visage blêmit de nouveau.

J'agrippai ses bras pour le soutenir. Il ne savait pas la vérité sur les dragons et la perle. Il fallait faire en sorte qu'il comprenne. Et qu'il m'aide – du moins, je l'espérais.

– Kygo, écoutez-moi, commençai-je. Il n'y a pas d'alliance entre les dragons et nous. Il n'y en a jamais eu. La Perle impériale est leur œuf, que nous leur avons volé pour les obliger à mettre leur pouvoir à notre service. À présent, ils en ont besoin pour que le pays puisse renaître.

– Pas d'alliance ? Pourquoi ne m'a-t-on pas mis au courant ?

Il se retourna pour observer le dragon Bœuf. L'énorme créature tourna vers nous sa tête cornue. Le violet chatoyant des écailles de son cou sinueux et de son large front s'adoucissait en un bleu de lavande autour de son museau allongé. Sous le flot soyeux de sa barbe mauve, sa perle où dansaient des flammes empourprées vibrait d'un appel pressant.

– Comment savez-vous tout cela ? demanda Kygo.

Je n'avais pas le temps de lui parler des souvenirs de Kinra et du livre noir. Je serrai ses bras plus fort, en tentant de graver en lui la vérité.

– Kygo, faites-moi confiance. Si vous aimez votre pays autant que vous le dites, il faut rendre la perle aux dragons.

Il me regarda avec stupeur.

– C'est le symbole de mon pouvoir.

– C'est aussi le symbole de notre cupidité. Kygo, je vous ai confié le livre noir. Je vous en prie, confiez-moi la perle !

Il scruta mon visage, avec une hésitation qui me serra le cœur. Puis je vis une lueur merveilleuse dans ses yeux : il allait me faire confiance.

– Que devons-nous faire ?

Je baissai un instant la tête, submergée par le soulagement.

– Nous devons récupérer le livre et la perle avant que le cercle des dragons se referme.

Il porta la main à sa gorge.

– C'est l'accomplissement de la prédiction, n'est-ce pas ? Le *hua* de tous les hommes et la force obscure.

Quand il toucha la peau lisse de son cou, son visage se tendit.

– Vous m'avez guéri !

Ses yeux s'assombrirent tandis qu'il prenait conscience de ce que cela signifiait. Pour lui. Pour nous.

– Eona, qu'avez-vous fait ?

– Vous étiez mourant, lançai-je.

Il s'écarta de moi, mais je saisis sa main.

– Kygo, si nous rendons la perle, tout changera. Je n'aurai aucun pouvoir sur vous. En fait, je n'aurai plus aucun pouvoir.

Ces simples mots me déchirèrent le cœur. J'allais perdre mon dragon, mon pouvoir. Je regardai les créatures splendides autour de nous.

« Répare. »

Il caressa ma joue.

– Vous renonceriez à votre pouvoir ?

Un cri de rage nous sépara brutalement.

– C'est le Rang de Perles ? hurla Sethon à Ido. Est-ce vous qui avez fait ça ?

S'élançant vers l'Œil du dragon, le sabre au poing, il le força à reculer de quelques pas. Les occupants de la plate-forme sortirent de leur transe. Derrière nous, un cliquetis d'acier retentit soudain. Je me retournai d'un bond. Tozay et Tuy s'affrontaient avec rage, en guettant l'occasion d'attraper le livre gisant entre eux.

Deux gardes coururent vers nous en brandissant leurs armes. Je m'emparai du sabre de Kinra et me levai aussitôt sous l'impulsion de sa fureur déchaînée. Kygo se précipita pour ramasser un sabre tombé près de Dela et s'accroupit en position de défense. Apercevant le corps qu'elle berçait dans ses bras, il se raidit.

– Ryko est mort ? s'exclama-t-il en tournant vers moi son visage accablé.

– Il m'a donné tout son *hua*, dis-je. Pour vaincre l'emprise de Sethon.

Les yeux de Kygo se fermèrent un instant. Mais l'heure n'était pas au chagrin. Les deux gardes étaient sur nous.

Je menaçai de mon sabre l'homme trapu qui m'attaquait. Nos deux armes s'entrechoquèrent, avec une violence qui ébranla tout mon corps. La force brutale était de son côté. Je me dégageai en plongeant sur sa gauche, non sans balafrer au passage son avant-bras. Au moins, j'étais plus rapide que lui. Son compagnon abattit son sabre sur la tête de Kygo, qui para le coup avec vigueur puis se releva d'un bond, prêt à riposter. Il était nettement mieux entraîné que le garde, mais il n'avait pas d'armure, même pas une chemise où la pointe d'un sabre pouvait se prendre le temps d'une précieuse seconde.

Mon adversaire retira sa main ensanglantée de sa blessure superficielle. Il plissa les yeux en faisant une grimace, comme s'il avait sucé une prune amère. Je souris. Sa cible s'avérait moins facile que prévu. Il s'écarta de la mêlée furieuse de Kygo et de l'autre garde. Je le suivis des yeux, en guettant le signe précurseur d'une attaque. Une lueur dans son regard le trahit. Il m'accabla d'une volée de coups en hauteur – c'était une classique Troisième Figure dragon Singe. Je ripostai avec une Première Figure dragon Bœuf, dont les parades tournoyantes tinrent en échec son offensive brutale. Sa force et sa rage m'obligèrent à reculer, mais il ne réussit pas à percer ma défense. Poussant un sifflement déçu, il se dégagea.

Du coin de l'œil, j'aperçus les silhouettes d'Ido et de Sethon engagés dans un combat furieux. Une autre silhouette se dirigeait vers eux. Je hasardai un regard. C'était Yuso, le poing serré sur le manche d'un petit couteau recourbé – un instrument de médecin. Avant que je puisse crier un avertissement à Ido, mon adversaire abattit son arme sur moi. Je me raidis en reconnaissant l'attaque meurtrière de la Troisième Figure dragon Cheval. Il allait prendre l'avantage. Le réflexe fulgurant de Kinra me permit de dévier le coup brutal, mais je titubai sous le choc. J'étais déséquilibrée, et le garde le savait. Dans un effort désespéré, je fis volte-face pour l'affronter. Pas assez vite. Il avait retourné son sabre et s'apprêtait à abattre de toutes ses forces la poignée sur ma tête. Mon corps se tendit dans l'attente du coup.

Il n'y eut pas de coup. Reculant en chancelant, je vis le visage du garde se figer dans sa surprise. Sa main eut un spasme et son sabre tomba avec fracas entre nous. Il s'effondra lentement en avant. Derrière lui, Dela arracha le sabre planté dans son dos. La lame était couverte de sang jusqu'à mi-hauteur.

Nous baissâmes toutes deux les yeux sur le corps affalé.

– Que puis-je faire pour vous ? demanda Dela.

Son chagrin avait cédé la place à une détermination farouche.

– Aidez Kygo et Tozay à récupérer le livre noir.

Elle hocha la tête, ramassa le sabre du mort et courut prêter main-forte à Kygo afin de vaincre l'autre garde. Alors que je retenais mon souffle, je vis soudain Yuso se précipiter vers Ido et Sethon. L'Œil du dragon ne pourrait tenir tête aux deux à la fois. Surmontant mon épuisement, je me lançai dans une course éperdue sur la plateforme. Sethon et Ido avaient chacun empoigné la main armée de son adversaire et s'efforçaient simultanément de se dégager pour abattre leur propre arme sur lui.

– Ido, attention ! hurlai-je.

Trop tard. En lançant un cri de guerre, Yuso se jeta dans la mêlée. Sous le choc, les deux adversaires se séparèrent. Sethon recula en chancelant tandis qu'Ido se retrouva à quatre pattes, en exposant son dos large sans protection. Je tentai d'accélérer malgré mes muscles brûlants, mais Yuso passait déjà à l'attaque.

Sans prendre garde à Ido.

L'espace d'un instant, je ne compris pas. Puis Yuso passa son bras autour du cou de Sethon et plongea son couteau dans la poitrine nue du tyran. Ido n'était pas sa cible. Il voulait tuer Sethon – avec un couteau de médecin.

Sethon déséquilibra Yuso. Les deux hommes tombèrent par terre et le sabre de Kinra s'échappa de la main de Sethon pour glisser sur les planches. S'écartant en hâte des deux combattants, Ido se hissa sur ses jambes. Je n'eus pas le temps de ralentir. Notre collision fut si brutale que j'en eus le souffle coupé. Poussant un grognement, il recula en vacillant puis me rattrapa. Je me pliai en deux, hors d'haleine.

– Aviez-vous l'intention de m'aider ou de me tuer ? demanda-t-il en me portant à moitié pour m'éloigner de la mêlée déchaînée.

Je me dégageai vivement.

– Où est la perle ? réussis-je à articuler.

– Sethon l'a toujours.

J'aperçus un éclat métallique lorsque Yuso abattit de nouveau le couteau minuscule. Il dut atteindre sa cible, car Sethon poussa un rugissement de douleur et frappa violemment à la tête le capitaine, qui relâcha sa prise.

Je parvins enfin à respirer.

– Si nous recourions aux éclairs ? Comme sur la plage ?

– Non, dit Ido.

Autour de nous, les cris lancinants des dragons étaient pareils au chant de milliers de cigales.

– Je ne sais pas ce qui se passerait si nous appelions nos animaux au milieu de ce cercle. Et nous risquerions de détruire la perle.

Nous allions devoir nous battre pour récupérer la Perle impériale. La main crispée sur mon sabre, je guettai une brèche dans la mêlée des deux adversaires.

Sethon frappa du coude le visage de Yuso puis plongea pour reprendre son sabre. Yuso riposta par un coup de son couteau trop petit, qui dessina une ligne écarlate sur la poitrine nue du tyran. Il recula juste à temps pour esquiver l'approche fulgurante du sabre de Kinra. Les deux hommes s'accroupirent avec circonspection. En haletant, ils se relevèrent et se firent face. Tous deux pouvaient maintenant me voir – j'avais manqué ma chance.

Sethon fit tournoyer le sabre de Kinra.

– Vous venez de signer l'arrêt de mort de votre fils, lança-t-il. Et le vôtre.

La main de Yuso se crispa sur le manche du couteau.

– Je suis déjà mort.

Il regarda dans ma direction.

– Dame Eona, veillez sur mon fils en échange !

Je me raidis dans l'attente de ce qui allait se passer.

Yuso s'élança vers Sethon en brandissant son couteau, sans aucune protection. Sethon enfonça le sabre de Kinra dans sa poitrine, avec tant de force que la pointe émergea en haut du dos de Yuso. Lâchant son couteau, le capitaine agrippa la main de Sethon et le pressa contre son propre corps. Avec un grognement étouffé, il tourna de façon à exposer le dos du tyran à nos coups. Sethon secoua désespérément la poignée en essayant de retirer la lame.

– Allez-y, souffla Yuso.

Ido bondit et plongea son poignard dans le point sacré de Sethon, en y mettant toute sa force. Sethon poussa un hurlement et arqua son corps, pressé contre l'arme par son *hua* soudain bouleversé. Ido fit remonter la lame.

– Si nous étudiions cette souffrance ? dit-il à l'oreille de Sethon.

Je frissonnai. Il imitait à la perfection la voix du tyran torturant ses victimes.

Ido donna une nouvelle secousse au poignard, qui arracha un gémissement à Sethon.

– Grisant, n'est-ce pas ?

Il détacha brutalement Sethon de Yuso. N'étant plus soutenu par le corps du Grand Seigneur, Yuso s'affaissa lentement avant de s'effondrer sur le côté. Quand la garde de jade et de pierres de lune appuyée contre sa poitrine heurta violemment le sol, il tressaillit de douleur.

Avec une efficacité impitoyable, Ido allongea Sethon sur le dos. Ramassant le couteau de Yuso, il appuya un pied sur le poignet de l'usurpateur puis enfonça la lame dans la paume de sa main, de façon à le clouer au sol. Je frémis en entendant le hurlement prolongé de Sethon, dont les doigts se tordirent convulsivement.

Comme si ce hurlement l'avait réveillé, Yuso leva la tête vers moi, en un effort qui gonfla les veines de son cou.

– Maylon, haleta-t-il. Il s'appelle Maylon.

Je m'agenouillai près de lui.

– Vous nous avez trahis, Yuso. Vous êtes responsable de ce carnage. Croyez-vous que je vais vous pardonner ?

Son regard trouble se fixa sur Ido. L'Œil du dragon écrasait sous son genou le bras libre de Sethon. Ce dernier tenta de se redresser, mais Ido le frappa au visage avec le manche du poignard. Sous le choc, la tête de Sethon heurta violemment les planches.

– Ido pense que vous êtes comme lui, dit Yuso d'une voix lente.

Il se mit à tousser en crachant du sang.

– Mais vous avez encore de la compassion en vous, n'est-ce pas ?

Un dernier soupir, puis le silence.

Avais-je encore de la compassion ? Je ne sentais aucune douceur dans mon cœur et même – que les dieux m'assistent ! – je comprenais la délectation souriante d'Ido. Me relevant, j'appuyai mon pied sur le torse de Yuso pour tirer le sabre de Kinra de son cadavre. Sa colère brûlante chuchota son obsession : « Prends la perle. » Je fis tournoyer les sabres, dont la fureur et la force retrouvées me donnèrent l'impression d'être rentrée chez moi.

Je regardai l'Œil du dragon se pencher sur Sethon en agitant son poignard dans sa main.

– Que vais-je inscrire sur votre poitrine ?

Il continuait d'imiter le ton caressant de Sethon.

– « Traître » ? « Ordure » ? Que diriez-vous de : « L'éternel cadet » ?

Sethon s'efforça d'esquiver la lame dansant au-dessus de sa poitrine. Claquant la langue d'un air réprobateur, Ido enfonça la pointe du poignard dans la chair du tyran et traça un trait ensanglanté. Sethon se remit à hurler, en secouant sa tête en tous sens dans sa douleur.

Je m'avançai avec détermination vers les deux hommes. « Prends la perle. » À chaque souffle haletant de Sethon, le joyau roulait sur la plaie sanglante de son cou au bout des fils de quatre points de suture. Je pourrais l'arracher de la gorge de Sethon. Le sentir se démener en hurlant. Venger le supplice de Kygo.

– Reculez ! lançai-je à Ido.

Je levai mon sabre.

– Attendez, dit-il.

Il enfonça son poignard dans l'autre paume de Sethon, qui poussa un cri sanglotant. Ido leva les yeux vers moi. Son sourire était sournois, cruel, et aussi intime que celui d'un amant.

– Amusez-vous bien.

Les yeux remplis de souffrance de Sethon rencontrèrent les miens tandis qu'il se débattait pour dégager ses mains clouées au sol par les couteaux. Pendant un instant, j'immobilisai mon sabre au-dessus de sa gorge. Il montra les dents, comme un animal aux abois. Il méritait la mort la plus lente possible. Il méritait la peur et la douleur. Mais j'étais incapable de les lui infliger. Yuso avait raison : j'avais encore de la compassion. Poussant un rugissement, je plongeai les deux sabres dans sa poitrine mutilée. La résistance de la peau et des os vibra douloureusement dans mes mains.

Sethon poussa un cri étouffé et son corps se souleva en un spasme ultime. La perle roula au creux de sa gorge tandis que la puanteur du cadavre remplissait l'air. Je dégageai brutalement l'un des sabres. Le corps pesant se haussa un instant puis retomba sur les planches. Réprimant un haut-le-cœur, je tranchai les fils et arrachai la perle. Les sabres de Kinra avaient enfin rempli leur mission.

J'ouvris ma main. La Perle impériale était lourde et chaude – trop pour que ce fût l'effet uniquement de la chaleur du corps de Sethon.

Retirant son poignard de la paume du mort, Ido essuya la lame humide sur son pantalon.

– C'était presque aussi comblant que je l'avais imaginé, déclara-t-il.

Il me lança un bref regard de reproche.

– Encore que la fin ait été un peu prématurée.

Il glissa le poignard dans sa botte.

– Eh bien, où est le livre ?

Son regard suivit le mien vers l'autre bout de la plate-forme. Kygo et Dela avaient tué ou mis en fuite les derniers gardes. À présent, ils essayaient de ramasser le livre noir en esquivant les coups de fouet des perles blanches. Dela tenait sa chemise déchirée comme un filet qu'elle s'apprêtait à jeter sur le lien de joyaux déchaînés. Derrière elle, Tozay était prostré. Un de ses bras pendait étrangement – manifestement, il était blessé. La forme sombre du Grand Seigneur Tuy gisait non loin de là. Au moins, les deux frères étaient morts.

– Kygo a le livre, lançai-je. Nous pouvons…

Je fus soudain incapable de parler. Mes sens étaient paralysés par une souffrance terrible qui foudroyait tous mes chemins intérieurs. Le sabre de Kinra m'échappa. Mon autre main se crispa sur la perle, dont la monture d'or entailla ma paume.

À travers un voile grisâtre, je vis Ido reculer en ouvrant la bouche pour hurler, mais je n'entendais que le cri de chagrin dans ma propre tête. L'air se fit oppressant puis explosa soudain. Deux énormes dragons, l'un bleu l'autre rouge, surgirent sur la plaine en un déferlement d'énergie qui me jeta à genoux.

L'immense corps écarlate du dragon Miroir, deux fois plus grand que celui des mâles, remplit la place vide à l'est du cercle. Renversant la tête en arrière, elle lança un appel strident qui fit vibrer son cou allongé. Le feu étincelant de ses écailles rouges et orange ondulait à chaque mouvement de ses muscles. Dans son effort, elle ferma ses yeux aussi gros que des roues de charrette tandis qu'elle refermait le cercle avec son corps et son pouvoir. Sous son menton, la perle d'or palpitait en exhalant un chant dont le jaillissement couvrit le cri retentissant des perles des onze autres dragons.

– Eona, chuchotai-je.

Mais je savais qu'elle ne pouvait plus m'entendre. Elle se trouvait dans le domaine terrestre, et notre lien était rompu. Tout m'avait été retiré. J'étais vidée de l'intérieur, sans pouvoir, incapable de bouger tant cette perte me faisait souffrir.

– Non !

C'était l'ombre de la voix d'Ido, brisée, dévastée.

Avec un rugissement, le dragon bleu répondit à l'appel de l'immense créature rouge, en déployant ses ailes délicates et en déchirant l'air avec une unique griffe à l'éclat d'opale.

Je détournai la tête. Mon corps était comme desséché par la tristesse.

– Ido, je ne peux pas appeler mon dragon.

Le corps d'Ido était crispé par la souffrance. Il pressa ses poings contre son front.

– Ils ont refermé le cercle.

En haletant, il leva lentement la tête et observa les dragons.

– Nous n'avons pas beaucoup de temps.

Chapitre 26

De sombres nuages s'amoncelèrent dans le ciel en formant un cercle au-dessus des douze créatures réunies sur la terre. L'air suffocant fut traversé d'une brise tiède, chargée d'un parfum mêlant la suavité des épices au sel âcre de la sueur. Et on sentait toujours en arrière-plan l'odeur infecte d'urine et de sang du champ de bataille.

J'entendis des pas précipités. La voix de Kygo me parvint à travers ma douleur.

– Eona, êtes-vous blessée ?

Il s'accroupit près de moi. Une longue entaille en travers de son épaule laissait s'échapper des filets de sang ruisselant sur son bras et sa poitrine. Dela et Tozay étaient debout derrière lui. Tous deux étaient en sang. Dela tenait la chemise où le livre se démenait.

– Mon dragon a disparu, Kygo, lançai-je d'une voix rauque. Mon dragon a disparu.

– Mais non, Eona, répliqua-t-il. Elle est ici, devant nous. Je la vois dans le cercle.

Secouée de sanglots, je pressai mes poings contre ma poitrine.

– Elle m'a quittée, pleurai-je. Je n'ai plus de lien avec elle. Plus de pouvoir.

Il m'entoura de son bras. Je m'appuyai contre lui et sa chaleur soulagea un peu ma douleur glacée.

– Tozay !

Le cri de Dela me fit dresser la tête. Je vis le général chanceler. Son visage tanné était livide. Lâchant le livre, Dela soutint non sans peine son corps imposant. Une vilaine blessure balafrant sa tempe saignait toujours et son bras droit pendait inerte – il était cassé, selon toute apparence. Mais je ne pourrais pas le soigner. Je ne pourrais plus soigner personne, à l'avenir.

– Il n'a pas l'air bien, dit Kygo en se levant pour aider Dela.

– Il a reçu un sérieux coup sur la tête, déclara-t-elle tandis qu'ils l'asseyaient avec précaution sur la plate-forme.

Les yeux perçants du général étaient troubles, il respirait difficilement.

– Il devrait se remettre, dit Dela en appuyant doucement la tête du blessé contre ses genoux. Il est juste étourdi pour un moment.

Kygo revint s'accroupir près de moi.

– Avez-vous récupéré la perle, Eona ?

J'ouvris ma main tremblante. La surface opaque miroitait par éclairs, comme si des poissons minuscules se pressaient dessous. Il la prit entre le pouce et l'index. Le chagrin se peignant sur son visage faisait écho à la douleur déchirant mon propre esprit. Lui aussi renonçait à quelque chose : au symbole sacré de sa souveraineté.

– Comment faire renaître les dragons avec elle ? demanda-t-il.

Ido sortit de sa prostration.

– Faire renaître les dragons ?

Avec lenteur, il s'assit sur les talons et tourna la tête vers moi.

– Quelque chose m'échappe, Eona. Qu'en est-il de notre projet ?

Kygo se raidit en entendant le ton de l'Œil du dragon.

– Nous n'avons jamais eu de projet, Ido, lançai-je en le regardant droit dans les yeux. Les anciens ont *volé* la Perle impériale aux dragons. Il s'agit de leur œuf. Nous devons le leur rendre, leur permettre de faire renaître leur pouvoir.

Ido me lança un regard oblique. Ses yeux d'ambre étaient mi-clos.

– Je sais que nous l'avons volée. Je l'ai toujours su.

Je le fixai avec stupeur.

– Que voulez-vous dire ?

Dans mon indignation, je me levai d'un bond. Ido et Kygo se levèrent à leur tour et se rangèrent chacun à mon côté, se faisant face avec une hostilité silencieuse.

– J'ai lu le livre noir, déclara Ido. Je connais la nature de la perle et son pouvoir.

Il croisa les bras.

– Le vol ne change rien à l'affaire.

– Il change tout, protestai-je. Comment pouviez-vous être au courant et continuer d'ignorer la détresse de votre dragon ? Son espoir ?

– Je n'ai fait qu'imiter de nombreux Yeux du dragon avant moi. Personne ne renonce volontairement à son pouvoir alors qu'il peut laisser ses successeurs régler le problème.

– Ce n'est plus possible, Ido. Nous sommes

les derniers Yeux du dragon. Nous devons rendre la perle.

Il secoua la tête.

– Vous ne comprenez pas. S'ils renaissent, nous perdrons notre pouvoir à jamais.

– Je sais.

J'eus un instant d'amère satisfaction. Il n'était pas le seul à connaître les secrets de la tradition des dragons.

– Ce qui n'empêche que nous devons rendre la perle.

Son regard se fit inquisiteur.

– Comment le savez-vous ? Avez-vous lu le livre noir, vous aussi ?

– Non.

Je m'humectai les lèvres.

– Je suis entrée dans mon dragon. Pour échapper aux tortures de Sethon.

Les doigts de Kygo effleurèrent mon bras, me réconfortant fugitivement.

– J'ai vu les souvenirs d'une de mes ancêtres.

Dela tressaillit. Elle avait certainement deviné de quelle ancêtre il s'agissait.

Le visage méfiant d'Ido s'adoucit furtivement. Parce qu'il comprenait, peut-être, ou simplement parce qu'il se rappelait ses propres souffrances. Il sourit faiblement.

– Je croyais que vous aviez juré de ne jamais infliger ce traitement à votre dragon. Vous ne cessez de proclamer vos principes puis de les transgresser à la première occasion.

Ses yeux se fixèrent sur les miens et sa voix se fit caressante.

– Vous et moi, nous sommes pareils, Eona.

Nous franchissons les limites que les autres n'osent pas approcher. Franchissez cette dernière limite avec moi.

Il voulait le pouvoir des dragons. Il voulait tout. Et il voulait que je m'en empare avec lui.

– Je refuse de détruire les dragons.

Il pressa son index contre sa poitrine.

– Avez-vous envie d'éprouver toute votre vie cette sensation ? Comme si on vous avait arraché tout ce qui comptait pour vous ? Avez-vous envie de retomber dans le néant ? Car c'est ce qui va arriver.

– Eona ne retombera jamais dans le néant, lança Kygo. Elle est mon *naiso*.

Ido poussa un ricanement.

– Pourquoi voudrait-elle être votre *naiso* alors qu'avec moi elle pourrait être une déesse ? C'est toujours la même alternative, Eona. Soit nous prenons tout le pouvoir, soit il ne nous reste rien.

Il me tendit la main et son sourire s'insinua dans les tréfonds de mon être.

– À nous deux, nous pouvons prendre la totalité du pouvoir, Eona. Ce serait comme lors du cyclone, cent fois plus fort. Et cela ne finirait jamais.

Kygo agrippa mon épaule.

– Si vous croyez qu'Eona pourrait détruire les dragons et s'emparer de mon pays, Ido, vous ne la connaissez vraiment pas. Nous mourrions tous deux mille fois plutôt que de vous laisser faire.

Je regardai fixement la main tendue d'Ido. Le souvenir de la cabine du bateau me pétrifia – nos corps enlacés et le jaillissement splendide de l'énergie. Tout ce pouvoir entre nous.

Kygo me jeta un coup d'œil.

– Eona !

Je respirai profondément, en combattant l'afflux des sensations. Avec un tel pouvoir, rien d'autre n'existerait. Il brûlerait tout sur son chemin. Et chaque minute de chaque heure serait chargée d'une méfiance qui ne demanderait qu'à se transformer en trahison.

– Je ne suis pas comme vous, Ido, déclarai-je. Je ne détruirai pas les dragons.

La main tendue se ferma en un poing crispé.

– Vous choisiriez de n'avoir aucun pouvoir avec lui alors que vous pourriez avoir tout le pouvoir du monde avec moi ?

Je lui lançai un regard de défi.

– Le choix n'est pas là, Ido. Je choisis les dragons et le pays. Pas ma propre ambition – ni la vôtre.

À côté de moi, Kygo sourit.

Ido éclata d'un rire rauque.

– L'union sacrée de l'empereur et de son *naiso*.

Autour de nous, le bourdonnement des perles se fit strident, me perçant les oreilles.

Se retournant d'un bond, Ido observa les dragons vacillants.

– Que se passe-t-il ? demanda Kygo.

– Ils s'apprêtent à déposer leurs perles, répondit Ido.

Je me rappelai ce qu'il m'avait dit sur la plage. Une fois que les perles étaient séparées des dragons, ils ne pouvaient plus les reprendre et il était impossible d'arrêter le Rang de Perles. À présent, soit les dragons renaîtraient, soit le pays serait détruit.

Ido me fit face, les yeux brillant de fureur.

– Votre absurde loyauté nous a privés tous deux de notre pouvoir. Tout ce que nous pouvons faire, maintenant, c'est d'éviter d'être anéantis.

Son regard se fixa sur le paquet que Dela tenait fermement.

– Donnez-moi le livre.

Elle recula devant sa main tendue.

– Je n'ai pas d'ordre à recevoir de vous.

Il soupira.

– Écoutez-moi, Eona. L'Œil du dragon Miroir est le seul qui puisse diriger le pouvoir du Rang de Perles vers les dragons. Autrement ce pouvoir va tout détruire, y compris nous-mêmes.

– C'est à moi de le diriger ?

Ma voix se brisa.

– Comment ? soufflai-je.

– Avec le livre et le *righi*.

Je le regardai avec stupeur, en me remémorant la chaleur brûlante et le pouvoir terrifiant de l'antique incantation.

– Mais il s'agit du chant de mort.

– N'est-ce pas le moyen dont s'est servi Dillon pour massacrer tous ces soldats ? intervint Dela d'un ton inquiet.

– Il ne se contente pas de détruire, déclara Ido. Il peut aussi créer. C'est lui qui maintient le *hua* des dragons dans le livre noir, de façon que nous puissions utiliser leur pouvoir.

– Comment savez-vous tout cela ? demanda Kygo.

– J'ai étudié le Rang de Perles pendant des années. Le *righi* déclenche le processus de renaissance dans la Perle impériale. Il libérera du même coup le *hua* emprisonné dans le livre.

– Le *hua* des dragons est vraiment dans ce livre ? lança Kygo d'un ton incrédule.

Je scrutai le visage d'Ido en essayant de deviner ce qui se cachait derrière son expression furieuse. Je n'avais aucune confiance dans son revirement soudain. Il n'était pas du genre à renoncer si facilement. Mais que pouvais-je faire ? Dans ses souvenirs, Kinra m'avait appris elle aussi qu'il était impossible d'arrêter le Rang de Perles une fois que les dragons avaient introduit leurs perles dans son cercle de pouvoir. Cependant elle ne m'avait pas dit qu'il me faudrait invoquer le *righi* pour délivrer les dragons du livre noir.

Je serrai le bras d'Ido avec une telle force qu'il tressaillit.

– C'est la vérité ? Le *righi* est le seul moyen pour qu'ils renaissent ?

– Croyez-vous que j'aie fait vœu de mourir parce que je ne peux pas vous avoir ? ricana-t-il.

Je le lâchai aussitôt.

– Vous n'êtes pas la femme que je croyais, continua-t-il. Vous n'avez pas l'étoffe d'une véritable souveraine.

– En tout cas, vous, vous êtes tout à fait celui que je croyais, ripostai-je.

J'espérais qu'il ne pouvait lire dans mon cœur l'amère vérité. Une part de moi l'avait cru, quand il avait dit que je l'avais changé. Comment avais-je pu être aussi naïve ? Ido était toujours le même, égoïste et impitoyable. C'était moi qui avais changé, entraînée dans son monde de pouvoir et de chimère.

Kygo donna une bourrade à Ido.

– Répondez-lui ! Le *righi* est-il vraiment le seul moyen ?

Ido recula en se raidissant, sur la défensive.

– Oui.

Il disait bel et bien la vérité, ce qui ne fit qu'aggraver mon appréhension. J'avais eu peine à maîtriser le *righi* face à Dillon. Cette fois, il aurait en lui toute la force de la renaissance et pourrait puiser dans le pouvoir de tous les dragons. J'espérais que les dieux nous protégeraient. Et s'ils ne le pouvaient pas, il m'était du moins possible de protéger Kygo.

Je le tirai par le bras.

– Il faut que vous quittiez la plate-forme.

Je jetai un coup d'œil suppliant à Dela.

– Vous aussi, Dela. Aidez Tozay à s'en aller avec vous. Vous avez vu ce qui est arrivé à Dillon.

– Je ne bougerai pas, déclara Kygo.

Il se baissa pour ramasser le sabre que j'avais laissé tomber. Le sabre de Kinra.

– Moi non plus, Eona, lança Dela.

– Voyons, il faut que vous partiez tous deux. Je ne sais pas si je pourrai vous protéger.

Kygo secoua la tête.

– Je ne vous laisserai pas seule avec sire Ido.

L'Œil du dragon tournait en rond en observant les dragons, les mains crispées sur sa tête.

Kygo regarda Dela.

– Emmenez Tozay en bas des marches. Je veux que vous soyez tous deux en sûreté. C'est un ordre.

Dela hésita.

– Allez-y !

Dela s'inclina.

– Oui, Votre Majesté.

Elle me tendit le paquet. Le lien de perles se démenait en cinglant mes mains à travers le tissu.

– Eona, soyez prudente, dit-elle. J'ai déjà perdu...

Elle réprima un sanglot.

– Je vous supplie d'être prudente.

Kygo l'aida à hisser Tozay sur ses jambes. Le général était encore étourdi, mais il pouvait marcher. Dela le soutint de son bras et il boitilla avec elle jusqu'au bord de la plate-forme. S'arrêtant un instant sur la première marche, elle se retourna en pressant son poing contre sa poitrine. Le salut du guerrier. Je m'en sentais bien indigne tant j'étais terrifiée. Toutefois je me souvins que Ryko, dans l'allée du palais, m'avait dit que j'avais le courage d'un guerrier. Il avait eu une telle foi en moi. Et il était mort pour cette foi.

Je pressai mon poing contre ma poitrine. Pour Ryko, et pour Dela. Elle hocha la tête, se retourna et conduisit Tozay en bas des marches.

– Que dois-je faire ? demandai-je à Ido.

– Montez sur l'estrade, répondit-il. C'est le point le plus élevé. Une fois que le *righi* aura enclenché le processus dans la Perle impériale, le dragon Miroir viendra la chercher.

Je regardai le dragon rouge. Ses yeux immenses m'observèrent. La voix implorante de Kinra chuchota dans mon esprit : « Répare. » Je suivis Ido sur l'estrade, en tenant à distance de mon corps le paquet tressautant. Kygo marchait à côté de moi.

– Avez-vous la Perle impériale ? lui demandai-je.

Il ouvrit sa main. La surface du joyau était parcourue d'éclairs argentés.

– Elle est très chaude, déclara-t-il.

Je posai mes doigts sur la sphère douce et pâle. Elle était maintenant presque brûlante.

Nous nous immobilisâmes un instant, avec la Perle impériale entre nos mains.

– Vous êtes ma souveraine, murmura-t-il.

Il pressa ses lèvres sur mon front.

– Très touchant, marmonna Ido. Eona, montez sur l'estrade.

Lui lançant un regard acerbe, je m'exécutai. Kygo se posta non loin de moi, le sabre tourné vers Ido.

Derrière le cercle vacillant des dragons, les vestiges des deux armées observaient la scène à une distance prudente. Les nuages sombres avaient voilé le soleil et plongé la plaine dans une obscurité prématurée. L'air était toujours chargé du parfum épicé des dragons. La chaleur accablante était due autant à leur présence terrestre qu'au vent brûlant faisant voler mes cheveux.

Prenant une profonde inspiration, je sortis le livre noir en jetant par terre la chemise déchirée. Les perles blanches se dressèrent comme pour humer l'air, puis s'élancèrent par-dessus ma main en entraînant le livre derrière elles. Elles s'enroulèrent prestement autour de mon bras, sans cesser de cliqueter. Le livre était en place. Ses mots acides s'élevèrent aussitôt dans mon esprit, en brûlant mes chemins intérieurs et en chuchotant leur antique pouvoir. Ido se tenait devant l'estrade, le dos voûté, les bras serrés autour de son corps. Manifestement, il se rappelait lui aussi la souffrance du *righi*.

– Il est dans ma tête, balbutiai-je.

J'avais l'impression d'avoir la bouche remplie de cendre et de sang.

– Chantez-le, dit Ido.

Les mots attendaient. Leur mélopée amère portait en elle le *hua* captif des douze dragons et les derniers échos glacés de Kinra. Le chant s'accéléra et s'élança vers les animaux formant le cercle. Puisant dans l'énergie bourdonnante de leurs perles, il l'entre-tissa à la mélopée brûlante qui s'échappait de moi en un brasier de vie et de mort.

Les dragons répondirent au chant par un concert de hurlements. Couvrant ce bruit assourdissant, le dragon Rat poussa un appel pressant. Sous son menton, la perle d'un bleu chatoyant était parcourue d'une flamme azurée. Son cri fit taire les autres dragons. Ils se tournèrent tous pour l'observer tandis qu'il baissait sa tête gigantesque et posait doucement sur le sol sa perle aussi grosse qu'un tonneau entre ses griffes opalines. La séparation de l'animal et du joyau résonna à travers le livre et mon chant, en un écho où la peine se mêlait à l'espoir. Des larmes me montèrent aux yeux. Avec un cri étouffé, le dragon Rat poussa la sphère avec son museau énorme, et la source de son pouvoir et de sa sagesse roula à quelques pas de lui.

Je jetai un coup d'œil à Ido. Il s'était accroupi, accablé, en voyant son dragon abandonner la perle qui gardait en elle leur lien de douze années.

À côté du dragon Rat, le dragon Bœuf renversa en arrière sa tête cornue et hurla à son tour son propre chant de chagrin et d'espérance.

Les écailles bleu lavande sous son menton et autour de sa perle étincelaient de flammes violettes. Baissant la tête, il laissa tomber sa perle sur le sol en la poussant soigneusement avec sa griffe couleur d'améthyste afin qu'elle s'immobilise tout contre le joyau azuré du dragon Rat. Dès qu'il eut fini, le dragon Tigre redressa sa tête verte et chanta sa propre douleur. Un à un, les dragons mâles invoquèrent leur esprit emprisonné dans le livre et posèrent leur perle sur la terre.

Je sentis chaque appel nostalgique résonner à travers le livre jusqu'au moment où onze énormes perles de dragon parcourues de flammes colorées formèrent un cercle sur le sol piétiné autour de la plate-forme.

Il ne manquait plus qu'une perle.

L'appel final revenait au dragon Miroir. Elle redressa sa tête majestueuse. Les écailles écarlates resplendissant sur sa gorge et son poitrail reflétaient l'éclat de la flamme dorée de sa perle. Son cri retentit dans mon chant comme la pulsation d'un cœur battant. Elle tendit son museau gigantesque par-dessus la plate-forme, en gonflant ses naseaux comme un cheval. La douce brise de son souffle me porta le parfum de cannelle de son pouvoir. Sous ses cornes incurvées, son regard sombre, immémorial, me plongea dans le cycle sans fin de la vie et de la mort – et dans la longue attente des dragons aspirant à leur délivrance.

« Répare. »

– Donnez la Perle impériale à Eona, ordonna Ido à Kygo. Tout de suite !

Kygo tendit la main et je sentis sur ma paume la douce chaleur du joyau. Le chant dans ma tête et sur ma langue aviva le feu brûlant au cœur de l'œuf des dragons. Son énergie argentée devint incandescente.

– Eona, vous devez donner la perle au dragon Miroir, dit Ido.

Mais je connaissais déjà l'antique chemin menant à la renaissance : il chantait dans mon sang et dans mes os.

Commencer par embraser l'étincelle de vie à l'intérieur de l'œuf lumineux, puis plonger son pouvoir dans les flammes de la perle du dragon rouge. Après quoi, je pourrais libérer le *hua* emprisonné dans le livre noir et le restituer aux dragons afin qu'ils puissent mourir et renaître.

Cependant les mots acides chuchotaient également un autre chemin, qui conduisait à tout le pouvoir du monde. « Prends les douze esprits dragons en toi-même, soufflaient-ils. Prends le pouvoir prêt à créer le nouveau, et laisse l'ancien se flétrir et mourir. Prends tout. »

C'étaient les mots d'Ido. Les mots du livre noir.

Le dragon Miroir leva son menton énorme, en m'offrant sa sagesse dorée comme en ce jour lointain dans l'arène. Les mots brûlants du *righi* embrasèrent la Perle impériale, transformant son *hua* argenté en une boule de feu blanc dont les flammes de pouvoir brûlèrent mes mains. Tout allait commencer. Et tout était fini.

– Adieu, chuchotai-je à mon dragon.

Levant les bras, je pressai les flammes blanches contre l'or brillant sur sa gorge. Les deux surfaces se dilatèrent et se confondirent avec tant de force qu'elles repoussèrent brutalement mes mains. Avec un soupir imprégné d'un parfum de cannelle, le dragon Miroir baissa sa tête et l'énorme perle rougeoyante tomba sur le sol. Elle la poussa vers sa place avec son museau. Quand le cercle des perles se referma, une flamme dorée jaillit de perle en perle, en embrasant chaque joyau d'un feu d'or brûlant.

Le Collier des Dieux.

Je sentis le chant changer en moi. Sa mélopée impérieuse céda la place à un appel mélodieux. Le *righi* était en train d'ouvrir la voie aux douze esprits prisonniers.

Kygo se tourna vers moi avec un sourire émerveillé.

J'aperçus du coin de l'œil un mouvement furtif, mais je n'eus pas le temps de crier. Kygo eut le réflexe de lever son sabre. Trop tard, Ido était déjà sur lui et plongeait de toutes ses forces son poignard dans le dos de Kygo. Grimaçant dans son effort, l'Œil du dragon enfonça la lame tout en pressant contre lui le corps haletant de sa victime. Le chant se figea en moi. Kygo chancela sur le côté, s'effondra lourdement sur l'estrade, la main encore crispée sur le sabre de Kinra. Les perles blanches autour de mon bras se soulevèrent en frissonnant tandis que le dragon Miroir poussait un cri de protestation, si fort et strident qu'il couvrit les rugissements des dragons mâles.

– Non !

Je tombai à genoux près de lui.

– Kygo !

Il chercha désespérément à respirer et du sang

emperla ses lèvres. Je touchai sa joue. Après un tel choc, elle était déjà froide. À moins que ce ne fût ma propre horreur glacée ? Mon autre main s'approcha du manche du poignard enfoncé dans son dos.

– À votre place, je ne tirerais pas sur cette lame, dit Ido. J'ai visé l'endroit où moi-même j'avais été atteint par une flèche, vous vous souvenez ? Il n'en a que pour quelques minutes.

– Êtes-vous devenu fou ? criai-je.

Il monta sur l'estrade et observa les efforts de Kygo pour respirer.

– Ça fait mal, pas vrai ? lança-t-il.

Kygo agrippa faiblement la poignée du sabre et tenta de le lever, mais il lui échappa et tomba de l'estrade avec fracas, en atterrissant aux pieds d'Ido. L'Œil du dragon le repoussa du pied puis baissa les yeux sur moi.

– Maintenant, je vais vraiment vous donner le choix, Eona, dit-il. Si vous vous emparez de tout le pouvoir avec moi, vous pourrez guérir Kygo, mettre fin à ses souffrances et lui sauver la vie. En revanche, si vous persistez à vouloir délivrer les dragons, vous n'aurez plus qu'à le regarder se noyer dans son propre sang.

– Vous êtes une ordure ! hurlai-je en me précipitant vers lui toutes griffes dehors.

Mes genoux se cognèrent au bord de l'estrade tandis qu'il sautait en arrière pour m'échapper.

– Je ne fais que vous faciliter la tâche pour que vous obteniez ce que vous voulez vraiment, déclara-t-il.

Les doigts de Kygo se serrèrent sur ma manche.

– Ne faites pas ça.

Ses lèvres étaient tachées de sang.

– Ne lui donnez pas le pouvoir.

– Il a autant d'honneur que son admirable père, dit Ido d'un ton sarcastique. Entre les dragons et le sang qu'il est en train de cracher, je crains que vous n'ayez pas beaucoup de temps pour vous décider.

Il avait raison. La peau de Kygo bleuissait autour de son nez et de sa bouche, et le *righi* montait de nouveau en moi malgré mon angoisse, prêt à appeler le *hua* captif des dragons. Je restai immobile, paralysée par ce choix impossible. Kygo ou les dragons. Mon cœur ou mon devoir. Tant de raisons de sauver les dragons s'imposaient à moi : Kinra, la faute à réparer, le pays, le peuple, l'avenir. Et mon unique raison de sauver Kygo résonnait en moi comme un glas qui ne se tairait jamais.

Je l'aimais.

– Emparez-vous de ce que vous désirez, Eona, lança Ido. C'est ce que vous avez toujours fait. Pourquoi arrêter maintenant ?

Un sourire dansait sur ses lèvres. Il était tellement sûr que j'allais accepter. Je lui avais tourné le dos, et il m'avait mordue comme un serpent.

– Vous aurez tout, Eona. Y compris lui.

Il poussa légèrement du pied le corps de Kygo.

– Il n'est pas si désagréable d'avoir sa volonté asservie par dame Eona, mon garçon, continua-t-il d'un air narquois. Je suis impatient de partager votre emprise avec vous, Eona. Et je crois que vous serez ravie de partager mon savoir. C'est ce que vous voulez depuis le début.

– Je voulais juste être un Œil du dragon !

– Vous vouliez le pouvoir, trancha-t-il. Je vous donne le moyen de l'obtenir. Et de sauver Kygo.

Le dragon Miroir poussa un cri aigu. Son énorme tête rouge se balançait au-dessus de sa perle flamboyante. Les flammes illuminaient d'une lumière tremblante les nuages du ciel, lesquels nous renvoyaient la chaleur intense.

– D'accord, dis-je en serrant les poings. D'accord.

– Eona, non !

Kygo leva la tête avec effort. Un filet de sang brillant coula à la commissure de ses lèvres. Ses doigts glacés se crispèrent sur ma main, m'attirant contre lui jusqu'au moment où nos fronts se touchèrent. Je sentais son souffle haletant sur ma joue, l'odeur métallique du sang étouffant peu à peu sa gorge.

– Faites ce qui est juste, chuchota-t-il.

Chaque mot lui coûtait un peu d'air précieux.

Je pressai mes lèvres sur sa peau froide.

– Je ne sais pas ce qui est juste.

– Si, vous le savez, *naiso*.

Je me levai avec peine. Il voulait que je délivre les dragons. Mais si je le faisais, je le perdrais et je perdrais le dragon Miroir. Il ne me resterait plus rien. Si je m'emparais de tout le pouvoir avec Ido, je détruirais les dragons et priverais Kygo de son trône et de sa volonté. Il ne me le pardonnerait jamais. Je n'aurais plus que le pouvoir. Je serais comme Ido. La fureur m'envahit. Il n'y avait pas moyen de gagner cette bataille.

– Vous devez vous décider, Eona, me pressa Ido.

Pendant un instant de pur désespoir, j'eus envie que le pouvoir des dragons explose au milieu du pays, en anéantissant tout sur son passage y compris ce choix terrible. Mais il fallait que je choisisse, et je ne pouvais pas laisser mourir Kygo.

Je descendis de l'estrade. Chaque souffle rauque et exténué de mon bien-aimé me poussait vers l'Œil du dragon. Ido ramassa le sabre de Kinra et passa la lame sur sa main, en soupirant avec volupté tandis qu'elle déchirait sa chair.

– À vous.

Il saisit ma main libre et la retourna. Ma paume était déjà entaillée par les griffes d'or de la monture de la Perle impériale. Je gardai les yeux fixés sur la garde de jade et de pierres de lune tandis qu'Ido me blessait à mon tour avec la lame. Un écho affaibli de la fureur de Kinra résonna en moi. Son *hua* se trouvait-il également dans le livre ? J'effleurai des doigts le trait brûlant de sang frais.

Ido jeta le sabre sur les planches.

– Il faut le sang des Yeux du dragon pour rompre un lien forgé autrefois par leurs pareils, déclara-t-il. Quand le *righi* libérera les dragons, nous devrons nous accrocher au livre afin de nous emparer de leur pouvoir.

Attrapant de nouveau ma main, il la pressa sur les perles blanches attachant le livre à mon bras, puis plaqua sa propre paume ensanglantée sur mes doigts. Je sentis le lien de perles frémir doucement.

– Parfait. À présent, nous allons prendre ce qui nous revient. C'est notre destin, Eona.

Ses yeux triomphants étaient aussi dorés que le cercle de flammes autour de nous.

– Faites sortir les dragons du livre.

– Ce n'est pas le destin, lançai-je. C'est une ambition fondée sur la trahison et le meurtre. Ne mêlez pas les dieux à vos atrocités.

Il inclina la tête et je vis soudain sa mâchoire serrée, impitoyable, les plis profonds entre son nez et sa bouche, indices de brutalité. Comment avais-je pu le trouver beau ? Son être n'était que mensonge et corruption.

– À votre guise, dit-il. Mais vous êtes maintenant avec moi au milieu du Rang de Perles, et nous allons nous emparer de tout le pouvoir du monde. Pour moi, c'est le destin.

Il écrasa ma main sous la sienne.

– Appelez les dragons.

« Kinra, aidez-moi, priai-je. Si vous vous trouvez encore dans ce livre, aidez-moi. »

Prenant une profonde inspiration, je laissai le *righi* s'élever de nouveau. Les mots s'embrasèrent en moi, en un appel brûlant qui déferla dans mes chemins intérieurs. À côté de moi, Ido tressaillit en sentant la force fulgurante s'élancer à travers nos corps vers le *hua* des dragons emprisonné dans le livre. C'était un torrent de feu submergeant chaque veine, chaque muscle, incendiant mes yeux et desséchant ma bouche en un cri silencieux. Dans ma souffrance, je me pressai contre le corps robuste d'Ido. Je sentis les liens entravant le *hua* s'enflammer et brûler, en ouvrant la prison de sang et de cupidité où les humains retenaient les dragons.

Et je sentis un autre esprit : l'écho faible et frais d'une antique guerrière, mon ancêtre. Kinra.

« Ils sont libres ! Je suis libre ! » Sa voix joyeuse

s'éleva au-dessus des liens consumés du livre noir.

« Libre. » Un simple mot, et toute ma douleur se transforma en une certitude terrible. Je ne pouvais pas m'emparer du pouvoir régénérateur. Je ne pouvais pas anéantir l'espoir que le pays et les dragons renaissent. Le chant se tut dans ma gorge. Le temps s'immobilisa en un instant silencieux, hors du corps, hors du temps. L'instant de vérité. Je devais libérer le *hua* et le rendre aux dragons. Et ce serait la mort de Kygo.

Le chant jaillit de moi de nouveau. Mon cri d'angoisse se perdit dans le rythme frénétique de la libération.

« Kinra, aidez-moi, priai-je. Aidez-moi à réparer. »

Le lien de perles blanches se souleva sur ma main. La fraîche présence de Kinra s'engouffra en moi, suivie par le *hua* libéré des dragons, comme un ouragan de feu et de pouvoir. Chacun de mes nerfs était tendu à se rompre, mon esprit peinait à résister à ce torrent d'énergie brute, ma gorge était lacérée par le chant acide entraînant leur *hua* dans le canal de mon corps. Il déferla à travers Ido et moi avec une telle violence que nous chancelâmes tous deux.

– Eona, retenez le pouvoir ! hurla-t-il.

– Non !

Il me regarda avec stupeur.

– Qu'est-ce que vous dites ?

Le chant déchaîné du chaos se déversait en moi. Je me mis à sourire, et dans mon esprit je vis la tête de mort de Dillon répondre à mon sourire. Le *righi* était vie et mort – comme moi.

Ido referma sa main sur ma gorge en essayant d'étouffer les mots, mais le *hua* continuait de jaillir. Douze entraves d'esprit se rassemblaient en nous avec la force d'un cyclone. Ido tenta avec fureur de détacher mes doigts des perles. Un os délicat se cassa, mais je ne ressentis aucune douleur. Tout était emporté par la tornade brûlante de pouvoir.

Sur la toile de fond des flammes dorées et des dragons plongeant en avant, je vis des hommes monter en hâte sur la plate-forme pour échapper au brasier s'élevant du cercle des perles. Les silhouettes familières de Dela et Tozay s'accroupirent au milieu de soldats aux yeux terrifiés et de guerriers de la Résistance. Tous se recroquevillèrent pour échapper à la chaleur intense et aux énormes bêtes se démenant en hurlant.

Ido glissa ses doigts sous les perles blanches.

– Je ne perdrai pas mon pouvoir !

Il crachait ses mots avec rage – ce fut comme une pluie rafraîchissante pour mes joues brûlantes.

– Je suis l'Œil du dragon Rat ! hurla-t-il.

Je m'arc-boutai contre lui.

– Je suis l'Œil du dragon Miroir ! criai-je. Et je rends le pouvoir !

Je sentis l'appel éperdu du dragon Miroir se changer en cri de joie.

Ido me donna un coup de poing en pleine mâchoire. Je n'éprouvai aucune douleur, même si ma tête se renversa en arrière sous le choc. Nous titubâmes, attachés l'un à l'autre par la main d'Ido crispée sur les perles. Du coin de l'œil, je vis Kygo se traîner le long de l'estrade. Son visage résolu grimaçait de douleur à chaque mouvement.

Ido tira violemment sur le livre.

– Donnez-le-moi !

Le bout du lien de perles s'enroula avant de cingler sa main. Glissant de nouveau ses doigts dessous, il entreprit de détacher les joyaux avec une force désespérée. Le livre lâcha mon bras pour agripper mon poignet. Poussant un grognement victorieux, Ido le détacha complètement. Le pouvoir m'abandonna pour se ruer dans son corps.

Soudain libérée, je titubai et m'effondrai sur le sol. Les perles s'agitèrent en cinglant l'air puis s'enroulèrent autour des mains d'Ido.

Il baissa les yeux sur moi. Ses yeux étaient deux trous noirs remplis de *gan hua*.

– Je n'ai plus besoin de vous. Je peux garder ce pouvoir pour moi seul.

Je rampai vers lui. Sa silhouette se détachait sur les flammes. L'énergie baignant son corps le plongeait dans une lumière argentée, chatoyante. Le pouvoir des temps, le pouvoir des douze dragons au complet. Et il croyait pouvoir le garder pour lui seul !

Respirant profondément, malgré l'air brûlant mettant ma poitrine au supplice, je trouvai le chemin du monde énergétique. Autour de moi la plate-forme se dissipa pour me révéler le domaine céleste. Je tressaillis sous l'assaut de la lumière aveuglante et des couleurs déchaînées surgissant des flammes d'or environnant les perles des dragons. Le corps énergétique d'Ido débordait de *hua* noir et argenté. Ses sept points de puissance, du sacrum au sommet de la tête, tournaient à une telle vitesse qu'ils apparaissaient comme des sphères solides aux couleurs étincelantes : rouge, orange, jaune. Le point vert du cœur était toujours atrophié. Il n'avait jamais vraiment changé.

Un point noir au milieu de ce déchaînement éblouissant attira mon attention sur la sphère violette au sommet de sa tête – le centre de l'intelligence. Le trou noir l'entaillait toujours, comme une profonde blessure au cœur de sa vitalité tourbillonnante. Et il grossissait. L'énergie argentée vibrant dans tout le corps ne cessait de se gonfler. À chaque afflux tumultueux de pouvoir, le trou devenait plus large. Soudain, la sphère se fendit. Un jet de *hua* incandescent jaillit de son centre tournoyant.

– Ido, vous ne pouvez pas le garder ! hurlai-je. Rendez-le aux dragons. Lâchez prise !

Ses yeux ruisselants d'argent me fixèrent.

– Tout le pouvoir est à moi, Eona ! Je suis un dieu !

– Lâchez-le ! Tout de suite !

Ce fut son point cœur qui explosa le premier. La sphère verte vola en éclats sous la pression du pouvoir du dragon, en un flamboiement aux reflets d'émeraude qui laissa en s'éteignant un trou sombre dans sa poitrine. L'orange sacré s'embrasa à son tour et son incendie se propagea dans le delta jaune, jusqu'au moment où les deux soleils miniatures explosèrent en laissant derrière eux un sillage de ténèbres. Ido se tordit de douleur lorsque les points bleu et indigo se volatilisèrent à leur tour.

Pendant un long instant, la sphère violette fissurée tournoya au sommet de sa tête avec tout le pouvoir du monde. Puis elle éclata en un torrent flamboyant de *hua* qui s'écoula dans les dragons aux aguets. Le pouvoir déferlant engloutit le corps d'Ido dans des flammes d'or et d'argent. Je le vis tendre la main vers moi. Puis il disparut en un tourbillon scintillant de cendre et de poussière. Notre lien se rompit, laissant une sensation douloureuse de perte. Le livre noir tomba sur la plate-forme et les perles blanches s'entrechoquèrent autour de sa reliure de cuir comme des os desséchés.

Le domaine céleste s'effaça brusquement. De retour sur la terre, je regardai fixement l'espace carbonisé sur les planches de bois.

Sire Ido était mort, consumé par le pouvoir du dragon qu'il avait convoité. Plus rien ne restait de tant d'ambition et de ténacité. Je poussai un soupir où tremblait un sanglot réprimé. Nous avions été liés par le pouvoir et la souffrance. Et par le plaisir. Mais il avait trahi, torturé, assassiné : il ne méritait pas mon chagrin. Pourtant, il y avait en moi une femme qui le pleurait. Celle qui avait souri de ses plaisanteries narquoises, senti la caresse hésitante de sa main et l'excitation de son pouvoir. Celle qui avait cru qu'il pourrait changer.

Sire Ido était mort, mais il continuait de semer le trouble en moi.

Me mettant péniblement à quatre pattes, je me traînai vers l'estrade. Mon vrai chagrin m'attendait. Affalé sur le côté, il respirait si faiblement que sa poitrine bougeait à peine. Ses paupières battirent quand je caressai son visage moite. Il était froid, malgré la chaleur rougissant sa peau.

Il humecta ses lèvres sèches et ouvrit les yeux. Son regard se voilait déjà.

– Ido ?

Sa voix n'était qu'un souffle.

– Il est mort.

– Bien.

Je pressai ma main contre sa joue. D'un seul coup, mes os brisés et ma peau brûlée me firent atrocement souffrir.

– Je n'ai plus le pouvoir de guérir.

Il tenta de lever la main mais ne parvint qu'à remuer légèrement son poignet.

– Vous avez été juste, chuchota-t-il.

Je glissai ma main sous ses doigts repliés. Ils semblaient si faibles qu'un sanglot me serra la gorge.

Il déglutit afin de parler encore.

– Les dragons ?

– Leur pouvoir leur a été rendu. Ils s'apprêtent à renaître.

Les coins de sa bouche harmonieuse se relevèrent.

– Laissez-moi voir.

Autour de nous, les flammes du cercle de perles étaient comme un rideau jaillissant rouge et or, derrière lequel on entrevoyait les silhouettes des dragons. Avec précaution, je plaçai la tête de Kygo sur mes genoux. Ce simple mouvement le fit tressaillir de douleur. Le manche du poignard dépassait toujours de son dos. Du sang noir suintant de la plaie profonde scintillait à la lueur du brasier doré. Je pressai doucement mes doigts autour de la plaie pour essayer d'arrêter la fuite de son souffle précieux.

Levant la tête, le dragon Miroir entonna un chant strident qui montait bien au-delà du domaine terrestre. Sa voix sembla aviver les flammes d'or. Chaque perle s'embrasa en répandant une clarté et une chaleur intenses. Un à un, les dragons mâles s'avancèrent dans le brasier de leur perle. Un vent brûlant s'éleva de la fournaise rugissante environnant les vieux animaux. L'odeur de brûlé de la mort des dragons me prit à la gorge tandis que chacun des corps gigantesques était réduit en cendres. Il ne resta plus que le dragon Miroir, immobile derrière sa perle. L'immense créature tourna la tête vers moi. Sa crinière tachetée de bronze et d'or était déjà en flammes quand elle entra dans le feu de sa renaissance. Je gémis en voyant l'incendie se refermer sur elle, ne laissant de mes larmes que la morsure d'une traînée de sel.

Le cercle de feu explosa, projetant dans l'air des braises étincelantes qui tourbillonnèrent en dessinant des volutes multicolores. Les énormes perles des dragons se fendirent en craquant.

Le souffle coupé, je vis des formes émerger des flammes. Des cornes recourbées, de longs museaux élégants, des jambes puissantes, des griffes à l'éclat dur de pierre précieuse. Le nouveau dragon Cheval sortit le premier de sa perle embrasée. Il était plus gros que son prédécesseur, avec de splendides écailles orangées fumant dans la chaleur torride et des ailes de soie pâle se déployant timidement. Il se secoua, et sa douce barbe couleur d'ocre se souleva en révélant le scintillement d'abricot de sa perle sous son menton. Le cycle sans fin. Lorsqu'il s'élança vers les nuages sombres, les flammes de sa perle s'éteignirent. Je renversai ma tête en arrière pour observer son vol. Son corps énorme décrivit un large cercle au-dessus de la plaine, en glissant dans l'air avec souplesse. Poussant un cri de triomphe retentissant, il disparut dans le domaine céleste.

– Le pays ira bien, chuchota Kygo.

Nous regardâmes les dragons mâles renaître les uns après les autres. Des ailes nouvelles se déployaient, une langue goûtait l'air, un souffle puissant, épicé, s'exhalait. Puis c'était l'envol. Le dragon tournait au-dessus de nous, poussait un long cri triomphant et repartait pour le domaine céleste.

Il ne restait qu'une seule perle en flammes. Je retins mon souffle lorsqu'elle se fendit et se brisa tandis que son feu d'or jaillissant se teintait de rouge.

Les cornes apparurent les premières, courbes et effilées au-dessus du front large. La crinière d'or s'agita au vent brûlant de la renaissance. La merveilleuse créature émergea des flammes mourantes de son œuf. Les écailles luisantes de son énorme corps rouge allaient du rose délicat autour de ses yeux au cramoisi intense de ses épaules et de ses jambes puissantes. Levant son immense museau, elle huma l'atmosphère. Sous son menton, la nouvelle perle brillait d'un or plus pâle que l'ancienne. Ses ailes aussi fines que de la soie se déployèrent en battant puis se replièrent sur son dos écarlate, long et sinueux. Elle ouvrit ses griffes à l'éclat de rubis et j'aperçus une minuscule sphère lumineuse :

la Perle impériale, revenue au monde avec les dragons. Les griffes étincelantes se refermèrent sur elle. Baissant la tête, elle me regarda droit dans les yeux. Je me penchai en avant, dans l'espoir de lire dans ses énormes yeux d'esprit qu'elle me reconnaissait. Leur obscurité insondable abritait la sagesse du monde, mais j'en étais absente.

Ce n'était pas mon dragon Miroir.

La dure vérité m'atteignit de plein fouet : j'avais perdu mon dragon. Sans même m'en rendre compte, j'avais espéré que notre union surmonterait l'épreuve de la renaissance. Mais il ne restait rien d'elle.

Je sentis le corps de Kygo se tendre contre le mien, son souffle sifflant devint rauque. Je connaissais ce bruit : c'était le râle d'un agonisant. Ses yeux angoissés étaient fixés sur mon visage. Non, je ne pouvais pas le supporter. Je ne pouvais pas le perdre, lui aussi. Je berçai sa tête dans mes bras, en essayant de le retenir dans le domaine terrestre. Si je le gardais tout près de moi, peut-être ne s'en irait-il pas rejoindre ses ancêtres.

– Kygo, ne partez pas, implorai-je. Ne partez pas.

Des hurlements soudains me firent lever la tête. Les hommes réfugiés sur les gradins s'écartaient précipitamment tandis que l'énorme museau du nouveau dragon Miroir s'inclinait vers la plate-forme et s'immobilisait au-dessus de ma tête, si proche que je sentais son haleine au parfum insolite de noix muscade. Je regardai ses griffes acérées puis plongeai mes yeux dans ses yeux sombres, le cœur battant. Au fond des abîmes de sagesse de son regard, j'aperçus une lueur. L'écho d'un ancien lien. Avec lenteur, elle baissa son menton énorme et flaira délicatement la poitrine de Kygo. Prenant une inspiration profonde, elle exhala son souffle doucement épicé de muscade et son *hua* doré déferla dans le corps agonisant.

Elle allait le guérir.

Me rappelant la sagacité de Caido, je tirai sur le manche du poignard pour arracher la lame du dos de Kygo. À mesure que l'acier glissait dans la chair, la plaie se referma et je sentis sa peau glacée se réchauffer sous mes doigts. Après un hoquet hésitant, sa respiration reprit sur un rythme profond, régulier. Puis l'énorme museau effleura ma tête. Le pouvoir du dragon ruissela en moi, en un flot resplendissant de joie et de gratitude. Le *hua* doré ressouda l'os de mon doigt cassé et rendit à ma peau brûlée sa douceur lisse. Ma propre respiration se contracta en un long sanglot éperdu.

Tendant la main, je caressai les écailles soyeuses, en espérant qu'elle comprendrait que j'étais moi aussi remplie de joie et de gratitude. Elle cria doucement et recula la tête. Quand elle s'élança vers le ciel, les yeux de Kygo s'ouvrirent. Il s'accouda et palpa sa poitrine.

– Je peux respirer ! s'exclama-t-il.

Il tâta du bout des doigts le muscle plat de son dos. Tout était intact.

– Je croyais que vous ne pouviez plus guérir ?

– C'est vrai.

Je chassai résolument mes regrets. Kygo était

vivant et les dragons étaient libres. Cela me suffisait.

– Le dragon Miroir vous a guéri.

Il se redressa.

– Mais c'est vous qui m'avez gardé ici. J'étais si près du jardin des dieux, j'entendais la voix de mon père.

Il pressa son front contre le mien. Son regard était sombre.

– Puis j'ai entendu votre voix.

Il inclina sa tête jusqu'au moment où je sentis son souffle tiède effleurer mes lèvres.

– Mon *naiso*.

Le titre officiel s'adoucit en un long baiser.

L'appel triomphant du dragon Miroir nous tira de notre extase. Elle retournait dans le domaine céleste. Kygo prit ma main et nous nous levâmes tous deux, tandis que l'immense créature décrivait des cercles au-dessus de la plate-forme en poussant des cris résonnant autour de nous. Elle s'élança vers les hauteurs et les nuages se disloquèrent au passage de son corps rougeoyant. Après un dernier plongeon en spirale, elle disparut du ciel retrouvant sa clarté.

Le silence s'abattit sur la plate-forme. Lentement, soldats et combattants de la Résistance se hissèrent sur leurs jambes. Remplis d'une terreur respectueuse, ils se rassemblèrent devant nous. J'aperçus plus loin Dela qui aidait Tozay à se lever. Tous deux étaient vivants. Je remerciai les dieux en silence. Et je murmurai une autre prière pour Ryko :

– Puisse-t-il cheminer dans le jardin des dieux.

Les hommes s'écartèrent pour laisser passer

Dela conduisant Tozay vers nous. Bien que le visage du général fût pâle et exténué, il avait retrouvé son regard perspicace.

– Sa Majesté est vraiment bénie des dieux et chère aux dragons, lança-t-il d'une voix forte en s'avançant avec Dela au milieu des hommes hagards. Lui et son *naiso* ont rendu la Perle impériale aux animaux célestes, en apportant ainsi à notre pays la renaissance et la paix.

Se retournant avec lenteur, il scruta les visages respectueux.

– Inclinez-vous devant votre véritable empereur. Et inclinez-vous devant le dernier des Yeux du dragon.

Un à un, les hommes sur la plate-forme s'agenouillèrent devant nous en s'inclinant profondément. Avec l'aide du Contraire, Tozay se mit lui-même péniblement à genoux. Il échangea avec Kygo un regard avisé de stratège. Dela s'inclina avec grâce, en répondant furtivement à mon sourire. Elle qui avait tant perdu, elle avait encore la force de sourire.

Kygo se redressa, la main serrée sur la mienne.

– Levez-vous, ordonna-t-il aux hommes inclinés. L'équilibre a été restauré dans les cieux et sur la terre, mais nous avons du travail devant nous pour rétablir l'ordre au sein de l'empire.

L'équilibre dans les cieux. Pouvais-je encore voir les dragons ? Prenant une profonde inspiration, je cherchai les chemins de ma vision intérieure et retrouvai l'environnement familier des couleurs ruisselantes et du *hua* tourbillonnant du monde énergétique. Au-dessus de nous, le Cercle des Douze était complet, chaque dragon à sa place dans son domaine céleste. Comme si elle reconnaissait ma présence, l'énorme tête rouge du nouveau dragon Miroir se tourna vers moi. Je sentis son esprit curieux effleurer le mien, en un mouvement habité par le souvenir joyeux d'un lien à la douce saveur de cannelle.

Note de l'auteur

L'Empire du Dragon Céleste n'est pas un pays ou une civilisation existant réellement. C'est un monde imaginaire, qui fut d'abord inspiré par l'histoire et la culture de la Chine et du Japon mais qui devint rapidement une contrée de légende, ne prétendant à aucune authenticité historique ou culturelle. Néanmoins, j'ai mené des recherches approfondies afin de créer l'Empire et ses dragons. Si ces recherches vous intéressent, vous trouverez sur mon site une partie de mes découvertes préférées et des livres dont je me suis servie, en cliquant sur www.alisongoodman.com.au

Remerciements

Je remercie de tout cœur :

Les quatre irremplaçables – mon époux, Ron ; ma meilleure amie et âme sœur en écriture, Karen McKenzie ; et Charmaine et Doug Goodman, mes parents.

Mon merveilleux agent, Jill Grinberg, et ses associés.

La brillante équipe de Penguin : Sharyn November, directrice éditoriale et rédactrice en chef hors du commun ; Tony Sahara, directeur artistique, auteur de deux magnifiques couvertures ; Jim Hoover, directeur artistique adjoint, qui a conçu la présentation intérieure si élégante ; Janet Pascal, directrice de la publication, à qui rien n'échappe ; Abigail Powers, éditrice ; Gerard Mancini, éditeur adjoint ; Kim Wiley Luna, directrice adjointe de la rédaction ; Laurence Tucci, directrice de la production ; et Andrea Crimi, directeur adjoint de la production.

Le Young and Jackson's Writing Group : Karen, Judy, Jane, Steven, Christine, Janet, Paul et Glynis.

Le Clan Destine Group, aussi fervent qu'écervelé.

Antoni Jach et la Masterclass – en particulier le docteur Leah Kaminsky, pour sa compétence médicale.

Simon Higgins, pour ses cours d'escrime, sa connaissance des batailles et des armes, et son soutien sans faille.

Morgan Grant Buchanan, pour sa compétence en tai-chi.

Pam Horsey, pour avoir attendu avant de me lire, et pour son amitié et son enthousiasme.

Et bien sûr, ce petit démon de Xander.

ALISON GOODMAN est née en 1966 en Australie et vit à Melbourne avec son mari, Ron, et leur chien Jack Russell Terrier, Xander.

Elle s'est vu décerner en 1999 une bourse d'écriture par l'université de Melbourne. Elle possède un master ès arts et anime des ateliers d'écriture avec des étudiants.

Son premier roman, Singing the Dogstar Blues (1998), a reçu de nombreux prix et a été traduit dans plusieurs pays. Son roman policier Killing the Rabbit (2002) a été publié aux États-Unis en 2007. Paru en Australie en 2008 et applaudi par la critique, Eon et le douzième dragon a été vendu dans treize pays.

Retrouvez Alison Goodman sur son site internet :
www.alisongoodman.com

Dans la collection

Pôle fiction

filles

Ce que j'ai vu et pourquoi j'ai menti,
Judy Blundell
Quatre filles et un jean
Le deuxième été
Le troisième été
Le dernier été
L'amour dure plus qu'une vie
Toi et moi à jamais, Ann Brashares
LBD
1. Une affaire de filles
2. En route, les filles !, Grace Dent
Cher inconnu, Berlie Doherty
Qui es-tu Alaska ?, John Green
13 petites enveloppes bleues, Maureen Johnson
15 ans, Welcome to England !, Sue Limb
La vie blues, Han Nolan
Les confidences de Calypso
1. Romance royale
2. Trahison royale
3. Duel princier, Tyne O'Connell
Jenna Fox, pour toujours, Mary E. Pearson

Le journal intime de Georgia Nicolson

1. Mon nez, mon chat, l'amour et moi

2. Le bonheur est au bout de l'élastique

3. Entre mes nungas-nungas mon cœur balance

4. À plus, Choupi-Trognon...

5. Syndrome allumage taille cosmos

6. Escale au Pays-du-Nougat-en-Folie, Louise Rennison

Code cool, Scott Westerfeld

fantastique

Interface, M. T. Anderson

Genesis, Bernard Beckett

Le Cas Jack Spark

Saison 1 Été mutant,

Saison 2 Automne traqué, Victor Dixen

Eon et le douzième dragon, Alison Goodman

Menteuse, Justine Larbalestier

Felicidad, Jean Molla

Le chagrin du Roi mort,

Le Combat d'hiver, Jean-Claude Mourlevat

Le Chaos en marche

1 - La Voix du couteau

2 - Le Cercle et la Flèche

3 - La Guerre du Bruit, Patrick Ness

La douane volante, François Place

La Forêt des Damnés

Rivage mortel, Carrie Ryan

Le papier de cet ouvrage est composé de fibres naturelles, renouvelables, recyclables et fabriquées à partir de bois provenant de forêts plantées et cultivées expressément pour la fabrication de la pâte à papier.

Composé par Nord Compo Multimédia
7, rue de Fives, 59650 Villeneuve-d'Ascq

ISBN : 978-2-07-064879-5
Loi n° 49-956 du 16 juillet 1949
sur les publications destinées à la jeunesse
Dépôt légal : septembre 2012.
N° d'édition : 244443 – N° d'impresssion : 175438.
Imprimé en France par Maury Imprimeur - 45330 Malesherbes

Numéro d'édition : 161[illegible]
[illegible]
[illegible]
[illegible]